홈랜드
엘레지

홈랜드
엘레지

아야드 악타르
장편소설

민승남 옮김

HOMELAND ELEGIES
by AYAD AKHTAR

마크 워런과 애니카를 위하여

나는 이미 일어난 일들에 대해서만
이야기를 지어낼 수 있다.
—앨리슨 벡델

차례

서곡: 미국에게

내가 대학에 다닐 때 만난 메리 모로니 교수, 멜빌과 에머슨을 가르쳤고, 한때 유명인이었으며 그녀의 멘토였던 노먼 O. 브라운에게 그 세대에서 가장 훌륭한 정신의 소유자라고 불렸던, 라파엘풍 푸토[1]를 닮은(그녀의 부모님이 이탈리아 우르비노 출신 이민자이니 우연은 아니다) 30대 초반의 아기 천사 같은 여성, 『에다*Edda*』[2]와 한나 아렌트의 글을 『모비 딕*Moby Dick*』처럼 쉽게 인용하는 경이적인 지식을 갖춘 학자, 레즈비언(그녀 자신이 자주 하는 말이라 언급할 뿐이다), 빌 클린턴의 첫 취임 2주 후였던 그 2월의 아침에도 그랬듯이 독일제 과도만큼 예리한 언어 구사력으로 뇌의 회백질에 금을 긋고 새로 고랑을 파서 과거의 생각들이 경로를 변경할 수 있게 만들었던 강사, 그녀가 초기 미국 자본주의 체제하의

1 Putto. 르네상스 시대의 장식적인 조각으로 큐피드 등 발가벗은 어린이의 상. 이하 〈원주〉라고 표기하지 않은 모든 주는 옮긴이의 주이다.
2 북유럽 신화의 근간이 되는 시와 노래를 모아 엮은 책.

삶에 대한 수업 중에 평소 습관대로 바닥을 보며 이야기하다가 — 그녀답게 왼손은 그녀가 즐겨 입는 헐렁한 바지에 달린 주머니에 넣은 채 — 감질나게 떠오르는 생각 때문에 집중력이 흐트러진 듯 시선을 들더니 무심코 툭 내뱉듯 이렇게 말했다. 미국은 식민지로 시작했고 식민지로 남아 있다. 즉, 여전히 약탈이라는 단어로 정의되며, 부가 우선이고 시민의 질서는 뒷전인 곳이다. 약탈은 조국이라는 이름으로, 조국의 이익을 위해 이어져 왔으며, 여기서 조국은 더 이상 물리적인 것이 아니라 정신적인 것, 미국적 자아이다. 고전주의 전통의 가르침에 따라 욕망 — 아무리 신중하고, 아무리 평범한 것이라고 해도 — 에 의문을 제기하기보다는 그것을 숭배하도록 오랫동안 훈련받아 온, 늘 부풀어 있는 미국적 자존감이 바로 약탈적 **조국**이며, 약탈의 대상을 찾아 돌아다니던 레이건 정권은 이러한 미국적 삶의 영속적 현실을 그 어느 때보다 더 명확하고 투명하게 표현했을 뿐이다.

메리는 그 전 학기에 사막의 폭풍 작전[3] 이후 미국의 패권에 대해 그와 유사한 자극적인 발언을 해서 곤경에 빠졌다. 그녀의 수업을 듣던 ROTC 소속 학생이 그녀가 군대를 비난했다며 대학 측에 항의한 것이다. 그 학생은 청원을 올리고 학생회관에서 서명 운동을 시작했다. 그 소동은 대학 신문 사설에 실렸고, 결국 실행에 옮겨지진 않았지만 시위 위협으로

3 Desert Storm. 1991년 걸프전 당시 미군을 중심으로 한 연합군의 바그다드에 대한 공습 작전명. 43만 명의 미 병력을 포함해 33개국으로부터 68만 명의 다국적군 병력을 집결시킨 가운데 개시 4일 만에 이라크의 항복을 받아 냈다.

까지 이어졌다. 하지만 메리는 겁먹지 않았다. 어쨌든 그때는 1990년대 초반이었고, 지옥 불과도 같은 신랄한 이념이 요즘처럼 엄청난 결과를 불러오진 않았다(말이 나온 김에 이야기하면 권력형 성폭력도 마찬가지였고). 그날 오후에 메리의 발언에 불만을 가진 학생이 있었는지는 몰라도 내 귀엔 그런 이야기가 들리지 않았다. 사실 나는 학생들이 메리가 무엇을 비판하고 있었는지 이해나 했을지 의심스럽다. 나로 말하자면 이해하지 못한 쪽이었다.

욕망에 대한 숭배. 부푼 자존감. 약탈을 위한 식민지.

메리의 말에는 미국의 끝없는 자화자찬의 전통을 바로잡는 위대한 부정의 힘이 들어 있었다. 내게는 새로운 것이었다. 나는 그동안 모든 역사 수업에서 배워 온, 신의 축복을 받은 세상의 빛, 미국의 예외주의에 익숙했다. 나는 만인이 볼 수 있도록 환한 빛을 발하는 언덕 위 도시의 시대에 성장했다. 그것이 내가 학교에서 배운 미화된 수사였고, 나는 그걸 수사가 아닌 진실로 여겼다. 나는 우체국에서 엉클 샘[4]이 보내는 다 안다는 듯한 시선 속에서 미국의 박애를 보았고, 매일 밤 어머니와 함께 본 시트콤의 녹음된 웃음소리에서 미국의 풍요를 들었으며, 10단 기어 슈윈 자전거를 타고 내가 자란 중산층 동네 복층이나 이층집 들을 지나며 미국의 안전함과 강함을 느꼈다. 물론 나의 아버지는 당시 미국의 열렬한 팬이었다. 아버지는 이 세상에 미국보다 위대한 나라는 없다

4 미국 혹은 미국 정부, 전형적인 미국인을 상징하는 인물로 성조기를 연상시키는 복장을 하고 있다.

고, 미국에서보다 더 많은 걸 할 수 있고 더 많은 걸 가질 수 있으며 더 많은 것이 될 수 있는 곳은 없다고 믿었다. 아버지는 미국이라는 땅에 도무지 질릴 줄을 몰라 티턴산맥에서 캠핑을 하고, 데스밸리를 자동차로 지나고, 세인트루이스의 게이트웨이 아치까지 차를 몰고 가서 배를 타고 강을 따라 루이지애나로 내려가 늪지대에서 농어 낚시를 했다. 아버지는 유적지를 찾아가는 걸 좋아했다. 우리는 몬티셀로와 새러토가, 케네디 형제들이 태어난 브루클린 빌스 스트리트의 집에서 찍은 사진들을 액자에 담았다. 나는 여덟 살의 어느 토요일 아침에 필라델피아에서 관광객으로 붐비는, 헌법과 관련된 방들을 관람하는 내내 징징거리다가 아버지에게 꾸중을 들었던 기억이 난다. 관람이 끝난 후 우리는 택시를 타고 미술관의 유명한 계단[5]으로 갔고, 아버지는 로키 발보아에 대한 경의를 표하기 위해 나와 계단 오르기 경주를 벌였다(내가 이기게 해주었다!).

미국에 대한 사랑과 미국의 우월함 — 도덕적인 면, 그리고 다른 면에서도 — 에 대한 확고한 믿음은 우리 집의 신조였고, 어머니는 거기 동조하지는 않더라도 이의를 제기해선 안 된다는 걸 알았다. 메리의 부모님처럼 — 나중에 그녀에게 직접 들어서 알게 된 일이다 — 나의 어머니는 고국을 등지면서 잃어버린 것들을 충분히 상쇄할 만한 무언가를 새 나라의 다양한 풍족함 속에서 발견하지 못했다. 어머니는 이곳을 편안하게 느꼈던 적이 없는 듯하다. 어머니는 미국인들이

5 영화 「로키」의 촬영 장소인 필라델피아 미술관의 로키 계단.

물질주의적이라고 생각했으며, 크리스마스라고 불리는 광란의 쇼핑 축제가 무에 그리 신성한지 납득하지 못했다. 다들 어머니에게 어디 출신인지 물어 놓고 정작 대답해 주면 알아듣지도 못하면서 그에 대해 신경도 안 쓰는 것 역시 마뜩잖아했다. 미국인들은 세계의 지리뿐 아니라 역사에도 무지했다. 그리고 어머니를 가장 괴롭혔던 건, 미국인들이 중요한 일을 경시하는 것, 즉 나이 듦과 죽음을 부정하는 것과 관련하여 품게 된 어떤 생각이었다. 미국에서 나이가 들어 간다는 건 전혀 집 같지 않은 집[6]에 격리되어 생을 마감하는 것이라는 생각, 이 마지막 반감은 세월과 함께 고약한 형태로 구체화되어 죽을 때까지 공포를 유발하는 **베트 누아르**[7]가 되었다.

이러한 어머니의 견해는 ─ 거의 목소리를 낸 적은 없을지라도 ─ 내가 이 나라에 대한 메리의 비판적인 의견을 이해하도록 준비시켜 주었어야 마땅했지만, 실상은 그렇지 못했다. 나의 이슬람교도 메리가 본 걸 나 역시 볼 수 있도록 준비시켜 주지 못했고, 그건 911 테러 이후로도 마찬가지였다. 미국에서 무슬림의 삶을 영구히 바꾸어 놓은 그 9월의 끔찍한 날로부터 몇 개월이 지나지 않은 때에 나는 메리의 편지를 받았다. 열 장에 이르는 긴 편지에서 그녀는 내게 용기를 내라고, 내 앞에 닥친 고난에서 배울 수 있는 걸 배우라고 격려했다. 자신이 이 나라에서 동성애자로 살면서 감당해야 했던 고

6 여기서 집은 조국이라는 의미까지 아우르고 있는 것으로 보인다.
7 bête noire. 프랑스어로 〈검은 야수〉라는 뜻으로 저주와 혐오의 대상을 상징한다.

투 — 포위된 기분, 온전함을 추구하는 과정에서 당한 끊임없는 공격, 자주성과 진실성을 향한 험난한 길 — 이 모든 것은 그녀의 정신을 버리는 도가니를 달구는 불로서 창조적 열망을 일깨우고, 감상성을 억제시키고, 이념에 대한 희망에서 그녀를 해방하는 역할을 해주었노라고 고백했다. 「역경을 이용해. 그걸 너만의 것으로 만들어.」 그녀의 충고였다. 고난은 그녀의 분석력을 날카롭게 다듬어 주는 부싯돌이었고, 그녀가 세상을 보는 방법이자 이유였다. 하지만 그 후로도 15년 동안 이 나라에서 무슬림으로 사는 나의 고통은 깊어져 갔음에도, 나는 스스로 진실을 보려 하지 않았다. 그랬다. 나는 동세대의 때 이른 몰락을 목격할 때까지, 메리가 본 걸 보려 하지 않았다. 나의 동 세대는 결코 충분한 대가를 지불하지 않는 일에 매여 지칠 대로 지쳐 갔다. 치유될 수 없는 장애를 안은 자녀를 돌보느라 빚에 허덕였다. 나의 사촌들이 — 그리고 고등학교 때 단짝 친구들이 — 더 이상 집에서 살 형편이 못 되어 보호 시설로 들어가거나 거리에 나앉았다. 겨우 3년이라는 짧은 기간 동안 마흔 줄의 어릴 적 친구들 10여 명이 자살하고 약물을 과다 복용했다. 친구와 가족이 절망, 불안, 애정 결핍, 불면증, 성기능 장애로 약을 먹었다. 우리의 과민성 대장을 통과하는 음식에서부터 햇빛에 손상된 피부에 바르는 로션에 이르기까지 모든 것에 적용된 화학적 지름길이 조기암을 불러왔다. 우리의 사생활이 공적 공간을 잠식한 후 규격화되고 폐쇄되고 경매에 부쳐졌다. 우리의 정신을 노예로 만든 장치들이 더 이상 문화라는 이름으로 불릴 가치도 없는 유독한 잡동사니로 가득 채워졌다. 인간의 지각력 — 주의력 그 자체였던 — 이 지닌 빛나는 유연성은 세상에서 제일 가치 있는 상품이 되어, 우리 정신의 움직임이 어딘가에 있는 누군가의 부단한 수익 흐름으로 변모되었다. 미국적 자아는 약탈에 완전히 숙달되어 약탈품의 분배를 이상화하고 입법화하여 이른바 식민지뿐 아니라 — 이제 **그런 표현**은 얼마나 고루해졌는가! — 세계 전체에서 대규모 약탈이 거의 완성의 단계에 이르렀다. 간단히 말하자면, 나는 메리가 본 걸 다른 시선으로 보고자 하는 노력이 실패로 끝날 때까지, 나 자신의 구원에 대한 거짓말을 더 이상 믿지 않게 될 때까지, 다른 사람의 고통이 내 안에서 나 자신의 갈망에 대한 찬사보다 더 냉엄하고 분명한 비명을 만들어 낼 때까지, 그걸 보려 하지 않았다. 내가 휘트먼의 시를 처음 읽은 건 메리와 함께였다. 나는 휘트먼을 숭상했다. 초록 잎사귀들과 마른 잎사귀들, 창 같은 여름 풀잎, 늘 다음에 올 것을 열망하며 옆으로 기울어진 머리. 나의 혀 역시 이 땅의 산물 — 내 피의 모든 원자가 이 땅의 흙, 이 땅의 공기로 빚어졌다. 하지만 이 많은 것은 나의 것이 되지 않으리라. 그리고 이 글은 찬양의 노래가 되지 않을 것이다.

사건 연표

1964~1968 나의 부모님이 파키스탄 라호르에서 만남, 결혼, 미국으로 이민.

1972 내가 스태튼아일랜드에서 태어남.

1976 위스콘신으로 이사.

1979 이란 인질 사태, 어머니의 첫 암 발병(1986년과 1999년, 2010년 재발).

1982 아버지의 첫 개업.

1991 아버지 병원 폐업, 파산 선언, 대학 병원으로 돌아감.

1993 아버지와 도널드 트럼프의 첫 만남.

1994 아스마 이모와의 저녁 식사, 살만 루슈디 읽음.

1997 아버지와 트럼프의 마지막 만남.

1998 파키스탄에서 라티프 아완 살해됨.

2001 9월 11일의 테러 공격.

2008 파키스탄 아보타바드로 가족 여행.

2009 스크랜턴에서 자동차 고장.

2011 빈 라덴 살해됨.

2012 뉴욕시에서 희곡 첫 상연, 리아즈 린드와의 만남, 크리스틴 랭퍼드와 그녀의 뱃속 태아 사망.

2013 퓰리처상 드라마 부문 수상.

2014 리아즈 린드 재단 이사회 합류, 아샤와 만남.

2015 매독 진단, 어머니 사망, 트럼프 출마 선언.

2016 트럼프 당선.

2017 티무르 캐피털 지분 매각,「빚의 상인Merchant of Debt」시카고 초연, 아버지가 의료 과실로 재판받음.

2018 이 책 집필 시작.

가족 정치

I
트럼프 취임 1주년 기념일에

　나의 아버지가 도널드 트럼프를 처음 만난 건 둘 다 40대 중반이던 — 아버지가 한 살 위였다 — 1990년대 초반, 트럼프가 사실상의 파산 상태에서 벗어나고 있던 때였다. 당시 트럼프가 무분별하게 빚을 끌어다 써서 부채가 심각해졌다는 뉴스가 경제지에 널리 보도되었다. 1990년쯤, 그의 이름을 딴 기업 트럼프 오거니제이션은 그가 카지노들을 운영하고, 플라자 호텔을 열고, 항공사 제트기를 띄우기 위해 받은 대출의 무게를 견디지 못해 무너져 가고 있었다. 그 대출금은 상당한 대가를 치르고 얻은 것이었다. 트럼프는 일부 대출에 대한 보증을 서느라 개인적으로 8억 달러 이상의 부채에 대한 책임을 떠안았다. 그해 여름 『배니티 페어*Vanity Fair*』 잡지에 그의 재정뿐 아니라 정신 상태까지 다룬 충격적인 기사가 실렸다. 그는 아내 이바나와 별거하면서 트럼프 타워 세 층을 차지한 펜트하우스를 도망치듯 떠나 아래층의 작은 집으로 들어갔다. 그러고는 하루에 몇 시간씩 침대에 누워 천장만 바라보았다. 사람들과 만나거나 식사를 하기 위해 건물을 나서지도 않았고, 동네 델리숍에서 배달된 햄버거와 감자튀김으로 끼니를 때웠다. 그의 허리둘레는 채무 부담만큼 늘어났고, 길게 자란 머리는 끝이 둥글게 말려서 봉두난발이 되었다. 겉모습만 문제가 아니었다. 그답지 않게 말수가 줄었다. 이바나는 친구들에게 그가 걱정된다고 털어놓았다. 그녀는 트럼프의 그런 모습을 본 적이 없었고, 그가 위기를 극복해 낼 수 있으리라는 확신이 없었다.

나의 아버지도 트럼프처럼 1980년대에 마구 빚을 냈다가 재정적인 미래가 불투명한 상태로 그 시기를 마무리하게 되었다. 의사였던 아버지는 이란 인질 사태가 터졌을 때 대학병원 심장 전문의 자리를 박차고 나와서 병원을 개업했다. 레이건 취임 무렵, 아버지는 자신이 즐겨 쓰는 표현대로 **돈을 찍어 내듯**[1] — 아버지는 이 말을 할 때 늘 장난스럽게 편자브[2] 악센트를 넣었고, 그래서 내겐 현금을 찍어 내는 **행위**보다는 새 돈의 **맛**을 표현하는 것처럼 들렸다 — 벌어들이기 시작했다. 1983년, 주체할 수 없을 정도로 많은 돈을 갖게 된 아버지는 위스콘신 웨스트앨리스의 래디슨 호텔에서 주말에 열린 부동산 투자 세미나에 참석했다. 그리고 일요일 밤이 되었을 때는 이미 첫 부동산을 사겠다고 신청을 해놓은 상태였다. 강사들 중 하나가 점심시간에 세미나 참석자들에게 〈공유한〉

1 mint money. mint는 명사로는 〈박하〉, 동사로는 〈돈을 주조하다〉라는 의미를 지닌다.
2 파키스탄 중북부의 주.

목록에 등재된 물건으로, 링글링 형제가 서커스를 시작한 곳에서 몇 블록밖에 떨어져 있지 않은, 배러부에 위치한 주유소였다. 그 주 후반에 아버지가 우리에게 그 소식을 알렸을 때 어머니는 당신에게 주유소가 무슨 필요가 있느냐고 딱 잘라 말했는데, 그건 지극히 합리적인 이의 제기였다. 아버지가 축하의 뜻으로 어머니가 무척 좋아하는 장미향 스쿼시 음료 루아프자라시[3]를 만들어 놓았지만, 어머니는 라시를 마실 기분이 아니었다.

「당신이 주유소에 대해 뭘 알아?」 어머니가 화가 나서 물었다.

「자질구레한 건 알 필요 없어. 실속 있는 장사야. 현금 흐름이 좋아.」

「**현금** 흐름?」

「돈이 벌린다는 거야, 파티마.」

「그렇게 돈이 잘 벌리면 그 사람들이 왜 팔았을까? 응?」

「사정이 있었겠지.」

「무슨 사정? 당신 지금 아무 말이나 횡설수설하는 것 같아. 술 마셨어?」

「아니, 술 안 마셨어. 라시 마실 거야, 안 마실 거야?」 어머니는 매몰차게 고개를 저었다. 아버지는 내게 잔을 건넸지만 나도 마시고 싶지 않았다. 나는 그 음료를 싫어했다. 「당신이 이해해 줄 거라고, 지지해 줄 거라고 기대도 안 해. 하지만 앞으로 10년 안에, 당신도 그렇고 너도 그렇고, 오늘을 뒤돌아

---

3 허브를 넣은 장미시럽과 요구르트로 만드는 인도식 음료.

보면서 내가 훌륭한 **투자**를 했다는 걸 깨닫게 될 거야.」

나는 그게 나와 무슨 상관이 있는지 알 수 없었다.

「**투자**?」 어머니가 그 말을 받았다. 「당신이 안경점에 갈 때마다 꼭 새 선글라스를 사는, 그런 거?」

「그야 잃어버려서 새로 산 거지.」

「지금 집에 선글라스가 열다섯 개는 있어.」

「내 맘에 드는 건 없어.」

「그것참 유감이네.」 어머니는 냉소가 뚝뚝 떨어지는 목소리로 그렇게 말하며 복도로 나갔다.

「두고 봐!」 아버지가 어머니의 등 뒤에 대고 외쳤다. 「두고 보라고!」

우리가 **보게 된 건** 연이은 〈투자들〉이었다. 제인스빌에 있는 상가, 일리노이주 스코키에 있는 상가, 워소 외곽의 야영지, 폰더랙의 송어 양식장. 이 자산 포트폴리오에서 논리를 찾을 수 없는 독자가 있다면, 그런 사람이 자신만은 아님을 알아 두기 바란다. 나중에 알고 보니 그 마구잡이식 매입은 전부 처음에 아버지에게 주유소를 판 세미나 강사 쳇의 조언에 따른 것이었다. 모두 빚으로 사들였고, 각 자산은 쳇이 고안해 낸 괴상한 유령 회사가 되어 다른 자산의 담보물 역할을 했다. 그러다 저축 대부 조합 사태[4]가 터지면서 결국 쳇은 기소되었다. 아버지는 운 좋게 법의 총알은 피할 수 있었다. 아,

---

4 1970년대 미국의 금융 규제 완화 이후 저축 은행 역할을 하는 저축 대부 조합들이 주택 구매자와 건설사에 대규모 대출을 내줬으나 1980년대에 금리가 인상되면서 다수가 도산한 사태.

물론 우리 집 거실 책꽂이에는 우리 가족의 필독서인 트럼프의 『거래의 기술*The Art of the Deal*』이 꽂혀 있었다 — 그 일이 터지고 몇 년 후에 산 책이긴 하지만 말이다.

아버지는 내게 늘 수수께끼 같은 인물이었다. 이맘[5]의 아들이면서도 신성하게 여기는 이름들은 할란, 파 니엔테, 오퍼스 원 같은 캘리포니아 카베르네 포도주 상품명뿐이었고, 다이애나 로스와 실베스터 스탤론을 숭배했으며, 파키스탄의 카드 게임 〈렁〉보다 이곳에서 배운 포커를 더 좋아했고, 종잡을 수 없는 욕구와 충동의 소유자로 팁을 식사비만큼 지불하고(가끔은 그보다 더 주기도 했다), 미국인의 용기를 막무가내로 찬양하면서 사춘기에 그런 용기를 갖지 못한 나를 끊임없이 질책했다 — 나도 **너처럼** 여기서 태어난 행운아였더라면! 그랬다면 의사가 되지도 않았을 거다! 정말 **행복하게** 살았을 거야! 사실 나도 아버지가 레이건 재임 중기의 그 몇 년만큼 만족스러워하는 모습을 본 기억이 없다. 아버지는 당시 — 무한히 쉬운 돈벌이를 약속하는 시스템하에서 — 아침에 일어나면 거울 속에서 자수성가한 사업가의 모습을 발견할 수 있었다. 그러나 그 기쁨은 오래 지속되지 못했다. 1987년의 주식 시장 붕괴를 시작으로 불행한 〈신용 사태〉가 폭포수처럼 쏟아졌고, 1990년 초반쯤 아버지의 순 자산은 마이너스에 이르렀다. 내가 대학 2학년에 막 올라갔을 때 아버지가 내게 전화를 걸어 와서 파산을 피하기 위해 병원을 팔 거라며 나도 학자금 대출을 못 받으면 다음 학기부터는 다닐

5 이슬람 성직자.

수 없다고 말했다(학자금 대출은 받게 되었다).

아버지는 그 운명의 반전으로 완전히 새사람이 되진 못했어도 확실히 한동안 기가 꺾이긴 했다. 대학 병원 임상 심장학과 교수로 돌아가 다시 연구에 헌신했고, 그 일은 본인의 의구심에도 불구하고 아버지에게 잘 맞았다. 실제로, 아버지는 학계로 돌아간 지 단 3년 만에 다시금 그 분야의 정상에 우뚝 설 수 있었으며, 브루가다 증후군이라고 불리는 거의 알려지지 않은 심장 질환에 대한 연구 공로를 인정받아 시상대에 오르기까지 했다. 그 미국 심장학회 올해의 연구원상은 아버지에겐 두 번째 수상이었고, 그는 한 분야에서 두 번의 영예를 안은 역대 세 번째 — 그리고 아마도 가장 빈털터리인 — 의사가 되었다.

아버지가 도널드 트럼프를 처음 만난 건, 종종 치명적인 결과에 이르곤 하는 희귀 부정맥 질환인 브루가다 증후군에 대한 연구 덕이었다.

**

1993년, 트럼프는 여전히 많은 문제를 안고 있었다. 그는 형제들을 찾아가 가족 신탁에서 돈을 빌릴 수 있게 해달라고 부탁했다(그리고 1년 후에 돈을 더 빌리러 가게 된다). 그는 자신의 요트와 항공사, 그리고 플라자 호텔 지분을 포기해야만 했다. 그의 자산 구조 조정을 감독하던 은행들은 그에게 매월 지급되는 수당을 엄격히 제한했다. 언론에서도 숨 돌릴 틈을 주지 않았다. 내연녀 말라 메이플스가 임신했고, 여론전에 능한 — 이제 마침내 전처가 된 — 이바나가 여론이라는 법정에서 그를 박살 내고 있었다.

간단히 말하자면, 그는 많은 고난을 겪고 있었다. 그렇다 보니 그에게 두근거림 증상이 생긴 건 본인에게나 의사들에게나 전혀 뜻밖의 일은 아니었다. 트럼프가 나의 아버지에게 설명한 바로는, 그는 어느 유난히 더운 날 아침에 팜비치에서 골프를 치다가 처음으로 심상치 않은 기분을 느꼈다. 가슴속 멀리서 북이 울리는 것 같은 이상한 느낌이 들더니 기절할 것 같은 기분이 이어졌다. 그래서 골프 카트에 앉아 쉬자 북소리가 가까워지면서 강해져 갔다. 「내 심장이 그 커다란 빈 북 속에서 이리저리 내동댕이쳐지는 기분이었어요.」[6]

골프장에서 두근거림을 겪고 며칠이 지난 후, 트럼프는 당시 팜비치 최고의 호화 리조트였던 브레이커스 호텔에서 저녁 식사를 하고 있었다. 그는 브레이커스 호텔을 싫어했지만 — 아버지의 기억에 의하면 첫 진료 때 그런 이야기를 한참 했다고 한다 — 그 자리에 갈 수밖에 없었다. 그가 브레이커

---

6 나는 트럼프의 설명이 묘하게 시적이라고 생각했다. 아버지는 자신이 트럼프의 영민함을 발견했노라고 입버릇처럼 말하곤 했었다. 2019년 가을 무렵엔 아버지의 눈에 트럼프가 마침내 얼마나 몰락했는지를 알 수 있었는데, 내가 이 글을 쓰고 있다고 말하자 아버지는 이제 은퇴하여 더 이상 일하고 있지 않은 병원으로 나를 데려가 트럼프의 진료 차트를 볼 수 있게 해주겠다고 제안했다. 나는 마음이 동하긴 했지만 그럴 필요를 느끼지 않았다. 아버지는 〈도널드〉와의 시간을 너무도 잘 기억하고 있어서 그의 말 또한 선명하게 떠올랐다. 아름다운 로맨스를 추억할 때 발휘될 만한 생생한 기억력으로 아주 사소한 대화의 상세한 부분들까지 불러냈다 — 원주.

스 호텔을 얼마나 싫어하는지 알면서도 일부러 그곳을 약속 장소로 정했을 가능성이 농후한 시의회 의원을 만나야 했기 때문이었는데, 트럼프가 마러라고[7]를 회원 전용 클럽으로 바꾸기 위해 팜비치시에 낸 신청이 아직 미결 상태였기에 시의회의 지원이 절실했던 것이다. 그래서 트럼프는 브레이커스 호텔 음식이 형편없고 가격만 비싸다고 불평하면서도 그곳에 앉아 있었다. 「내 클럽을 열 때까지만 기다려요. 브레이커스 따윈 완전히 매장시켜 버릴 테니까.」그는 뼈가 붙어 있는 꽃등심스테이크를 주문했다. 「항상 웰던이죠, 의사 선생. 난 주방에 대해 모르고, 거기가 얼마나 지저분한지도 모르니까요. 누가 뭘 요리하는지, 누가 음식을 만지는지도 모르고. 그러니까 스테이크든 생선 요리든 뭐든, 안전한 방법은 그것뿐이에요. 바싹 익히는 거. **내** 주방이 아니라면. 우린 마러라고에 멋진 레스토랑을, 최고의 레스토랑을 열 거고, 아니……그래도 난 웰던으로 하겠어요. 아무래도 그게 나을 것 같으니.」아무튼 그날 브레이커스에서 음식이 나오자마자, 트럼프는 기절할 것 같다고 말했다. 그는 자리에서 일어나 화장실로 갔고, 거울에 비친 얼굴은 믿기지 않을 정도로 창백했다. 골프장에서 느꼈던 증상이 재발했다. 그의 심장이 빈 북 안에 든 것처럼 요동쳤다. 그는 문제가 생겼다는 걸 알 수 있었다. 집으로 돌아가야 한다는 걸 알 수 있었다.

브레이커스에서 마러라고까지는 4.8킬로미터 거리밖에 안 되었지만, 차가 주차장에서 벗어나자마자 상태가 더 심각

---

7 Mar-a-Lago. 미국 플로리다 팜비치의 도널드 트럼프 소유 리조트.

해졌다. 그는 오션 불러바드를 달리다가 운전기사에게 차를 세우라고 했고, 그게 끝이었다. 그다음 기억 속에서 그는 길가에 누워 파도 소리를 듣고 있었다. 나중에 운전기사가 말해 주기를, 그가 뒷좌석 아래에 얼굴을 박고 쓰러졌다는 것이었다. 운전기사가 차에서 내려 그의 몸을 뒤집고서 확인해 보니 눈동자가 위로 올라가 있었다. 손목과 목의 맥박도 잡히지 않고 심장 뛰는 소리도 들리지 않았다. 운전기사는 트럼프의 몸을 거칠게 흔들었고, 그러자 트럼프는 기절할 때와 마찬가지로 갑작스럽게 의식을 되찾았다. 얼굴에 혈색이 삽시간에 돌아왔고, 이마의 핏줄이 팔딱이기 시작했다. 그는 멍한 상태로 차에서 내려 해변을 따라 뻗은 길가에 누웠다. 나중에 나의 아버지에게 말하기를, 해변에 밀려드는 파도의 한결같은 리듬을 듣다 보니 심장의 이상한 고동이 가라앉는 듯했다고 했다.

그 후 수일, 수 주에 걸쳐 진행된 검사들은 심장에 문제가 생겼음을 말해 줬지만, 그의 심장 근육 자체는 건강했고 심장 관상 동맥에도 혈관 폐색이 없었다. 추가로 실시된 일련의 검사에서 팜비치의 심장 전문의도 난생처음 보는 간헐적 패턴을 나타내는 심전도 그래프가 나왔다. 1993년까지도 대부분의 심장 전문의들이 그것이 브루가다 증후군의 양상임을 알지 못했다.

이 심전도 그래프는 뉴욕 마운트 시나이 병원으로 보내졌고, 그곳 스태프로 근무하던 심장 전문의가 밀워키에 있던 나의 아버지에게 그 이야기를 했다. 브루가다 증후군에 관해서는 미국 최고의 전문가이자, 세계적으로도 벨기에의 연구실

에서 처음 그 증후군을 발견한 브루가다 형제 다음가는 권위
자로 인정받던 아버지는 전국에서, 나중에는 극동 지역에서
까지 몰려드는 그런 심전도 결과와 환자 들에 익숙했다. 사실
아버지가 맡은 유명인은 트럼프가 처음이 아니었다. 그 한 해
전에 아버지는 비행기 일등석에 앉아 브루나이의 반다르스
리브가완으로 날아가, 그의 기준에 따라 미리 만반의 준비를
갖춰 놓은 시설에서 술탄을 진찰했다. 트럼프는 군주는 아니
었지만—적어도 아직까지는—그 역시 밀워키행 비행기에
오르려 하지 않았다. 그래서 아버지가 뉴어크로 날아갔고—
또다시 일등석에 앉아—그곳에 트럼프의 헬리콥터가 기다
리고 있었다. 아버지를 태운 헬리콥터는 허드슨강을 따라 날
아갔고, 그다음엔 승용차가 아버지를 싣고 마운트 시나이 병
원으로 달렸다. 일련의 검사—표준 12유도 심전도 검사에
이어 심장 운동 부하 검사를 실시하고, 이 두 가지 검사에서
브루가다 부정맥이 나타나지 않으면 정맥 주사로 알칼로이
드를 주입할 예정이었다—를 위한 모든 장비가 갖추어진
진료실로 안내된 아버지는 환자가 오기를 기다렸다. 하지만
트럼프는 결국 나타나지 않았다.

그날 밤, 아버지가 미리 준비된 숙소에서 막 잠이 들려고
하는데 침대 옆 전화기가 울렸다. 도널드가 몸소 건 전화였다.
다음은 아버지의 회상—특히 트럼프의 세심한 배려에 대한
—을 토대로 내가 거의 정확하게 재구성한 그들의 대화다.

「그 이름을 어떻게 발음해야 하는지 아무도 모르는 것 같
네요, 의사 선생.」

「새로울 것도 없는 일이죠.」

「**당신은** 어떻게 발음해요?」

「악-타르Ak-tar.」

「그러니까 Ak는 Octopus의 Oc과 발음이 같군요.」

「그렇다고 할 수 있죠.」

「**당신도** 그렇게 발음해요? 당신 고향에서도? **고향이** 어디예요?」

「파키스탄입니다.」

「파키스탄 —」

「거기선 그 이름을 다르게 발음하죠.」

「난 그쪽으로 재능이 있어요. 정확하게 발음할 수 있어요.」

「우린 **아흐타르**라고 발음하죠.」 아버지는 모국어의 kh 후두음 — 아버지의 경험에 의하면 백인 미국인은 아무도 완벽하게 발음하지 못했던 — 을 냈다. 수화기 건너편에서 잠시 침묵이 흘렀다.

「아, 그 발음은 어렵겠네요. 내가 모르는 소리예요, 의사 선생.」

「**악타르**도 좋습니다, 트럼프 씨.」

두 사람은 웃음을 터뜨렸다.

「좋아요, 좋아. **악타르**로 합시다. 나는 도널드라고 불러 줘요.」 이어서 트럼프는 약속을 지키지 못한 것에 대해 사과하기 시작했다. 그의 따스함에 마음이 누그러진 아버지는 괜찮다고 말했다. 트럼프는 아버지에게 방이 좁지는 않은지 물었다. 「뉴욕이잖아요. 여기선 공간이 넉넉하다는 기분을 느끼

기가 어렵죠. 하지만 내가 의사 선생에게 좋은 스위트룸을 내
어 주라고 했어요. 마음에 들어요? 내가 호텔을 사들이면서
방들을 개조해서 ─」

「트럼프 씨 ─」

「부탁인데, 도널드라고 불러 줘요.」

「실례되는 말씀이지만, 도널드, 내가 뉴욕에 온 건 좋은 호
텔에 묵기 위해서가 아닙니다. 나는 당신을 도우러 왔어요.
당신의 심장에 생긴 문제가 얼마나 심각할 수 있는지 당신이
이해하고 계신지 모르겠네요. 만일 그게 브루가다 증후군이
라면, 당신은 걸어 다니는 시한폭탄이라고 해도 과언이 아닙
니다. 내일 죽을 수도 있어요.」침묵이 흘렀다. 아버지가 말을
이었다. 「도널드, 당신에게 극진한 대접을 받아 기쁘고 영광
스럽습니다. 정말로요. 하지만 나는 브루나이에 가서 브루나
이 술탄을 치료하고 돌아온 지 얼마 안 됐어요. 그는 왕이지
만 약속 시간에 맞추어 도착했죠. 제대로 치료를 받지 않으면
내일 죽을 수도 있다는 걸 이해하고 있었으니까요.」

「좋아요, 의사 선생.」짧은 침묵 후에 트럼프가 망연히 말
했다. 「거기로 가죠. 몇 시에 갈까요?」

「오전 8시요.」

「오늘 약속 못 지켜서 미안합니다. 정말 미안해요, 의사 선
생. 당신을, 당신의 시간을 존중하지 못했어요. 사과합니다.
진심이에요.」

「괜찮습니다, 도널드.」

「용서해 주는 건가요?」

아버지는 웃음을 터뜨렸다.

「좋아요, 됐어요. 당신이 웃었으니.」 트럼프는 말을 이었다. 「오늘 일은 미안하고 내일 거기로 가겠어요. 만사 제쳐 두고. 약속해요.」

***

2016년 대통령 선거 운동 초기에 트럼프의 성격과 스타일이 다각도로 해부되고 그의 승산이 점쳐지는 과정에서, 그가 사과하는 법을 모른다는 말이 자주 나왔다. 트럼프가 거짓말과 경솔한 실수를 연발하며 위태로운 질주를 이어 가는 동안, 그가 미안하다는 말을 — 심지어 그 말이 도움이 될 때조차 — 못 하는 것 같다는 지적이 끝없이 제기되었다. 자신의 잘못을 인정하는 건 약점을 드러내는 것이고, 따라서 그것은 트럼프의 모든 사업적 본능뿐 아니라 존재의 법칙 자체에도 역행하는 것처럼 보였다. 내가 「어프렌티스」[8]를 시청할 때마다 이사회실 해고 장면에서 본 건, 약함에 대한 명백한 경멸이었다. 트럼프의 유행어가 된 날카로운 해고 통보[9]를 들은 참가자는 어김없이 5번 애비뉴로 쫓겨나 쓸쓸히 — 검은 리무진을 타고 — 트럼프 타워 꼭대기와 가까운 호화로운 스위트룸에서 멀어져 갔고, 한편 그 스위트룸에서는 남은 참가자들이

---

8 The Apprentice. 참가자들의 실무 능력을 평가하여 한 명씩 탈락시키는 서바이벌 형식의 리얼리티 쇼. 도널드 트럼프는 이 프로그램을 진행하면서 유명세를 얻었다.

9 〈당신은 해고됐습니다You are fired!〉

샴페인을 홀짝거리며 트럼프의 지혜로운 선택을 찬양했다. 기꺼이 공동 책임을 지고, 팀의 실패는 말 그대로 **팀의** 실패이지 한 개인의 실패는 아님을 인정한 참가자는 어김없이 탈락했다. 그 쇼에서 트럼프가(대본에 따라 연기한 것이긴 하지만) 훌륭한 분별력과 동지애를 발휘하는 참가자에게 당혹감을 드러내는 것이 내 눈에는 기괴해 보였다. 자기 체면을 세우기 위해 다른 사람을 비난하는 것이 정당한 사업 전략이라고 믿는다는 게 진짜 가능한 일인가? 물론 이제 우리는 그것이 사업 전략을 넘어 트럼프적 세계관의 최고선(善)에 가깝다는 사실을 안다. 그가 진짜로 **연기**를 한 건 그날 밤 아버지와 전화 통화를 했을 때 — 그리고 다음 날 아침, 약속 시간에 맞추어 커피 두 잔과 〈LOVE LIFE!〉라고 적힌 라펠 핀이 든 작고 흰 선물 상자를 들고, 아버지가 그걸 그의 회오의 표시로 받아들여 주길 희망하며, 진찰을 받으러 나타났을 때 — 였던 것 같다. 아버지는 그 제스처를 결코 잊지 못하게 된다.

생각해 보면, 몇 년 후에 트럼프가 사과할 줄을 모른다는 평을 들을 때 아버지가 그걸 당당히 묵살하도록 만든 건, 아마도 그가 트럼프 타워 선물 가게에서 슬쩍 들고 왔을 하찮은 장신구 하나였다. 「저 사람들은 그를 몰라.」 아버지는 TV에 출연한 전문가들에게 성난 야유를 보내곤 했으며, 대개는 그때마다 그 라펠 핀을 상기했다. 「그를 안다면 저런 말을 떠들어 대지 않을 텐데. 자기들 말이 틀렸다는 걸 알 텐데.」

***

트럼프의 심장 문제가 해결되기까지는 몇 년이 소요된다. 아버지는 여전히 브루가다 증후군일 수 있다고 생각했지만, 확신은 갖지 못했다. 브루가다를 치료하지 않고 방치하면 치명적인 결과로 이어지기 십상이었기에 실수가 용납될 여지가 없었다. 하지만 유일한 치료법이 심장 세동기 이식이었는데, 트럼프는 아버지가 그 필요성을 절대적으로 확신하지 않는 한 세동기를 달고 싶어 하지 않았다. 홀터 심전도 모니터에서나 트럼프의 요청으로 아버지가 매해 두 번 뉴욕으로 날아가 실시한 검사들에서나 브루가다 증후군의 특징인 상어 지느러미 형태의 심전도 그래프가 다시 나타나지 않았기에 아버지도 그에게 그런 확신을 줄 수가 없었다. 트럼프는 더 이상 기절은 안 했지만 여전히 이따금 가슴속에서 그 이상하고 공허한 요동이 느껴진다고 호소했다. 그런 느낌이 찾아오면 숨이 차기 시작했고 그러면 가만히 앉아서 증상이 사라지기를 기다렸다. 그게 부정맥 증상이긴 하나 브루가다에 해당되진 않을 수도 있다고 판단한 아버지는 약한 베타 차단제[10]를 처방하고 매일 충분한 수분을 섭취하게 했다. 그래서인지 4년 동안 걱정스러운 증상은 막을 수 있었다.

1997년 무렵, 유전자 검사 분야의 혁신 덕에 트럼프는 초기의 심전도 그래프에서 의심되었던, 생명을 위협하는 심장

---

10 교감 신경의 베타 수용체를 차단하여 심근 수축력과 심장 박동 수를 감소시키는 약물로, 고혈압, 관상 동맥 질환, 심부전, 부정맥 등의 치료에 사용된다.

질환에 걸리지 **않았음을** 확실히 알 수 있게 되었다. 브루가다 증후군이 고려 대상에서 배제되자 아버지가 뉴욕에 갈 이유도 사라졌다. 왕진은 중단되었다. 트럼프는 다시는 아버지를 부르지 않았다. 사실, 아버지는 마운트 시나이 병원 진료실 밖에서는 트럼프와 그렇게 많이 대면한 것도 아니었다. 아침 심장 검사를 제외하면 간간이 점심이나 저녁 식사를 함께 하고, 플라자 호텔 스위트룸에 공짜로 묵은 게 다였다. 애틀랜틱시티에 간 적도 한 번 있었는데, 그때 아버지는 바카라 테이블에서 트럼프가 어깨 너머로 지켜보고 있는 가운데 10분 만에 5천 달러를 잃었다. 아버지가 트럼프를 그렇게 가까운 사이로 느끼는 건 합리적이지 못했지만 본디 그런 일은 합리적이기 어려운 법이다. 아버지는 일종의 금단 현상, 아니 애도를 겪었다. 야간 뉴스나 일간지에서 트럼프의 이름만 나와도 우울해하면서 침묵에 빠져들었다.

하지만 결국 아버지의 뉴욕행은 다시 시작되었다. 아버지는 자신의 분야와 별 관계도 없는 이런저런 학회에 참석한다는 핑계로 자비로 일등석 표를 끊고, 플라자 호텔에 투숙하고, 프레스코 바이 스코토(도널드와 함께 후루룩거리며 스파게티와 미트볼을 먹었던)에서 저녁을 먹고, 브루클린에 있는 그린필드 클로지어(트럼프가 정장을 맞춰 입고 그곳 직원이 여전히 아버지를 트럼프 씨 주치의라고 부르는)로 옷을 맞추러 가고, 아버지가 트럼프보다도 더 그리워했을(이건 내가 나중에야 짐작하게 된 일이지만) 캐럴라인이라는 이름의 매춘부를 찾아갔다. 나는 어머니가 돌아가신 후까지 그녀의 존재를 알지 못했고 사실을 알게 되었을 때 심한 충격을 받았음을 인정한다. 그건 아버지가 바람을 피워서가 아니라 화대를 지불했기 때문이었다. 내가 자라면서 아버지에 대해 가졌던 이미지는 갈팡질팡하면서도 타고난 재능 덕에 그럭저럭 살아가는 덩치 큰 보이 스카우트, 악의는 없지만 무책임한 푸에르 아이테르누스[11]였다. 나는 아버지가 그런 추잡한 세계에 별 관심이 없다고 생각했었다. 그런데 그게 아니었다. 아버지가 처음으로 매춘부를 찾아가도록 만드는 데는 어느 오후 진료 사이사이에 이루어진 〈라커 룸 토크〉[12]에 부추김을 살짝 얹는 것만으로도 충분했다. 트럼프는 전문적 섹스가 주는 놀라운 위안에 대해 의기양양하게 떠들어 대다가 아버지가 눈이 휘둥그레져서 관심을 보이자 그쪽으로 경험이 없다는 걸 눈치채고 연락처를 하나 줬다. 나는 아버지가 수화기 건너편의 비단결처럼 부드러운 목소리 — UN에서 그리 멀지 않은 이스트 40번가의 적갈색 사암 건물에 자리한 회원 전용 클럽 마담의 목소리는 그랬으리라 — 에 응답할 때까지 몇 번 그냥 전화를 끊었을 것임을 의심치 않는다. 하지만 결국 그 건물 2층에서 독약을 선택했으니, 얼굴이 길쭉하고 체구는 자그마하면서 가슴이 풍만한 그 금발 여자는 트럼프도 〈알았던〉 게 분명했고 벨벳 같은 입술을 가진 것으로 정평이 나 있었다. 아버지는 15년 동안 캐럴라인과 섹스를 했고, 내가 나중에 추측한 바로는 **그녀와만**(물론 어머니는 제외하고)

11 puer aeternus. 라틴어로 〈영원한 소년〉이라는 뜻.
12 남자 라커 룸에서 벌어지는 남성 우월적 대화.

잤다. 나는 퀸스에 이복 여동생이 살고 있다는 사실을 접하면서 그녀의 존재를 알게 되었지만, 지금은 그 피란델로적 이야기[13]를 풀어놓을 때가 아니다. 트럼프의 거짓 아량 — 아니, 그보단 아량을 가장한 금박과 속이 다 비치는 곱고 섬세한 천으로 이루어진 야한 어스름의 세계에 대한 아버지의 욕망 — 이 우리 악타르가에 지대한 영향을 미쳤다는 것만 말해 두겠다. 그리고 그 거짓 아량은 아무도 이해할 수 없는 일, 아버지가 선거에서 트럼프를 지지한 것에 대한 설명이 되어 주기도 한다. 아버지는 이성을 가진 비백인 미국인이라면(이민자 출신은 고사하고!) 자신이나 다른 누구에게도 정당화될 수 있는 지경을 훨씬 넘어서까지 트럼프의 당선을 응원하고 트럼프를 지지했다. 그래, 아버지는 트럼프 후보에 대한 매혹의 과정을 차례차례 밟아 갔다 — 맨 처음엔 발생기, 그다음엔 상승기, 그다음엔 도취기에 이르렀고, 그다음엔 실망기, 배신과 혼란의 시기를 거치더니 결국 탈진에 이르렀다. 그리고 그 전체적인 격정의 순서와 범위는 모든 중독의 범주에 해당되었다. 그래, 아버지의 **중독** 증세를 일일이 열거하자면 부단한 감정 변화, 회피, 맹세, 부인, 꾸준한 예의 상실, 즉흥적인 합리화를 들 수 있다. 이 모든 것을 주목하고 보여주면서, 그 과정에서 미국 무슬림의 렌즈를 통해 이 도무지 있을 법하지 않은, 우리 모두를 집어삼킨 비현실성에 대한 끔찍한 욕망을 낱낱이 드러내는 일은 가치가 있을 수도 있다. 그래, 그건 가

---

13 이탈리아 극작가 피란델로가 작품에서 주로 다룬 인간의 이중성과 광기 등 정신적 위기를 주제로 한 이야기.

치 있는 일일 수도 있으나 내가 그걸 펜으로 쓰는 행위를 견 뎌 낼 수 있을지 모르겠다. 아버지를 사랑하니까. 아버지가 좋은 사람이라고 생각하니까. 나는 작가로서 수 주, 수개월 — 수년은 고사하고! — 을 투자하여 위협적인 얼간이가 된 내 아버지의 초상을 그려 내는 걸 견딜 수가 없다. 그래서 하 루 오후에 잠깐씩 과거를 돌아보는 것으로 대신하겠다.

즉,

트럼프가 멕시코 이민자들은 강간범에 살인범이라는 악명 높은 발언과 함께 선거 운동에 뛰어든 뒤의 주말에, 비백인은 우리뿐이었던 워키쇼의 한 브런치 식당에서 벌어진 일이다. 「네가 왜 그렇게 흥분해서 난리인지 모르겠구나. 그는 쇼맨 이야. 관심을 끌려고 그러는 거라고. 진심으로 하는 말이 아 냐.」「그럼 애초에 그런 말을 하지 말았어야죠!」「넌 정치인 이 아니라서 그래.」「그건 그도 마찬가지죠.」「그건 두고 봐 야지.」「설마 지금 그게 좋은 생각이라는 말은 아니겠죠.」아 버지는 그 말에는 대꾸하지 않고 멕시코 축구팀 유니폼을 입 은 버스보이[14]들을 가리키며 말했다.「아무튼, 저들은 영어를 좀 배워야 해.」

그리고,

트럼프가 예비 선거 토론 중 다른 후보들을 모욕하자 아버 지는 신바람이 나서 열띠게 말했다.「저 사람들 봐. 죄다 밀랍 인형 같구나. 속 빈 강정이야. 알맹이 없는 말들만 늘어놓고. 저런 모욕을 당해도 싸지. 트럼프는 이미 모든 사람이 생각하

14 테이블에서 빈 그릇을 치우는 웨이터 보조.

고 있는 걸 말하고 있을 뿐이야.」

그리고,

트럼프가 무슬림 데이터베이스 구축을 제안했을 때, 아버지는 자신은 등록할 필요가 없을 거라는 이상한 믿음을 갖고 있었다. 「난 기도도 안 올리고 단식도 안 하니까 원칙적으로 무슬림이 아니고, 너도 마찬가지야. 그러니까 우리는 그가 말하는 대상에 포함되지 않는 거지. 그것도 그렇고 난 그의 주치의였으니까, 우린 아무 걱정 안 해도 돼.」

그리고,

아버지가 트럼프의 헛소리를 이해하기 위해 정신적 왜곡까지 서슴지 않는 걸 보고 있으면 혹시 노망이 난 것 아닌가 싶을 정도였다. 「그가 언론에 대해 하는 말은 다 옳아. 언론은 조작되지. 돈을 벌기 위해 조작되는 거지. 생각해 봐라. 그들은 뉴스를 **보도하는** 게 아냐. **파는** 거지. 넌 그들이 뭘 팔고 있다고 생각하니? 응? 도널드가 당선될 수 없다는 것. 그가 당선되지 **않을 거라는** 거. 하지만 그가 표를 많이 받을수록 그 이야기의 진실성은 떨어지지. 그게 거짓말이라는 걸 모두가 알아. 그는 인기가 올라가고 있어. 그들은 그를 끌어내리려고 하지. 그는 전사야. 전사가 뭘 하는지 알아? 싸우지. 그래서 우리가 그를 사랑하는 거야!」(엉?)

그리고,

편견에 찌든 견해들을 분출했는데, 나는 아버지가 그런 견해를 신봉하고 있다는 걸 알지도 못했었다. 백인들은 게을러서 주말이나 여름에 놀러 갈 궁리밖에 안 한다는 둥, 흑인들이 의료비를 내기 싫어하는 건 아직도 노예 심리가 남아 있어서 시스템 자체를 저항의 대상인 노예주로 여기기 때문이라는 둥, 여자들은 삶에 대한 이해가 더 깊은데 그건 출산을 해야만 하고 애초에 고통을 견디도록 만들어졌기 때문이며 또 그런 이유로 그들은 트럼프가 여성에 대해 고약한 말을 하는 것에 개의치 않고 결국 그걸 예상했을 거라는 둥, 무슬림은 시대에 뒤떨어졌는데 그건 쿠란이 순 헛소리고 예언자 마호메트는 멍청이이기 때문이라는 둥, 유대인들은 신경 과민이 있는데 그건 마누라의 입을 다물게 할 줄 몰라서 여자들이 아이들을 돌아 버리게 만들기 때문이라는 둥 ── 내가 기억해 내려고 애쓸 필요도 없이 바로 떠오르는 것만 열거해도 이 정도다.

사려 깊은 사람이었던 ── 적어도 여러 해 동안 사려 깊음의 **사례들을** 안심할 만한 빈도로 보여 왔던 ── 아버지가 지적 장애가 생긴 듯했고, 뒤죽박죽된 그 견해들은 악취가 진동하는 정신적 방귀와도 같았다. 그 비유를 밀고 나가면, 아버지의 정치의식이 이질이라는 감염병을 일으켜 방종한 유독성 배출을 야기했다는 논리가 성립될 수 있었다. 더 나아가면, 어린아이가 바닥에 똥을 싼 다음 그 배설물을 손가락으로 찍어 냄새를 음미하고 다른 사람들이 보이는 혐오감을 즐기는 모습을 상상할 수 있다. 그런 어린애의 유치한 쾌감, 아버지는 그걸 다시 배우고 있었다 ── 우리 모두가 그랬다 ── 그리고 트럼프는 우리의 스승이었다. 나는 아버지가, 내가 알고 사랑하는 사람, 여전히 여러 면에서 존경하는 사람이 그때 뭔

43

가 잘못되었음을 스스로 깨닫지 못했으리라고는 정말로 도무지 상상도 할 수가 없다. 하지만 어쩐 일인지 아버지는 계속해서 진실을 외면하면서 그 대대적인 불명예를 합리화할 그럴듯한 구실만 찾고 있었다. 그러나 아버지도 다른 사람들처럼, 우리 미국인의 삶을 이렇듯 천하게 만드는 것이 하나의 해방, 꼭 필요한 신랄함, 정치적 진실을 말하는 새 시대의 도래가 아닐 수도 있다는 의심을 품기 시작했다. 트럼프가 여성 성기를 움켜쥔다는 음담패설을 하는 녹음 파일과 제임스 코미가 의회에 보낸 편지[15]가 공개되어 미국이 세계적 웃음거리로서 입지를 굳힌, 도무지 선거 결과를 예측할 수 없던 2016년 10월에도, 마침내 트럼프의 끊임없는 방종과 불운, 명백한 부정, 여성과 그들의 성기에 대한 혐오스러운 발언으로 그에 대한 아버지의 신뢰가 흔들리는 것처럼 보이던 10월 말까지도, 심지어 선거 일주일 전까지도, 아버지는 나와의 전화 통화에서 트럼프가 흠은 있어도 역시 더 나은 선택일 수 있다고 말했다. 나는 도무지 견딜 수가 없었다.

「아버지. 전 이해를 못 하겠어요. 도대체 그 사람한테서 아직까지 뭘 찾고 있는 거죠? 그는 거짓말쟁이예요. 거짓말쟁이에 꼴통이고, 무능하고 ─」

「진짜 꼴통은 아냐.」

「그는 모두를 속였어요. 아버지가 그에게서 뭘 보고 있는지 모르겠어요.」

---

15 FBI 국장 제임스 코미가 클린턴의 불법 선거 운동 관련 이메일에 대해 수사하게 된 사실을 의회에 보고한 편지.

「전에도 말했잖니. 그는 **철거용** 쇠공이야.」

「페이스북에서 어떤 아이가 선생님에게 보낸 편지를 읽은 거잖아요. 저도 그거 읽었어요.」

「일리가 있어, 안 그래?」

「아버지! 아버진 탄광 광부 아들이 아니잖아요. 웨스트버지니아인지 씨발 어딘지에 사는―」

「말이 거칠구나, **베타.**[16] 흥분하지 마.」

「그 사람이 대통령이 되면 우리의 삶을 비참하게 만들 게 뻔한데, 아버진 그런 건 신경도 안 쓰고 있어요. 그 이유가 납득되면 흥분 안 할게요. 아버지한텐 왜 그게 문제가 안 되는지―」

「그건 사실이 아냐. 다 공갈이다.」

「아버지가 그걸 어떻게 알아요?」

「어떻게 아는지 너도 알잖니. 난 그를 알아.」

「아버진 그와 연락이 끊긴 지 20년은 됐어요!」

「18년이다. 진정하고―」

「그걸 세고 있었어요?」

「그는 관심을 끌려고 그러는 거야. 그게 다야. 텔레비전 채널을 하나 만들고 싶어 한다는 얘기가 있어.」

「이 대답만 해주세요, 아버지. 이거 하나만. 딱 하나. 아버지 자식들에게 영향이 미칠 수도 있는데 그래도 상관이 없는지―」

「넌 괜찮을 거야.」

16 편자브어로 아들, 혹은 남자아이를 부르는 애칭.

45

「애틀랜타에 사는 아버지 누이, 고모들, 사촌들 —」

「**진정해라.**」

「아뇨, 아버지. 전 아버지 생각을 알고 싶어요. 아버진 무슬림 데이터베이스에 등록할 필요가 없다고 생각하는데 —」

「그런 건 없을 거다. 두고 봐.」

「그가 말하는 여행 금지는요? 예? 무스타파와 야스민이 더 이상 우리를 보러 못 온다면요?」

「내가 **진정하라고** 했다.」

「그다음엔요? 그다음엔 어떻게 될까요? **아버지도** 여기서 태어나지 않았다는 이유로 진짜 시민이 아니라는 말이 나오기까지 얼마나 오래 걸릴까요?」

「그럴 일은 안 일어날 거고 —」

「저는요? 애초에 시민권을 주지 말았어야 할 사람의 아들이니까요.」

「넌 유명인이야. 너한테는 아무 짓도 못 해.」

「전 **유명인**이 아니에요.」

「노상 신문에 나잖아.」

「밀워키 신문에 난다고 유명인이 되는 건 아니에요. 그리고 그게 그거랑 무슨 상관이 있는지 —」

「게다가, 그가 이기지도 않을 거야.」

「**게다가요?**」

「넌 그걸 알 만큼 똑똑해. 그는 심지어 이기는 걸 **원하지도** 않아. 그저 메시지를 전하려는 거야.」

「그가 텔레비전 채널을 만들고 싶어 한다고 아버지 입으로 말했던 것 같은데요.」

「그 말이 그 말이지.」

「그가 메시지를 전하기 위한 텔레비전 채널을 만들려고 이기고 싶지도 않은 선거에 출마했다는 건가요?」

「바로 그거다.」

「그 메시지가 뭔데요?」

「시스템이 무너졌다는 거지.」

이 자기도취적 궤변은 진창은 아버지 자신에겐 완벽하게 말이 된다는 점에서 사람을 미치게 만들었다.

「아버지가 무슨 말을 하고 있는 건지 전혀 모르겠어요.」

「그가 못 이길 거라는 말이야. 그러니까 흥분하지 말라고.」

「아버지가 그걸 어떻게 알아요?」

「네이트 실버.」[17]

「만일 그가 이기면요?」

「못 이겨.」

「그래도 그가 **이기면요? 아버진** 여전히 그가 더 나은 선택이라고 말하고 있잖아요.」

「맞아.」

「어떻게 더 나은데요?」

「세금을 깎아 주니까.」

「농담이겠죠—」

「너도 돈을 더 벌게 되면 이해할 수 있을 거다.」

「작년에 제가 아버지보다 돈을 더 많이 벌었어요.」

17 미국의 대표적인 통계 전문가.

「그럴 때도 됐지.」

「아버진 그를 뽑겠다는 말처럼 들리네요.」

잠시 침묵이 흘렀다. 「아니다.」

「그렇게 들려요. 그리고 이 말도 해야겠는데, 아버지가 힐러리한테는 무슨 문제가 있다고 생각하는 건지 아직도 모르겠어요.」

「문제는 없다. 우리에겐 변화가 필요하니까 ―」

「힐러리가 여자라서요? 그렇지만 이제 더 이상 임신은 못하니까 아버지한테는 문제 될 게 없고 ―」

「그 말투 마음에 안 든다.」

「어머니는 뭐라고 말할까요? 아직 살아 계신다면요.」

「**뭐에** 대해서?」

「어머니는 자신의 성기가 움켜쥐어지는 것에 대해 어떻게 생각할 것 같아요?」

「선을 넘었어!」

「**캐럴라인**은 그걸 좋아하나요? 아버지가 그 여자 성기를 움켜쥐었을 때 그걸 좋아했어요?」

「나한테 그런 말을 하다니, 우라질! 내 말 들려? 아무리 그래도 난 네 아비야!」

나는 심장이 쿵쾅거렸다. 아버지 말이 옳았다. 나는 선을 넘었다. 마음이 괴로웠다. 나는 아버지에게 상처를 주려 했다. 나는 그때 이 나라에, 아버지에게, 나에게 벌어지고 있는 일이 싫었다. 아버지에게 죄송하다고 사과하고 싶었다. 그런 소리를 지껄인 건 내가 아니라고, 진짜 내가 아니라고 말하고 싶었다. 트럼프가 우리를 이렇게 만들고 있다고. 하지만 그러지 않았다. 아버지가 이해해 주지 않으리란 걸 알고 있었으니까.

***

선거일에 나는 시카고에 있었다. 마침 그날 노스웨스턴 대학에서 강의를 하게 되어 일주일 전에 할렘에 있는 교회 — 내가 지난 다섯 번의 대선에서 네 번 민주당 후보를 찍은 곳 — 에서 사전 투표를 했다. 그날 캠퍼스에서는 거의 열광적이라고 할 수 있는 흥분이 느껴졌는데, 그건 트럼프가 일으킨 광기가 마침내 막을 내리게 되었다고 생각하는 데서 오는 짜릿한 기쁨이었다. 나는 그가 이길 수도 있다는 두려움이 가시지 않았지만 아무에게도 그걸 시인하진 않았다. 선거를 앞둔 몇 주 동안 나에겐 한 가지 변화가 생겼는데, 전에 없이 마치 중독자처럼 전화기에 의존하게 된 것이다. 심지어 갈망의 대상이 전화기 자체도 아니고 전화기가 날마다 전하는 트럼프에 대한 분노에 찬 말들이었다. 나는 선거 전 2주 내내 악몽에 시달릴 만큼 갈망이 강했다. 밤마다 그가 꿈에 나왔다. 나는 트럼프의 아내들과 딸들, 가슴이 풍만한 금발 여자들이 번갈아 내 페니스에 립스틱을 묻히는 악몽을 꾸며 사정했다. 그리고 아침에 일어나면 전화기를 향해 손을 뻗었다. 일찍이 그 누구도 내 삶에 그렇게 철저히 침투한 적이 없었다. 트럼프가 — 매체와 메시지가 일체화된 형태로 — 나 자신만큼 가깝게

49

느껴졌다. 그리고 나만 그런 게 아닐까 봐 걱정되었다. 만일 다른 사람들도 나처럼 느끼고 있다면 그게 나쁜 징조일까 봐 걱정되었다. 비현실적인 대하소설과도 같은 선거전, 그 급격한 반전과 변태적인 쾌락 들 — 이런 미친 이야기에는 그 광기에 걸맞은 결말이 요구되는 게 아닐까? 내 안의 작가는 이야기가 도덕성이 아니라 움직임으로 만들어진다는 걸, 조화가 아니라 결론을 요구한다는 걸, 공포의 대상들이 사라지기를 바라며 글을 쓰지만 오히려 그것들을 불러오는 경우가 빈번하다는 걸 알고 있었다. 나는 작가로서 그걸 알았다. 하지만 『뉴욕 타임스』의 선거 결과 예측 바늘이, 파이브서티에이트[18]의 구불구불한 띠, 둘 다 내가 틀렸다고 안심시켜 줬다.

하지만 끝까지 안심시켜 주진 못했다.

개표 방송을 보고 있던 나는 위스콘신에서 나온 결과에 깜짝 놀랐다. 나는 위스콘신에 대해 잘 알았고, 이미 발표된 선거구들에서 힐러리 지지자 대부분이 나오리라는 걸 이미 알고 있었다. 나는 위스콘신에서 트럼프 표가 증가하고 있는 것에 대해 해설가들이 대단한 일이 아닌 것처럼 떠들어 대는 이유를 납득할 수가 없었다. 한 시간도 안 되어 『뉴욕 타임스』의 바늘이 반대 방향으로 돌아갔고, 네이트 실버의 리본도 새빨간색으로 바뀌었다.

나는 10시 30분에 집으로 전화를 걸었다. 트럼프가 내 고향 위스콘신주에서 이길 거라는 확신이 들었고, 결국 선거에서도 이길 것 같았다. 아버지가 전화를 받았다. 아버지는 술

18 미국의 통계 사이트.

을 마시고 있었던 듯했다. 나는 아버지의 기분을 헤아릴 수가 없었다.

「보고 계세요?」 내가 물었다.

「그가 이길 것 같구나.」 아버지가 혀 꼬부라진 소리로 말했다. 텔레비전에서는 존 킹이 아버지 병원이 있는 시보이건 카운티의 집계를 보여 주고 있었다. 「시보이건도?」 나는 아버지가 혼란스러워하며 묻는 소리를 들었다.

「투표하셨어요?」

「뭐?」

「아버지, 투표하셨어요?」

「네가 무슨 상관인데?」

「모르겠네요. 우리 그 얘긴 충분히 했어요.」

「우라질, 맞아, 충분히 했지.」

「화나신 목소리네요.」

「응?」

「화나신 목소리라고요.」

「그가 이기고 있어. 모르겠니?」

「아버진 그를 찍지 않았나요?」

「내가 말했잖아, 우라질, 그 얘긴 안 한다고.」

그러더니 전화를 끊어 버렸다.

아버지는 누구를 찍었는지 끝내 말해 주지 않았지만 나는 아버지의 목소리에서 분명한 수치심을 느꼈다. 나는 아버지가 그날 밤 자신에게 가능한 유일한 방식으로 진실을 시인했다고 생각한다. 아버진 그래선 안 된다는 걸 알면서도 트럼프에게 표를 줬던 것이다.

나는 그가 자신이 사는 교외 부촌의 고풍스러운 주민 센터 다목적실로 들어서며 무슨 생각을 했을지 궁금했다. 아마 그 날 그곳은 아버지가 여름휴가 갈 궁리만 한다고 여기는 백인들로 거의 채워졌을 것이다. 그는 투표소로 걸어 들어가 신분 증을 제시하고 줄을 서면서 — 알고 있었을까? 기표대 앞으로 가서 커튼을 치고 칸마다 적힌 이름들을 바라볼 때 — 어떤 심정이었을까? 아버지가 빨간 작은 레버를 향해 손을 뻗고 그걸 내리도록 만든 건 무엇이었을까? 나는 아버지가 정말로 자신이 그걸 하고 있음을 믿지 않거나 그래도 괜찮을 거라고 — 왜냐하면 그 시점에서 **그녀의** 승리는 이미 정해진 결과가 아니었던가? — 믿는 마음이 있었을지 궁금했다. 만일 아버지가 정말로 **그녀가** 이길 거라는 생각에서 트럼프에게 표를 줬다면 거기엔 어떤 의도가 있었을까? 마음속에 어떤 생각, 혹은 감정을 간직하고 있었던 걸까? 도대체 어떤 신념을 저버리고 싶지 않았던 걸까? 여성 혐오는 아니었을 것이다. 아버지는 베나지르 부토[19]를 좋아했고 그녀가 암살당했을 때 커다란 충격을 받았다. 그건 아니었다. 내 생각에 그건 트럼프에 대한 영속적인 사랑의 결과였다.

아버지가 트럼프에게 품은 애착의 실체는 무엇이었을까? 그건 단순히 헬리콥터 여행과 널찍한 스위트룸, 매춘부, 재단사의 줄자, 라펠 핀에 대한 추억일 뿐이었을까? 정말로 그

---

19 Benazir Bhutto(1953~2007). 제11대, 13대 두 차례 파키스탄의 총리를 역임한 최초이자 유일한 여성 총리.

렇게 진부한 것일 수가 있을까? 아니면 그런 것이 다른 무언가, 보다 포괄적이고 포착하기 어려운 걸 대신했던 것일까? 아버지는 늘 미국을 기회의 땅이라고 불렀다. 그게 아버지만의 독창적인 말이 아니라는 건 나도 안다. 하지만 이런 의문을 품게 된다 — 누구를 위한 기회? 아버지를 위한 기회? **아버지가** 소망하는 것이 될 기회? 물론 다른 사람들도 마찬가지지만, **다른 사람들**과 **아버지**가 진정한 동격일 경우로 국한된다. 그건 메리가 오래전에 말했던 것이 아닐까? 우리가 찬양해 마지않는 아메리칸드림, 더 강해지고 더 커진 우리 자신에 대한 꿈, 그리고 우리는 그 아메리칸드림의 기치하에 모든 것, 즉, 우리를 제외한 것들을 기꺼이 희생시킨다는? 우리의 이웃을 약탈하고 우리의 나라를 훼손시킨다는? 다른 사람의 번영을 그저 하나의 도로 표지판, **자기 자신의** 몹시도 중요한 성취에 박차를 가하는 질투의 자극제로 여길 뿐이라는? 아버지가 도널드 트럼프에게서 본 게 바로 이런 것이 아닐까? 불가능하리만큼 강해지고 믿을 수 없을 정도로 커진 자신, 부채나 진실, 역사의 영향력에서 벗어난 자신, 결과 그 자체에서 해방되어 완전한 자기도취에 빠진, 미국의 영원성이라는 개인주의적 영감에 완전히 통합된 환상적인 자신? 아버지는 자신의 미국적 자아가 고국에 버리고 온 파키스탄적 자아보다 얼마나 더 많은 걸 담을 수 있는지를 보여 주는 이미지를 찾고 있었던 듯하다. 아버지는 한계를 확인하고 싶어 했던 듯하다. 미국에서는 무엇이든 가질 수 있다, 안 그런가? 대통령 자리도? 트럼프 같은 멍청이가 대통령 자리에 앉을 수 있다면 당신은? 심지어 당신이 그걸 원하지 않는다고 해도 말이다. 그 멍청이도 그 자리를 원하지 않았던 게 분명하니까. 그는 그저 자신이 그 자리를 가질 수 **있는지** 알고 싶었던 것뿐이다. 아니 어쩌면 다른 말을 강조해야 할지도 모르겠다. 그는 자신이 그걸 **가질** 수 있는지 알고 싶었던 것뿐이다.

그래. 나는 그게 맞다고 생각한다.

나는 트럼프가 지배력을 쥐게 된 것에 대해 상인 계급이 오랜 계획대로 미국 권력의 성소에 입성한 것이라고, 모든 도덕 의식을 대체하는 소유 의식과 상스러움을 수반한 중상주의가 정복을 통해 부상한 것이라고, 우리의 정치 생활에서 민주주의가 몰락한 게 아니라 — 사실 민주주의가 그걸 가능하게 했다 — 이제 마지막 남은 미국적 열정으로 보이는, 부를 신성한 대상으로 여기고 추구하는 풍토에 대항하는 모든 방어벽이 붕괴한 것이라고 다른 곳에서 언급한 바 있다. 토크빌[20]이 살아 있었더라면 놀라지 않았으리라. 나의 아버지도 예외는 아니다. 트럼프는 아버지의 이야기를 상징하는 이름일 뿐이다.

<hr />

20 Alexis De Tocqueville(1805~1859). 프랑스의 정치학자이자 역사가로, 미국 민주주의의 가능성과 위험성을 날카롭게 분석한 『미국의 민주주의』를 집필했다.

II
자서전, 혹은 빈 라덴에 대하여

나는 911 테러 후 10년이 채 안 되어서 쓴 희곡에, 무슬림 출신의 미국 태생 등장인물이 쌍둥이 빌딩이 무너지는 광경을 보며 예기치 못한 달갑지 않은 감정, 즉 자부심 ── 그는 〈홍조〉라는 표현을 쓴다 ── 을 느꼈다고 고백하는 내용을 담았다. 그는 희곡의 클라이맥스에서 자신이 여기 미국에서 태어났고 이 나라에 대한 믿음과 미국인으로서의 삶에 대한 충실함에 한 치의 흔들림이 없음에도 불구하고, 왠지 여전히 스스로를 분개한 타자로 보는 정신, 그가 극 중 대부분의 시간을 들여 ── 지속적으로 **무슬림**이라는 용어를 사용하여 무대 위의 다른 인물들, 객석의 많은 관객을 유감스럽게 만들면서 ── 경멸한 사고방식에 동질감을 갖고 있음을 깨달았노라고 설명한다. 나중에 그 희곡에 등장하는 무슬림 출신의 두 인물 중 하나가 911 테러에 대해 미국은 그런 일을 당해도 싸고 앞으로 그런 공격이 더 닥칠 일들의 전조와도 같다고 말한다. 그 희곡이 퓰리처상을 받고 전국적으로, 그다음엔 세계적으로 널리 상연되면서 내가 많이 받게 된 — 그리고 지금도 자주 받는 — 질문은 내가 작품 속에 얼마나 많이 담겼는지에 대한 것이다. 그리고 대개는 그 질문이 나 역시 그 9월 11일에 자부심의 홍조를 느꼈는지, 만일 그랬다면 나도 미국이 그런 일을 당해 마땅하다고 믿는지, 그리고 결국 나도 작품 속 인물처럼 미국에 대한 무슬림의 추가 공격이 있을 거라고 생각하는지 묻는 것임을 시간이 지나면서 서서히 깨달아 갔다. 사람들이 나에게 그 희곡이 자전적 작품인지 묻는 건 사실 나의 정치적 입장에 대해 묻는 것이다.

나는 수년간 대답을 피해 왔다. 회고록을 쓰고 싶었다면 쓸 수도 있었고, 반미적 내용의 긴 글을 쓰고 싶었다면 그것도 쓸 수 있었다. 하지만 둘 다 하지 않았다. 그것으로 충분했을까? 그렇지 못했음이 분명하다. 대부분의 질문자에게 나의 조용한 회피는 긍정의 뜻으로 받아들여졌던 것이다. 내가 그런 감정을 느끼지 않았다고 밝히기를 거부한 건 암묵적인 자백으로 받아들여졌다. 아니라면 왜 침묵하겠는가? 다시 말해, 질문자들은 그런 감정을 갖는 건 공감할 수 없어도 그런 감정을 갖고 있지만 시인하고 싶지 않은 건 확실히 공감하는 듯했다. 늘 그렇듯, 해석은 그 대상보다는 해석하는 주체에 달려 있다.

나는 침묵이 역효과를 내고 있음을 깨닫고 방법을 바꿔 이렇게 말하곤 했다. 내 견해로는, 그 질문을 받아 주어 작품보다는 작가의 삶에 관심이 **쏠리도록 만드는** 건 예술이 추구하는 특별한 종류의 진실을 훼손하는 결과만을 초래할 뿐이다.

저널리즘과는 달리 예술의 힘은 출처의 신뢰성과 거의 관련이 없다. 그런 다음 마지막으로 D. H. 로런스의 말을 인용했다. 「절대로 예술가를 믿지 마라. 이야기를 믿어라.」 한동안 이 방법이 잘 통하는 것 같았다.

그러다 트럼프가 대통령 후보가 되고 4개월쯤 지난 2015년 11월, 그는 저지시티에서 무슬림들이 테러의 날을 기념하는 광경을 보았노라고 선언했다. 내 에이전트의 전화기가 울리기 시작했다. 나는 빌 마허가 진행하는 쇼에 출연하여 트럼프의 그 주장에 대해 이야기해 달라는 섭외를 거절했고, 이틀 후 「폭스 & 프렌즈」의 비슷한 초청도 사양했다. 하지만 사람들이 그 뒤로 911에 대한 미국인 무슬림의 반응과 관련된 충격적인 진실의 증거로 내 희곡을 인용하면서 그 질문이 계속해서 들어왔다. 대답을 피하는 것이 무책임하게 여겨지기 시작했다. 내겐 **실질적인 것**에 대해 말하는 게 중요하지 않았던가? 하지만 그게 뭐지? 물론 그 희곡에 표현된 정서는 어딘가에서 온 것이지만, 경험을 예술로 바꾸는 데 작용한 그 복잡하고 빈번히 모순적이기도 한 연금술을 어떻게 표현한단 말인가? 내가 간단히 할 수 있는 말은 그걸 말할 간단한 방법이 없다는 것뿐이었다. 나의 어머니가 거의 평생을 사랑한 것으로 보이는 남자 — 나의 아버지가 아니라 아버지의 의과 대학 친구 가운데 하나였던 라티프 아완 — 의 죽음이 우리 가족의 마음속에 매장되어 있던 고통의 광맥을 파헤치게 된 것에 대해서는 간단하게 말할 방법이 없었다. 어머니가 라티프의 죽음을 애도하면서 한 말이 내 희곡의 대사로 재탄생했다.

나는 그 말들을 통해 어머니의 분열된 충성심이 지닌 충격적인 깊이뿐만 아니라 이른바 무슬림 세계 전반과 이른바 서구를 갈라놓는 가장 근원적인 단층선의 윤곽까지도 더듬어 볼 수 있었다. 그건 몇 마디 말에 불과했지만 나는 거기서 일생의 맥락을 찾을 수 있었다. 나는 희곡을 쓰면서 그 맥락과 이야기를 작품 속에 묻었고 관객들에게 진짜 출처를 감췄다. 그런 걸 분명하게 드러낸다고 해서 작품에 대한 이해를 높일 수 있으리라 믿지 않았던 것이다. 그 믿음은 지금도 여전하다. 하지만 여기서 여러분과 함께 직접 확인해 보도록 하겠다.

일의 시초, 혹은 분단

나의 부모님이 파키스탄에서 의과 대학에 다니던 1960년대에 대한 회고를 듣는 건, 황금기 이야기들이 거의 그러하듯, 미사여구의 향연에 초대된 것이라고 할 수 있었다. 그다음에 이어지는 파키스탄 격동의 역사에 대한 기나긴 이야기가 1960년대를 다시는 오지 않을 전성기로 보이도록 만들었음엔 의심의 여지가 없지만 말이다. 부모님이 서로를 만난 — 그리고 어머니가 라티프를 만난 해이기도 한 — 1964년에는 파키스탄 건국을 위해 흘린 피의 강이 마침내 모두 말라붙고 인도 분단의 망령이 마지막 기승을 부린 후 결국 저 너머 더 밝은 곳을 향해 떠났다는 생각을 품을 수도 있었다. 하지만 실상은 그렇지 않았다. 20세기 말과 21세기 초에 파키스탄이 품었던 테러 전술 — 물론 CIA에서 배운 — 에 대한 집착은 인도에서 분리되는 과정의 트라우마에서 생겨난 망상적 계산법이었으며, 모국 인도에 대한 파키스탄의 여전히 필사적이고 여전히 뜨거운 공포에 호소하는 자멸적 방어 기제였다. 아직도 대부분의 사람에게 거의 알려지지 않은 분단의 이야기를, 제2차 세계 대전 후 사면초가에 몰린, 늘 표리부동한 영국에 의해 어떻게 인도가 갈라지고 파키스탄이 탄생하게 되었는지를 소홀히 설명할 이유는 없다. 서사적 스케일을 지닌 그 이야기를 하지 않을 이유는 없다. 다만, 그 이야기는 이미 여러 번 잘 전해진 데다, 이 책은 — 그리고 나라는 사람은 — 그런 상세한 서술을 시도하기에 적합하지도 않다. 내 이야기는 전적으로 미국에 관한 것이다. 하지만 내 이야기를 이해하려면 적어도 다음과 같은 사실은 알고 있어야 한다. 1947년 무렵, 영국이 오랫동안 실행해 온 〈분할 정복〉이라는 제국주의적 전략은 모국 인도를 분할하여 힌두교도와 무슬림이 더 이상 함께 살 필요가 없도록 하는 결정(어떤 이들에겐 잘못된 생각이고, 또 어떤 이들에겐 신의 명령인)으로 이어졌다. 무슬림과 힌두교도가 인도에서 수백 년을 함께 살아 왔다는 사실은 별로 중요하지 않았다. 한 세기에 걸쳐 영국이 정책적으로 무슬림과 힌두교도를 대립시키고, 영국령 인도 제국 또한 그저 견제 세력의 역할에 머물면서 그들의 끊임없는 갈등을 부추긴 결과, 인도 제국은 사회 구조가 붕괴되기 직전이라는 사실을 더 이상 부인할 수 없게 되었다.

제2차 세계 대전이 일어나기 전 영국은 인도에 자치권을 주겠다는 립 서비스를 남발했지만 완전한 독립을 승인하는 것에 대해서는 진지하게 고려한 적이 없었다. 인도 제국은 영국에게 왕관의 보석과도 같았기에 인도를 포기한다는 건 생각할 수도 없는 일이었다. 하지만 1947년 무렵 영국은 독일군의 폭격에 엄청난 충격을 받아 탈진한 데다 군인을 너무 많이 잃어 사기가 꺾이고, 인도군의 탈영과 반란에 놀라고, 예기치 못한 한파와 에너지 부족으로 국민들이 추위에 떨고 공장들이 문을 닫는 마비 상태에 빠지고, 파산에 이른 경제를 살리기 위해 미국뿐 아니라 인도에까지 빚을 지고, 영국으로선 책임지고 싶지 않은 무슬림과 힌두교도와 시크교도 사이의 증가하는 폭력(머지않아 역사적 대학살로 이어질)에 넌더리가 나 있었다. 국내와 붕괴되어 가는 식민지에서의 이런 문제들에 압도당한 영국은 아대륙(亞大陸)[21]에서 떠나는 것이 유일한 해결책이라는 결론에 이르렀다.

아버지는 그런 표준적인 역사 읽기를 싫어했다. 그건 〈책임 전가〉라고 말했고, 인도 분할 과정의 폭력을 영국 탓으로 돌리는 걸 특히 견디기 어려워했다. 그 모든 무의미한 살인을 저지른 게 누구였지? 함께 공부했던 친구의 사지를 자르고, 무슬림이나 힌두교도 이웃의 목을 베고, 그들의 아기를 꼬챙이에 꿰어 구운 게 영국인이었나? 그런 모든 짓을 한 사람이 영국인이었나, 아니면 우리였나? 그래, 좋다, 물론 영국인이 1600년대 초부터 모국 인도를 끊임없이 약탈하면서 악행을 저지르고 우리를 노예로 만든 건 사실이다 — 그래서 뭐? 우리가 로봇인가? 우리는 **꼭** 폭력을 되풀이해야만 했을까? 폭

21 대륙보다는 작지만 섬보다는 큰 땅덩이. 여기서는 인도를 이른다.

력을 되풀이한 건 **우리**인데 **그들** 탓을 하는 게 무슨 의미가 있는가? 무슨 가치가 있는가? 역사는 명백하지 않은가? 우리는 오랫동안 독립을 요구해 왔고, 영국은 마침내 그 요구를 들어줬다. 피를 흘리지 않고 그걸 이룰 수 없었던 건 우리였다 — 그런데 도대체 무엇 때문에 **그들을** 탓해야 하는가? 그들이 너무 싫어서 사실을 있는 그대로 볼 수조차 없다면, 그렇다면 왜 우리의 언어가 그렇게 많은데 아직도 그들의 언어를 사용하고 있는가? 왜 셰익스피어를 인용하고, 스쿼시를 치고, 오이샌드위치를 먹는가? 왜 그들이 만든 도로를 다 뜯어내고 우리 손으로 새로 깔지 않았나? 먼지만 날리던 편자브를 아대륙에서 가장 비옥한 땅으로 만들기 위해 그들이 파놓은 운하들을 왜 도로 메우지 않았나? 왜 우리는 그런 것에 대해서는 불평하지 않는가?

아버지의 역사 읽기는 특히 분단 전 인도의 무슬림에 대해 냉소적이었다. 고립된 소수 집단, 그래, 하지만 고립 상태에서 심각한 망상에 빠져 아직도 무슬림이 인도를 지배했던 영국 점령 전 무굴 제국[22] 시대를 꿈꾸는 사람들. 아버지는 그걸 무익한 영광의 기억으로 여겼으며, 이미 오래전에 역사의 한 페이지로 남은 이슬람 황금시대 — 당시 알려져 있던 세계 대부분을 무슬림이 지배했던 지난 천 년의 전환기 — 를 찬양하는 짓, 심지어 그보다도 더 부질없는 짓의 메아리라고 생각했다. 우리는 — 이제 〈우리〉의 지시 대상이 바뀌는데, 아버지의 일인칭 복수가 난무할 때 빈번히 일어나는 일로 〈우

22 인도에 16세기부터 19세기까지 있었던 마지막 이슬람 제국.

리〉는 분단 전의 모든 인도인이 아닌 무슬림을 가리킨다 —
아무 도움도 되지 않는 과거를 부르짖으며 세월을 보냈다. 바
깥세상을 따라잡는 데 필요한 역할을 하는 대신 오만하기 짝
이 없는 망상과 조장된 핑계만 공고히 할 뿐인 과거. 1979년
말에 아버지가 흥분해서 장황한 열변을 토하던 기억이 난다.
이란 인질 사태가 2주째로 접어든 때였는데, 미군이 메카의
가장 신성한 무슬림 성지를 공격했다는 (허위) 라디오 보도
를 접한 파키스탄 폭도가 이슬라마바드의 미국 대사관에 침
입하여 불을 질렀다. 메카에서 공격이 있었던 건 **사실이었지
만** 미국은 그 사건과 아무 관련이 없었다 — 가해자는 사우
디로 밝혀졌다. 아버지는 그 반사적 폭력에 대해 전형적이라
고 말했다. 「맹목적이고 어리석어! 과거에 사로잡혀 있어! 영
국을 향한 분노와 미국을 향한 분노의 차이도 모른다니까!
바보들의 법정에서 역사적 범죄를 다투고 있다고! 그들이 상
처를 입히는 건 자신뿐이라는 사실을 언제쯤에나 깨닫게 될
까?」 여기서 다시 〈우리〉의 지시 대상이 바뀌어 새로운 〈우
리〉는 미국인으로서의 우리를 지칭하고 그에 반하는 이전의
〈우리〉는 아버지가 자신과 무관하기를 바라는 〈그들〉, 즉 무
슬림이 된다. 「**베타**, 그래서 이런 생각까지 든단다. 어쩌면 그
게 그들이 진짜 원하는 건지도 모른다는. 실패하는 것. 도전
에 나서지도 않고, 변화에 관심도 없고. 무슬림 세계 전체가
그렇지. 실패를 예상하고, 그래서 결국 실패하지. 케케묵은
문제에 대한 비난을 퍼부을 새로운 대상을 찾는 데 창의력을
쏟아붓는 거지.」 바로 그 1979년 가을, 3학년이었던 나는 학

교에서 남북 전쟁에 대해 배우고 있었는데 어느 토요일 오후에 아버지가 내 교과서를 뒤적이며 미국 남부의 농업 경제에 대해 다룬 내용을 훑어보다가 다음과 같은 기억에 남을 만한 비유를 했다. 「베타, 남부가 이겼다고 상상해 보렴. 앨라배마, 테네시 같은 아래쪽의 낙후된 한심한 지역들 말이다. 그 지역이 그때 뭘 갖고 있었지? 네 책에 나오는 그대로야 — 노예와 목화. 제조업도 없고, 운송업도 없고, 해군도 없었지. 만일 남부가 전쟁에서 이겨 독립했다면? 그건 남부에 재앙이 되었을 거야. 남부가 북부에 의존할 수 없었다면? 우리가 백 년 넘게 남부를 떠받쳐 줬는데 만일 그러지 않았다면? 그럼 오늘날 저 아래쪽이 어떻게 되었을 것 같니? 응? 지금보다 더 심각한 거지 소굴이 됐겠지.」 아버지는 책을 탁 덮으며 즐겁게 말했다. 「아들아, 한마디로 말하자면 그게 파키스탄이다. 남부의 모든 소망이 실현되었더라면 오늘날 맞이했을 결과만큼 한심하지.」

아버지는 나에게는 자신의 본국을 자주, 거리낌 없이 폄하했지만 아내인 나의 어머니 앞에서는 그런 식으로 말하지 않았다. 어머니는 파키스탄을 사랑했다. 사랑까지는 아니라고 해도 마음 깊이 그곳에 결속되어 있었다. 어머니도 911 이후에는 파키스탄의 실험을 못마땅해하며 자신이 자란 그 나라가 아닌 것 같다고 말했지만, 그때쯤엔 30년 동안 네 차례나 암과 싸운 후였기에 그런 감정 변화에는 테러와의 전쟁보다 더 심오한 이유들이 존재했다. 아버지와 달리 인도와 파키스탄을 가르는 중부 펀자브 지역 국경 가까이에 살았던 어머니는, 분단 기간에 평생 잊지 못할 테러들을 목격할 만큼 이미 나이를 먹은 상태였다. 어머니의 어릴 적 기억 중에는 유혈 사태가 벌어진 여름에 라호르역에서 본 광경이 있었다. 당시 무슬림은 인도에서, 힌두교도와 시크교도는 지금의 파키스탄에서 도망치게 되면서 피난 짐을 싸들고 오랜 터전을 떠나는 이주민이 1천5백만 명에 이르렀다. 어머니는 외할아버지와 함께 있다가 잠시 혼자 플랫폼 위로 걸어갔는데, 일꾼들이 기차에서 길고 무거운 갈색 자루처럼 보이는 짐들을 끌어내리고 있었다. 일꾼들은 그 짐들을 되도록 멀리 던지느라 애를 쓰고 있었다. 어머니는 가까이 다가가서야 그것이 자루가 아니라 알몸의 시체임을 알게 되었다. 거기 쌓여 있는 건 시체들이었다. 시체 더미에서 여자 몸이 굴러 떨어졌는데, 긴 머리칼이 젖혀지면서 코가 있어야 할 자리에 구멍이 뚫린 얼굴이 드러났고, 가슴에도 피투성이의 분홍색 원 두 개가 보였다. 가슴이 잘린 것이었다.

공포의 여름이었다. 어머니가 살던 동네는 와흐에 있는 시크교 성지와 가까웠다. 그곳에서 수천 명의 시크교도가 집과 길거리에서 불구가 되고 강간당하고 살해당했기에, 어머니는 도로를 따라 늘어선 얕은 묘지에서 삐져나온 잘린 사지와 손, 발을 보았다. 개들이 인간의 머리를 물어뜯는 광경도 목격했다. 한 시크교도 어머니가 폭도들이 배를 갈라 내장을 꺼낸 아이를 피투성이 숄에 감싸안고 있는 모습도 보았다. 겨우 다섯 살 때 겪은 일이었다. 어머니는 단순히 목격자에만 머물지 못했다. 그 폭력 사태로 가족도 잃어야 했다. 제일 좋아하던 이모 로시나 — 외할머니의 여동생 — 가 국경 건너편에서 시집 식구들과 함께 살고 있었는데, 결국 살아서 돌아오지 못했다. 로시나는 집에 숨어 있다가 힌두교 폭도에게 습격당해 거실 창문을 통해 앞마당으로 끌려 나가 윤간을 당한 후 맞아 죽었다. 이미 파키스탄에 도착한 로시나의 남편은 그 소식을 듣고 스스로 폭도를 조직해 길거리로 나갔다. 그들은 피 흘리는 힌두교도 소년을 집으로 끌고 왔는데, 어머니는 그 소년이 로시나가 당한 일에 모종의 책임이 있으리라 생각하면서, 진입로 쪽으로 난 침실 창문에 이마를 대고, 사람들이 도끼로 그 아이를 토막 내는 광경을 지켜보았다.

너무 어린 나이에 그런 사건들을 겪게 되면 살인이 추상적 개념이나 악한들만 저지르는 일이 아님을 안다. 선량한 사람들도 죽고 죽일 수 있다. 어머니는 일생의 공포, 몸이 결코 잊지 못하는 공포를 배웠다. 어머니가 인도에 대해 피해망상적 태도를 보이는 것도 놀랄 일은 아니었다. 어머니는 트라우마가 된 광경과 소리로부터 사반세기가 지난 후 미국 교외의 부엌에서 상카 커피를 마시며, 자신을 해치고 싶어 할 수도 있는 힌두교도로부터 지구 반 바퀴는 떨어져 있는, 든든한 옥수수밭이 산울타리를 이룬 조용한 뒷마당을 내다보면서도, 그때조차도 그들이 자신을 파괴하러 올까 봐 걱정했다. 파키스탄이란 나라 자체처럼 어머니도 그 지독한 공포의 대장간에서 벼려진 것이다. 두려움의 대상은 비단 힌두교도만이 아니었다. 치명적인 위험이 곳곳에 도사리고 있었고, 어머니는 그 위험을 상기시키는 것만 보아도 공포에 질렸다. 어머니는 뉴스를 보지 않았다. 과거의 것이든 현재의 것이든 잔학 행위 장면은 견디지 못했고, 특히 홀로코스트라면 진저리를 쳤다. 아우슈비츠나 트레블링카 수용소 얘기만 나오면 격한 애도와 분노가 솟구쳤고, 나는 오랜 시간이 걸려서야 그런 어머니를 이해할 수 있었다. 어머니는 제2차 세계 대전 때 유대인이 겪은 일과 인도 분단의 사태가 같다는 의견을 직접적으로 제시하진 않았지만 암시는 했다. 그리고 어머니가 가장 견디기 괴로웠던 건, 홀로코스트가 자신의 끔찍했던 과거만이 아니라 이 나라 사람들이 그 일에 대해 상대적으로 얼마나 무지한지까지도 상기시킨다는 점이었던 듯했다.

어머니는 그 모든 것에 대해 거의 침묵했다. 내가 아는 진실 대부분이, 어린아이들이 으레 그렇듯, 가족 간 무언의 규칙들을 배우면서, 하지 말아야 할 말을 했을 때의 못마땅한 찡그림이나 기분 변화를 보면서 조금씩 나름의 가정을 하게 된 것이었다. 그리고 어머니가 돌아가시면서 남긴 여남은 권의 일기가 어머니의 내면 세계라는 퍼즐을 맞추는 데 도움이 되었으며, 어머니가 어린아이의 눈으로 목격한 참상이 자꾸만 재발하는 암의 근원이라고 믿었다는 사실도 알게 되었다. 어머니는 일기에서, 자신의 몸에 정서적 상처, 어떻게 느껴야 하는지도 모르는 채 마음 깊이 묻어 둔 느낌들, 여전히 어떻게 이해해야 할지 모르는 감정이 가득하며, 이 해로운 것들이 거의 7년마다 한 번씩 자신의 생명을 위협하는 종양으로 전이되고 있다고 걱정했다. 이모들이 내게 전해 준 어머니의 어릴 적 모습은 유년기의 강력한 억압이 성격 형성에 영향을 미쳤으리란 추정에 힘을 실어 주었다. 이모들의 기억 속 어머니는 대담한 행동을 잘 하고 늘 호기심이 넘치는 쾌활한 소녀였고, 내가 아는 조용하고 예민하며 말이 없는 여성과는 사뭇 달랐다. 이따금 나도 어머니의 눈빛에서 그 낙천적인 인물을 엿보긴 했다. 기이한 것들 ── 폴카 음악, 리세스 피넛버터컵 초콜릿, 티 로즈,[23] 그리고(티보 DVR 시대가 도래한 후) 데이비드 레터먼 ── 이 어머니를 완전히 다른 사람처럼 보이게 만드는 부드럽고 장난스러운 표정을 불러냈다. 그리고 어머니가 라티프를 바라볼 때도 그런 마법이 통했다.

자카트

어머니가 처음 라티프를 만난 건 의과 대학 1학년 때였는데, 3학년이던 그는 이미 약혼한 몸이었다. 나는 그들이 어떻게 만났는지 정확히는 모르겠지만 ── 아마도 결국 어머니의 남편이 된 나의 아버지이자 라티프의 절친한 친구를 통해서였을 것이다 ── 1998년 라티프가 총에 맞아 죽고 이틀 후에 어머니가 일기에 어떻게 썼는지는 알고 있다.

우리는 처음 만났을 때부터 알 수 있었다. 하지만 그가 무얼 어쩔 수 있었겠는가? 그는 이미 안줌과 결혼을 약속한 상태였다. 나는 그가 S를 그토록 좋아한다면 S에게 무언가 더 있으리라 생각했다. 그래서 S에게 기회를 주기로

23 유럽의 재래 장미와 동양 장미를 교잡한 하이브리드 장미.

했다. 나는 그것이 단지 이기심일 뿐임을 깨닫지 못했다
(너는 알고 있었다). L과 정반대. 아직도 그와 손을 잡았던
기억이 난다. 거인처럼 큰 손. 그 부드러운 미소. 「얘기 많
이 들었어요, 파티마.」 그가 나에 대해 무슨 얘기를 들었는
지 나는 물은 적이 없다. 그리고 이제 그는 죽었다.

라티프가 좋아하는 친구라는 이유로 어머니의 선택을 받
은 — 어머니가 일기에서 한 번 이상 씁쓸하게 언급한 바에
따르면 — S는 나의 아버지 시칸데르였다.
　라티프는 키가 컸다. 아주 컸다. 나의 아버지 — 180센티
미터 가까이 되는 — 보다 15센티미터는 더 컸고 체중도
45킬로그램이나 더 나갔다. 이마도 툭 튀어나와 있었고, 이
마의 윤곽을 이룬 헤어라인은 아직 그렇게 젊은 사람에겐 부
자연스러울 정도로 후퇴해 있었다. 가는 눈은 갈색이었으며,
얼굴은 길쭉하고, 입은 컸다. 펀자브 버전의 조 바이든이라
고 해도 될 정도로 인상이 비슷했는데, 델라웨어 상원 의원이
었다가 결국 부통령 자리에까지 오른 조 바이든에 대한 어머
니의 영원한 애정은 아마 그 때문이었을 것이다. 그는 큰 머
리와 아주 큰 손을 가진 거인이었지만 어머니 말대로 무척이
나 온화했다. 그래서 나도 어릴 때 그를 사랑하게 되었다. 물
론, 라티프가 목말을 태워 줄 때 번쩍 들어 올려져 그 거대한
어깨에 무엇보다 높이 우뚝 앉아 있는 건 무척이나 짜릿한 일
이었지만, 가장 선명한 기억으로 남은 건 걸으면서 살며시 내
발목을 그러쥐던 그 거대한 두 손이었다. 강력한 힘을 든든한

울타리처럼 두른 기쁨, 그건 그의 거구가 주는 위협감을 줄여주는 것이라기보다는 친절의 표현이었다 — 그래, 그의 미소에서 분명하게 볼 수 있는 친절.

라티프와 나의 아버지는 어머니보다 2년 먼저 의과 대학을 졸업하고 미국에 있는 병원에서 해외의 젊은 의사들을 대상으로 실시한 비자와 일자리, 비행기 표, 아파트를 제공하는 새로운 프로그램의 수혜를 입은 선두 주자 무리에 들었다. 아버지는 뉴욕시에서 심장과에 들어갔고, 라티프는 뉴저지 트렌턴 근방에서 내과 레지던트가 되었다(라티프는 어릴 때 정혼한 흰 피부의 육촌 안줌과 결혼한 상태였고, 나의 부모님 역시 이미 결혼했지만 어머니는 의과 대학을 졸업할 때까지 미국으로 오려 하지 않았다). 아버지에게 트렌턴은 고향이 그리운 주말에 친구들과 비리야니[24]를 먹으러 잠깐 내려갈 수 있을 만큼 가까우면서도 지켜보는 눈길이나 방해 없이 새로운 미국의 삶을 살 수 있을 만큼은 먼 거리에 있었다. 라티프는 신앙심이 깊었고 — 원래 그런 사람이었다 — 아버지는 자신이 위스키와 카드 게임을 얼마나 즐기고 있는지 친구에게 들키고 싶지 않았다. 그건 라티프가 신앙 문제로 타인을 괴롭히는 사람이었다는 의미는 아니며 적어도 파키스탄에서는 단 한 번도 그런 적이 없었다. 하지만 라티프는 미국에 살면서 동창생들이 미국의 생활 방식을 너무 깊이 받아들이는 걸 보고 걱정이 되었던 듯했다. 라티프는 이렇게 말하곤 했다. 영국을 잊지 마. 영국인들은 인도에서 우리와 수백 년을

24 쌀에 고기, 생선, 채소 등을 넣어 찐 인도 요리.

섞여 살았지만 늘 적당한 거리를 두었지. 그들은 자신의 것을 지키기 위해 조심했어. 라티프는 자신이 누구고 어디서 왔는지 잊지 않기 위해 그 교훈을 명심해야 한다고 생각했다.

아버지에겐 자신이 누군지 잊지 않는 것이 자신이 펀자브인임을 잊지 않는 것이었던 데 반해, 라티프에게 그것은 자신이 무슬림임을 잊지 않는 것이었다. 그에게 나라는 지상의 인연, 신앙은 천상의 인연이었다. 하지만 라티프가 기도를 빼먹거나 라마단 금식일을 어긴 적이 없었던 건 나중에 천국에 가기 위해서만은 아니었으며 심지어 그것이 주된 이유도 아니었다. 그는 저 위의 천국은 이 아래에서의 삶을 구축하기 위한 하나의 이미지라고 말했다. 나의 회상 속 라티프 ― **살와르 카미즈**[25]를 입고 그의 집(혹은 우리 집) 뒤뜰을 우아하게 걸어 다니며 내적 고요를 발산하던 그, 라티프가 있는 자리에서는 숭고한 것들에 대해 이야기하는 게 자연스러울 뿐만 아니라 불가피하게 느껴졌다 ― 는 천사의 느낌을 주는 경우가 많은데, 초현실적이거나 영묘하거나 내세적이어서가 아니라 강력하고 빛을 발하며 지금 여기에서 사람들을 돕는 데 관심이 있기 때문이었다. 그는 무슬림으로 사는 것에 대해 말할 때, 내일의 내생이 아니라 오늘 더 나은 삶을 주고 싶은 주위 사람들에 대해 이야기했다. 무슬림의 삶은 무엇보다도 **자카트**[26]의 실천에 있다는 것이었다. 자카트라는 용어는 일반적으로 무슬림이 매년 국가에 내는 구빈세를 가리키지만, 라티

25 파키스탄 전통 복장.
26 무슬림의 5대 의무 중 하나인 자선의 의무.

프의 가문에서는 그들의 (상당한) 부의 재분배뿐 아니라 곤궁한 처지의 사람들에 대한 적극적인 도움 — 말하자면, 기독교적 자선의 무슬림 버전 — 까지도 포함했다. 북부 펀자브의 **자민다르**(지주)였던 라티프의 할아버지는 고아원을 설립했고, 라티프의 아버지도 그 일을 이어 갔다 — 선지자 마호메트가 여섯 살 때 고아가 되었다는 이야기가 전해져 내려오고 있어서 무슬림 세계에서는 고아들을 보살피는 일이 특별한 종교 활동으로 여겨진다. 라티프는 어릴 때 일요일이면 아버지가 고아원을 둘러보는 동안 그곳 아이들과 어울려 놀았다. 그래서 나중에 의과 대학에 들어가서도 주말에 얼마 안 되는 여유 시간을 아껴 지역 병원에 가서 가난한 사람들을 위해 봉사하는 게 그에겐 당연하게 느껴졌던 듯하다. 그는 트렌턴에서도 수련 기간 내내 그렇게 했고, 5년 후 뉴저지를 떠나 플로리다 펜서콜라에서 다른 사람들과 병원을 차리게 되었을 때도 자신의 진료실에서 일요일 오전에는 무료 진료를 실시했다. 라티프의 동업자들은 그의 공격적이고 남의 눈을 신경 쓰지 않는 자선 활동에 떨떠름한 반응을 보였으나, 기독교인이 다수를 이루는 그 지역에 인심 좋은 새 의사가 왔다는 소문이 퍼지자 병원비를 낼 수 있는 환자들까지 몰려들기 시작했다.

나는 어느 일요일 오전에 라티프 아완의 진료실에 갔던 기억이 난다. 우리 가족이 플로리다 팬핸들에 있는 그의 집에 놀러 갔을 때의 일이었다. 우리 두 가족은 매년 2주씩 함께 지냈다. 겨울에는 아완 가족이 위스콘신으로 오고, 봄에는 우리가 펜서콜라로 갔다. 그날 아침 나는 아완가의 아이들 — 쌍둥이 아들과 그 밑으로 딸 둘, 이렇게 넷이었고 맏이와 막내의 나이 차이가 다섯 살밖에 안 되었다 — 과 숨 가쁘게 술래잡기를 하다가 땅에 넘어졌고, 무언가 무릎에 박히는 걸 느꼈다. 확인해 보니 슬개골 바로 밑의 혹처럼 생긴 살에 가느다란 은빛 꼬챙이 같은 게 박혀 튀어나와 있었다. 낚싯바늘이었다. 나는 그걸 뺄 수 있다는 생각으로 구부러진 각도에 맞추어 잡아당겼다. 그러자 피가 솟구치기 시작했다. 이내 무릎과 발목이 피로 뒤덮였다.

어머니는 공포에 사로잡힌 채 주방용 수건으로 지혈대를 만들어 내 다리에 묶었고, 안줌이 우리 둘을 차에 태우고 남편의 병원으로 향했다. 나는 병원이라기보다는 공사 현장 트레일러처럼 보이는 길고 납작한 건물의 진입로를 어머니와 안줌 사이에서 절뚝거리며 걸어갔다. 대기실은 사람들로 꽉 차 있었다. 라티프에게 진료를 받으러 온 환자가 마흔 명은 되었을 것이다. 그들 대부분이 흑인이었다. 그날의 기억 중에서 가장 또렷한 건 — 라티프가 외과용 칼로 내 무릎을 쨴 다음 분홍색과 흰색 힘줄에 박혀 있던 낚싯바늘을 제거하는 걸 지켜보며 무릎에 아무 감각도 느껴지지 않는 기이한 체험을 한 것 외에 — 우리가 온 걸 모르는 상태로 복도에서 안으로 들어서는 라티프의 얼굴이었다. 그는 딴사람처럼 보였다. 온화한 얼굴이 아니라 몰두한 얼굴, 부드러운 얼굴이 아니라 결연한 얼굴이었다. 평소엔 말로 표현하기 어려운 내면이 그의 거대한 틀 구석구석에서 밀고 나와 실체를 드러낸 것이다. 마치 그의 영혼이 소매를 걷어붙이고 — 독자들이 이런 서툰 비유를 양해해 준다면 — 진정한 일을 시작할 준비를 한 듯했다. 심지어 눈마저 평소보다 크고 더 생기가 넘쳤다. 라티프는 그곳에서 그를 필요로 하는 사람들, 그의 진정한 동족 — 내가 보기에 그는 우리보다 그들에게 더 깊이 소속되어 있는 듯했다 — 에게 에워싸여 편안함을 느끼는 게 분명했다.

1982년 12월

소련이 아프가니스탄을 점령한 지 3년 가까이 되어 가고 있었다. 나는 열 살이었다. 라티프와 안줌의 쌍둥이 아들들은 열두 살, 두 딸은 아홉 살, 일곱 살이었다. 그들이 크리스마스 방학 일주일 전에 우리 집에 나타났을 때 나는 라티프의 큰딸 람라가 히잡을 쓰고 있는 걸 보고 깜짝 놀랐다. 내가 아는 여자들(어른이건 아이건)이 **히잡**이나 **부르카**, **푸르다** 같은 구속적 형태의 머리 가리개를 쓴 걸 본 적이 없었기 때문이다. 안줌과 나의 어머니는 가끔 헐렁한 **두파타**를 썼지만 내가 보기엔 종교적인 이유보다는 멋을 내기 위해서였다. 어쩌면 그래서 그 칙칙한 암녹색 천을 단단히 두른 람라의 얼굴을 보고 그렇게 놀랐던 것인지도 모르겠다. 히잡을 쓴 람라는 너무도 엄격하고 심각한 인상을 주었다. 그녀는 그걸 좋아하지 않았고 내게 몇 번이나 그런 말을 했었다. 나는 늘 람라가 그녀의 형제자매 중 가장 〈미국적〉이고 확실히 나보다 〈미국적〉이라고 생각했었다. 그 12월에 위스콘신에 온 람라는 마이클 잭슨의 앨범 「스릴러」에 실린 거의 모든 곡의 가사를 알고 있었다 — 앨범이 나온 지 얼마 되지도 않았고 그녀의 아버지는 그 앨범을 사지 못하게 했지만 말이다. 람라는 친구 집에서 테이프에 노래들을 녹음한 다음 늘 카세트를 갖고 다니다가 아버지가 없을 때 얼른 그 테이프를 카세트에 밀어 넣고 노래를 한두 곡씩 들었다.

라티프는 점점 더 엄격해져 가고 있었는데 아이들에게뿐 아니라 자신에게도 마찬가지였다. 이제 그는 — 수술복을 입고 있지 않을 때는 — 헐렁한 흰색 **젤라바**를 입었다. 파키스탄인이 아니면 그 복장의 뉘앙스를 알지 못할 것이다. 아랍인의 복장인 그 펄럭거리는 긴 가운은 깊은 신앙심을 나타냈다. 아프가니스탄에서 벌어지고 있는 소련과의 전쟁은 그를 변모시켰고, 그의 예상을 뛰어넘어 도저히 견딜 수 없을 정도로 경박한 서구에서의 삶을 재조명했다. 무슬림 동지들이 악의 제국에 맞서 싸우다 날마다 학살당하고 있는데 그는 여기서 럭키 참스 시리얼에 마시멜로가 적게 들어 있다고 징징대는 자식들을 키우고 있었다.

소련이 상징하는 악은 대부분의 미국인에겐 사회주의였지만, 우리에겐 무신론이었다. 우리 중에서 가장 비종교적인 사람조차도 신은 존재하지 않는다고 여기는 자들의 지배를 받는 것보다 더 끔찍한 운명은 상상할 수도 없었다. 그리고 만일 아프가니스탄의 무자헤딘 전사들이 자유가 아니면 죽음을 달라는 미국의 위대한 신념을 실행에 옮기고 있다면, 그건 신조적 자유를 위한 투쟁의 독보적인 사례였다. 몇 년 후

로널드 레이건은 아프간의 전사들 — 탈레반의 선구자들 —
을 자유의 투사라고 격찬하며 콘트라 반군과 더불어 〈우리
건국의 아버지들과 도덕적으로 상응하는 존재들〉에 포함시
킴으로써, 그들 사이의 차별점을 무시했다. 하지만 우리에게
건국의 아버지들은 아프가니스탄의 성스러운 전사들에 비하
면 아무것도 아니었다. 물론 흰 가발을 쓴 건국의 아버지들도
싸우긴 했지만 신을 위해 싸운 건 아니었다. 그들은 자신을
착취한 왕에게 세금을 내고 싶지 않아서 무기를 든 것이었다.
거기에 무슨 고귀함이 있는가? 그보단 911 때 불과 쇠의 지옥
에서 살아 돌아올 수 없다는 걸 알면서도 두 번째 쌍둥이 빌딩
에 갇힌 사람들을 구하기 위해 그곳으로 걸어 들어갔던, 건국
의 아버지들의 정신을 이어받은 후예들이 더 적합한 예라고
할 수 있었다. 그게 바로 우리가 아프간 전사들에게서 본 것이
었다. 자신의 삶, 자유, 행복보다 중요한 무언가를 위해 기꺼
이 목숨을 내던지는, 형언할 수 없이 고귀한 불굴의 의지.

그 겨울 아완 가족의 방문 첫날 저녁, 우리는 진수성찬이
차려진 식탁에서 긴 식사를 즐겼다. 어머니는 요리 솜씨가 뛰
어났음에도 평소엔 주방을 싫어했지만, 아완 가족과 함께 지
내는 2주 동안은 완전히 돌변하여 혼자(혹은 안줌과 함께) 주
방에서 식사 — 잔치라고 부를 수밖에 없는 — 준비에 몰두
하여 행복한 시간을 보내는 듯했다. 어머니는 그 첫날 저녁을
위해 식탁에 앉은 어른 모두가 공유하는 라호르 시절을 추억
할 수 있는 특별 요리를 준비했다. 그건 **파야**라고 불리는 발
굽스튜로, 그들이 학생 때 주말 아침에 자일 로드의 올드 아

나칼리에 있는 모장의 노점상에서, 심지어 홍등가—아버지는 거기가 제일 맛있다고 했다—에까지 가서 사 먹던 음식이었다. 발굽스튜는 제대로 만들려면 오래 걸렸고, 어머니는 손님들이 도착하는 날 해 뜰 무렵부터 주방에서 약한 불에 스튜를 끓였다. 나는 그 전날 어머니가 개수대에서 짤막한 염소 다리를 박박 문지르고 발굽을 닥닥 긁어 깨끗이 씻는 걸 볼 때는 그런 걸 입에 넣는 건 상상조차 할 수 없었다. 하지만 막상 식탁에서 아버지와 아완 부부가 흥분을 감추지 못하며 자신들이 얼마나 우스꽝스러워 보이는지 의식하지도 않고 골수를 쪽쪽 빨아먹거나 파야에 적셔 기름진 국물이 뚝뚝 떨어지는 난을 허겁지겁 먹어 대는 모습을 보자 호기심에 굴복하고 말았다. 친숙한 정향과 마늘, 고수 씨, 월계수잎 향이 은근하게 어우러진 그 진한 풍미는 그야말로 경이로웠다.

라티프는 파야를 자기 손으로 한 그릇 더 떠먹은 후, 우리 부모님이 평소에 구사하는 펀자브어와 영어가 그때그때 다른 비율로 섞인 공통어로 아버지와 농담을 주고받으며 파키스탄에 있는 가족들 소식을 나눴다. 라티프가 처음으로 파키스탄에 돌아가고 싶다는 뜻을 비친 건 아프간 국경에 인접한 도시 페샤와르에 사는 형제 마난에 대해 이야기할 때였다.

「그들은 권총과 윈체스터 소총을 들고 러시아군 탱크와 미사일을 상대해 싸워 왔어. 하지만 마난이 그러는데, 이제 미국이 도와주고 있대. 돈과 무기를 대주는 거지. 마침내. 아프가니스탄이 무너지면 다음 차례는 파키스탄이라는 걸 아는 거지. 그건 누구에게도 좋을 게 없지. 마난이 그러는데, 일요일이면 페샤와르의 교회에서 미국인들이 쏟아져 나온대. 도시가 그들로 가득하대. 그들은 지하드를 훈련시킬 캠프들을 열고 있어. 와지리스탄의 스와트 계곡에.」라티프의 아들들 — 야흐야와 이드리스 — 이 열심히 듣고 있었다. 「본국에 돌아가면 할 수 있는 일이 얼마나 많은데 우리가 여기서 뭘 하고 있는 건가 하는 생각이 들게 만드는 상황이지.」

「**난** 그런 생각 안 드는데.」아버지가 발목뼈를 뜯다가 말했다. 안줌도 시큰둥해 보였다.

「난 당신이 왜 **거기서** 할 수 있는 일에 대해서만 계속 이야기하는지 모르겠어.」그녀가 남편에게 말했다. 「여기서도 할 일이 있어.」

「이젠 돈만 보내는 것으론 충분치 않아.」

「라티프, 난 지금 무자헤딘에 대해 이야기하고 있는 게 아냐.」

「알아. 하지만 난 그래.」

「그러니까 유일한 해결책이 돌아가는 거라는 말이야?」그녀가 화난 목소리로 받았다. 그들이 그런 대화를 처음 나누는 게 아님이 분명했다.

라티프는 대답하지 않았다. 그의 옆에 앉은 딸 람라는 자신의 접시를 내려다보고 있었다.

안줌이 우리 부모님에게 시선을 돌렸다. 「우린 여기 온 지 12년이나 되었어요. 두 사람은 어떤지 모르겠지만, 파키스탄에 가면 예전 같진 않아요. 예전처럼 편하지가 않아요.」그녀는 다시 남편에게 시선을 돌렸다. 「당신도 파키스탄에 갈 때마다 똑같은 소리를 하잖아. 여기가 얼마나 그리운지 —」

「에어컨, 안줌. 에어컨. 내가 그리워한 건 그것뿐이야.」

「낚시, 바다…….」

「바다는 카라치에도 있어.」

「카라치?」 안줌이 매섭게 말했다. 「카라치가 마만이 사는 페샤와르와 가까워?」

「페샤와르에는 바다가 없지. 카라치와 페샤와르는 서로 반대쪽 끝에 있고.」 아버지가 가볍게 놀렸다.

라티프는 한숨을 짓더니 갑자기 방어를 거뒀다. 거의 여린 느낌을 줄 정도였다. 「여기서 살면 살수록 난…… 내가 어떤 사람이 되어 가는지 모르겠어.」

「라티프만 그런 게 아니에요.」 어머니가 위로하는 목소리로 말했다. 나는 어머니가 다른 사람들에게 맞서 그의 편을 들고 있음을 느낄 수 있었다. 「여긴 우리의 고향이 아니에요. 여기서 아무리 오래 살아도 여긴 우리의 고향이 될 수 없을 거예요. 어쩌면 그게 우리 마음속에서 끌어내선 안 될 것들을 끌어내는 것 같아요.」

「이를테면 어떤 것?」 아버지가 물었다.

「후회.」

「고향에 있는 사람들은 후회가 없을 거라는 말이야? 그런 거야?」

「내 말은, 자신이 선택하지 않은 것에 대해서만 후회할 수 있다는 거야.」 어머니는 그러면서 라티프를 슬쩍 훔쳐봤다. 안줌이 그걸 보았다. 라티프는 시선을 돌렸다. 「우리는 고향을 떠날 때 더 이상 선택이라는 사치를 누릴 수 없었던 적이 너무 많았지. 그건 다른 종류의 후회라고 할 수 있지. 더 슬프고 무력한.」

「그건 당신 생각이고,」 아버지가 말했다. 「난 여기가 좋아. 파키스탄에서 살 때는 이렇게 좋았던 적이 없어.」

「라호르에도 위스키는 있어, 시칸데르.」

아버지의 대꾸는 빠르고 퉁명스러웠다. 「파티마. 제발. 손님들이 있잖아.」

나는 라티프를 보았다. 그는 나직이 웃고 있었다. 우리 부모님이 티격태격하는 모습은 새로울 것도 없었고, 그걸 재미있어하는 듯한 라티프를 내가 목격한 것도 그때가 처음은 아니었다. 「물론 여긴 안락함이 있지.」 라티프가 이제 자신의 아내를 보며 말했다. 「무엇보다 자유가 있으니까. 돈만 있으면.」

「여기선 돈이 있어서 나쁠 건 없지.」 아버지가 말했다.

「나쁠 건 없다?」 라티프가 아버지의 말을 받았다. 「이 나라에선 가난이 죄야. 난 여기서 흑인이 어떤 취급을 당하는지 알고 있어. 그들이 어떤 일을 겪어야 하는지. 그걸 보면 이 나라가 달리 느껴지지.」

「맞는 말이야. 돈이 없으면 사는 게 쉽지 않지. 하지만 최소한 여기선 자유롭게 돈을 벌 수 있어. 자기가 벌 수 있는 만큼. 자기가 원하는 만큼. 돈을 벌기 위해 누굴 속일 필요도 없고.」

「아프가니스탄에서 우리 형제들이 무슨 일을 겪고 있는지 알게 되면 부자가 될 자유가 있다는 데 만족하며 살 수 없어.」

「돈만이 아냐.」 아버지가 말했다. 「자네도 알다시피, 내가 여기서 하고 있는 일은 파키스탄에서는 할 수가 없어. 거긴 연구실이 없으니까. 연구 정신도 없고. 거기선 책에 이미 나와 있는 게 아니면 존재한다고 생각하지도 않아. 창조적 본능이 없으니까.」

라티프는 고개를 끄덕였다. 「하지만 난 연구를 하고 있지 않아. 내가 행하는 선이라곤 펜서콜라의 가난한 사람들을 돕는 것뿐이지.」

「당신 아이들은 어쩌고?」 안줌이 갑자기 격하게 물었다. 질문이 마치 새총으로 쏜 돌처럼 날아왔다.

라티프는 불편할 정도로 오래 아내를 마주 보더니 침착하게 대답했다. 「아이들은 여기서처럼 파키스탄에서도 잘 클 거야. 더 잘 크겠지. 덜 혼란스러울 테니.」 안줌은 시선을 돌리고 오므린 입속을 빙 둘러 혀를 움직였다.

나의 어머니가 만들어 준 크래프트 마카로니 앤드 치즈를 깔짝거리던 작은 딸 하프사가 새된 소리로 말했다. 「난 파키스탄 좋아요. 모두 똑같이 생겼으니까. 우리처럼 생겼어요.」 우리 부모님이 웃음을 터뜨렸다. 나는 람라의 반응을 살폈다. 그녀의 암녹색 히잡 한쪽으로 가느다란 갈색 머리 한 뭉치가 삐져나와 있었다. 그녀는 식탁과 거리를 두고 의자 등받이에 기대 앉아 있었다. 아버지도 람라 쪽으로 시선을 돌렸다. 「넌 어떠니, 람라, **베티?**[27] 어떻게 생각해? 파키스탄에서 살면 어떨 것 같아?」 람라의 얼굴은 두려움으로 가득했고 아

27 펀자브어로 딸, 혹은 여자아이를 부르는 애칭.

랫입술이 떨렸다. 람라는 무력하게 자기 어머니를 쳐다보더니 갑자기 감정이 폭발하여 소리를 질러 댔다. 「난 싫어, 싫어, 싫어!」

그러더니 벌떡 일어나 계단을 달려 올라갔다.

식탁엔 침묵이 흘렀고, 안줌이 라티프에게 화난 시선을 던졌다. 라티프는 그녀를 마주 보다가 조용히 일어나 식탁을 떠나 딸을 따라 계단을 올라갔다. 몇 년이 지난 후 — 라티프의 가족이 미국을 떠나 페샤와르로 이주한 지 오래되었을 때 — 나는 어머니를 통해 충격적인 소식을 들었다. 북부 펀자브에 있는 아완 가문의 저택 총괄 요리사가 식료품 저장실에서 람라의 음부에 입을 댔다가 발각되었다는 것이었다. 나는 발각된 시점이 언제였는지는 몰라도 람라가 폭발한 건 그때 이미 성추행이 시작되었음을 알 수 있는 신호라고 생각한다. 그 요리사는 어떻게 되었는지 모르겠으나, 라티프가 그의 목을 나뭇가지처럼 꺾어 놓는 광경은 상상이 되고도 남는다.

지하드

우리는 미국에서는 그들을 다시는 만나지 못했다. 그 겨울에 소련과 아프간의 전쟁은 더 악화되었고, 1983년 봄에 라티프는 약속대로 가족들을 데리고 페샤와르로 갔다. 그곳에서 한동안 형제와 함께 살다가 도시 서쪽 외곽에 집을 마련했다. 그해 여름 미국이 아프간에 대한 지원을 두 배로 늘리면서 페샤와르엔 달러가 넘쳐났다. 미국은 라티프가 새 병원을 여는 비용을 모두 대겠다는 제안을 해왔는데, 국경을 넘어 온 부상당한 무자헤딘 전사들을 치료해 준다는 조건이 붙었다. 아버지는 CIA 돈이라고 말했다. 라티프는 그 지역에서 유례없는 시설을 갖춘 병원을 세우기에 충분한 자금을 받아 그곳에서 가난한 사람들을 돕고, 부상당한 무자헤딘 전사들을 치료하고, 최전선에서 아픈 군인을 돌볼 젊은 위생병을 수련시킬 수 있었다. 하지만 그 병원은 의료 센터 이상의 역할을 했던 듯하다. 그 2층짜리 콘크리트 벽돌 건물 2층의 밀실이 페샤와르에서 파키스탄군이 선호하는 접선 장소라는 소문이 돌았다. 그곳에서 미국 정보부와 아프간 부족 대표들이 만나 소련군과 전쟁을 벌이기 위한 작전을 짰다는 것이었다. 라티프는 마침내 러시아 무신론자들을 물리치기 위해 자신이 할 수 있는 모든 노력 — 총을 들고 아프간의 산지로 들어가는 것만 빼고 — 을 기울이고 있었음이 분명하다.

라티프 자신은 결코 무기를 들지 않았지만, 그의 쌍둥이 아들들은 결국 무기를 들게 된다. 1989년, 무자헤딘은 승기를 잡으면서 전 세계를 놀라게 했고, 소련은 아프간에서 철수했다. 하지만 전쟁은 끝나지 않았다. 러시아와 미국은 3년이나 더 다양한 매개자를 통한 대리전쟁을 지원했고, 라티프의 아들들은 둘 다 미국인의 깃발 아래 전투에 참여했다. 미국 정보부의 조직적 비호하에 생산된 아편이 자금줄이었고, 쌍둥이 중 하나인 이드리스는 마약 생산에 깊이 관여했다가 1990년대 중반쯤 과다 복용으로 사망한다. 남은 아들 야흐야는 복잡한 지휘 계통의 사다리를 밟고 올라가 탈레반 시대에 권력의 길로 들어선 민병대 지도자들과 끈끈한 관계를 구축하게 된다. 우리가 1990년에 파키스탄을 방문했을 때 안줌이 우리를 만나기 위해 페샤와르에서 남쪽으로 왔는데, 나는 그녀를 간신히 알아보았다. 마지막으로 만난 게 겨우 7년 전이었음에도 그녀에게선 젊음을 찾아볼 수 없었다. 그녀는 흰색 모직 숄로 상체를 감고 머리 대부분을 가린 모습이었는데, 적갈색이었던 머리칼이 온통 백발로 변했고 얼굴은 수척하고 핼쑥했다. 그녀와 함께 온 람라와 하프사는 — 둘 다 히잡을 쓰고 있었다 — 잘 지내는 듯했다. 람라는 의과 대학에 합격하여 가을에 입학한다고 했다. 당시 열다섯 살이었던 하프사도 언니와 같은 길을 걷고 싶어 했다. 그들은 미국이 그리운지는 몰라도 그런 말을 입 밖에 내진 않았다. 람라는 뉴 키즈 온 더 블록과 영화 「애들이 줄었어요Honey, I Shrunk the Kids」에 대해 열띤 질문 공세를 퍼붓는 것으로 보아 아직 미국에서의 삶에 연결되어 있는 게 분명했지만 말이다(인터넷 시대가 도래하기 오래전 일이다).

안줌은 아들들 걱정이 많았다. 아들들이 딴사람이 되었다고 했다. 대학을 중퇴하고 B급 영화에 나올 법한 자경단원이 되어 돌격용 자동 소총을 어깨에 둘러메고 오토바이를 타고 돌아다닌다는 것이었다. 라티프도 변했다고 했다. 부드러움이 단단하게 굳었고, 이제 더 무자비해졌다는 것이었다. 라티프는 그녀가 새 삶에 의혹을 갖는 것을 참지 못했다. 대신 상황 — 그는 전시 상황으로 보았다 — 에 걸맞은 희생의 자세를 기대했다. 그리고 안줌이 아프가니스탄을 위한 전쟁을 자기 일처럼 여기지 못하는 걸 성격적 결함이라고 생각했다.

하지만 전쟁은 끝나지 않았나? 그들이 이기지 않았나?

안줌이 전한 말에 따르면, 라티프는 그녀가 끝없는 싸움에 낭패감을 보이는 것보다 그 일의 복잡성을 이해하지 못하는 것에 더 화를 냈다. 「복잡할 게 뭐가 있어?」 그날 오후 안줌이 우리와 다과를 들면서 생각에 잠겨 말했다. 「어찌 보면 전부 아주 간단한데. 남자들은 싸움을 좋아해요. 싸움을 원하죠. 그들에게 싸움이 필요해요. 복잡한 건, 그들이 진짜로 하고 싶은 걸 하기 위해, 즉 계속해서 서로 죽이기 위해 지어 낸 이유들이죠.」 나는 그때 어머니가 공감의 표시를 아끼지 않았던 걸 기억하지만 그날 밤 일기에 쓴 내용을 보면 사실은 거의 자신에 대한 생각만 하고 있었음이 분명하다.

오늘 안줌이 우리를 보러 왔다. L은 지하드 일로 너무 바쁘다. 그는 아무런 전갈도 보내지 않았다. 인사말조차 없었다. 그 결혼은 닳아 해져 가고 있다. 그녀는 그를 사랑하지 않았다. 나였더라면 달랐을 거라고 생각하는 건 어리석은 짓이다 — 하지만 넌 늘 어리석었지.

안줌이 다녀가고 며칠이 지난 후, 나는 어머니가 이모들에게 안줌이 라티프를 떠나 미국으로 돌아갈 것 같다고 말하는 걸 들었다. 어머니 생각은 두 가지 다 어긋났다. 안줌은 1998년 남편이 세상을 떠날 때까지 그의 곁에 머물렀고, 나중에 미국으로 돌아가려 했을 때 그게 불가능함을 알게 되었다. 그녀의 귀화 시민권이 취소된 것이다.

훼손된 풍요의 목가

그 이야기를 더 이상 미룰 수 없을 듯하다. 이제 라티프에게 일어난 일에 대해 이야기하겠다.

소비에트 제국이 무너지면서 아프가니스탄에서 소련과 미국이 벌여 온 은밀한 전쟁도 막을 내렸고, 미합중국은 그 지역의 동반자들에 대한 지원을 중단했다. 당시 CIA 부국장이었던 로버트 게이츠는 미국이 그동안 자금을 대왔던 단체들을 버리고 떠난 건 실수였다고, 그 실수가 첫 번째 세계 무역 센터 폭탄 테러[28]로 곧바로 이어졌고 결국 911 테러를 불러왔다고 나중에 고백한다. 미국을 등에 업은 무자헤딘이 곧이어 알카에다로 변신하게 된 건 여전히 잘 알려지지도, 이해되지도 않은 이야기이며, 라티프의 운명은 그의 방식으로 그 변신을 상징한다. 처음으로 미국의 돈줄이 말라붙었고, 그 돈에 의존했던 다른 모든 사람과 마찬가지로 라티프도 완전히 돌아섰다. 그의 충성심에는 변함이 없었다. 언제나 그의 근본적인 충성의 대상은 반종교적인 소련군의 학살에 맞서 싸우는 무슬림 반군이었지 미국인이 아니었다. 소비에트 제국에 대한 그들의 분노는 이제 미국적 제국주의를 향해 방향을 틀었다. 그런 전환이 일어나게 된 경위는 특별히 복잡할 것도 없었다. 1991년 조지 H. W. 부시는 미합중국이 세우고

28 1993년에 발생한 알카에다의 테러 공격.

30년 가까이 지원해 온 정권[29]의 국정에 개입하겠다는 운명적 결정을 내렸다. 이란의 수도 테헤란에서 아야톨라가 권력을 잡은 후로[30] 미국은 이란이 서쪽 지역에서의 열세를 만회할 수 없도록 사담 후세인에게 더욱더 힘을 실어 줬다. 이란과 이라크는 8년 동안 전쟁을 벌였고, 이라크는 미국을 대신한 이 전쟁에서 결국 이기게 될 터였다. 따라서 이제 미국은 바그다드에 있는 〈친구〉를 제거할 때가 되었다는 판단을 내린 것이다.

미국은 아프가니스탄을 버리고 이라크에서 첫 전쟁을 일으키면서 분명한 메시지를 전했다. 미국이 하는 말은 아무 의미도 없고 미국이 하는 약속은 전부 거짓말이라는 것. 미국이 이익을 취할 수 있도록 피 흘려 도우면 미국은 당신의 목구멍에 돈을 쏟아붓고 당신을 워싱턴으로 초대해 숄과 스카프를 자유의 깃발처럼 휘날리게 만들어 주지만, 당신이 자기 이익을 도모하는 순간 당신의 이슬람교는 시대에 뒤떨어지고 제멋대로이며 적대적인 것, 당신을 죽일 구실이 된다는 것. 미국의 영향에 대한 경고는 레반트[31]와 그 동쪽의 무슬림에겐 새로울 것도 없었다. 그중 일부는 이미 오래전부터 저항 — 폭력적인 방법이건 그렇지 않은 방법이건 — 을 주장해 왔고, 그보다 훨씬 많은 사람에겐 첫 걸프전이 서구의 환대는

29 이라크에서 1963년에 쿠데타로 집권한 바트당 정권을 의미하며 바트당 소속의 수니파 지도자 사담 후세인은 1979년에 대통령 자리에 오른다.
30 이란에서는 1979년 이슬람 혁명으로 아야톨라, 즉 시아파 지도자인 호메이니가 집권하여 반미 정책을 펼친다.
31 그리스와 이집트 사이에 있는 동지중해 연안 지역을 통틀어 이르는 말.

약탈적이며 서구화는 무슬림의 땅과 믿음, 목숨을 앗아 갈 뿐이라는 오랜 주장에 결정적인 새 생명을 부여하는 운명적 계기가 되었다. 오사마 빈 라덴은 무슬림 세계에서 폭넓고 뿌리 깊은 지지를 받아 온 그런 견해들의 가장 격렬하고 게릴라적인 대변자일 뿐이었다. 그 단적인 예로, 페샤와르에 있는 라티프의 병원 대기실에 날마다 몰려드는 환자들 머리 위에는 메카의 신성한 모스크 사진이 든 액자가 걸려 있었고, 그 옆에 빈 라덴의 초상화가 있었다.

내가 그걸 어떻게 아느냐고? CNN에서 봤다.

1998년 6월 하순, 아버지는 키웨스트에서 열린 학회에 참석했다가 집으로 돌아오고 있었다. 아버지는 애틀랜타를 경유하게 되었고, 그곳에서 밀워키행 비행기를 타기 전에 시간이 좀 남았다. 탑승구 근처 바에 자리를 잡고 텔레비전을 향해 고개를 든 아버지가 소중한 의과 대학 친구의 이름과 사진을 화면에서 보고 얼마나 충격을 받았을지는 독자들도 충분히 상상이 될 것이다. 뉴스 화면에 **테러리스트 스파이들 사망**이라는 자막이 떠 있었다. 아버지는 바텐더에게 소리를 높여 달라고 부탁했다. 그다음엔 휴대 전화를 꺼내 집에 있는 어머니에게 전화를 걸었다. 그다음엔 내게 전화했다.

뉴스에 따르면 무슬림 테러리스트 조직 — 언론에서는 아직 그 조직의 선택된 이름 **알카에다**를 사용하지 않고 있었다 — 의 스파이로 활동하고 있었던 것으로 알려진 두 형제가 습격을 당해 사망했고, 이 두 습격 사건이 미국과 파키스탄 양국의 외교적 갈등으로 비화되고 있다는 것이었다. 아버지가 알게 된 바로는, 5월 초순의 어느 아침에 각자 집을 나서 던 라티프와 마난의 관자놀이에 총알이 날아와 박힌 게 다녔 던 그 습격이란 것이 누구의 소행인지는 확실치 않았다(아버 지는 그게 CIA가 선호하는 현지 암살법이라는 소문이 파키스 탄에 파다하다고 했다). CNN 뉴스에서는 그 특징 없는 2층 건물 외부뿐 아니라 페샤르 빈민들 — 대부분 아이를 데리 고 온 여자들이었다 — 로 가득한 대기실의 빛바랜 완두콩 색깔 벽도 보여 주면서 빈 라덴의 초상화를 오래 비췄다. CNN에게 빈 라덴의 초상화는 그 이야기의 본질적 의미 — 갈색 피부의 가난하고 무지한 무리가 자유와 희망의 세력을 향한 분노를 부채질하는 사악한 조종자에게로 몰려드는 — 를 잘 전달해 주는 핵심적인 세부 요소였다.

기자는 라티프가 미국 시민이라는 사실은 빠뜨리고 보도 했다.

어머니는 그 소식을 듣고 제정신이 아니었다. 충격으로 몸 져누워서는 며칠째 방에서 나오지 않았다. 아버지는 걱정이 되어 내게 집에 와달라고 했다. 나는 그렇게 했지만, 내가 곁 에 있어도 어머니에겐 아무런 위로가 되지 못했다. 어머니는 위로를 원하지 않았다. 어머니의 반미 감정이 격렬해진 건 그 해 여름부터였다. 그 여름에 빌 클린턴은 동아프리카에서 발 생한 두 차례의 미국 대사관 공격에 대한 응징으로 수단의 약 품 공장을 폭격했다. 제3세계에서 의사 수련을 받은 어머니 는 그 공장에서 수단의 모든 결핵 약을 만들고 있었다는 사 실을 알고 특히 더 분개했다. 어머니는 그러잖아도 모니카 르윈스키와 부정을 저지른 것 때문에 클린턴을 경멸하고 있었는데, 클린턴이 그 일에 대해 거짓말을 해왔음을 시인하는 비참한 연설을 한 사흘 후에 공장 폭격이 이루어졌다. 어머니는 무자비하리만큼 냉소적인 시선으로 그 연이은 사건들을 바라보았다. 정치적 곤경에 빠진 미국 대통령이 국민의 시선을 다른 곳으로 돌리기 위해 무슬림을 죽였다는 것이었다.

어머니는 그해 여름이 막바지에 이른 8월의 일기에서 미국을 외국이라고, 자신이 알던 미국이 아니며 이제 좋아하지도 않는 나라라고 불렀다. 어머니는 비통한 심정으로, 때로는 격분해서 일기를 썼고, 그래도 분이 풀리지 않으면 수화기를 집어 들고 내게 그런 마음을 토로했다.

「〈is〉가 어떤 의미인지 모른다니. 그게 무슨 헛소리야?」[32]

「그의 말은 정확히 그런 뜻이 아니었어요.」

「**정확히** 그런 뜻이었어.」

「자신은 현재 시제를 의미한 거라는 뜻이었어요. 엄밀히 따지면 그때, 자신이 그 말을 하고 있을 때 그녀와 관계를 맺고 있지 않았다고 말한 거라고요.」

「난 멍청이가 아냐. 그가 **무슨 뜻으로** 한 말인지는 나도 알아.」

「어머니가 멍청이라는 의미가 아니었어요.」

「법적으로 말이 안 돼.」

32 클린턴 대통령이 1998년 배심원들에게 한 증언에서 과거에 자신이 모니카 르윈스키와 성적인 관계가 없었다고 대답할 때 〈is〉가 어떤 의미를 지니는지에 따라, 즉 현재만을 의미한다면 거짓말이 아니라고 발언한 것을 두고 하는 말임.

「그는 **변호사예요**. 그들 둘 다요.」

「뚱뚱한 코와 뚱뚱한 아내를 가진 변호사지.」

「그게 도대체 무슨 상관인지 난 도저히 알 수가—」

「클린턴은 거짓말쟁이야. 그가 시가를 넣어선 안 될 곳에 넣은 것에 대해 거짓말하고 싶었던 건 그렇다 쳐도, 자기 거짓말로부터 국민들의 관심을 돌리기 위해 세상 사람들을 죽이는 짓은 하지 말았어야지.」

「그가 그래서 그런 건지 난 잘 모르겠고—」

「당연히 그래서 그런 거지.」

「어머니, 그들이 우리 대사관에 폭탄을 터뜨렸잖아요.」

「그런 일이 난데없이 일어났을 거라고 생각하니? 응? 사람들을 끝도 없이 몰아대기만 하면, 그들의 선의와 희망에 편승해 실컷 이용해 먹다가 헌신짝처럼 팽개쳐 버리면 그들이 어떻게 할까? 장미라도 보내 줄까?」

「그건 한쪽 면만 보는 거예요.」

「다른 쪽은 뭔데?」

「정치죠. 친구 같은 건 없어요. 전부 서로 이용하는 거지.」

「네 말의 요점이 뭐야?」

「파키스탄은 돈을 받았어요. 수년간 받았죠. 어머니가 늘 나한테 뭐라고 했죠? 다른 사람에게 돈을 달라고 하지도 말고 준다고 해도 받지도 마라. 돈에는 항상 조건이 붙는다.」

「조건은 소련을 물리쳐 달라는 것뿐이었어.」

「미국 대사관에 폭탄을 터뜨리지 않는다는 조건도 포함되어 있었을걸요.」

전화선에 침묵이 흘렀다. 「넌 변했어.」 어머니가 말했다.

「어떻게요?」

「내가 키운 아이가 아냐.」

어머니에게 그런 말을 듣기는 처음이었다. 하지만 어머니의 체념 어린 목소리가 그게 처음 든 생각은 아님을 말해 주었다.

「어쩌면 더 이상 아이가 아니기 때문일 수도 있죠. 난 스물다섯 살이니까요.」

「라티프 말이 옳았어. 우린 여기서 살면 살수록 우리가 누군지 잊게 될 뿐이야.」

「라티프 아저씬 죽었어요.」

「내가 그걸 모를 것 같니?」 어머니가 상처받은 목소리로 날카롭게 말했다.

「난 그저, 그래도 살아 있는 게 더 낫지 않을까 하는 뜻으로 말한 거예요, 어머니.」

「전쟁 중에 우리가 널 **마스지드**[33]에 데려갈 때마다 넌 제일 먼저 나서서 무자헤딘을 위한 모금함에 네 용돈을 넣었어.」

「늘 그게 라티프 아저씨를 돕는 일이라고 생각했어요.」

「그리고 네가 학교에서 쓴 에세이도…….」

「에세이요?」

「가다피에 대한.」

「어머니, 그건 중학교 때 ─」

「넌 그를 영웅이라고 불렀어.」

33 이슬람교 사원.

91

「그땐 잘 몰랐으니까요.」

「네가 그때 알던 게 지금 아는 것보다 나아.」

「이 얘기 계속해야 해요?」

「그는 서구에 목소리를 높인 유일한 인물이었어.」

「그래서 그가 스코틀랜드행 비행기를 폭파시킨 건가요? 그래서 그 승객들을 다 죽였어요? 서구에 목소리를 높이기 위해?」

「넌 그들이 우리 사람을 날마다 죽이는 건 생각 안 하니? 그들이 라티프에게 한 짓을 봐. 그들의 궂은일을 하던 사람에게. 그는 **미국** 시민이었어! 그게 믿기니? 그들이 자신을 위해 싸우고 있는 자기 시민을 죽인 게?」

「어쩌면 더 이상 그런 건 아니었을 수도 있어요, 어머니,」

「뭐가 더 이상 아니었다는 거니?」

「미국을 위해 싸우는 거요. 어쩌면 바뀌었을 수도 있어요. 어쩌면 그런 이유로 —」

어머니가 더 심하게 상처받은 목소리로 내 말을 잘랐다. 「그들은 스스로 죽음에 맞설 용기가 없어. 그래서 우리가 대신 죽음에 맞서도록 만드는 거야. 그다음엔 자기들이 원하는 걸 얻고 우리를 버리지.」 어머니가 말을 끊었고, 나는 침묵을 지켰다. 다시 조용히 입을 연 어머니는 분노로 들끓고 있었다. 「그 사람 말은 틀리지 않아. 우리 피는 아주 싸지.[34] 그들은 돌아다니면서 사람들에게 인권에 대해 떠들어 대지. 하지만 그

---

34 오사마 빈 라덴은 미국에 대한 지하드, 즉 성전(聖戰)을 선언하며 적들이 무슬림의 피를 값싸게 여긴다는 발언을 함.

들 자신은 예외야. 그들이 흑인을 어떻게 취급하는지 봐.」

「어머니.」

「그들은 우리가 서로에게 등을 돌리도록 만들고 있어. 서로 피를 보도록 만들고 있어. 영국인들과 똑같아.」

「어머니.」

「우리가 가진 것을 빼앗아 가고 있어. 석유, 땅. 우리를 짐승 취급하고.」

「어머니.」

「그가 옳아. 그들이 당한 일들, 앞으로 당하게 될 일들, 그들은 그런 일을 당해도 싸.」

어머니의 마지막 말은 결국 내 희곡의 대사가 된다.

어머니가 옳다고 한 사람은 물론 빈 라덴이었다.

어머니는 나중에 2001년 테러가 일어난 후에는 자신이 그런 말을 했던 걸 절대로 시인하지 않았다. 그럴 만도 했다. 나는 대부분의 무슬림 세계가 보복이 이루어졌을 때 그게 얼마나 끔찍하게 느껴질지 상상하지 못했으리라 생각한다. 미국인뿐 아니라 무슬림 세계 사람 대부분에게까지도 말이다. 우리가 미국 제국의 손에 악용당했음에도, 그 9월의 운명적인 화요일에 행해진 미국의 상징에 대한 모독은 그 상징이 지닌 힘의 심오함을 다시금 뼈저리게 느끼도록 해주었을 뿐이다. 그 상징은 약탈에 바탕을 두고 있음에도 우리까지도 떠받치고 있었다. 많은 이가 그 테러에 대한 미국의 대응을 유치하다고 경멸하고, 미국이 벌인 복수전을 새파랗게 젊고 세계로부터 지나친 보호를 받아 왔으며 죽음의 불가피성을 이해하기엔 미성숙한 나라의 살벌한 화풀이로 보았다. 하지만 나는 그 문제가 그렇게 단순하진 않다고 생각한다. 세계는 우리 — 이제 나는 미국인으로서 말한다 — 가 신성한 이미지를 지키기를, 아니 이 계몽의 시대가 허용하는 선에서 최대한 신성해지기를 기대했다. 우리는 지상 낙원, 풍요의 전원시, 세계의 목가적 꿈인 비옥한 아르카디아[35]였다. 우리의 해안에서는 피난과 갱생의 영역이 반짝이는 빛을 발했다 — 요컨대, 미국은 역사 그 자체로부터 피신할 수 있는 단 하나의 믿을 만한 땅이었다. 물론 미국은 늘 하나의 신화였으며, 조만간 파열될 운명에 놓여 있었다. 하지만 참으로 아이러니하게도, 마침내 역사가 우리의 덜미를 잡았을 때 그 참혹한 결과를 견뎌야 했던 사람은 우리 미국인만이 아니었다 — 심지어, 주로 우리 미국인이 아니었다고도 할 수 있다.

35 이상향이었다는 전설을 지닌 고대 그리스의 고원.

III
예언자의 이름으로……

Di qui nacque che tutti i profeti armati vinsero,
e i disarmati rovinarono.
그리하여 무장한 예언자들은 무장하지 않은 예언자들이
실패한 곳에서 승리한다.
―니콜로 마키아벨리

1

나에겐 무잠밀이라는 삼촌이 있는데, 그는 나의 어린 시절
꽤 오랫동안 〈무스〉로 통했다 ― 펀자브어에 대한 실용적 지
식이 없는 이들이 그 이름의 발음상 난제를 해결하기 위해 한
무수한 시도 가운데 그나마 가장 거부가 덜했던 이름이었다.
그가 1974년 샌디에이고로 이민 온 이래 짧게는 분 단위에서
길게는 월 단위로 불린 이름들을 무작위로 나열해 보면 다음
과 같다. 무즈, 무즐, 매즈, 무지, 무스티, 새뮤얼, 새미, 모리,
마티, 마지팬, 앨, 앨런 ― 농담이 아니다 ― 그리고 물론 무

스. 마지막 이름은 무잠밀이 일하고 있던 라호이아의 연구소에 새로 부임한 동료 생화학자가 지은 것이었는데, 에토레라는 이름의 이탈리아인이었던 그 역시 신세계에서 구세계 이름을 발음하는 문제로 고역을 치른 경험이 있었기에 오래 불릴 이름을 생각해 낼 수 있었다. 그 이름은 확실히 그에게 어울리긴 했다. 그는 소박하고 덩치가 컸으며, 콧구멍이 큰 매부리코는 둥글납작한 끝이 아래로 처졌고, 어깨도 축 처졌으며, 그래, 무스처럼 느리고 볼품없으면서도 위엄이 있었다. 우리 — 파키스탄 출신 부모를 뒀지만 미국에서 태어난 아이들 — 도 그의 이름을 발음하기가 어려웠는데, 물론 우리는 그를 무스라고 부른 적은 없었지만 우리 부모님이 그의 이름을 발음하는 방식과 그가 우리 — 펀자브어 실력이 제각각인 미국 원어민들 — 에게 말해 준 방식이 달랐다. 그는 되도록 미국인처럼 발음하려고 애를 쓰다 보니 기이하고 부자연스러운 악센트를 구사하게 되어, 이중 모음은 입술이 옆으로 끝도 없이 벌어지며 일그러져서 납작 눌리고 파찰음은 앞으로 너무 많이 밀고 나가서 불필요하게 치아를 드러내지 않고는 문장 하나를 말할 수 없는 듯했다. 나는 그가 자신의 이름을 발음할 때 그걸 일관된 소리로 인지하고 내 입으로 반복할 수 있을 만큼 제대로 알아듣기가 힘들었을 뿐만 아니라 — 나는 늘 그 소리가 아버지가 먹는 식이섬유 상표명인 메타무실과 지나치게 비슷하다는 생각이 들었다 — 가끔은 기이한 신호와 소리로 완전히 곤죽이 된 그의 말 자체를 이해하기가 어려웠다.

나는 그를 좋아했다. 아이들 모두가 그랬다. 그는 마치 어린애처럼 우리의 놀이에, 우리의 세계에 기꺼이 빠져들었다. 내가 그를 처음 만난 건 파키스탄에 있는 아버지의 고향에서였다. 그는 그때 막 결혼해서 새 신부 사피야와 함께 나의 조부모님께 인사를 드리러 왔다. 그가 빨래 바구니를 이용해 새를 잡는 법을 알려 준 기억이 난다. 우리는 집 마당에서 닭을 대상으로 연습을 한 후 마을 광장으로 나가서 앵무새를 잡아보았다. 그러다 기적적으로 물총새 한 마리를 잡았다. 무잠밀은 빨래 바구니에 갇힌 물총새를 꺼내어 내게 줬는데 내 손바닥에 놓인 그 새의 반짝이는 청록색과 불타는 오렌지색은 한마디로 경이로웠다. 나중에 무잠밀이 제약 회사에 다니면서 일 때문에 시카고로 오게 되어 우리는 위스콘신에서 그를 자주 만났다. 어느 해에는 그가 핼러윈 무렵에 우리 집에 왔다. 동네 아이들 몇 명이 놀러 와 있었는데, 무잠밀은 우리가 지하실에 시트로 만들어 놓은 요새에 잠입한 뒤 그의 생화학 실험실에서 군사 목적으로 키우는 반은 쏠배감펭, 반은 인간 아이인 생물체에 대한 이야기로 우리를 즐겁게 해주었다. 무잠밀은 그 생물체가 수족관에서 도망쳐 라호이아 일대 생쥐 생태계를 사정없이 파괴하고 있다고 주장했다. 우리가 그 이야기를 듣고 특별히 겁에 질렸는지는 모르겠지만, 그가 생쥐를 잡아먹는 생물체를 제법 그럴듯하게 연기하여 아이들에게 모방의 대상이 된 건 확실하다 ─ 그 후 몇 개월 동안 동네 아이들이 그의 이상한 악센트를 흉내 내어 그걸 재연했던 것이다.

무잠밀의 이름은 쿠란 73장에서 따온 것으로, 이 장의 제목은 「알-무잠밀」, 글자 그대로 해석하면 〈이불 덮은 자〉이다. 이 장은 짧고, 이불을 덮은 우리의 예언자가 졸음을 참고 일어나 밤 시간의 일부를 쿠란 공부에 바치라는 신의 훈계를 듣는 장면으로 시작된다.

오 이불 덮은 그대여!

일어나라. 밤에 일어나 예배하라, 밤중 내내가 아니라

그것의 절반 아니면 그 이하라도 되며 그 이상도 좋으니라―.

그리고 쿠란을 낭송하되 느리게 리듬을 두어 읽으라.

내가 그대에게 중요한 메시지를 보내리라.

실로 밤중에 일어나는 것은 어려운 일이되

예배하고 찬미하는 말을 하기에 가장 적합한 때라.

실로 그대에게는 낮에 해야 할 임무가 있나니.

그대 주님의 이름을 상기하고 온 정성을 다하여 그분만을 섬기라.

그분은 동쪽과 서쪽의 주님으로 그분 외에는 신이 없나니……[36]

36 내가 대학에 다닐 때 들은 이슬람학 중 쿠란의 역사 메카 단원 도서 목록에 「알-무잠밀」 장이 포함되어 있었다. 나는 대학 도서관 1층 열람실에 앉아 과제로 주어진 번역문에서 시선을 들어, 우리 집 손님방 침대에서 자는 무잠밀과 내겐 어린 시절부터 줄곧 예언자로 여겨졌던 인물이 뒤섞인 하나의 이미지를 상상하던 기억이 난다. 그 이미지는 사실 내가 알던 사람의 모습으로, 그는 예언자와 아무 관련도 없었다. 그는 내가 아주 어렸을 때 아버지의 고향에서 본 사람이었고, 아버지는 그를 무척 좋아하는 듯했다. 우리는 마을 우물가에 있었는데, 아

무잠밀은 예언자의 이름을 따긴 했어도 결코 종교적이진 않았다. 그는 화학자로서 근본 — 즉 분자와 그것을 구성하는 원자 — 으로 내려가면 무슬림이든 누구든 신이 필요치 않다고 생각했다. 그의 아내 사피야는 그만큼 강한 확신에 차 있진 않았다. 나는 사피야가 어느 해 추수 감사절 만찬에서 신앙을 옹호했던 일을 기억하고 있는데, 나중에 알고 보니 그녀의 주장은 사람은 누구나 자신이 옳았음을 확인하고 싶어 한다는 파스칼의 내기와 일맥상통했다. 사피야의 이름도 예언자의 삶에서 가져온 것이었다. 예언자가 살던 시대의 사피야는 메디나에서 유대인 부족을 거느리던 지도자의 열일곱 살 먹은 딸이었는데, 예언자가 전쟁에서 그녀의 남편을 죽인 후 그녀를 열한 번째 아내로 삼았다. 예언자의 사피야는 대단히 아름다운 여인이었던 것으로 추정되지만, 내가 아는 사피야에 대해서는 그렇게 말하기가 어렵다. 적어도 그녀의 다른 면에 대해 언급하기 전에는 말이다. 그녀는 키가 작고, 통통하고, 차분했으며, 내가 보기엔 행복이 넘쳐흘렀다. 우리 부모님은 짜증스러운 좌절감이 바탕에 깔린 불화가 잦은 데 반

버지와 그 사람은 웃다가 포옹을 했다. 그 남자의 머리에 감겨 있던 초록 스카프와 입술 위의 길고 검은 콧수염, 즐거움에 찬 커다란 웃음소리가 기억난다. 시선을 들어 금속 양동이에서 나만큼 큰 항아리로 물이 쏟아지는 광경을 본 기억도 난다. 나는 그 남자가 타피라는 이름으로 불린 것으로 기억하지만 아버지는 그런 사람이 기억에 없다고 했다. 타피가 내 마음속에서 예언자가 된 까닭은 나 자신도 알 수 없다. 어머니나 이모들, 혹은 외할머니가 예언자에 대한 이야기를 들려줄 때마다 나는 그 역할을 맡은 타피를 보았다. 그러니까 내 마음속 예언자는 머리에 초록 스카프를 감고 양 끝이 위로 올라간 콧수염을 기른 모습이었다는 뜻이다. 물 같은 느낌의 속박되지 않은 즐거움으로 에워싸여 있었던 건 말할 것도 없고 — 원주.

해 무잠밀과 사피야는 무척이나 안정되어 보였다. 나는 그들 사이에서 날카로운 반박을 듣거나 상처받은 침묵을 감지한 적이 없었으며, 서로가 있어서 삶이 더 행복하다고 느끼는 듯한 두 사람을 볼 수 있었다. 그들이 서로에게 보내는 사랑의 시선은 나를 놀라게 했다. 그가 차에 설탕을 타면서, 혹은 그녀가 차파티[37]를 만들다 얼굴에 묻은 밀가루를 털어 내면서, 혹은 여름에 동네 산책을 나가 둘이 손을 잡고 샌들을 질질 끌고 걸으면서 특별한 이유도 없이 보내는 조심스러운(어쩌면 그리 조심스럽지는 않은) 시선과 엷은 미소. 어머니의 장미나무가 꽃을 피우면 그는 저녁때 장미를 꺾어 아내에게 줬다. 그러면 그녀는 줄기를 잘라 낸 꽃을 머리에 꽂고 저녁 식탁에 나타났다. 그들은 우리 집 거실 소파에 바싹 붙어 앉아 있었고 나는 우리 부모님이 ─**연애결혼**을 했다면서도─ 그렇게 가까이 앉아 있는 모습을 본 적이 없다. 사실 나는 사피야와 무잠밀의 관계가 어떤지 충분히 본 터라 나중에 자라면서 미국인들이 중매결혼의 부조리함과 부당함에 대해 잘 알지도 못하면서 법석을 떠는 걸 말 그대로 무지한 소동으로 여기게 되었다. 사피야와 무잠밀은 중매결혼을 한 것이다. 그들이 서로를 처음 본 건 약혼 전 어느 오후에 그녀와 예비 신랑이 서로를 살짝 볼 수 있게 그녀가 거실로 찻잔을 치우러 들어갔을 때였다. 그 결혼은 잘될 이유가 없었지만 결국 성공적이었다. 물론, 사피야가 그들의 결합을 오래 지속되는 사랑의 상징으로 믿기는 했다. 연애결혼과 중매결혼은 온도가

37 납작한 인도 빵.

다른 물 주전자와 같다는 이야기를 내게 처음 해준 건 그녀였
다. 연애결혼은 이미 펄펄 끓고 있는 물 주전자라고 할 수 있
어서 더 이상 뜨거워질 수 없는 데 반해, 중매결혼은 처음엔
차갑고 확신을 갖기 위한 꾸준한 노력이 요구되지만 시간이
지나면서 뜨거워질 여지가 충분하다는 것이었다.

　그들에겐 아들이 하나 있었는데 이름을 무스타파라고 지
었다. 〈선택된 자〉라는 뜻을 가진 그 이름은 사피야의 가문에
서 사랑받는 부칭[38]으로, 예언자의 많은 이름 가운데 하나다.
나의 사촌 둘과 삼촌 하나가 무스타파다. 실제로 내겐 사촌이
스물두 명인데 그중 열다섯 명이 예언자나 그의 주변인에서
따온 이름을 갖고 있다. 그리고 삼촌과 이모, 고모 여덟 중 다
섯이 그 경우에 해당된다. 우리 어머니 이름 파티마도 예언자
와 첫 아내 카디자 사이의 외동딸 이름이어서 무슬림 세계에
서 엄청난 인기를 누리고 있으며, 어머니의 자매 중 하나는
카디자다.

　나에겐 아예샤라는 이름을 가진 사촌이 둘이다. 첫 번째 아
예샤, 즉 아예샤 G는 매킨지사 컨설턴트로 일하고 있으며 코
네티컷에 산다. 그녀는 남편과의 사이에 딸 셋을 뒀고, 그녀
와의 결혼이 재혼인 남편은 그녀보다 열 살 연상이다. 그는
금융계에서 일하는 백인인데 그녀를 위해 개종했고, 그 덕에
아예샤 G는 이교도와의 결혼으로 부모에게 의절당하는 대신
이례적으로 **저쪽** 사람을 우리 편으로 데려오는 데 성공한 보
기 드문 정복 영웅이 되었다. 또 다른 아예샤, 즉 아예샤 M은

38 부계 조상의 이름을 따서 붙이는 이름.

다섯 아이를 키우는 전업주부로, 어릴 적부터 사귄 남자와 불행한 결혼 생활을 하면서 이슬라마바드와 애틀랜타를 오가며 산다. 아예샤는 예언자의 많은 아내 중 남편의 사랑을 가장 많이 받았으며 우리가 전통에 따라 배운 바로는 마음이 너그럽고 총명했다. 그녀의 아버지 아부 바크르는 예언자의 오른팔로서 무조건적인 충성을 바치는 든든한 기둥 같은 인물이었으며, 예언자의 가족을 제외하면 최초로 일찌감치 이슬람교로 개종했고 예언자가 죽은 후에는 제일 먼저 공동체를 이끌었다. 예언자의 아예샤는 〈믿는 자들의 어머니〉로 불리며 많은 사랑을 받고 여러 이야기에 등장하는데, 물론 그녀가 여섯 살이라는 어린 나이에 예언자와 약혼한 사실은 — 첫날밤은 그녀가 초경을 시작한 아홉 살까지 미루어졌고 당시 예언자의 나이는 쉰세 살이었다 — 수 세기 동안 논쟁과 조롱의 대상이 되었다. 내가 속한 공동체에서는 그 이야기에 대해 특별한 거리낌이 없다가 911 테러 이후에야 여기 미국인들이 아동 성폭력으로밖에 여기지 않을 일을 이상화하는 게 얼마나 시대에 뒤떨어져 보이는지 모두가 깨닫기 시작했다. 그 이야기는 우리에게 조롱뿐 아니라 신체적 위해까지 불러올 수 있었다. 그제야 이슬람 초기 자료의 신빙성이 우리 일가친척이 모인 식사 자리에서 논쟁거리가 될 만큼 부각되었다. 그럴 만도 하다. 천 년 동안 이어져 온 이야기를 바꿔야겠다고 생각하려면 우선 그걸 바꿔야만 하는 타당한 이유가 필요하니까.

아예샤 M은 우리 막내 고모의 둘째 딸로 나보다 여섯 살

어리다. 내가 열세 살 되던 해 여름에 부모님과 파키스탄에 가서 부모님의 여러 형제자매와 그 가족을 만났을 때 본 말라깽이에 키가 크고 투지만만했던(폭군 같은 언니 후마가 그녀의 욕망을 짓밟지 않는 한) 소녀는 예전의 별난 말괄량이 느낌이 다분한 늘씬하고 사랑스러운 여인으로 자랐다. 그해 여름의 어느 오후에 우리 가족은 아예샤와 후마의 집에 차를 마시러 갔는데, 자매가 거실에서 각자의 바비 인형을 가지고 놀면서 나에게 켄[39] 역할을 시켰다. 후마는 열 살, 아예샤는 일곱 살이었다. 그 놀이는, 어쩌면 필연적으로, 결혼 문제로 이어졌다. 나의 켄은 후마의 바비와 아예샤의 바비 — 히자비[40]는 고사하고 갈색 피부의 바비도 탄생하기 훨씬 전이라 두 금발 인형은 옷으로만 구분되었다 — 중 누구와 결혼하게 될까? 그리고 그 문제는 후마와 아예샤 중 누가 그들의 아버지와 결혼할 것인가에 대한 자매의 논쟁으로 이어졌다. 서로의 주장이 오갔고, 아버지의 아내 명단에 반드시 들고야 말겠다는 아예샤의 필사적인 각오에 점점 화가 치민 후마는 동생에게 아버지의 아내는 어머니와 자신만 될 수 있고 그 외엔 아무도 안 된다고 단호하게 선언했다. 아예샤는 울음보가 터지기 직전이었으나 놀라운 말을 불쑥 내뱉었다.

「난 상관없어, 왜냐하면, 어차피 난 라술에곽[41]이랑 결혼할 거니까.」

39 바비 인형의 남자 친구.
40 히잡 쓴 바비 인형.
41 우르두어로 〈신성한 메신저〉를 뜻하며 마호메트를 지칭하는 말로 흔히 사용된다─원주.

103

후마가 낄낄거리며 말했다.「내가 이미 말해 줬잖아. 안 된다고. 그분은 죽었으니까.」

「난 상관없어. 엄마가 그랬어, 아예샤는 아홉 살 때 라술에 팍이랑 결혼했고 그분의 사랑을 제일 많이 받은 아내였다고.」

「그분은 죽었다니까, 바보야.」

「난 상관없어. 그래도 그렇게 할 거야.」

「넌 바보 멍청이야.」

「네가 바보 멍청이야.」

「아니, 너야.」

「너야.」

그렇게 말다툼이 이어지다가 마침내 후마가 동생의 바비 인형을 낚아채서 벽난로 타일에 던져 얼굴에 금이 가게 만들었다. 아예샤는 그제야 울음을 터뜨리며 거실에서 뛰쳐나갔다.

아예샤와 후마의 가족은 모두 영주권을 갖고 있었지만 그들의 부모님이 이슬라마바드에 있는 집을 팔고 애틀랜타에 정착할 결심을 하게 된 건 그로부터 2년 후였다 — 1970년대 후반부터 파키스탄에 있는 코카콜라에서 일하던 그들의 아버지가 미국 본사로 옮기게 되었던 것이다. 그들은 애틀랜타 다운타운 동쪽 디케이터에서 반갑게도 활력 넘치는(작긴 해도) 무슬림 동네를 발견하고 거기에 집을 샀다. 아예샤는 그 첫 해에 파루크를 만났는데, 파루크는 케냐에서 이민 온 파키스탄 가정 출신의 열 살 소년이었다. 나는 그들이 10대 중반이 될 때까지 파루크에 대한 이야기를 들은 적이 없었고, 둘이 20대 중반에 이르러 결혼하게 되면서 비로소 그를 만났다. 그때 나는 파루크가 겉만 번드르르하고 진실하지 못하며, 설령 내가 그들의 〈특별한 날〉 전야에 그들을 보고 있지 않았어도 충격받았을 방식으로 자신의 약혼녀에게 소홀하다는 걸 알게 되었다. 나는 나중에 어머니를 통해 아예샤가 이슬라마바드로 돌아가서 — 미국에서 MBA를 딴 파루크는 파키스탄에 가면 더 빨리 성공할 거라는 생각으로 결혼 후 아예샤를 데리고 그곳으로 갔다 — 불행하게 지낸다는 소식을 들었을 때 문제는 파키스탄이 아니라 파루크일 거라고 생각했다. 나의 추리 능력을 증명하기 위해 이런 사실을 밝힌다는 오해를 사고 싶진 않지만, 나중에 세월이 흘러 우리 가족이 알게 된 바에 따르면, 파르쿠가 아예샤를 학대(가끔은 육체적으로까지)했고 아예샤는 수년간 그 사실을 숨기며 견뎠다는 것이었다. 나의 아버지는 미국인의 진보적 사고방식을 지니고 있었음에도 조카의 곤경을 진짜 펀자브 방식으로 처리했다. 아버지는 어릴 때 같은 마을에 살던 사촌에게 연락했는데, 그는 깡패들을 몰고 가서 상대가 쉽게 잊을 수 없는 기억을 남기는 인물이었다. 내가 마지막으로 들은 소식은, 아예샤는 애틀랜타에서 아이들과 1년 내내 같이 살기로 결심했고, 파르쿠는 대부분 이슬라마바드에서 지내고 있다는 것이었다.

이 모든 일이 일어나기 훨씬 전의 이야기를 하겠다.

결혼식 전날 만찬 자리에서 아예샤는 인사말을 하면서 이야기 하나를 들려주었다(신랑 신부가 대개 서구식 복장으로 참석하는, 진수성찬과 축사로 가득한 결혼식 전날 축하 만찬은 파키스탄계 미국인에게 아직 새롭고 흔치 않은 관습이며, 이런 떠들썩한 축하 자리는 전통적으로는 혼례의 끝부분에 위치한, 신랑 신부가 갓 결혼한 부부로서 손님들을 접대하는 **왈리마,** 즉 피로연에서 볼 수 있다). 아예샤는 아주 멋진 에메랄드색 칼럼 드레스[42]를 입었고, 막대기처럼 가느다란 팔뚝에 줄줄이 찬 금빛 뱅글들이 그녀가 움직일 때마다 속삭이듯 짤랑거렸다. 그녀는 헤나 문신을 한 손으로 인사말 원고를 펼치며 마이크를 향해 가볍게 떨리는 입술을 들었다. 그리고 떨리는 목소리로 자신은 아주 어렸을 때부터 아홉 살 때 남편을 만날 거라는 예감을 갖고 있었노라고 말했다. 왜 그런 생각을 했는지는 몰라도 그랬다는 것이었다. 그녀가 아홉 살이었을 때 무슨 일이 있었을까? 그녀의 가족이 디케이터로 가게 되었을 때 그녀의 나이가 아홉 살이었다. 「불도그 팀 화이이이팅!」 그녀가 만찬에 대거 참석한 디케이터 고등학교 동창들을 위해 주먹 세리머니를 하며 말했다. 그리고 그녀의 가족이 조지아주에서 지낸 지 몇 달 안 된 어느 금요일 밤 퍼드러커스 햄버거 가게에서 다른 파키스탄인 가족 옆자리에 앉게 된 것도 아홉 살 때였다. 그날 밤, 그녀는 결국 남편이 될 소년 파루크와 피클을 나눠 먹었다. 그녀는 눈물을 글썽이며 목멘 소리로, 지금 돌아보니 그때 그와의 만남은 **키스메트**였다고 말했다. 운명.

물론, 아예샤의 어머니가 딸에게 예언자가 가장 사랑한 아

42 기둥 모양의 심플한 드레스.

내가 아홉 살에 그와 결혼했다는 이야기를 들려준 것이 일찌 감치 아예샤가 파루크와 맺어지는 데 결정적인 요인으로 작 용했는지에 대해선 확실히 알 수 없다. 하지만 확실한 건, 아 예샤는 결혼식 전날 만찬에서 우리에게 한 이야기를 이미 자 신에게 무수히 해왔을 것이며, 우리가 자주 듣는 예언자와 그 의 어린 신부에 대한 이야기가 설령 그녀에게 영감을 주진 못 했을지라도 그녀가 자신에게 최선은 아닐 수도 있는 관계 — 그다음엔 결혼 생활 — 에 머무는 걸 더 쉽게 만드는 정당성 을 제공해 주었으리란 것이다. 예언자가 여자들과 맺은 관계 는, 중세 시대였던 당시엔 진보적이고 평등주의적인 면도 일 부 있었다손 쳐도 오늘날에는 본보기로 받아들여지기 어렵 다. 그건 분명한 진실로 보이지만 — 내겐 확실히 그렇지만 — 내가 마음 깊이 사랑하는 많은 이에겐 전혀 그렇지 않은 듯하다.

2

예언자의 사랑을 받은 아예샤에겐 이복자매가 둘 있었으 니, 이집트 최고 인기 가수의 이름이기도 한 움 쿨툼과 아스 마였다. 나에겐 아스마 이모가 있었고, 외가 쪽 이모할머니 였다.[43] 아스마는 2000년대 초에 뇌졸중으로 이른 죽음을 맞 이하기 전까지 코네티컷 대학교에서 문학과 평론을 가르쳤 고, 내가 작가가 되고 싶어 한다는 말을 듣고(그리고 나의 부

43 great-aunt를 간단히 aunt라고 부르기도 함.

모님에게 들은 그 말이 사실인지 내게 편지로 묻기에 내가 답장과 함께 보내 준 단편소설을 읽어 보고 나서) 나의 부모님에게 글을 쓰는 일이 그들이 생각하는 것처럼 그렇게 얼토당토않은 직업은 아니라고 처음으로 말해 준 인물이기도 했다.

그녀는 나의 부모님에겐 그렇게 말했지만, 나에게 해준 말은 달랐다.

우리는 1994년 봄에 프로비던스에서 만났다. 편지를 주고받고서 몇 개월이 지난 후였고, 내가 브라운 대학을 졸업하기 몇 주 전이기도 했다. 뉴헤이븐에 살고 있던 아스마가 기차를 타고 와서 우리는 기차역에서 멀지 않은 곳에 있는 고급 해산물 레스토랑에서 만났다. 나는 강이 내려다보이는 칸막이 좌석에 암갈색 **카미즈**를 입고 어깨에는 크림색 **두파타**를 두른 모습으로 앉아 있는 그녀를 발견했다. 그녀는 고개를 숙인 채 책을 읽고 있었는데 흰 단발머리의 각진 양 끝이 앞으로 떨어져 생각에 잠긴 얼굴이 책에 닻을 내린 듯했다. 그녀의 커다란 갈색 눈이 두꺼운 검정 테를 두른 독서용 안경 렌즈를 통해 더 크게, 더 갈색으로 보였다. 그녀가 그 안경을 벗더니 일어나서 나를 두 팔로 감싸안았다. 나는 그 환영 인사에 놀라움을 금치 못했다. 그동안 그녀와 여러 번 만났지만 — 우리가 1970년대에 뉴욕시에서 살 때 나의 어머니와 아스마는 무척 가까워졌다 — 그녀는 내게 그런 애정이나 친밀감을 보여준 적이 없었던 것이다.

우리는 자리에 앉았고, 그녀가 내게 무슨 술을 마시고 싶은지 물었다. 「만일 네가 포도주를 마시고 싶다면 한 병 시켜

서 같이 마실 수 있으니까. 적포도주가 좋아, 아니면 백포도주가 좋아?」 아스마의 말씨는 강하고 낭랑했는데, 편안함과 세련됨으로 빚어진 그 둥근 모음과 날카로운 자음은 그녀가 받은 교육 — 라호르에서 키네어 칼리지를 나온 뒤 케임브리지 대학을 졸업했다 — 뿐 아니라 그녀의 가문에서 많은 언론인과 대학교수 들이 배출된 영국령 인도 제국 시대의 영광에 대한 사라지지 않는 자부심까지 나타내는 청각적 표시였다. 나는 그녀의 자리 가장자리에 놓인 완전히 비지 않은 마티니 잔을 보았다.

「저는 술 안 마셔요.」 나는 거짓말을 했다.

그녀가 쓴웃음을 지으며 말했다. 「네 **암미**[44]에겐 말 안 하마. 뭐가 좋겠어, 적포도주 아니면 백포도주?」

나는 어깨를 으쓱했다. 「이모가 드시고 싶은 걸로 고르세요.」

「그럼 적포도주지. 내가 아는 게 하나 있어.」 그녀는 포도주 목록을 읽기 위해 다시 안경을 쓰며 말했다. 「테르트르 로트뵈프에서 나온 이 생테밀리옹이 탁월하지. 맛이 진하고 독특한 풍미가 있어.」 그녀는 손짓으로 웨이터를 불러 자신이 선택한 포도주를 가리켰다. 웨이터는 고개를 끄덕이며 나를 슬쩍 보더니 내 샐러드 접시를 치우고 포도주잔을 놓았다. 「항상 확실하게 짚어 주는 게 좋아.」 웨이터가 떠나자마자 그녀가 말했다. 「웨이터가 목록에 있는 포도주에 대해 전혀 모르는 경우가 태반이거든. 웨이터가 포도주를 잘못 내올 때가

44 펀자브어로 어머니라는 뜻.

109

얼마나 많은데!」 그녀는 자신의 좌석에 놓인 가방을 집어 노끈으로 묶인 책 뭉치를 꺼냈다. 「네게 주려고 가져왔다. 작가가 되려면 이 책들부터 읽어야 해.」

「신경 써주셔서 감사합니다, 이모.」

「고난의 삶이야. 보상도 없고. 네가 다른 일, 더 확실한 일을 할 수 있다면 그 일을 하는 게 너 자신과 네가 사랑하는 모든 사람에 대한 의무지. 하지만 그게 불가능하다면, 꼭 글을 써야만 한다면, 글쎄, 그렇다면 **베타**, 네 앞에 놓인 고독한 여정에서 누릴 수 있는 즐거움 중 하나가 독서란다. 독서로 보낸 하루는 대단히 멋진 날은 아니지만, 독서로 보낸 인생은 경이로운 인생이지.」

나는 다시 고맙다고 인사한 후 책 뭉치를 들어 올려 제목들을 읽었다.

『오리엔탈리즘*Orientalism*』.
『오만과 편견*Pride and Prejudice*』.
『무깟디마*The Muqaddimah*』.
『대주교에게 죽음이 온다*Death come for the Archbishop*』.
『대지의 저주받은 사람들*The Wretched of the Earth*』.

「잡탕이지, 나도 알아. 그리고 제인 오스틴은 이미 누군가의 권유로 읽었을 거야. 하지만 난 그 작품이 역사상 가장 멋진 소설이라고 생각해. 아무리 여러 번 읽어도 부족하지. 순수하고 끝없는 기쁨을 주기 때문만은 아냐. 세상에 대한 분석도 과소평가할 수 없지. 세상이 진짜로 어떻게 돌아가는지에 대한 지혜는, 그걸 말해 주고 있다는 듯 가식을 떠는 다른 1백만 권의 책보다 그 소설에 더 많이 담겨 있어. 돈, 돈, 돈. 항상 결론은 그거지.」 웨이터가 다시 와서 테이블 옆에 서서 팔에 냅킨을 두른 채 코르크 마개를 땄고, 그녀는 웨이터를 올려다보며 미소를 지었다. 웨이터가 그녀의 잔에 포도주를 조금 따라 맛을 보게 해주었다. 그녀는 잔을 휘휘 돌린 후 향을 맡고 한 모금 마셨다. 「흠, 좋아요. 하지만 공기를 좀 쐬어야겠네요. 우리 둘 다 우선 반 잔씩만 따라 줘요. 조금 기다렸다 마시죠. 고마워요.」 웨이터가 떠나자 그녀가 이야기를 이었다. 「물론, 넌 이제부터 한 단어라도 읽거나 쓰기 전에 에드워드 사이드를 읽어야만 하지. 그는 정말 탁월한 사람이야. 대단히 매력적이고. 마치 표범처럼 움직이지. 10년 전에 학회에서 그를 만났어. **베타**, 만일 내가 결혼한 몸이 아니었다면 그의 침실로 들어가기 위해 무슨 짓이라도 했을 거야! 무슨 짓이라도. 그럼! 네 **암미**한테는 내가 이런 말 한 거 전하지 마라. 네가 나와 에드워드에 대해 말하지 않으면, 나도 너와 이 생테밀리옹에 대해 말하지 않으마.」 그녀는 다시 포도주를 한 모금 마셨다. 「아까보다 낫군. 그래도 시간이 더 필요해. 아야드, 에드워드의 작품은 꼭 필요한 책이란다. 그런 말을 들을 만한 책은 아주 적어. 『오리엔탈리즘』은 그런 책이지. 넌 그 책을 읽기 전에는 자신이 누군지 알 수 없을 거다. 지금 네가 자신에 대해 어떻게 **생각하든**, 그 책을 읽고 나면 그 생각은 달라질 거야. 그런데 요즘 뭐 읽니?」 그녀가 빵을 조금 물어뜯어 씹기 시작하면서 물었다.

「루슈디요.」

「『한밤의 아이들』? 걸작이지. 걸작이야.」

「아뇨.『악마의 시』요.」

그녀가 기침을 했다. 그녀는 기침을 멈추기 위해 물잔을 들어 조금씩 마시며 나를 응시했고, 그녀의 이마 위 팽팽한 선들이 교차되면서 찌그러졌다.「**그걸** 왜 읽고 있어?」

루슈디는 앞에서 언급한(그리고 앞으로도 등장하게 될) 메리 모로니 교수와의 자율 학습에서 내게 주어진 마지막 읽기 과제였다.「그동안 너에게 백인들 책을 너무 많이 읽혔어.」 그해 봄의 어느 오후에 자신의 연구실에서 나와 차를 마시던 메리가 내게 말했다. 나는 웃었으나 그 말은 농담이 아니었다. 나는 5년 전에 출간된 살만 루슈디의 책에 호기심을 갖고 있었다. 그 책이 세상을 떠들썩하게 만들었을 때 어머니도 그 책을 샀는데 읽다가 곧 포기했다. 어머니 말로는 도무지 무슨 소린지 이해할 수가 없다는 것이었다. 어머니는 그 책을 30페이지쯤 읽다가 귀퉁이를 접어 거실 사이드 테이블에 내려놓은 후 다시는 집어 들지 않았고, 그 책은 거기 1년 넘게 놓여 있었다. 나는 언젠가 읽게 되기를 바라며 그 책을 학교로 가져갔다.

메리도 그 책을 읽지 않았고 나처럼 그 책에 대한 호기심을 갖고 있었다.

나는 루슈디의 책을 읽는 데 사흘이 걸렸고 그 사흘은 내 독서 인생에서 이례적인 기간으로 남아 있다. 나는 책에서 나 자신 ─ 내 질문, 선입견, 내 가족의 냄새와 소리와 맛과 이름들 ─ 과 그렇게 많이 마주해 본 적이 없었고, 그 강력한 형태의 자기 인식은 내가 존재한다는 사실에 대한 새로운 확신을 키워 줬다. 또, 형식의 발견이라는 아찔한 전율도 맛보았다. 아직 가르시아 마르케스나 포스트모더니즘 작가들의 작품을 읽어 보지 못했던 나에게 『악마의 시』는 마술적 리얼리즘과 메타 픽션 둘 다의 첫 체험이었던 것이다. 가장 짜릿했던 건 내 어린 시절을 함께했던 무슬림 신화에 대한 당당한 패러디였다. 생각지도 못할 생각들이 가득한 책을 그토록 즐겁게 거리낌 없이 쓰다니. 나는 그런 일을 할 수 있는 사람이 있다는 걸 알지 못했었다.

그날 저녁 프로비던스 시내에서 아스마 이모와 마주 앉아 있던 내게는 루슈디의 책이 내 인생에서 얼마나 중요한 사건인지 설명할 말을 찾을 시간이 충분히 주어지지 않았다. 주저하며 침묵하고 있는 내게 그녀의 공격이 날아든 것이다. 「첫 소설로 그런 걸작을, 진짜 **걸작**을 낸 그에 대해 내가 이런 말을 하게 될 줄은 꿈에도 몰랐다만, 난 그가 스스로 생각해 낸 게 아무것도 없다는 걸 알고 있다. 전부 빌려 온 거지. 물론, 그게 무슨 죄가 되겠니? 하늘 아래 **새로운** 아이디어는 없다는 건 누구나 아는 사실인데. 셰익스피어도 다른 사람들 걸 훔쳤지. 그러니 살만이 그런 짓을 한 게 무슨 문제가 되겠니? 문제는, **베타**, 그걸 잘해야 한다는 거야. 남의 걸 훔치려면 그걸 **더 멋지게** 만들어야 하지. 그는 그러지 못했어. 더 이상은. 그건 이제 **고물이야. 식상해**. 최악은 뭐냐 하면 ─ 나는 이게 진짜 거슬리는데 — 그 **악의야.**」

「악의요?」

「예언자 — 그분에게 평화가 깃들기를 — 에 대한 구역질나는 인신공격. 그 가증스러운 오리엔탈리즘 역사를 뒤져서 기독교인들이 예언자를 섹스광 사이비 종교 지도자로 만들기 위해 지어낸 말도 안 되는 역겨운 이야기들을 골라내다니. 아니, **어떻게 그럴 수가 있어? 살만**이? **우리** 사람이?」

「그는 자신이 무슬림이 아니라고 말하고 있어요, 이모.」

그녀가 코웃음을 쳤다. 「제발. 나도 그 멍청한 에세이 읽었다. 그가 표절자가 된 것보다 더 딱한 건 비겁하다는 사실이야. 그는 그 책을 쓸 때 자신이 뭘 하고 있는지 알았어. 난 그걸 확실하게 알아. 그의 친구이면서 내 친구이기도 한 사람들이 있으니까. 그는 이슬람 율법학자들에게 무슬림이 절대 잊지 못할 메시지를 보내겠다고 떠들고 다녔어. 그래, 그 메시지는 받아들여졌지. 그런데 어떻게 됐게? 그는 그들이 그걸 받아들인 방식을 **좋아하지** 않았어. 그래서 어떻게 말했냐? 〈그건 이슬람에 대한 게 아니다. 나는 무슬림이 아니다. 내가 그 종교를 믿지 않는데 어떻게 그게 신성 모독이 될 수 있는가?〉 그는 겁쟁이야. 겁쟁이에 위선자지.」

그녀에게 내가 동의하지 않는다고 말하는 건 그녀가 비난하고 있는 지점을 안다는 의미였다. 하지만 나는 그걸 알지 못했다. 나 역시 가상의 도시 자힐리아를 배경으로 한 그 유명한 꿈 부분에서 예언자가 주로 수완 좋고 돈을 밝히고 자신의 소명에 대해 혼란스러워하는 평범한 인물로 그려진 걸 읽으며 충격을 받았다. 하지만 신성 모독으로 느껴져서 충격을 받은 건 아니었다. 예언자가 예수나 모세처럼 신화적으로 구축된 인물에 불과할 수도 있다는 생각을 그동안 전혀 못 했던 게 놀라웠을 뿐이었다. 나는 루슈디가 그린 예언자의 초상에서 악의적인 부분을 찾을 수가 없었다. 나는 그 작품이 탁월하다고 생각했다. 무섭도록 탁월했다. 사실 그 작품은 무슬림으로서의 나보다는 작가 지망생으로서의 나를 훨씬 더 걱정시켰다. 나는 그 작품에 조금이나마 비견될 강력한 글을 써내지 못할까 봐 걱정되었다.

「그는 그 책에 **새로운** 게 있다고 생각할까?」이모가 계속해서 말했다. 「예언자를 마훈드라고 부르는 거? 과연 그럴까? 그건 중세 때부터 불렸던 이름이야, 베타. 그게 무슨 뜻인지 우리 모두 알고 있어.」그녀는 갑자기 떠오른 생각에 잠시 말을 멈췄다. 「**베타**, 잘 생각하기 바란다. 그가 그 이름을 사용하는 게 어떤 의미인지 알기 바란다. 그는 예언자를 잘해야 사기꾼, 최악의 경우 악마라고 부른 거야.」

「저도 알아요, 이모. 하지만 그건 꿈 장면이잖아요. 그리고 작가 살만은 책 속에서, 그걸 쓴—」

「꿈 장면? 그건 더 창의적인 비겁함이지. **꿈** 뒤에 숨다니. 그가 뭘 하고 있는지는 백주 대낮처럼 명백해. 그는 자신의 네로 콤플렉스가 얼마나 잘 맞는지 시험해 보고 있는 거야.」그녀는 다시 포도주를 마셨고, 이번엔 만족했다. 「기다린 보람이 있구나. 이제 마셔 봐.」

나는 포도주를 마셨다. 내 입에는 썼다.

「정말 좋구나, 안 그래? 이 진한 바디감.」

「네로 콤플렉스가 뭐죠?」 내가 물었다.

「좋아. 그건 알베르 멤미가 자신의 책『식민자의 초상에 뒤이은 피식민자의 초상 *The Colonizer and the Colonized*』에서 한 말이지. 그 책도 보내 주마. 알베르 멤미는 찬탈을 통해 권력을 쥔 자는 자신의 권력이 합법적이지 못하다는 걱정에서 결코 자유로울 수 없다고 했지. 이러한 위법성에 대한 공포, 쫓기는 기분 때문에 자신에게 권력을 빼앗긴 사람을 괴롭히는 거고. 리처드 3세와 루슈디 둘 다에게 정확히 들어맞지. 루슈디는 이제 자신이 **저쪽 사람들**에게 속한다고 생각하고 있어. 그는 자신이 원하던 자리를 찬탈했고, 이젠 자신이 그 역할에 맞지 않을까 봐 겁에 질려 있어. 그래서 자신을 입증하기 위해 자기 사람들을 깎아내리는 거지. 그게 아니면 무슨 이유로 그런 중세 헛소리를 끌어왔겠어? 무슨 이유로 예언자가 사기꾼이고 그의 아내들은 매춘부에 불과하다는 더러운 이야기를 들먹였겠어? 그런데 넌 그게 예언자에 대한 이야기, 이슬람에 대한 이야기가 아니라고 부정하고 싶은 거야? **꿈 장면**이라는 이유로? 그가 금식을 안 하고 기도를 안 올린다고 그게 신성 모독이 아니라고 떠드는 거야? 무슨 그런 쓰레기 같은 소리가 다 있어? **그가** 매춘부야. **그가** 사기꾼이라고. 예언자가 아니라. 솔직히 그런 사람이 『한밤의 아이들』 같은 작품을 썼다는 게 놀랍구나. 하지만 그건 어느 시대에나 보즈웰[45]은 존재한다는 걸 입증해 주지.」

45 새뮤얼 존슨의 전기를 썼으며 충실한 전기 작가의 표본이 되는 인물.

그 후로 내가 만난 대부분의 무슬림 문인들은 루슈디와 『악마의 시』에 대해 아스마 이모와 대체로 비슷한 감정을 갖고 있는 듯했다. 그런 감정에는 분명 시기심도 들어 있었을 것이다. 루슈디의 고난은 그를 생존하는 가장 유명한 작가로 만들어 주었으니까. 하지만 시기심을 느낄 이유가 없어도 그 작품에 반기를 든 사람들도 있었다. 이집트의 위대한 소설가이자 노벨상 수상자이기도 한 나기브 마푸즈—그 자신도 근본주의자들의 공격이 낯설지 않은—는 1992년 『파리 리뷰』와의 인터뷰에서 루슈디의 소설이 모욕적이었다고 밝혔다.

루슈디는 예언자의 여자들까지 모욕한다! 나는 〈관념〉에 대해서는 논쟁을 벌일 수 있다. 그러나 모욕에 대해 내가 무얼 할 수 있겠는가? 모욕은 법정에서 다룰 문제이고…… 이슬람 법에 따르면, 이단으로 고발된 사람은 회개나 처벌 중 하나를 선택할 수 있다. 루슈디에겐 그런 선택권이 주어지지 않는다. 나는 관념에 관한 한, 루슈디가 자신이 원하는 대로 쓰고 말할 권리를 갖고 있다고 늘 그를 옹호해 왔다. 하지만 그는 무언가를 모욕할 권리는 갖고 있지 않으며, 예언자나 신성하게 여겨지는 것에 대해서는 특히 더 그렇다.

마푸즈의 반응은 무슬림의 지적인 삶 전반에 내포된 하나의 영속적 사실을 시사한다. 예언자는 신성불가침의 존재이며 만사에 신성함과 미덕의 귀감이 되는 그의 위상은 반박의 여지가 없다는 영원한 인식. 그리하여 자세히 들여다보면 그저 하나의 허구로밖에 보이지 않는 이야기를 뒷받침하기 위해 자료들의 명백한 가지치기와 선별, 즉 이야기의 효과를 배가하는 엄선이 이루어졌고, 이러한 예언자의 정체성을 〈구축하는〉 과정은 공개적인 토론의 대상으로 용인될 수 없으며, 결국 — 나에겐 이게 가장 이상한데 — 예언자의 역사적 진실성이라는 곤란한 문제에 시간을 들이는 건 진실에 대한 관심보다는 **서구**에 대한 비겁한 의존의 증거로 받아들여진다. 그리고 서구는 그 자체로 신성한 상징들을 남기지 않았기에 서구가 유럽 계몽주의자들의 파괴적 냉소주의와 불충함에 전혀 오염되지 않은 그런 상징을 손상시키고 조롱거리로 삼는다는 비난을 받는다. 이와 유사한 형태의 주장이 쿠란의 영원성과 하느님의 목소리를 인간의 언어로 담아낸 걸출한 성서로서의 위상을 옹호하고 있다. 나는 해가 갈수록 그 두 가지 입장이 당혹스러워져 갔는데, 특히 쿠란을 거듭해서 읽을 때마다 그 책이 탄생 시대와 장소뿐 아니라 그 책의 저자로 볼 수밖에 없는 마호메트의 심리에도 얼마나 지대한 영향을 받았는지 더욱 분명히 깨닫게 되었던 것이다(무슬림에게는 마호메트가 쿠란의 저자라고 말하는 것은 지독한 신성 모독이다. 우리가 배운 바에 따르면, 오직 신만이 그런 기적적인 책을 쓸 수 있으며 마호메트는 신의 말을 받아 적은 신성한 속기사일 뿐이었다). 내가 어린 시절에는 신앙이 깊었다가 어른이 되면서 이슬람의 중심이 되는 서사에 매우 인간적인 우연성이 존재한다는 확신을 갖게 되기까지의 여정은 이 책의 범위를 넘어서지만, 언젠가는 그 고통스러운 이야기도 모두 털어놓을 생각이다. 그때 나는 아무런 악의 없이 글을 쓰겠지만 그 책이 출간된 후에는 살아남지 못할 수도 있다. 아무튼 지금으로선, 살아남기 위해 다음 세 가지만 말하겠다. 무슬림으로서, (1) 우리는 예언자의 모범에 우리 자신이 생각하는 것보다 더 많은 영향을 받으며, (2) 우리의 정신은 일상적으로 이해할 수 없는 예언자에 대한 이야기들에 의해 형성되며, (3) 예언자의 모범과 쿠란의 역사적 진실성이 더 엄격한 심판대에 오르기 전에는 무슬림 세계의 사회 정치적 토대에 의미 있는 철학적 변화가 일어나지 않을 것이다. 이 모두가 비무슬림 독자에겐 놀랍지 않고 합당하게 들리는 반면, 무슬림 독자에겐 신앙의 개혁에 대한 요구 — 그동안 너무도 많은 이들이 잘해야 역사적 무지, 최악의 경우 치명적인 모욕으로 받아들여 온 — 에 불편할 정도로 가까운 이야기로 들릴 수도 있다. 그러나 내가 보복에 대한 얼마간의 두려움 없이는 이런 이야기(무지와 모욕이라 할지언정)를 꺼내기가 어렵다는 것이, 우리 무슬림이 아직 갈 길이 얼마나 먼지를 알려 주는 진정한 척도라고 할 수 있다.

3

론도 형식으로 같은 주제가 되풀이되는 이 글에서 아스마 이모는 추억의 한 자락에 그대로 머물고, 아보타바드에서 클라이맥스 재현부가 펼쳐진다. 때는 2008년. 배경은 아버지의 가운데 누이 집이고, 그 집은 북파키스탄 아보타바드의 북동쪽 외곽에 자리하고 있으며, 그로부터 3년 내로 고도가 1천 6백 미터 가까이 되는 고지대에 위치한 이 도시에 은신하던 오사마 빈 라덴이 죽음을 맞이하게 된다. 오사마 빈 라덴이 살해될 당시 아보타바드에 살고 있었다는 사실이 암시하는 바는 파키스탄을 잘 아는 사람들에겐 불을 보듯 뻔했다. 아보타바드는 파키스탄의 웨스트포인트라고 할 수 있는 군사 도시로 군인과 사관생도, 장교 들이 득실거린다. 나의 고모 룩사나 — 이 이름은 예언자의 주변인과 아무 관련이 없지만, 그녀의 외아들은 내가 앞에서 언급한 무스타파라는 이름을 가진 두 사촌 가운데 하나다 — 는 파키스탄 육군 대령이면서 사관 학교 강단에도 서는 남자와 결혼하여 성인기의 대부분을 그곳에서 살았다. 나는 자라면서 아보타바드에 여러 번 가봤는데, 늘 그곳의 극적인 질서 의식에 강한 인상을 받았다. 그 질서 의식은 내가 부모님의 고국에 갈 때마다 수없이 듣는, 군대에 의해 지켜지고 보장받는 안정과 번영이라는 시민의 이상을 반영하고 있었다. 아보타바드는 군법의 광고와도 같은 곳으로, 기차가 정각에 운행될 뿐 아니라 기도 시간을 알리는 소리도 다른 곳에서처럼 요란하거나 호소력 있게 들리지 않는 그런 도시였다. 나는 빈 라덴이 파키스탄군의 직접적인 지원 없이 그곳에서 6년을 살았다는 건 어불성설이라고 생각했다.

아버지와 나는 2008년 10월에 룩사나 고모를 만나러 아보타바드로 갔다. 고모는 그때까지는 살아 있었지만 결국 그녀의 목숨을 앗아 가게 될 백혈병을 앓고 있었다. 911 이후론 처음 파키스탄에 간 것이었는데, 내 기억 속의 파키스탄과 사뭇 달랐다. 미국에 대한 애정이나 찬양은 더 이상 보이지 않았다. 대신 뛰어난 정치의식으로 통하는 비이성적 피해망상이 팽배했다. 그 여행을 회고하면, 미국을 트럼프의 시대로 이끈 것과 똑같은 딜레마의 윤곽이 보인다. 들끓는 분노, 이방인이나 자신과 견해가 다른 사람에 대한 노골적인 적대감, 믿을 만한 출처에서 전해지는 뉴스에 대한 경멸, 보수주의에 입각한 도덕적 가식에 대한 포용, 더 이상 감출 필요가 없는 민간과 정부의 부패, 그리고 이 모든 것과 결합한, 못 가진 자들을 희생시켜 가진 자들을 배불리는 부의 재분배의 지속적 가속화. 그 2008년 방문 때는 음모론도 많았는데 모두 내가 수년간 들어 온 것들이었다. 911이 내부 범죄라느니, 미국 정보부 소행이라느니, 〈유대인들〉 짓이라느니, 2005년 스와트 지진은 미군의 폭격 때문이라느니, 부토 암살도 따지고 보면 미국의 간섭이 원인이라느니 — 하지만 나는 더 이상 친척들과 입씨름을 벌이거나 가족 식사 자리에서 뛰쳐나가지 않기로 결심한 상태였다.[46] 나는 그 여행 기간 동안 미친 소리를

46 말랄라가 2014년에 노벨상을 수상했을 때 내 부모님의 고국 파키스탄의 음모론적 피해망상은 광범위한 사회적 정신병 증세 — 즉, 현실감이 크게 떨어지는 대중적 망상이 기승을 부려 사회 조직과 국가의 기능이 훼손되는 — 를 보이기 시작하면서 말랄라가 미국 비자를 얻기 위해 암살 자작극을 꾸몄다느니, 헝가리인 기독교 선교사의 딸이라느니, CIA를 위해 일하는 첩보원이라느니 소문이 무성했고, 그 음모론들은 우리 가족과 파키스탄에서, 그리고 학식 높은 사람들 사이에서까지 도무지 믿기지 않을 정도로 많은 지지를 받았다 — 원주.

들어도 이성을 잃지 않고 격분을 자제하며, 몰지각하고 강박적인 의심에 동력을 제공하는 감정적 논리에 귀 기울이기로 마음을 먹었다. 내가 새로운 귀로 들은 건 공포였다. 나는 7년간 〈테러 위협에 맞서 싸운다〉는 구실하에 자행된 군사적, 정치적 폭력에 시달려 온 세계의 걱정을 들었다. 2008년쯤에는, 부시 행정부가 완전한 날조에 근거하여 시작한 유혈 사태가 결코 끝나지 않을 것임이 명백해졌고, 내 파키스탄 친척들의 어리석기 짝이 없는 망상 — 자신들이 다음번 대학살의 무대에 오를 거라는, 미국의 보복이 끝도 없이 이어지는 이 새 시대의 희생양이 될 거라는 — 을 불러온 공포를 쉽게 이해할 수 있었다.

이야기가 다른 데로 빠졌다.

다시 돌아오면, 배경은 아보타바드에 있는 룩사나 고모의 집, 영국령 인도 제국 시대의 방갈로[47] 스타일 건축물로, 넓은 방들은 영국식으로 꾸며져 있다. 거실은 체리색 웨인스코팅과 나뭇가지들이 그려진 바래어 가는 윌리엄 모리스 벽지로 감싸여 있고, 집 안 여기저기 배치된 벽난로 위에는 거울과 나뭇가지 모양 촛대, 탁상시계가 놓여 있으며, 아버지와 내가 묵고 있는 — 어머니는 몸이 좋지 않아 라왈핀디에 있는 친정에 남기로 했다 — 손님방에는 침대 위 벽에 인도영양 머리가 박제되어 있다. 룩사나는 뒷마당 진흙으로 만든 탄두르 화덕에서 구운 탄두리난과 샤미케밥, 오크라마살라로 진

47 인도 벵골 지방에서 유래한 처마가 깊숙하고 정면에 베란다가 있는 단층주택.

수성찬을 차렸다. 그녀는 머리를 숄로 가렸는데 정숙함을 위해서가 아니었다. 머리카락이 다 빠져 버린 것이다. 그녀의 연갈색 피부는 누런 잿빛으로 변해 가고 있다. 그녀는 젖 먹던 힘까지 끌어모은 듯 힘겹게 움직인다.

부엌에서 돌아온 룩사나가 갓 구운 따끈한 난을 빵 바구니에 쏟고 남편 나심 옆에 앉는다. 나심은 땅딸막한 남자로 등이 곧고 탄탄하다. 말씨는 콧수염처럼 짤막하고 자신만만하다. 나는 그의 얼굴에서 찡그린 미소가 가시는 걸 한 번도 보지 못했는데, 그건 경멸이 아니라 통제력에 매혹된 남자의 표정이다. 아내가 만들어 준 라시 잔을 들 때조차 팔 동작에 군사 훈련을 통해 길러진 자기 절제가 배어 있다. 나의 사촌 무스타파도 그 자리에 있는데, 스물아홉 살이 된 그는 은행 창구 직원으로 일한다. 그의 누나 야스민은 서른두 살이고 소아과 의사인데 그 자리에 없다. 화제가 파키스탄에서는 일상이 된 폭탄 테러로 넘어간다. 나심이 평소의 독단적인 태도로 그 딜레마에 대해 짧고 단정적인 문장들을 동원하여 설명한다. 아무도 인정하고 싶어 하지 않지만 문제는 간단하다고. 파키스탄은 인도와 싸우면서 그 암 덩어리를 키웠고, 이제 암 덩어리가 주인을 공격하기 시작한 것이다. 내가 그에게 자세히 설명해 달라고 부탁하자, 2008년경의 파키스탄 외교 정책에 대한 열띤 강의가 시작된다.

「우린 두 적 사이에 끼어 있지. 서쪽의 아프가니스탄과 동쪽의 인도. 이 나라 정치사는 국경으로 정의된다고 할 수 있어. 인도는 처음부터 서부 전선에서 카불을 통해 우리의 내정에 간섭해 왔지. 인도가 북부와 동부 전선에서 우리에게 해온 짓들에 대해선 너에게 설명할 필요가 없기 바란다.」그는 말을 끊고 내 대답을 기다렸다. 나는 물론 파키스탄이 인도와의 국경지에서 항상 느껴 온 실존적 위협에 대한 설명은 필요치 않음을 고개를 저어 확인해 주었다. 「그러니 통제 수단이 뭐 겠니? 무장 단체들이 북쪽에서 기꺼이 우리를 위해 싸워 줬지. 우리는 서부 전선에서도 아프가니스탄에 대한 영향력을 잃지 않기 위해 그들과 한편이 되었다. 하지만 괴물에게 먹이를 주면 그 괴물은 자라게 마련이지. 괴물이 우리를 공격해 오면 ─ 그건 정해진 수순이니까 ─ 그 책임은 우리 자신에게 있지.」

아버지는 누이 옆에 앉아 구부정한 자세로 음식을 먹고 있었고, 고모가 아버지 어깨에 한 팔을 올리고 있었다. 그녀가 아버지의 옆얼굴을 응시하며 손으로 뺨을 어루만졌다. 그녀의 손길을 느낀 아버지는 울음을 터뜨릴 것 같은 표정이 되었다.

「문제는 어린애들이야.」나심이 말을 이었다. 「마드라스[48] 마다 어린애들이 가득하지. 바글바글해! 마드라스에서는 그 아이들을 가르치고 먹이고, 네다섯 살 때부터 지하드 얘기를 주입하지. 그래서 그 아이들은 열 살만 되면 싸우고 싶어 해! 우리는 그런 소년들로 나라를 가득 채우고 있지. 그런 식으로 기꺼이 폭탄과 함께 산산조각 날 청년들이 끝도 없이 공급되는 거지.」나심이 생각에 잠겨 말을 멈춘 사이에 나는 식탁 한

48 이슬람 신학 교육 기관.

가운데 놓인 케밥을 덜어 왔다. 내가 케밥 속 패티를 잘게 부수는 동안 그의 말이 이어졌다. 「전략적으로는, 나도 이해가 돼. 우리가 한 일을 왜 했는지 납득이 돼. 원칙적으로 말하자면, 그건 미국인들에게 배운 전술이지. 그들 입장에선 중앙 아메리카와 엘살바도르, 니카라과에서의 테러리즘이 성공적이었으니까. **우리가** 고려하지 못한 건 근접성의 차이였어. 이렇게 본국과 가까이에서 테러리즘 전략을 사용하면 미국인들에겐 해당되지 않았던 영향을 받을 수밖에 없지.」

「그건 사실과 달라요, **아부**.[49]」 식탁 맞은편에 앉아 있던 나의 사촌 무스타파가 말했다. 그는 사과를 들고 있었는데 아직 베어 먹기 전이었다. 그 주장은 질문하듯 끝을 위로 올린 미온적인 어조로 인해 힘이 빠져 있었다. 무스타파도 아버지를 닮아 땅딸막했지만 그에게선 엄격함을 찾아볼 수 없었다. 그는 아버지의 세심하게 다듬어진 오만의 그림자 속에 웅크리고 있었다. 나는 무스타파가 청소년기 후반에 이르렀을 때부터 그가 동성애자인 것 같다는 의심이 들었다. 그래서 그 후 10년 가까이 무스타파에게 그 이야기를 꺼내면서, 그가 어떠한 형태로든 자신이 원하는 진실한 삶을 살 수 있도록 가족 내에서 지지를 보내 줄 사람이 필요하다면 내게 의지해도 된다는 뜻을 전할 방법을 찾기를 희망해 왔다(그건 분명 오만이었다). 하지만 그런 대화는 이루어지지 않았다. 2년 전, 나는 가족 중 누군가로부터 그가 파키스탄을 떠나 네덜란드에서 남자와 함께 살고 있다는 소식을 들었다.

49 펀자브어로 아버지라는 뜻.

「어떻게 다르다는 거니, **베타**?」 나심이 물었다.

「미국인들은 대가를 치르는 걸 미뤄 왔지만 결국 치렀죠.」
그는 말하면서 어깨를 으쓱했고 마치 자신의 생각을 밝히면
서 그걸 철회하는 듯 보였다. 그는 대답을 마친 후 손에 든 사
과를 한 입 베어 물고 그의 아버지 얼굴을 응시하며 사과를
씹었다.

「하지만 알다시피 ─ **그건 천재적** 전술이었어. 911은 앞으
로 싸움이 계속된다면 어떤 전쟁이 일어날지 보여 준, 전쟁의
역사를 바꾼 전쟁 행위였어.」 나심은 나를 보다가 나의 아버
지를 보았다. 아버지가 접시에서 시선을 들고 이글거리는 눈
빛으로 그를 쏘아보았던 것이다. 「잘한 일이었다는 말이 아
냐, 시칸데르. 전술을 말하는 거지. 순수한 **군사적** 관점에서.
그 천재성은 볼 수 있어야 해.」

「천재성? 무슨 천재성, 나심 **바이**?[50]」 아버지의 날카로운
어조는 다정한 호칭과 극명한 대조를 이루었다. 「그 사건이
일으킨 혼란을 봐.」

「누가 **진짜로** 혼란을 일으켰는지에 대해선 우리 의견이 서
로 다를 수도 있지.」 나심도 날카롭게 대꾸했지만, 뒤이은 침
묵은 그에게 후회의 기회를 주는 듯했다. 「난 순전히 전장의
관점에서 그런 말을 했던 거고. 그래, 그런 전술을 사용해서
전체 작전을 운용하는 데 어려움이 있는 건 맞아. 그게 여기
파키스탄에서 실패한 거고. 아까 내가 얘기하려고 했던 게 그
거지. 우리가 키웠는데 이제 우리의 문제가 된 암 덩어리.」

50 형제라는 뜻.

아버지는 자신의 접시를 내려다보았다. 동요한 기색이 역력했다. 룩사나가 일어나며 손으로 아버지의 어깨를 부드럽게 쓰다듬었다. 「난 더 먹고 싶은 사람?」 그녀는 남편을 바라보고 있었다.

「난 괜찮아.」 나심이 편자브어로 말했다.

「난 사양은 못 하겠어, 룩스.」 아버지가 나심에게 맞서기라도 하듯 말했다. 「너무 맛있어서.」 룩사나는 미소 지으며 내게 시선을 돌렸다.

「전 아직 남았어요.」 내가 접시를 보여 주며 말했다. 룩사나는 부엌으로 향하다가 문간에서 걸음을 멈추고 우리를 돌아봤다. 「내가 돌아올 때까지 논쟁 끝내는 거야.」 그녀가 상냥하게 말했다.

「논쟁 안 했는데.」 나심이 억지 미소를 지으며 대답했다. 룩사나가 나가자 그는 다시 아버지에게 말했다. 「**바이**, 알다시피, 전쟁의 영향은 늘 개인적이지만, 사실 전쟁은 그 무엇보다도 비개인적인 것이지. 그래서 전쟁을 객관적으로 보기가 어려운 거고.」 아버지는 식사에 몰두한 척하며 한 입 크기로 뜯은 빵으로 음식을 떴다. 그러고는 음식을 씹으며 고개를 들었는데 그의 시선이 향한 곳은 나였다. 경고를 담은 시선이었다.

나는 신경 쓰지 않았다.

「그런 작전을 효율적으로 운용하려면 어떻게 해야 한다는 거예요, 고모부?」 내가 물었다.

「클라우제비츠를 아니, **베타**? 전쟁의 삼위일체론은 알아?」

나는 어깨를 으쓱했다. 클라우제비츠에 대해 내가 아는 건 이름뿐이었다. 「전쟁의 세 요소는 개인, 환경, 집단이다.」 나 심이 자신의 중지, 약지, 새끼손가락을 펴 보이며 설명했다. 「이 요소들 각각은 다양한 방식으로 재구성될 수 있지. 개개의 병사, 상황의 예측 불가함, 국가. 아니면, 열정이나 격렬함 같은 전쟁의 감정적 측면, 우연 — 이를테면 나폴레옹이 러시아로 쳐들어갔을 때 겨울이 너무 빨리 왔던 것 같은 —, 그리고 전쟁 자금을 대려는 합리적, 정치적 의지. 911은 그 첫 두 요소의 최고 경지를 보여 줬지. 마지막 요소인 집단 — 그게 아직 제대로 작동하지 않은 거고. 알카에다는 개인에 너무 의존하고 있고, 개인은 우연한 상황의 변수에 너무 취약하지. 그러니까 우리가 그날 본 그런 개인의 주도성과 창의성을 독려하기에 충분할 만큼 유연한 국가 구조가 필요한 거야. 그래야 그 혁신을 집단적이고 정치적인 행위의 가능성으로 바꿀 수 있지.」

「좋아요. 알겠어요. 그런데 그건 실제로 어떤 모습이죠?」

「우린 이미 그걸 목격했지. 북베트남. 스파르타. 하지만 가장 훌륭한 본보기는 역시 수나지.」 나는 아버지를 흘끗 훔쳐 보았다. 그 말이 아버지를 자극할 것 같아서였다. **수나**는 우리 무슬림에게 예언자와 그의 교우들에게서 내려온 관습, 첫 신앙 공동체의 관행에 의거한 전통을 의미하는 말이며, 그들이 보인 모범은 아직도 무슬림 세계 전반에서 유토피아 건설을 위한 실행 가능한 본보기로 여겨진다. 「종교적 관점에서의 수나를 말하는 게 아냐. 그건 따라도 되고 안 따라도 돼.

여기 파키스탄에서는 그걸 따르는 경향이 있지만 — 여기서도 마찬가지야. 난 군사적 열망과 정치적 열망이 분리되지 않은 공동체에 대해 말하는 거야. 정책 문제에 항상 전쟁 문제가 포함되는. 클라우제비츠로 다시 돌아가면, 〈전쟁은 다른 수단에 의한 정치일 뿐이다.〉 그래, 물론, 전쟁 문제는 궁극적으로 항상 시민 질서의 문제에 종속되지만, 전쟁과 정치를 **별개의** 문제로 생각하는 건 잘못이지. 기꺼이 나서서 싸우지 않고는 우리가 보고 싶은 그런 세상을 만들 수가 없어. 우리가 원하는 세상을 유지할 수도 없고. 그게 전쟁의 의미야. 그리고 사회가 이런 현실을 잘 이해할수록 더 좋은 거지. 인간은 싸우는 존재다, **베타.** 그건 영원히 바뀌지 않는 진실이야. 안 그런 척하는 건 우리 자신을 기만하는 짓이지. 우리가 싸우는 건 우리의 삶에서 의미를 찾는 하나의 방식이야. 바로 그런 이유에서, 전쟁으로부터 시민을 보호하는 건 장기적으로 시민의 붕괴라는 결과를 낳게 되지. 국가는 군인의 정신을 가져야 해. 마호메트 — 그분에게 평화가 깃들기를 — 는 그걸 그 누구보다 잘했지. 그건 그가 훌륭한 인간, 최고의 인간이어서뿐만 아니라 위대한 군인, 가장 위대한 군인이기도 했기 때문이지. 유행은 돌고 도는 거고, 지금 당장은 그런 식으로 생각하는 건 유행이 아니지. 하지만 역사를 보면 분명히 알 수 있어. 진정한 지도자들, 우리가 기억하는 지도자들은 자신의 사회를 기꺼이 전쟁으로 몰아넣을 수 있었던 이들이지.」 나는 그가 스파르타를 예로 든 것에 대해 이렇게 응수하고 싶은 충동을 느꼈다. 스파르타가 아테네를 상대로 애석한 승리를

거둔 것 외에 세상에 기여한 게 뭐죠? 나는 그가 어떤 대답을
할지 알았다. 그에게 — 많은 무슬림에게 — 아테네는 메카
나 메디나에 비하면 아무것도 아니었다. 그들에겐 마호메트
가 소크라테스와 페리클레스와 테미스토클레스를 모두 합쳐
놓은 인물과도 같았다. 그들은 예언자와 그의 첫 추종자들을
지상에 발을 들인 우리 인간 종 가운데 가장 현명하고 가장
용감한 존재로 보았고, 그들 집단 — 극적인 일화들을 수반
한 — 을 비길 데 없는 조직체, 영원한 귀감이라고 여겼다. 나
는 이런 뻔한 찬양의 기회가 포기되는 걸 본 적이 없었다. 그
래서 잠자코 입을 다물었다.

　나의 침묵에 고무된 나심은 탁월한 지도력의 근간이 되는
군인 정신을 소유한 위대한 미국 대통령들 이름을 주워섬겼
다. 워싱턴, 링컨, 루스벨트. 나는 아무래도 그의 말이 리허설
을 거친 것 같다는, 그가 나 이전에 이미 다른 미국인을 붙들
어 놓고 이런 이야기를 한 것 같다는 생각이 들었던 기억이
난다. 때는 2008년, 그러니까 ISIS[51]가 예언자의 문장(紋章)
이 담긴 검은 깃발을 들고 폭발적으로 국제 무대에 등장하기
5년 전임을 유념해 두기 바란다. 나는 그 모든 일을 돌아보고
이 글을 쓰면서 나심과 **그** 대화, 그러니까 ISIS에 대한 대화
를 나눌 수 있었더라면 좋았을 거라고 생각하는 자신을 발견
한다. 나심이 그 골자를 설명하고 있었던 원칙은, 물론 시리
아와 이라크에서 유독한 사막의 협죽도처럼 꽃을 피울 혐오
스러운 사회적, 군사적 프로젝트의 근간이 되었다. 나심이

51 이슬람 근본주의 테러리스트 국제 범죄 조직.

들먹인 첫 무슬림 공동체가 악마적이고 자기 지시적인 굴절을 일으켜, 예언자의 교우들은 천재적인 풍자가 루슈디조차 상상하지 못했을 스너프 필름[52]의 섹스광 공급자로 배역을 바꾸어 등장했다. 그건 가치 있는 토론이 될 수 있었지만 끝내 성사될 수 없었다. 나는 나심을 다시는 만나지 못했던 것이다. 이듬해 여름에 룩사나 고모는 세상을 떠났고, 나심은 아내보다 그리 오래 살지 못했다. 아내의 죽음 석 달 후 도시 위 심라 언덕을 걷다가 심근경색으로 쓰러진 것이다. 아내처럼 그도 무슬림 관습에 따라 사망 당일에 매장되었기에 우리 가족은 아무도 그들의 장례식에 참석할 수 없었다.

나심이 FDR(프랭클린 D. 루스벨트) 이야기를 꺼낸 직후 아버지는 우리를 남겨 두고 식탁을 떠났다. 나는 잠자리에 든 뒤 아버지가 밤늦게까지 뒤뜰에서 누이와 조용히 이야기하는 소리를 들었다. 그 후 내가 다시 아버지를 본 건 다음 날 아침 식탁에서였고, 우리는 간튀김과 파라타빵으로 식사를 하고 작별 인사를 나눴다. 병원에서 야간 당직을 서느라 두 시간밖에 못 잔 야스민은 특히 감정의 동요가 심했고 팔의 감각이 잘 안 느껴진다고 했다. 그녀 말로는 감정이 자신의 다발경화증을 악화시켰다는 것이었다. 20대 중반에 다발경화증 진단을 받은 그녀는 1990년대 중반에 위스콘신에 있는 우리 집에서 4주간 머물면서 전문의 진료를 받았고, 이제 아버지가 주기적으로 보내 주는 미국 약에 의존하고 있었다. 파키스탄에서는 그 약을 구할 수도 없고 그녀에겐 약값을 감당할 능

52 실제 살인을 촬영한 포르노 영화.

력이 없었던 것이다. 아무튼 그 약 때문에 가날팠던 몸에 살이 적어도 50파운드는 붙은 상태였다. 그녀는 나를 껴안으며 자신의 약한 포옹에 대한 농담을 했고 아버지에겐 키스를 했는데, 얼굴이 사랑의 눈물로 젖어서 반질거렸다. 아버지와 고모의 작별은 특히 감동적이었다. 낮에 보니 룩사나 고모는 저녁 식사 때보다도 더 수척한 모습이었지만 아버지와 포옹할 때 두 눈이 엄숙하고 생생한 기쁨으로 불타올랐다. 나심은 남매가 이마를 맞대는 걸 지켜보았다. 아버지의 손이 죽어 가는 누이의 민머리 뒤통수를 만졌고, 두 사람 다 눈물이 그렁그렁했다.

눈물의 작별이 끝난 후, 우리는 나심이 대절해 준 차를 향해 걸어갔다. 우리를 라왈핀디까지 태워다 줄 그 차는 암청색 메르세데스 세단이었고, 운전사는 어깨에 숄을 접어 두른 젊은 흑인 남자였다. 그의 이름은 자이드, 예언자의 사랑을 받은 양자 자이드 이븐 하리사에서 온 이름이었다. 자이드 이븐 하리사의 아리따운 아내 자이나브 빈트 자흐시는 그와 이혼 후 마호메트의 일곱 번째 배우자가 되며, 내가 알기론 우리 예언자께서 한때 며느리였던 여자와 결혼한 유일한 사례였다. 운전사 자이드는 신앙심이 깊은 사람으로 보였던 게, 어깨까지 내려오는 검은 머리가 타이트한 흰색 쿠피[53] 아래로 부채처럼 펼쳐져 있었고, 힘을 쓸 때마다 — 트렁크를 연다든가, 우리 짐을 싣는다든가, 트렁크 뚜껑을 닫고 우리에게 문을 열어 준다든가 — 작은 소리로 〈비스밀라 알-라흐만,

53 무슬림 남성이 주로 쓰는 테두리가 없는 짧고 둥근 모자.

알-라힘)⁵⁴」이라고 기도했다. 우리가 자리를 잡고 앉은 다음 자신도 앞좌석에 타서 시동을 걸기 전에도 잠시 멈추고 중얼거렸다. 「비스밀라…….」

아버지가 나를 흘끗 보며 눈알을 굴렸다.

우리는 도시 북동부를 빠져나가면서 당시 오사마 빈 라덴이 거주하고 있었을 콤파운드로 이어지는 비포장도로 입구를 지났다. 하지만 오사마 빈 라덴이 거기 있을 줄은 꿈에도 몰랐다. 샛길을 따라 천천히 달리며 들판과 진흙 벽돌 담에 둘러싸인 집들을 지나자 큰길이 나왔다. 그다음엔 나심이 생도들을 가르치는 사관 학교가 보였고 — 자이드가 손가락으로 가리켰다 — 그곳에서 최소한 마흔 명은 되는 기병 부대가 아스팔트 길을 건너는 바람에 차를 세우고 기다려야 했다. 다시 출발하자 금세 시 경계를 지났고, 우리는 카라코람 고속도로를 타고 남쪽을 향해 빠르게 달렸다. 그제야 아버지가 성난 얼굴로 나를 돌아보며 어쩐 일이냐고 물었다. 나는 무슨 소린지 모르겠다고 대답했다.

「내가 무슨 말만 꺼내면 그 잘난 의견을 내세우더니 —」

「잘난 의견이라고요?」

「어제도 그렇게 끼어들었으면 좋았을 텐데. 그 허세 가득한 군대 얘기. 거들먹거리기는. 룩사나가 그 오랜 세월 그를 어떻게 참고 견뎠는지 모르겠어.」

「고모부의 말을 듣고 싶어서 그랬어요.」

「왜?」

54 가장 은혜로우시고 가장 자비하신 신의 이름으로 — 원주.

133

「고모부의 생각을 알고 싶었으니까요.」

「생각? 그가 그런 걸 할까? 생각이란 걸?」

「아버지 —」

「배은망덕한 인간들. 그들은 그런 인간이야. 몇 년 전에 그가 심장병이 생겼을 때 어떻게 했지? 미국에 왔어. 그의 딸이 먹는 약은 어떻고? 미국에서 온 거야. 그들이 우리 돈을 얼마나 많이 가져가고 얼마나 도움을 받는지는 아랑곳없이 —」

나는 아버지의 말허리를 잘랐다. 이미 지겹도록 들어 온 소리였던 것이다. 「고모부는 미국에 대해 나쁜 말은 안 했어요. 그저 911이 탁월한 전술 폭격이었다고만 했죠. 그건 부정하기 어렵고요.」

아버지가 믿을 수 없다는 듯 물었다. 「그럼 넌 그의 말에 **동의한다는** 거냐?」

「동의는 무슨 동의요? 전 그저 고모부가 무슨 말을 하는 건지 이해해 보려고 노력했을 뿐이에요.」

「난 그가 무슨 말을 한 건지 정확히 알아. 그는 우리 나라에 고상한 **똥**을 싸고 있었지. 난 그 대화에 끼어들지 않으려고 안간힘을 다했고.」

「현명하게 잘 대처하셨어요.」

아버지는 나를 노려보더니 고개를 저었다. 「불행해. 둘 다. 너와 네 엄마. 둘 다 행복해지는 법을 몰라. 애당초 행복해지고 싶어 하지도 않지.」

「무슨 말씀이세요?」

「넌 미국보다 여기가 훨씬 낫다고 생각하지?」

「전 그런 말 한 적 없어요. 아버지가 도대체 왜 그런 —」

「내 말 믿어라, 내가 여기 남았더라면 네 인생이 얼마나 끔찍했을지 넌 짐작도 못 한다. 짐작도 못 하지.」

「아버지. 그만하세요.」

「작가? 응? **희곡?** 너 여기서 그런 **헛소리가** 가당키나 한 줄 알아? 나이가 서른여섯 살이나 돼서 아직도 나한테 돈을 달래? 여기서 그런 게 통할 줄 알아? 길거리에서 웃음거리나 되겠지. 만일 우리가 **여기** 살았다면? **네가 나를** 부양하고 있겠지! 무슨 소린지 알아? 너 야스민이 왜 아직도 부모 집에서 살고 있다고 생각하니? 병원에 나가서 월급을 타서 집에 가져와서 제 아버지 손에 쥐여 주는 거야. **그게** 파키스탄의 방식이야.」 전부 지겹게 들어 온 소리였다. 네 엄마는 더 이상 존재하지도 않는 파키스탄을 그리워하고 있다느니, 네가 어리석게도 엄마의 향수병에 동조하고 있다느니, 네가 작가로서 자신에 대한 냉엄한 진실 — 아직 그걸로 밥벌이를 못하면 소질이 없는 거라는 — 을 외면하고 있다느니. 물론 그중에서도 제일가는 잔소리는 자신이 미국으로 오기로 결심한 덕에 내 인생이 얼마나 편해졌는지 내가 알지 못한다는 것이었다. 이 마지막 문제는 아버지의 자존심에 상처를 입힐 때가 많았다. 아버지는 내가 말을 배우기 시작한 이후로 나의 유례없는 특권과 그 특권을 만들어 준 자신의 독점적 역할 — 사실 어머니는 조국을 떠나고 싶어 하지 않았으니까 — 을 무기처럼 휘둘렀다. 나는 아버지의 그런 공격에 늘 기분이 상했고 그때도 예외는 아니었다. 하지만 아버지가 여행 경비를 댔고, 나는 그 익숙한 무시와 불평, 생색이 그 대가의 일부임을 너무도 잘 알고 있었다. 또한, 아버지의 목소리에 어린 긴장감이 사실 어디에서 오는 것인지 알았기에 순순히 견디기가 더 쉬웠던 듯하다. 아버지는 이미 스물네 살 때 누이 하나를 잃었고 그 상처가 아물지 않는다고 말하곤 했다. 물론 아버지는 나심의 현학적인 태도에 화가 났던 게 사실이지만 그 감정 역시 근본적으로는 누이의 병 때문이었다. 나는 그걸 전날 밤에도 알았고 그날 아버지의 이야기를 경청하면서도 알았다.

「**루스벨트?** 그 꼭두각시가 **루스벨트**에 대해 뭘 알아? 넌 그 많은 시간을 들여 루스벨트에 대한 책들을 읽은 게 다 무슨 소용이냐? 정작 필요할 때 그 정보를 써먹지도 않는데.」

「무슨 책들요?」

「네가 노상 들고 다니던 그 루스벨트 관련 책들 말이다.」

「그건 테디에 관한 책들이었어요, 아버지.」

「응?」

「첫 번째 루스벨트 대통령 모르세요? 테디 루스벨트? FDR이 아니라.」

아버지는 그저 짧은 침묵으로 자신의 오해를 인정했다. 「이해가 안 돼. 그게 다 무슨 소용이야? 넌 그렇게 교육을 잘받아 놓고 그 멍청이가 헛소리를 늘어놓기 시작할 때 쓸모 있는 말 한마디 못 했어. 그런 바보는 FDR 같은 인물에 대해 아무것도 이해 못 해. **그는** 위대한 인물이었어.」

「로널드 레이건도 루스벨트의 대단한 팬은 아니었어요, 아버지.」

「**이제야** 재치 있는 농담으로 응수하는 거니? 그건 헛소리고, 너도 그걸 알아. 레이건은 항상 그에게 표를 줬어. 내가 확실히 알아.」

「그런 다음 정치 활동 기간 내내 그의 업적을 지웠죠.」

아버지는 이제 나를 멍하니 쳐다보더니 넌더리가 난 듯 고개를 돌렸다.

창밖으로 극적인 산지가 자취를 감추고 금방이라도 무너질 듯한 건물들이 도로변에 간간이 보이는 익숙한 풍경이 이어졌다. 상점, 학교, 집, 차[茶] 가판대, 음식 가판대, 주유소. 하자라 대초원의 초록빛이 이제 햇빛에 마른 담갈색에서 암갈색 땅으로 바뀌면서 흙벽돌 담과 모래색 부지와 갓길, 햇빛에 더 짙게 달구어진 들판으로 이어지는 황갈색 시골길이 보였다. 버스들이 우리 주위 사방에서 마구 뒤엉킨 채 요리조리 빠져나가고 그림이 그려진 트럭들이 경적을 울리며 지나가는 바람에 탁한 베이지색 먼지구름이 피어올랐고, 그 차들 역시 회갈색 먼지를 뒤집어쓰고 있었다. 심지어 늦은 아침의 태양도 우중충한 밀짚 빛깔로 세상을 물들이는 듯했다.

침묵 속에서 달리고 있는데 자이드의 구형 플립폰이 울렸다. 그는 내가 알아들을 수 없는 방언 — 구자라트 말이라고 나중에 아버지가 말해 주었다 — 으로 전화를 받았다. 나와는 달리 그의 말을 알아들은 아버지는 통화가 끝나자 앞으로 몸을 기울여 펀자브 말로 자이드의 아들에 대해 자세히 설명해 보라고 했다. 아이가 한밤중부터 열이 펄펄 끓고 있다는 것이었다. 자이드와 아내는 아이를 의사에게 보이려고 알아보고 있었는데 마땅한 의사를 찾을 수가 없었다. 아버지는 그에게 더 자세히 말해 보라고 요구했고, 우리가 자이드의 집 — 하산압달 외곽에 있는 — 에서 멀지 않은 지점에 있다는 걸 깨닫고 자신이 그 아이를 봐주겠다고 제안했다. 나는 룸미러를 통해 자이드가 아버지와 눈을 맞추는 걸 보았는데, 그의 반쯤 내리간 시선이 도로에서 룸 미러로 튀어 올랐다가 다시 내려갔다. 그는 아버지의 친절에 대한 놀라움을 소화하고 있는 듯했다. 이윽고 그가 그럴 필요 없다고, 아는 의사가 오게 될 거고 아이는 물론 괜찮을 거라고 대답했다. 자이드는 아버지의 제안에 감동한 게 분명했으나 그걸 받아들일 방법을 모르는 것 같았다. 우리 — 앞에 앉은 가난한 시골 운전기사와 뒷좌석의 부유한 도시인 미국 교포 — 사이엔 쉽게 건널 수 없는 커다란 격차가 존재했다.

하지만 아버지가 고집을 꺾지 않자 결국 자이드도 동의했다.

우리가 탄 차는 10분쯤 달린 후 속도를 줄여 35번 국도에서 빠지는 가파른 경사로로 접어들었다. 차 바닥 앞쪽 끝부분이 자갈 깔린 갓길에 긁혔고 바퀴들은 이제 울퉁불퉁한 흙길에서 디딜 곳을 찾아야 했다. 우리는 다시 속도를 올려 휴대전화, 고리버들 침대, 생선튀김 등을 파는 상점들을 빠르게 지났다. 작은 숲을 통과하면서 도로 — 그걸 그렇게 부를 수 있다면 — 가 좁아졌고, 숲 너머에 판자촌이라고밖에 표현할 수 없는 마을이 나타났다.

우리는 마을로 들어서면서 기다시피 서행했다. 사방에 지저분한 천과 너덜너덜한 지푸라기, 깨진 벽돌, 녹슬어 가는 깡통, 비닐 깔개, 판지로 지은 단층 가건물들이 서 있었다. 노끈으로 묶고, 모르타르로 붙이고, 접착테이프로 감싼 모습이었다. 종이, 플라스틱, 누더기, 봉지, 병 따위의 현대의 일회용 폐기물로 이루어진 쓰레기의 소용돌이에서 개들이 돌아다니고 아이들이 놀았다. 가난의 밑바닥에 있는 집들에서 여러 가족이 우리가 탄 차를 내다봤는데, 낡아 빠진 작은 방에 사람들이 수십 명씩 우글거리고 있었다. 나는 부모님의 고국에 여러 번 다녀왔지만 그런 곳에 가보긴 처음이었다.

천천히 나아가던 우리 차바퀴가 도로 왼편 도랑에 괴어 있는, 냄새로 추측컨대 인간의 배설물이 분명한 걸쭉한 검은 물을 철벅거리며 건넜고, 아이들이 차 주위로 몰려들기 시작했다. 아이들은 차창에 얼굴을 붙이고 미소를 보냈다. 그중 둘, 남자아이 하나, 여자아이 하나가 뒤 범퍼로 기어올랐고, 여자아이가 우뚝 서서 마치 축제의 여왕이 퍼레이드 꽃수레에서 구경꾼들에게 응답하듯 손을 흔들었다. 자이드가 가볍게 경적을 울렸지만 아이들은 잠깐 겁을 먹었을 뿐이었다. 곧 더 많은 아이들이 모였고, 이제 막대기를 들고 우리를 몰아대는 아이들도 있었다. 아이들은 헝클어진 머리에 옷차림도 꾀죄죄했지만 얼굴은 저마다의 기쁨으로 환히 빛나고 있었다. 웃음을 반쯤 억누른 아이, 이미 눈가에 까마귀발 같은 잔주름이 진 아이, 보조개가 팬 아이, 즐거운 시선을 보내는 아이. 그들은 이제 노래를 부르고 있었고, 나는 그 가사를 알아들을 수 없었다. 그들이 노래를 부르자 더위와 추위, 악취를 달랑 천

139

가리개 하나로 막은 문간과 창가에 더 많은 얼굴들이 등장했다. 아이들이 더 나타나 수십 명으로 불어났고, 그들의 하나된 목소리가 누구나 아는 멜로디를 싣고 울려 퍼졌다.

그러다 갑자기 노래가 뚝 그쳤다. 아이들은 흩어져 사라졌다.

나는 아버지를 바라보았다. 아버지의 눈시울이 젖어 있었다. 「그리도 가난하면서 그리도 행복하다니.」 아버지가 훌쩍거리며 말했다. 나는 아버지가 무엇 때문에 우는지 그 진짜 이유를 알 수 없었다. 아이들 때문인 것 같진 않았다.

우리는 큰길을 벗어나 차가 겨우 다닐 만큼 좁은 길로 들어섰고, 잠시 후 자이드가 세 토막으로 자른 선적용 컨테이너의 맨 뒷부분처럼 보이는 커다란 녹슨 상자 앞에 차를 세웠다. 입구에 깨끗한 초록색 커튼이 드리워져 있었고 구조물 전체가 땅에서 떨어져 몇 개의 콘크리트 블록 위에 올라앉아 있었다. 그렇게 위로 올리고 창문을 단순하게 하나만 낸 모습이 다른 판잣집과 구별되었다.

자이드가 얼른 먼저 내려 아버지 쪽 차 문을 열어 주며 **비스밀라**를 웅얼거렸다. 커튼 가장자리에서 여자의 작은 얼굴이 나타났다. 자이드처럼 검은 피부였고, 코에는 피어싱을 하고 있었다. 아버지와 내가 차에서 내리자 그녀는 머리칼이 완전히 가려지도록 **두파타**를 매만졌다. 자이드가 그녀에게 구자라트어로 몇 마디 한 후 콘크리트 블록 위로 올라가 ─ 계단은 따로 없었다 ─ 아버지도 따라 올라가도록 손을 잡아 주었다. 그들이 안으로 들어갈 때 나는 눈으로 그들을 따라갔다. 하나뿐인 방은 거의 비어 있었고, 빛바랜 빨강 카펫이 바닥 대부분을 덮고 있었으며, 벽에 달린 선반들에 옷가지와 냄비들이 놓여 있었다. 한쪽 구석에 두 사람이 겨우 잘 만한 매트리스가 있었고, 그 옆에 놓인 그보다 훨씬 작은 매트리스에 남자아이가 힘없이 누워 있었다. 아버지 손이 아이의 목에서 맥박을 확인하고 자고 있는 눈을 까뒤집었다. 오른쪽 벽에 작은 상자형 선풍기가 놓여 있었는데 그 선풍기가 컨테이너 내부를 놀라우리만큼 시원하게 유지해 주고 있었다. 자이드가 나를 보고 다가왔다. 그가 입구에 무릎을 꿇고 앉아 내게 차를 마시겠느냐고 물었다.

「괜찮습니다.」내가 펀자브어로 말했다. 「아무튼 고맙습니다.」

그가 담배를 꺼내 내게도 한 대 권했다. 나는 담배를 받았고 그가 불을 붙여 주었다.

나는 골목에서 아버지를 기다리며 담배를 피웠다. 그곳은 깨끗한 편이었고 인간의 배설물에서 풍기는 구역질 나는 악취를 무시하기가 훨씬 쉬웠다. 길 저편에서 무성한 턱수염을 적갈색 헤나로 염색한 노인이 합판 벽에 기대어 웅크려 앉아 물 담배를 피우고 있었다. 내가 고개를 끄덕여 인사했지만 노인은 알아채지 못했다. 그 너머에서 여자 셋이 금속 대야 위로 허리를 굽혀 빨래를 하고 있었다. 다시 아이들이 노래를 시작했는지 잡다한 목소리들이 뒤섞인 합창이 바람을 타고 날아왔다. 자이드가 골목으로 들어와 내게 다가오며 담뱃불을 붙였다. 그는 아까와 다른 태도를 보였다. 이제 다정하고,

141

초조해 보였으며, 말이 많았다. 그는 나심의 말이 사실이냐고, 우리 아버지가 미국에서 유명한 의사이냐고 물었다.

나는 그렇다고 대답했다.

「마샬라.」[55] 그가 말했다. 「당신도 의사인가요?」

「아, 아녜요.」 내가 웃으며 대답했고 그는 당황한 기색이 역력했다. 「난 작가예요.」 그 말은 그를 더 혼란스럽게 만든 듯했다. 나의 펀자브어 실력은 어설펐고, 대부분 영어를 잘하는 우리 가족과 친척들이 애교로 봐주고 가볍게 놀리기도 하는 그런 수준이었다. 그때는 파키스탄에 머문 지 3주나 되는 시점이었지만, 나는 자이드와 이야기를 나누면서 비로소 내 펀자브어 실력이 얼마나 형편없는지 깨달을 수 있었다. 「예. 그분은 우리가 사는 미국에서 아주 유명한 심장 의사예요. 하지만 모든 분야에서 훌륭한 의사이고, 아픈 아이들을 아주 잘 다뤄요. 아이들을 사랑하거든요.」

「마샬라.」 자이드가 다시 말했다. 「오사마에겐 늘 행운이 따르죠.」 내가 놀라는 걸 본 그가 웃음을 터뜨렸다. 「내 아들을 말한 거예요. 빈 라덴 나리가 아니라.」 나는 그가 담배 연기를 빨아들이며 내 반응을 지켜보는 걸 느꼈다. 그는 담배 연기를 내뿜으며 한 손을 가슴에 대고 자신을 가리켰다. 「나는 자이드예요. 신의 사자(使者) ─ 그분께 평화가 깃들기를 ─ 에게도 자이드란 아들이 있었죠.」 이제 그는 더 격식을 갖춘 우르두 억양을 썼고 태도도 바뀌었다. 「예언자의 자이드

---

55 이 역시 무슬림이 흔히 사용하는 기도문으로, 〈신의 뜻대로〉라는 의미다
─원주.

에겐 아들이 하나 있었는데, 그의 이름이 오사마였어요. 하즈라트 알리가 신의 사자(獅子)였던 것처럼 오사마도 사자였어요. 아기 사자.」그는 담뱃재를 톡톡 털면서 미소 띤 얼굴로 말했다. 길 건너편의 노인은 여전히 입에 물 담뱃대를 문 채 쭈그려 앉아 우리를 지켜보고 있었다. 아이들 노랫소리가 가까워진 게 아이들이 골목 저편에서 다가오고 있는 듯했다. 「아름다운 이야기예요. 들어 볼래요?」

「물론이죠.」

「자이드의 오사마는 열 살 때부터 기도를 시작했어요. 어느 날 오사마는 예언자 — 그분께 평화가 깃들기를 — 께 자신도 어른들을 따라 싸움터로 나갈 수 있는지 물었어요. 〈저는 신의 예언자 옆에 나란히 서서 기도를 올릴 만큼 컸는데, 어찌 우리 주님의 적에 맞서 싸울 수는 없는 겁니까?〉 그게 믿겨요? 그는 우리 신의 사자(使者) — 그분께 평화가 깃들기를 — 를 사랑했어요. 너무 사랑해서 싸움터에서까지 그의 곁에 있고 싶었던 거죠. 물론, 오사마는 너무 어렸어요. 그래서 예언자 — 그분께 평화가 깃들기를 — 께선 안 된다고 대답했어요. 그렇게 해마다 오사마는 물었고, 해마다 안 된다는 대답을 들었죠. 이윽고 오사마가 열일곱 살이 되었을 때, 우리의 위대한 신의 사자 — 그분께 평화가 깃들기를 — 께서 된다고 대답하셨어요! 그리고 오사마는 아주 위대한 전사가 되었어요! **얼마나** 위대했느냐 하면, 최연소 장군이 됐죠. 그게 믿겨요?」

나는 달리 어떻게 대답해야 할지 몰라 조용히 **마샬라**라고 말했다.

　바로 그때 시끌벅적한 아이들 무리가 우리를 지나쳐 달려
갔다. 아이들은 이제 더 이상 노래를 부르진 않았고 서로 쫓
고 쫓기며 뛰다가 메르세데스를 지날 때 손바닥과 막대기로
차를 때리며 신이 나서 괴성을 질러 댔다. 자이드는 골목을
따라 사라지는 그들을 향해 고함을 질렀다. 길 건너 노인은
담배를 피우며 지켜보고 있었다.

　자이드가 차를 살펴보는 동안, 나는 그에게 질문을 하고
싶은 열망에 차서 서툰 펀자브어로 그의 감정을 상하게 만들
지 않을 정중한 단어들을 선택하여 문장을 구성했다. 이윽고
질문의 형태를 정했을 때 그가 내 옆으로 돌아왔는데, 차에
새로 긁힌 자국이 없는지 만족스러운 표정이었다. 「당신의
아들 오사마도 나중에 위대한 전사가 되었으면 좋겠어요?」
내가 물었다. 쓸데없는 걱정을 했던 게, 그 질문을 들은 그는
기쁜 기색이 역력했다. 그의 대답 또한 나의 예상과는 달리
간단명료했다.

　「그 아이가 더 나은 세상을 만들기 위해 목숨을 바칠 수 있
다면, **인샬라**,[56] 그 아이가 제 이름에 부끄럽지 않게 살 수 있
다면 ─ 아버지로서 그보다 큰 축복이 어디 있겠습니까?」

56 신의 뜻대로.

144

스크랜턴 회고록

IV
신의 나라

개스킷 파열

10년 전, 뉴욕주 북부에서 차를 몰고 할렘으로 돌아오는 길이었다. 나는 부모님이 몇 년에 한 번씩 놀러 가는 핑거 레이크스 리조트에서 부모님과 함께 주말을 보냈는데, 그 여행은 특히 기억에 남았다. 그때 아버지가 그 리조트 2층의 〈호수〉 쪽 방에서(정확한 객실 번호는 잊어버렸지만) 내가 잉태되었다고 선언했을 뿐 아니라, 결국 어머니의 목숨을 앗아 간 암 재발을 진단받기 전 마지막으로 어머니와 함께한 시간이기도 했던 것이다. 81번 주간 고속 도로를 타고 돌아오는데 펜실베이니아주 경찰관이 차를 세우더니 내 사브 900 배기구에서 흰 연기가 올라온다며 혹시 엔진 과열이 아닌지 물었다. 나는 그제야 차 온도계 바늘이 가리켜선 안 될 곳을 가리키고 있음을 깨달았다. 우리는 후드를 열고 안을 들여다봤고, 고약한 냄새를 풍기는 뜨거운 김이 올라오는 바람에 하마터면 얼굴을 델 뻔했다. 주 경찰관은 웃으며 손수건을 꺼내 뺨과 이마를 닦았고, 나도 소매로 얼굴을 훔쳤다. 주 경찰관은 처음 내 차에 접근할 때부터 나를 안심시켜 주었다. 그의 느리고 신중한 움직임과 침착하면서도 쾌활한 목소리가 내게 도움을 주기 위해 접근하는 것이라는 인상을 줬던 것이다. 그리고 뒤이은 행동들도 그런 인상을 더 확고히 해주었다.

그는 뼈처럼 흰 피부에 소년 같은 이목구비를 하고 있었지만, 높이 솟은 광대뼈와 타르타르인의 위로 치켜 올라간 눈초리가 고대인의 인상을 풍겼다. 나는 그가 폴란드나 세르비아 출신이리라 생각했지만 그의 명찰에 있는 성은 민족적 기원이 분명하지 않은 **매슈**였다. 우리가 차에서 멀찍이 물러날 때 그가 앞쪽 고속 도로 출구를 가리켰다. 그는 클락스서밋이 멀지 않은 곳에 있고 거기 정비소가 하나 있다고 말했다. 그러면서 AAA에서 나온 견인차가 나를 그리로 데려갈 텐데 솔직히 그 정비소에 대한 평이 좋지 않다고 덧붙였다. 「스크랜턴에 내가 다니는 정비소가 있어요. 조금 더 멀긴 하지만 거기서도 견인차를 보내 줄 거예요. 내가 주인을 아는데, 거기가 일을 잘해요. 원한다면 기꺼이 연락해 줄 수 있어요.」

늦은 10월의 화창하고 포근한 날이었다. 주위 산들이 가을 빛깔로 불타오르고 있었다. 경찰관 매슈와 내가 견인차를 기다리는 동안 그의 순찰차는 지나가는 차들의 소음이 밀려왔다 멀어졌다 하는 도로와 우리 사이에 세워져 있었다. 그가 나에게 고개를 돌리며 — 내 생각엔 더없이 친절하게 — 나의 이름이 어디서 왔는지 물었다. 나는 그 드물지 않은 질문에 대한 정직한 대답이 공연한 의심을 불러일으킬 수도 있음을 경험을 통해 알고 있었다. 선의를 지닌 나의 대화 상대가 돌연 반사적으로 테러를 상기하면서 우리 사이에 먹구름이 낄 수도 있었다. 911 이후 고난의 몇 개월 동안 — 그 시기에는 버스에 올라 요금을 내는 단순한 행동조차 공포에 찬 시선을 집중시키는 도발 행위가 되었다 — 나는 예방 전략을 세웠다. 나는 그 질문에 〈인도〉라고 대답하곤 했다. 거짓말이었다. 내 이름은 인도에서 온 게 아니다. 하지만 나는 대개의 경우 그 질문이 나의 출신지에 대한 궁금증에서 비롯된 것임을 알았고, 독자들도 이미 알고 있듯 나의 부모님은 당시엔 인도 땅이었던 지역에서 태어났다. 인도라는 대답은 파키스탄 하면 가장 먼저 떠오르는 테러와 살인, 분노보다는 화려한 색깔, 티카마살라 같은 기쁨을 주는 요리의 매운맛, 발리우드 영화의 빙글빙글 도는 플래시몹, 요가 바지를 연상시킨다는 분명한 이점을 갖고 있었다. 설상가상으로 내 이름은 사실 이집트인 이름에서 따왔으며, 이집트를 언급하는 건 정치적 상황 — 이를테면 룩소르와 샤름엘셰이크에서 발생한 관광객 폭력 사건들의 여파가 남아 있을 때나 2년 후 이른바 아랍의 봄 사태 때 — 에 따라 더 많은 질문을 불러올 수 있었고 그 질문들마다 내가 일단은 피하고 싶은, 불신으로 이어지기 쉬운 특별한 함정이 가득했다. 만일 이 모든 이야기가 피해망상처럼 들리는 독자가 있다면 그의 행운에 축하를 보내고 싶다. 분명코 그런 독자들은 공화국의 일원이기보다 그 적으로 인식될까 봐 — 그리고 그렇게 취급될까 봐 — 걱정에 시달리는 일상을 보낸 적이 없었을 테니까.

그림 같은 산에 둘러싸여 서서 내 차가 제대로 수리될 수 있도록 따뜻하게 마음을 써준 내 옆의 매슈 경관에게 고마움을 느끼고 있던 나는, 그만 경계심이 풀려 복잡한 진실을 선택하고 말았다. 「이집트 이름이에요.」내가 말했다.

　「정말로요?」

　「우리 부모님은 이집트 출신은 아닌데, 아버지가 처음 이 나라에 왔을 때 그 이름을 가진 이집트인 친구가 있었다고 하더군요. 아버지는 그 이름을 처음 들어 봤는데 정말 마음에 들었대요. 그래서 내가 태어나자 그 이름을 붙여 준 거죠. 재미난 건, 아버지가 그 이름을 제대로 발음하지 못한다는 거예요. 적어도 그 친구가 발음하던 방식으로는…….」

　「이름을 어떻게 발음해야 하죠?」

　나는 내 이름의 다양한 발음을 우스갯거리처럼 말해 주었다. 원래의 아랍어 발음은 우리 부모님의 발음과 전혀 달랐고 유치원 선생님이 미국식으로 고쳐 그 후로 계속 사용하게 된 발음과도 달랐다.

　「왜 부모님이 그 이름을 제대로 발음하지 못하셨을까요?」

　「부모님은 아랍어를 못 하니까요.」

　「아랍인이 아닌가요?」

　「그건, 예, 부모님은 파키스탄 출신인데 — 사실은 인도에서 태어나셨죠. 하지만 얘기하자면 너무 길어요.」

　「그럼 당신이 유치원에 다닐 때 가족 모두가 파키스탄에서 이민 온 건가요?」

　「나는 여기서 태어났어요.」

그는 잠시 대화를 멈추고 챙이 넓은 주 경찰관 모자의 돔 모양을 이룬 빳빳한 펠트 천에서 보푸라기를 떼어 냈다. 우리에게 바람이 불어오는 쪽 어딘가에서 불타는 사과나무의 달콤한 향이 공기 중으로 흘러들고 있었다. 「어디서 태어났는데요?」 그가 갑자기 조심스러워진 어조로 물었다.

내가 실수를 저지른 게 분명했다.

「위스콘신요.」 내가 대답했다. 그것 역시 거짓말이었다. 나는 어린 시절과 청소년기 대부분을 위스콘신에서 보내긴 했지만 출생지는 스태튼아일랜드였다. 하지만 위스콘신이 지금 그의 마음속에서 나에 대한 인상을 긍정적인 방향으로 이끄는 더 강력한 수단이 될 것 같았다.

「거긴 가본 적 없어요.」 그가 말했다. 「최근에 『문명 전쟁 *The Looming Tower*』이라는 책을 읽었어요. 그 책 알아요?」

「작년에 퓰리처상을 받은 작품 아닌가요?」

「정말이지 놀라운 작품이에요.」

「그 책을 쓴 작가를 알아요. 로런스 라이트. 멋진 분이죠.」

나는 마침 얼마 전에 로런스 — 그는 자신을 래리라고 소개했다 — 를 만났는데, 그가 이탈리아 언론인 오리아나 팔라치에 대해 쓴 희곡 낭독회에서였다. 낭독회가 끝난 후 나는 그와 대화를 나눴고, 그 만남이 그의 기억에 남을지 모르겠지만, 아무튼 대화 중에 나는 이슬람을 향한 팔라치의 걱정스러운 시선에 희곡에 표현된 것보다 더 깊게 공감하는지 궁금증이 들었다. 요컨대, 나는 주 경찰관 매슈가 나에 대해 품었을 것으로 우려되는 의구심을 몰아내기 위해 나의 지위와 사교

성을 은근히 과시하려는 뻔한 시도로 그 유명 작가에 대한 나의 애정과 친분을 왜곡하고 있었다.

그가 말을 이었다. 「사실 난 그 공중 납치범들을 지휘한 인물이 이집트 출신이란 걸 전혀 몰랐어요. 무슨 이유에선지, 난 그들이 전부 이라크에서 왔을 거라고 생각했죠. 난 그래서 우리가 이라크로 쳐들어갔다고 생각했어요. 그런데 사실은, 그들 중에 이라크인은 없었어요. 단 한 명도. 대부분 사우디에서 온 사람들이었어요. 그리고 아타, 대장이었던 무함마드 아타는 이집트 사람이었어요. 카이로.」 우리는 나와 이름이 같은 아버지의 친한 친구를 경유하여 아타에 대한 이야기에 아주 빠르게 도달한 것이다. 「우리 할아버지가 세계 대전 때 카이로에 배치됐었죠. 피라미드 앞에서 찍은 할아버지 사진이 집에 있었어요. 난 나중에 크면 거기 가서 할아버지처럼 피라미드 앞에 서는 꿈을 꿨죠. 난 그들이 우리에게 그런 증오를 품고 있을 줄은 전혀 몰랐어요.」 나는 문자 그대로 입술을 깨물며 고개를 끄덕였다. 그러면서 나의 침묵이 정중함으로 보이길 희망했다. 「악의 결정체인 그 사람들 말예요.」 주 경찰관 매슈가 덧붙였다. 「난 그 책을 통해 그들을 거의 이해하게 됐어요. 내 말 오해하지 말아요. 그들을 동정한다거나 그런 건 아니니까요. 그들은 괴물이에요. 하지만…… 알다시피, 그들의 나라에서 벌어지는 일을 보면, 모든 게 얼마나 엉망이고 거기 사는 사람들이 얼마나 힘들지 알면, 그들이 세상을 보는 시각이 이해가 되기 시작한다는 거죠. 그들이 디즈니랜드를 모든 문제의 원흉이라고 생각하는 게 이해가 돼요.」

「디즈니랜드요?」

「그래요. 아타, 그는 디즈니랜드를 증오했어요. 미국이 세상을 하나의 테마파크로 만들고 있다고 생각했죠.」 조금 전까지만 해도 멋모르고 떠들었던 나는 침묵이 필요함을 확신했다. 그는 낚시질을 하고 있었다. 어조가 더 이상 단정적이지 않고 말끝에 심문자의 겉치레에 불과한 친절이 보였다. 「내 말은, 그런 사람을 거의 이해할 수 있다는 거예요. 무슨 말인지 알죠?」

「그렇게 생각해요? 난 모르겠어요.」

「**난** 알아요. 정말로 알아요.」 그는 말을 멈추고 나를 흘끗 보는 것 같았고, 끝으로 갈수록 가늘어지는 그 아몬드 모양 눈이 더 두드러져 보였다. 「그가 9월 9일에 렌터카를 반납하면서 렌터카 회사에 전화해서 주유 경고등이 켜졌다고 말해 준 거 알아요? 그게 믿겨요? 3천 명을 죽인 사람이 자기 다음에 그 렌터카를 몰 사람을 신경 써줬다니. 믿을 수 있겠어요? 난 영화로 봤다면 안 믿었을 거예요.」

「놀라운 책인 것 같네요.」 내가 잠시 뜸을 들인 후 대답했다.

「맞아요.」 그가 냉담하게 말했다. 「연락 좀 해봐야겠어요. 견인차가 오고 있나 확인하게.」 그는 다시 모자를 쓰고 전화를 걸기 위해 운전석 쪽으로 걸어갔다.

그가 아직 통화 중일 때 ─ 내 신원 조사를 하고 있는 것 같았다 ─ 마렉 자동차 정비소에서 나온 평판형 트럭이 와서섰다. 견인 기사는 데님 오버올 차림의 땅딸막한 남자로 얼굴이 물집 잡힌 여드름으로 뒤덮여 있었다. 그가 몸을 구부리고 엔진을 살폈다. 「예,」 그가 말했다. 「헤드 개스킷 파열이네요.」

「그럼 고칠 수 있는 거죠, 그렇죠?」

「문제없어요.」

나는 주 경찰관 매슈가 아직도 고개를 숙인 채 전화기를 귀에 대고 있는 순찰차 쪽을 건너다보았다.

견인 기사가 트럭에 타서 트레일러를 내렸다. 케이블이 연결되자 트럭 권양기가 끽끽거리며 내 차를 끌어 올렸다. 차가 트레일러에 똑바로 실리고 우리가 트럭 앞 칸에 앉아 떠날 준비를 마친 뒤에야 주 경찰관 매슈가 순찰차에서 나와 견인 트럭 운전석 쪽으로 걸어왔다. 그와 트럭 운전사가 둘 다 아는 사람에 대한 이야기를 나눴고, 나는 그가 나를 무시하고 있음을 알 수 있었다. 나도 앞만 보면서 그를 무시했다. 그들의 대화가 끝난 후 주 경찰관이 손으로 차창 틀을 잡고 안으로 얼굴을 들이밀며 말했다.

「스태튼아일랜드, 맞죠?」

나는 그가 나에게 말을 건 걸 바로 깨닫지 못했다. 「뭐가요?」

「스태튼아일랜드, 당신은 거기서 태어났어요. 위스콘신이 아니라. 안 그래요?」 이제 그는 나를 똑바로 쳐다보고 있었는데 그 초점 없는 시선은 도발이라기보다는 배신 — 그의 배신인지 나의 배신인지는 모르겠으나 — 의 인정에 더 가까웠다. 내가 무슨 말을 할 수 있었겠는가? 그가 나를 적으로 오해할까 봐 걱정이 되어 내가 그런 사람이 아니라는 걸 알려 주려고 거짓말을 했다는 걸 어떻게 설명한단 말인가? 우리 사이에 순식간에 무성하게 자란 불신의 덤불을 헤치고 그 단순한 진실을 전할 방법이 정말로 없었을까? 그런 게 있었다손 쳐도 나에겐 보이지 않았다. 그래서 나는 또 거짓말을 했다.

「아, 아녜요. 그건 잘못된 거예요. 설명하자면 길어요.」

그는 나의 반응이 놀랍지 않은 듯했다. 「알다시피 당신은 마음만 먹으면 언제라도 그걸 바로잡을 수 있어요. 출생증명서만 가져가면 돼요.」

「그동안 그게 문제가 됐던 적이 없어서요. 아무튼 고마워요.」

나는 의도치 않게 전투적인 어조로 말하고 있었다. 그는 시선을 돌렸는데, 혀가 뺨 안쪽을 찌르고 있는 것으로 보아 ─ 내 생각엔 ─ 상황을 악화시킬 수도 있는 대꾸를 하고 싶은 충동과 싸우는 듯했다. 「좋아요.」 마침내 그가 차창 틀을 손바닥으로 쓰다듬으며 말했다. 「차 문제가 잘 해결되길 바랍니다. 안녕히 가세요.」

***

그날은 일요일이었다. 견인 서비스는 하고 있었지만 정비소 문은 닫혀 있었다. 견인 기사 말이 내일 아침에 사람이 나와서 차를 보고 견적을 내서 연락할 거라고 했다. 개스킷만 문제라면 월요일 오후까지 고칠 수 있겠지만, 그건 물론 개스킷이 파열된 상태에서 내가 너무 오래 운전을 하지 않았다는 가정을 전제로 했다. 「만일 그게 아니라 장시간 연료가 냉각수나 엔진 오일에 섞여 들도록 방치했다면」— 그는 내가 그런 멍청한 짓을 저지를 인간인지 가늠해 보기라도 하려는 듯 잠시 말을 끊고 나를 응시했다 —「음, 그 경우엔, 완전히 얘기가 달라지죠.」

정비소는 북스크랜턴에 있었고, 견인 기사가 추천해 준 도심 호텔에서 너무 멀었다. 나는 택시를 불렀다. 도시 중심으로 들어가는 경로는 빈 창고들과 수천 제곱미터에 이르는 아스팔트 땅에 울타리가 쳐진 외곽 산업 지역을 통과하면서 무너져 내린 연석, 무릎 높이까지 자란 도로변 잡초 등을 지났다. 도로 자체도 낡아 빠져서 구멍이 숭숭 뚫리고, 황색 차선과 횡단보도의 페인트칠도 희미해져서 간신히 형체를 알아볼 수 있을 정도였다. 시의 관리 소홀을 나타내는 증거들이 도처에 널려 있었고, 특이할 정도로 많은 전신주와 온갖 난잡한 형태로 짜여 축 늘어진 검은 전선이 만연한 황폐함을 보여 주었다. 우리는 믿기지 않을 정도로 긴 건물들을 지났는데, 높다란 3층 벽돌 건물에 깨진 창들이 줄줄이 달려 있었다. 내가 관심을 갖는 걸 본 택시 기사가 한때 대단했던 스크랜턴 레이스 회사 건물이라고 설명해 주었다. 택시 기사는 배 모양으로 하관이 두툼한 노인이었다. 그는 빛바랜 택시 기사 모자를 쓰고 있었고, 그의 좌석 머리 받침대 뒤쪽에 붙은 이름표에 **마크**라고 쓰여 있었다. 「어렸을 때 여기서 그리 멀지 않은 곳에서 살았어요.」 그가 자신의 말이 더 잘 들리도록 우리 사이의 보호 벽에 달린 플라스틱 창을 열며 말했다. 「이쪽 지역에 이탈리아 인이 많았지요. 우리가 방금 지나온 강 건너에.」

「이탈리아인이세요?」

「조부모님이 고국에서 이리로 건너오셨죠.」그가 속도를 줄이며 오른편의 거리를 가리켰다. 「어렸을 때 우린 이쪽으로 자전거를 타고 왔어요. 이 도로까지. 그땐 여기가 굉장히 혼잡했어요. 하나의 도시 같았죠. 일요일 빼고 날마다 3교대로 일하는 사람들이 들고 났어요. 지금보다 교통량이 백 배는 많았죠. 공장이 일주일에 6일을 24시간 내내 돌아가며 식탁보, 커튼, 냅킨 등등 레이스 달린 건 다 만들어 냈어요. 믿기지 않겠지만, 저기 볼링장도 있었어요.」

「정말로요?」

「아, 그럼요. 확실해요. 우리 지미 삼촌이 사귀던 여자가 거기서 일했어요. 한번은 그 여자가 나랑 내 사촌을 몰래 들여보내 줘서 볼링도 했다니까요! 믿기지 않겠지만, 레인이 네 개였어요! 공장의 긴 방직기, 쉬지 않고 돌아가던 롤러들도 기억나요. 여자들이 실을 잣고 꼬았는데, 손가락이 기계 위로 움직이는 게 꼭 피아노를 치는 것 같았어요. 거기서 레이스만 만든 게 아니에요. 전시에는 낙하산, 군용 방수포도 만들었는데, 내가 태어나기 전 일이죠. 난 거기서 얼마나 많은 사람이 일했는지 몰라요. 1만 명은 족히 될 거예요. 공장이 그렇게 큰 걸 보면 말예요. 아침이면 공장에서 쏟아져 나온 일꾼들이 여기 늘어선 술집들로 들어갔죠.」그는 자신의 왼쪽에 있는 판자로 막아 놓은 2층 건물들을 가리켰다. 「한 교

대조가 제임슨 위스키를 마시는 동안 다른 조가 일하러 가는
길에 들러서 계란과 베이컨을 먹는 식이었죠. 상상하기 힘든
광경이에요. 지금은 이 근처가 다 죽었으니. 하지만 내 말 믿
어도 돼요. 여기가 항상 이렇진 않았어요. 믿기 어려운 일이
지만.」

「그게 얼마나 오래전인가요?」

「글쎄 ─ 60년대, 70년대.」

우리는 폐허로 변한 스크랜턴 레이스를 뒤로하고 아직 그
럭저럭 장사가 되는 상점들 ─ 델리숍, 복사 가게, 헬스클럽
─ 이 늘어선 도로로 들어섰다. 「내 말 오해하지 마세요. 그
렇다고 그때가 살기 좋았다는 말은 아니니까. 이 동네에서 이
탈리아인으로 사는 건 쉽지 않았어요. 어디서나 그랬지만,
여긴 특히 더 그랬어요. 독일인, 스코틀랜드계 아일랜드인
─ 그들이 우리를 싫어했어요. 우리를 바퀴벌레라고 불렀죠.
생각해 보면 이상한 건, 우린 그들 대부분이 등장하기 전부터
여기 살았어요. 제재소에서, 광산에서 일했죠. 하지만 우리
는 성공하는 법을 몰랐어요. 우리 체질에 안 맞았죠. 노조니,
시의회니 뭐니. 우리는 요구 사항이 있을 때 코자 노스트라[1]
를 통하는 것밖에 몰랐어요. 어떤 사람에겐 그것으로 충분
했죠.」

「여기 마피아 세력이 강한가요?」

「이제 안 그래요. 하지만 내가 자랄 땐 그랬죠. 그럼요.」

우리는 다시 모퉁이를 돌아 지난 세기 초에 세워진 기둥 있

[1] 미국에 자리 잡은 이탈리아계 마피아.

158

는 다층 주택들을 지났다. 그 집들은 무너져 가고 있었다. 「마피아 단원. 그게 선망의 대상이었죠. 주머니에 현금을 잔뜩 넣고 다니는. 난 그들을 많이 알았어요. 우리 아버지가 프로스펙트에서 문학회 운영을 도왔거든.」

「문학회요?」

「단테 문학회. 사교 클럽이었어요. 아직 남아 있긴 한데, 이 동네의 다른 모든 것처럼 이제 거의 죽었죠. 대공황 때 고국에서 온 아이들에게 영어를 가르치기 위해 시작됐는데, 나 어렸을 때는 주로 우리 같은 아이들에게 이탈리아어를 가르쳤어요. 이탈리아어랑 사교 댄스. 믿기지 않겠지만 말예요. 마피아 단원들이 거기 자주 나타났어요. 뒤쪽 방에서 그거 있잖아요 ─ **카드 게임**을 했죠.」 룸 미러에서 우리의 시선이 마주쳤고, 그의 눈이 진실을 아는 사람의 미소로 가늘어졌다. 「내 말 오해 말아요. 나도 그렇게 멋진 정장을 입고 예쁜 여자들과 어울리는 인생을 살게 될지도 모른다고 생각한 적이 있었죠. 하지만 난 그런 일에 맞지 않는다는 걸 깨닫는 데 오랜 시간이 걸리진 않았어요.」

도심지로 들어가자 19세기의 영광의 자취들이 방치된 채 여기저기 흩어져 있었다. 낡은 그리스나 로마네스크 양식 저택들이 보였고, 오래전에 지나간 거대한 부의 시대의 기념물이 간간이 나타났다. 상대적으로 가까운 과거에 무분별하게 지어진 지역에는 즉흥적으로 고른 듯한 양식의 낡은 건물이 복잡하게 늘어서 있고 임대 광고가 장식처럼 붙어 있었다. 마크가 대학교의 튼튼하고 수수한 화강암 건물과 아치, 대충 깎은 얼룩덜룩한 돌로 지어진 카운티 법원, 크림색 석회암 건물 (《전기》라고 부르면서)을 가리켰다. 시내 중심에서 데이비드 호크니의 그림처럼 수레국화색 바탕에 은빛과 분홍빛 뭉게구름이 피어난 늦은 오후의 화려한 하늘을 배경으로 바라본 스크랜턴은 그 순간, 문득 현대적인 시트콤「오피스」(그날 이전에 내게 스크랜턴 하면 연상되는 건 이 시트콤뿐이었다)의 배경처럼 느껴졌다.

「다 왔습니다.」마크가 호텔 차양 아래에 차를 세우며 말했다. 요금은 7달러가 조금 못 되었다. 나는 지갑에 든 지폐 중에서 10달러짜리를 골라 그에게 건넸다. 그가 그 지폐를 입에 물고 거스름돈을 주려고 셔츠 가슴 주머니에서 두툼한 1달러 뭉치를 꺼냈다.

「거스름돈은 됐어요.」내가 말했다.

그는 놀란 기색이었고, 벌어진 입이 내겐 과도한 놀라움을 나타내는 것으로 보였다. 내가 돈이 있다고 생각하는군, 나는 그가 거리감을 나타내며 공손하게 고개를 끄덕이는 걸 그렇게 받아들였다.

메리의 격자, 혹은 야간 작업

나는 호텔방으로 올라가 매일 하는 글쓰기 연습을 시작했다. 두 시간 동안 그날 있었던 일을 자세히 기록한 후, 태국 음식점으로 저녁을 먹으러 갔다. 그 음식점은 그 블록 길가 상가 중 유일하게 공실이 아닌 곳이었고, 돌과 대나무로 꾸며

진 화려한 실내가 외부의 누추함을 감춰 주었다. 나는 음식점 창문을 통해, 길 건너편에서 경찰관이 누워 있는 노숙자를 깨우는 광경을 보았다. 알고 보니 그 노숙자는 이미 사망한 상태였다. 나는 저녁을 먹고 호텔로 돌아가는 길에 구급대원 두 명이 산 위의 십자가가 그려진 앰뷸런스에 흰 천으로 덮인 시신을 싣고 있는 장면을 목격했다.

호텔방에 돌아와서 패트리어츠 팀이 레드스킨스 팀을 물리치는 걸 보면서 메모를 한 다음 잠자리에 들었다. 나는 여러 해 동안 — 지금은 아니지만 적어도 그때까지는 — 거의 매일 밤 침대 옆 테이블 위, 쉽게 손이 닿는 곳에 메모지를 두고 집게손가락에 작은 연필을 붙이고 잤다. 그건 메리 모로니에게 배운 테크닉으로, 꿈을 기억하는 데 도움이 되었다. 손가락에 연필을 붙이고 자면 꿈을 꾼 후 약한 각성 상태의 의식이 희미한 순간에 그 연필이 감각적 상기물이 되어 도로 잠에 빠져들지 않고 침대 옆 메모지에 손을 뻗어 기억해 낼 수 있는 꿈 내용을 기록하게 되었던 것이다. 메리는 1980년대 초 소르본 대학으로 해외 연수를 떠났을 때 그곳에서 함께 공부한 여자에게 그 비법을 배웠는데, 그 여자는 라캉의 파리 세미나 수업을 들었다고 했다. 라캉 자신도 그 비법을 사용했던 게 분명했다. 메리는 어느 오후에 휘트먼의 『풀잎』 운율 분석을 마친 후 내게 말하기를, 꿈을 기록하는 것이 무의식을 이해하는 데 도움이 되었다고 했다. 하지만 무의식이라는 용어를 사용하는 건 문제가 있다고 했다. 「프로이트 전집 밑에 앉아서 이런 소리를 하는 게 우습게 들린다는 거 나도 알아.」

그녀는 자신의 뒤에 높이 솟은 거대한 책장 아래쪽 구석에 나란히 꽂힌 베이지색 책들을 흘끗 돌아보았다. 「아무튼, 그건 제니가」— 제니는 그녀의 여자 친구였다 —「나한테 늘 하는 말이지. 〈넌 프로이트를 싫어한다면서 왜 그렇게 많은 시간을 들여 그의 책을 읽는 거지?〉」

「왜죠?」내가 물었다.

「우선, 난 그를 싫어하지 않아. 그가 여러 면에서 틀렸다고 생각하느냐? 맞아. 특히 여자들에 대해. 그것만 틀린 건 아니지만. 그리고 그가 틀린 것들은 **진짜로** 틀렸지. 그는 권력에 굶주렸나? 그래. 그는 여성 혐오주의자에 마약 중독자였나? 첫 번째 건 그래, 두 번째 건 아마도. 하지만 그 어떤 것도 그가 천재였다는 사실을 바꿀 순 없지.」

「저도 그의 책들을 읽어야 할까요?」

「반드시.」그녀는 의자에 앉은 채 몸을 돌려 베이지색 책들 가운데 한 권을 뺐다. 「책 커버를 깨끗하게 간직하면 내가 죽은 후에 값어치가 더 나갈 거야.」그녀가 책 커버를 벗기며 말했다. 「방금 말했듯이, 그의 말이 다 옳은 건 아냐. 하지만 그는 처음으로 문을 연 사람이지. 그리고 오류들이 있긴 하지만, 앞으로도 누구든 그보다 깊이 들어가긴 힘들 거야.」그녀가 책상 너머로 커버가 벗겨진 책을 건넸다. 『꿈의 해석』 제4권 (1900년).

「어렸을 때 꿈을 많이 꿨어요.」내가 말했다. 「강렬한 꿈이었죠. 그러다 안 꾸게 됐어요. 지난 몇 년간 꿈을 꾼 적이 없어요.」

「넌 여전히 꿈을 꾸고 있어. 단지 기억을 못 할 뿐이지.」

그러면서 그녀는 연필 비법을 알려 주었다.

그녀가 짧은 연필을 권해서 그날 밤 나는 새 딕슨 타이콘데로가 넘버 2 연필을 두 동강 내어 울퉁불퉁한 끝을 깎은 다음 스카치테이프로 집게손가락에 붙였다. 마치 엉성하기 짝이 없는 임시 부목처럼 보였다(다행히 당시 내 룸메이트는 거의 날마다 여자 친구와 밤을 보냈다). 메리의 말이 맞았다. 그 첫날 밤에 나는 머릿속에 이미지들을 품고 세 번이나 잠이 깼다. 연필은 메모지를 집어 꿈을 기록할 수 있도록 유도하는 역할을 톡톡히 해냈다. 어둠 속에서 연필을 끄적이자 — 마구 휘갈긴 글씨는 다음 날 아침에 알아보기가 어려웠지만 꿈을 글로 적은 것만으로도 그 내용이 마음속에 남았기에 그건 문제가 되지 않았다 — 꿈의 실타래가 풀리면서 한 조각의 기억이 다음 조각으로 이어졌고, 그다음엔 잊었던 하나의 덩어리가, 그다음엔 그걸 기록하기 시작할 때까지 꾼 기억조차 없었던 또 하나의 꿈이 펼쳐졌다. 다음 주에 나는 메리에게 내 안에 그동안 내가 미처 알지 못했던 공간이 있는 것 같은 느낌이라고 말했다.

메리는 내 말이 무슨 뜻인지 정확히 안다고 말하는 듯한 미소를 지었다.

그다음 달에 우리가 매주 하던 수업은 대부분 무의식에 대한 이야기로 채워졌다. 메리는 자신이 무의식이라는 단어를 좋아하지 않는 이유에 대해 그 단어가 의미를 끌어내기보다 신비화하기 때문이라고 설명했다. 그건 의미나 명확한 표현을 거부하며 모호한 상태로 남고 싶어 하는, 프로이트가 종종 자신의 목적에 따라 정의하는 개념이었다. 그녀는 그게 생산적이지 못하다고 생각했다. 그녀는 그 위대한 비엔나 사상가가 만든 개념, 즉 무의식에 대한 그 어떤 새로운 해석도 옹호하지 않았지만, 선호하는 은유들은 있었다. 그중 하나가 사전이었다. 3년 전 1989년에 나온 최신판 옥스퍼드 영어 사전에는 29만 개의 단어가 들어 있는데, 대부분의 사람이 2만 단어 이상을 알지 못한다고 메리는 말했다. 그 절반만 알아도 유창하다는 소리를 들을 수 있었다. 유창성은 의식적인 마음과 같은 것으로, 우리가 아는 단어들에 든 가능성의 배열이라고 할 수 있었다. 메리는 무의식이 우리가 모르는 단어들의 집합체와 같다고 했다. 그 알지 못하는 단어와 의미들 — 소리의 뿌리줄기와 의미의 어린뿌리 — 은 잊힌 뿌리의 몸체와 같은 것으로서, 우리가 듣고 말하고 쓰는 살아 있는 언어 속에 묻힌 잃어버린 언어의 무기 물질로부터 여전히 자양분을 빨아들인다는 것이었다. 그녀가 무의식을 사전에 은유하기를 좋아하는 건 언어를 깊고 풍부하게 배우는 과업을 암시하기 때문이라고 했다. 그녀가 그걸 좋아하지 않는 이유 역시 — 어떤 고정된 것, 시작되고 끝나는 것, 우리가 손에 쥘 수 있는 책 속에 담길 수 있는 것이라고 암시한다는 점에서 — 그와 관련되어 있지만 말이다. 그녀는 연구실에서 나와의 수업을 끝낸 후 학생회관에서 커피를 마시면서, 최근에 수학 서적을 읽으며 프로이트의 무의식에 대해 새롭게 상상하는 더 비옥한 길을 찾았노라고 말했다. 그녀는 가

방에서 두툼한 교과서를 꺼내 대각선들과 구체들로 이루어진 다양한 도표들이 그려져 있고 각 도표에 수학적 〈격자〉라는 이름이 붙은 페이지를 펼쳤다. 그녀는 이 상호 연관된 선들의 도표에서 인간 신경계의 시각적 귀결, 우리 지각 기관에서 일어나는 일을 그린 선 세공 형태의 그물망을 간파했다. 각 격자 그래프는 하나의 단일한 점에서 나와서 그것으로 돌아갔고 메리는 그걸 전두엽 피질 — 우리의 의식적 성격이 자리한 — 에 비유하며, 몸 전체에 폭넓게 분포된 신경망으로부터 전두엽 피질로 모든 정보가 전달되지만 그 정보들 대부분이 인식되지 못한다고 설명했다. 「예술가로서,」 그녀가 이제 작가 지망생인 나에게 말했다. 「그 짜임에 머물면서 작동 중인 격자를 느끼는 시간이 많아질수록 핵심적이고 강렬한 것에 더 가까워질 수 있어.」

나는 첫 몇 주 동안 꿈을 기록하면서 그녀의 말이 의미하는 바를 이미 나름대로 이해해 가고 있었다. 잠에서 깨기 전 내 머릿속에서 마지막으로 말한 목소리의 주인이 누구였느냐를 기억하는 것만으로도 그 꿈의 몸체에 이를 수 있을 뿐 아니라 그것을 글로 적으면서 꿈을 구성하는 과거의 파편 — 기억의 가닥 — 에까지 도달할 수 있었다. 하나의 목소리가 방에 대한 암시로 이어지고, 방에 대한 회상이 병원 침대의 구리색 난간으로, 내가 두 살 무렵 장티푸스에 걸렸을 때 한 달 동안 보살펴 준 간호사로, 세 살 때 어머니가 현관문을 열러 가면서 쓰레기통에 던진 라비올리 접시로, 네 살 때 밀워키의 우리 집 거실에 비쳐 든 네모진 햇살 속에 앉아 책을 읽고 있던,

어머니와 꼭 닮은 카디자 이모를 보며 난생처음 성욕 비슷한 걸 느꼈던 기억 — 프로이트의 말이 옳았다! — 으로 연결되었다.

내가 우연히 맞닥뜨린 그 강렬한 것은 중대한 의미를 지녔지만 나 자신에게만 그런 거라고 나는 메리에게 전했다. 나 말고 누가 그것에 관심을 갖겠는가? 그리고 아무도 관심을 갖지 않는다면 나 또한 관심을 둘 이유가 있을까? 이 자기 몰입은 어떤 목적을 지니는가?

메리는 그런 회의론을 예상한 것처럼 반응했다. 그다음 몇 주 동안 우리의 문학 수업은 신경 철학적 사색으로 채워졌다. 휘트먼의 시구와 프로이트의 암호에 대한 분석은 비트겐슈타인의 언어 게임과 메를로 퐁티의 지각의 현상학에 대한 토론으로 이어졌다. 육체의 형태와 기능은 정신의 가능성을 만들고 우리의 문법을 지시한다. 우리의 사고는 그것이 자리하고 있는 육체와 분리될 수 없다. 메리는 자신에겐 꿈이 더 단순하고 원초적인 존재의 지각으로 들어가는 최고의 방법이었다고 말했다. 그녀가 그 관점에서 보고 느낀 것은 더 강렬했고 결국 더 지속적이기도 했다. 나는 메리에게 그 과제를 사실로, 통계로 입증해 보라고 했다! 나는 과학자의 아들로서 그 자기 응시를 정당화할 합리적 주장을 간절히 원했던 것이다. 메리는 우리가 공부한 공상가들 — 휘트먼과 버지니아 울프, 검은 고라니[2] — 중에 인간 체험의 더 깊은 바다에 몸을 던진 행위를 굳이 합리화하려고 노력한 사람이 있었는지 물

2 미국 오글랄라 수우족의 주술사.

었다. 나는 아니라고, 그들은 그런 것에 전혀 신경 쓴 것 같지 않다고 대답했다. 「그런데 넌 왜 신경 쓰지?」 스무 살짜리에게 그런 질문을 하다니!

나는 그걸 계속했다. 그러다 곧, 잠에서 깬 후 너무 많이 움직이면 꿈의 기억이 사라진다는 사실을 발견했다. 그 경우엔 메모지를 집어 들 필요도 없는 것이, 기록할 게 없었기 때문이었다. 메리에게 그런 이야기를 하자 그녀는 내 척추의 각도가 문제일 수도 있다고 말했다. 척추를 움직이지 않으면 꿈을 잊지 않으리라는 것이었다. 척추의 각도를 바꾼 경우 내가 할 일은 그 각도를 되찾는 것뿐이라는 말도 덧붙였다. 그럼 꿈이 돌아온다고 했다. 나는 그 말을 믿지 않았다.

「일단 그렇게 해봐.」 그녀가 말했다. 「효과가 있는지 봐.」

이튿날 동틀 무렵, 나는 머릿속에 이미지들이 소용돌이치는 상태로 잠이 깼다. 나는 메모지를 집으려고 몸을 굴렸다. 그러자 돌연 이미지들이 사라졌다. 메리가 한 말이 떠올랐다. 원래 위치로 다시 몸을 굴린 후 척추의 각도를 되찾자 뜻밖에도 금세 생각과 이미지와 느낌 들이 흘러들었다. 꿈의 정경이 되살아났다. 전부 다. 나는 메모지를 집어 들고 기록하기 시작했다.

다음 주에 메리에게 그녀가 제안한 방법이 효과가 있었다고 전하자 그녀는 나의 불신을 재미있어하는 듯했다. 그녀는 이어서 설명하기를, 만일 자신이 믿는 게 진실이라면, 만일 꿈이 실제로 몸에서 이루어지는 언어의 체험이라면, 인지의 수액이 신체의 뿌리에서 뇌의 가지로 올라가는 신경 격자의 중심축인 척추에서 대부분의 꿈이 발생할 가능성이 크다고 했다. 나는 그녀가 사용하는 명제나 은유를 문제 삼지 않았다. 내 척추의 각도를 재조정하여 꿈을 되살리는 테크닉 자체가 내겐 어떤 이유에서든 그녀가 아는 게 진짜임을 입증하는 충분한 증거가 되었던 것이다.

나는 그 후 사반세기 동안 그 야간작업을 고수하게 된다. 조만간 몸속 언어에 대한 메리의 생각에 동조하게 되면서 그런 언어를 어떻게 이해할 것인지 나름의 답을 찾으려는 노력을 기울이게 된 것이다. 메리처럼 나도 프로이트가 초기에 시도한 꿈의 해석 — 이후에 정신 분석학에서 해설과 논쟁의 대상이 되어 온 — 을 자세히 들여다보았고, 그의 테크닉이 여전히 가치 있고 지속적인 통찰을 제공하고 있는 것에 놀라움을 금치 못했다. 나는 여기서 대단한 주장을 내놓을 준비는 되어 있진 않지만 이 말만은 할 수 있다. 나에겐 꿈속 삶의 야광을 받으며 살아가는 것이 다채롭고, 묘하게 매력적이고, 교훈적이기도 했다. 그 세월 동안 나의 꿈에는 예언적 만남과 우려가 가득했기에 시간의 본질에 대한 질문을 던질 충분한 기회도 있었다. 하지만 심지어 이러한 섬뜩한 암시들은 중단된 잠에 대한 가장 신기한 보상도 아니었다. 나의 꿈은 나 자신에 대해 많은 걸 가르쳐 주었다. 그 혜택이나 문제점에 대해선 몽테뉴가 「경험에 대하여」[3]에서 요약해 놓은 것보다 더 잘 설명하기 어려울 듯하다.

나는 꿈이 우리의 성향을 정직하게 반영한다는 걸 진실

---

3 몽테뉴의 『수상록』 중 하나의 장.

로 받아들이지만, 꿈을 이해하는 데는 기술이 필요하다.

***

　스크랜턴에서의 그날 밤, 나는 다가오는 결혼식에 대한 꿈을 꾸었다. 아버지와 나는 초대장 때문에 다투고 있었다. 아버지는 기독교 성자들이 그려져 있는 우표를 사용하고 싶어 했다. 나는 그것 때문에 화가 났다. 그다음엔 내가 폭풍우 몰아치는 밤에 순례자 무리에 섞여 있었다. 우리는 가파른 언덕 위로 난 좁은 길을 천천히 걷고 있었다. 많은 이들이 돌풍에 맞서 지팡이를 꽉 쥐고 걸었다. 몇 개의 지팡이에 가로대가 달려 있었지만 비뚤름해서 제대로 된 십자가 모양이 되지 못했다. 언덕 꼭대기에 무덤이 하나 있었는데 빈 구덩이에 불과해서 모두들 깜짝 놀랐다. 죽은 사람이 모습을 보이지 않기로 결정한 것이다. 누군가 카슈미르에서는 죽은 사람들이 왕왕 그런다고 불평했다. 나는 낭패감과 위협을 느끼며 잠에서 깼다.

　이튿날 아침, 나는 커피숍에서 차 한 잔과 데니시페이스트리를 주문하고 자리에 앉아 밤의 꿈 기록을 살펴보았다. 메리에게 과제를 받고 15년 동안 나는 말 그대로 수천 편의 꿈을 기록하고, 주석을 달고, 해석했다. 내가 꿈을 이해하기 위해 ─ 몽테뉴의 표현을 빌리자면 ─ 거치는 과정은 아직도 메리와 프로이트의 영향 아래 있었다. 메리에게 배운 시 다루는 법을 적용하여 먼저 꿈의 구조를 파악한 후 자유 연상법을 이용하여 눈에 띄는 세부 내용을 하나하나 해석했다. 전날 밤 꿈의 경우 구조가 명확하지 않았다. 두 개의 에피소드가 분명한 맥락 없이 이어져 있었다. 아버지와 결혼식을 두고 다투는 꿈과 빈 무덤으로 이어지는 언덕길을 행렬을 이루어 오르는 꿈. 분명한 맥락은 없었으나 잠에서 깰 때 느낀 허무감과 낭패감—아침까지 한 시간 정도 가시지 않은—이 두 꿈을 하나로 통합시켰다. 나는 자세한 내용을 살펴보면 좀 더 성과가 있으리라 생각했다. 그 결혼식은 실제로 우리 가족에게 다가오고 있는 결혼식과 관련이 있음이 분명했다. 부모님은 세네카 호수에서 보낸 주말에 그 결혼식을 두고 옥신각신했다. 어머니의 오빠인 샤파트 외삼촌이 재혼을 하게 되었다. 외삼촌의 첫 아내—빌키스, 파키스탄인—는 남편이 백인 미국 여자와 바람을 피우는 걸 알고 떠나 버렸다. 그래서 샤파트가 그 내연녀와 결혼하게 된 것이다. 그 사태를 혐오스럽게 여기던 어머니는 아버지가 결혼식에 참석하고 싶어 하는 걸 이해하지 못했고, 아버지는 아버지대로 어머니의 반응이 유치하다고 여겼다. 샤파트와 빌키스의 결혼 생활은 행복했던 적이 없었다. 그러니 뭐가 문제인가? 그렇게 사느니 헤어지는 게 낫지 않은가? 더구나 둘 중 한 사람이 행복을 주는 새 짝을 만나지 않았는가? 그 꿈은 아버지가 샤파트의 결혼을 옹호한 사실을 들춰내고 내게 아버지와 싸우는 역할을 맡긴 것으로 보아, 내가 부지불식간에 그 문제에서 어머니에게 공감하고 있음을 일깨워 주는 듯했다.

그다음엔 언덕과 좁은 길. 그 길은 사진으로 본 중국 만리

장성을 연상시켰다. 그걸 인식하자 갑자기 — 마치 기록이라
는 단순한 행위가 그 기억을 불러온 것처럼 — 아버지가 자
란 펀자브 마을의 언덕이 떠올랐다. 그 언덕 꼭대기에 나의
할아버지가 생전에 이끌었던 작은 모스크가 있었다. 꿈에서
우리 순례단이 향한 성지가 그 모스크였을까? 언덕 꼭대기에
빈 무덤이 있었다. 나는 전날 밤에 노숙자의 시신이 앰뷸런스
에 실리는 광경을 보았고, 그 앰뷸런스에는 또 하나의 신성한
언덕 갈보리가 그려져 있었다. 꿈속의 임시 십자가들과 빈 무
덤이 갑자기 맥락을 얻으며 그리스도의 버려진 무덤 이야기
로 연결되었다.

　나는 그걸 휘갈겨 쓰면서 또 다른 기억을 떠올렸는데, 아
버지가 죽으면 자신의 마을에 묻히고 싶다고 입버릇처럼 말
한 것이었다. 하지만 아버지의 마을은 꿈속 무덤처럼 카슈미
르가 아닌 펀자브에 있었다. 나는 그 꿈의 마지막 세부 내용
인 카슈미르에 대한 언급에 잠시 머물러 그것에 대한 글을 썼
다. 고향 펀자브 사람들은 카슈미르에 대한 이야기는 거의 하
지 않았다. 기껏해야 인도-파키스탄 관련 단골 주제인 그 분
쟁 지역의 진짜 주인이 파키스탄인지 인도인지에 대해 떠들
거나, 영국이 전략적으로 그 문제를 해결하지 않고 과거 식민
지의 핵심부를 끊임없는 충돌의 땅으로 남겨 둔 게 얼마나 엉
큼한 짓이었는지 성토하는 게 전부였다. 나는 가끔 아버지가
손님이 오면 준비하던 기이한 분홍색 카슈미르 차 — 설탕이
아닌 소금과 함께 내는 — 에 대해서도 썼다. 하지만 어떤 연
상도 깨달음으로 이어지지 못했다. 나는 계속해서 그 장소,

말, 이름, 그 구성 음소에 대한 자유 연상을 이어 갔다. 마침내 포기하고 공책을 덮어 가방에 집어넣은 후 변기에 앉아 칸막이 문에 있는 낙서를 읽고 있을 때 비로소 깨달음이 찾아왔다. 샤파트 — 재혼하는 외삼촌 — 는 파키스탄 육군에서 복무한 후 미국으로 건너왔다. 여동생인 우리 어머니가 영주권 보증을 서줬다. 어머니가 영주권이 나오는 데 오래 걸릴까 봐 걱정하던 기억이 아직도 나는데, 특히 파키스탄과 인도 사이에 새로운 갈등이 태동하면서 당시 샤파트가 복무 중이던 카슈미르에서 싸움이 일어날 것 같아서 더 불안해했다. 그 순간, 그 꿈의 깊숙한 구조 논리가 명백하게 드러났다. 그 꿈은 샤파트에 대한 숨겨진 암시로 시작해서 그것으로 끝났던 것이다!

샤파트가 이 나라에서 살면서 겪은 우여곡절이야 따로 책한 권을 써내도 될 정도지만, 지금 여기서 그 한 토막을 소개하는 건 그때 스크랜턴의 커피숍 화장실 변기에 앉아 있던 내게 그 꿈이 갑자기 통렬한 의미로 다가온 까닭을 전하기 위함이다. 911 3년 후, 샤파트, 미남에 피부가 희고 키는 평균을 웃도는 파키스탄인, 곱슬머리에 헤어 토닉을 잔뜩 발라 두피에 착 달라붙도록 빗고 다니던 멋쟁이, 타고난 군인에 훈련된 엔지니어로 당시 버지니아 북부에 있는 건축용 기중기 제조업체에서 일하며 좋은 평판을 얻고 능력도 인정받았던(빠른 승진과 20만 달러에 이르는 연봉이 그걸 증명했다) 인물, 「디스 올드 하우스This Old House」를 애청하며 자신의 솔트박스 콜로니얼 양식 이층집을 수리하는 데 주말을 고스란히 바치던 아마추어 잡역부, 고전을 즐겨 읽었으며 파키스탄 하위 중산층 가정 자녀가 들어갈 수 있는 최고 기숙 학교에 진학했고 그 학교에서 읽은 발타사르 그라시안의 『사람을 얻는 지혜 *The Art of Worldly Wisdom*』의 시대를 초월한 영리한 도덕적 지침에 따라 살았다고 주장하는 사람, 학교 크리켓 팀 챔피언 투수, 그가 내연녀와 결혼한 후에도 그를 저버리지 않은 ── 사랑하는 어머니가 그로 인해 얼마나 고통을 받을지 알면서도 ── 아버지를 몹시 사랑하는 세 아들의 아버지, 그런 샤파트가, 아내에겐 죄인일지 모르나 국가에는 죄를 지은 적이 없는 그가, 버지니아 노퍽에서 하룻밤 철창 신세를 지게 되었을 뿐 아니라 같은 감방 수감자에게 몸에 피멍이 들도록 두들겨 맞기까지 했다(그는 경관 두 명이 밖에 앉아서 맥주를 마시며 그 폭행을 부추겼다고 주장했다). 그날 밤 샤파트는 해군 기지에서 멀지 않은 단골 술집에서 맥주를 마시며 정치 얘기를 하는 실수를 범했다. 어쩌면 군 복무 경험이 있다 보니 그 군사 도시에서 지나치게 방심했던 것인지도 모른다. 나는 그가 늘 주장하는 것처럼 맥주를 한 잔만 마셨는지에 대해서는 의구심이 들며, 그가 1980년대 말에 퀘타의 비행장에서 미국이 보낸 비밀 화물을 실어 오는 임무를 수행한 이야기를 자세히 늘어놓기로 결정한 것에 대해 발타사르 그라시안이 어떻게 생각했을지 궁금하지 않을 수 없다. 그 화물은 빠닥빠닥한 1백 달러짜리 신권 지폐가 가득 든 궤짝 두 개로, 아프가니스탄의 미국 동맹군에게 전달되어야 했다. 그들은 궤짝을 차에 싣고 국경으로 달려갔고, 그곳에서 나중에 사악한 애

꾸는 탈레반 성직자 물라 오마르로 세상에 알려지지만 당시
엔 소련에 맞서 싸우는 무자헤딘 전사에 불과했던 인물을 만
났다. 오마르는 이미 포탄 파편에 맞아 한쪽 눈을 실명한 상
태였고, 전설에 따르면 자기 칼로 눈알을 파냈다고 한다. 소
련군을 상대로 승리를 거둔 오마르는 고향 칸다하르로 돌아
갔고, 당시 나라 대부분을 점령하고 있던 부패한 군 지도자들
에 맞서 두각을 나타냈다. 오마르는 특히 부족 엘리트들 사이
에 만연한 소아 성 착취에 분노했다. 그의 자경단은 일련의
게릴라 작전을 펼쳐 민병대 지도자들에게 납치되어 성 노예
로 착취당하고 있는 아이들을 해방시켜 주었고, 이런 정의로
운 활동에 대한 소문이 퍼지면서 인기가 치솟았다. 그것이 나
중에 탈레반으로 알려진 운동의 시작이었다. 샤파트는 술집
손님들에게 그렇게 설명하며 우리가 이 나라의 탈레반을 증
오하는 데는 그럴 만한 이유가 있고 자신도 그걸 부정하진 않
지만, 그들이 한때 우리의 돈을 받은 사람들임을 잊지 않는
것이 좋다고 덧붙였다. 그들은 처음부터 사람들이 생각하는
그런 괴물은 아니었다.

뭐 그런 말이었다.

그는 무슨 생각을 했을까? 그가 술집에서 나오자마자 주차
장에서 경관 둘이 다가와 그가 미국에 위협을 가하고 있다는
신고가 들어왔다고 전한 게 정말로 놀랄 일이었을까? 이 이
야기만으론 확실히 알 수 없을지도 모르겠으나 샤파트는 어
리석은 사람이 아니고, 그래서 나는 그가 이 황당한 상황에서
보인 부적절한 반응을 설명하기가 어렵다. 「경관님, 기본적

인 역사 교육을 미국에 대한 위협이라고 여긴다면…….」 그 경관들은 더 들을 필요도 없이 샤파트를 바닥에 쓰러뜨리고 장화 신은 발을 그의 얼굴에 올린 다음 왼팔을 뒤로 완전히 꺾어 나중에 왼쪽 어깨 관절 와상완을 교체하게 만들었다. 수갑을 차고 끌려가 정신병 약을 끊은 퇴역 군인과 한 감방에 갇히게 된 건, 샤파트가 그날 밤에 겪은 고통스러운 여정의 시작에 불과했다. 그 퇴역 군인은 경관들에게 샤파트가 미국 탈레반의 일원이라는 말을 듣고 샤파트의 얼굴을 때리기 시작했다. 감방 구석에 웅크리고 주먹질과 발길질을 당하던 샤파트는 경관들이 쿠어스 라이트 맥주 캔을 따며 의자에 앉는 걸 보았다. 정신적 문제가 있는 퇴역 군인은 결국 샤파트의 갈비뼈 두 대를 부러뜨려 내출혈로 병원 신세를 지게 만들었다. 한동안 샤파트는 음주와 치안 문란 행위와 체포 거부뿐 아니라 경관 폭행 미수로까지 기소될 듯했다. 그러다 샤파트가 고소를 하지 않을 게 분명해지자 그 모든 기소가 취하되었다.

나는 샤파트의 이혼과 재혼이 그날 밤의 일과 불가분의 관계를 갖고 있다고 믿는다. 그로부터 얼마 지나지 않아서 샤파트는 그답지 않게 크리스틴이라는 이름을 가진 버지니아의 기독교도와 바람을 피우기 시작했던 것이다. 그가 일요일에 그녀와 교회에 나가면서 기독교로 개종할 생각을 하고 있다는 소문이 돌았고, 그 소문은 그가 공식적으로 이름을 루크로 바꾸면서 사실로 확인되었다. 그때쯤 어머니는 이미 그와 연락을 끊었지만, 내가 그의 아들들 가운데 하나에게 들은 바로는, 〈루크〉는 아들까지도 개종시키려 했다. 〈루크〉가 아들을 설득하면서 내놓은 주장 중 하나는 개종한 후로 마침내 이 나라에 속한 기분과 안전함을 느낄 수 있게 되었다는 것이었다. 이 대부분이 스크랜턴에서 그 꿈을 꾸고 한참이 지나서 알게 된 사실이었지만 — 그 꿈을 꾼 날은 그의 결혼식 이전이었고 개종과 개명도 공식화되기 전이었으니까 — 그 꿈보다 먼저 만들어진 사회적 논리가 외삼촌의 삶을(그리고 나의 삶 또한) 빚어 가는 근본적인 조건이었다. 나는 전날 오후 주 경찰관 매슈와의 충돌이 나의 연상 격자 — 다시 메리의 은유를 빌리자면 — 의 의미 마디들을 활성화시켜, 911 이후 미국의 법에 대한 나의 육체적 공포의 메아리라고 할 수 있는 외삼촌의 박해에 대한 꿈을 낳았다고 믿는다. 하지만 그 꿈은 단순한 메아리 이상의 것이었다. 나는 그 꿈을 통해, 미국에 사는 무슬림의 실패와 위협을 더 넓은 관점에서 볼 수 있었다. 나의 외삼촌 샤파트가 오직 기독교 신앙을 선택함으로써만 해결할 수 있다고 믿게 된 실패와 위협. 우리 무슬림은 기독교 땅에서 살고 있었다. 우리는, 적어도 내가 아는 가정들은 그런 시각을 갖고 있었다. 우리는 기독교 땅에서 살면서 기독교를 이해하지 못했다. 우리는 기독교를 이해하지 못했고, 존중하지도 않았다. 우리는 그걸 유대교의 임시변통적인 사생아, 존재론적 부조리에 토대를 둔 과장된 오역이라고 생각했다. 신에게 아들이 필요하다느니, 그 아들 — 소위 신성하다는 — 이 인간들 손에서 육신의 소멸을 맞이할 수 있다느니. 우리는 그 모든 것과 그에 따른 황당한 이야기 — 성 삼위일체, 원죄 없는 잉태, 성변화[4]라는 사기 — 를 어리석음으로 여겼다. 하지만, 이 신세계에서 번성하기 위해선 이곳의 기독교적 방식 — 우리를 혼란에 빠뜨리고 우리가 경멸해 마지않는, 그러나 미국적 삶의 거의 모든 면에 반영된 — 을 받아들여야만 한다는 패러독스가 존재했다. 하나의 기표(〈기독교〉)가 미국적 삶의 전체를 대리한다고 보는 나의 관점이 비무슬림 미국인 — 불가지론자나 무신론자나 세속적 인간주의자 — 에게는 이해하기 힘든 것일 수도 있다. 왜냐하면 어떤 이들이 현대성이나 개인주의, 중상주의적 민주주의, 계몽주의의 유산, 단순화할 수 없는 끝없이 복잡하고 이질적인 국가로 보는 걸 우리는 기독교로 보기 때문이다. 우리에겐 그 모든 게 기독교였다. 교회와 아이스크림 친목과 금요일의 생선튀김 외식, 아침 식사로 먹는 베이컨, 일요일에는 성찬식 제병에, 주중에는 다른 모든 것에 곁들여 마시는 포도주. 복음서와 가톨릭 성자들에게서 따온 지명과 인명, 4월의 색칠된 계란, 12월의 소나무 화환과 겨울 썰매. 그뿐 아니라 1월의 백화점 세일과 거기서 사용되는 이자가 붙는 신용 카드, 피부를 검게 태우겠다는 기이한 충동에 따른 해변 휴가, 바이올린의 날카로운 완전 5도, 휴지로 항문을 닦으면 충분히 깨끗하다는 인식, 목에 긴 천 쪼가리를 숨이 막힐 정도로 단단히 매고 일하는 불편함, 비키니와 무릎길이 스커트, 그리고 물론 쓸데없이 모든 이야기가 해피엔드로 마무리되는 것까지. 나는 우리의 그런 시각이 잘못되었다고는 생각지 않는다. 결국 우

4 성체를 받는 성사에서 빵과 포도주가 그리스도의 몸과 피로 변하는 일.

리가 여기서 사용하는 언어도 그렇지 않은가. 그 꾸미지 않은 소박한 아름다움, 짧고 강력한 동사, 그 신탁적 힘, 설교의 언어이자 세상을 만드는 언어, 단순히 그 어조와 어휘를 킹 제임스 성경에서 빌려 왔을 뿐 아니라 오늘날까지도 앵글로색슨족 기독교인 군주의 단순하고 적극적인 강건함을 잃지 않은 언어. 그리고 물론, 건국의 아버지들은 종교의 자유 — 어지간히도 추앙받고 광고되는 가치, 우리의 마음을 편안하게 해주었어야 마땅한 가치 — 를 요구했지만, 우리는 결국 그 흰 가발 쓴 프로테스탄트 아버지들이 새 공화국에서 그들의 다양한 프로테스탄트적 신념을 내세우는 경쟁적 종파들에게 자리를 마련해 준 것이었음을 배우게 되었다(학교에서, 시민 교육에서). 이 국가적 실험의 기원으로 여겨지는 계몽주의 자체도, 심지어 유럽 기독교 문화에 대한 반동으로 탄생한 그것조차도 그 문화로부터 분리될 수 없었다. 그 결과인 세속적 인간주의는? 오랫동안 가꾸어 온 기독교 학문의 과수원에서 딴 진화와 돌연변이의 열매일 뿐이다. 나는 꿈속에서 이 기독교 땅을 이해하는 데 실패한 — 여기서 번성하는 건 고사하고 — 우리 종족의 압축적 미장센을 본 것이다. 기독교의 상징과 그 의식에 마지못해 참여하지만 결국 여전히 실망만을 안게 되는 우리. 아버지는 내 꿈의 첫 부분에서 그런 기독교적 실험에 열린 태도를 보였지만 — 말하자면 서로 다른 종교 간의 결혼을 지지하면서 거기에 기독교 성자들 얼굴이 그려진 〈우표〉를 붙이고 싶어 했지만 — 나는 아버지의 기꺼운 협조에 분노했다. 나는 어머니처럼 저항적이었다. 그다음에,

우리는 조잡하게 만들어진 십자가를 움켜쥐고 언덕 위 좁은 길을 따라 걷는다. 우리 오합지졸 순례단은 우리 아버지의 아버지의 이슬람 자취가 남아 있는 고지에 도착하지만, 이제 그곳엔 우리가 이해할 수 없는 기독교적 기적이 남아 있다. 빈 무덤은 우리에게 새 생명의 증거가 아니며, 우리 중 하나를 잃었다는 불만을 일으킬 뿐이다. 샤파트 외삼촌처럼 그 죽은 자도 자신의 고국을 잊은 것이다.

그 꿈은 어린 시절뿐 아니라 스크랜턴의 커피숍에 앉아 글을 끄적이고 있는, 더 이상 이슬람교를 실천적으로 믿고 있지 않으면서도 911 이후 사회적으로 나를 규정해 온 이슬람교에 의해 형성된 나의 삶의 정신 전체를 아우르는 하나의 딜레마를 나타낸 듯했다. 하지만 그런 표현은 부분적 진실만을 가리킨다. 나는 꿈속에서 더 완전한 진실을 보았다. 내가 무슬림으로서 미국에서의 내 자리를 걱정하는 만큼 — 그렇다, 나는 그런 걱정을 할 만한 타당한 이유가 있었다. 미국의 모든 무슬림이 그랬다. 9월의 그 끔찍한 날은 이 나라에서 적어도 다음 세대까지 우리의 미래를 빼앗았다 — 그것 때문에 괴로운 만큼, 이제 우리에게 적대적으로 변한 이 나라의 희생양이 되었다고 느끼는 만큼, 나 역시 기꺼이, 여전히, 미국인으로 반평생을 살아온 나 자신을 타자로 보려 하는 자발적 배제에 참여하게 되었다는 진실 말이다. 그날 아침 나는 낭패감이 가시지 않은 상태로 잠이 깼고, 사실 미묘하게나마 그런 패배의 기분에서 벗어난 적이 한 번도 없었다. 그리고 마침내 샤파트 외삼촌의 이야기와 꿈의 마지막에 등장한 카슈미르

— 분단되어 내전을 벌이고 있는 또 하나의 땅 — 사이의 연결 고리를 발견하자, 낭패감에 슬픔이 깃들었다. 그건 내 자리를 찾기를 꺼리는 마음의 결과물이었을까? 나의 정신적 저항이 거부로, 미국인으로서의 삶이 실패했다는 뿌리 없는 고통으로 대가를 치른 것이었을까? 나는 그 커피숍 변기에 앉아 눈물을 흘린 게 단순한 자기 연민이었다고는 생각하지 않는다. 나는 마침내 나 자신뿐 아니라 동족 전체가 처한 미국적 딜레마의 가장 심오한 차원을 마주한 것이었으니까.

절도

정비소에서 견적이 나왔다고 연락이 왔다. 개스킷 교체비가 9백 달러 들 거라고 했다. 나는 그 돈이 없었지만, 딱 그 정도 한도가 남은 카드가 있었다. 나는 카드 빚을 옮기고, 신용한도를 올리고, 우편으로 받은 저금리 대출 수표를 현금화하여 고금리 대출 잔액을 갚으며 산 지 어느덧 5년이었다. 내 달력에는 모든 납기일이 적혀 있었는데, 자동 납부가 안 되는 카드들을 소지하고 있었기 때문이었다. 단 한 번이라도 납기일을 놓치면 25퍼센트 이자가 붙을 수 있었고, 잔고가 1만 달러라면 월 2백 달러의 빚이 늘었다. 당시 나의 부채 총액은 5만 달러에 가까웠다.

나는 늦은 오후에 마렉 자동차 정비소에 도착했다. 넥타이를 맨 키가 크고 비쩍 마른 남자가 입에 시가를 물고 진입로에 서 있었다. 눈매가 가늘었고, 머리숱이 휑한 게 쉰 중반쯤 되어 보였다. 그는 길 건너편에서 무기력하게 유아차를 밀고 가는 파자마 차림의 젊은 백인 여자 셋을 쳐다보고 있었다. 「빌어먹을 약쟁이들.」 내가 다가가자 그가 웅얼거렸다. 「동네에 약쟁이들이 바퀴벌레처럼 들끓는다니까.」 그가 입에 물고 있던 시가를 빼며 말했다. 「무슨 일로 오셨어요?」

「사브 900 찾으러 왔어요.」

「헤드 개스킷. 맞아요. 우리 조카가 전화로 물어본 손님이군요. 다 돼갑니다.」

「조카라고요?」

「도로에서 만난 주 경찰관 몰라요?」

「아, 그랬군요. 미안합니다. 몰랐어요.」

그는 나에게 그걸 설명해야만 했던 게 짜증이 나는 모양이었다. 내 눈엔 그게 다 보였다. 내 사과에도 짜증이 난 듯했다. 나 역시 그의 그런 반응에 짜증이 났다. 그는 길 건너편의 젊은 여자들에게 마지막으로 성난 시선을 던진 후 입 귀퉁이에 시가를 들이밀었다. 「존이에요. 주인.」 그가 이 사이로 내뱉었다. 「이집트 출신이라고 들었소만.」 그는 나를 데리고 사무실을 향해 진입로를 올라가며 말했다. 나는 당혹스러웠다. 그의 조카와 나눈 대화에서 명확히 밝혀진 게 하나 있었다면 내가 이집트 출신이 **아니라는** 사실이었기 때문이다.

「아니, 아녜요. 밀워키 출신입니다. 부모님은 인도 출신이지만.」

「그래요?」

「이집트 이름이긴 하죠. 하지만 거긴 태어나서 한 번도 못

가봤어요. 거기 사는 친척도 없고.」

「그럼 잡종이시네.」그가 킬킬대며 말했다. 「우리처럼.」안의 접수 데스크에서는 라틴계로 보이는 여자가 통화에 여념이 없었고, 존이 그녀의 팔꿈치 아래에 펼쳐진 서류철을 가리켰다. 그녀는 존이 손을 뻗어 서류철을 가져가도록 몸을 기울여 비켜 주었다. 「됐다.」존이 그녀의 가슴골을 훔쳐보다가 내게 들키자 그렇게 말했다.

그는 나를 작은 사무실에 있는 자신의 책상으로 데려갔는데, 벽면 전체가 고등학교 때 대회에서 받은 리본, 팀 우승기, 신문 스크랩, 2008년 바이든 선거 포스터, 반짝거리는 소음순이 벌어져 드러난 여자 성기가 담긴 센터폴드,[5] 항구로 들어오는 여객선에서 찍은 무너지기 전 세계 무역 센터의 대형 복제 사진으로 뒤덮여 있었다. 아직 무너지지 않은 쌍둥이 빌딩 중앙에는 조붓한 얼굴에 눈이 쭉 째진 남자의 사진이 붙어 있었다. 이 사진 위에는 십자가가 있었고, 빌라도가 십자가 위에 못으로 박아 놓은 INRI[6] 명패 자리에 **영원히 잊지 않겠습니다**라고 적힌 노란 배너가 있었다.

「개스킷 파열이었죠. 다행히 근처에 큰 부품점이 있어요. 거기 사브 900 엔진 부품이 있었는데, 늘 재고가 있는 건 아니에요. 그런 모델은 부품을 구하는 데 시간이 좀 걸리기도 하죠. 아무튼, 좋은 소식은 엔진을 재구축할 필요는 없었어요. 나쁜 소식은 냉각수가 촉매 변환 장치에 들어갔다는 거예

5 잡지 중앙에 접어 넣은 페이지.
6 Iesus Nazarenus Rex Iudaeorum. 유대인의 왕, 나자렛의 예수.

요. 그래서 그것도 갈아야 했죠.」그가 내 앞에 청구서를 내놓았다. 맨 아래 적힌 금액이 2천5백 달러였다.

나는 심장이 달음박질치기 시작했다.

「견적은 9백 달러였어요. 촉매 변환 장치에 대한 연락은 못 받았고요.」

「아니, 연락했는데. 분명 연락했을 거예요.」

「미안하지만, 음, 존. 오늘 아침에 전화가 왔었는데 개스킷 파열이고 9백 달러가 들 거라는 내용이었어요.」

「전화 건 사람이 누군지 기억나요?」

「남자였어요. 이름은 기억이 안 나고요.」

「내가 재스민한테 얘기해 놨는데. 손님에게 연락해서 알리라고.」

「연락 못 받았어요. 그리고 만일 연락을 받았더라면 난 이렇게 말했을 거예요. 그건 수리하지 마세요. 난 2천5백 달러가 없으니까.」

「진상을 밝혀야겠군요.」그가 그렇게 말하더니 문을 향해 고개를 돌리고 소리쳤다.「재스민! 재스민!」

「이 일의 진상은, 내가 그 수리비를 낼 돈이 없다는 겁니다. 그러니까 그냥 원래 있던 촉매 변환 장치를 도로 끼우고—」

「아, 그건 안 돼요. 당신은 새 촉매 변환 장치 없이는 그 차를 몰고 여기서 나갈 수 없어요. 차에서 배출될 배기가스 때문에 법적인 문제도 있고.」

「아직 자동차 검사 받을 때도 안 됐어요. 그러니까 법적인 문제는 없을 거고—」

「상관없어요. 여기선 그런 식으로 안 해요.」그가 자부심을 나타내며 말했다.

「네, 사장님?」접수 데스크 여자가 문간에서 문설주에 한 팔을 기대고 반대쪽 손은 허리를 짚은 자세로 서 있었다. 노란 미니스커트에, 굽이 높은 흰색 슬리퍼를 신고 있었다.

「재스민, 이 손님께 촉매 변환 장치에 대해 연락드렸나? 점심시간 직전에 우리가 그 얘기 한 거 기억하겠지. 견적이 새로 나왔으니 손님께 미리 알려드렸어야지.」그 말을 들은 재스민이 벌어진 입에 손을 갖다 대며 비명을 질렀다. 눈도 휘둥그레졌는데 내가 보기엔 쇼 같았다.

「어머, 아뇨……. 죄송해요, 사장님. 깜빡했어요.」그녀가 애원조로 말했다.

「재스민.」그가 엄격한 목소리를 냈다.

「점심시간에 일이 너무 많아서요, 사장님. 그 배송 건에다 마틴은 부품점에 가서 ─」

「재스민, 그건 핑계가 안 되지.」

미리 준비된 대화처럼 들렸다. 그들에겐 익숙한 일상 같았다. 재스민이 나를 향해 말했다. 「죄송해요, 손님…… 연락 못 드려서 죄송해요.」방금 전처럼 애원조였다.

나는 아무 대꾸도 하지 않았다.

「이 노릇을 어쩐다.」재스민이 나가자 존이 말했다.

「무슨 말을 해야 할지 모르겠네요, 마렉 씨. 난 돈이 없어서 당신이 청구한 1천6백 달러를 낼 수가 없으니. 당신은 나한테 물어보지도 않고 ─」

「그건 재스민의 실수였어요.」

「그건 그렇다 치고. 내 실수는 아니었죠.」

「그렇다고 무례하게 굴 필욘 없잖소.」

「무례하다고요? 무례한 건 당신이 아직 나한테 사과조차 안 하고 있는 거겠죠.」

존은 시가를 재떨이에 내려놓고 뒤로 기대앉았다. 그는 나의 공격을 알아채고 감탄스러우리만치 침착한 태도로 응수했다. 그가 이 상황을 즐기는 것 같다는 생각이 들 정도였다. 「재스민이 깜빡 잊고 연락을 안 한 건 미안하게 생각합니다. 그건 우리 잘못이에요. 하지만 사실, 난 당신이 촉매 변환 장치 교체를 원하지 않는다는 걸 알았더라면 그냥 차를 가져가라고 했을 거예요. 난 세상이 두 쪽 나도 내 직원들에게 **그** 변환 장치가 있는 엔진에 새 개스킷을 끼우게 하진 않았을 겁니다. 어림없지.」 나는 말문이 막혔다. 그는 자신이 내 돈을 갈취하기 위해 뻔한 수작을 부린 걸 덮으려고 촉매 변환 장치에 결함이 있는 차를 몰고 다니는 짓 — 나의 아버지가 수년간 그 차를 몰았는데 — 의 비도덕성에 공격의 화살을 겨눈 것이다. 「아무렴. 옳은 건 옳은 거니까. 일단 차는 우리가 보관하고 있을 테니 우리가 어떻게 해주기를 원하는지 생각해 보시고 —」

「어떻게 해주기를 원하느냐 하면, 새 변환 장치를 빼주세요. 그리고 내 차를 돌려주세요. 내가 승인한 품목에 대해서는 비용을 지불하죠. 이거.」 나는 그 청구서를 가리켰다. 「내가 원하는 건 그겁니다.」

그는 전혀 흔들림이 없었다. 「내가 이미 말했잖아요. 우린 그런 식으로 안 한다고. 그 고물 변환 장치는 여기 있지도 않을걸요. 대개 그런 폐기물은 해체해서 고철 만드는 데로 보내니까. 그런 것도 쓸모가 있어요.」

「당신은 내 허락을 안 받았어요, 존. 그런데도 수리를 했어요. 게다가 내 변환 장치를 빼돌려서 해체하는 곳으로 보냈어요. 어쩌면 당신이 여기서 진짜로 하고 있는 일의 합법성에 대해 생각해 보도록 도와줄 누군가에게 연락을 취해야 할지도 모르겠군요.」

「그게 누굴까요?」

「관계자가 나와서 해결해 줄 수도 있겠죠. 어떻게 생각하세요?」

「**경찰** 말인가요? 그래요. 그거 참 좋은 방법이네.」 그는 앞으로 몸을 기울여 내게 전화기를 밀었다. 「관할 경찰서가 단축 번호에 있어요. 2번. 내가 꽤 많이 사용하거든. 마누라가 거기서 일해요.」 그는 그렇게 말하며 뒤로 기대앉았다. 거짓말일까? 그에게 아내가 있기나 할까? 그는 반지를 끼고 있지 않았다. 하지만 손이 기름투성이인 것으로 보아 일하러 나올 때는 반지를 빼놓을 수도 있었다. 나는 그의 아내가 그의 뒤에 걸린 여자의 젖은 성기가 흐릿하게 찍힌 야한 사진에 대해 어떻게 생각할지 궁금했다. 그의 절도 및 수리 사기극에서 기꺼이 공범 역할을 하고 있는 접수 데스크 직원이자 그의 전화를 받아 주고 그 이상의 일도 하는 듯한, 사무실의 매력덩어리임을 자부하는 여자에 대해선 어떻게 생각할지도 궁금했다. 그리고 쌍둥이 빌딩에서 목숨을 잃은 그 남자는 누굴까? 그 남자의 눈매가 존의 눈매를 닮았고, 생각해 보니 존의 조카도 그런 눈매를 갖고 있었다. 그 남자는 존의 형제일까? 주 경찰관 매슈는 911 테러 때 아버지를 잃은 걸까? 그래서 래리 라이트의 책을 읽은 걸까? 그런데 그게 다 무슨 상관인가? 그가 내 차를 갖고 있다. 나는 이상한 이름을 가진 무슬림이다. 그에게 경찰 아내가 있건 없건 조카는 확실히 경찰이고, 어제 나는 그 조카에게 거짓말을 했다. 아…… 그리고 내가 존의 전화기에 관할 경찰서가 단축 번호로 저장되어 있다는 말을 했던가?

존은 내가 망설이는 걸 지켜보았다. 나는 수화기를 향해 손을 뻗는 대신 벌떡 일어나며 말했다. 「전화 좀 해야겠어요.」 접수 데스크의 재스민 앞을 지나는데 그녀가 내게 미소를 날리며 한쪽 어깨를 올리고 그쪽으로 고개를 갸웃했다. 그 유혹적인 몸짓은 내게 아무 의미도 없었다.

나는 밖으로 나가서 변호사에게 전화를 걸지 않았다. 아는 변호사도 없었다. 나는 웰스 파고에 전화했다. 그 은행 카드가 두 개 있었는데 둘 다 한도에 도달한 상태였다. 최근에 그 중 한 카드의 신용 한도를 올려 주겠다고 제안하는 편지가 왔지만 그냥 찢어 버렸었다. 가장 중요한 일을 할 방법이 있다는 그 희망적인 클리셰, 모뉴먼트밸리의 일몰을 배경으로 젊고 멋진 이인종 커플이 손을 잡고 있는 편지 머리 디자인에 화가 치밀었던 것이다. 그때 난 돈이 필요했고 — 늘 돈이 필요했다 — 불리한 내용이 숨겨져 있는지 찾기 위해 작은 글씨로 인쇄된 세부 항목을 꼼꼼히 읽어 볼 정도로 유혹을 느꼈다. 그리고 마침내 그걸 찾아냈다. 신용 한도를 높이면 미변제 잔고에 연이율 22퍼센트가 적용된다는 내용이었다. 나는 그 편지를 반으로 찢었다. 또 찢었다. 또 찢고, 또 찢었다. 종이가 너무 작아서 손으로 잡을 수 없게 될 때까지 갈가리 찢어 버렸다. 스스로 약탈자의 먹이가 되라고 권유하는 그 편지가 다른 때보다 더 심하게 거슬린 이유를 아직도 모르겠으나 아무튼 유독 화가 났다. 그랬던 내가 한 달도 안 되어 은행에 전화를 건 뒤, 통화 내용이 교육 목적으로 활용될 수 있다는 안내를 듣고 있었다.

「여보세요, 아크-아-파나 씨?」 여자 목소리였는데 약간 지연되어 들려오는 그 숙련된 음성이 인간보다는 로봇의 것처럼 들렸다.

「아쿠아파나? 그렇게 말씀하셨나요?」

「어머, 죄송합니다. 어떻게 말해야 하죠?」

내가 무슨 짓을 하고 있나? 나를 도우려고 하는 사람을 어떻게 모욕할 수 있지? 나는 억지로 웃으며 유머로 방향을 전환했다. 「악타르요. 그 정도면 충분히 비슷했어요. 놀랍게도, 나는 이란에서부터 요다에 이르기까지 별의별 이름으로 다 불리죠.」

「요다요? 그건 좋은 이름이잖아요, 악-타르 씨, 맞나요?」

그녀의 목소리에 어린 따뜻함이 내게 용기를 주었다. 「예.」 나도 전화선을 통해 따뜻함을 전했다.

「그럼 오늘은 무엇을 도와드릴까요?」

나는 예기치 않게 자동차를 수리할 일이 생겨 스크랜턴에서 오도 가도 못하게 되었고, 분쟁이 생겼으며, 내 차를 도로 찾아야 한다는 사정을 이야기했다. 그리고 내 카드 신용 한도 상향 안내 편지를 받은 적이 있는데 그게 아직 유효하기를 바란다고 말했다.

수화기 건너편에서 자판 두드리는 소리가 들렸다. 그다음엔 잠시 정적이 이어졌다. 「잠시 기다려 주시겠어요?」 그녀가 물었다.

「물론이죠.」 내가 대답했다.

그녀는 좋은 소식을 가지고 돌아왔다. 그녀의 상사가 내 카드 신용 한도 2천5백 달러 상향을 승인한 것이다. 수리비를 지불할 수 있도록 즉시 효력이 발휘될 거라고 했다. 나는 그녀가 단조로운 목소리로 읽어 주는 새 계약 조건을 들었다. 내가 이미 알고 있는, 내 카드 미변제 잔고—1만 5천 달러를 웃도는—에 이제 연이율 22퍼센트가 붙을 거라는 내용이었다. 차라리 택시를 잡아타고 그 지역 고리대금업자를 찾아가면 이자를 절약할 수도 있었다. 하지만 그녀가 표준 규약 안내를 마쳤을 때, 나는 그녀에게 아낌없는 감사를 표한 후 전화를 끊었다.

깨달음(일종의)

내가 다시 북행 81번 주간 고속 도로로 진입하여 뉴욕주로 막 들어섰을 때 휴대 전화가 울렸다. 어머니였다. 걱정스러운 목소리였다. 어제 왜 전화 안 했니? 나는 죄송하다고 말한 후 차에 문제가 생겼는데 어머니에게 걱정을 끼치고 싶지 않았다고 설명했다. 아버지가 차에 문제가 생겼다는 말을 듣고 다른 수화기를 집어 들었다.

「차에 무슨 문제가 생겼는데?」

「헤드 개스킷이 파열됐어요.」

「불량이야. 내가 돈 낭비라고 했잖니.」

「알아요, 아버지.」

「수리비는 얼마나 들었어?」

「걱정 마세요.」

「걱정 안 한다. 얼마야?」

「아버지께 말씀드려.」어머니가 말했다.

「괜찮다니까요.」

「개스킷은 돈이 들지.」아버지가 말했다.

「그렇죠. 하지만 걱정 마세요.」

아버지는 고집을 꺾지 않았다.「**베타** ─ 그냥 얼마 들었는지 말해라. 우리가 도와줄 수 있어.」

「괜찮다고요. 제발요. 두 분이 절 도와주고 싶어 하시는 거 알아요. 이미 너무 많이 도와주셨어요. 이건 제 힘으로 해결해야죠.」

「알았다.」어머니가 조용히 말했다. 아버지도 조용했다.

나는 그렇게 주장하면서도 부모님이 내 목소리에서 곤궁함과 고통을 들었으리란 걸 알았다. 내가 더 많은 말을 해주기를 원하리란 것도 알았다. 하지만 무슨 말을 더 한단 말인가? 내가 길을 잃고 빈털터리가 되었으며 내가 아는 유일한 나라, 하지만 알면 알수록 소속감은 약해져 가는 나라에서 지속적으로 굴욕적이고 공격당하는 기분을 느낀다는 말? 그게 무슨 소용인가? 아버지는 그 기회를 놓치지 않고 토니 로빈스나 로버트 기요사키의 말을 인용하며, 내가 진지하게 받아들일 가치가 있는 장애물은 오직 스스로 만든 것이라고 훈계할 터였다. 어머니는 내내 침묵을 지킬 것이고, 그 침묵에 부아가 치민 아버지는 공격적으로 변해서 결국 비난을 퍼부을 터였다. 어머니는 나중에 혼자 있을 때 다시 내게 전화하여 동조해 주고, 아버지에 대해 불평하고, 나를 위로하면서 밤에 너를 위한 기도를 더 올리겠다고 약속한 다음, 물론, 뉴욕에서 벗어나서 시간을 보내고 싶다면 내 방이 늘 비어 있음을 잊지 말라고 할 터였다. 진심에서 우러났을지언정 망상에 사로잡힌 훈계, 그리고 위로를 담고 있을지언정 헛된 애정. 소용없는 짓이었다.

나는 전화를 끊은 뒤 정적 속에서 차를 몰았다. 바퀴가 아스팔트 위에서 궁시렁거렸다. 바람이 살짝 열린 창틈으로 씨근거렸다. 실내에서도 무슨 소리가 들렸다. 정제된 음울한 소리, 커져 가는 진실의 조용한 우르릉거림. 뉴욕에 닿으려면 한 시간은 더 달려야 했고, 그때쯤엔 결심이 설 터였다. 미국인이라는 기분을 느끼는 척하는 걸 그만두기로.

V
리아즈, 혹은 빛의 상인

    나는 향후 2년 동안 벌게 될 액수보다 많은 빚을 지고 스크랜턴을 떠났지만, 집으로 차를 몰고 돌아오는 길에 단호한 결심을 굳혔다. 곧 나는 내 나라에 대해, 그 안에서의 내 자리에 대해 갈등이 없는 척하고 싶지 않은 마음으로 일련의 작품을 쓰기 시작했다. 역설적이게도, 이 작품들은 마침내 내가 미국이라는 나의 조국에서 작가의 길을 찾도록, 그동안 쌓인 빚을 갚고 매달 수지를 맞추기에 충분한 돈을 벌 만큼의 성공에 이르도록 해주었다.

    하지만 스크랜턴과 나의 인연은 그것으로 끝나지 않았다.

    9년 후, 그 냉혹한 쐐기돌 주[7]는 내가 불로소득으로 더 큰 부자가 되도록 만들어 주는 역할을 하게 된 것이다. 그렇다고 해서 내가 그곳을 배경으로 한 히트작을 쓰거나, 그곳의 석탄이 풍부한 땅을 물려받거나, 래커워너밸리를 지나 도피 여행

---

7 Keystone State. 펜실베이니아주의 별칭으로 독립 당시 13개 주의 한복판에 위치한 데서 나온 이름.

을 가면서 그 지역 주유소에서 파워볼 복권을 사서 당첨된 건 아니었다. 나를 부자로 만들어 준 건 리아즈였고, 리아즈는 스크랜턴 출신이었다. 추측컨대 그는 그곳에서 자라면서 내가 그곳을 지나온 때보다 좋은 시간을 보내진 못한 것 같았고, 스크랜턴에 대한 그의 원한은 충격적일 정도로 깊었다. 이건 지나친 속단이겠지만, 나는 리아즈의 인생 이야기를 듣고 작가에겐 글을 쓸 의지를 지탱해 주기에 충분한 분노가 쌓여 있어야 한다는 윌리엄 개디스의 말이 억만장자의 꿈을 좇는 사람에게도 해당되는 게 아닐까 하는 생각이 들었다. 어쩌면 그럴지도 모른다. 어쩌면 분노 없이는 세상에서 중요한 걸 이룰 수 없는 건지도 모르겠다. 그럼에도 리아즈가 자신의 고향에 그토록 오랜 원한을 품었던 것, 치밀한 복수를 실행에 옮기는 데 필요한 집중된 분노를 그토록 여러 해 동안 유지했던 것은 놀랍지 않을 수 없다.

자세한 이야기를 풀어놓기 전에 한 가지 확실히 해둘 게 있다.

그랬다, 리아즈는 나를 부자로 만들어 주었다. 하지만 나는 그 사실에 대해 몰랐다. 내가, 아니 그 누구라도 그 일을 중단시킬 수 없게 되고서 한참 후까지, 아무것도 몰랐다.

1

2012년 가을, 나는 리아즈 린드라는 사람을 소개받았다. 그는 중세 무슬림 학자 이븐 시나의 이름을 딴 아바시나라는 월스트리트 헤지 펀드 설립자였다(리아즈는 이븐 시나가 쓴 초고를 수년간 수집했으며, 희귀한 켄터키 버번과 일본 위스키 수집가로도 세계적 명성을 지니고 있었다). 그의 이름이 왠지 익숙한 독자가 있다면, 아마도 그의 이름을 딴 리아즈 린드 자선기금이라는, 〈대화를 바꾸어 삶을 향상시키는〉 일에 전념하는 재단 덕에 〈존재할 수 있게 된〉 어느 공영 방송 프로그램 끝부분에서 들었을 것이다. 그가 바꾸고 싶어 하는 대화는 이슬람에 대한 것이고, 그가 향상시키고 싶어 하는 삶은 무슬림의 삶이다. 그가 내 앞에서 시인한 궁극적 야망이 얼마나 대단한지를 고려하면 그 어구는 사실 소박하다고 말할 수 있다. 리아즈는 셸던 애덜슨 — 시온주의자 카지노 거물이자 공화당 킹메이커 — 에 대한, 그 인물 자체는 아니더라도 애덜슨의 당당한 유대인 옹호에 대한 찬사를 아끼지 않았다. 그는 애덜슨처럼 국가 정책뿐 아니라 그 집행자들에게까지 영향력을 행사하고 싶어 하며 오직 그것만이 우리 무슬림이 여기서 환영받을 수 있는 길이라고 생각한다. 큰 성공, 그가 추구하는 것이다. 내가 아는 사람 중에 그걸 노리는 이가 있다면, 그는 다름 아닌 리아즈다.

내가 그 가을에 리아즈를 소개받게 된 건 뉴욕에서 작품을 무대에 올렸기 때문이었다. 앞에서 언급한, 라티프의 죽음 이후 어머니와의 전화 통화에서 대사를 차용한 그 작품 말이다. 이른바 스크랜턴에서의 깨달음이 낳은 두 번째 작품이었다. 무슬림 출신 미국인 코미디언이 주연을 맡았는데, 그는 무슬림 출신 최초로 명성을 얻은 인물 가운데 하나로 전국적인 인지도에 힘입어 인기 야간 토크 쇼 고정 자리까지 꿰찼다 (이제부터 그를 아슈라프라고 부르겠다). 아슈라프의 많은 팬들이 그의 뛰어난 연기에 경이를 금치 못했고, 상연 마지막 몇 주 동안 벌어진 티켓 구하기 열풍 — 암표가 좌석당 1천 2백 달러까지 나갔다 — 은 그(충성심에 대한 내적 갈등으로 삶이 갈가리 찢긴 파키스탄 출신 미국인 로펌 변호사 역할을 맡은)의 덕이었다. 그 연극은 『페이지 식스』[8]에 한 번도 아닌 두 번이나 올랐고, 그때부터 유명 인사들이 나타나기 시작했다. 살만 루슈디, 타이라 뱅크스, 체리 존스, 존 스튜어트, 코니 브리튼, 윌리엄 허트. 사우디 왕족들도 왔다. 첼시 클린턴과 후마 애버딘도 왔다. 나는 남자 화장실 세면대에서 스티븐 스필버그가 손을 씻는 동안 기다리기도 했고, 팀 가이트너의 크로스 트레이닝 운동화에 셀처 탄산수를 쏟기도 했다. 종연을 두 주 앞둔 어느 초현실적인 오후에는 세 번이나 — 처음엔 버스에서, 그다음엔 길거리에서, 그리고 마지막으로 이스트빌리지의 스타벅스에서 — 〈무슬림 코미디언이 나오는 그 새 연극〉에 대한 사람들의 대화를 엿들었는데, 다들 연극을 보진 못했고 어떻게 하면 티켓을 구할 수 있을지에 대해 이야기한 것이었다.

리아즈가 그 연극에 대해 들은 건 그의 헤지 펀드에서 일하는 파키스탄 출신 애널리스트 임란을 통해서였다. 그 작품을 좋아한 임란은 상당한 수고 끝에 해적판 대본을 입수했다. 사무실에서 그걸 돌려봤고 — 그곳에선 스무 명 이상의 남아시

8 Page Six. 미국 연예 매체.

196

아 출신 직원들이 일하고 있었다 — 결국 리아즈의 손에까지
들어갔다. 그는 어느 날 아침 그 대본을 들고 자신의 책상에
앉았고, 나중에 내게 말하기를, 70분쯤 지나서 마지막 페이
지를 넘긴 후 전화기를 집어 들고 자신이 아는 암표상이 아니
라 — 그가 원하는 건 암표상을 통해 얻을 수 없었기에 — 극
장 개발부로 전화를 걸었다. 그렇게 해서 나는 특별석 제공과
무대 뒤 방문을 조건으로 2만 달러를 내놓겠다고 제안한 기
부 예정자와 만날 의향이 있는지 묻는 이메일을 받게 되었다.

11월 말의 비 내리는 밤이었다. 나는 연극이 끝난 후 배우
휴게실에서 배우들과 차를 마시고 있었는데, 베이지색 개버
딘 코트와 올리브색 웰링턴 장화 차림의 뚱뚱한 대머리 남자
가 극장 직원이 열어 준 쌍여닫이 문으로 들어섰다. 그의 우
산에 달린 단풍나무 손잡이가 마치 그의 손에 잡힌 반짝이는
찌르레기처럼 보였다. 나는 그의 창백한 회갈색 피부와 날카
로운 콧날, 믿을 수 없을 정도로 긴 속눈썹에 둘러싸인 크고
촉촉한 눈을 보고 그가 파키스탄인임을 — 인도인이 아니라
— 즉각 알아챘다. 우리를 향해 다가오는 그의 자신만만한
태도에선 거의 동물적인 느낌이 전해졌다. 그의 움직임에 깃
든 강하고 온전한 기민함은 보이지 않는 중심에서 발산되는
듯했다. 그는 나와 악수하며 초록 눈으로 내 시선을 단단히
잡고 두툼한 손에 의도적으로 힘을 주어 내게 후덕한 신뢰를
전했다. 「리아즈 린드입니다.」 그가 따스한 목소리로 자신을
소개했다. 나는 배우들에게 축하 인사를 건네기 위해 돌아서
는 그를 보며 그가 비교적 젊은 편에 키도 적당할 뿐 아니라

얼굴 하반부를 뒤덮은 짧은 수염을 턱수염이라고 부르긴 어려운데도 왠지 난쟁이 같다는 느낌을 받았다. 그의 코트가 그 푸짐하고 탄탄한 인상을 설명해 줄 과도한 허리둘레를 감추고 있는지는 알 수 없었다. 「나도 스캐든, 아프스에서 2년간 일했죠.」그가 나에게 고개를 돌리며 말했다. 스캐든, 아프스는 내 작품의 주인공이 일하는 뉴욕의 로펌이었다. 물론 작품에서는 다른 이름으로 바꿨지만 말이다. 「당신의 작품 속 인물이 겪은 일들에 대해 잘 알아요. 연기도 대단히 좋았어요. 아슈라프가 그렇게 훌륭한 배우일 줄은 몰랐어요.」그가 우리 모두에게 물었다. 「아슈라프 여기 있어요? 축하를 보내고 싶은데.」

「아직 분장실에 있어요.」극중에서 아슈라프의 선량한 백인 미국인 아내 역할을 연기하는 여배우 에밀리가 투덜거렸다. 「다리에서 로션 닦아 내고 있죠.」

나는 리아즈에게 아슈라프가 공연 시작 전에 항상 로션을 바른다고 — 1막에서 트렁크 팬티를 입는 장면이 많은데 자신의 황갈색 다리가 지나치게 창백해 보이지 않도록 늘 신경 쓴다고 — 그것 때문에 공연 시작이 지연된 게 한두 번이 아니라고 설명해 주었다.

「내가 보기엔 다리가 아주 멋지던데.」리아즈가 말했다.

에밀리가 고개를 한쪽으로 갸웃하면서 그를 쳐다봤다. 공연이 끝난 후 마구 헝클어진 숱 많은 머리가 적갈색 대걸레처럼 그녀의 얼굴을 에워싸고 있었다. 「제가 대화에 끼어들었네요 — 성함이 어떻게 된다고요?」

「리아즈예요. 리아즈 린드.」

「에밀리예요.」

「만나서 반가워요, 에밀리. 아까도 말했지만, 아주 멋진 작품이에요. 정말로.」

「그렇게 말씀해 주시겠죠. 그래도, 감사해요.」

「거기가 스캐든이라는 걸 어떻게 아셨나요?」 내가 물었다.

「뉴욕에 그런 로펌이 대여섯 개는 있겠죠.」 그가 말했다. 「하지만 파트너 변호사가 이스라엘 문제로 소속 변호사를 갈구잖아요. 난 거기서 일하면서 그런 장면을 봤어요. 난 911이 일어나기 5년 전에 거기서 나왔기 때문에 그런 심한 일은 안 당했지만, 불길한 조짐은 있었어요. 난 계산을 해본 후 나왔죠.」

「계산요?」 에밀리가 물었다.

그는 자신이 하려는 말에 우리가 어떤 반응을 보일지 가늠하듯 우리를 쓱 훑어보았다. 「이스라엘에 대한 지지는 무언의 규칙이었죠. 당신의 작품 속에서 말예요. 내 생각에 당신은 거기서 직접 일했거나 — 아니면 거기서 일한 사람을 알고 있어요.」

「친구가 하나 있는데, 사실 유대인이죠.」 내가 대답했다.

그는 고개를 끄덕였다. 「분명했어요. 그곳에서 이스라엘에 대해 균형 잡힌 견해를 갖고 있는 사람은 성공할 수 없었죠. 〈균형 잡힌 견해〉란 어떤 식으로든 비판적이란 뜻이고 — 만일 당신이 유대인이 **아니라면**, 그렇죠. 설령 유대인이어도 그렇고.」

「무슨 말인지 잘 알아요.」에밀리가 그를 향해 건배하듯 위스키 잔을 기울이고는 낄낄대면서 말했다. 아무도 웃지 않았다.

「하지만…… 사실 — 우리 모두가 논쟁의 여지가 없는 견해들을 갖고 있죠. 맞죠? 난 그래요.」

「내가 남자들을 증오하는 건요?」에밀리가 술을 마시며 말했다.

리아즈가 미소 지었다. 「그건 어려운 문제네요.」

「음. 난 그 얘기를 더 자주 할 수 있었으면 좋겠어요.」

「남자들 다? 정말이야, 에밀리?」성난 목소리가 날아왔다. 비쩍 마르고 오래 고통을 받아 온 앤드루였다. 그는 작품에 출연하는 남자 배우로 영국 태생이었으며, 치아가 비뚤비뚤하고 머리숱이 줄어 가고 있었다. 그는 리허설 초기에 에밀리에게 반했고, 어느 날 쉬는 시간에 둘이 성관계를 맺었다는 소문이 돌았다. 그 후로 그는 끊임없이 에밀리에게 시를 써서 바쳤지만 그 시들은 갈수록 환영받지 못했다(나도 그 시들을 읽어 보았는데 형편없었다). 에밀리가 그에게 그만하라고 요구했지만 그는 듣지 않았다. 급기야 감독이 나서서 그를 해고하겠다고 으름장을 놓았다. 「당신 아버지도, 응?」

「특히 우리 아버지를 증오해, 앤드루. 당신은 그걸 알아야지.」

「내가 왜 그걸 알아야 하는데?」

「내가 당신한테 말했으니까. 우리 아버지랑 많이 닮았다고.」그녀는 고개를 돌리고 술을 마셨다.

200

앤드루는 얼굴이 시뻘게져서는 그녀의 옆얼굴을 노려보았다. 그러더니 벌떡 일어나서 나가 버렸다.

나는 리아즈의 얼굴에서 앞으로 몇 년 동안 그와 친해지면서 몇 번은 마주하게 될 표정을 보았다. 살짝 올라간 턱, 꽉 다문 입, 기쁨 없는 만족을 나타내는 무표정한 탐색의 시선. 나는 그 표정의 의미를 나중에야 알게 되었는데, 그는 불화의 가치를 믿고 그걸 즐겼다. 갈등을 심고 그 결과를 지켜보는 것이 그의 모두스 비벤디[9]였다. 그에겐 모든 것이 협상이었고 ― 이 또한 나중에 발견한 사실이다 ― 그건 그가 많은 시간을 거래로 보내 왔기 때문만은 아니었다. 나는 그가 그 일을 하게 된 것도 부분적으로는 신선하리만큼 단순한 시선으로 삶 자체를 보기 때문이라고 믿는다. 그에겐 모든 게 아주 단순했다. 원하는 게 있으면 무슨 수를 써서라도 가져라. 그건 물질의 추구에는 괜찮은 방법일 수 있다고 나는 그에게 말했다. 그때 우리는 쉐이크 쉑에서 점심으로 햄버거를 먹고 있었다. 하지만 좋은 관계를 추구할 때는 어떨까?

「이를테면 어떤 관계요?」그가 물었다.

「우정 같은 관계요.」내가 대답했다.

그의 얼굴에 떠오른 미소가 흡족한 함박웃음으로 바뀌는 데는 잠시 시간이 걸렸다. 나는 그제야 그때조차 그가 전략을 사용했음을 깨달았다. 그는 내 입에서 자신이 듣고 싶은 말, 즉 내가 그의 우정을 소중하게 여긴다는 말이 나오도록 유도했던 것이다. 그러면서도 그의 대답은 전혀 다정하지 않았다. 「우

---

9 modus vivendi. 〈삶의 방식〉을 뜻하는 라틴어 표현.

정, 좋지요. 하지만 우정이 억만장자를 만들어 주진 않아요.」

2

그날 극장에서 이루어진 리아즈와의 만남은 짧게 끝났다. 앤드루가 뛰쳐나가고 얼마 안 있어 아슈라프가 자신의 분장실에서 나왔고, 그때쯤엔 이미 무대 감독이 문단속을 할 시간이었다. 에밀리가 다 같이 길모퉁이 술집으로 가자고 제안했다. 나는 양해를 구했다. 3주째 매일 아침 5시 반에 대사가 머리에 떠오르는 상태로 잠에서 깼기에 그걸 글로 옮길 수 있었던 것이다. 밤늦게까지 술을 마시면 그 흐름이 깨질까 봐 두려웠다.

이틀 후, 나는 에밀리에게서 그 밤의 술자리가 리아즈의 집에서 끝났다는 소식을 전해 들었다. 그날 공연이 없는 시간에 극장에 들른 나는 자신의 분장실 문간에 서 있는 에밀리를 발견했다. 그녀는 나를 보더니 장난스러운 미소를 지으며 안으로 들어오라고 손짓했다. 그녀의 친구 줄리아 ─ 내가 전에 만난 적이 있는 늑대상 흑발 미녀 ─ 가 거울 앞에 앉아 호박색 액체가 가득 든 텀블러를 빛을 향해 들어 올렸다. 「이 안에 금이 들어 있는 것 같아.」 줄리아가 텀블러를 입으로 가져가 한 모금 마시며 말했다. 에밀리는 미끄러지듯 자기 자리로 가서 앉아 줄리아가 맛을 음미하는 걸 지켜보았다. 줄리아의 표정에서 경이감의 전개가 보였다. 이윽고 그녀가 믿을 수 없다는 듯 고개를 흔들며 친구에게 텀블러를 도로 건넸다. 에밀리는 텀블러를 받아 한 모금 마신 다음 입술을 핥으며 기쁨과 놀라움이 가득한 얼굴로 킥킥거렸다. 에밀리는 내게 텀블러를 건넸다.

그로부터 15년쯤 전인 1990년대 중반, 나는 어퍼이스트사이드에서 저녁을 먹게 되었는데 1959년산 샤토 마고 매그넘 사이즈[10] 한 병을 따서 메인 요리로 나온 양 다리에 곁들였다. 그리고 그때 내 잔에 따른 포도주를 마시고서야 비로소 마실 것 한 병에 수천 달러를 쓰는 이유를 납득하게 되었다. 나는 포도주 감정사가 아니었기에 베리와 초콜릿의 향을 구분할 줄도 몰랐다. 내 옆에 앉은 여자 손님이 술잔에 봄꽃이 든 것처럼 은은한 향기가 피어오른다고 말했지만 나는 그 꽃 향도 식별하지 못했다. 어쩌면 내가 그런 문외한이었기에 그 체험이 그토록 강렬했던 것인지도 모른다. 포도주가 내 혀에서 마치 마법처럼 순전한 감각이 되어 사라졌다. 몰입을 부르는 그 진하고 어슴푸레한 암시의 집합체 ── 한때 달콤함이었다가 이제 조화롭게 통합된 무언가의 아득한 메아리에 의해 억제된 쓴맛의 암시 ── 그때까지 내가 체험했던 모든 적포도주와의 만남이 지향해 온 이상을 보여 주는 듯한 발전되어 가는 맛. 이 비육화(非肉化)에 가까운 감각보다도 더 놀라운 건 비육화 그 자체, 액체가 자연스럽게 순수한 맛으로 승화하면서 포도주 그 자체가 지닌 근본적 관념의 문턱으로, 솔직히 형이상학적이라고밖에 할 수 없는 비물질을 향한 마찰 없는 통로로 나를 인도한 것이었다. 에밀리가 내게 건넨 술의 맛에 비

10 1.5리터들이.

203

견될 수 있는 건 그 1959년산 마고뿐이었다. 미처 마음의 준비를 할 사이도 없이 곧장 감각 너머의 세계로 돌진하는 — 벌집과 오크목에 둥지를 튼, 밝고 가시 돋친 — 흙탕물에 갇힌 번개의 파편 같은 음료. 줄리아의 말이 옳았다. 보기에도 금이 들어 있는 것 같았고 맛도 그랬다.

「어때요, 끝내줘요?」에밀리가 나를 주시하며 말했다.

「정말이네요. 이거 뭐예요?」

그녀가 술병을 들어 올렸다. 「패피 밴 윙클 23년산. 버번의 성배. 물론 나도 이름은 들어 봤지만 — 맛을 본 적은 없었죠.」

「가격이 얼마나 나갈까?」줄리아가 물었다.

「구할 수 있다면 말이지. 10년마다 7백 병 정도밖에 안 만든대. 양조장에서는 얼마를 받는지 모르겠지만, 누가 이베이에 안 딴 거 한 병을 1만 5천 달러에 내놨더라고.」에밀리가 나에게 시선을 돌렸다. 「우리 그날 밤에 리아즈의 집에까지 갔어요. 그가 사는 집 말예요. 끝내주더라고요.」

「어디 있는데요?」

「이스트엔드 애비뉴. 꼭대기 네 층을 쓰더라고요. 첫 번째 층까지 엘리베이터를 타고 올라가면 집 안에 개인 엘리베이터가 따로 있어요. 실내 수영장도 있고. 자쿠지를 말하는 게 아니에요. 수영장. 작지도 않아요. 모로코 타일에, 멀티포일 아치에. 그는 우리에게 수피[11]어 원고로 가득한 방도 보여 줬어요. 버번만 모아 놓은 방도 있는데, 우리 집 거실보다 커요.

11 Sufi. 수피교도. 이슬람교의 신비주의자.

두 벽면에 바닥부터 천장까지 병이 빼곡하고 방 한가운데에 부처블록 스타일 바가 있어요. 난 선반에 놓인 밴 윙클을 보고 눈이 뒤집혔어요. 그래서 그냥 한번 만져 보고 싶었는데, 그가 그걸 꺼내더니 봉인을 뜯고 내게 한 잔 따라 줬어요. 기절할 뻔했죠. 그는 내가 그걸 마시는 걸 지켜봤어요. 그때 난 분명 오르가슴에 도달할 것처럼 보였을 거예요. 그가 나한테 그걸 가져가라고 했어요.」

「당신한테 그냥 줬다고요?」 내가 물었다.

그녀는 고개를 끄덕였다. 「〈어차피 난 다 마시지도 못할 정도로 좋은 버번이 많아요.〉」 그가 그러더군요. 「〈당신이 그걸 즐기는 모습을 보는 것만으로도 가치가 있어요.〉」

「그가 **그렇게** 말했다고?」 줄리아가 물었다.

「응.」

「그 사람이 누군데?」

「헤지 펀드 운용자예요.」 내가 대답했다. 「요전 날 밤에 공연을 보러 와서 무대 뒤에 들렀죠.」

「매력남이야?」

에밀리는 잠시 생각해 본 후에 대답했다. 「글쎄, 그렇게 부르긴 어렵지만, 그래도 뭔가 있어. 확실히.」

「돈.」 줄리아가 말했다. 그녀의 늑대상 얼굴이 생각에 잠겨 더 날카로워졌다.

에밀리가 그다음 날 밤에도 리아즈를 만났다고 고백했다. 그가 낮 공연 전에 연락을 해 왔고, 공연이 끝난 후 치프리아니에서 리아즈와 그의 친구들을 만나 베네치아식 송아지간

요리를 곁들여 샴페인을 마신 후 북쪽으로 몇 블록 떨어진 카본에서 저녁을 먹었다는 것이었다. 그다음엔 몇 사람이 빠진 더 작은 무리가 마약을 하러 처치 스트리트에 있는 로프트에 모였는데, 그곳 거실 벽에 (그녀의 짐작으론) 2억 5천만 달러는 나가 보이는 미술품이 걸려 있었다. 자정쯤 그들 둘은 그래머시파크 호텔에 있는 로즈 바로 술을 마시러 갔고, 그들 옆 칸막이 좌석에 조니 뎁이 앉아 있었으며, 건너편에 있는 칸막이 좌석에서는 케이트 업튼이 에밀리가 알지 못하는 누군가와 키스하고 있었다. 마지막으로, 그들은 로어이스트사이드에 있는 벌레스크 공연을 하는 더 박스라는 이름의 프라이빗 클럽에서 리아즈의 금융계 친구들을 만나 보틀 서비스로 술을 마셨다. 에밀리는 그날 밤 그가 쓴 돈이 1만 5천 달러는 될 거라고 했다. 포도주―몽라셰―를 곁들인 저녁 식사비만 3천5백 달러가 나왔으니까. 「난 뉴욕에서 오래 살았어. 여기서 살면 보는 게 있지. 돈 많은 사람들 얘기도 듣고. 하지만 그걸 직접 체험하는 건 완전히 다른 얘기지.」

우리는 더 자세히 말해 달라고 조른 후, 그녀가 거의 에로틱한 쾌감에 가까운 기분을 즐기며 그 이야기를 늘어놓는 걸 지켜보았다. 리아즈의 습성과 팁에 익숙한 웨이터와 웨이트리스 들의 배려, 저녁 식사 때 패밀리 사이즈 링귀니알프레도에 들어 있던 신선한 트러플 버섯―와, 얼마나 두툼한지!―대학 다닐 때 프랜시스 베이컨의 트리프티카[12]에 대한 글을 쓴 적이 있는데 처치 스트리트의 로프트에서 그 그림 아래

12 세 폭짜리 그림.

앉아 마약에 취한 일, 밤새 시내를 누비며 타고 다닌 메르세데스 리무진의 비단결처럼 부드러운 가죽 좌석. 에밀리가 이야기하는 동안 나는 자꾸 줄리아의 얼굴로 시선이 갔다. 이야기를 듣고 있는 그녀의 눈 — 날카롭고 반짝거리는 — 이 그녀를 더 빛나게 만들었다. 그녀도 내 시선을 느꼈고, 그러다 눈이 마주쳤다. 그녀가 나를 마주 보는 동안 나는 의자에 앉은 채로 몸을 움직이며 길게 늘였다. 그녀가 내 사타구니를 슬쩍 보았고 나는 맥박이 빨라졌다. 에밀리의 이야기가 이어지는 동안 그 이야기 아래로 우리의 시선이 화살처럼 날아다녔다. 나는 줄리아의 얼굴에서 무얼 보고 그녀에게 그토록 강하게 끌렸던 걸까? 그녀는 또 내 얼굴에서 무얼 보고 자꾸만 나와 시선을 맞추게 된 걸까? 나는 자크 라캉이 욕망에 대해 한 말이 떠올랐다.

우리는 타인의 욕망을 욕망한다.

그리고 이렇게 생각했다. 화려했던 전날 밤에 대한 에밀리의 묘사를 들으면서 내가 욕망하게 된 욕망이 줄리아에게서 욕망을 불러일으키고 있는 걸까? 그녀가 내 얼굴에서 본 건 그녀의 욕망에 대한 나의 욕망이고, 그녀는 그걸 보면서 그에 대한 반응으로 나를 욕망하게 된 걸까? 터무니없는 소리라는 걸 나도 안다. 하지만 그다음에 일어난 일은 전혀 터무니없지 않았다.

에밀리가 화장실에 가려고 일어섰다. 줄리아가 다시 몸을 움직이는 나를 응시했고, 그녀의 입술에 미묘한 미소가 감돌았다. 우리 뒤에서 화장실 문이 철컥 소리를 내며 잠겼다. 줄리아가 속삭였다. 「나 좀 어디로 데려가요.」

6시가 지난 시각이었다. 다음 공연은 두 시간 후였다. 나는 그녀의 손을 잡고 무대 뒤로 통하는 쌍여닫이 문을 지났다. 무대의 배경 벽면 뒤를 지나는데 그녀가 멈추고 싶어 하는 게 느껴졌다.

「여긴 안 돼요.」 내가 말했다. 「내가 아는 곳이 있어요.」

위층 연습실은 어두웠고, 우리가 무대로 옮기다가 두고 온 그대로 한쪽 끝에는 식탁이, 반대쪽에는 거실 가구들이 있었다. 줄리아가 나를 소파로 이끌었다. 나는 수 주 동안 매일 거기 앉아서 아슈라프가 에밀리의 따귀를 때리는 연습을 하는 걸 지켜봤었다. 에밀리는 바닥에 쓰러져 웅크린 채 숨을 곳을 찾으며 한편으로는 나중에 이 사이에 끼울 혈액 주머니를 몰래 찾고는 했었다. 분노와 고통에 차서 씩씩거리던 아슈라프는 그녀를 발견하고 쿠션 쪽으로 밀어붙인 다음 다시 때렸다. 그리고 또 때렸다. 이윽고 그의 손찌검이 멈췄을 때, 우리는 그녀의 입에서 피가 쏟아지는 걸 보았다.

줄리아가 소파 등받이에 기대어 나에게 키스했다. 그녀의 숨결은 뜨겁고 축축했다. 그녀의 가늘고 강한 혀가 내 혀를 찾고 있었다. 금세 그녀의 아랫도리가 알몸이 되었고 나는 무릎을 꿇고 앉아서 그녀의 가랑이에 얼굴을 박았다. 그녀는 흠뻑 젖어 있었다. 나는 그녀의 불두덩에 입을 맞춘 후 안쪽을 핥으려고 밀고 들어갔다. 그녀는 내 뒤통수를 움켜쥐고 짧고 날카로운 신음을 내뱉었다. 그녀는 흥분으로 부풀어 올라 나에게 ─ 내 코, 이, 혀에 ─ 몸을 밀어붙여 비벼 댔고, 그녀의 성기에서 내 타액이 뚝뚝 떨어졌다. 나는 손가락을 그녀 안으로 넣어 지 스폿을 찾아다녔다. 내가 핥아 주자 그녀는 혀 차는 소리를 냈고, 내 손가락 끝이 살짝 부푼 거친 지점을 찾아냈다. 나는 그곳을 눌렀다. 그녀가 신음했다. 나는 얼굴을 들이밀고 침을 흘렸고, 그녀의 희열로 코가 젖었다. 그녀의 손톱이 내 머리에 파고들었고, 내 입에 밀착된 그녀의 몸은 더 부풀었다. 이제 그녀의 신음이 달라져 있었다. 도움을 청하는 억눌린 외침 같은 조용한 흐느낌이었다. 그녀의 쾌감에도 다시 변화가 와서 내 머리를 잡은 손의 힘이 풀렸고 입에서 흘러나오는 소리들이 경악의 날카로운 비명으로 합쳐졌다. 그녀가 나를 잡아 일으켰다. 「안에 넣어요.」 그녀가 내 귀에 대고 속삭였다. 손으로는 벌써 나의 그곳을 찾고 있었다.

「콘돔이 없어요.」

「피임약 먹고 있어요.」

「그래도 ─」

「왜요? 무슨 문제 있어요?」

「아니, 아녜요.」 내가 대답했다.

그 말이 떨어지기가 무섭게 그녀의 입술이 내 입술을 덮쳤다. 그녀는 내 허리띠를 풀고 성기를 꺼냈다. 나는 그녀를 뒤로 밀었고 그녀는 분장용 피가 얼룩진 황토색 쿠션 위로 쓰러졌다. 그녀의 가랑이가 벌어졌고, 은밀한 부분이 젖은 채 반짝거렸다.

나는 다시 핥고 싶었지만 그녀는 그걸 원치 않았다.

「박아요. 세게. 얼른.」

나는 건너편 거울에 비친 내 모습을 보았다. 겁먹은 것처럼 보였다. 거울에서 시선을 거두고 그녀의 젖은 길을 헤치고 들어갔다. 그녀가 셔츠를 머리 위로 벗어 던지고 나를 거칠게 끌어당겼다. 그녀의 열기에 전기가 흐르는 듯했다. 나는 처음엔 부드럽게 시작했지만 그녀가 원하는 건 그게 아니었다. 그녀가 몸을 더 밀착시켰다. 「더 세게.」 그녀가 말했다.

나는 그렇게 했다.

「더 세게.」 그녀가 다시 말했다.

「사정하고 싶지 않아.」

「그럼 하지 마.」

그녀의 험악한 어조가 나를 해방시켰다. 나는 그녀가 원하는 것에 더 가깝게 움직이기 시작했다. 「나를 증오하는 것처럼 박아 대.」 그녀가 쉿쉿거리는 소리로 조용히 말했다. 「내가 쓰레기인 것처럼 박아 대.」 나는 소파 위에서 그녀를 안고 그녀에게 얼굴을 가까이 댄 채로 지나치다 싶을 정도로 거칠게 몰아붙였다. 「내가 쓰레기인 것처럼.」 그녀가 자꾸자꾸 말했다.

나는 시선을 들고 거울에 비친 우리의 모습을 보았다. 내 얼굴은 알아보기 힘들 정도였다. 얼굴이 시뻘겋게 달아오르고 두 눈은 분노와 욕구로 커져 있었다. 나는 내 검은 몸과 그 아래 깔린 그녀의 희미하게 빛나는 흰 몸을 보았다. 그녀 안으로 거듭거듭 밀고 들어가는 내 모습을 지켜보았다. 「예스,

예스, 예스…….」내가 맹공을 펼치는 동안 그녀가 응원을 보냈다. 나는 그녀의 몸을 내려다보았다. 그녀의 몸이 빛나며 나를 조롱했다. 나는 갑작스러운 갈증에 사로잡혔다. 손까지 동원해서 더듬고 주물렀다. 그녀의 갈비뼈를 움켜쥐었다. 밀치고, 찧어 댔다. 그녀의 흰 살을 아무리 만져도 성에 차지 않았다. 그걸 소유하고 싶었다. 파괴하고 싶었다.

그녀가 내 눈을 올려다보고 있었다. 고개가 옆으로 기울여지고, 윗입술이 말려 올라가고, 탐색적이고 무력한 표정이 나타났다. 나는 격정 — 내 몸에서 그런 격정을 끌어낼 수 있을 줄은 나 자신도 미처 몰랐었다 — 을 불살랐고, 그러는 동안 그녀가 내 얼굴에서 무얼 보았는지는 몰라도 보고 싶었던 것이었던 듯했다. 그녀의 입에서 고삐 풀린 소리들이 후럼처럼 흘러나왔다. 말들이 해체되어 거의 동물 소리에 가까워졌다. 그녀의 몸 가장 깊숙한 곳에서 클라이맥스의 꺽꺽거림과 요란한 울림이 터져 나왔다. 그녀가 절정에 도달했고 나 역시 도달했지만, 나의 오르가슴은 사정과 함께 끝나지 않았다. 믿기 어렵게도, 나는 더 단단하게 발기했고 오랫동안 욕정을 유지하며 섹스를 이어 갔다. 섹스를 하면 할수록 나의 욕망은 커져 갔고, 그녀의 절정이 거듭될수록 나는 더 단단해지고 거세졌다. 나는 시간 감각을 잃었다. 우리가 섹스를 한 시간이 4분이었는지 40분이었는지 지금도 알 수가 없다. 내가 아는 건 그런 섹스를 경험한 적이 없다는 것뿐이다. 그 이전에도, 이후에도.

3

리아즈에게서 다시 연락이 온 건 6개월 후인 2013년 봄, 그가 보러 온 연극의 각본이 퓰리처상을 수상했을 때였다. 그가 보낸 축하 글은 따뜻했다. 나도 똑같이 응답했다. 그가 답장으로 만나서 술 한잔 하자는 제안을 해왔는데 그다지 열성적인 느낌은 아니었다. 자신은 바쁘고, 스케줄 관리의 달인이 아니며, 다다음주나 전몰 장병 추모일[13] 전 저녁으로 날짜를 잡아 보는 게 어떻겠느냐는 것이었다. 약속 날짜가 얼마 남지 않았을 때 그가 불가피한 사정이 생겼다며 연기하자고 했고, 또다시 사정이 생겼다며 약속 날짜를 바꾸자고 — 이번엔 그의 비서 이메일로 — 연락이 왔다.

나는 좋다고 응답했다. 그리고 그다음은 기대하지 않았다.

2주 후인 라마단 전야에 나는 메일 수신함에 그의 이름이 들어 있는 걸 보고 놀랐다. 그는 메일에서, 내가 금식을 하건 안 하건 행운을 빈다고 했다(나는 금식을 안 했다). 그에겐 우리의 신성한 달[14]이 반성의 시간이라며, 자신이 갖지 못한 것에 대한 욕망보다는 가진 것에 대한 감사에 전념할 생각이라고 했다. 그는 요 몇 년은 금식을 한 날이 거의 없었지만 금식을 하지 않는 분투의 날들에도 절제와 감사에 힘쓴다고 했다. 그 한 달은 양식을 쌓는 기간이라는 것이었다. 그 이메일에는 판에 박힌 문구들을 복사해서 붙인 흔적이라고 할 수 있는 글자 모양이나 크기의 변화가 없는 데다 곳곳에 나에게만 해당

13 5월 마지막 월요일.
14 무슬림에게 라마단 기간을 의미함.

되는 내용들이 들어 있어서 그가 따로 시간을 내서 쓴 글이라는 결론을 내릴 수 있었다. 이틀 뒤 메일이 또 왔다. 라왈핀디에서 일련의 자살 폭탄 사건이 벌어진 후였는데, 라왈핀디에 그의 친척들이 많이 살고 있었고, 나의 친척들 일부도 산다는 걸 — 내가 이전 이메일에서 말해서 — 그도 알고 있었다. 그 비극으로 인해 친밀감이 생기면서 우리는 허심탄회한 메일을 주고받기 시작했다. 나는 그의 부모님도 우리 부모님처럼 인도 아대륙 출신 이민 쿼터가 폐지된 1965년에 미국으로 건너왔고, 처음엔 필라델피아에 정착했다가 그다음엔 스크랜턴 바로 남쪽에 있는 래카와나강을 따라 펼쳐진 피츠턴으로 이주했으며, 그의 아버지는 래카와나 글래스 워크스라는 이름의 산업용 유리 제조업체에서 용광로 관리 일을 했음을 알게 되었다. 그리고 그가 대가족인 양가에서 장자일 뿐 아니라 미국에서 태어난 첫 자손이기도 하다는 사실도 알게 되었다. 그는 이메일에 쓰기를, 그 이유만으로도 자신은 성공해야만 했노라고, 자신에게 기대를 거는 사람들이 어마어마하게 많았다고, 매일같이 족히 1백 명은 되는 친척들이 자신을 위해 기도했을 거라고, 그리고 결국 그 두 배에 이르는 친척들에게 금전적인 지원을 했노라고 했다.

나는 그때까지 그의 사업에 대해 잘 몰랐다. 그는 자신이 하는 일에 대해 내게 자세히 설명해 준 적이 없었다(그리고 나 역시, 나중에 이 책에 그의 이야기를 담기로 결정한 뒤에야 작가로서 자료 조사에 임하게 되었다). 나는 그가 내 친구들 앞에서 자신을 빚의 상인이라고 소개한 기억이 난다. 나의 마흔두 번째 생일 저녁이었는데, 나의 극장 친구들이 돈을 모아 『베니스의 상인』이절판 2판의 한 페이지를 사서 액자에 넣어 내게 선물한 걸 본 그가 기지를 발휘해서 그렇게 말한 것이었다. 그러자 빚을 판다는 게 어불성설이라고 여긴 내 친구들이 리아즈에게 질문을 퍼부었고, 그는 내가 생각지도 못한 쉬운 말로 우아하게 그 질문 공세를 막아 냈다.

빚에 가치가 있나요?

그럼요. 대출이 다 그렇듯 빚도 정기적인 지불을 발생시키고, 지불이라는 단순한 사실 자체가 — 그게 얼마나 확실하게 이루어질 것으로 예상되느냐에 따라 — 판매될 수 있죠.

하지만 누가 그걸 사려 할까요?

큰돈. 돈의 액수가 클수록 수익성 높은 맡길 곳, 그 많은 현금을 다 넣어 놓고 돈이 불어나는 걸 지켜볼 수 있는 투자처를 찾고자 하는 욕구가 절박해지죠.

어떤 식으로 하는 건가요?

세계적인 거대한 돈더미들을 관리하는 매니저들은 원 대출 기관에서 대출을 사들여 그들의 장부에 예정된 대출 상환금이 표시되게 만들죠. 그런 식으로 — 다달이 — 현금이 흘러들어 오면 그들의 불안한 마음이 편안해지고, 사실 그럴 만도 하죠. 그건 대개의 경우 쉬운 돈벌이니까.

하지만 정확히 어떻게 하는 거죠? 어떻게 빚을 갖고 돈을 벌죠?

우량한 대출 — 자동차든, 신용 카드든, 주택이든, 학자금이든 — 은 완불을 기대할 수 있죠. 이자 수익만 챙기는 게 아니라 원금도 전액 돌려받을 수 있어요. 철저한 조사를 통해 올바른 채무자에게 빌려준 올바른 대출을 사들인다면, 빚은 최고의 투자가 될 수 있죠.

구글이 제공한 정보에 따르면, 리아즈의 회사 아바시나 어소시에이츠의 전문 분야는 각종 대출의 적합성 평가였다. 그 회사의 세련되고 비밀스러운 웹사이트는 일부러 단순하게 꾸민 도심 상점처럼 대중에 대한 무관심을 나타냄으로써 고급스러움을 광고했다. 구글 검색 결과 첫 페이지를 채운 기사들은 그가 서브 프라임 모기지 사태로 거금을 손에 쥐었음을 알게 해주었다. 그는 아무도 원하지 않게 된 주택 모기지를 사들인 다음 집주인이 압류를 피할 수 있도록 조건을 재조정한 뒤 그 재조정된 모기지를 전국 지자체에 팔아넘겼다. 그는 내가 읽은 기사들에서 극찬을 받았고 급기야 온정적인 금융에 대해 다룬 「CBS 선데이 모닝」 프로그램에 출연까지 했다. 어떻게 사람들이 집을 지키도록 만들어 주면서 큰돈을 벌 수 있었나? 「언제나 성실한 노력을 대신할 수 있는 건 없죠.」 그는 자신의 집 주방의 벽화 크기 창문 너머로 보이는 이스트강을 배경으로 수줍게 대답했다. 2011년 『포브스』지는 지자체 투자자들에게 〈눈 튀어나오는〉 30퍼센트 수익을 안겨 준 그 〈괴물 같은 거래〉에 극찬을 보내며 리아즈가 ─ 약간의 행운이 따른다면! ─ 조만간 미국 4백 대 부자 명단에 오를 수도 있다고 점쳤다. 나는 짓궂게 그 기사 링크를 걸어 그에게 메일을 보내며 다가오는 해에는 좋은 소식이 있을지 물었다. 그는 답장에 〈될 때까지 된 척하라〉고 쓴 다음 혀를 내밀고 윙

크하는 얼굴 이모티콘을 달았다.

이야기가 샛길로 빠졌다……

그로부터 반년을 더 이메일로 약속을 잡고 연기하기를 거듭한 끝에 마침내 그를 다시 만나게 되었다. 2013년 가을, 트라이베카의 두에인파크 건너편 두에인 스트리트에 위치한 현대적인 수피 **다르가**[15]의 〈신(新) 칼와티교단〉 기념 갈라에서 만나자는 초대를 받은 것이다. 설립자가 세상을 떠난 후 스스로를 마리암 메리아라고 부르는 백인 개종자 — 유명한 오스트리아 광산 재벌가의 반항아인 — 가 교단을 이끌고 있었다. 나는 추종자들에게 셰이카[16] 마리아로 알려진 그녀를 이미 두 번 — 그중 한 번은 2000년대 중반의 라마단 목요일에 **다르가** 주간 예배에서 — 만난 적이 있어서 안면이 있었으며, 높은 흰색 **시케**[17]를 쓰고 숄을 휘감은 그녀에게 친절하고 무지하다는 인상을 받았다. 그녀는 우리 모두에게 자신을 보살피라고 간곡하게 권유하는 설교를 마친 후 한 시간에 걸친 난잡한 **디크르** — 하느님의 이름을 외치는 수피교 의식 — 를 이끌었다. 그 의식은 도시의 전문직 종사자들이 빙글빙글 춤을 추다가 서로 부딪쳐 넘어지는 우스꽝스러운 광경으로 절정을 장식했는데, 내 눈으로 직접 목격하지 않았더라면 미국의 무슬림에 대한 풍자 소설의 한 장면으로나 상상할 수 있었을 것이다.

15 수피교당.
16 여성 이슬람 지도자를 일컫는 존칭.
17 수피교의 긴 모자로 무덤의 비석을 상징.

리아즈와 나는 갈라 전에 만나 한잔하기로 했다. 내가 도착했을 때, 그는 바 끝의 두툼한 아연 카운터에 기대서서 벌써 맨해튼을 반쯤 비우고 마라스키노를 씹어 먹고 있었다. 나는 즉시 그와 처음 만난 밤에 느꼈던 그 강한 카리스마에 압도되었다. 그가 땅딸하다고 기억하고 있었는데 투피스 정장을 입은 모습을 보니 그렇지 않음을 알 수 있었다. 그다지 땅딸하진 않았다. 나는 그와 잡담을 나누며 그 카리스마의 실체 ─ 그게 정확히 뭘까? 매력? 자신감? ─ 를 파악하려고 주의 깊게 지켜보았다. 거기에 어떤 의지나 조작 같은 건 전혀 없었지만, 솔즈베리 평원 거석의 균형 잡힌 둘레처럼 무언의 근본적인 것이 작동하고 있었다. 나는 대화를 나누면서도 그를 관찰하며 생각했다. 돈의 힘인가?

내 마티니 ─ 업, 웻, 더티[18] ─ 가 나왔을 때쯤 나는 수피교단이 기금 마련을 위해 뉴욕시에서 갈라를 여는 것에 대한 회의론을 펼치고 있었다. 나는 그게 카니발 박람회 부스에 가르멜회 수녀들을 배치하여 모금하는 것과 크게 다를 바 없다고 농담 삼아 말했다. 「갈라는 내 아이디어였어요.」그가 낄낄거리며 고백했다. 「**다르가** 보수 공사가 필요해서. 난 수년간 목요일 **디크르**에 참석하면서 셰이카를 알게 됐죠. 피치 못할 사정이 생기지 않는 한 빠지지 않고 있어요.」

「칼와티교단의 목요일 **디크르**라.」내가 빈정대는 투로 말했다.

---

18 〈업up〉은 차갑게 만들어 얼음 없이 내는 것, 〈웻wet〉은 베르무트가 많이 들어간 것, 〈더티dirty〉는 올리브 국물을 넣은 것.

「참석한 적 있어요?」

「있어요.」

「그녀가 내 아이디어에 반대해서 설득하느라 애 좀 썼죠.」
그가 나의 냉담함을 눈치채고 그렇게 말했다. 「그들에겐 진
짜로 돈이 필요해요. 난 이 방법이 교단을 위해서도 좋을 거
라고 생각했어요. 이슬람에 대한 이미지가 바뀔 수도 있고.」

「로런 허튼[19]처럼 보이게 말이죠.」

「그래서 사교계 소식란에 실린다면? 물론 환영이죠.」 이제
내가 낄낄거릴 차례였다. 그는 적어도 그게 얼마나 얄팍해 보
이는지 알고 있었다.

「몇 년 전에,」 그가 이미 여러 번 사용한 ─ 내 기억에는 ─
단어들을 동원하여 이야기를 이어 갔다. 그 확신에 찬 바리톤
이 이제 좀 부자연스럽게 들렸다. 「우리가 자금을 대서 조사
를 하나 했어요. 전국 각계각층을 대상으로 한 포커스 그룹
인터뷰. 〈이슬람에 대해 어떻게 생각하십니까?〉 뻔한 내용뿐
아니라, 의식적인 영역을 넘어 무의식까지 파헤치고 싶었어
요. 그래서 뭘 발견했냐? 사람들이 무의식 속에서 이슬람과
가장 많이 연관 짓는 단어 다섯 개는? **분노, 분리, 자살, 나쁜,
죽음.**」

「그 순서로요?」

「음, 사실 **죽음**이 첫 번째였죠.」

「참 우울하네요.」

「그렇죠? 대개 무의식의 영역으로 깊이 들어가면 말예요,

19 미국의 백인 여성 배우이자 모델.

무의식에 닿으려면 시간도 돈도 더 들고 더 힘들죠. 전에도 해본 적이 있어요. 빚 문제로 지자체들을 상대할 때. 금융 위기 후의 모기지 채권처럼 사람들이 잘 알지 못하는 진짜 무시무시한 것의 경우에도, 깊이 들어가 보면 심지어 거기서도 한 가닥 희망을 발견할 수 있어요. 사람들이 어렸을 때 들은 것, 어떤 단어나 개념의 연상, 그걸 바탕으로 뭔가 해볼 수 있으니까. 하지만 이 주제엔 그런 게 없어요. 이슬람의 경우에는. 여러 그룹의 이야기를 들어 봐도 똑같아요. 암처럼. 긍정적인 게 없어요.」

「캣 스티븐스[20]가 있는데도요?」 내가 농담 삼아 말했다. 「그의 〈와일드 월드〉, 〈피스 트레인〉이 있는데도요?」

「믿기 어렵겠지만, 그 얘기도 나왔어요. 사람들은 그 일에 배신감을 느꼈죠. 이슬람 때문에 그가 노래를 그만뒀다는 듯이.」

「맞아요.」

「내가 방금 말한 대로…… 그 조사를 맡았던 회사에서 결과 보고서를 썼는데, 보고서 시작 부분에 애로점과 문제점을 요약해서 보여 주는 인용문을 넣었더군요. 여기 있어요.」 그는 휴대 전화를 꺼내 액정을 톡톡 친 다음 내게 건넸다.

기존의 다수는 그들의 최상층을 이루는 소수로부터 〈우리〉 이미지를 취하고, 멸시받는 아웃사이더들의 최하층을

---

20 영국의 가수로 이슬람교로 개종하여 〈유수프 이슬람〉으로 이름을 바꿨으며 이슬람을 옹호하는 노래들을 내놓았음.

이루는 소수로부터 〈그들〉 이미지를 만든다.

「누구의 말을 인용한 거죠?」

「노르베르트 엘리아스라는 사회학자요. 1932년, 나치가 독일을 장악했을 때 그곳을 떠난 독일계 유대인이에요. 다른 대부분의 사람이 보지 못한 미래를 본 거죠. 그런 생각을 가질 수 있는 사람이라면 놀라운 일도 아니지만.」

「대단하네요.」 나는 그에게 휴대 전화를 돌려주며 말했다.

「그렇죠? 난 이걸 읽자마자 생각했어요. 〈바로 이거야. 이게 우리가 봉착한 문제야.〉 이 나라의 다수를 이루는 백인들은 근본적으로 백인 자신들의 최하층을 보지 못해요. 그들은 자신들의 최상층에서 자신을 보고 우리의 최하층에서 우리를 보죠.」

「그러니까 ─」

「무슬림이든 흑인이든 누구든. 나에게 그 말은 문제의 분석에 그치지 않고 해결책까지 제시했죠.」

「어떻게요?」

「그들이 하는 대로 하라. 그들은 자신들의 최상층을 이루는 소수를 우리 앞에 들이대고 그게 전체인 양 굴고 있어요. 우리도 똑같이 해야죠. 우리의 소수 최상층을 억지로 들이밀어야죠.」

「셰이카 마리아를 통한 유혹⋯⋯.」

「바로 그거예요.」 그는 씩 웃으며 술잔을 비우기 위해 들어 올렸다. 「어떻게 보면 당신도 자신의 방식으로 그런 일을 하고 있죠. 안 그런가요?」

「내가요?」

「소유권 주장이라고나 할까요? 그들이 우리에게서 본다고 생각하는 걸 인정해 주고 그걸 그들에게 그대로 돌려주는 거죠. 〈당신들은 이게 우리라고 생각하지? 사실은 당신들이야.〉」

그건 나의 예술 절차에 대한 예리한 분석이었으나 어쩐지 비딱한 느낌이 있었다. 나는 내가 들은 말을 해석해 보고 불균형을 바로잡을 말을 찾는 데 잠시 시간이 걸렸다. 「그렇게 표현할 수도 있겠죠. 내가 사람들에게 그들의 모습을, 더 좋게도 더 나쁘게도 아닌 있는 그대로 보여 주려고 노력한다고 말할 수도 있고요.」

「그럼 우린 어떤데요?」 그 질문을 제기하면서 그가 보인 매력적이고 조심스러운 태도는 근저의 경멸 어린 냉소를 완전히 가리지 못했다. 나는 몸에서 열이 나는 걸 느꼈다.

「우리가 이런 이야기를 나눠야 할까요?」

「왜 안 돼요? 그냥 대화일 뿐인데, 맞죠?」 그가 바텐더에게 시선을 던졌다가 다시 나를 보았다. 「한 잔씩 더 할까요?」 그가 물었다.

「좋죠.」 내가 대답했다.

「한 잔씩 더 줘요.」 그가 우리 술잔을 가리키며 바텐더에게 주문한 뒤 호감을 주는 수줍은 미소를 지으며 나를 보았다. 「어서요. 그냥 대화일 뿐이잖아요, 맞죠?」

「내 말은⋯⋯.」

「그러니까 말해 봐요. 우린 어떻죠?」

221

나는 그 이야기로 들어갈 생각을 하니 고통스러웠다. 그 이야기는 하고 싶지 않았다. 나는 우리 종족에 대한 생각에 — 나 스스로 얼마나 정확하다고 믿든 — 더 이상 깊이 빠져 있지 않았다. 나의 비판은 공격으로 받아들여졌고, 나는 그 이유를 알았다. 우리 무슬림은 우리를 이해하지도 못하고 원하지도 않는 문화에 포위되어 있었다. 그래서 나는 예술이라고 불리는 얼버무림을 통해 내 생각을 간접적으로 표현했다. 〈그들의〉 재난과 맹점이 훨씬 더 시급한 문제임이 분명한 때에 〈우리의〉 문제를 공개적으로 한탄하는 건 부질없는 짓 같았다. 우리 인류의 실존적 위협은 우리에게서가 아니라 그들의 〈계몽된〉 삶 양식이 지구 곳곳에 확산된 데서 오고 있었다. 지금 필요한 건 **그것**에 대한 비판이 아닐까?

그럼에도, 리아즈가 내 대답을 기다리고 있는 그때, 나는 진심이 끌려 나오는 걸 느꼈다. 그리고 내가 그에게 무언가를 원한다는 것도 느낄 수 있었는데 그게 무언지는 확실치 않았다. 나는 잠시 뜸을 들이며 술을 한 모금 마신 후 마침내 대답했는데, 내가 전에 사용했었던 — 그러나 마음속으로만 — 단어들이 나왔다. 「우리는 우리가 스스로를 어떻게 생각하는지보다 **그들이** 우리를 어떻게 생각하는지에 더 집착해요. 그래서 서구가 우리에 대해 갖고 있는 인상을 바로잡는 데 너무 많은 시간을 들이고 있죠. 우리는 이런 방어를 하나의 삶의 양식으로 만들었어요. 에드워드 사이드가 그동안 서구가 우리에게 얼마나 잘못했는지에 대한 책[21]을 써내자 그 책은 우

21 『오리엔탈리즘』.

리에게 하나의 성서, 자기 이해에 이르는 고속 도로가 됐죠. 하지만 그건 자기 이해라고 할 수 없어요. 전혀. 타인이 하는 말에 맞서 부단히 스스로를 정의하는 건 자기 이해가 아니죠. 혼란이지. 그게 내가 고등학교 때 한 생각이었어요.」 그는 조용했다. 그가 나에게 기대한 대답이 무엇이었든 그건 아닌 듯했다. 어찌 보면, 나는 그가 삶의 목적으로 여기는 걸 내가 공격하고 있음을 알고 있었다.

「우린 그동안 그들이 얼마나 우리에게 잘못했는지에 집착할 만했어요.」 이윽고 그가 말했는데 화난 기색이 역력했다. 「지금 우리가 나누고 있는 이 대화만 해도 그래요. 당신은 여기서 태어났어요. 나도 마찬가지고. 그런데도 우린 자신이 다른 데서 온 것처럼 말하고 있어요. 어떻게 **그렇게** 된 걸까요?」

「당신의 경우 어떻게 그렇게 됐는지 모르겠지만, 우리 집에선 **그들** 때문에 그렇게 되진 않았어요. 그들이 우리에게 아웃사이더가 된 기분을 느끼게 한 건 아니에요. 우리 **스스로** 아웃사이더였어요. 적어도 우리 부모님은요. 왜 그랬는지 알아요? 실제로 부모님은 다른 데서 왔으니까. **그게** 아웃사이더잖아요. 하지만 부모님은 그 사실에 신경 쓰지 않았어요. 여기에서 배워야만 하는 문화가 있었는데 그분들은 배우지 않았죠. 여기서 태어난 사람들처럼은. 내 말 오해하지 마세요. 우리 아버진 미국을 사랑하니까. 솔직히 가끔은 내가 이해하기 힘들 만큼 사랑하죠. 아버진 자신이 미국인이라고 생각하는데, 사실 그건 아직도 미국인이 **되고 싶어 한다는** 뜻이죠. 아직도 자신이 진짜 미국인으로 느껴지지 않는다는 거죠. 여기 온 지 45년이나 됐는데 아버진 아직도 그게 어떤 의미인지 잘 모르고 있어요. 미국인이 된다는 건 사람들이 말하는 자유니 기회니 하는 개소리와는 그다지 상관이 없어요. 물론 여기도 문화가 **있지만**, 그런 좋은 뜻을 지닌 헛소리와는 아무 관계도 없죠. 인종 차별과 배금주의, 그게 미국의 문화예요. 그리고 당신이 이 둘 다에서 올바른 쪽에 있다면, **그때** 당신은 진짜 미국인에 속하게 되는 거죠. **그래야**, 당신이 아까 말한 인용문을 빌리자면, 미국인이 자신이라고 생각하는 최상층을 대표하게 되는 거니까.」

「요점이 뭐죠?」그가 날카롭게 물었다.

「요점은, **우리도** 사실 그렇게 다르지 않다는 거예요. 우리도 그들이 하는 것과 똑같이 하고 있어요. 우리 자신을 실제보다 낮게 생각하고 있죠. 그리고 진짜로 도움이 안 되는 건 결국 우리가 그들의 경멸을 구실 삼아 우리 자신의 결함을 외면한다는 거예요.」

그는 바에 기대어 새로 온 술을 들여다보고 있었다. 「그게 뭔데요?」

「뭐가요?」

「우리의 결함.」

「리아즈.」

「하나만 말해 봐요. 나한테 좀 맞춰 줘요.」바에 손님들이 많아지고 있었다. 그곳에서 목소리를 높인 사람이 우리만은 아니었지만 우리에게 이목이 쏠리고 있었다. 논쟁을 벌이는 갈색 피부의 두 남자는 분명 경계 대상인 듯했다. 리아즈가 손수건을 꺼내 얼굴을 닦았다. 그 순간 그는 지쳐 보였다. 내 생각엔 그도 나만큼 피로감을 느끼는 듯했다.

「좋아요.」내가 입을 열었다.「하나만 말하죠. 우린 언제쯤 이슬람 황금시대 이야기를 그만둘까요? 우리가 아리스토텔레스의 철학을 살아남게 했다는 이야기. 대수학을 발명했다는 이야기. 과학적 연구법의 토대를 마련했다는 이야기. 그리고—」

그가 내 말을 잘랐다.「어쩌라고요? 그런 사실이 잊히도록 내버려둘까요? 그게 진실이 아닌 척해요? 그게 뭐가 더 낫죠?」

「하고 싶은 대로 다 해도 좋은데, 그런 게 의미가 있는 것처럼 굴지만 말아요. 그렇지 않으니까. 역사는 승자들이 쓰는 거예요. 당신에게 그것까지 설명할 필욘 없겠죠. 승자들은 자기들이 세우지도 않은 공을 차지해요. 그런다고 뭘 어쩌겠어요? 늘 그래 왔는데. 옛날에, 우리가 이기고 있었을 때, 우리도 똑같이 했어요. 이제 그들이 그러고 있어요. 자기들 시각으로 역사를 쓰고 있죠. 그러지 않기를 기대하는 게 잘못이에요.」

「우리가 어떻게 했으면 좋겠어요?」

「우선 말예요? 황금시대의 꿈에 젖어 있는 시간을 줄이고 우리가 어쩌다 이렇게 뒤처지게 되었는지 이해하려고 노력하는 데 시간을 더 바쳐야죠. **그게** 문제니까. 우리는 뒤처짐과 열등함이라는 지독한 악순환에 빠져 있어요. 그러다 보니 약자가 된 기분을 느끼게 됐고요. 그렇게 여러 세대가 지났어요. 약하다 보니 분노하고 —」

「당신 말이 버나드 루이스[22]와 뭐가 다르죠?」

「버나드 루이스 이야기를 꺼내는 건 논리에 안 맞아요.」

「그는 〈문명의 충돌〉 이론으로 세상에 큰 해악을 끼쳤어요.」

「그는 우리가 분노하고 있다고 말했고 우리가 나빠 보이게 만들었죠. 그래서요? 우리가 분노하고 있지 않다고 말해야 할까요? 분노하고 있어도요? 흑인들은 이 나라에서 일상적으로 당하는 거지 같은 일들에 분노하지 않은 것처럼 가장하면서 돌아다녀야 하는 건가요? 단지 분노가 백인들에게 나쁘게 보인다는 이유만으로? 그들은 분노하고 있고 그럴 만한 충분한 이유가 있어요. 그리고 어쩌면 우리도 그렇겠죠. 그러니까 우리가 뭘 지니고 있는지 이해하려는 노력에 조금만 더 시간을 바친다면 — 버나드 루이스에 대해 불평하는 대신 말예요 — 만일 우리가 **그렇게** 한다면, 종교 행세를 하며 우리를 산 채로 잡아먹는 죽음의 숭배를 상대하지 않게 될 거예요.」

그가 이제 아주 이상한 눈으로 나를 응시했다. 그 무언의 시선은 강물 속 바위에게 눈이 있다면 그랬을 것 같은 소진되고 비인간적인 느낌을 줬다. 그러더니 별안간 그 표정이 싹 가시며 어린애 같은 미소가 그 자리를 대신했다. 우린 다시

22 Bernard Lewis(1916~2018). 런던 출신의 중동학자. 『중동의 역사』 등 많은 저서를 남겼다. 에드워드 사이드와 『오리엔탈리즘』을 두고 벌인 논쟁으로도 유명하다. 에드워드 사이드는 버나드 루이스를 일컬어 대표적 오리엔탈리스트라고 주장했고 이에 대해 버나드 루이스는 근거 없는 자의적 판단이라고 일축했다.

한편이 됐어, 나는 그가 분명 흡족한 얼굴로 술을 한 모금 마시는 걸 보며 그렇게 생각했다. 내가 ISIS를 강하게 비판함으로써 — 내 짐작으로는 — 우리가 한편임을 확실하게 밝힌 것이다. 이제 그는 내가 자신이 두려워하는 최악의 부류, 즉 무슬림의 폭력을 옹호하는 지식인이 아님을 확신하게 되었다. 그는 바텐더에게 계산서를 달라는 신호를 보냈다.

「우리가 왜 뒤처졌는지 내가 말해 줄 수 있어요.」 그가 거의 쾌활하게 느껴지는 목소리로 말했다. 나는 그가 취기가 오르기 시작한 건가 싶었다.

「뭐라고요?」

「우리가 왜 뒤처졌는지 말해 줄 수 있다고요. 사실 난 그 문제에 대해 많이 생각해 봤어요.」

「내가 하려고 했던 말은 그게 아니라—」

「우리가 왜 그렇게 됐는지 이해하려고 노력하는 데 더 많은 시간을 바쳐야 한다고 방금 말했잖아요.」

「……그야, 그렇죠.」

「그 말이 **아니었어요**?」

「아뇨, 맞아요.」

「그래서 내가 그 이유를 말해 줄 수 있다는 거잖아요.」

바로 그때 바텐더가 우리 앞에 놓인 빈 유리잔에 계산서를 넣었다. 나는 지갑을 꺼내려고 주머니에 손을 가져갔다. 리아즈가 내 손을 막고 검은색 아멕스 카드를 바에 올려놓았다. 「고마워요.」 나는 그렇게 말하면서 이제 남은 대화를 피할 방법이 없겠다고 생각했다. 「그럼 말해 줘요. 우리가 왜 뒤처졌죠?」

「기업이죠. 다름 아닌.」

「기업이라고요?」

「로마인들이 기업을 만들었죠. 기업은 주인이 죽은 후 자산이 재분배되는 일이 없도록 막아 주는 역할을 했어요. 돈이 그 자체의 중심을 갖고 불어날 시간을 갖게 해준 거죠. 우리에겐 그런 방법이 없었어요. 무슬림 상속법은 아주 분명하죠. 가장이 죽으면 아내들과 상속자들에게 재산이 분배되도록 정해져 있어요. 그걸 피해 갈 구멍이 없다 보니 사업이 창업자보다 오래 살아남을 수가 없었죠. 그리고 거래 상대가 언제 죽을지 모르니까 계약을 유지하기 위해 고인의 아내와 자식을 찾아갈 필요가 없도록 다들 단기 계약만 맺었어요. 장기적인 사업을 보호할 방도가 없으니 일회성 거래가 원칙이었죠. 그건 장기적 투자의 길이 없었다는 뜻이고.」

「우리에게 기업과 연관된 법이 없었다고요? 그건 몰랐네요.」

그는 고개를 저었다. 「1800년대 후반까지 모든 세대에서 자산의 완전 청산이 이루어졌죠. 그게 사기업에 어떤 의미인지 알겠어요? 마침내 우리가 유럽인을 모방하여 우리 나름의 기업 개념을 구축하고 나서야 바뀌게 된 거죠. 하지만 그 시점에 그들의 돈은 이미 6백 년 동안 불어나고 있었어요! 그게 **반천 년**의 누적 자본을 가진 은행과 산업 들이죠. **그래서** 우리가 뒤진 거예요. 무슬림 법이 아내와 아이들을 보살피려 했으니까! 우리가 뒤진 건 돈보다 사람에게 더 신경 썼기 때문이에요! **그런** 메시지를 알리는 게 어떻겠어요!」

나는 웃으며 대답했다. 「훌륭한 생각이네요.」

「압권은 뭔지 알아요? 그 모든 게 진실이라는 거예요. 그걸 아는 사람은 거의 없지만.」

「당신이 아직 그걸 영화로 만들 대본 작가를 구하지 않았다는 게 놀랍네요.」

「내가 왜 당신의 술값을 대신 계산했다고 생각해요?」 그가 수표에 서명하면서 웃으며 말했다.

나는 그와 함께 고담 홀로 향하면서 우리 사이의 긴장감이 가볍고 장난스러운 기분으로 바뀌었음을 느꼈다. 술기운이 우리의 농담에 윤활유가 되었고 나는 안도감 — 내가 두려워했던 대화가 결국 시도할 가치가 있었다는 — 도 들었다. 우리가 서로에게 동의했건 동의하지 않았건 그 대화는 생기가 넘쳤다. 나는 그와 함께한 그 시간이 — 그가 말한 중세 무슬림의 사업 거래처럼 — 일회성으로 끝나지 않기를 바랐다.

나는 36번가 모퉁이를 돌면서 셰이카를 발견했다. 눈에 띄지 않을 수 없는 모습이었다. 그녀가 금잔화색 로브와 검은 원뿔형 **시케** 차림의 왕족 같은 자태로 인도에 서서 주위에 우뚝 솟은 건물들을 향해 우아하게 턱을 치켜들던 모습은 영락없이 솔 벨로가 동부 아나톨리아에 대한 소설에 쓸 법한, 토착민의 삶으로 돌아간 유럽인으로 보였다. 그녀가 별안간 마치 잘 놀라는 희귀종의 새처럼 휙 돌아서서 입구로 향했다. 나는 종종걸음 치는 그녀를 가리키며 그 화려한 의상에 대해 지적

했다. 「아무래도, 그녀에게 돈을 줘야 한다는 주장을 펼치기는 어렵겠네요. 그녀가 이미 돈이 얼마나 많은지 모두가 아는 마당에.」

리아즈가 나에게 곁눈질을 보내며 묘한 웃음을 지었다. 「반쪽짜리 진실만 알고 있군요.」 그가 길모퉁이에 멈춰 서서 내게 그 사연을 들려주었다. 그녀는 2년 전 아버지가 세상을 떠나고 나서야 자신에게 유산이 상속되지 않았음을 알게 되었다. 그녀의 충격은 비단 감정적인 문제로 그치지 않았다. 그녀는 — 리아즈가 알기론 — 미국의 양대 연안을 따라 여성 셰이카가 이끄는 대여섯 개의 **다그라**를 세워 세계에서 유일하게 오직 여성 지도자로만 이루어진 지부들로 수피 조직을 만들 포부를 갖고 있었고, 자신이 받게 될 유산으로 자금을 조달할 계획을 세워 두었던 것이다. 물론, 그녀는 개인적 지출에 대해선 신경 쓸 필요가 없을 정도로 아직 돈이 많았지만, 이제 걱정에 파묻혀 살게 되었다. 그러다 보니 갈수록 감정적 혼란이 심각해지는 듯한 신호들을 보였고, 리아즈는 그녀의 정신 상태가 교단을 위태롭게 만들까 봐 불안해졌다. 어느 날 그녀는 더 이상 미룰 수 없는 두에인 스트리트 건물 보수 공사 견적 — 최소 40만 달러가 넘는 — 을 들고 그의 사무실로 찾아와서 그의 소파에 앉아 공황 발작을 일으켰다. 그는 기금 마련을 돕겠다고 했고, 그렇게 해서 갈라를 열자는 아이디어를 내게 된 것이었다.

리아즈는 이 모든 이야기를 사무적으로 전했다. 은밀히 목소리를 낮추거나 내게 가까이 몸을 기울이지도 않는 게, 뜻밖의 사실이나 대단히 놀라운 걸 밝히는 태도가 아니었다. 하지만 그건 분명 셰이카의 비밀을 누설하는 행위였고 나에게 중요한 의미를 지녔다. 나는 건물 계단을 올라가 경계가 삼엄한 고담 홀 경비원들 — 무슬림들이 떼 지어 들어와서 불안이 극에 달했을 — 앞에서 지갑과 휴대 전화를 꺼내 놓고 금속 탐지기를 통과하며 우쭐한 기분을 느꼈던 기억이 난다. 그때 이미 나는 리아즈에게 얼마나 깊이 빠져들었는지 알고 있었다. 그리고 그 또한 나에게 그랬을지도 모른다는 생각에 기분이 좋았다.

4

그 후 몇 개월 동안 리아즈를 볼 기회가 생각보다 많았다. 그의 재단에서 개최하는 행사들에 자주 초대되다 보니 주목할 만한 미국인들을 잇달아 만나게 되었는데, 그들 모두가 무슬림이었고, 그들이 하는 활동은 자기 몰입적으로 연극과 모순에 빠져 사는 나 자신이 시시할 뿐 아니라 파렴치하게까지 느껴지도록 만들었다. 그들은 세상을 바꾸고 있었다 — 보조금으로, 교도소 수감자를 돕는 일로, 동네를 변화시키면서, 번역으로, 투표 장려로, 그리고, 그래, 홍보 캠페인으로. 시리아에서 태어나 로스앤젤레스에서 자란 사미 슬레이만은 마땅히 지방 정부에서 책임져야 하는(그렇지만 실상은 거의 그렇지 못한) 안전망을 제공하는 커뮤니티 네트워크 〈하크〉를 설립하여 푸드 펜트리, 워크인 클리닉, 커뮤니티 아트 센터와 카페, 전과자와 위기 청소년을 위한 직업 상담소를 운영했다. 시카고에서 태어나 하버드 법대를 졸업한 변호사 하프사 호세인은 법적 권리를 박탈당한 무슬림 피의자들을 대신해 소송 사건 적요서를 제출하는 한편, 이슬람의 성평등을 위한 다중 언어 웹사이트를 운영했다. 백인 개종자인 조지 이크발 슌은 불안과 공포를 조장하는 미디어 산업의 행태에 염증을 느낀 전직 언론인으로 튀르키예에서 대부분의 시간을 보내며 난민 수용소 일도 하고 ISIS의 손아귀에서 서구 청년들을 국경 너머로 탈출시키는 활동도 했다. 페르시아 혈통의 프랑스 태생 만화가 자난 굴은 루미와 그의 수피교 스승 샴스와의 관계를 다룬 책의 그림 작업에 참여했고, 그 책 1권은 이미 유럽의 대여섯 개 나라에서 베스트셀러 명단에 올랐다. 오클랜드 레이더스 팀 올스타 라인배커[23]였던 카말 모스는 메카에서의 종교적 체험을 통해 모스크를 시작해야겠다는 영감을 얻은 후 NFL을 떠났으며, 지역 당국과 마찰을 빚자 고향인 캔자스시티 시의원에 출마했다. 리아즈는 특히 모스의 이야기에 감동을 받았다. 그는 모스를 축하하는 행사에서 풋볼 선수였던 모스가 자신의 공동체에 무슬림 예배당을 세웠을 뿐 아니라 그 과정에서 지방 정부를 변모시키기까지 한 영웅담을 소개하며 목이 메었다.

리아즈의 재단은 기금을 모으고 기삿거리를 만들었으며, 어쩌면 이게 제일 중요한 일이라고 할 수도 있었는데, 부와 영향력을 지닌 사람들에게 도움을 청할 구실을 마련했다. 그

23 미식축구의 포지션.

들의 마음을 잘 움직이면 그들의 지갑을 여는 것 이상의 도움을 얻을 수도 있었다. 내가 알게 된 바로는, 이런 조직은 돈과 권력에 접근할 수 있는 사람들과의 관계에 의존했고, 재단의 명시적 임무에 대해 잘 이해하고 있을 뿐 아니라 그걸 자신의 임무로 삼을 수 있는 인물로 이사회를 채우는 것이 중요했다. 내가 그 모든 걸 깨닫게 된 건 리아즈의 재단 이사회에 합류한 때였다. 나는 돈에도, 권력에도 접근할 수 없었음에도 이사로 초빙되었다. 리아즈가 농담처럼 말하기를, 내겐 퓰리처가 있지 않느냐고, 그리고 그보다 중요한 건 나의 〈다소 반골적인 성향〉 덕에 재단이 긴장을 늦추지 못하게 될 것 같다고 했다. 재단 이사 대부분이 나를 선임하는 데 동의했고 반대표는 한 표뿐이었다. 반대표를 던진 이는 아저씨처럼 친근한 이미지를 가진 사람으로 한때 이슬람학 교수였다가 이제 학장으로 재직 중이었다. 그는 대학에서 내 작품들을 가르쳐 봤지만 그의 학생들은 그 작품들 — 다양한 종류의 극단주의자로 가득하고, 마음 깊은 곳에서부터 유독한 탈식민주의적 분노로 들끓고 있으며, 지배적 서사 구조에 양보하느라 타협적이된 — 에서 생산적 의미를 찾지 못했다. 그가 투표 때 주장하고 내가 처음 이사회에 참석한 날 휴식 시간에 나에게 설명한 바에 따르면 — 그의 고상한 케임브리지풍 신중함이 그 문제에 대한 격한 감정으로 인해 시험에 들었다 — 학생들에게 나의 글을 읽히는 건 이슬람에 대한 상상 가능한 모든 부정적 인상에 활력을 불어넣는 일이라는 것이었다. 그는 내 글이 문학이 아니라 예술의 탈을 쓴, 감정에 북받친 수사적 전달 장

치이자, 반(反)무슬림적 폭로로서, 리아즈의 재단이 우선적
으로 퇴치하려고 애쓰는 파괴적 수사들에 기여하는 합리적
논증이라는 기만적인 환상에 해당한다고 주장했다. 그러면
서 나를 재단 이사회에 받아들이는 건 한마디로 수치라고 했
다 — 그러나 자신이 이사회를 떠날 만큼 큰 수치는 아닌 게
분명했다. 나는 그의 비난을 침착하게 받아들였다. 그의 의
견에 고맙다고 인사하며 신경 쓰지 않는 척하는 것 말고 달리
무얼 한단 말인가?

리아즈의 이사회에 합류한 나는 글로만 읽었던 세계를 접
하게 되었다. 그는 나를 고속 승진시켜 집행 위원회에 넣어
주더니 그다음엔 심복으로 만들었다. 나는 국무부에서 힐러
리 클린턴을 만났다. 앨리스 워터스가 셰 파니스 레스토랑에
서 연 자선 만찬에서 일론 머스크 옆자리에 앉았다. 모스 데
프가 포함된 그룹과 함께 뮤지컬 「해밀턴」 공연이 끝난 후 무
대 뒤를 찾아갔다. 아이다호에서 파리드 자카리아와 플라잉
낚시를 하고, 페블비치에서 닐 카시카리와 골프를 쳤다. 일
등석을 타고 베네치아로 날아가 리아즈와 사흘간 리도섬에
머물면서 비엔날레를 위해 무슬림 예술가들과 회의를 했고,
그다음엔 아부다비에서 사흘 동안 이슬람 소액 금융 관련 컨
퍼런스에 참석했다. 그리고 일주일 뒤, 우리는 체첸 공화국
의 박해받는 이슬람 동성애자들을 돕기 위해 프랑크푸르트
에서 갈라를 열어 50만 유로 이상을 모았다. 시카고에서는
알리니아 레스토랑에서 잔느 갱, 존 말코비치와 식사를 했다.
런던에서는 인도 요리 전문점 처트니 메리에서 하원 의원과

사모사를 먹었다. 로마의 아메리칸 아카데미에서는 돈 드릴로가 내 수프에 키안티 포도주를 쏟았다.

나는 그런 고급스러운 장소들을 순회하며 특권 계급의 명예 회원으로 보이게 되었다(나도 스스로를 그렇게 보았고). 초청이 밀려들었다. 와이오밍과 마파에 있는 아티스트 레지던시, 그리고 로테르담 영화제와 오슬로의 연극상 심사 위원으로 초빙되기도 했다. 〈중동〉의 젊은 작가들을 위한 기금 분배를 감독해 달라는 청도 받았다. 선댄스 영화제에서는 다층 스위트룸을 제공했고, 뮌헨에서는 동화왕[24]을 위해 지은 빌라에 묵었다. 어느 날 밤 블루 힐 앳 스톤 반스 레스토랑에서 열린 기금 마련 만찬에서 나는 공사 소음이 심한 뉴욕 아파트에서 작업해야 하는 것을 불평하고 있었다. 한 이탈리아인 사업가 부부가 우연히 그 말을 듣고 디저트가 끝난 후 내게 다가와 코모호수에 있는 그들의 아주 조용한 여름 별장을 쓰라고 권유했다. 자신들은 7월에 아시아의 스텝 지대를 여행할 계획이라 그 별장이 빌 거라는 것이었다. 부인이 내게 그 별장 이웃이 조지 클루니와 아말 클루니라고 — 그들이 그곳에서 여름을 보낼지는 모르겠지만 — 귀띔했다.

나는 그곳으로 갔다. 하지만 쓰고 있던 희곡을 마무리하진 못했다. 클루니 부부의 손님들과 농구를 하고 아페롤스프리츠를 마시느라 바빴던 것이다.

나는 마르히펠트에서의 아스파라거스 철을 즐기고, 푸아그라와 함께 소테른 포도주를 마시는 것에 익숙해져 갔다. 그

24 바이에른의 왕 루트비히 2세의 별명.

리고 얼마 지나지 않아 — 리아즈의 관심 끌기용 도구 노릇을 한 지 8개월 만에 — 자신을 현대판 생시몽[25]이나 새뮤얼 피프스[26]로 여기게 되었다. 나는 내가 먹은 음식, 내가 묵은 호텔에 대해 상세히 기록했다. 나의 몰스킨 다이어리는 부자와 권력자에 대한 간단한 묘사로 가득했다. 그들의 크레이프 드 신[27] 드레스, 이탈리아제 울 블레이저, 파이앙스 도자기와 주름 제거 수술에 대한 집착, 술에 취한 나른한 혀, 향수 냄새 아래 노화의 악취, 오르되브르와 칵테일을 들고 분주히 돌아다니는 웨이트리스들, 전용기, 여름 별장, 겨울 별장, 그리고 어딜 가나 들리는 예술 작품에 대한 불평 — 그들은 예술을 이해하지도 못하고 좋아하지도 않았지만 내가 평생 가도 못 벌 거액을 정기적으로 예술에 투자하고 있었다. 나는 신흥 귀족의 화려한 카탈로그를 만들며 그들의 색다른 풍모를 간략하게 정리하고 인간의 출세주의가 남긴 영원히 지워지지 않는 얼룩을 고발하고 있다고 생각했다. 하지만 내 일기의 실상은 그렇지 못했다. 내 일기는 어리석고 자기 본위적이었으며, 빤한 비판과 감상적 언어로 가득했다. 무엇보다도 최악은 내가 여자들에게 돼지같이 군 것이었다 — 이 일이 나에 대한 독자의 시각에 지나친 악영향을 미치진 않기를 희망하지만 설령 그렇게 된다고 해도 충분히 이해할 수 있다. 극장에서 리아즈의 첫 방문 여파로 발생한 줄리아와의 에피소드 — 부

---

25 프랑스의 귀족 출신 사상가로 산업가들이 이끄는 사회주의적 유토피아를 꿈꾼 공상적 사회주의자.

26 영국 왕정복고 시대 궁정의 분위기와 풍속을 기록한 『일기Diary』의 저자.

27 얇은 비단 크레이프.

에의 근접이 최음제 노릇을 할 수 있고 나의 인종 차별적 성욕이 끝 모를 깊이를 지니고 있음을 보여 주는 실례라고 할 수 있는— 가 아직도 나의 뇌리를 떠나지 않고 있었는데, 기이하게도 나는 그것의 가장 경이로웠던 면, 우리 둘 다를 품어 안았던 그 포용적이고 자기 현시적인 쾌락을 갈망하진 않았다. 그 근본적인 호혜성은 내게 효력을 다한 듯했다. 그 대신 나는 인정하고 싶지 않을 정도로 많은 여자들에게 거짓 흥미와 친밀감을 보이며 마음 없는 평범한 섹스를 제공했다. 그저 심드렁했던 듯하다. 그도 그럴 것이 별다른 노력 없이도 얼마든지 섹스를 즐길 수 있었다.

조지 몽비오의 말을 빌리자면, 나는 신자유주의의 신하, 재단의 비영리 문장(紋章)을 달고 지배 계급을 열망하는 하위 계급, 인권이라는 양도할 수 없는 권리와 계몽된 분노뿐 아니라 자유(섹스와 돈 모두에서) 그 자체까지 옹호하는 절충적이고 모범적인 수호자, 이 시대의 이른바 진보적 이념 전쟁 전선에 나선 열성적 신병이었다. 나는 이런 자화자찬 형태의 자격에 정신없이 취해 있다가 돌연하고 잔혹하게 깨어났다. 사적이고 공적인 불행들— 손바닥에 작은 동전 모양 발진이 생기고, 어머니가 세상을 떠나고, 도널드 트럼프가 당선되는— 이 쌓이면서 자애로운 특권을 누리고 싶어 하는 미망에서 벗어난 것이다. 나는 이 도덕적 비전이라고 일컬어지는 것의 파탄 상태에 눈 뜨는 데 너무 오랜 시간이 걸린 것이 부끄럽다. 그 전까지 나는 쉽게 영향을 받고, 과오가 있으며, 자발적이고 열성적인 옹호자였다. 멋진 삶에 대한 그 비전이 정말 좋아 보였다. 나는 정치적으로 계몽된 후기 자본주의의 개인주의를 신봉했다. 오바마를 사랑했고, 세르게이 브린을 만났을 때는 경외감에 입이 얼어붙었다. 그누가 나를 비난할 수 있겠는가? 세상이 나를 위해, 아니, 그누구를 위해서든, 그 이상의, 그보다 나은 어떤 걸 제공한단말인가?

나는 그 세계관에서 나가떨어지기 전에 그 어느 때보다 돈생각을 많이 했다. 내 삶의 토대가 자본이라는 걸 알고 있었으니까. 그리고 내게 돈이 없다는 걸 알고 있었으니까. 리아즈가 나를 그 마를 줄 모르는 돈의 강물에 얼마나 더 떠다니게 해줄까? 알 수 없는 일이었다. 물론 그에겐 돈이 문제가 안되었으나 나는 임박한 재난의 징조를 볼 수 있었다. 그는 나의 후광을 이용해 사람들에게 자신이 원하는 인상을 심어 주기 위해 나를 곁에 둔 것이었는데, 그 후광은 결국 빛을 잃게될 터였다. 사람들은 나의 저렴한 말과 약삭빠른 정치적 도발에 싫증을 낼 터였다. 나는 총애를 잃게 될 것이고, 그건 할렘의 좁고 어두운 방 한 칸짜리 아파트로 돌아가 내 상상력 —그리고 아이폰 — 을 유일한 오락거리로 삼아 비루하게 살아가는 걸 의미했다. 내가 나 자신 이외의 사람들에게 아무 가치도 없으리라는 부단한 두려움과 걱정을 떨쳐 낼 수 있도록해주는 화려한 풍경도 더 이상 없을 터였다. 무신경하게 말하자면, 나는 주로 지하철 2호선을 타고 돌아다니는 그런 삶을살고 싶지 않았다. 솔직히 이제 지하철을 경멸했다 — 그 끼이익 소리, 무례하고 냄새 나는 군중, 나의 일상적인 여정에 중요한 영향을 미치는 미리 정해진 정차 역들. 리아즈와 다닐 때는 에밀리가 이야기한 그 밤에 그녀를 완전히 매혹시킨 매끈한 검정색 메르세데스 리무진을 이용했다. 나는 차가 도시의 인파와 북새통을 헤치고 미끄러지듯 달려 우리를 목적지 문 앞까지 실어다 주는 동안 그 바퀴 달린 조용한 고립지에서 에밀리와 똑같은 기분을 느꼈다. 우리가 걸었다면 그건 걷고 싶어서였다! 나는 나 자신이 결코 그런 돈을 갖지 못하리라는 걸 알았으나 ― 그전부터 항상 알고 있었으나 ― 내 은행 계좌에 남아 있는 푼돈이 충분치 않다는 것도 알았다. 돈이 더 필요했다. 훨씬 더 많이. 친구 다니엘 라민의 사례가 몇 년 동안 뇌리를 떠나지 않았다. 다니엘은 나의 대학 동창생 중에서 가장 뛰어난 재능의 소유자라고 할 수 있었다. 버몬트에서 브레드 앤 퍼펫 극단과 함께 연극 예술가로 일하다가 브루클린에서 자신의 극단을 조직하였으며, 통찰력 있는 디자이너이자 감독으로 매력적인 작품들을 만들어 퍼블릭 극장에 올리고, 아비뇽과 잘츠부르크에도 초대되었다. 비평가들은 그의 독보적인 목소리에 찬사를 보내며 타데우시 칸토르의 신세계 후예라고 불렀다. 그런 그가 성인기의 대부분을 의료 보험 없이 보냈다. 그는 결혼해서 아이까지 낳았다. 임신은 메디케이드[28] 적용을 받았고 새로 꾸린 가정도 마찬가지였지만, 그건 일시적이었다. 다니엘은 희귀 혈액병 진단을 받았고, 그 후의 이야기는 독자들도 아마 짐작이 될 것이다. 그 엔트로피적 결말은 미국인의 삶에서 사과파이만큼 중요한 요

28 미국의 저소득층 의료 보험.

소가 되었으니까. 크라우드 소싱을 활용한 온라인 모금으로 급한 불은 끌 수 있었지만 그다음이 문제였다. 치료비가 많이 들었다 — 약값만 수십만 달러에 달했다. 그래도 부모님이 돈을 마련해 준 덕에 그는 살아남았다. 하지만 극단은 살아남지 못했다. 가정도 깨졌다. 내가 마지막으로 들은 소식은, 그가 고향 노스캐롤라이나로 돌아가 스타벅스에서 일한다는 것이었다. 최소한 그 일자리 덕에 보험 혜택은 받을 수 있었다. 한 세대에 한 명 나올까 말까 한 인재가 그렇게 된 것이다. 잠깐 짬을 내어 들른 바쁜 부동산 중개인들을 위해 더블 숏 엑스트라 웻 라테를 만들며 살게 된 것이다.

다니엘은 내가 목격한 재능의 논리와 미국 사회의 배신 — 약자를 저버리고 불행을 돈벌이로 삼는 — 사이에 낀 수많은 희생자 중 한 사람에 불과했다. 이 나라에서는 엄청나게 많은 현금과 특별한 행운 없이는 진짜로 번영할 수 없음을 뇌사 상태가 아니고는 모를 수 없었다. 나는 후자의 수혜자로서 전자의 뒷받침 없이 얼마나 오래 버틸 수 있을지 걱정이 끊이지 않았다. 리아즈와 어울리면서 — (말하자면) 우리의 위대한 나라에서 유일한 **멋진 삶**의 실체를 처음 접하면서 — 나의 돈 걱정은 단지 예방적인 차원에 머물지 않고 궁핍한 시기에 대한 다양한 형태의 불안으로 바뀌었다. 아니, 그동안 몰랐던 걸 그제야 깨달았다고 해야 더 정확하다. 거기 진정한 **자유**가 있었다. 거액의 돈은 21세기 미국 하류층과 중류층이 계약 노예 신세에서 해방되는 유일한 길이었다.

뭐? 예술가? 지금 농담해? 네가 그래 놓고 정확히 **뭘** 기대한 거야?

계약 노예. 내가 리아즈를 통해 얻은 결론을 한마디로 표현하면 그것이었다. 우리는 그가 **시스템**이라고 부르는 것 안에서 번영을 누리려면 어떻게 해야 하는지에 대해 자주 긴 이야기를 나누었다. 사회적 병폐에 대한 진단을 내리고 최근 통계 수치를 들먹이며 동료 남성과 여성, 개의 더 나은 미래를 모색하는 사람이 리아즈만은 아니었으나, 그게 부유한 계급이 즐기는 여흥이었으나, 리아즈는 유독 더 깊이 파고들었다. 그는 시스템이 완전한 진화에 이르렀다고 여겼는데, 그건 최적화된 효과와 효율을 지니게 되었다는 뜻이었다. 시스템의 전문 분야는 빚의 제조였고, 빚은 자본의 위대한 조력자인 동시에 방대한 무리를 이룬 하류층과 중류층(그리고 청년들)을 바로 그 **계약 노예**로 만들어 돈의 성장 과정에 끌어들이는 가장 확실한 수단이었다. 이제 성장하는 건 공동체나 경제가 아닌 자본 자체이며, 빚은 수단이자 지배적 문화 논리이기도 했다. 빚은 사회적 현실을 규정하고 현대적 인간의 삶 — 주거, 보건, 교육, 자손의 미래 전망, 그리고 이제 (가장 중심이 되는) 지식의 알짜를 이루는 장치들에의 접근성 — 을 결정짓는 선택들을 보호하고 인도했다. 물론 빚은 언제나 대중을 구속하는 방법이었다고 리아즈는 설명했다. 나는 그의 입을 통해 처음으로 그 유명한 존 애덤스의 등식을 들었다. 「국가를 정복하고 예속화시키는 두 가지 방법이 있다. 하나는 검에 의한 것, 나머지 하나는 빚에 의한 것이다.」 하지만 이제 달라진

게 있었다. 레이건의 출현과 밀켄[29]의 혁신으로 대중 약탈이
이제 우리 세계 경제의 근간이 되었다. 리아즈의 믿음에 따르
면, 현재 세계적으로 커져 가는 분노의 물결은 이민과는 무관
하고 빚이 창조해 낸 시스템, 그 피할 수 없는 불균형하고 초
국가적인 힘 때문이었다. 이제 우리 시대의 진정한 정치 질서
는 대표자도 투표도 없고, 그 욕망의 속도나 파괴적 방향에
관여하지도 않는 기업 시스템뿐이었고, 사람들은 그 유일한
시스템의 유지를 위해 월 부채 상환금과 구독료의 형태로 돈
을 대고 있었다. 이 시스템의 일부가 되지 못하면 먹잇감으로
전락할 수밖에 없었다. 그런 사람들의 삶을 갈아 넣어 고정
월 지불금 포트폴리오 — 자동차나 대학 등록금에서부터 스
트리밍 서비스, 당일 배송에 이르기까지 — 가 만들어지고,
그로 인한 수익은 오로지 우리의 진짜 주인인 나날이 불어나
는 돈더미에게만 돌아갔다. 리아즈는 사람들이 그 모든 걸 느
끼면서도 진실을 알지는 못한다며 시스템이 그처럼 교묘히
진실을 감출 수 있다는 건 그 천재성뿐 아니라 성숙함의 증거
이기도 하다고 말했다(2008년에 붕괴 직전까지 갔던 시스템
자체의 위기도 결국 그 확대일로의 세력을 강화시켰을 뿐이라
는 게 그의 설명이었다).

만일 그의 발언이 도덕적인 인상을 줬다면 그건 그가 변화
의 필요성을 믿었기 때문은 아니었다. 그는 그런 변화는 불가

---

29 Michael Milken(1946~).미국의 투자가이자 자선 사업가로 정크 본드
의 왕으로 불림. 정크 본드란 신용 등급이 낮은 기업이 발행하는 고위험·고수익
채권. 정크junk란 〈쓰레기〉를 뜻하는 말로 직역하면 〈쓰레기 같은 채권〉이다.

능하다고 확신했다. 그는 〈진짜 성공하려면〉 모두가 직면한 문제를 알아야만 한다며, 세상의 실체를 명확하게 보지 못하는 건 변명의 여지가 없는 잘못이라고 말하곤 했다. 그 시절에 나는 그가 어떤 성공을 원하는지 안다고 생각했고 소소하게나마 그에게 도움을 주고 있다고 여겼다. 사실 나는 그가 원하는 성공의 본질을 리아즈 자신보다 잘 파악하고 있고, 그의 자선 활동은 억만장자를 향한 질주를 숨기기 위한 위장—심리적으로나 다른 면에서나—이라고 생각했다. 그리고 일단 목표를 이루면 그는 마침내 구원받은 기분을, 마침내 미국인이 생각하는 최고가 된 기분을, 그리하여 마침내 이 나라에 속한 기분을 느끼게 되리라 생각했다.

하지만 결국 그건 나 자신의 투영에 불과했다. 나는 그의 진짜 목적을 전혀 모르고 있었다.

그리고 내 돈이 불어난 걸 본 후에야 진실과 마주하게 되었다.

5

어머니가 2015년 5월에 세상을 떠나면서 내게 30만 달러를 남겨 주었다. 그런 경우 사람들이 대개 그러하듯 나도 자산 관리사에게 수수료를 주고 주식 시장에 투자하도록 돈을 맡겼다. 내가 보유한 회사들 주가는 내려갔다가 올라갔다가 다시 내려갔고, 조마조마한—내가 어울리는 사람들은 또다시 금융 위기가 닥칠 거라는 이야기뿐이었으니까—몇 개월

이 지난 후 나의 순이익은 14달러였다. 리아즈가 내 돈을 대신 투자해 주겠다고 제안했다. 우리는 그의 집 주방에서 술을 마시고 있었다. 그가 천문학적인 돈을 주고 산 최고급 일본 위스키였다. 얼음 대신 화강암으로 차게 식힌 그 술은 청량감을 주는 모순되는 맛 — 진하면서도 산뜻하고 그윽하면서도 선명한 — 의 향연이었으며, 내가 그와 보낸 시간들도 그러했다.[30] 나는 술을 한 모금 마시고 경이감에 젖었고, 경이감에

30 내가 이 책에서 리아즈 본인에 대한 묘사보다는 그와 함께한 시간에 누린 온갖 호사를 자세히 설명하는 데 치중하게 된 데는 나름의 이유가 있다. 나는 그와의 시간이 그로 인해 즐기게 된 무수한 특혜에 대한 강렬한 기쁨을 넘어 대단히 많은 것을 포괄했는지에 대해선 잘 모르겠다. 어쩌면 단조롭고 추상적인 묘사 — 미학적, 물질적 경이가 간간이 섞인 — 가 그를 둘러싼 나의 실제 체험 대부분의 진실에 더 가까울 수도 있다. 그는 나에게 한 사람의 인간이라기보다는 하나의 관념, 대상, 보호자, 실현의 조달자, 지난한 목표에 이르기 위한 수단이었으며 적어도 지난한 목표에 이르기 위한 수단이라는 점에 있어선 상호적이지 않았을까 한다. 물론, 나는 거의 광물적이라고 할 수 있는 그의 태도 아래 숨겨진 근본적인 다정함을 전달해 줄 수 있는, 인간적이고 따뜻한 에피소드들을 빼먹고 있다. 그의 애처로울 정도로 약한 모습을 볼 수 있었던 순간들 — 예를 들면, 그의 으리으리한 소굴에서 밤새 마약과 코스튬 입은 난쟁이들이 득실거리고, 뉴욕의 빛의 거인 둘이 벵가지 사건과 클린턴의 이메일을 두고 장시간 설전을 벌인 파티 — 가 벌어진 다음 날 아침, 그의 침실로 걸어 들어간 나는 그가 양옆에 페니스 하나씩을 거느리고 엎드려 있는 광경을 발견했다. 나는 이미 오래전에 리아즈가 동성애자라는 결론을 내린 상태였고 — 그가 여자와 데이트하는 걸 본 적이 없는 데다 그날 아침 그의 양옆에 있던 두 남자 같은 건강한 청년에게 그의 눈길이 머무는 걸 자주 목격했으니까 — 그가 막대한 부와 진보적인 사고방식을 갖고 있으면서도 동성애에 대한 무슬림의 강력하고 뿌리 깊은 수치심에서 헤어나지 못하는 것 같은 인상을 받았다. 그로부터 얼마간 그는 내가 그때까지 본 적이 없고 그 이후에도 보지 못할 약한 모습을 보였다. 그의 확고한 중심이 물러졌고, 진짜 친구를 갖고 싶어 하는 욕망이 드러났다 — 내가 보기엔 그랬다. 그해 US 오픈 첫 주에 우리는 이틀 동안 경기장 안을 돌아다니며 핫도그도 먹고 맥주도 마시고 특별석을 드나들었다. 그는 초등학교 4학년 때 남자애에게 처음 반했는데 그 아이가 아직도 꿈에 나온다고 말했다. 자신의 누나도 아마 동성애

244

젖은 채로 또 한 모금 마셨다. 리아즈는 생각에 잠긴 얼굴로 전면 창 너머 이스트강 위로 저물어 가는 해와 어둑한 빛이 밝혀진 강 건너 아스토리아의 나지막한 공장 지대를 바라보고 있었다. 그가 사우스브롱크스 지역 월세가 오르고 있다고 말했다. 나는 투자할 돈이 있다고 말했다.

「얼마나 돼요?」 그가 물었다.

나는 말하기 부끄러웠지만 그래도 말했다. 놀랍게도 그는 감동했다. 그는 나의 어머니가 파키스탄에서 의사 수련을 받았지만 미국에서 의사로 일한 기간은 아주 짧다는 걸 알고 있었다. 어머니가 그 정도의 돈을 모아서 내게 남겼다는 건 결코 대수롭지 않은 일이 아니었다. 「밀워키에 있는 우리 지역 모스크에도 3백 달러를 남기셨죠.」 내가 덧붙였다.

모스크 얘기가 나오자 그가 눈을 반짝이며 그 모스크를 누가 언제 만들었는지 물었다. 나는 누가 만들었는지는 정확히 모르지만 생긴 때는 1970년대 후반이라고 대답했다. 그리고 여러 민족 — 알바니아인, 아랍인, 힌두스탄 무슬림 — 이 기

자였을 거라고, 그래서 자살한 것 같다고도 했다. 그 이틀 동안 그는 완전히 딴 사람이 되어 가볍고 유연한 모습을 보였으며, 나에게 곁눈질과 미소로 관심을 — 심지어 내가 필요하다는 뜻까지 — 전할 수 있었다. 그러더니 별안간 태도가 싹 바뀌었다. 나의 의중을 떠보는 데 이틀이나 시간이 걸린 걸까? 내가 같은 무슬림으로서 그를 있는 그대로의 모습으로 기꺼이 받아들여 줄 거라는 확신을 얻는 데? 아니면 나 아닌 다른 사람을 노리고 있었던 걸까? 나는 혹시 그가 줄곧 나를 성적 관심의 대상으로 보았던 건 아닌지, 내가 그보다 더 철저히 성 정체성을 숨기고 있는 동성애자일 거라고 생각했던 건 아닌지 궁금했다. 그가 어떤 이유에서 잠시나마 매력 발산의 가능성을 보여 주었는지는 몰라도, 노동절 주말쯤엔 그런 모습이 온데간데없이 사라지고 눈부신 도자기 같은 불가해함이 느껴졌다……—원주.

금을 모아 모스크를 만든 것, 나중에 주도권 문제로 갈등이 빚어진 것에 대해 기억나는 대로 들려주었다.

「지자체와의 절차는 어땠어요?」

「그게 무슨 뜻이죠?」

「행정적인 절차 말이에요. 그것과 관련된 어려움은 없었어요? 그러니까, 모스크라는 이유로.」그답지 않게 첨예한 관심을 보였다.

「모르겠어요. 그런 얘긴 못 들었어요. 911 훨씬 전 일이니까. 당시 위스콘신 사람들은 모스크가 뭔지도 몰랐을걸요.」

「내가 자란 곳 사람들은 알았죠.」그가 별안간 생생한 분노를 드러내며 말했다. 「그리고 아주 못된 짓을 했어요.」그는 말을 끊고 벌떡 일어나 주방 카운터로 걸어가더니, 크고 둥근 자주색과 분홍색 혹 모양 꽃이 가득 꽂힌 크리스털 화병 옆에 섰다. 리아즈는 그 꽃 — 그걸 그렇게 부를 수 있다면 — 을 좋아해서 늘 집 안 곳곳에 꽂아 두었다. 나는 그 꽃에 매력을 못 느꼈다. 향기도 없고 특별히 예쁘지도 않은 데다, 조심하지 않으면 줄기와 꽃의 가시에 찔려 피가 날 수도 있었다. 그는 술잔을 내려놓고 조심스럽게 손을 뻗어 화병의 꽃을 정돈했다.

「그런데 그게 무슨 꽃이에요? 여기 올 때마다 보는데.」

「엉겅퀴.」그가 말했다. 「우리 어머니가 라왈핀디에서 자랄 때 집 뒤에 엉겅퀴밭이 있었대요. 어머닌 어느 해 여름에 포코노스에서 엉겅퀴를 보고 금이라도 발견한 것처럼 기뻐하셨죠. 어머닌 엉겅퀴를 한 자루 가득 따다가 펜실베이니아에 있는 우리 집 뒷마당에 심었어요. 엉겅퀴는 첫 여름에 박하처럼 정원을 뒤덮었죠. 독종이에요.」

「그렇게 보이네요.」

「생명력이 넘쳐요. 엉겅퀴가 마당에 번지기 시작하면 죽일 수가 없죠. 뉴욕에서 엉겅퀴를 취급하는 꽃 가게는 하나뿐이에요. 거기서 엉겅퀴를 취급하는 유일한 이유는 내가 매주 백 송이 넘게 배달시키기 때문이고요. 돈이 좋은 게 그런 거죠.」

「아무 때나 당신의 이스트엔드 애비뉴 집으로 엉겅퀴를 무한정 배달시킬 수 있는 거요.」

그는 미소로 응답했지만 그 미소는 심란한 생각과 싸우고 있는 것처럼 엷었다. 그는 의자로 돌아와서 먼저 자신의 잔에, 그다음엔 내 잔에 위스키를 더 따른 후 자신의 의자 옆 바닥에 술병을 내려놓고 이야기 하나를 들려주었다. 나중에 내가 그의 모든 중요한 결정의 의미를 파악할 수 있게 해준 그 이야기는 그의 아버지가 모스크를 — 처음엔 펜실베이니아 윌크스배러에서, 그다음엔 그 위 스크랜턴에서 — 만들기 위해 애쓴 일에 대한 것이었다. 그의 아버지 아프타브는 파키스탄에서는 특별히 신앙심이 깊진 않았었다 — 그 시절의 그를 알던 사람들에게 리아즈가 들은 바로는 그랬다. 그런데 미국에 와서 모든 게 바뀌었다. 리아즈가 보기에 향수병에 걸린 아프타브에게 종교는 고국을 대신하게 되었고, 그 결과 그는 단식과 기도를 빼먹지 않는 독실한 무슬림이 되었다.

당시엔 무슬림이 금요일마다 모여 기도를 올리거나, 아이들을 데려가 쿠란을 배우게 하거나, 다른 신도들과 함께 이슬람의 가르침을 실천할 곳이 없었다. 래커워너밸리의 무슬림 인구가 불어나면서 — 그것도 빠르게 — 아프타브는 모스크를 열어야 한다는 생각에 집착하게 되었다. 그는 성직자가 아니었기에 혼자 그 일을 할 수 있을 것 같지가 않았지만, 이집트에서 건너와 식료품점을 하는 알라 알리가 카이로의 알아자르 대학에 다녔다고 했다. 아프타브는 알라 알리에게 접근했고, 두 사람은 일을 도모해 보기로 했다.

월크스배러의 메인 스트리트에, 그들 둘 다 머리를 깎으러 다니는 이발소에서 멀지 않은 곳에 빈 점포가 하나 있었다. 두 사람은 그곳이 작은 모스크를 만들기에 안성맞춤이라고 생각했다. 그들은 어느 토요일 아침에 그곳을 지나다가 창문에 전화번호가 붙어 있는 걸 보았다. 아프타브는 집으로 돌아가서 그 번호로 전화를 걸었다. 그리고 그 주가 끝나기 전에 임대 계약금을 걸었다.

상공 회의소에서 빈 점포에 모스크가 들어온다는 소문이 새어 나왔고, 이웃 상인들이 그걸 막기 위해 시의회를 찾아갔다. 하지만 아프타브와 알라 알리가 승리하여, 그로부터 두 달도 안 되어 적당한 개조 공사 후 모스크 문을 열었다 — 그리고 처음부터 문제가 생겼다. 1979년 이른 가을이었다. 테헤란에는 더 이상 국왕이 존재하지 않았고, 호메이니가 그동안 미국이 이란에게 저질러 온 행위들에 대해 맹렬히 규탄하고 있었다. 그다음에 이란 인질 사태가 발생했다. 11월의 그 첫 주에 모스크 앞문에 스프레이 페인트로 은색 십자가들이 그려졌고, 그 후 얼마 지나지 않아 누군가 유리창을 깨고 현관에 돼지머리를 던졌다. 리아즈는 아버지를 도와 타일 사이 줄눈에서 핏자국을 지우던 일을 기억했다. 결국 핏자국이 지워지지 않아서 현관에 타일을 새로 깔아야 했다.

경찰에 신고했지만 아무 조처도 없었다. 그 지역 보안관은 미스터 클린[31]처럼 생긴 사람으로, 자신이 무슬림에 대해 어떤 생각을 갖고 있는지 인지하고 있었다. 즉, 그는 무슬림이 원래 살던 데로 돌아가야 한다고 생각했으며, 아프타브가 수사 진행 상황을 알아보러 찾아갔을 때 그의 면전에 대고 그렇게 말했다. 그해 라마단 마지막 날, 새 모스크에 신도들이 너무 많이 모여들어서 그들을 실내에 모두 수용할 수가 없었다. 그래서 신도들이 인도와 잔디밭으로 쏟아져 나와 다 같이 땅에 엎드려 아랍어 쿠란 구절을 암송했고, 그날 메인 스트리트의 많은 구경꾼들이 그 광경에 경악을 금치 못했다. 기도가 진행되는 중에 부하들을 거느리고 나타난 보안관 미스터 클린이 땅에 엎드려 있는 무슬림들에게 호통을 치며 그들을 거칠게 잡아당겨 일으켰다. 당시 열두 살이었던 리아즈는 아버지가 경찰차에 내던져지고 수갑이 채워지는 걸 보았다.

1년간의 괴롭힘이 시작되었고, 그 절정은 당시 열네 살이었던 리아즈의 누나가 자살 기도 끝에 병원 중환자실로 실려가자 앞서 말한 보안관이 리아즈의 아버지를 찾아온 사건으로 장식되었다. 그 보안관은 독일에서 일어난 무슬림 명예 살인 관련 「나이트라인」 방송을 보고 무슬림 소녀의 자살 기도에 사춘기의 고뇌를 넘어선 다른 이유가 있다고 확신한 듯했

31 프록터 앤드 갬블 회사의 세정제 브랜드 마스코트.

다. 그가 병원 복도에서 아프타브를 불러 세우더니 자녀들을 얼마나 자주 때리는지 물었다. 그 에피소드는 결국 치욕의 임계치를 넘기는 사건이 된다. 아프타브는 윌크스배러 모스크에서 맡고 있던 직책을 내려놓았고, 모스크는 문을 닫았다.

당시 아프타브는 스크랜턴에서 일하고 있었다. 금리가 떨어지면서 정크 본드 광풍이 시작되었다. 저리로 빌린 자금이 두둑해진 젊은 금융가들이 기업들을 마구 사들여 토막 내서 되팔아 수익을 챙겼다. 아프타브가 작업 감독을 맡고 있던 유리 제조업체도 이러한 독이 든 시대의 운명에 굴복한 무수한 기업 가운데 하나였다. 몇 개월 동안 실직 걱정에 시달리던 아프타브는 경비 절감 대책에 협조하면 관리자들이 자신을 자르지 않을 것임을 깨닫게 되었다. 아프타브가 참여한 공장 효율성 개선책은 85명의 해고로 이어졌고, 이제 그의 가족 전체가 그 지역에서 따돌림을 당할 이유가 이슬람이라는 종교 말고도 하나 더 생겼다.

이 모든 일이 벌어지는 동안, 아프타브는 스크랜턴에 새 모스크를 열 계획을 품고 있었다. 그는 도시 북쪽 지역에서 사람들의 관심을 덜 끌 만한 작은 건물을 발견했다. 그는 무슬림 공동체를 통해 계약금을 모금한 뒤 건물 부지에 모스크를 들이기 위한 토지 사용 허가의 승인을 기다리고 있었다. 아래쪽 윌크스배러에서 이미 말썽이 있었던 터라, 스크랜턴 시의회에서는 그 문제에 각별한 주의를 기울였다. 설상가상으로, 아프타브의 메모로 인해 일자리를 잃은 유리 공장 해고 노동자들이 공청회장에 난입하여 소동을 피웠다. 그들은 이란을 성토하는 구호를 외치며 야유를 보냈는데, 물론 이란은 그 문제와 아무 관계도 없었다. 심지어 아프타브는 이란 출신도 아니었고, 그는 자신이 발언할 차례가 되자 그것에 대해 설명했다. 하지만 유리 공장에서 해고된 자매를 둔 시의원 한 사람이 공청회 중단 표결을 요청했다. 결국 아프타브의 허가 신청은 몇 개월 동안 표류하면서 승인도, 거부도 받지 못했다.

1983년 초부터 리아즈의 가족에게 불행이 잇달았다. 국가 경제는 마침내 오일 쇼크에서 벗어났지만, 래카와나 글래스 워크스의 새 주인들은 그 회사를 인수하면서 진 빚 때문에 파산 위기에 처했다. 회사를 조각조각 나누어 팔 때가 된 것이다. 공장이 문을 닫았고 모두가 일자리를 잃었다 ─ 아프타브도. 그로부터 몇 주 후, 리아즈의 누나가 다시 자살을 기도했는데 이번엔 성공했다. 아프타브는 완전히 무너졌다. 그는 아내와 함께 집을 팔고 애리조나에 정착해서 사는 친척들 곁으로 갔다. 리아즈의 부모는 친척들 덕에 힘을 얻긴 했지만 둘 다 슬픔에서 완전히 헤어나진 못했다.

나는 리아즈 역시 마찬가지였으리라 생각했다.

이스트강은 완전히 밤의 어둠에 잠기고, 아스토리아강 변 지대를 따라 불빛이 드문드문 평온하게 반짝거렸다. 리아즈가 일어나서 병에 남은 숭고한 위스키를 우리 두 사람의 잔에 모두 따랐다. 그가 이야기하는 동안 줄곧 나는 그의 눈에서 분노가 점점 더 강하고 확고하게 번쩍이는 걸 지켜보았다. 분노가 백열광처럼 활활 타오르며 근원적인 불쏘시개를 깡그리 태워 없앤 후의 그는 강렬한 마젠타색 엉겅퀴 옆에서 쇠잔

251

한 인상을 주었다. 「내가 절대로 다른 사람 손에 달린 인생을 살지 않기로 결심한 이유가 이제 좀 이해가 될 거예요.」 그가 말했다. 「**절대로** 말예요.」

물론 이해가 되었다. 아니, 그 이상이었다.

그가 저녁을 먹으러 가자고 제안했고, 나는 받아들였다. 우리는 건조 숙성 립아이스테이크와 덕혼 멜롯 포도주를 즐기며 다시 내가 어머니에게 받은 유산 이야기로 돌아갔다. 그가 펀드를 하나 새로 만들고 있다고 말했다. 새 펀드 회사는 그의 기존 펀드가 해온 일을 그대로 할 계획인데, 이제는 고객 투자자가 아닌 펀드 자체를 위해서 할 거라고 했다. 펀드를 운영하면 수수료를 받고, 수수료 수입도 크지만, 수수료로 대박을 터뜨릴 순 없다고 그가 설명했다. 그러면서 이번엔 대박을 터뜨릴 생각이라고 했다. 「두 달 안에 주식을 상장할 거예요. 과잉 투자를 받은 상태예요. 난 신세를 많이 진 사람들 돈도 거절하고 있어요.」 그는 잠시 말을 끊고 나에게 미소를 보낸 후 자신의 생각을 마저 이야기했다. 「하지만 당신이 그 30만 달러를 투자하고 싶다면, 내 지분에 넣어 주죠.」

6

나는 30만 달러로 리아즈의 새 펀드인 티무르 캐피털 주식을 12만 5천 주 샀다. 공모 전 가격으로 주당 2달러 40센트였다. 첫 거래일에 주가가 5달러 바로 위까지 급등했다. 리아즈는 그런 일이 생길 수도 있다고, 그럼 투자금을 두 배로 늘리고 싶은 유혹을 느끼겠지만 그건 권하지 않는다고 경고했다. 그러면서 앞으로 12개월에서 18개월 동안 불가피한 등락이 있겠지만 그러려니 하고 견디라고 했다. 그 회사는 거사를 도모하고 있으며 그 일이 만천하에 공개되면 지구상에서 어떤 일이 벌어질 수 있는지에 대한 세상 사람들의 인식이 바뀔 거라고도 했다. 그리고 그 시점에서 주가는 20달러 가까이 될 거라고 예측했다.

이듬해에는 그와의 만남이 뜸해졌다. 내 작품들이 세계 곳곳에서 무대에 올랐고, 나는 여행을 하지 않을 때는 집필에 매달렸다. 이윽고 리아즈가 약속한 상장 소식이 들려온 건 내가 핀란드에 머물 때였다. 티무르 캐피털은 그동안 시카고, 오스틴, 샬럿, 미니애폴리스, 올랜도 같은 도시의 부자 동네에 위치한 비싼 아파트들을 사들이고 있었다. 그 아파트들을 현찰로 사들인 다음, 임대료를 착실하게 지불하는 세입자에게 임대료를 소폭 인하해 주고, 그 누적 임대료를 모아 채권으로 만들어 공개 시장에 내다 팔았다. 수요는 폭발적이었다. 주택을 구매할 여력을 가진 사람이 점점 줄어들면서 임대가 주택 시장의 새로운 장기적 패러다임이 된 것이다. 임대료를 유동성 채권으로 바꾸는 방식은 지탄의 대상이 된 일괄적인 모기지 채권의 수익성 높은 대안으로 언론의 관심을 모았다. 그로부터 일주일 안에 티무르 캐피털은 16달러에 거래되었고, 두 달 후『월 스트리트 저널』1면에 오르면서 22달러까지 상승했다. 2017년 1월, 나는 그 가격으로 주식을 팔았다.

나는 공식적으로 수백만 달러 자산가가 된 날 오후에 메디

나에 있었다. 눈부신 푸른빛 속으로 발걸음을 내딛는 순간, 기도 시간을 알리는 합창이 공중을 가득 채웠다. 나는 그 어느 때보다 완전하고 미묘한 기쁨을 느꼈다. 밝고, 안전하고, 온전해진 기분이었다. 예언자의 도시에서 우리의 종교가 그토록 금기시하고 죄악시하는 이자의 매매를 통해 내가 거금을 벌게 되었다는 소식을 접한 게 참으로 아이러니하게 여겨졌다. 그러니 내가 호텔로 돌아가서 제일 처음 한 일이 인터넷으로 맨해튼에서 패피 밴 윙클 23년을 취급하는 가게를 찾아 그날 영업이 끝나기 전에 리아즈에게 배달시킨 건 적절한 행동이었는지도 모른다. 그 가게엔 두 병이 있었다. 나는 말로는 다 전할 수 없는 감사의 표시로 — 메모에 그렇게 써서 — 술값 1만 2천 달러를 아멕스 카드로 계산했다. 다음 날 아침에 일어나 보니 그에게서 이메일이 와 있었다. 이런 내용이었다. 「당신이 계속해서 글을 쓴다면, 감사는 그것으로 충분해요. 이제 빠져나갈 구실이 없어요!」

7

나는 전혀 모르고 있었지만, 그때쯤 티무르 캐피털은 증권 거래 위원회의 조사를 받고 있었다. 작은 지자체 몇 곳이 그회사의 임대료 담보 부증권에 투자했다가 거덜이 난 것이다. 문제의 지역들은 상품의 위험성에 대해 제대로 고지받지 못한 채 고위험 고수익 상품들로 유인된 것으로 알려졌다. 하지만 이 고소 내용은 전문(傳聞)에 해당되었던 것이, 투자 계약서의 점선 표시된 여러 서명란에 고소인들의 서명이 들어 있었던 것이다. 이 소도시 실권자들은 대도시의 기업 영업 사원들에게 비싼 포도주와 식사 대접을 받느라 바빠서 상품의 위험성을 작은 글씨로 경고하는 세부 사항을 고의로 읽지 않은 듯했다. 이 사건과 관련하여 SEC[32]에서는 티무르 캐피털이 이 상품을 판매하면서 취한 조치에 대한 조사를 벌이고 있었다. 티무르 캐피털은 당사의 가장 위험한 채권에 보험을 들어 놓은 듯했지만 구매자를 위한 보험은 아니었다. 티무르 캐피털은 시장 용어로 당사의 증권에 〈숏을 친〉 것이었다. 쉽게 말하면, 가치 없는 상품이라는 걸 알면서도 팔아넘긴 다음 하락에 돈을 걸었고, 문제의 상품이 그들의 예상대로 — 어디까지나 추정일 뿐이지만 — 가치를 잃자 떼돈을 벌게 된 것이다. 이 사건은 〈고객의 반대편에 돈을 건〉 경우라 규제 기관의 관심을 끌었다. 내가 그런 사정을 알게 된 건, 주식을 판해 여름 어느 오후에 나의 할렘 아파트 1층 현관으로 호리호리한 SEC 조사관이 찾아왔기 때문이었다. 그녀는 신분증을 휙 보이고 형식적인 미소를 지었다. 「악타르 씨?」 그녀가 물었다.

「실례지만…… 무슨 일이죠?」

「왓킨스 조사관입니다. SEC에서 나온.」 나의 어리둥절한 마음이 얼굴에도 드러났는지 그녀가 설명해 주었다. 「증권 거래 위원회요.」

「그래요, 맞아요…….」

32 증권 거래 위원회.

255

「리아즈 린드에 대해 잠시 얘기 좀 나눌 수 있을까 해서 왔습니다. 혹시 그의 재단과 티무르 캐피털 유한 책임 회사에 대한 얘기를 좀 들을 수 있을까 해서요. 지난 3월에 상당히 큰 액수의 티무르 캐피털 주식을 처분하신 걸로 알고 있습니다.」

「그런데, 음, 무슨 문제라도 있나요? 혹시…… 변호사를 불러야 할까요?」 내 입을 통해 나온 그 질문은 흥행을 노린 과장된 연극의 서툰 대사처럼 들렸다.

그녀의 대답도 상투적이긴 매한가지였다. 「저에게 감추고 싶은 행동을 한 게 아니라면 필요 없을 겁니다.」 그러면서 나를 안심시키는 미소를 던졌다. 「솔직히 말하면, 전 린드 씨에 대한 얘기를 나누기 위해 찾아왔을 뿐이고, 시간을 좀 내주실 수 있다면 고맙겠습니다. 그러니까 제 말은, 물론 원하시면 변호사를 불러도 **된다는** 겁니다. 전 그걸 막을 수 없어요.」 그녀는 계단에 담배를 버리고 발로 담뱃불을 비벼 끄더니 갑자기 걱정스러운 표정으로 나를 올려다보았다. 「이러면 안 되는데 ─ 화장실 좀 써도 될까요?」

「아, 예, 그럼요 ─ 왓킨스 조사관님, 맞죠?」

「자키야 왓킨스예요.」 그녀는 고마워하며 신분증을 보여주었다. 「뉴욕 사무소.」 위협적이었다가, 공모라도 꾸미려는 듯하다가, 세심하게 배려해 주는 것 같다가, 이제 약한 모습을 보이고 있으니 그 정신없이 오락가락하는 신호들을 어떻게 받아들인단 말인가? 나는 옆으로 물러나 그녀가 지나가도록 길을 내주었다. 건물 안으로 들어와서 나를 따라 3층으로 올라와 내 아파트 앞에 선 그녀는 숨찬 기색이 역력했다. 「저

염병할 걸 끊어야지.」 그녀가 손바닥으로 이마를 문지르며
말했다. 그녀는 아파트 안으로 들어서자마자 화장실로 사라
졌다. 나는 그녀의 화장실 핑계 — 가장 초보적인 계략이라
고 할 수 있는 — 가 통했음을 깨닫고 변기 물 내리는 소리를
초조하게 기다렸다. 화장실에서 나온 그녀가 식탁으로 쓰는
접이식 테이블 앞에 놓인 두 개의 접이식 의자 중 하나에 앉
았다. 나는 그녀에게 커피를 마시겠느냐고 물었다. 「그럼요,
만들어 주신다면 — 여기예요?」 그녀가 주위를 둘러보며 물
었다. 「여기 사세요?」

「보시다시피…….」

「방이 더 있나요?」

「방은, 침실뿐인데요.」 나는 하나뿐인 방문을 가리키며 말
했다. 「원래 원룸이었어요. 가벽을 세우긴 했는데 여전히 침
실이 따로 있는 것 같지 않아요. 하지만 나에겐 충분히 넓죠.」

「당신 같은 사람이 살고 있으리라 예상한 집은 아니네요.」

「나 같은 사람이 어떤 사람이죠?」

「상장 전에 취득한 주식 12만 5천 주를 파는 사람이죠.」

「가까운 사람 회사였어요.」

「가족은 아니잖아요.」

「예, 가족은 아닙니다, 조사관님.」 — 나도 모르게 그녀에
게 깍듯이 존칭을 쓰고 있었다 —「하지만 알고 지낸 지 몇
년 됐어요.」

「어떻게 만나게 됐죠?」

나는 그녀에게 커피를 만들어 주면서 대략적인 이야기를

들려주었다. 극장에서의 만남, 재단 이사로 임명된 계기가 된 갈라 행사, 재단에서 대변인이자 집행 위원 역할을 한 것, 어머니가 남겨 준 돈, 리아즈가 그 돈을 대신 투자해 주겠다고 제안한 일, 티무르 주식의 등락, 그리고 마지막으로 가장 중요한, 리아즈가 사전에 주가가 20달러까지 갈 거라고 예언한 일. 그는 확언한 게 아니라 예상한 것이고, 그건 내가 주식을 팔기 14개월 전 일이었다. 따라서 내부자 거래로 볼 순 없었으며, 나는 그녀가 그걸 확인하려고 찾아왔으리라 생각했다.

「그 주식이 오늘 얼마에 거래되고 있는지 아시겠죠?」그녀가 물었다.

나는 주식을 판 후로는 주가를 확인한 적이 없다고 대답했다.

「한 시간 전 가격이 45달러였어요.」그녀가 내 반응을 지켜보며 말했다.「팔지 말걸 그랬다는 생각이 들겠네요, 예?」

「모르겠어요. 별로요.」내가 어깨를 으쓱하며 대답했다. 「이미 번 250만 달러도 어떻게 할지 잘 모르겠는걸요. 5백만 달러였다면 어떻게 할지 정말 몰랐을 겁니다. 어쩌면 돈을 쓰고 싶은 마음이 들기 시작했을지도 모르겠네요.」

그녀가 어깨를 으쓱하더니 수첩을 꺼냈다. 나는 그제야 그녀가 나를 찾아온 진짜 목적을 위한 행동에 들어갔음을 깨달았다. 「린드 씨가 펜실베이니아의 윌크스배러나 스크랜턴에 대한 이야기를 한 적이 있나요?」

「그야, 그렇죠. 그의 고향이니까요.」

「그 지자체들에 상품을 파는 것에 관련해서는요?」

「제가 기억하기론 없어요.」

「당신이 기억하기론 없다고요?」 그녀는 내 말을 믿지 않았다.

「예. 없어요. 상품을 파는 것에 대해선요.」

「그럼 무엇에 대해 이야기했죠?」

「그걸 묻는 이유가 있나요?」

그녀는 잠시 침묵을 지키더니 대답 대신 다른 질문을 던졌다. 「린드 씨가 특별히 캘리포니아의 터메큘라에 대해 이야기한 적은 없나요?」

「없어요.」

「테네시의 머프리스버러는요?」 나는 고개를 저었다. 「시보이건은요?」

「위스콘신 시보이건요?」

「예.」

「그건 왜요?」

「정말 모르세요?」

「예.」 내가 힘주어 말했다. 「정말 몰라요.」

그녀는 담배 한 개비를 더 꺼내어 엄지손톱에 대고 톡톡 치며 나를 응시했다. 나를 믿어도 되는지 마지막으로 한 번 더 가늠해 보는 듯했다. 「재단 이사로서 티무르 캐피털 사업에 대해 논의해 본 적은 있나요?」

「없어요. 내가 어머니에게 받은 돈을 리아즈가 투자해 보라고 권했을 때까지 그런 게 있다는 것도 몰랐어요.」

「하지만 이사회에 있을 때 주식을 샀죠?」

「예, 하지만 방금 말했다시피, 투자 전에 한 번 대화한 게 다예요. 그는 내 돈을 기꺼이 맡아 주겠다고 했어요. 그래서 그에게 돈을 맡겼고요. 난 주주가 되었다는 안내를 받았어요. 그 후로 가끔 이메일을 통해 새 소식을 받았고요. 그게 전부예요.」

「그에게 사업에 대해서는 물은 적이…….」

「물어봤겠죠. 하지만 구체적인 질문은 안 했어요. 〈어떻게 돼가요?〉나 〈내 돈을 잃지 않기를 바라요〉 같은 말만 했죠. 그 회사에 대한 기사가 나면 바로 알 수 있도록 구글 알림 설정을 해놓고 좋은 소식이 들려오면 그에게 축하 메시지를 보냈어요. 난 그 사업에 대해 꽤 잘 안다고 생각했지만 그 문제로 그를 성가시게 만들 만큼 잘 알진 못했어요.」

그녀는 담배를 귀 뒤에 꽂으며 고개를 끄덕였다. 「그러니까 당신은 제가 말한 그 지자체들에 대한 논의에는 참여한 적도 없고, 재단 이사로 재직 중에 우연히 들은 것도 없다는 말씀이죠?」

「글쎄요, 그렇진 않아요. 그 장소들에 대해 듣긴 했어요. 그를 통해서는 아니지만.」

「어떻게요?」

「그 도시들에서는 모스크 짓는 걸 막았거든요.」 그녀는 그 사실에 대해 아는 듯 고개를 끄덕이며 수첩에 메모했다. 「재단에서 PR 회사를 선정해서 그 도시들에서 벌어지고 있는 일을 언론을 통해 알리게 했어요.」

「그래서요?」

「그 일이 언론을 통해 알려졌죠. 제법 관심도 끌었고요.」

「그것밖에 들은 게 없다고요?」 그녀가 수첩에서 시선을 들고 회의적인 어조로 물었다.

「맞아요. 솔직하게 말한 겁니다.」

그녀는 수첩의 메모를 확인하더니 아파트 안을 다시 둘러보았다.

「그러니까 정말 여기가 당신 집이라고요?」

「화장실에 칫솔도 있고 임대 계약서도 있어요.」

그녀는 미소를 보였다. 「여기서 세 블록 위 동네에서 어린 시절의 대부분을 보냈어요. 47번가 1번지.」 그녀는 테이블에서 일어섰다.

「맬컴 X가 살았던 동네요?」

그녀의 눈이 빛났다. 「우리 할머니가 그를 알아요. 그 우스꽝스러운 주트 슈트[33]를 입고 돌아다니는 걸 봤대요. 일라이저를 만나기 전에.」 그녀는 창가로 걸어갔는데, 창문 세로 틀에 어머니의 낡은 사진이 테이프로 붙어 있었다. 사진 속 젊은 시절 어머니는 빨간색과 흰색으로 된 **살와르 카미즈**를 입고 어깨에 흰 **두파타**를 두르고 있었다. 「누구예요?」

「제 어머니예요. 스물세 살 때 사진이죠.」

「아름다운 분이네요. 사진을 더 나은 데 붙이면 좋을 것 같네요.」

---

33 할렘을 중심으로 1930년대~1940년대에 유행한 어깨가 넓고 헐렁한 재킷과 발목 통이 좁은 바지로 이루어진 슈트.

「그게 ― 음 ― 어머닌 1년 전에 돌아가셨고⋯⋯ 사진을 거기 붙인 건 ― 사실, 이런 말 이상하게 들리겠지만⋯⋯ 어머니가 꿈에 자꾸 나와서⋯⋯ 혹시 어머니가 아직 여기, 어딘가에 계시다면⋯⋯.」나는 말을 끊었다. 그녀에게 왜 그런 말을 한 건지 알 수가 없었고, 내가 감상에 젖어 들고 있음을 깨달은 것이다.

「이제 그만 가셔도 된다는 걸 알려 주려고 그런 거군요.」 자키야가 다정하게 말했다. 「알겠어요.」

「우린 누구나 마법적인 생각을 하잖아요, 그렇죠?」

「그런 생각을 하지 않는 날이 없죠.」 그녀가 테이블로 돌아오며 대답했다. 「있잖아요, 당신도 아마 내일쯤 이 소식을 듣게 될 거예요. 그 도시들이 집단 소송을 낼 거예요. 당신 친구가 그 도시들에 쓰레기 채권을 대량으로 팔아넘겼고, 그 도시들에서는 당신 친구가 그 채권이 부도가 날 걸 미리 알고 있었다고 확신하고 있어요. 보복하기 위해 일부러 그런 거라고.」

「보복이라고요?」

「모스크 때문에.」

나는 그 말을 듣자 납득이 되었다. 물론, 물론 그는 그랬을 것이다.

그녀가 내게 따뜻한 마음을 품게 된 까닭이 무엇인지 ― 나의 누추한 환경이나 어머니의 사진 때문인지 아니면 혹시 그녀 자신도 무슬림인 것인지 ― 알 수는 없었으나, 테이블로 돌아온 자키야는 이제 질문을 거두고 그 집단 소송에 대해 자신이 아는 대로 설명해 주었다. 티무르 캐피털이 그 지자체들에 팔아넘긴 채권에 숏 포지션을 취한 것 때문에 SEC에서 들여다보고 있다고 했다. 결국 그 채권이 부도가 나자 티무르는 거금을 손에 쥐었다. 그럼에도 불법이 있었는지는 아직 확실치 않다고 그녀가 덧붙였다.

이제 마음이 편안해진 나는 SEC 조사관 대다수가 공감하지 않을 위험한 발언을 던지기에 이르렀다. 「솔직히, 당신이 설명한 사건은 골드만이 2010년에 한 일보다 더 나쁜 것 같진 않네요.」

「당신의 친구는 골드만 삭스가 아니에요.」

「그야 그렇죠.」

「피부색이 문제죠.」 그녀가 일어나서 블레이저 재킷 단추를 채우며 말했다. 「그가 기도하는 신도 문제고요. 나한테 들은 말 아닌 거예요.」

***

그 소송은 증거 수집 단계를 넘지 못했다. 나는 그 사건의 증언 기록을 맡은 법원 속기사를 매수했다. 그녀는 내가 그 사건에 대한 글을 쓰게 될 경우 자신의 담당 사건임을 드러낼 위험이 있는 내용을 모두 삭제한다는 조건하에 거금 ── 9천 7백 달러 ── 을 받고 기록을 넘겼다. 내용을 읽어 보니 피해를 당한 시의회의 의사 결정권자들이 속은 건 분명했으나 그들에게 고의성이 없었다고 볼 수도 없었다. 그들은 선물을 받고, 〈순방〉 비용을 기업이 부담하도록 하고, 파티에 가서 술을 퍼마시고, 매춘부와 잤다. 어느 시 감사관은 카보산 루카스로 일주일간 공짜 가족여행을 다녀왔고, 한 시의원은 10년은 대기해야 구할 수 있는 그 지역 NFL 팀 정기 입장권을 손에 넣었다. 거의 모든 경우에서 잔글씨로 인쇄된 세부 사항을 제대로 읽지 않은 것만이 문제가 아니었다. 그걸 읽는 사람들이 자신들이 매입하고자 하는 근원 담보물의 본질을 이해하지 못한 듯했다. 사건에 연루된 많은 〈명예로운〉 시 공무원들이 이미 시의 돈을 할당하는 과정에서 명예롭지 못한 판단력을 보여 왔으며, 그러다 문제의 임대료 담보 부증권을 함부로 사서 처음으로 뜨거운 맛을 보게 된 것이었다. 티무르 캐피털 영업 사원들은 아무런 피해도 입지 않았다. 계약서의 세부 사항이 복잡한 건 사실이었으나 의미는 명백했다. 서명인은 판매되는 모든 증권 숏 포지션 가능성에 관련된 적절한 경고를 받았다는 내용이 명시되어 있었던 것이다.

다시 말해, 소송은 기각되었다.

나는 대대적으로 드러난 지자체 차원의 무능에 — 심지어 불법 행위까지 — 경악을 금치 못했다. 이런 미국의 모습은 부모님이 말해 준 파키스탄 — 절차는 무시되고, 뇌물이 오가고, 특권을 돈으로 사는, 이 모든 것이 일상인 — 과 다를 바 없었기 때문이었다. 고국에서는 정직한 방법으로는 풍족한 삶을 누릴 수가 없다고 아버지는 입버릇처럼 말했었다. 부패가 고질병인 나라 파키스탄, 아버지가 미국으로 오고 싶었던 가장 우선적인 이유가 그 고질병으로부터의 탈출이었다. 내가 읽은 법정 기록이 미국 지자체들의 대체적인 상황을 말해 준다면, 아버지는 이 나라의 부패에 대해 지나치게 낙관적이었다고 볼 수 있었다.

물론, 리아즈의 사기에 대해선 변명의 여지가 없었다. 그로 인한 재정 악화는 그 도시들에 사는 주민들 — 그들의 어린 자녀와 연로한 부모까지 — 을 고통으로 몰아넣었다. 한 도시에서는 상황이 너무 심각해져서 예산이 깎이고 1백 명의 공무원이 일자리를 잃었으며, 파산을 면하기 위해 재산세를 30퍼센트 올리고 공무원 — 시장을 포함한 — 급여를 최저 임금 수준인 시급 7.25달러로 줄여야만 했다. 다른 도시에서는 하수 처리와 주차 사업권이 입찰에 부쳐져 가장 높은 금액을 쓴 민간 입찰자에게 넘어갔고, 상수도와 공원도 같은 운명을 겪었다.

이 모든 것에 대한 나의 분노가 내가 거둔 이익 때문에 누그러진 것처럼 보일 수도 있다. 그렇진 않다. 하지만 나는 이 일로 인해 우리가 찬양해 마지않는 미국적 방식이 지닌 근본적인 모순의 늪에 처음으로 깊이 빠져들 수밖에 없었다. 마크 트웨인은 자신에 대한 진실을 말할 수 있는 작가는 세상에 존재하지 않을 거라고 말했다. 나에 대한 판단은 독자들 스스로 내려야 할 것이다. 아무튼 지금 내가 하려는 말은 내가 당연한 진실로 여기는 것이지 나 자신이나 리아즈를 두둔하기 위한 핑계가 아니다. 티무르 캐피털 주식을 갖고 있는 건 나이키나 애플, 엑손, 골드만, 폴크스바겐, 보잉, 머크 등 우리의 분열된 나라 전역의 은퇴 자금과 대학 기금을 이루는 유명한 기업 주식을 보유하는 것과 하등 다를 바 없다. 그 기업들은 진보적 기부와 약삭빠른 정치적 입장뿐 아니라, 노동자를 속이며 혹사시키고, 고객을 기만하고, 환경을 파괴하고, 불량품을 팔고, 사람을 죽이는 자동차와 마약과 비행기를 만들고, 늘 더 새롭고 기발한 방식으로 고객은 왕이라는 기업의 영원한 거짓말 — 그 어떤 인간적 대가를 치르고 얻는 수익이 아니라 — 을 미끼 삼아 수익을 창출하는 것으로도 잘 알려져 있다. 자본이 무소불위의 비도덕적 패권을 휘두르고 있는 이 시대에 궤도를 수정할 수 있는 분명한 깨달음의 순간은 도덕적 인과응보라고 할 수 있는 주가 하락과 함께 찾아온다. 내가 마지막으로 확인했을 때, 티무르의 주가는 오르고 있었다. 그렇다면 나의 부도덕한 수익도 내가 무시할 수 없는 액수라는 것만 제외하면 특별할 게 없다. 그럼에도, 나는 리아즈가 그런 짓을 하고도 무사한 게 놀랍다. 밀켄도 그의 시대에 그와 유사한 일을 벌였다. 아이비리그 출신들의 세계에 들어갈 수 없었던 유대인 아버지들 세대의 뛰어난 자손, 자신의 민족을 위해 복수의 횃불을 들고 WASP[34] 지배층의 성에 불을 지르기 위해 빚을 이용하는 새로운 방법을 발견하고, 법망을 교묘히 피하고, 국가의 눈을 가렸던 인물. 하지만 밀켄은 그 분노의 대가를 치렀다. 아주 혹독하게. 그런데 리아즈는 승승장구하고 있다.

34 백인 앵글로색슨 개신교도.

폭스 아메리카나[1]

---

1 Pox Americana. 미국의 세계 제패를 가능하게 만들어 준 건 천연두라는
의미로 사용되는 용어.

VI
사랑과 죽음에 대하여

숨겨지는 건 기쁜 일이나 발견되지 않는 건 재앙이다.
─D. W. 위니콧

내가 방탕한 성생활을 즐겼던 시기의 잠자리 상대 중 내게 매독을 옮길 가능성이 가장 적을 것 같았던 여자는 아샤였다. 이 대가성 성관계의 시대에 이른바 최고의 위선자[2]들이 밀려들면서 브루클린 일부 지역에서는 19세기 이래 볼 수 없었던 발병률에 도달했다는 소식이 잇달았다. 그해에 발병률이 압도적이었던 윌리엄스버그에서 성관계가 꽤 많았던 나는 베드퍼드와 그레이엄 애비뉴 사이 어딘가에서 병이 옮았으리라 (잘못된) 짐작을 했다. 매독 진단을 받은 후 초기 병변 ─ 즉, 그동안 내가 침을 묻히거나 비집고 들어간 무수한 외음부의 주름에 나타난 변색 ─ 이 조금이라도 의심되었던 적이

2 매독은 다른 질병들과 유사한 증상을 갖고 있어서 The Great Pretender라고 불리기도 함.

있었는지 기억을 짜냈지만, 나는 팬티가 벗겨졌을 때쯤엔 점검할 기분을 못 느끼는 인물이라 몽롱한 장면들밖에 떠오르지 않았다. 그땐 음모를 제모한 여자들이 많았고, 나는 매독 병변을 보았어도 털이 피부 속으로 파고들어 곪은 것이겠거니 하며 대수롭지 않게 넘겼으리라 결론지었다.

아샤는 그 부위를 잘 관리해서 불두덩부터 질구까지 혹이나 면도날에 베인 생채기 하나 없이 매끈했다. 그녀는 3주마다 애드빌 진통제 두 알을 입에 털어 넣고 휴스턴 몬트로스 지역에 위치한 그녀 소유의 포플렉스³에서 2.5킬로미터 떨어진 다운타운 근처 왁싱 살롱으로 차를 몰고 달려갔다. 그곳에서 미용사가 그녀의 음부에 뜨거운 왁스를 붓고 30초쯤 기다렸다가 굳은 왁스를 떼어 내어 모낭에서 자라기 시작한 털을 모조리 제거했다. 아샤는 생식기 제모에 오래전부터 익숙해져 있었는데, 우리 모두를 사로잡은 포르노적 이상에 대한 — 무의식적으로든 아니든 — 조건부 항복으로 볼 순 없었다. 그건 아니었다. 그녀의 털 없는 생식기는 무슬림적인 것이었다. 그녀의 〈애플 앤드 이브 브라질리언 왁스〉 방문은 이슬람 신자였던 어린 시절의 잔존물이었다.⁴ 그 외에도 그녀는 어릴 때부터 해오던 대로 라마단 금식을 지키고, 돼지고

3 네 채로 이루어진 아파트.
4 음모와 겨드랑이 털 제거는 예언자가 명한 필수적 위생 지침에서 비롯된 남녀 공통의 무슬림 관행이다. 한 전통에 따르면 이 위생 지침에는 다음과 같은 다섯 가지 사항이 포함된다. 음모 제모, 할례, 단정한 콧수염, 손톱 깎기, 겨드랑이 제모. 또 다른 전통에 따르면 이 다섯 가지 외에도 양치질, 소변과 대변을 본 후 물로 씻기 등 다섯 가지가 추가되어 총 열 가지에 이른다 — 원주.

기를 피하고, 식사할 때는 오른손, 화장실에서는 왼손을 사용하고, 물론 카베르네 프랑이나 쉬라즈 포도주를 즐기는 것에 대해서도 죄책감을 떨치지 못했다. 내 말의 요지는, 그녀가 정확히 무슬림이라고도, 무슬림이 아니라고도 할 수 없었다는 것이다. 그녀는 무슬림의 전통 속에서 성장했고(나처럼). 그 전통은 여전히 그녀에게 얼마간의 의미를 지녔다(나와는 달리). 그 의미가 천국에 대한 열망이나 지옥에 떨어지는 것에 대한 공포와는 더 이상 거의 관련이 없을지라도 말이다.

내가 〈거의〉라고 말한 건 단지 아샤가 삶의 끝이나 세상의 종말에 대해 어떻게 생각하는지 분명한 의견을 밝힌 적이 없었기 때문이다. 아샤의 부모님은 신앙심이 깊었는데, 그녀는 어머니가 예언자 마호메트만큼 오프라 윈프리와 진 딕슨[5]도 열심히 믿는다고 농담처럼 말하곤 했다. 아샤는 10대 때 〈미국인〉 친구라면 꾸지람이나 기껏해야 외출 금지 정도로 끝났을 흔한 10대의 문제로 부모님과 꽤 심각한 갈등을 겪었다. 그녀의 집에선 이 나라 사람 대부분이 불편하게 여길 체벌이 (대개는 어머니의 손찌검 형식으로) 행해졌고, 며칠씩 방에 갇혀 쫄쫄 굶어야만 했던 적도 몇 번 있었다(그녀 아버지가 어렸을 때 당했던 대로). 현실을 있는 그대로 너그럽게 수용하는 성격인 아샤는 그녀답게 그런 체벌을 억울해하지 않는 듯했다. 그녀는 부모님이 이질적인 문화 속에서 자식들을 키우면서 맞이한 결과를 받아들일 수 없어서 그랬을 거라며 부

5 미국의 유명한 점성술사이자 초능력자.

모님을 원망하지 않았다. 그녀는 부모님의 딜레마를 연민의 눈으로 바라보았다. 부모님이 근본적으로 자신들이 얼마나 미국적이 **아닌지** 깨닫지 못했으리라 믿었다.

나는 아샤와 사귀는 것도 아니고 그렇다고 사귀지 않는 것도 아닌 어정쩡한 상태로 지낸 넉 달 동안 그녀의 가족을 세 번 만났다. 두 번은 텍사스 스프링에 있는, 아샤와 그녀의 두 자매가 자란 랜치 하우스에서(마침 예언자 탄생일과 겹친 주말에 휴스턴에 머물다가 해마다 친척과 친구 들을 초대해서 식사를 대접하며 그날을 축하하는 그녀의 집에 가게 된 것이다), 그리고 한 번은 그들 모두 뉴욕에 놀러왔을 때 오후 시간을 함께 보낸 자연사 박물관에서. 세 번째 만났을 때쯤엔 그녀의 부모님도 내가 단순히 〈친구의 친구〉는 아니라는 걸 알았다. 그들은 내가 마음에 드는 것 같았다. 그건 그들이 7년 동안 딸이 헤어지기를 간절히 바랐던 남자와 내가 전혀 달랐기 때문인 것 같긴 했지만 말이다.

그 남자에 대한 이야기는 잠시 후에 더 하겠다.

아샤의 아버지 하리스는 나의 아버지와 완전히 다르진 않다. 외모는 서로 닮은 데가 없지만 — 하리스는 땅딸막하고 드럼통같이 생겼다. 자연사 박물관에서 푸른 고래 아래를 지날 때 그가 자기 배를 톡톡 치며, 젊었을 때는 럭비 선수로 뛰었지만 그 후로 〈체중이 늘었다〉고 우스갯소리를 했다 — 하리스와 우리 아버지 둘 다 미국에 대한 근본적 낙관주의를 지녔다. 이 낙관주의는 휘둥그레진 눈으로 신세계를 바라보는 경이감과 새롭게 선택한 문화에 의해 조장된 직설적인 자신

만만함으로 이어져 어떤 이들에게는 명랑하고 확신에 찬 인
상을, 다른 이들에게는 순진하고 거만한 인상을 준다. 그들
이 스스로를 미국인으로 보는 시각의 중심에는 자신이 이 나
라를 〈이해한다〉는 인식이 있다. 여기서는 시스템이 어떻게
돌아가는지 〈이해하고〉, 무엇보다도 자신이 〈그걸 만들었다
고〉 생각하는 것이다. 하리스에게 〈시스템을 만들었다〉는 건,
1975년에 겨우 계약금만 들고서 시작한 주유소 겸 편의점을
키워 휴스턴 전역에 열두 개의 체인점을 내고, 부동산 투자에
도 성공하고(그 덕에 아샤는 포플렉스 소유주로서 그중 한 아
파트는 자신이 쓰고 나머지는 세를 주고 있다), 그리하여 결
국 그가 가장 자랑스러워하는 그 지역 라이온스 클럽과 상공
회의소 이사 자리에 오른 걸 의미한다. 하리스는 1986년에
시민권을 얻자 즉시 앞마당에 성조기를 게양한 다음 편지를
쓰는 제2의 인생을 시작했다 — 나는 아샤에게 그 이야기를
들으며 중산층 무슬림 버전의 모지스 허조그(솔 벨로의 소설
에서 광적으로 편지를 써대는)를 떠올렸다. 아샤가 말하기를,
선서식 때 미국의 민주주의적 이상에 대한 판사의 찬사에서
영감을 얻은 하리스는 이제 동료 시민이 된 유명한 미국인들
에게 아첨 섞인 훈계를 담은 — 그리고 나중에는 도발을 담
은 — 편지를 쓰기 시작했다. 그 유명인들 몇 사람의 이름을
열거하면 리 아이아코카, 아먼드 해머, 앤 리처즈, 무하마드
알리, 존 웨인, 팁 오닐, 리 메리웨더, 제임스 미치너, 로스 페
로 등이다. 그리고 냉장고 문에 그의 소중한 보물 두 개가 자
석으로 고정된 채 고이 모셔져 있었는데, 그 보물들은 조지

H. W. 부시가 직접 서명해서 보낸 답장 ─ 푸른색 잉크가 번진 자국이 그 서명이 진짜임을 증명했다 ─ 과 휴스턴 시내에서 열린 독립 기념일 퍼레이드에서 당시 부통령이었던 부시와 함께 찍은 스냅 사진이었다.

그가 미국인임을 나타내는 외형적인 표시들이 차곡차곡 쌓여 가고 있었지만, 아샤는 아버지가 여전히 마음속으로는 구세계 사람이라고 생각했다. 그들의 집 창문으로 텍사스의 태양 빛이 쏟아져 들어왔으나, 그 방들에서는 아샤의 아버지가 사랑하는 우르두어 **가잘**[6]이 가족들의 마음을 실연, 한탄, 과장되고 끝이 없는 회한으로 흠뻑 적셨다. 그의 자칭 미국적 외향성도 아샤의 생각에는 근본적으로 펀자브에 기원을 둔 것으로, 요란하고 따스하고 지나칠 정도로 친하게 굴고, 집을 수리하거나 검침을 하러 온 스토아적인 그 지역 사람들의 마음의 빗장을 풀고, 직원과 고객에겐 재미나고 특이한 사람이라는 인상을 줬다. 그가 너무도 많은 시간을 들인, 권력과 명망을 지닌 사람들에게 쓴 편지들조차도 ─ 그 편지들을 모아 자비로 출간한 책이 아샤의 침대 옆 테이블에 놓여 있었다 ─ 심지어 그것들조차도 본질적으로 파키스탄적인 주제를 담고 있었다. 국경의 위협을 인식하라는 권고, 지역적 전국적 차원의 정치적 부패에 대한 경고, 미국이 소련과 긴 정쟁을 벌이는 동안 무슬림으로부터 받은 무수한 형태의 원조에 대한 암시, 그리고 가장 재미난 내용인, 아직도 무슬림 세계 전반에 떠도는 소문, 즉, 닐 암스트롱이 이슬람교로 개종했

6 페르시아에 기원을 둔 사랑을 주제로 한 서정시.

274

다는 이야기에 대한 수많은 언급.[7]

아샤는 아버지뿐 아니라 어머니에게서도 파키스탄과 미국이 복잡하게 뒤엉켜 있는 모습을 볼 수 있었다. 이 두 요소는 선명하고 재미있는 대비를 이루기도 했지만 — 대부분 텍사스 교외 지역의 백인 주부로 구성된 학부모회에 회장인 아샤의 어머니가 **살와르 카미즈**와 **두파타** 차림으로 참석한 것, 어머니가 매주 만나는 쿠란 공부 모임에 점성술을 전파한 일,

---

[7] 그 이야기는 누구에게 들었는지에 따라 세부 내용이 다르지만 대략적으로 다음과 같다. 암스트롱은 달 표면에 내릴 때 숭고하고 초자연적인 노랫소리를 들었다. 그는 그게 무슨 소리인지는 몰랐지만 그 소리를 결코 잊을 수 없었다. 몇 년 후, 이집트로 여행을 떠난 그는 처음으로 무슬림의 기도 시간을 알리는 소리를 듣고 달에서 들은 노래가 바로 그것이었음을 깨달았다. 무슬림 신에 대한 찬양. 한 이야기에 따르면, 암스트롱은 달에 착륙할 때뿐 아니라 달을 오가는 로켓에서도 기도를 알리는 소리를 들었다고 한다. 또 다른 이야기에서는 버즈 올드린이 유다 역할을 맡아 암스트롱이 들은 소리를 듣고도 가식적인 기독교 공동체를 위해 그 사실을 부인한다. 하지만 이 모든 버전의 결말은 같다. 암스트롱이 이슬람교를 선택했다는 것. 나도 어렸을 때부터 이 이야기를 여러 버전으로 들어 왔으며, 아샤의 아버지는 장기간 미국의 명사들에게 이 이야기를 편지로 써 오고 있었다. 아샤는 1983년 국무부에서 이 문제에 대한 공식적인 답변을 내기로 결정한 데 아버지의 강박증이 얼마간의 역할을 했다고 해도 그리 놀랍진 않을 거라고 말했다. 그 답변의 내용은 이렇다. 〈암스트롱은 그 누구에게도 불쾌감을 주지 않고 그 어떤 종교에도 무례를 범하고 싶지 않다는 강력한 소망을 피력하면서도 자신이 이슬람교로 개종했다는 이야기는 부정확한 정보임을 국무부에 알려 왔다.〉 그러나 국무부의 공식적인 답변은 그 소문을 진화하지 못했다. 2012년에 암스트롱이 사망했을 때 나는 가족들(그리고 다른 사람들)이 그의 부고 기사에 개종에 대한 언급이 없는 것에 불만을 토로하는 걸 여러 차례 들었다. 나는 이런 어리석은 이야기에 집착하는 심정을 이해한다. 우리의 길잡이가 되어 주는 달, 그 둥근 은빛 물체가 어두워져 가는 하늘에 새 빛을 비출 때마다 우리는 두 손 모아 간절한 기도를 올린다. 그런데 우리의 그 신성하고도 신성한 상징인 달의 얼굴에 미국인의 장화 발자국이 찍혔으니, 그 도덕적 난제를 어떤 식으로든 풀어야 하지 않겠는가. 그래, 서구는 달에 갈 수 있을 정도로 기술이 발전했지만 그들이 달에 도착해서 들은 건 우리의 소리였으니…… — 원주.

275

버거 킹에서의 이프타르[8] — , 아샤가 보기엔 아버지의 경우보다도 더 강력한 모순들이 교묘하고 암담하면서도 몹시도 포괄적인 형태로 존재했다. 이를테면 그녀의 어머니는 여자들이 남자 뒤가 아닌 다른 자리에 존재할 수 있다는 걸 상상조차 할 수 없었으며, 그 남자는 반드시 무슬림이어야 했다. 그리하여 아샤의 소녀 시절 꿈을 가득 채웠던 백인 소년을 둘러싼 모녀의 갈등은 길고, 지속적이고, 결정적이고, 격렬했다.

아샤는 부모님이 다른 지역의 대학에 가는 걸 반대해서 휴스턴 대학에 진학했고, 최우등으로 졸업했다. 그 후 법학 대학원 입학 자격시험을 우수한 성적으로 통과하여 시카고 대학 법학 대학원에 합격했고, 딸이 집을 떠나는 걸 막기가 어려워진 아버지는 그녀를 파키스탄에 있는 사촌과 약혼시키고 싶어 했다. 그녀는 거부했다. 아버지나 어머니에게 숨기고 있었지만, 그녀에겐 이미 사랑하는 사람이 있었다. 그의 이름은 블레이크였다. 그는 캔자스 출신으로 휴스턴 대학 농구 장학생이었다. 아샤는 2학년 때 동아리 파티에서 그를 만났다. 그녀가 술에 취해 정신을 잃자 블레이크는 그녀를 자기 방으로 데려가 침대에 눕혔다. 다음 날 아침에 잠이 깬 아샤는 방 저쪽 바닥에서 코를 골며 자고 있는 그를 발견했다. 그렇게 사랑이 시작되었고, 결별과 재회가 반복되는 폭풍 같은 로맨스가 대학 시절 내내 이어졌다. 아샤는 블레이크 때문에 법학 학위를 받은 후 즉시 휴스턴으로 돌아왔다.

아샤가 시카고에 가 있는 동안 블레이크는 NBA 드래프트

8 라마단 기간에 낮 동안의 금식을 마치고 일몰 후에 하는 첫 식사.

에서 떨어져 발트해 국가들로 가서 2년 계약 프로 선수로 뛰게 되었으며, 그가 라트비아와 리투아니아의 경기장이 있는 도시들을 떠돌며 산 결과는 아샤뿐 아니라 종국에는 나에게까지 영향을 미치게 되었다. 발트해 연안의 삶에는 위안거리가 별로 없었다. 호텔방은 춥고 비좁았으며, 음식은 구역질이 났다. 가장 끔찍한 건 영어를 할 줄 아는 사람이 거의 없다는 점이었다. 안락과 위안거리를 갈망하던 블레이크는 도시 광장에서 다운 패딩을 입고 라거 맥주를 홀짝이거나 우거지상을 하고 돼지고기와 청어샐러드를 먹는 막대기처럼 마른 빨강머리 미국 청년에게 홀딱 반한 그 지역 여자들 품에서만 그것을 얻을 수 있었다. 바로 그곳에서 블레이크는 아샤가 나중에 내게 불평하게 될 섹스 습관들 — 상대의 목을 조르거나 자기 목을 졸라 달라고 요구하고, 비디오카메라를 통해 성행위를 하고 있는 자신들을 지켜보고, 매춘부를 사는 등의 — 을 배웠다. 그는 민스크에서 플레이오프 시합 중에 앞 십자 인대가 파열되면서 농구의 꿈을 완전히 접을 수밖에 없었다. 휴스턴으로 돌아온 그는 혼다 대리점에 취직했고, 그가 아직 그곳에서 일하고 있을 때 아샤는 그와 가까이 있기 위해 사우디와 미국이 합작한 석유 대기업 아람코의 휴스턴 지부를 직장으로 선택했다. 그리고 아람코에서 맡은 업무를 통해 나와 만나게 되었다.

***

앞에서 아샤의 알몸은 일부나마 묘사했지만 그녀가 어떻게 생겼는지에 대해선 제대로 설명하지 않았는데, 그녀는 풍성한 암갈색 머리칼에 어머니를 닮아 널찍하게 자리한 눈의 반짝이는 적갈색 눈동자에는 그와 어울리는 꿀색 하이라이트를 넣었고, 위를 향한 들창코는 콧대가 부러졌다가 영영 제대로 자리를 잡지 못한 느낌을 주었으며, 짧은 입은 삐죽 나온 아랫입술이 윗입술보다 훨씬 두껍고, 이 모든 것이 자유분방하면서도 기껍게 조화를 이룬 모습이 그녀의 아름다움에 투박한 우아함을 더했다. 얼굴과 마찬가지로 몸에도 도전적인 생명력이 넘친다. 체격은 아버지를 닮아 운동선수 같고, 거의 땅딸막하며, 몸통은 짤막하고 엉덩이는 넓다 — 그녀의 조상이 살았던 고향 평원 지대에서 멀지 않은 하라파의 인더스 계곡 유적지에서 발굴된, 다산을 상징하는 조각상들을 연상시킨다. 내가 하버드 클럽에서 그녀를 처음 만난 2014년 늦은 11월 — 리아즈가 재단을 대표하여 나를 그 석유 산업 행사에 보내 사람들과 어울리게 했다 — 그녀는 타이트한 깅엄 드레스를 입고 있어서 멋진 몸매가 그대로 드러났다. 삭막한 감청색 블레이저들의 바다에서 그녀는 즉시 내 눈길을 끌었고, 그녀도 나에게 관심이 있어 보였다. 나는 두바이에서 리아즈와 함께 만난 적이 있는 사우디 출신 이사와 잡담을 나누며 시간을 끌었다. 그러다 그녀가 술을 더 가지러 바를 향해 가는 걸 보고 슬그머니 접근했다. 그녀가 바에서 모히토를 받았고 나도 같은 걸로 달라고 했다. 그녀가 내 재킷을 칭찬했다. 날염한 옥양목으로 만든 네루 재킷이었다. 나도 그녀의 드레스가 아름답다고 말했고, 그녀는 미소로 답했다. 그 다음엔 서로 가까워지고 싶은 열망을 분명히 밝힌 후 그걸 가능하게 해줄 공유 언어를 발견하지 못했을 때의 피할 수 없는 침묵이 이어졌다. 그녀는 자리를 뜨지 않고 술을 홀짝였다. 그날 그곳에선 유가 이야기가 많았던 터라 나는 유가가 앞으로 어떻게 될 것 같느냐는 질문으로 침묵을 깼다.

「어머, 전혀 모르겠네요.」 그녀가 자조적으로 웃으며 말했다. 「지금 얼마죠?」

「사람들이 바라는 것보다 낮은 것 같네요. 다들 그것 때문에 몹시 화가 난 것 같아요.」

「그럼 당신도 모른다는 거네요?」

「당신한테 잘 보이고 싶어서 물은 거예요.」

그 말에 그녀의 눈동자가 반짝이는 것 같았다. 「왜 잘 보이려고 했는데요?」

「그러지 **않는 게** 이상하지 않나요?」

「글쎄요…… 아주 듣기 좋은 말이네요. 하지만 속도를 좀 줄이는 게 좋겠어요.」

「제가 시속 80킬로미터 구간에서 110킬로미터로 달리고 있나요?」

「40킬로미터 구간에서 120킬로미터 같은데요.」

「이런. 좋아요. 알겠어요.」

「괜찮아요.」 그녀가 말했다. 「저도 당신이 귀엽다고 생각하니까요.」

　방 건너편에서 백발 남자가 우리를 주시하고 있었다. 가는 세로줄 무늬 정장은 뚱뚱한 몸에 좀 작아 보였고, 얼굴은 독한 스카치를 즐기는 사람 특유의 붉은 반점으로 뒤덮여 있었다. 「무슨 일 하세요?」 그녀가 물었다.

　「극작가예요.」 내가 대답했다.

　「극작가요? 그런 게 진짜 있는 줄 몰랐어요.」

　「진짜 있어요. 희곡을 쓰는 사람이라는 뜻이에요.」

　「제 말은, 그걸 해서, 그러니까⋯⋯.」

　「밥벌이를 하는 사람이 있는 줄 몰랐다?」

　「바로 그거예요.」

　「믿기 어렵겠지만 사실이에요.」

　「미안해요, 그런 뜻으로 한 말이 아니라──」

　「아니, 아녜요. 당신 말이 맞아요. 이 나라에선 관심 밖의 영역이죠. 브로드웨이 하면 보통 뮤지컬을 생각하니까요. 사실 극작가 대부분이 텔레비전으로 먹고 살아요.」

　「당신도 그런가요?」

　「지난 몇 년간 운이 좋았죠. 그럴 필요가 없었어요.」

　그녀가 잔을 들었다. 「그럼, 행운이 계속 이어지길 바라며.」 그녀가 내게 잔을 부딪쳤고, 그 동작이 아직도 노골적으로 우리를 노려보고 있던 붉은 얼굴의 분노를 자극한 듯했다.

　「저 남자가 계속 이쪽을 보고 있는데──」

　「제 상사예요.」 그녀가 그 남자에게 건성으로 짧은 미소를 날리며 말했다.

「뭔가 언짢은 게 있나 보네요.」

「제가 당신과 이야기하고 있는 것 때문일 거예요.」

「저요? 정말요? 왜요?」

「왜 그런 것 같아요?」 그녀가 지친 표정으로 되물었다.

「당신을 좋아하나요?」

「그건…… 그렇진 않은데…… 그렇다고 할 수도 있죠. 과도한 소유욕. 그걸 행동에 옮기지 않는 것에 대해 늘 인정받고 싶어 하고. 뭐, 흔한 일이죠.」

「유감이네요.」

그녀는 어깨를 으쓱했다. 「이제 좀 돌아다녀야겠네요. 만나야 할 사람들이 있거든요. 안타깝게도 당신은 거기 속하지 않아요. 적어도 제 상사가 생각하기에는.」

「그럼 그러시죠.」

그녀가 곧장 자리를 뜨지 않고 얼쩡거리며 말했다. 「가지 말고 기다려 줄 수 있어요? 끝나고 술 한잔 할래요? 차이나타운에 있는 멋진 곳을 아는데.」

「저야 더 바랄 게 없죠.」

그러자 그녀는 미소를 보내고 다른 방을 향해 걸어가다가 잠시 멈추어 상사를 달래 주는 듯했다. 그녀가 방에서 나가자 그는 나를 한번 쏘아보고는 돌아서서 나가 버렸다.

나는 사람들 틈에 섞여 이리저리 돌아다니다가 담배를 피우러 갔다가 다시 돌아와서 돌아다녔다. 그녀는 두 시간 후에야 일이 끝났다. 그때쯤엔 우리 둘 다 생각보다 술을 많이 마신 상태였다. 그녀는 44번 스트리트로 나서며 내 손을 잡았고, 나는 그녀의 손가락에서 찌르르 전기가 통하는 것 같은 기분을 느꼈다. 우리는 5번 애비뉴에서 택시를 잡아타고 차이나타운의 좁은 골목으로 들어가 나비넥타이를 맨 문지기가 지키고 있는 아무 표시도 없는 문 앞에 내렸다. 문지기가 그녀를 알아보고 안으로 들여보내 주었다. 우리는 안쪽 칸막이 좌석에 나란히 앉아 — 어깨가 맞닿고 팔이 스쳤다 — 술을 더 마셨다. 그러면서 가족과 아파트 이야기를 나눴다. 그녀는 터커라는 이름의 시추를 키우고 있는데 자신이 집에 없으면 터커가 자신을 얼마나 그리워할지 알기에 집을 비우기가 정말 싫다고 했다. 나는 반려동물이라곤 금붕어밖에 키워 본 적이 없다고 고백했다. 그녀가 어느 시점에서 내 생일을 물었다. 나는 화제를 돌려, 어릴 때부터 생일을 좋아한 적이 없었다고 말했다. 생일이라는 미리 정해진 날의 주인공이 되는 게 늘 부담스러웠으며, 사람들이 축하해 주는 것도 그들 역시 생일을 갖고 있는 것을 자축하는 것처럼 보였다고 설명했다. 그녀는 나의 그런 태도 — 나중에 그녀가 〈매력적인 허세〉라고 부르게 될 — 를 재미있어하면서도 고집을 꺾지 않았다. 한사코 내 생일을 알고 싶어 했다.

「10월 말이에요.」내가 말했다.

「22일 **이후**요?」그녀가 장난스럽게 물었다. 나는 고개를 끄덕이고 결국 날짜를 알려 줬다. 그녀의 눈빛이 생각에 잠겨 부드러워졌다. 그녀는 나를 응시하며 눈을 두 번 깜빡이더니 다시 한번 깜빡였다. 그녀의 입술이 살짝 벌어지고 혀끝이 이 사이로 빠르게 드나들었다.

나는 무릎에 그녀의 손이 닿는 걸 느끼며 그녀에게 상체를 기울여 키스했다.

아샤는 당시엔 아직 트럼프 소호라고 불리던 호텔에 묵고 있었다. 우리는 그녀의 방으로 가서 그날 밤 나의 집 욕실보다 큰 침대에서 두 번 섹스를 하고, 창밖으로 멋지게 펼쳐진 로어맨해튼에 해가 떠오를 때 소파에서 한 번 더 했다. 나는 그녀의 맛 — 산속의 물처럼 달고 깨끗한 — 이 좋았고, 룸서비스로 시킨 달걀과 팬케이크를 기다리며 그 맛을 음미했다. 우리는 음식을 씹으며 키스했다. 나는 누군가에게 이렇게 뿅 간 기분을 느낀 기억이 없노라고 고백했다. 그녀는 수줍은 미소를 지으며 그날 하루 종일 회의가 잡혀 있고 오후 늦게 비행기를 타고 휴스턴으로 돌아가야 하는 것에 대해 불평했다.

「괜찮아요.」 내가 말했다. 「주말에 내가 텍사스로 만나러 갈게요.」

그녀는 놀라는 기색이었다. 나는 기분 좋은 놀라움이리라 생각했다. 「진짜요?」

「당신만 괜찮다면…….」

「당연히 괜찮죠. 난 좋은데, 다만 —」

「다만 뭐요?」

그녀의 망설임은 나의 의심을 살 만큼 길었다. 「만일 당신 마음이 바뀐다고 해도 난 이해할 수 있다는 걸 알아줬으면 해요.」

「내 마음은 안 바뀔 거예요.」

「하지만 바뀌어도 괜찮아요. 정말 좋았어요. 정말로요. 당

신이 이 방에서 나간 후에 순간적인 감정에 휘말려 그런 말을
했다는 걸 깨닫게 된다면 —」

「그럴 일 없어요.」내가 힘주어 말했다. 나는 진지했고 그
녀가 그걸 알아주기를 바랐다. 내가 그녀를 실망시킬 거라고
생각하게 만들고 싶지 않았다. 하지만 그때 나는 그녀의 마음
을 잘못 읽고 있었다. 그녀는 내가 자신에게 흥미를 잃을까
봐 걱정하고 있었던 게 아니었다. 오히려 그 반대의 경우를
걱정하고 있었다.

***

나중에 알고 보니 우리가 함께 보낸 밤은 그녀에게 이례적
인 경우였다. 나는 그녀와 잠자리를 한 네 번째 남자였고, 그
녀가 처음 만난 날 같이 잔 남자는 나뿐이었다. 왜 나였을까?
그녀의 말로는, 토성의 귀환이 마무리되고 있었기 때문이라
는 것이었다. 그녀의 점성술 차트를 지배하는 금성이 현재
5하우스를 통과하고 있어서 이례적인 격변과 만남의 시기에
접어들었다고 했다. 그녀가 적어도 한 달에 한 번은 찾아가는
심령술사가 예언하기를, 다가오는 여행에서 그녀의 〈혼을 쏙
빼놓을〉 〈멋진 전갈자리〉를 만나게 될 거라고 했다. 그녀의
다음 시기 주제는 구현으로, 만일 삶이 하나의 학교라면 교과
과정을 밟을 때가 온 것이었다. 심령술사(낸시라는 이름의)
는 그녀에게 그 남자와의 시간을 실컷 즐겨야 한다고, 그와의
연결이 굉장히 강렬하지만 덧없이 끝날 가능성이 높다고 말

했다. 그러면서 다음과 같이 덧붙였다. 그 남자는 너한테 홀딱 반하겠지만 그에게 실연의 아픔을 안겨 주는 걸 걱정할 필요는 없어 — 그는 잘 견딜 테니까. 게다가 그는 한 여자에게 정착할 준비가 전혀 안 되어 있고…….

「잘 알겠습니다.」그 주말에 그녀가 내게 이 모든 이야기를 들려주었을 때 내가 약간 화난 목소리로 빈정거렸다. 우리는 텍사스 중부 플로렌스 — 지어낸 게 아니라 진짜 지명이다 — 에 위치한 르네상스 팔라초 스타일의 리조트에 묵고 있었다. 그녀가 거기서 한 시간 거리의 오스틴으로 출장을 갈 예정이며 플로렌스에서 나와 오붓한 시간을 보내고 싶다고 했던 것이다. 그래서 우리는 플로렌스에 있는 리조트에서 지내게 되었고, 우리 둘 다 오후와 밤의 섹스로 몸이 뻐근해진 상태에서 그녀가 휴스턴에서 멀리 떨어진 곳에서 만나자고 한 진짜 이유를 털어놓았다. 자신의 고향 휴스턴에서 아는 사람과 우연히 마주칠까 봐 그랬다는 것이었다. 그다음엔 낸시에 대해, 우리의 예언된 만남에 대해 이야기했고, 가장 중요한 블레이크 이야기도 꺼냈다. 알고 보니 그녀는 아직 블레이크를 만나고 있었다.

그녀는 9년이라는 세월의 대부분을 그와 함께했다. 그녀가 나와 처음 만난 뉴욕 여행 몇 주 전에 몇 번째인지 헤아릴 수도 없는 결별을 했지만, 내가 텍사스에 발을 딛기 이틀 전 둘이 다시 만나게 되었다. 그녀는 내가 출발하기 전에 그 사실을 알려 주지 않은 건 공평하지 못한 처사라는 걸 알지만 그걸 후회하진 않는다고 말했다. 나를 다시 만나고 싶었고,

다시 만나고 보니 나와의 만남을 계속 이어 가고 싶다는 확신이 들었다고 했다. 그게 이상한 소리, 말도 안 되는 개소리로 들리리란 걸 그녀도 안다고 했다. 그녀는 평생 누구를 속여본 적이 없다며 내가 그녀에게 정나미가 떨어진다고 해도 다 이해할 수 있다고 소리 죽여 덧붙였다.

　나는 그녀에게 정나미가 떨어지지 않았다. 오히려 발기가되었다.

　우리는 다시 섹스를 한 후 그 문제에 대해 더 이야기했다. 그녀가 내게 말해 주기를, 낸시는 그녀가 블레이크와 끝나지 않았으며 둘이 인연이 깊다고, 하지만 두 사람의 점성술 차트를 보면 앞길에 장애물이 많은데 그 모든 것을 극복할 수 있을지는 미지수라고 예언했다. 「내 말이 완전히 미친 소리로 들릴 수 있다는 거 알아.」 내가 아샤의 어깨를 핥는 동안 그녀가 말했다. 「어쩌면 내가 진짜 미친 건지도 모르지. 블레이크는 그렇게 생각하고, 내가 낸시 얘기를 하면, 그러니까, 낸시의 조언에 따라 관계에 대한 결정을 내린다는 걸 알게 되면 다들 그렇게 생각해. 하지만 어쨌든, 난 지금까지 그렇게 살아 왔어. 사람들은 내가 관계에 대해 고민해 보지 않았다고, 진지하게 들여다보지 않았다고 생각하는데 왜 그러는지 모르겠어. 나도 고민하지. 난 변호사야. 그리고 낸시가 블레이크에 대한 내 마음을 **안다는** 걸 나도 다 알아. 그녀가 안다는 걸 모르지 않는다고. 그리고 물론, 내가 매번 60달러씩 내면서 계속해서 낸시를 찾아가는 게 블레이크 때문이라는 걸 그녀도 알고 있으니, 그녀가 나한테 수작을 부리는 걸지도 모른다는 생각도 했지. 나도 그런 걸 다 알아. 그 상태에서도 마음에 와닿는 말, 진실처럼 느껴지는 말을 귀담아듣는 거야. 그녀 말에는 그런 것이 많아. 그건 사실이야. 정말이야. 이를테면, 당신을 만날 거라는 예언의 결과에 대해선 반박하기가 어려워. 맞지? 내 말은, 좋아 — 그것만 따로 떼어 생각해 보자고. 어쩌면 난 그저 안전지대에서 벗어날 용기가 필요했던 건지도 몰라. 어쩌면 낸시의 역할은 내게 누군가를 만날 가능성을 열어 준 게 다였을 수도 있어. 그녀는 내가 대개는 그러지 않는다는 걸 알고 있고. 어쩌면 그녀는 내게 그래도 된다고 허락해 주고 안심시켜 준 거고, 그 덕에 난 평소엔 절대 하지 않는 행동을 하게 되었다고 볼 수 있지. **절대로**. 난 친구들이 하룻밤 섹스를 즐겼다는 얘기를 들으면 끔찍해하는 사람이니까! 그러니까 나의 **암시 감응성**도 한몫한 거라고 봐야지. 하지만 그 상대가 당신인 건 그걸로 설명이 안 돼. 그렇지? 전갈자리? 좋아, 그럼 맞을 확률이 12분의 1은 되었던 거고, 낸시에게 운이 따랐을 수도 있지. 그런 것들이 **늘** 그렇듯이. 좋아. 하지만 **당신의** 경우에도 금성이 5하우스를 통과하고 있었던 건? 이번 주 당신 차트를 확인해 봤어. **그것도** 괴상한 짓이지. 그러다 보니 그 모든 걸 그냥 있는 그대로 받아들이는 것보다 설명하는 게 더 번거롭다는 생각이 들기 시작하는 거야. 아무럼 어때. 그냥 암시 감응성과 우연의 결과로 받아들이는 거지. 난 그냥 이런 식으로 살려고.」

아샤가 단 한 번의 머뭇거림도 없이 그런 이야기를 할 수 있었던 건, 그녀가 말하면서 내 얼굴에서 읽은 것들과 관련이 있을 터였다. 흥미, 격려, 찬성. 나 역시 오래전부터 그런 쪽에 은밀히 끌리고 있었다. 나는 심령술사를 찾아가거나 찻잎점, 타로점을 본 적은 없었지만 창조물의 밝고 소란스러운 삶 아래에는 보이지 않는, 그러나 어렴풋이 알아볼 수 있는 질서가 존재한다는 가정하에 하루하루를 살고 있었다. 나는 어린 시절의 유신론을 떠나면서도 그 가장 깊은 곳의 근본적 논리를 완전히 저버리진 않았다. 나는 신 같은 존재가 있는지는 몰랐다. 그 문제에 대해선 신경도 안 썼다. 하지만 우리가 의미—그걸 지어낼 만큼 간절한 사람들을 위한—의 깃발을 단 채 혼돈의 바다에서 표류하고 있는 존재일 뿐임이 아니란 건 거의 확신했다. 눈에 보이는 것 이상이—그 〈이상〉이 **무엇**을 수반하는지에 대해선 전혀 몰랐지만—작용하고 있으리라 믿어 의심치 않았다. 이러한 문제에 대한 나의 확신은 신앙보다는 경험에서 나온 것이었다. 아주 어릴 적부터 불가사의한 메아리를 들었던 것이다. 나는 기억이 생겨나기 시작하면서, 내가 태어나기도 전에 죽은 형 임티아즈에 대한 지속적이고 확실한 기억을 해냈다. 그 기억은 가족 전설의 한 토막은 아니었던 것이, 부모님은 형 이야기를 거의 하지 않았고 우리 집 벽이나 선반에는 형 사진이 한 장도 없었다. 그 존재는 그렇다고 환상 속의 벗도 아니었고 그보단 하나의 존재감이라고 할 수 있었으며, 내 마음을 달래 주기도 하고, 호기심이 일기도 하고, 왠지 고귀한 느낌을 주었다. 나는 그가 형일지도 모른다는 생각이 들기 전부터 그가 내 것임을 알았다. 나는 그를 조라고 불렀다. 부모님은 그를 나의 상상 속 친구라고 했다. 네 살 때 나는 어머니에게 집에 다시 어항을 들여 놓을 수 있는지 물었다. 어머니는 공포에 질린 눈으로 나를 쳐다봤다. 나는 어머니에게 조의 말을 전했다. 방에 오렌지색 금붕어들이 있었다고, 그 금붕어들을 다시 보고 싶다고. 어머니는 다시 말해 보라고 했다. 나는 그렇게 했다. 어머니가 내 뺨을 때린 후 울기 시작했다. 내가 태어나기 전에 내 침실 옆방에 어항이 있었고 임티아즈가 그 어항 속을 하염없이 들여다보곤 했던 모양이었다. 아버지와 형이 그 어항에 넣을 금붕어들을 사 오곤 했지만, 형이 죽자 이제 빈방에 놓인 어항에선 조용한 물거품만 일었고 부모님은 그 어항을 보면 아픈 기억이 되살아났다. 그래서 아버지가 금붕어들을 가까운 연못에 모두 풀어 주고 어항은 차고에 숨겨 두었다.

나는 그런 사실을 전혀 모르고 있었다.

나는 그를 하나의 존재감으로 느꼈다고 했는데, 그렇다고 해서 그의 형상을 보거나 그가 내 목소리가 아닌 다른 목소리로 말하는 걸 들었다는 의미는 아니다. 그럼에도, 그의 음색과 질감은 나의 것이 아니었다. 그가 존재한다는 인식은 그처럼 느껴진다는 이유만으로 나 자신과는 다른 어떤 것에 의해 시작된 하나의 놀이처럼 느껴졌다. 그는 하나의 방패, 다이몬, 특별히 평온한 기분, 내가 고결한 자극(충분히 자주 나의 주목을 받진 못했지만 내가 입을 다물고, 내 차례를 기다리고, 멈추어 질문하도록 이끄는)에 부여하는 이름으로 나와 함께 있었다. 나는 자라면서 이모들과 아버지를 통해, 그리고 어머니가 돌아가신 후 어머니의 일기장을 통해 형에 대해 더 많

은 걸 알게 되었다. 형은 사려 깊고 다정했으며 나이답지 않
게 기품이 있었다고 했다. 그림 그리기를 좋아해서 하루에도
몇 시간씩 그림에 몰두하여 끊임없이 작품을 만들어 냈고 주
로 물고기를 그렸다고 했다. 형이 다섯 살이라는 충격적인 나
이에 세상을 떠나다 보니 남은 가족들이 그를 추모하면서 적
지 않은 이상화가 이루어졌겠지만, 아무튼 나는 그들에게 들
은 이야기 대부분을 어쩐지 이미 알고 있었던 것 같은 기분이
었다. 어른이 되어서는, 부모님이 여전히 가슴에 품고 느끼
던, 여전히 생생하던 감정적 잔여물을, 말하자면 그들의 슬
픔이라는 미가공 재료를 내가 자신의 것으로 가공한 건 아닌
가 하는 의구심이 들기도 했다. 이런 막연한 생각은 내가 금
붕어를 사랑하던 죽은 형의 선한 혼령과 교감했을지도 모른
다는 얼토당토않은 결론보다는 확실히 거부감이 덜하다.

내가 여덟 살 때 일이었다.

나는 어머니의 어머니의 어머니가 신에게 쫓기는 꿈을 꾸
었다. 꿈속에서 신은 커다란 성난 구름의 형상을 하고 있었
고, 너무 커서 내 눈에 보이지도 않을 정도였다. 그녀는 필사
적으로 도망쳤지만 어디로 도망쳐도 신을 피할 수 없었다. 이
튿날 아침, 부엌에 들어가 보니 아버지가 어머니를 위로하고
있었다. 방금 전 라왈핀디에서 어머니의 자매이며 나의 이모
인 나즈닌에게 전화가 왔는데 간밤에 그들의 할머니 — 나의
증조할머니 — 가 돌아가셨다는 것이었다.

그리고 더 있다.

그다음 겨울 크리스마스 연휴에 우리는 파키스탄에 가서

북펀자브에 있는 아버지의 고향에 머물렀다. 나는 그때 마을 성직자와 안뜰에서 식사를 한 기억이 난다. 그는 왜소한 중년 남자로 길쭉한 짙은 갈색 얼굴이 헤나로 붉게 물들인 턱수염에 에워싸여 있었다. 그리고 말할 때 입안에서 네모진 고른 치아가 반짝거렸는데, 나는 그 치아가 진짜인지 의심스러웠다. 식사 중에 나는 다리가 아프기 시작했다. 그러더니 통증이 온몸으로 퍼졌다. 그날 밤 나는 열병으로 앓아누웠고 이틀 동안 열이 떨어지지 않았다. 이틀째 밤에는 체온이 40도까지 치솟았다. 나는 할머니 방 고리버들 침대에 누워 식은땀을 흘리며 하늘이 무너져 빵과 뼈 덩어리들이 쏟아지는 환각에 젖었다. 그 덩어리에 맞아 죽을까 봐 겁이 났다. 아버지가 나를 진정시키기 위해 내 곁으로 다가와 이마를 어루만지며 내 귀에 대고 조용히 노래를 불러 주었다. 까무룩 잠이 든 나는 그 커튼 같은 턱수염과 네모진 치아를 가진 성직자가 노인 — 숄을 두르거나 턱수염을 기른 남녀 — 무리와 함께 나타난 꿈을 꾸었다. 그들 모두 나를 보러 온 것이었는데, 일렬로 늘어선 그들의 행렬이 너무 길어서 침실을 지나 마당을 거쳐 마을 광장까지 이어졌다. 그들 모두 오므린 두 손에 잠잠[9]의 물을 들고 와서 한 사람씩 차례로 내 이마에 그 성수를 떨어뜨렸다. 이윽고 내 침대는 마당으로 옮겨졌고, 그들 모두가 나

9 잠잠은 메카에 있는 우물로 아브라함의 아내이자 이스마엘의 어머니 하자르에 의해 발견되었다고 한다. 갈증에 시달리던 아기 이스마엘의 발아래서 샘이 솟았다는 것이다. 이 물이 건강과 축복을 가져다준다는 것이 일반적인 무슬림의 믿음이지만, 2011년 BBC 조사에 의하면 이 물의 비소 함유량은 위험한 수치에 이른다―원주.

를 둥그렇게 에워싸고 조용히 빙글빙글 돌았다.

　나는 그렇게 앓은 후 몇 달 동안 조부모와 그들의 조부모들이 찾아오는 꿈을 꾸었다. 사막을 가득 채운 조상들이 일치된 동작으로 기도를 올리는 꿈도 꾸었다. 실의에 빠진 예언자가 밤에 교외 주택가의 인적 없는 거리들을 배회하는 꿈도 꾸었다. 머리에 초록 스카프를 두른 그는 타피 — 내가 어렸을 때 우물가에서 보았던 — 처럼 보였지만 꿈속에서 나는 그가 마호메트임을 알았다. 이튿날 아침, 나는 아침 식사를 준비하기 위해 프라이팬에 달걀을 깨 넣고 있는 어머니에게 그 꿈 이야기를 했다. 어머니는 요리하면서 내게 그 꿈 이야기를 다시 해보라고 시켰고, 나는 어머니가 이맛살을 모으고서 열심히 듣는 이유를 알지 못하다가 나중에야 깨닫게 되었다. 그 후 며칠 동안 어머니가 여남은 명의 친구와 친척 들에게 전화를 걸어 내가 해준 꿈 이야기를 그대로 전했던 것이다. 어머니는 꿈에서 예언자를 보는 건 우리 무슬림에게 영광의 표시이며 자신의 가족에겐 특히 더 그렇다고 자랑했다. 겉보기에 가장 신앙심이 깊은 나의 이모 카디자는 예언자 꿈을 꾼 것으로 유명했는데, 내 꿈에 대해 해석하기를, 예언자는 일찍 자고 일찍 일어나는 분으로 잘 알려져 있다, 그런 분이 밤에 배회한 건 혼란스러운 마음을 나타낸다, 그분은 미국 무슬림들이 처한 곤경을 보고 실의에 빠진 것이다, 내가 우리 동네에서 그분을 본 건 나중에 위대한 미국인 무슬림 성직자가 될 걸 의미하며 어쩌면 이 불신자들의 나라가 진실을 깨닫게 만들 정도로 위대해질 수도 있다고 했다. 물론, 아버지는 그걸 생각 없는 무슬림들의 흔한 헛소리로 치부하면서 어머니에게 특히 〈위대한 성직자〉 얘기는 공연히 나에게 〈헛바람〉만 넣을 해로운 헛소리니 다시는 입 밖에 꺼내지도 말라고 했다. 어머니는 그 경고에 따르지 않았지만, 나는 아버지 말에 일리가 있었다고 생각한다.

사춘기가 되면서 나는 꿈을 꾸지 않게 되었다. 대학 2학년 때 내게 손가락에 연필을 붙이고 자는 요령을 가르쳐 준 메리 모로니의 말대로 꿈을 기억하지 못하게 된 것인지도 모르지만 말이다. 앞에서 대학 시절 야간작업에 의해 예견된 만남과 우려에 대해 잠시 이야기한 적이 있지만 그것은 대개 사소한 일이었다 — 이를테면 반 친구가 꿈에서 본 것과 똑같은 푸른색 스웨터와 오렌지색 바지 차림으로 다음 날 강의실로 들어왔다거나, 대학 풋볼 팀 득점 결과가 사흘 전 꿈과 일치한다거나, 아프리카의 어느 나라 시장에서 과일 장수와 멜론값을 흥정하는 꿈을 꾼 다음 날 본 경제학 시험 마지막 문제가 동아프리카 멜론 무역에 대한 내용이었다거나(수업 시간에 동아프리카나 멜론에 대한 이야기를 한 적이 없었는데). 대학 때 꾼 예지몽 중에서 유일하게 마음에 깊이 남았던 건 강렬한 분홍색 방이 언뜻 보이는 몽정이었는데, 그 학기에 캠퍼스 건너편 여학생 기숙사 3층 욕실에서 거슬리는 분홍색 타일을 보며 샤워 중에 동정을 잃는 동안 퍼뜩 그 꿈이 떠올랐다. 그 후 세월이 흐르면서 나는 그 불가해한 시공 연속체의 균열을 크게 신경 쓰지 않게 되었지만 그 균열이 내 주목을 끌 때가 있었다. 어렸을 때 증조할머니의 죽음을 예언하는 꿈을 꿨던 나는 30년 후에 그 딸의 죽음에 대한 예지몽을 꾸었다. 나는 꿈에서 할머니가 석류나무 숲에서 석류를 따는 모습을 보았다. 할머니가 쓰러졌고, 나는 잠이 깼다. 할머니는 이튿날 심장마비로 사망했다. 911 이틀 전에는 맨해튼이 공격당하는 꿈을 꾸었다.

이 정도면 내가 아샤의 괴상한 고백을 액면 그대로 받아들일 수 있었던 데에는 내 나름의 사연이 있었음을 충분히 입증했으리라 생각한다. 어쩌면 우리가 징조를 믿은 건 불가사의와의 영적 교감이라는 가면을 쓴 자기도취에 지나지 않았을 수도 있으며, 우리 선조의 미신이 신세계에서 노출된 것이었을 수도 있다. 나는 그걸 이해해 보려는 노력을 중단했으며, 여기서 내 사연을 들려주는 동안 자제력을 발휘하긴 했지만 (왜냐하면 독자여, 나는 이 이야기를 계속할 수도 있었으니까), 이 노래와 이야기의 서술자로서 내가 아직 지니고 있을지도 모르는 알량한 신뢰성을 보존하기 위해 이 기괴한 성향을 포기할 수는 없다. 이 미친 성향이 내 안에 완전히 배어 있음을 실토해야겠다.

***

지금까지 늘어놓은 이야기의 대부분은 내가 아샤와 사귀기 시작한 지 9주 만에 내린 놀라운 결론에 조금이나마 맥락을 제공하고 싶은 바람에서 나온 것이다. 아샤는 나와 만나는 동안 줄곧 블레이크와의 관계를 유지하고 있었으니 우리가

사귀었다고 볼 수 있는지도 확실치 않았지만, 나는 안 된다는 걸 알면서도(그녀는 나와 같은 마음이 아니라는 걸 알았으니까) 그녀가 내 운명의 짝이며, 우리는 결혼으로 맺어질 것이고 반드시 그래야만 한다고 생각하게 된 것이다. 우리의 성적 관계, 특이한 가정적, 신비주의적 공통점, 이 모든 것이 내 확신을 키워 준 건 분명하지만 결정적 요인은 그보다 평범하고 외적으로 두드러지지 않는 것이었다. 그리고 나도 모르게 슬그머니 찾아왔다.

우리는 어퍼이스트사이드의 스타벅스에 있었다. 그녀와 몇 시간 동안 걸은 뒤라 나는 지쳐 있었다. 안으로 들어가서 나는 빈 테이블에 앉았다. 그리고 그녀가 자신이 마실 차와 우리 둘이 먹을 초콜릿쿠키 한 봉지를 주문하는 걸 지켜보았다. 아샤는 음료 반납대에서 구부정한 유대인 할머니 옆에 서서 감미료 봉지를 뜯어 자신의 컵에 넣고 섞었다. 그녀가 젓는 막대를 다 쓴 뒤 버리려는데 유대인 할머니가 그녀를 막으며 뭐라고 말했다. 그러자 아샤가 그 할머니에게 젓는 막대를 건넸고, 할머니는 그 막대로 자신의 음료를 저었다. 그다음에 할머니와 아샤는 미소를 나눴고, 할머니는 막대를 버렸다. 아샤는 할머니가 열린 문을 향해 느릿느릿 걸어가는 모습을 지켜보았는데, 그때 아샤의 얼굴에는, 감히 말하건대, 위대한 라파엘조차 표현하기 어려운 다정함이 어려 있었다. 할머니가 나간 후 내가 앉은 테이블로 온 아샤는 자신의 차를 한 모금 마셔 보라고 권했다. 그리곤 차를 마시는 내 옆얼굴을 차로 따뜻해진 보드라운 손바닥으로 쓰다듬었다. 나는 단순하고 작고 평온한 기분을 느꼈다. 아무런 걱정도, 고민도 없었고 마음이 편안했다.

나의 집으로 돌아와서 아샤가 저녁으로 **무르그카라히**와 **달타르카**를 만들어 주겠다고 해서 나는 양파와 마늘을 썰었다. 우리는 손으로 음식을 먹으며 실제 범죄를 다룬 TV 프로그램을 봤다. 남편이 새 연인과 함께 살기 위해 배우자를 죽인 흔한 내용이었다. 그날 밤 우리의 섹스는 달랐다. 나는 처음으로 그녀 품에서 울었다. 그리고 다음 날 아침 그녀 옆에서 잠이 깼을 때, 방 안의 빛 ─ 블라인드 틈으로 새어 든 ─ 은 상쾌하고 밝은 회색이었다. 내가 알지 못했던 맑고 조용한 빛이었다. 가슴속에서 부드럽게 고동치는 심장 소리를 들으며 누워 있으려니 아무 생각도 떠오르지 않았다. 고개를 돌려 아샤의 잠든 옆얼굴을 보자 갑자기 꿈의 파편들이 마음속에서 반짝거렸다. 파키스탄 전통 복장을 한 아샤와 나, 눈가에 먹을 바르는 나, 아샤가 겨드랑이 털을 밀기 위해 분홍색 **쿠르타**를 젖히자 그녀의 배가 보인다. 임신을 했다.

나는 잠든 아샤의 얼굴을 들여다보았다. 그날의 유난히 순수한 새벽빛 속에서 그녀의 피부는 페코 홍차와 강황의 색으로 보였다. 그보다 짙은 나의 어두운 구릿빛 피부는 내게 어린 시절부터 오랫동안 심각한 혼란의 원천이었다. 나는 주위에서 흔히 볼 수 있는 병약해 보이는 엷은 흰 피부 색에 본능적인 혐오감을 느꼈다. 창백한 팔과 다리, 밀가루 반죽 색깔 얼굴, 따스함이나 인간적인 윤기가 없는 살, 무언가 감추어져 있는 게 아니라면 도무지 이해할 수 없는 파리한 병색 ─

어릴 적부터 내 눈에 백인들이 그렇게 보였다. 그런데 역설적이게도 내 피부가 희지 **않다는** 사실이 몹시 이상하게 느껴졌다. 심지어 나중에 사춘기를 거쳐 청년기에 접어들 때까지도 나는 거울에 비친 내 모습에 깜짝 놀라는 경험을 했다. 내 눈이나 코, 입은 문제가 되지 않았다. 변색된 동전 빛깔 피부를 제외하면 내 얼굴은 전혀 문제 될 게 없었다. 안색만 놓고 보면 나는 모르는 사람을 마주하고 있는 듯했다. 학교 복도나 쇼핑센터나 시립 수영장 같은 데서 봤다면 이 땅에 속하지 않는 사람이라고 생각했을 그런 사람. 나는 나 자신을 닮은 사람들이 내 눈에 그렇게 보인다는 걸 알았기에 나 자신도 마찬가지일 것임을 알았다. 그들을 닮은 거울 속 나의 모습은 내가 늘 잊고자 하는 나의 진실, 내 외모를 마주할 때를 제외하곤 알 수 없는 진실(내가 〈아웃사이더〉라는 **의식**이 없음에도 **오직** 그렇게만 보일 거라는)을 상기시키는(적어도 나 자신에게는) 하나의 암시였다.

자신의 외모로 인해 당혹감을 느끼는 건 인간에게 가장 흔한 경험 중 하나임에 분명하지만, 인종 문제가 관련되면 그 감정은 특별한 기이함을 동반한다. 밀워키 서부 교외 지역에서 흰 피부에 둘러싸여 자랐으니 나의 짙은 피부색이 나를 규정하게 된 건 당연한 일이겠지만 그 정확한 계기에 대해선 아직도 오리무중이다. 학교에서 또래 집단과 트라우마로 남을 만한 사건이 있었던 것도 아니고, 선생님들이 선의로 나의 다름을 고귀하게 만든 적도 없었으며, 여자 친구를 사귀는 데 어려움이 있었던 것도 아니었다. 집에서 부모님이 인종적 편

견과 조금이라도 관련이 있는 문제에 대해 불평하는 걸 들어
본 적도 없었다. 내 젊은 시절의 위스콘신은 여전히 고유의
진보주의를 자랑스럽게 여기고 있었다. 위스콘신은 산재 보
험과 로버트 라 폴레트의 위스콘신 아이디어 ─ 학술적, 과
학적 연구는 공익을 위해 행하여야 한다는 ─ 의 탄생지로
리아즈가 자란 동부 펜실베이니아와는 딴판이었으며, 내가
성장하면서 목격한 부족주의는 지역 풋볼 팀과 관련된 것뿐
이었다. 아무튼, 나의 검은 몸이 무르익으면서 흰 몸에 대한
혐오감은 욕망으로 발전했다. 몽정을 할 때 상대는 늘 흰 피
부였다. 나는 내 어두운 피부와 대비되어 더 밝아 보이는 흰
얼굴들을 갈망했다. 흰 가슴과 허벅지, 나의 커진 적갈색 페
니스를 잡은 흰 손가락을 상상했다. 물론 이 모든 건 내 존재
의 핵심에서 인종 정치학에 대한 사회화가 이루어지고 있었
음을 나타낸다. 하지만 그날 아침 아샤 옆에 누워 있을 때, 나
는 우리의 검은 손이 눈처럼 흰 시트에 나란히 놓여 있는 걸
보면서 아무런 혼란도 느끼지 않았고, 그건 내가 기억하는 한
처음 있는 일이었다. 우리의 갈색 피부가 의심의 여지 없이
옳게 보였다. 그것은 생각의 진행이 아니라 감정의 유입, 그
녀라는 기적적인 원천에서 솟아난 한 줄기의 갑작스러운 경
이에 의해 더욱 큰 확신과 추진력을 얻게 된 결론이었다. 물
론 그때 내가 느꼈던 건 사랑이었다. 그동안 내가 절대 받아
들일 수 없었던 것(내 피부색)에 대한 애정을 그녀에 대한 사
랑으로 **착각한** 거였는지 아니면 그날 아침에 믿었던 대로 정
말 그녀를 사랑한 건지 ─ 내가 누군가를 그렇게 깊이 사랑

할 수 있을 줄은 몰랐지만 — 는 이제 확실하지 않지만 말이다.

아샤는 나와 침대에서 껴안고 있을 기분이 아니었다. 그녀는 잠이 깨자 자신의 입냄새 핑계를 대며 고개를 돌렸다. 그녀는 휴대 전화를 들고 침대에서 빠져나가 화장실로 들어갔다. 물 트는 소리에 이어 샤워하는 소리가 들려왔다.

나는 일어나서 커피를 끓이고, 저녁에 먹다 남은 **카라히**를 잘게 썰어 달걀, 칠리, 고수를 넣고 오믈렛을 만들었다. 그리고 오믈렛이 익는 동안 **차파티** 두 장에 버터를 발라 프라이팬에 구웠다. 몸에 수건을 두르고 젖은 머리를 뒤로 넘긴 채 휴대 전화로 문자를 보내며 화장실에서 나온 아샤는 아침 식사가 준비된 걸 보고 기뻐했다. 그녀가 내 목을 감싸안으며 아직 젖어 있는 뺨을 내 귀에 비볐고, 나는 가슴이 뛰었다. 그녀의 휴대 전화에서 문자가 왔음을 알리는 진동음이 울렸다. 그녀가 식탁에 앉아 달걀과 함께 먹을 빵을 찢고 있을 때 그녀의 휴대 전화가 또다시 진동했다. 그녀는 문자를 흘끗 보더니 화난 얼굴로 휴대 전화를 식탁에 엎어 놓았다.

「누구야?」 내가 물었다.

그녀는 어깨를 으쓱하면서 고개를 저었는데 내 생각에 그건 그녀의 대답이 내겐 놀랍지 않을 것이며 이야기할 가치도 없다는 뜻으로 해석되었고, 결국 그건 블레이크가 보낸 문자라는 의미였다.

「그가 원하는 게 뭔데?」

「그 얘기는 하고 싶지 않아.」

「그래, 좋아.」

나는 희망과 무방비 상태의 기분을 동시에 느꼈다. 그날 아침 그녀에게 느끼고 있는 감정을 암시적으로나마 전하고 싶은 갈망에 희망으로 부풀어 있으면서도, 그녀가 이미 나에게서 달라진 점을, 나의 구차하고 애원 어린 태도를 간파하고 도망치려는 계획을 짜고 있는 듯한 느낌이 커져 가면서 무력감이 밀려들었다.

「화장실에 있는 십자가는 누구 거야?」 그녀가 물었다.

「응?」

「세면대 수납장에 있는 거. 면봉이 필요해서 열어 봤어. 그러다 코코넛오일병을 넘어뜨렸지. 그런데 십자가 달린 은목걸이가…….」

「아, 맞다. 그거.」

그녀는 나의 당혹스러운 미소를 오해했다. 「어떤 여자였어?」

「아, 아냐. 그런 거 아냐……. 내 거야.」

「진짜? 왜 십자가를 갖고 있어?」 그녀가 물었다.

다른 때였다면 나는 거짓말로 둘러댔을 것이다. 하지만 그날 아침은 달랐다. 설령 내가 그녀를 사랑하게 되었다는 고백을 할 수 없다고 해도 그녀에게 최선을 다하고 싶었다. 그게 오직 나만을 위한 일이라고 해도 말이다. 「911에 관계된 거야. 설명하자면 이야기가 긴데 ─」

「괜찮아.」 그녀가 음식을 씹으며 말했다. 「우리에겐 시간이 있으니까.」

나는 심호흡을 한 뒤 이야기를 시작했다. 「당시에 난 침실에 TV가 있어서 아침에 일어나면 제일 먼저 TV로 날씨를 확인했지. 그런데 그날 아침엔 쌍둥이 빌딩 중 하나의 상층부에 발생한 화재가 생중계되고 있었어. 아나운서는 소형 비행기가 빌딩에 충돌했다는 말만 반복했고, 나는 화장실로 가면서 JFK[10] 주니어가 탄 경비행기가 대서양에 추락한 사건을 생각했지. 화장실에서 칫솔에 치약을 짜고 있는데 TV에서 누가 비명을 지르는 소리가 들려왔어. 그래서 침실로 다시 가보니 또다시 폭발이 일어난 거야. 다른 비행기가 두 번째 빌딩을 들이받은 거지. 난 그 즉시 알아챘어. 어떻게 알았는지는 모르겠지만, 아무튼 알 수 있었어.」

「뭘 알았는데?」 그녀가 물었다.

「우리라는 걸. 우리가 그랬다는 걸.」

그녀는 침묵을 지켰지만, 나는 그녀의 경계하는 표정이 무얼 말하는지 읽기 어렵지 않았다. 친애하는 독자들이여, 내가 좀 더 약삭빠른 인간이었다면 그녀의 표정을 금세라도 목청 높여 반박해 올 것 같은 불쾌한 얼굴로 포토샵 수정 처리를 했을 것이다. 그다음엔 그녀가 비록 무슬림이지만 911에 대해 비무슬림과 다르지 않은 공포를 품고 있는 것처럼 꾸민 대화가 이어졌을 것이다. 내가 그 문제를 그토록 중요하게 여기지 않았더라면, 앞길에 놓인 슬픔에서 스스로 벗어나기 위해 그런 식으로 썼을 것이다. 하지만 그건 진실이 아니기에 나는 그렇게 쓰지 않을 것이다. 그녀도 나처럼 미국의 살인적

10 존 F. 케네디.

인 간섭에 대한 불평, 무슬림의 땅과 희생된 생명들에 대한 걱정, 히틀러에 대한 찬양과 이스라엘을 향한 분노, 우리의 제국이 처한 딱한 현실에 대한 자책으로 가득한 설교와 가족 식사 자리에 익숙했기에, 아무 말도 하지 않았다. 그녀도 나처럼 다음과 같은 말을 무수히 들어왔다 — 우리 무슬림 중에서 저 유럽인과 신유럽인의 불법적 통치를 타도할 인물이 나올 것이며, 언젠가는 저 영적으로 빈껍데기에 불과한 존재들의 손아귀에서 세상을 되찾을 것이다. 저들은 돈 때문에 신을 등졌고, 그 종말이 처참할 것임을 우리는 안다. 저들은 자신의 한계를 넘어선 척도를 갖지 못한 인간 종족이다. 저들은 아무것도 존중하지 않는다. 이 행성 자체가 저들의 근시안적 제국이 지켜보는 가운데 죽어 가고 있는 것도 놀랍지 않다. 우리가 모든 걸 되돌리고 정당한 신성성을 회복시킬 날이 오고야 말 것이다. 그녀는 이런 말을 귀가 아프도록 들었다. 911 이후엔 우리 둘 다 그런 말을 점점 더 적게 듣게 되었지만. 그녀는 유감 가득한 표정으로 나를 외면한 채 낙담 어린 미세한 끄덕거림을 보이며 내 이야기를 듣고 있었다.

내가 이야기를 이어 갔다. 「전화벨이 울렸어. 그때 난 집 전화밖에 없었어. 부모님이었어. 놀라서 전화하신 거지. 부모님은 내가 무사한 걸 확인하고 안도하셨어. 내가 무사하지 못할 이유는 없었는데도. 나는 여기 사는 내내 거기까지 내려간 게 딱 두 번뿐이었거든. 하지만 사람 일은 모르는 거니까. 부모님은 나에게 집에서 나가지 않겠다고 약속하라고 하셨어. 나는 방금 끝낸 희곡 원고를 출력하러 친구 스튜어트 집에 갈

예정이라는 걸 부모님께 말씀드리지 않았어. 스튜어트는 그
래픽 디자이너라 비싼 레이저 프린터를 갖고 있었는데 내가
극장이나 축제에 보낼 원고를 출력할 수 있게 해줬거든.

그날은 날씨가 끝내줬어. 모두들 그걸 기억하고 있지. 하
늘이 얼마나 푸르고 맑았는지. 업타운에서는 강에서 산들바
람이 불어왔어. 아직 여름 기운이 느껴졌지. 사람들이 길거
리로 쏟아져 나와 있었는데, 어딘가로 가는 사람은 없었어.
나는 화요일 아침 같지가 않구나 하고 느꼈던 기억이 나.

스튜어트의 집 문은 열려 있었어. 그가 부엌 밖 복도에 서
서 울고 있었어. 그는 빌딩이 사라졌다는 말만 되풀이했어.
나는 그게 무슨 소린지 알아들을 수가 없었어. 거실로 들어가
니 그의 룸메이트 — 그는 백인이고 스튜어트는 흑인이야 —
가 거대한 플라스마 화면으로 그 모든 걸 지켜보고 있었는데,
스릴을 즐기는 눈빛이었어. 그가 우리를 향해 말했어. 〈다 지
금 벌어지고 있는 일이야. 드디어 개지랄 쇼가 시작된 거지.〉
그러더니 웃음을 터뜨렸어. 스튜어트가 그에게 닥치라고 소
리를 질렀어. 룸메이트가 아침 내내 그런 소리를 지껄여 대고
있었던 모양이야. 스튜어트는 다시 울기 시작했고, 그의 룸
메이트는 화가 나서 소파에서 벌떡 일어나 나가 버렸지.

나는 거기 서서 지켜보고 있었어. 금세 두 번째 빌딩이 무
너졌어. 바로 거기서. 내 눈 앞에서. 연기와 가루의 기둥이 허
물어지고 있었어. 그 모습이 마치 끔찍한 검은 꽃이 제풀에
꺾이는 것 같았지. 스튜어트는 제정신이 아니었어. 미친 듯
울부짖었지. 나는 그를 안고 두 번째 빌딩이 무너지는 장면이

되풀이되고 있는 TV 화면을 보고 있었어.

나는 스튜어트의 집 부엌에서 부모님께 전화를 걸었어. 부모님이 그동안 내게 전화를 걸었으리라는 걸 알고 있었으니까. 어머닌 이성을 잃은 상태였어. 〈너 어디 있니? 왜 전화를 안 받아?〉 내가 혼자 있기 싫어서 친구 집에 왔다고 했더니 **어머니가** 울기 시작했어. 아버지가 내게, 어머니가 다운타운에 사는 내 사촌 이브라힘 때문에 걱정하고 있다고 말해 줬어. 이브라힘은 뉴욕대에 다니고 있었는데, 2학년인가 3학년이었고, 금융가에 있는 기숙사에서 살고 있었어. 이브라힘에게 기숙사가 거기 있다는 말을 처음 들었을 때 이상하다고 생각했는데, 뉴욕대에서 뉴욕에 있는 부동산을 대거 사들였고 그러다 보니 빈 건물이 많이 생겨서 학생들을 집어넣었던 거지. 아버지가 이브라힘에게 계속해서 전화를 걸고 있었지만 그날 아침엔 휴대 전화로 통화하는 게 거의 불가능했지.

스튜어트의 남자 친구가 와서 나는 그 집에서 나와 거리로 들어섰어. 북쪽으로 그렇게 멀리 떨어져 있는데도 ─ 그때 난 모닝사이드하이츠에 있었으니까 ─ 연기도 보이고 바람에 실려 온 냄새도 다 맡을 수 있었어. 맞바람이 불었거든. 업타운에 있는 게 더 안전했지만 무언가가 나를 남쪽으로 끌어당겼어. 그때 왜 겁이 나지 않았던 건지 모르겠어. 전혀 놀라지 않은 나 자신이 충격적이라는 생각만 계속 떠올랐지. 나는 자신이 거의 평생 이런 일을 예상하고 살아왔다는 걸 깨달았어.

지하철은 운행이 중단된 상태였어. 거리들이 이상하게 느껴졌어. 거기 사람들도, 자동차들도, 버스들도 있었어. 모두가 같은 속도로 움직이는 것 같았어. 나는 그 며칠 전에 시내에서 테러가 발생한 꿈을 꾸었는데 ㅡ」

「그랬어?」 그녀가 물었다.

「응. 꿈에서 테러가 발생했고 사람들이 거리에 곤충처럼 들끓고 있었어. 개미굴이 무너졌을 때 개미들이 움직이는 것 같았지. 사실은 그게 제일 기억에 남아. 그 동물적인 공포.

난 걷기 시작했어. 브로드웨이를 따라 내려가 어퍼웨스트사이드와 미드타운을 지났지. 사람들이 거리로 쏟아져 나와 걸음을 멈추고 이야기를 나눴어. 서로 모르는 사이임에 분명한 사람들이 길모퉁이마다 모여 있었지. 타임스 스퀘어의 풍경은 기괴했어. 교통이 정지된 상태였지. 수천 명의 사람들이 곳곳에서 거대한 스크린들을 올려다보고 있는 모습이 마치 영화의 한 장면 같았어.

브로드웨이를 한참 내려가자 전자 제품 매장에서 벽처럼 솟은 TV들이 똑같은 장면들을 반복해서 내보내고 있었어. 불길, 연기, 빌딩 옆구리로 파고드는 두 번째 비행기, 추락하는 사람들, 무너지는 강철과 가루 기둥들, 유령처럼 흰 먼지를 뒤집어쓴 충격에 빠진 생존자들.

23번 스트리트가 봉쇄되어 있었어. 문을 지키는 경찰관에게 가서 뉴욕대에 다니는 사촌을 만나야 한다고 말하니까 들여보내 주더군. 14번 스트리트에서 경찰관이 내게 휴스턴 스트리트 아래로는 많은 사람을 들여보내지 않는다고, 그리고 캐널 스트리트 아래로는 아무도 못 들어간다고 말했어. 예외

는 없다고. 냄새가 얼마나 강한지 설탕과 나무가 불에 타면서
나는 독한 연기가 이빨에 티끌처럼 달라붙는 것 같았어. 우리
머리 위로 산더미 같은 연기가 빌딩들을 뒤덮고 있었지. 그
연기는 마치 살아 있는 것처럼 생생했어. 성난 것 같았고. 하
와이 선주민들이 왜 화산을 신으로 여겼는지 문득 이해가 됐
어. 나는 기침이 나기 시작했고, 공기는 갈수록 나빠졌어. 더
이상 가는 건 현명하지 못한 것 같았지.

   난 돌아갔어야 했어. 집으로, 아니면 누군가의 집으로. 내
친구들 대부분이 결국 그렇게 했지. 하지만 난 그러고 싶지
않았어. 일이 벌어지고 있는 곳에 가까이 가야만 할 것 같았
어. 그래서 13번 스트리트를 따라 서쪽으로 걸어갔어. 그쪽
에선 더 잘 보이는지 확인하려고. 7번 애비뉴에서 사람들이
업타운을 향해 올라오고 있었는데, 일부는 흰 먼지를 뒤집어
쓰고 있었어. 모두들 추가 테러가 있을까 봐 걱정했고, 부두
에서 사람들이 배를 타고 섬을 떠나고 있다는 말이 들렸어.
어떤 여자가 TV에서 봤는데 팔레스타인 사람들이 길에 나와
환호하고 있다고 말했어. 그 여자가 나를 쳐다봤어. 〈그게 믿
겨요?〉 그녀가 끓어오르는 분노를 드러내며 말했어. 〈그게
믿기냔 말이에요.〉

   12번 스트리트와 7번 애비뉴 사이에 병원이 하나 있었어.
세인트빈센트 병원. 믿기지 않겠지만, 아버지가 처음 이 나
라에 와서 몇 개월 동안 일했던 병원이지. 그 앞에 사람들이
줄을 서 있었는데 줄이 그 블록을 따라 꼬불꼬불 이어져 있었
어. 나는 어느 나이 많은 여자에게 그게 무슨 줄이냐고 물었

어. 〈헌혈하려고요.〉 그 여자가 대답했어. 다른 사람이 나에게 혈액형을 물었어. 내가 O RH-라고 하자 몇 사람이 나도 줄을 서야 한다고 말하더군. 내 피가 수혈에 좋다는 건 나도 알고 있었지. 난 더 아래로 내려갈 수 없다면 헌혈이라도 해야겠다고 생각했어.

내 앞에 남자가 서 있었는데 50대 후반쯤 되었을까? 푸른색 셔츠를 입었고, 입술이 두껍고 양다리고기 모양 구레나룻을 기른 남자였지. 그가 자꾸 나를 쳐다봤어. 내가 참다못해 무슨 문제라도 있느냐고 물었지. 〈씨팔, 뻔한 걸 왜 물어.〉 〈아니, 왜 자꾸 쳐다보는지 궁금해서 물었죠.〉 〈당신 어디서 왔어?〉 그가 공격성을 숨기려고도 하지 않고 물었어. 〈업타운요.〉 내가 대답했어. 나는 그가 뭘 물었는지 알고 있었어. 그때쯤엔 사건의 배후에 무슬림이 있다는 소문이 퍼지고 있다는 걸 알았으니까. 이미 14번 스트리트에서 만난 여자에게서 그걸 느꼈었고, 그때도 몇몇 사람의 시선에서 그걸 느낄 수 있었지. 양고기 구레나룻이 나한테 어디서 왔는지 다시 물었고 나는 업타운이라고 또 대답했어. 〈당신 무슬림이야?〉 그가 물었어. 내가 망설이는 동안 그는 내 얼굴에서 자신이 원하는 대답을 본 것 같았어. 〈그렇구만, 그렇지?〉 〈선생님, 그게 문제가 되나요?〉 〈염병할 아랍 아인슈타인이 여기서 우리한테 무슨 문제라도 있는지 묻고 있네.〉 그는 다른 사람들 들으라고 그렇게 말했어. 누군가가 그에게 나를 그냥 놔두라고 말했어. 〈난 당신이 여기서 뭘 하고 있는 건지 모르겠어. 우린 아랍인 피 필요 없어.〉 나는 의도치 않게 웃음을 터뜨려 그를 더 화나게 만들었어. 〈이게 재밌다고 생각해? 이 염병할 아랍 놈아, 넌 이게 재밌다고 생각해?〉, 〈선생님, 제발 입 좀 닥쳐 주시겠어요?〉 내가 버럭 소리를 질렀어. 그 소리는 내가 듣기에도 힘이 없었고, 상황만 악화시켰지. 〈나한테 이래라 저래라 하지 마, 이 염병할 테러리스트야.〉 그다음에 그가 한 말은 지금까지도 이해할 수가 없어. 〈우리한테 기회가 있었을 때 너희를 모조리 죽여 버렸어야 했는데.〉

이제 많은 사람이 우리를 지켜보고 있었어. 어떤 사람들이 끼어들었고. 그중 일부는 그 남자 편인 것 같았지만, 그를 말리는 사람들 소리도 들렸어. 그 남자는 계속 소리쳤어. 〈우린 네 아랍 피 필요 없어! 네 염병할 아랍 피를 원하는 사람은 아무도 없어!〉

그가 나를 향해 움직이는 순간, 군모 쓴 덩치 큰 흑인이 그를 막았어. 바로 그때 난 바지 안쪽이 뜨뜻해지면서 축축해지는 걸 느꼈고, 아래를 내려다봤더니 검은 얼룩이 청바지 가랑이를 타고 내려가고 있었어. 나는 구경꾼들이 지켜보는 가운데 오줌을 쌌다는 걸 깨달았지. 나는 갑자기 떨기 시작했어. 〈그만 좀 해요.〉 한 여자가 말했어. 양고기 구레나룻이 배를 움켜쥐고 마녀처럼 킬킬대며 웃었어. 〈염병할 아랍 터프가이 꼴 좀 보소.〉 그가 나를 가리키며 소리쳤어. 〈오줌이나 질질 싸고!〉

나는 아무 말도 안 했어. 감정이 북받쳐 목이 멨지만 그게 분노인지 두려움인지도 알 수 없었고 연기와 먼지 냄새도 뒤섞여 있었지. 무슨 말을 하려고 했어도 소리가 안 나왔을 거야. 기침을 하고 싶었지만, 그냥 돌아서서 그 자리를 떠났어. 뒤에서 그 남자가 계속 소리를 질러 댔어. 나는 최대한 빨리 걸었어. 뛰고 싶었지만 무릎에 힘이 없었고, 그러다 넘어지면 꼴이 더 우스워질까 봐 두려웠어. 이윽고 모퉁이가 나오자 사람들이 더 이상 나를 볼 수 없도록 왼쪽으로 갔어.

나는 걷고 또 걸었어. 축축한 바지 솔기가 억센 털 같아서 다리가 근질거렸어. 눈물이 나기 시작했고, 콧물이 흐르는지 숨이 막혔어. 나는 헐떡거리며 기침을 했어. 내 마음대로 숨을 쉴 수가 없었어. 흐느낌이 터져 나와서 걸음을 멈추고 아무도 보는 사람이 없는데도 얼굴을 가렸어.

마침내 손을 떼고 올려다보니 구세군 중고품 가게 앞이었어. 가게 문간에 머리가 벗겨져 가는 남자가 서 있었는데 목사들이 착용하는 로만 칼라가 보였어. 이중 턱이 늘어진 얼굴에 둥근 테 안경을 쓴 그가 다정한 눈빛으로 내게 다가왔어. 나는 다시 울기 시작했어. 그가 손수건을 건넸는데 옛날식으로 가장자리에 단을 넣은 포켓 스퀘어였어. 나는 눈물을 닦았어. 코도 풀고. 그가 내 어깨에 손을 올리면서 물을 좀 마시겠느냐고 물었어.

가게 안으로 들어가자 그는 뒤편으로 사라졌어. 사람들이 듣는 라디오 소리가 들렸어. 가게의 좁은 입구에는 옷이 잔뜩 쌓인 선반들이 가득했어. 아무나 와서 둘러볼 수 있게 진열해 놓은 것 같았지. 줄줄이 쌓인 빛바랜 원피스, 블라우스, 스웨터, 정장 재킷, 겨울 코트. 그리고 그 아래엔 낡은 신발이 무더기를 이루고 있었어. 이제 그 빌딩에 있는 사람들은 아무도 옷 ─ 여기 있는 옷이든 다른 옷이든 ─ 을 입지 않게 되겠지 하는 생각이 들었던 기억이 나. 그 생각이 다시없을 정도로 아프게 가슴을 후벼 팠어. 길거리에서 사람들이 하는 말을 주워듣기론 그날 5만 명 이상이 죽었을 거랬어.

계산대 옆의 철사로 만든 선반에 목걸이 수십 개가 진열되어 있었어. 거기 십자가 목걸이들이 한 줄을 차지하고 있었지. 나는 아무 생각 없이 그중 하나를 집었어. 목사가 나오는 소리가 들려서 얼른 목걸이를 주머니에 집어넣었어.

나는 물을 받아 마시고 감사 인사를 했어. 돈을 주려고 지갑을 꺼냈지만 그는 받지 않았어. 내가 주겠다고 우겨도 그는 한사코 거절했어. 그에게 목걸이 얘기를 하고 싶었지만 민망함이 앞섰어. 그가 나에게 그리스도가 필요하다고 생각하는 게 싫었어. 〈신께서 당신과 함께하시길. 신께서 우리 모두와 함께하시길.〉내가 떠날 때 그가 말했어.

나는 도로 업타운을 향해 걷기 시작했어. 34번 스트리트 근방에서 걸음을 멈추고 목걸이를 걸었어. 그 후 석 달 동안 그 목걸이를 빼지 않았지.」

나는 그날 이후 그 모든 일을 숱하게 회고하면서 그걸 어떻게 글로 쓸 것인지, 어떤 형태를 택할 것인지, 911에 있었던 나의 긴 여정의 자세한 내용을 언젠가 누군가가 무대에 서서 전할 드라마틱한 연설로 어떻게 옮길 것인지 고심했다. 하지만 그걸 글로 쓴 적은 없었다. 그날 아침 이전엔 다른 사람 앞에서 그 이야기를 한 적도 없었다.

아샤는 내가 이야기하는 동안 엄숙하고 차분한 눈빛으로

조용히 듣고 있었지만 내 이야기가 끝난 걸 깨닫자 태도를 바꿨다. 그녀는 억지로 웃음을 끌어내는 듯했다. 「그러니까 그걸 훔친 거네?」

「난 돈을 주려고 했어. 훔칠 의도는 없었어.」

「나라면 절대 못 그랬을 거야.」

「십자가 목걸이를 가져온 거?」

「그걸 목에 건 거.」 그녀가 퉁명스럽게 대꾸했다. 나는 이해할 수 있었다. 우리는 ― 모든 무슬림이 그러하듯 ― 초기 신자들이 자신의 믿음을 부정하지 않는 용기를 보임으로써 박해받은 이야기를 들으며 자랐으니까. 「그게 도움이 됐어?」 그녀가 물었다.

「그걸 벗을 때까지 아무 문제도 없었다고만 말해 두지. 목걸이를 벗고 나서 멸시가 시작됐어. 병원 앞에서 당한 그런 일들이 일어났지.」

「이를테면?」

「뭐 그리 대단한 일은 아냐. 말하고 싶지 ―」

「아니, 뭔데?」

「그냥…… 흔한 일이지. 경계하는 시선, 깜짝 놀라며 다시 보는 사람들, 버스나 지하철에서 걱정하는 할머니들. 사람들이 소리 죽여 웅얼거리는 개소리. 메츠 경기를 보러 갔을 땐 술 취한 남자가 나를 오사마라고 불러 댔지. 그러다 말싸움이 벌어졌고 난 야구장에서 쫓겨났지……. 뭐, 너 같은 텍사스 무슬림들이 겪은 일들에 비하면 아무것도 아니지. 거기선 폭도들이 주유소에 난입해서 직원들에게 총을 쏘고 그랬잖아……. 하지만 여기 사는 우리에게도 곤경은 있었어. 택시 기사가 차에서 끌려 나오고, 길에서 사람들이 갑자기 달려들고. 실직도 많이 했지. 심지어 월 스트리트에서까지. 난 터번을 쓰고 다니지 않아서 그나마 도움이 됐어. 십자가 목걸이도 그랬고. 그건 확실해…….」

「하지만 그러다가 목걸이를 벗었잖아?」

「얼마 후, 십자가 목걸이를 한 거울 속 내 모습을 더 이상 견딜 수가 없었지. 공포가 어느 정도 가라앉은 후에.」

「왜 간직하고 있어?」

「간직한 건 아니야. 간직할 의도는 없었다는 거지. 네가 발견한 곳에 벗어 두고 그걸 갖고 있다는 사실조차 잊은 거지.」

그녀는 버터 바른 차파티를 베어 물었다. 「우린 국기를 샀어.」 그녀가 차파티를 씹으며 말했다. 「큰 국기, 작은 국기. 휴스턴에 사는 파키스탄인들은 국기에 미쳤지. 우리 아빠 친구는 목깃 단춧구멍에 작은 국기를 꽂고 다녀서 국기가 턱 밑에서 펄럭거렸지.」

「우리도 마찬가지 ―」

그녀가 내 말을 잘랐다. 「하지만 십자가를 걸고 다닌 사람이 있다는 말은 못 들었어.」 나는 말문이 막혔다. 「그래서 그 사촌이라는 사람은 어떻게 됐어?」 그녀가 물었다.

이제 억지로 웃겨야 할 사람은 나였다. 그녀에게 약한 인간으로 보일 거라는 생각에 다시 강한 인상을 주고 싶었다. 「파키스탄 음식이 그리워서 태리타운에 있는 이모 댁에 내려가 있었대. 원래 그날 아침에 돌아올 예정이었는데 기차를 안

탔대. 내가 전쟁터를 헤매는 동안 걘 아침 식사로 파라타와 수지할와를 행복하게 먹고 있었던 거지.」

「행복하게는 아니겠지, 응?」

「그야 그렇지. 당연히 아니지. 내 말은…… 걔가 어떤 인물이냐 하면…….」

그녀는 내 이야기를 재미있어하지 않았다.「십자가 목걸이 값을 내려 거기 다시 간 적 있어?」

「아니.」나는 문득 떠오른 아이디어에 얼굴이 환해져서 말했다.「어쩌면 우리 둘이 같이 가서…….」

그녀는 침묵을 통해 확실하게 물러섰다. 나는 그걸 이해하지 못했다는 말은 할 수 없다. 나 역시 그 사건의 고립된 끔찍한 슬픔을 다시 찾아가는 걸, 미국의 엄청난 비극들에서 피의자이자 희생자여야만 했던 우리의 구역질 나는 처지를 상기시키는 걸 오랫동안 피해 왔으니까. 우리가 백인이 되기를 갈망하며 생의 대부분을 보낸 데는 너무도 많은 끔찍한 이유들이 있었고 나는 그중 최악의 경우에 대해 이야기하고 있었다. 그녀가 자신의 휴대 전화를 집어 들고 소파로 가서 내가 이야기하는 동안 온 문자들 — 필시 블레이크가 보낸 — 을 확인했다. 나도 일어나서 창가로 가서 창턱에 앉아 담배를 피웠다. 그날 아침의 빛은 변함없이 맑은 회색이었으나 거기에 위안은 더 이상 없었다. 나는 담뱃불을 붙여 심란한 위안을 폐로 빨아들였고, 내 뒤에서는 아샤의 손가락이 휴대 전화 액정위를 움직이고 있었다. 나는 그녀가 문자를 보내는 소리를 들으며 내가 돌이킬 수 없는 실수를 저질렀음을 깨달았다.

***

나는 아샤가 나와의 미래를 진지하게 고려한 시점이 있었
는지 의심스러우며, 설령 그랬다 해도, 그녀도 나처럼 우리
가 결혼해서 아이들을 낳으면 어떨지에 대한 몽상에 젖은 적
이 있다고 해도, 그게 계속되었던 것 같진 않다. 우리는 그로
부터 두 달 더 만났는데 그 기간 동안 그녀에 대한 나의 애착
은 나날이 강해져 갔지만 나에 대한 그녀의 애착은 정확히 그
것과 반비례했다. 나의 커져 가던 불안과 블레이크에 대한 질
투, 굴욕적인 발기 도전, 눈물이 홍수를 이룬 밤들에 대한 묘
사는 생략하겠다. 나는 SI[11] 1.5캐럿 다이아몬드 반지를 사서
그녀에게 청혼했다. 두 번. 그때 내가 그토록 절박했던 건, 나
자신도 알고 있었지만, 부분적으로는 어머니의 쇠약해져 가
던 건강 때문이었다. 어머니는 서서히, 그러나 확실하게 죽
어 가고 있었지만 나는 어머니 병상 곁에서는 거의 눈물을 보
이지 않았다. 나는 어머니를 간호하면서 통제 불능의 희망에
젖어서 지냈다. 어머니의 모르핀 기운으로 늘어진 얼굴을 바
라보며 다른 사람의 얼굴을 꿈꾸었고, 어머니의 느린 사망 과
정에서 일시적 유예를 얻을 때마다 아샤가 만나 주려 하지 않
는데도 휴스턴으로 향했다. 나는 그녀의 집에는 출입이 금지
되어 시내 건너편에 있는 그녀가 좋아하는 호텔에 묵었는데,
남북 전쟁 전에 지은 저택을 개조한 그 호텔은 내 형편에는

11 slightly included. 소량의 내포물이 포함된 중간 투명도의 다이아몬드
등급.

지나치게 비쌌다. 나는 그녀가 적어도 하룻밤이라도 호텔에서 자면서 룸서비스를 시켜 먹기를 바라는 마음으로 스위트룸을 이틀씩 예약했다.

마침내 결별은 전화를 통해 이루어졌다.

그녀가 블레이크에게 나에 대해 실토했고, 결국 그 덕에 —나중에 내가 내린 결론에 의하면— 그녀가 그동안 줄곧 바라 왔던 결과를 얻게 되었다. 블레이크 역시 자신의 부정을 고백했고 두 사람은 눈물 젖은 화해 후 다른 관계들을 모두 정리하고 서로에게 충실하기로 결심한 것이다. 그녀가 내게 앞날에 행운이 가득하길 바란다고 말했다. 내가 정말 좋은 사람이고 자신이 내게 줄 수 있는 것 이상을 받을 자격이 있다고도 했다. 아샤는 진심 어린 목소리로 그 말을 했지만 —적어도 그런 목소리를 내려고 애쓰는 것 같았다— 그 참을성 있는, 사카린 같은 목소리 아래엔 내가 받아들이기 힘든 냉정함이 깔려 있었다. 정말로 그녀는 그저 용무를 마치거나 매듭을 짓는 기분으로 나와 통화한 것일까?

결별 후 한 달도 못 되어, 어렸을 때부터 쓰던 침대 —열두 살 때 처음 자위행위를 했던 그 침대— 에서 잠이 깬 나는 페니스에서 느닷없이 우윳빛 액체가 분출되는 걸 공포의 눈으로 지켜보았다. 나는 몸에 꼭 필요한 물질이 흘러나오고 있다는 확신이 들어 의사에게 보여야 할 수도 있으니 황급히 베갯잇을 벗겨 그 끈적한 액체를 최대한 많이 모았다. 침대에서 일어나 화장실로 가는 길에 손에 불이 붙은 꿈을 꾼 기억이 희미하게 떠올랐다. 세면대 수도꼭지를 돌리는데 손가락이 분필 색깔의 무언가로 뒤덮여 울퉁불퉁했다. 손을 뒤집어 보니 두 손바닥에 동전 모양 반점들이 퍼져 있었다. 나는 그게 뭔지 안다고 확신했다. 대학 다닐 때 셰익스피어가 말년에 〈손바닥의 석회 가마〉[12], 즉 매독에 집착한 것과 관련된 페이퍼를 쓰면서 캠퍼스 내 의학 도서관에서 매독의 흔한 증상인 흑적색 손바닥 발진의 다양한 형태가 담긴 총천연색 사진들로 꽉 찬 페이지를 들여다보며 긴 오후를 보낸 적이 있었다.

아래층으로 내려가 보니 아버지가 주방에서 작은 냄비 위로 몸을 구부리고 브렉퍼스트 티 이파리와 카다멈 꼬투리, 탈지유 혼합물을 젓고 있었다. 아버지는 그걸 한 번 걸러서 아침마다 마셨다.

「아버지.」

「차 마실래?」 아버지가 물었다. 기진한 목소리였다. 아버지는 몇 주째 어머니를 간호하느라 소파에서 자면서 서너 시간마다 일어나 어머니에게 약이나 죽을 먹였다. 아버지의 눈밑에 짙은 다크서클이 보였다.

「아뇨, 괜찮아요. 어머닌 어때요?」

「늘 똑같지. 또 약 먹을 때가 됐어.」

「얘기 좀 할 수 있어요?」

「지금 하고 있지 않니?」

「아니, 그게 아니라 ─ 차고에서 얘기 좀…….」

「**차고**에서 얘기하자고?」

「예.」

12 셰익스피어의 『트로일러스와 크레시다』에서 인용.

나는 머드룸[13]으로 쓰는 팬트리를 지나며 뒤돌아보았다.
「부탁이에요.」 아버지는 잠시 나를 바라보더니 고개를 저으
며 스토브 불을 껐다. 아버지가 내 뒤로 다가왔을 때, 나는 문
고리를 향해 손을 뻗다가 멈췄다. 문고리를 만져도 되는지 확
신이 없었다.

「무슨 일이야?」 아버지가 물었다.

「저기, 문 좀 열어 주시겠어요?」

「네가 바로 거기 서 있는데…….」

「제발 그냥 좀 열어 주시겠어요? 조금 있다가 설명할게
요.」 나는 아버지를 위해 비켜 주었다. 아버지는 다시 짜증스
러운 표정이 되어 내 앞으로 손을 뻗어 문을 당겨서 열었다.

차고엔 차가 없었다. 아버지가 어머니 차는 얼마 전에 처
분했고 자신의 차는 집 앞 진입로에 세워 두었던 것이다. 기
름으로 얼룩진 차고 바닥에는 버리지 않고 모아 둔 물건들로
이루어진 한 가정의 잔해들이 늘어서 있었다. 부모님이 이 나
라에서 처음 산 텔레비전(소형, 흑백), 문짝이 떨어져 나가고
내벽에는 수년간 카레가 잔뜩 튄 낡은 전자레인지, 분해된 테
이블과 박스형 선풍기들, 어머니가 파키스탄에서 사 와서 미
국에서는 입지도 않은 사리와 숄과 **살와르**가 가득 든 여행가
방들, 내가 첫 단편을 쓴 애플 IIe 컴퓨터와 절취선 있는 인쇄
용지를 넣는 프린터, 죽은 형의 세발자전거, 형의 박살 난 어
항, 가족들의 10단 기어, 12단 기어 자전거에서 뺀 찢어진 바
퀴 4개, 아버지가 한때 소유했던 배러부의 주유소에서 가져

13 외출했다 돌아와서 젖거나 더러워진 옷이나 신발을 벗어 두는 공간.

온 1950년대의 거대한 텍사코 간판, 공구들, 공구 상자들, 수년간 아무도 사용하지 않은 녹슬어 가는 전동 톱, 아타리 비디오게임기, 게임 카트리지가 가득 든 커다란 비닐봉지 두개, 1990년대 후반 부모님이 잠시 샘스 클럽 회원권을 보유했을 때 — 매니저와 싸운 후 회원권을 취소해 버렸지만 — 대량으로 사들인 유통 기한 지난 냉각수, 엔진 오일, 스내플 아이스티, 리스테린 구강 청결제 상자들, 아버지가 중년에 갓 잡은 작은 민물고기를 라호르식으로 바싹 튀겨 먹는 재미에 탐닉했을 때 구입한 낚싯대, 그물, 릴 따위의 낚시 장비 무더기(어쩌면 아버지보다 어머니가 그걸 더 즐겼는지도 모른다). 그리고 둘둘 말아 좀약을 넣어 비닐에 싸놓은 페르시아산 양탄자들이 우리 가족의 특별한 역사가 서린 물건 사이 곳곳에 자리하고 있었다. 이 양탄자들은 아버지의 기이한 열정의 유산으로, 자신에겐 아무 필요도 없는 밀수품을 사서 국내로 밀반입한 것이었다. 나는 팔꿈치로 전등 스위치를 올린 후 아버지를 노란 알전구 아래 강렬한 빛 웅덩이 아래로 데려가서 내 손을 보여 주었다.

「흠.」 아버지가 내 손목을 잡고 조심스럽게 앞뒤로 뒤집으며 손바닥을 살펴보고 한 말은 그것뿐이었다.

「매독 같죠, 안 그래요?」

「매독?」 아버지가 놀란 목소리로 말했다. 「너 매춘부들이랑 자고 다니니?」

「그게 아니라…….」

「그럼 왜 매독이라고 생각하는 거야?」

「그렇게 보여서요. 안 그런가요?」

「네가 매독 증상이 어떤지 알아?」

「몰라요, 아버지 —사실은 대학 다닐 때 그것에 대한 페이퍼를 쓴 적이 있어요. 그러니까 제 말은…….」

「페이퍼? 매독에 대한?」

「매독과 셰익스피어에 대한.」

「그가 매독에 걸렸어?」

「그렇다고 생각하는 사람들이 있어요. 예.」

「정말이야?」 나는 아버지가 셰익스피어에 대한 내 말에 그렇게 강한 흥미를 나타내는 걸 본 적이 없었다.

「아무튼, 제 말은…… 매독 발진으로 보이지 않으세요?」

「그럴 수도 있지. 의대 다닐 때 이후로 매독 환자는 못 봤어. 그리고 요즘 이런 종류의 발진은 세균성 심내막염에서만 봤고.」

「그게 뭔데요?」

「심장 감염이야.」

「증상이 뭔데요?」

「피로, 열 —」

「그런 건 없어요.」

「내가 장담하는데, 세균성 심내막염으로 이런 발진이 생겼다면 그전에 이미 문제가 생겼다는 걸 알았을 거다. 그 병의 경우엔 대개 발진이 이보다 작고.」 아버지가 내 손바닥을 다시 들여다보며 말했다. 「독성 쇼크인 경우도 가끔 있고, 관절염 합병증…….」

「관절염은 아닐 거예요. 관절은 괜찮으니까.」

「그것에 대해서도 희곡을 썼니?」

「희곡? 아뇨, 페이퍼라고 했잖아요, 아버지. 리포트 같은······.」

아버지는 내가 중요하지도 않은 걸 따지고 든다고 생각했는지 어깨를 으쓱했다. 「네가 괜찮은지 안 괜찮은지는 중요하지 않아. 응급실에 가야 해.」

「차 가져가도 돼요?」

아버지는 어깨를 으쓱했다. 「내가 태워다 주마. 그런데 네엄마 곁에 누가 있어야 해서 ─」

「아녜요. 당연하죠. 전 괜찮아요. 아무렇지도 않아요. 혼자갈 수 있어요.」

「열쇠 갖다 주마.」 아버지는 문을 향해 가다가 멈췄다. 「전부 깨끗이 닦아, 알았지? 운전대도. 네가 만지는 건 다. 알지? 원예 도구 선반에 있는」 ─ 아버지는 저쪽 벽에 달린, 아래로 휜 합판 선반을 가리켰다 ─ 「저 장갑 가져와. 저걸 끼면 돼.」

「원예용 장갑을 끼라고요?」 내가 물었으나, 아버진 이미 안으로 사라진 뒤였다.

나는 수건 무더기 아래에서 아버지가 말한 장갑을 끄집어냈다. 병변이 있는 손에 진흙이 덕지덕지 말라붙은 원예용 장갑을 끼는 건 그리 위생적인 행동 같지 않았지만, 자동차 열쇠를 들고 나온 아버지는 수년 동안 마른 흙과의 우발적 접촉은 걱정할 일이 아니라고 ─ 인도 파키스탄식으로 고개를 가로저으며 ─ 나를 안심시켰다. 「그냥 끼고 있어라, 알겠지. 네 말이 맞을지도 모르니까. 그래야 차에 온통 묻혀 놓지 않을 거 아냐.」

                                    ***

　그 지역 병원 응급실은 한산해서 즉시 진찰을 받을 수 있었
다. 나무가 우거진 언덕 위에 자리한 그 작은 병원은, 농부들
만 살다가 1970년대 초가 되어서야 전문직 종사자들이 정착
하기 시작한 도시 서쪽 끝자락에 처음 들어선 병원들 가운데
하나였다. 담당 응급 의학과 의사는 내가 자란 지역의 주민들
에게서 흔히 볼 수 있는 위스콘신 패러독스, 즉 다정함과 게
르만인의 상반된 특성을 함께 지닌 인물이었다. 그녀는 내 손
을 보고 단박에 ― 내가 그랬듯이 ― 매독을 의심하면서 나
의 성생활에 대해 물었다. 나는 그렇다고, 지난 6개월 동안
다수의 파트너들과 성관계를 했다고, 하지만 지난 4개월 동
안은 한 사람뿐이었다고, 콘돔을 사용하지 않은 경우도 일부
있었다고 대답했다. 그녀는 니트릴 장갑을 벗으며 못마땅한
표정을 지었고 뾰족한 얼굴이 축 늘어졌다. 그녀는 우리 부모
님이 사는 이 목가적인 교외 동네에서는 제2기 매독 확진자
를 만난 적이 아직 없지만 전국적으로 이 질병의 발생이 이례
적으로 증가하고 있다면서, 『응급 의학 연보』 최신 호에서 이
주제에 대해 대대적으로 다뤘다고 설명했다. 그리고 최근 의
학계에서는 매독이 의심되면 검사 결과가 나오기 전이라도
페니실린 치료를 권고한다고 ― 물론 약물 알레르기가 있는
경우는 제외하고 ― 말했다. 그러더니 마치 다가오는 주 박
람회에 내가 좋아할 만한 구경거리가 있다는 걸 알리기라도
하듯 갑자기 미소를 보이며, 좋은 소식은 만일 내 병이 단순

                                    321

한 매독이라면 치료도 간단하고 예후도 아주 좋다는 것이라고, 불행히도 에이즈가 동반되기도 하지만, 그건 스트립 테스트를 실시하면 몇 분 내로 결과를 알 수 있다고 했다.

채혈사가 내 피를 뽑은 후, 담당의가 젊은 외국인 수련의 셋 ─ 각자 언어가 다른 중국인, 콜롬비아인, 가나인으로 구성된 ─ 을 뒤에 달고 검사실로 돌아왔다. 그들이 몰려들어 자기소개를 한 후 내 손바닥을 들여다보았다. 그들 중 제2기 매독 발진을 실제로 본 적이 있는 사람은 콜롬비아에서 온 레지던트뿐이었다. 나는 어느새 교육의 기회를 제공하고 있었다. 담당의가 레지던트들에게 검사 결과가 나와야 확실한 진단을 내릴 수 있다고 경고하면서도 연필을 이용하여 가장 큰 발진의 벗겨져 가는 피부를 가리키며 자신의 경고에 반하는 확신에 찬 태도로 매독의 특징적인 병변에 대해 설명했다. 그녀는 만일 내가 진짜 매독에 걸렸다면 그들이 보고 있는 벌어진 상처들은 전염성이 있다고 설명했다. 나는 중국인 레지던트가 움찔하는 걸 보았다. 담당의가 계속해서 설명하기를, 손바닥 발진은 발바닥 발진을 동반하는 경우가 빈번하며 몸통과 등에 발진이 생기는 경우도 있다고 했다. 「다행히 이 환자는 그런 경우에 해당되지 않죠.」 그녀가 미소를 지으며 말했다. 그럼에도 레지던트들은 내 피부를 세세히 살펴보았고, 그다음엔 그들의 선생이 내 엉덩이에 주삿바늘을 찔러 페니실린을 주입하는 걸 지켜보았다. 담당의가 내 엉덩이에 작은 반창고를 붙여 주며 앞으로 며칠 동안은 꼭 필요한 경우가 아니면 외출을 자제하고 휴식을 취하면서 다른 사람과의 접촉을 최소화하는 게(성적 접촉은 피하고) 최선이라고 말했다.

집에 도착했을 때 이상한 일이 벌어져 있었다.

집으로 걸어 들어가니 어머니가 깨어 있었다. 이제 어머니는 의식이 또렷한 때가 매우 드물었는데 — 그마저도 특별히 또렷하진 못했지만 — 주로 약 먹는 시간 사이사이에 짧게 그런 일이 발생했다. 나는 응급실에서 더러운 원예용 장갑 대신 받은 푸른색 니트릴 장갑을 벗고 — 어머니를 놀라게 만들고 싶지 않았으니까 — 손을 가릴 만한 걸 찾아 머드룸 안의 바구니들을 뒤졌다. 내가 찾아낸 건 두꺼운 토끼털 손모아장갑 한 켤레뿐이었다. 아버지가 아이슬란드로 여행을 갔다가 그 장갑을 선물로 사 왔을 때 어머니가 손에 껴보면서 웃던 기억이 났다. 그 후론 어머니가 그 장갑을 낀 걸 본 기억이 없었다.

어머니는 거실 소파에 쿠션으로 머리를 높이 받치고 누워 있었다. 아버지가 그 옆에 앉아 그릇에 든 걸 떠먹이고 있었다. 「내 스애애애끼.」 어머니가 불분명한 발음으로 다정하게 말했다. 어머니의 목소리에는 기력이 없었으나 거의 움직임이 없는 잿빛 얼굴에서 밝게 빛나는 눈이 그 목소리에 든 기쁨과 조화를 이루었다.

「안녕, 엄마.」

「요구우우, 요구우우.」 아버지가 내민 숟가락 너머로 어머니가 속삭였다.

「요구르트 먹고 있어요? 맛있어요?」

「마아앗…… 마아앗…….」

「엄마 음악 좀 틀어 줄래?」아버지가 벽난로 선반 위 휴대
용 CD플레이어를 가리키며 말했다. 아버지는 어머니 입에
요구르트 한 숟가락을 더 떠 넣으며 내가 손모아장갑을 벗고
집게손가락 마디로 플레이 버튼을 누르는 걸 준엄하게 지켜
보았다. 경쾌한 폴카 왈츠가 시작되고 신나는 당김음 비트가
고통을 달래 주는 즐거움으로 거실 안을 가득 채웠다. 어머니
는 1980년대 후반에 지역 라디오 방송국에서 평일 늦은 오후
와 주말 아침에 틀어 주는 폴카 음악을 발견했다. 그리고 나
이가 들면서 이 음악에 완전히 심취하게 되었다. 어머니의 건
강이 그럭저럭 괜찮았을 때는 매주 아마존에서 택배가 왔는
데, 택배 상자엔 어머니가 가장 최근에 발견한 무명 밴드 CD
가 가득 들어 있었다. 어머니는 폴카 음악의 주류로 통하는
지미 스터의 번드르르하고 영혼 없는 싸구려 음악을 혐오했
으며, 여러 계파에 대한 지식이 혀를 내두를 정도였다. 그녀
는 클리블랜드를 기반으로 한 슬로베니아 스타일에 트럼펫
이 도입된 것과 더 작은 금관 악기 소리를 포용하면서 체코
스타일로 기운 위스콘신 기반의 음악을 구분할 수 있었다. 어
머니는 특히 바바리안 폴카를 애호하여 라디오 DJ들에게 전
화를 걸어 아직도 길거리에서는 독일어를 쓰는 키엘이나 뉴
홀스테인 같은 시골 출신의 작은 밴드들을 소개해 달라고 요
청했다. 아버지는 어머니의 폴카 사랑을 도무지 이해하지 못
했지만 나는 이해할 수 있었다. 폴카는 즐겁고, 단순하고, 질
서가 있었으며 구세계 — 어머니가 살았던 곳은 아니지만 누
군가의 옛 고향인 — 를 가리켰다. 폴카는 어머니에게 타국

에서 이곳으로 건너온 사람이 자신만은 아니며 고향에 대한 기억을 잊지 않으려고 애쓰는 사람도 자신만은 아님을 상기시켜 주는 소박한 위스콘신의 음악이었다.

아버지가 수건으로 어머니의 입을 닦아 준 뒤 일어섰다. 「사아아아랑해, 사아아랑해.」 어머니가 내게 말했다.

「저도 사랑해요, **암미**. 너무너무 사랑해요.」

어머니가 얼굴을 옆으로 기울이고 눈을 감으며 힘겹게 오므린 입술을 내밀었다. 나는 망설였다. 물론 나는 어머니에게 키스하고 싶었고, 어머닌 이미 죽어 가고 있었으며, 어머니가 원하는 간단한 입맞춤으로 병이 옮을 리는 만무했다. 그럼에도 죽어 가는 어머니에게 매독을 옮길 가능성이 아주 없지는 않다는 사실이 정당한 망설임의 이유가 되었다. 나는 몸을 기울였고 어머니 입술 — 음식을 먹어서 아직 젖어 있는 — 이 뺨에 닿는 걸 느꼈다. 나는 고개를 돌려 어머니 뺨에 키스했다. 접촉이 이루어졌고, 어머니는 도로 쿠션에 기대어 눈을 감았다.

시선을 드니 아버지가 부엌에서 노려보고 있었다.

「밖으로.」 아버지가 무뚝뚝하게 말했다. 다시 차고에서 만나 아버지에게 담당의가 매독이 의심된다고 말했다고, 항생제 근육 주사를 맞았다고, 검사 결과는 사흘 후에 나온다고, 그때까지는 조심해야 한다고 말했다. 「네 어머니에게 키스하지 마라.」 아버지가 집 안으로 들어가며 꿍 소리와 함께 덧붙였다.

조금 전부터 느껴지던 사타구니의 불편감에 주의를 기울

이게 된 건 그때였다. 나는 발기 상태였는데 평소처럼 제멋대로인 — 주로 단단하면서도 약간은 안 그렇고, 손으로 만져서 조정이 가능하고, 심장으로 돌아가는 피 한 컵을 잃는 — 형태가 아니었다. 내가 기억하는 그 어느 때보다 완전히 팽창된 발기였지만, 쾌감이나 성적 감각은 전혀 없었다. 고동치는 요구도, 약속된 쾌락에 대한 의지나 추구도 없이 경직된 아픔만 존재했다.

나는 거실로 돌아가서 졸고 있는 어머니 옆 안락의자에 조용히 앉았다. 어머니를 자세히 들여다보며 귀를 기울였다. 약하게 코 고는 소리가 힘겨운 숨소리를 감춰 주긴 했지만 이마에 살짝 주름이 진 것으로 보아 고통의 좁고 검은 자루 속으로 다시 빠져든 듯했다. 그 모습이 톨스토이의 작품을 연상시켰다. 그의 후기작으로 자만심에 찬 정부 관료의 초라한 죽음을 다룬 이야기였다. 『이반 일리치의 죽음』은 어머니가 좋아하는 소설 중 하나였다. 나는 고등학교 때 어머니에게 이 책을 받았고 그 후 여러 번 읽었다. 그리고 어머니가 죽어 가는 동안 다시 이 책을 집어 든 건 어머니를 더 가까이 느끼기 위해서였을 뿐 아니라 어머니의 무언의 고통에 말로 표현될 수 있는 의미들을 심어 주고 싶어서이기도 했다. 나는 어머니 곁에서 책을 읽으며 책에서 시선을 들어 톨스토이의 이야기 속에서 죽음이 그 단순한 빛으로 일리치를 감쌌을 때의 영광스러운 종말이 어머니에게도 찾아왔을지 궁금해했다. 어머니의 연민이 자신의 곤경에서 우리 — 아직도 삶이라는 자기기만에 빠져 있는 — 에게로 향하게 되었는지도 궁금했다.

일리치는 임종의 자리에서 사람들 눈에 그럴듯하게 비치기 위해 겉모습에만 허비했던 시간을 후회하게 된다. 나는 어머니 또한 나름의 후회들이 있을 것임을 알았다. 어머니가 자신의 삶이 지나가 버렸다고 느끼리라는 것도 알았다. 그리고 늘 어머니가 아버지와의 결혼을 후회하고 있는 것 같다는 의심을 품어 왔지만, 그때는 라티프에 대한 어머니의 마음은 아직 알지 못했다. 어머니는 이따금 암이 자꾸 재발하는 게 신이 자신에게 전할 메시지가 있어서라고 말했다. 나는 어머니가 세상을 떠나고 어머니 일기를 읽고 나서야 어머니가 그 메시지가 무엇이라고 생각했는지 짐작할 수 있었다.

어머니의 종양은 처음 발견되었을 때 이미 척추까지 완전히 퍼져 있어서 수술로 제거할 수가 없었다. 30년 동안 세 차례나 항암 화학 요법을 시도한 어머니는 이번에는 치료를 거부했고, 그건 이제 암으로 죽는 걸 받아들이겠다는 의미였다. 공격적인 화학 치료를 하지 않으면 종양이 서서히 온몸으로 퍼질 게 분명했다. 이제 어머니는 종말에 가까워졌고, 정확한 시간에 맞추어 바이코딘이나 데메롤, 옥시코돈, 모르핀 등 아버지가 선택한 진통제들을 연속적으로 투여하지 않으면 온몸에서 통증이 맹렬히 날뛸 터였다. 어머니는 목의 혈관이 불거지고, 손가락과 발가락이 주름지고, 얼굴은 소파 쿠션 속으로 점점 더 깊숙이 꺼져 갔으며, 평소의 꾸준하던 신음이 이제 그녀에게 줄 수 있는 것보다 훨씬 많은 걸 요구하는 듯 보이는 무언가로 대체되었다. 하지만 어머니는 주로 잠을 잤고 약기운으로 몽롱한 상태에서는 통증도 견딜 만한 듯했다.

　나는 어머니가 조는 동안 옆에 앉아서 육체의 고통 — 통
증과 더 큰 통증에 대한 두려움 — 말고도 어머니의 뇌리를
떠나지 않는 것이 있다면 그것이 과연 무엇일까 생각했다. 어
떤 풀리지 않은 삶의 문제들이 그 마약의 어둠 속에 남아 있
을까? 나는 어머니의 미세한 표정 변화에 의미를 부여하며
어머니의 내적 삶을 되살려 보았다. 마치 책 속 등장인물의
삶처럼 말이다. 타인의 내면의 풍경을 상상하고 궁극적으로
내가 가장 잘 아는 존재인 나 자신을 모델 삼아 그들의 초상
을 그리는 것이 나의 습관이었다. 나는 어머니의 죽음을 지켜
보며 대개는 내가 거울을 들여다보고 있음을 알았다. 그게 거
의 부질없다는 것도 알았다. 그래도 그걸 했다.

　거의 부질없었지만 완전히 그렇진 않았다. 어머니의 내면
세계에 대한 그런 문학적 추정은 결국 내가 어머니에 대해 얼
마나 아는 것이 없는지 깨닫고 내 삶의 가장 심오한 분노에
직면하게 해주었다. 어머니는 날마다 나에 대한 사랑을 표현
하고, 나를 애지중지하고, 나를 위해 희생하고, 어머니로서
끊임없이 보살펴 주었지만, 나는 진정으로 어머니에게 사랑
받고 있다고 느낀 적이 없었다. 그건 내가 어머니에 대해 몰
랐고 어머니 자신이 누구를, 혹은 무엇을 사랑하는지 안다는
확신이 없었기 때문이었다. 어머니는 수년간 나의 소원함에
대해, 어머니에게 애정을 보이거나 내 삶과 감정을 이야기하
기를 어려워하는 것에 너무도 자주 불만을 표시했다. 어머니
의 일기에는 내가 얼마나 감정을 드러내지 않고 말수가 적은

지, 그게 어머니를 얼마나 좌절시키는지에 대한 논평이 가득했다. 하지만 나는 어머니가 나를 바라보는 걸 느낀 적이 없었다. 아니, 그보단 나를 바라보고 있는 사람이 정말로 틀림없는 그녀이고 정말로 틀림없이 나를 바라보고 있는지 확신했던 적이 없었다고 해야겠다. 이제 난 자신이 평생 해온 일 ─ 독서, 문학, 연극 ─ 의 근원이 부분적으로는 단순히 어머니의 시선을 받고 싶은 갈망이었음을 깨달았다. 어머니가 책에 주었던 행복한 시선. 나 역시 어릴 때 책을 통해 위안을 얻고자 했던 게 우연의 일치였을까? 난 어머니의 주목을 끌고 있었던 게 아닐까? 소파에서 책을 읽고 있는 어머니의 따뜻한 몸 옆으로 내 책을 들고 쭈뼛쭈뼛 다가가며 내가 진짜로 원한 건 그게 아니었을까? 그런 적이 너무도 많았다. 나는 책을 진짜 읽지도 않고 읽는 흉내만 냈다. 어머니 곁에 있고 싶어서. 어느 눈 내리던 오후의 기억이 생생하다. 책을 향한 어머니의 두 눈에 환한 겨울 햇살이 비쳤고, 나는 그 모습을 곁눈질하면서 어머니를 사로잡은 대상에 질투심을 느꼈다. 나도 그 열렬한 시선의 무아지경 속으로 들어갈 방법을 찾고 싶었다. 결국 나에게 책 속의 단어들만으론 부족했던 게 정말 놀라운 일일까? 그 단어들이 무대를 통해 무수한 타인의 얼굴에 영향을 끼쳐야만 내 직성이 풀렸던 게 말이다. 나는 어머니의 방치나 무관심에 대한 이야기를 하고 있는 게 아니다. 접근 방법에 대한 이야기다. 나는 내가 접근 방법을 갖고 있다고 느낀 적이 없었다.

우리가 파키스탄에 있을 때를 제외하고는.

어머니가 아직 정신이 맑고 여간해서는 속마음을 터놓지 않던 어머니의 성격이 죽음이 다가오면서 누그러지던 때 우리가 마지막으로 나눈 대화다운 대화는 파키스탄에 대한 것이었다. 아니, 좀 더 정확하게 말하자면 파키스탄에 대한 우리 각자의 입장과 관련된 것이었다. 어머니는 소파에서 일어나 앉아 갓 만든 **라두**[14]를 조금씩 먹고 있었는데, 우리 집에서 서쪽으로 3킬로미터쯤 떨어진 곳에 새로 문을 연 대규모 인도 파키스탄 식료품점에서 사 온 것이었다. 그 식료품점은 내가 어렸을 때 중학교가 있던 자리에 생긴 카지노 뒤쪽 상점가에 있었다(나는 그 지역에 그렇게 큰 식료품점이 생길 만큼 우리 교민들이 많다는 게 놀라울 뿐이었다. 그 넓은 상점에는 포장된 난과 달, 바스마티 쌀이 든 자루, 마살라, 파코라 믹스, 비리야니 믹스, 강렬한 색상의 고춧가루, 강황 가루, 카다멈 가루 무더기, 기 버터 깡통, 여주 피클병, 신선한 박하와 고수, 호로바, 고향의 과일 — 망고, 구아바, 리치, 펀자브키누 — 이 줄줄이 진열되어 있었고, 계산대 쪽으로 가면 연장된 판매대에 온갖 종류의 전통 과자가 구비되어 있었다. 어머니는 그중에서도 특히 바르피와 라두가 그 어디서 — 심지어 〈고향〉에서 — 먹어 본 것들 못지않게 맛있다고 생각했고, 아버지는 아내가 마지막으로 먹는 즐거움을 누릴 수 있도록 한 주에 몇 번씩 의무적으로 그것들을 사 오고는 했다.) 어머니는 입술에 베이지색 부스러기가 달라붙은 채 병아리콩으로 만든 베산라두를 먹다가 갑자기 씹는 동작을 멈췄다. 어머니의 입이 축 늘어지

14 경단 모양 인도 전통 과자.

고 눈에 눈물이 차올랐다. 어머니가 갑작스러운 회한에 떨리는 목소리로 말했다.

「애야, 너한테 너무 미안하구나.」

「뭐가요, 엄마? 저한테 미안하실 거 아무것도 ──」

「넌 거기서 너무도 행복했어.」

「어디서요?」

「고향. 넌 고향에 돌아갈 때마다 늘 행복해했어.」

나는 감동해서 잠자코 있었다. 종말을 앞둔 어머니는 전에 없이 분명한 감정을 드러냈고, 얼굴이 광채를 발했다. 이런 순간에 어머니의 아름다움은 내 가슴을 미어지게 했다.

「왜 사과를 하세요?」

「여기선 네가 그렇게 행복해하는 모습을 본 적이 없으니까.」

「전 모르겠네요, 엄마.」

「아냐, 아냐.」 어머니가 애정 어린 단호한 목소리로 말했다. 「난 본 적이 없어.」 그러더니 태도가 돌변했다. 「넌 그걸 몰랐어?」

「뭘요?」

「네가 거기 갔을 때 더 행복했다는 거.」

나는 그 문제에 대해 생각해 보면서 어머니의 주의를 끌기 위해 미소를 지었다. 내 유년의 기억 가운데 가장 강렬한 것들은 아버지의 고향과 라왈핀디에 있는 외가의 불규칙하게 뻗어 나간 방갈로와 연결된 방들을 배경으로 하고 있었다. 나는 그곳에서 지내는 게 좋았지만 여기 돌아와서 그곳을 그리

위한 적은 없었다. 적어도 어머니처럼은. 어렸을 때 나는 어머니가 파키스탄에서 얼마나 더 행복한지 자주 느꼈다. 그래서 신께 어머니가 미국에서도 그렇게 행복할 수 있게 해달라고 기도를 올리곤 했다. 「전 그곳에서 엄마가 행복해서 행복했어요. 친척들과 함께 있는 것도 좋았고요.」

「그랬지, 응?」

「학교에 안 가는 것도 좋았어요.」

「넌 학교를 안 좋아했지.」 어머니가 장난스럽게 얼굴을 찡그리며 말했다.

「맞아요, 안 좋아했죠.」

「미안하구나.」

「학교에 보낸 것 때문에요?」

「아니.」 어머니는 갑작스러운 절망감에 얼굴이 무너지며 신음하듯 내뱉었다.

「왜 그러세요, 엄마?」

「너를 **여기** 데려와서 미안해.」

「엄마. 전 여기서 잘 살아왔어요.」

어머니는 혼란스러운 듯 나를 한참이나 응시했다. 「그래?」

「전 행복해요.」

어머니는 갑작스러운 근심으로 이마에 주름이 잡혔다. 「난 그렇게 생각하지 않아.」

「행복해요. 제가 늘 좀 진지하긴 했죠, 그렇죠? 그것 때문에 그러시는 거예요?」

「너무 진지했지.」

「그렇다고 행복하지 않은 건 아녜요.」

「이상한 행복이구나.」

「전 제가 사랑하는 일을 하게 된 거예요. 전 작가예요. 그게 믿기세요?」 나는 미소를 보냈다. 「전 행복해요.」

어머니는 고개를 귀엽게 갸웃하고 잠시 나를 빤히 보았다. 어머니의 눈에 애정이 밀려들었다. 「그 말을 들으니 행복하구나.」 이윽고 어머니가 말했다. 그러더니 다시 생각해 본 듯 덧붙였다. 「난 여기를 진심으로 좋아했던 적이 없어.」

「알아요, 엄마.」

「그러니?」 어머니는 그 말을 듣고 놀라면서도 기쁜 듯했다.

나는 고개를 끄덕였다. 어머니의 표정이 다시 갑자기 변하며 근심으로 좁아졌다.

「왜 그러세요?」 내가 물었다.

「화내지 마.」

「뭘요?」

「넌 이제 **그들** 중 하나야. **그들**에 대해 쓰렴. 우리에 대해 쓰지 말고.」

「제가 글의 주제를 선택하는 게 아니에요, 엄마. 주제가 저를 선택하는 거지.」

「네가 그걸 바꿀 수 있잖아.」

라두를 다 먹은 어머니는 눈을 감고 다시 쿠션에 기대어 휴식을 취했다…….

아픈 사타구니가 갈수록 더 신경이 쓰여선지 아니면 마침

내 세상이 순리대로 돌아가게 된 것인지, 고통스러운 발기가 악화 일로인 상태로 어머니 옆에 앉은 나는 어머니를 향한 나의 오랜 분노를 더 이상 이해할 수 없었다. 그렇게 오랜 세월 그 분노를 품고 있었던 것이, 그것을 중심으로 나의 많은 부분이 형성되어 온 것이 너무도 불합리하게 느껴졌다. 문득 단순한 질문 하나가 떠올랐다. 나는 어머니가 나에게 줄 수 없는 걸 기대하느라 어머니가 줄 수 있는 걸 거부해 온 건 아닐까?

나는 일어나서 어머니와 아직 부엌에 있는 아버지 곁을 떠났다. 페니스 위치를 조절하려고 바지 속으로 손을 넣었다. 손이 닿자 페니스에 쥐가 난 것처럼 날카롭고 아찔한 통증이 느껴졌다.

나는 비명을 삼키고 위층으로 향했다.

내 침실에서 힘겹게 바지를 벗고 사각팬티 바람으로 침대에 앉아 장갑을 벗은 다음 휴대 전화를 꺼냈다. 경련은 서서히 가라앉았지만 발기 상태는 그대로였다. 안을 살짝 들여다보니 페니스가 그 어느 때보다 컸다. 인터넷을 뒤져 보니 그건 발기 지속증으로 불렸고, 페니스의 혈관이 비정상적으로 수축되어 안으로 흘러들어 온 피가 도로 흘러 나가지 못하는 상태였다. 일부 약의 부작용이라는데 거기 페니실린이 포함된다는 언급은 없었다. 얼음찜질과 아스피린이 도움이 될 수 있고, 두 시간 후에도 발기가 풀리지 않으면 응급실에 가서 혈행을 조절하는 약물을 주사하는 것이 좋다고 했다. 나는 또 응급실에 가서 조금 전에 내 엉덩이에 주사를 놓아 준 그 의

334

사에게 페니스에 주사를 맞을 걸 생각하니 끔찍했다. 다른 방법을 찾아야 했다.

바로 그때 침실 문을 조용히 노크하는 소리가 들렸다. 아버지였다.「거기서 뭐 하고 있니?」

「아무것도 안 해요, 아버지. 인터넷으로 확인할 게 좀 있어서요.」아버지는 자신의 얼굴이 보일 정도로만 살짝 문을 열었다.

「몇 시간 내로 요양 보호사가 올 거다. 내가 좀 나가 봐야 해서.」

「어머니는 제가 돌볼 수 있어요.」

「혹시 화장실에 갈 일이 생기면……..」

「다음 약 먹을 시간이 언젠데요?」

「그 안에 돌아올 거야.」

「어디 가시는데요?」

「모르겠다. 카지노나 둘러보고 올까 해.」

「좋아요. 전 여기 있을게요.」

「지금 나가는 거 아냐. 요양 보호사가 도착해야지.」그 말을 하면서 아버지의 얼굴이 사라졌다. 아버지가 조용히 계단을 내려가는 소리가 들려왔다.

인터넷 포럼에 고통스러운 발기 지속 현상의 경험자들이 민간요법을 추천했는데 베나드릴약, 조깅, 냉수 샤워, 온수 샤워의 효과가 극찬받았다. 물론 사정도 권유되었지만 더 공식적인 의학 웹사이트들의 의견은 그 반대였다. 나는 페니스가 그렇게 아픈데 사정을 한다는 게 상상이 되지 않았다. 나는 장갑 하나를 꺼내 한 손에 꼈다. 아픈 페니스에 닿는 토끼털이 부드러웠다. 나는 장갑 낀 손을 살살 움직이며 눈을 감고 아샤의 몸을 떠올렸다. 그 경사진 두꺼운 목, 근육의 산등성이를 이룬 탄탄한 등. 내 입술이 그녀의 입술과 가랑이 사이 깨끗하고 달콤한 맛을 느끼던 기억도 떠올렸다. 그녀가 사랑과 갈망에 촉촉하게 젖어 나에게로 돌아오는 상상도 했다. 그러면서 장갑 낀 손을 위아래로, 위아래로 움직였다. 나의 육체적 고통이 지속되는 동안 끝까지 남은 건 성적인 장면보다 그녀의 눈—넓게 자리한 강렬한 담갈색 눈—이었다. 마침내 병증이 아픔과 쾌감으로 해체되며 잠시 머리가 하얘졌고, 나는 약한 몸서리와 함께 장갑에 대고 거의 느낄 수도 없는 사정을 했다. 어머니가 거의 끼지 않았고 앞으로 다시는 끼지 않을 그 회색 아이슬란드 손모아장갑의 토끼털이 젖어들며 축 늘어졌다.

***

주말쯤 매독 확진을 받은 나는 지난 반년간 성관계를 맺은 일곱 명의 여자 모두에게 그들의 건강을 위험에 빠트린 것에 대해 사과하고 검사비를 대신 지불해 주겠다고 제안하는 내용의 메시지를 보냈다. 열흘이 지난 후까지 연락을 해 오지 않은 여자는 아샤뿐이었는데, 알고 보니 그녀가 매독에 걸린 거였다. 블레이크도 매독에 걸렸었고, 그건 두 달 전 일이었다. 아샤는 그걸 알면서도 내게 말하지 않았는데 당시엔 그녀

의 검사 결과가 음성으로 나왔기 때문이었다. 하지만 결국 양
성이 나왔다. 마침내 그 모든 걸 설명하기 위해 내게 전화를
건 그녀는 이내 울먹이기 시작했다.

「미안해.」

「괜찮아, 아샤.」

「아니, 괜찮지 않아.」

「그럴 수도 있지. 괜찮아. 나 주사 맞았어. 괜찮아질 거야.
당신도 주사 맞았어?」

「왜 그렇게 이해심이 깊은 거야?」 그녀가 날카롭게 물었
다. 「만일 당신이 나한테 병을 옮겼다면 난 화가 났을 거야.」

「괜찮으니까 괜찮다는 거지. 그것 때문에 자책할 필요 없
어.」 나는 그 말이 완전한 진실은 아님을 알았다. 아샤에게 좋
은 인상을 주고 싶어서 그렇게 말한 거였다.

「아무튼, 미안해.」

「그 마음 아는데, 내 말은 —」

「아니, 우리 일 말이야. 우리 사이에 있었던 일에 대해 미안
하게 생각해.」 나는 갑자기 비이성적인 기쁨으로 심장이 달
음박질쳤다. 「난 당신을 이용했어. 그에게 복수하려고. 그리
고 당신에게 병을 옮겼어. 그는 메리언에게 병을 옮겼고.」

「메리언?」

「아래층 세입자. 비글 키우는. 그는 개자식이야. 우리 엄마
말이 옳았어. 그 자식은 나의 소중함을 몰라. 나를 개똥처럼
취급하지. 난 그런 취급을 당하면서도 그 자식한테 자꾸 돌아
간 거고. 그 자식은 **나를** 개똥 취급해. **우리 부모님을** 개똥 취

337

급해. 내 친구들과 바람을 피우고. 심지어 터커도 그 자식을 싫어해. 그건 많은 걸 말해 주지. 나한테 문제가 있었던 거야.」

「터커도 그를 싫어해?」

「그를 못 견뎌해. 그가 오기만 하면 짖어 대. 늘 그랬어. 그 에게 가까이 가지도 않고. 난 그가 키가 너무 커서 그런 줄로만 알았지.」

「어쩌면 그럴 수도 있지.」

「어쩌면 아닐 수도 있고.」

침묵이 흘렀다. 나는 무슨 말을 해야 할지 알 수가 없었다. 그녀에게 그동안 나를 이용했었다는 말을 들어도 놀랍지 않았지만 그렇다고 해서 덜 고통스러운 건 아니었다.

「지금 밀워키에 있어?」 그녀가 물었다.

「응.」

「어머닌 좀 어떠셔?」

「호스피스 간호사는 3주 정도 남았다고 생각하는 것 같아. 거의 진정제에 취해 계셔서…….」

「정말 안타까워.」

「그래도 마침내 어머니가 모르핀 주사를 맞을 수 있게 되어 다행이야.」

「나도 어머니를 위해 기도할게.」 그녀가 말했다. 나는 대꾸하지 않았다. 수화기 너머로 그녀의 숨소리가 들리더니 이윽고 그녀가 말했다. 「이만 끊어야겠어. 당신을 끌어들여서 미안해. 정말로. 당신의 앞날에 행운이 가득하길 바라.」

「재밌네. 지난번에 통화할 때도 그렇게 말하더니.」

「그때도 진심이었어.」

「음 ─ 뭐, 아무튼. 난 아직도 당신을 사랑해. 당신은 그런 말 듣고 싶지 않겠지만, 그래도 사랑해. 앞으로도 늘 그럴 거고.」

「당신이 사랑하는 건 내가 아냐. 당신이 품고 있는 관념이지 ─」

「관념?」

「응.」

「어떤 관념?」

「그야 모르지. 난 당신이 아니니까.」

「하지만 그것에 대해 생각해 봤을 거 아냐. 그렇게 느꼈다면. 그렇지?」

「잘 모르겠는데, 그게, 어떤 거냐면, 당신에게 난 하나의 해결책이었달까…….」

「해결책?」

「제발 소리 지르지 마.」

「농담해? 내가 무슨 소리를 질렀다고.」

「끊어야겠어.」

「그럼 끊어, 아샤. 염병할, 끊으라고.」 내가 쏘아붙였다. 그녀는 아직 끊지 않고 있었으나 나의 폭발이 우리 사이의 마지막 침묵에 독을 풀었다. 나는 그녀와 그런 식으로 끝내고 싶지 않았다. 하지만 아무 말도 하지 않았다. 그녀가 작별의 말을 웅얼거렸고, 전화가 끊어졌다.

***

    그 통화를 한 뒤 석 달이 지났고, 어머니는 죽어 땅에 묻혔다. 나는 아샤의 페이스북에서 파키스탄의 약혼식 파티에서 찍은 사진들을 보았다. 그녀의 약혼식이었다. 화려한 금색과 진달래색 **살와르 카미즈**에 **두파타**를 두르고 푸른 먹으로 아이라인을 그린, 그리고 손과 팔목에 구불거리는 꽃무늬 헤나 문신을 한 아샤가 환한 표정의 부모님과 함께 서 있었고, 그녀의 현재와 미래의 친척들로 보이는 기쁨에 찬 무리가 그들을 둘러싸고 있었다. 한 사진에서는 그녀가 흰 소파에 앉아 있고 30대 초반으로 보이는 파키스탄 남자가 그녀 앞에 무릎을 꿇고서 그녀의 손가락에 반지를 끼우고 있었다. 그는 체격이 컸고, 당당한 매부리코를 가진 옆얼굴이 강한 인상을 주었으며, 두꺼운 안경알이 그런 느낌을 살짝 경감시켰다. 신랑은 모든 게시 글 태그에 리파트 차우두리로 나와 있었지만, 공개적으로 제공된 간단한 프로필을 통해 내가 알아낼 수 있는 건 우리 부모님이 만난 라호르의 그 의과 대학을 나왔다는 것뿐이었다. 구글 검색으로 동부 편자브의 리파트 차우두리를 찾아 보니 족히 수백 명은 되었고 그중 의사도 적지 않았다. 문제의 리파트에 대한 정보를 더 이상 찾아낼 수 없으니 아샤의 간단한 사진 설명을 제외하곤 그들이 어떻게 만났는지 알아낼 방도가 없었다. 내가 이곳과 해외에 사는 손아래 사촌들을 통해 알게 된 바로는, 샤디나 아이디얼 리슈타 같은 데이트 앱 — 첫 연락 후 몇 주 안에 프러포즈가 이루어지는 경우가 빈번한 — 을 통해 21세기 버전의 파키스탄식 전통 중매결혼이 이루어지고 있었다. 나는 아샤의 임박한 결혼이 그런 식으로 그녀 스스로 결정한 것이리라는 짐작만 할 수 있을 뿐 확실한 건 아무것도 몰랐다.

그 후 몇 개월 동안 나는 그녀의 페이스북에서 약혼 후 휴스턴 집으로 돌아온 그녀의 일상이 담긴 수십 장의 사진을 보았다. 그녀는 내가 아는 장소들에서 약혼반지를 낀 채 미소 짓는 사진들을 올렸다. 우리가 함께 터커를 데리고 산책했던 그녀의 집 근처 공원, 그녀가 좋아하는 몬트로스의 초밥집. 그리고 심지어 브라질리언 왁싱 살롱의 미용사 사진도 있었는데, 아샤의 반지 낀 손가락을 잡고 과장된 경이로움을 나타내며 입을 벌린 모습이었다. 얼마 후 그녀의 약혼자가 처음으로 휴스턴을 방문한 사진이 올라왔다. 갤러리아 백화점과 메닐 컬렉션 미술관으로의 가족 나들이, 그녀 아버지가 라면으로 보이는 음식이 든 그릇을 앞에 두고 사윗감과 깊은 대화에 빠진 모습 — 아샤는 이 사진에 〈우리의 남자들〉이라는 설명을 붙여놓았다.

그러던 어느 날, 나는 책상에 앉아 글쓰기에 집중하려고 애쓰다가 페이스북으로 들어가 그녀의 이름을 클릭했다. 그런데 화면에 뜬 건 프로필 사진뿐이었고, 그 옆에 가느다란 박스 모양의 친구 요청란이 있었다. 그녀가 몇 개월 만에 드디어 짬을 내어 나에 대한 친구 끊기를 한 것이다.

VII
포터스빌에 대하여

이것만 기억하시오, 포터 씨. 당신이 말하는 대중 ─
그들이 이 지역의 노동과 지불과 삶과 죽음 대부분을
맡고 있습니다. 그런데 쓸 만한 방 두 칸에 화장실 하나가
딸린 집에서 노동하고 지불하고 살고 죽는 게
그들에게 그렇게 과분한 겁니까?
─ 조지 베일리, 「멋진 인생It's a Wonderful Life」

나는 어느 정도의 명성을 지닌 할리우드 에이전트 마이크
제이컴스와 15년 가까이 알고 지내 왔지만, 그의 정치적 입
장은 늘 당혹스럽기만 했다. 마이크는 흑인인데 2008년에도,
2012년에도 오바마에게 표를 주지 않았다. 그는 오바마 후보
(나중엔 오바마 대통령)에 대해, 다수인 백인 ─ 물론, 오바마
의 어머니도 백인이었다 ─ 에게 양보하느라 분열된 성격을
갖게 된 유색인이라고 말했다. 오바마의 그런 양보가 미국의
흑인으로서 자신이 누구인지 알 수 있게 하는 능력을 손상시

켰다는 것이었다. 오바마가 첫 선거에서 이겼을 때, 마이크는 그가 무능한 대통령이 될 거라고 예언하면서 더 심각한 문제는 그가 이 나라의 흑인[15]들에게 끔찍한 옹호자가 될 거라는 점이라고 했다(오바마 집권 첫 6년 동안, 나는 마이크의 이 두 가지 예언 중 하나라도 틀렸다고 반박하기가 어려웠다). 2008년에 마이크는 세라 페일린이 러닝메이트로 나오지 않았더라면 매케인을 찍었겠지만 그해에는 아무에게도 표를 주지 않았다. 2012년에는 롬니에게 투표했다. 나는 마이크가 미국 흑인들의 삶에 그토록 강한 지지를 보내면서 — 그는 해마다 내가 아는 대부분의 사람이 버는 돈보다 큰 액수를 우리 나라 흑인을 위해 기부하고 있다 — 어떻게 공화당 정치인들을 선호하는지 잘 이해할 수가 없었다. 그는 공화당에서 세금, 자립, 자신을 건사하는 법을 배우는 것에 대해 늘 하는 이야기들을 조금씩 변형하여 자신의 정치적 입장을 설명하고 있지만 말이다.

그 이야기는 나중에 다시 하겠다.

마이크는 앨라배마의 가난한 사람들 사이에서 자랐다(그의 아버지는 법조인이었고, 마이크가 청소년기 후반에 이를 때까지 그의 집은 부유한 편이 아니었지만 그럼에도 이웃들만큼 가난했던 적은 없었다). 마이크는 어렸을 때 정부 지원금에서 비롯된 의존과 좌절의 악순환을 직접 목격했다. 그는 미국의 흑인들 앞에 놓인 가장 심각한 문제는 이 나라가 철저히

15 나도 마이크처럼 이 책에서 〈아프리카계 미국인〉이라는 표현을 사용하지 않겠다 — 원주.

그들을 억압하는 구조로 설계되어 있다는 점이라고 믿는다. 그걸 바꾸기 위해선, 미국의 흑인들은 그 사실을 인식하는 데서 그칠 게 아니라 ― 그런 인식은 대부분이 갖고 있다 ― 자신에 대한 생각을, 그리고 그런 생각으로 인한 삶을 변화시켜야만 한다. 혹여 내가 여기서 그의 말을 잘못 전달한다면 잃을 게 너무도 많기에 직접 인용해 보겠다.

난 우리 흑인들이 늘 누군가 우리를 구원해 주고, 불의를 바로잡아 주고, 우리에게 정당한 기회를 주기를 기다리는 그런 면이 싫어. 물론, 우린 많은 고난을 겪어 왔고 〈우리〉로 산다는 건 힘든 일이지. 그걸 부정하는 건 아냐. 하지만 다른 사람이 우리를 위해 이 나라를 바꾸진 않을 거야. 우리 자신이 바뀌어야지.

그가 로스앤젤레스 다운타운에 있는 스탠더드 호텔에서 수란과 으깬 아보카도를 얹은 토스트를 먹으며 나에게 한 말이었다. 나는 2013년에 퓰리처상을 받은 후 몇 달 동안 할리우드에서 지내며 〈만남들〉을 갖고 있었다. 영화사에서 작품 의뢰가 쇄도했는데 그들이 원하는 이야기는 하나같이 〈선한〉 무슬림이 법 집행 기관과 함께(혹은 그런 기관 내부에서) 〈악한〉 무슬림을 적발하여 박멸하는 내용으로, 다음 단계에서 꼭 필요한 대중문화적 구제책으로 나에게 던져졌다. 이 프로젝트들 가운데 일부는 이미 대본이 나온 상태에서 〈실감나게 다듬어 줄〉 작가를 찾고 있었고, 그런 플라스틱 뼈대에 처음으로 살을 붙일 작가를 원하는 곳도 있었다. 내가 마이크를 처음 알게 된 건 그가 뉴욕에서 내 이웃으로 살던 때였는데, 당시 마이크는 로펌에 소속된 젊은 세무 변호사로서 연예계 쪽 일도 하고 있었다. 그가 스스로 에이전트가 되고 싶다는 걸 깨닫는 데는 오랜 시간이 걸리지 않았고 실제로 에이전트가 되는 데도 그보다 훨씬 오래 걸리진 않았다. 우리는 그후로도 계속해서 연락을 이어 왔기에 나는 그에게 조언을 구했다 — 난 영화사들이 제안하는 그런 우스꽝스러운 이야기를 쓰고 싶진 않지만, 혹시 나에게 쏟아진 관심을 좀 더 생산적인 방향으로 돌릴 방법을 찾을 수 있을까?

마이크는 약속 시간보다 몇 분 늦게 번쩍거리는 고동색 마세라티를 몰고 레스토랑에 나타났다. 그가 운전석에서 내릴 때 갓 면도한 민머리가 햇살을 받아 빛났다. 마침 주차장 위쪽 창가 자리에 앉아 있던 나는 그가 젊은 흑인 주차 요원의 손에 팁을 쥐여 주는 걸 똑똑히 볼 수 있었다. 마이크가 자리를 뜬 후 팁을 확인한 주차 요원이 놀라는 걸 보니 팁이 꽤 두둑했던 모양이었다.

마이크가 카운터 여자들에게 떠들썩하게 인사하며 안으로 들어섰다. 가죽 창을 댄 옥스퍼드화의 밝은 뚜벅거림이 그의 활기찬 걸음걸이를 알렸다. 그는 나와 포옹한 후 좌석에 앉아 네모진 냅킨에 껌을 뱉었다. 그는 시간이 얼마 없다고 미리 경고했다. 그의 가장 중요한 고객 하나가 — 아역 출신으로 이제 성인 배우로 성장하여 스타덤에 오른 — 영화의 핵심 장면에서 그의 공동 주연(여자)에게 더 큰 총이 주어진 걸 알고 촬영을 중단했다는 것이었다. 그 고객은 사흘간 촬영장에 나타나지 않았고, 마이크는 그날 아침에 그의 행방을 알아냈다고 했다. 할리우드힐스에 있는 궁전 같은 에어비앤비에서 매춘부 무리를 옆에 끼고 코카인과 비아그라 파티를 즐기고 있다는 것이었다. 마이크는 두 시간 내로 그를 차에 태워 세트장에 데려다줘야 했다.

그날 아침의 만남에 대한 장황한 요약에 탐닉하진 않겠다. 내가 여기서 하고 싶은 이야기는 그게 아니니까. 내가 하고 싶은 이야기는 마이크나 나에 관한 것이 아니다. 로스앤젤레스에서의 그 아침 식사 3년쯤 **후인** 2016년 봄, 도널드 트럼프가 전국을 종횡무진하며 공화당 예비 선거에 혼란의 씨앗을 뿌리고 있을 때 마이크가 트럼프의 당선을 예언하며 나에게 설명해 주기 전에는 나도 알지 못했던 우리 나라의 경제 정치의 변화(거의 언급되지 않은)에 관련된 것이다. 하지만 그 내용으로 넘어가기 전에 먼저 그날의 이야기를 조금 더 해야겠다.

2013년의 그날 아침, 마이크는 내가 할리우드라는 곳과 그 생산품에 대해 이해하는 데 도움이 되는 이야기를 들려주었다. 영화 산업은 애초에 뉴욕 패션 지구 출신 가문들이 일으켰고 여전히 패션 사업의 본질적 특징이 고스란히 남아 있다. 알맹이보다 껍데기에 집착하고, 최신 유행에 뒤떨어지는 걸 두려워하고, 아부를 일삼으며 무기력과 사회적 절망감에 시달리고, 그 무엇보다도 반전에 반전이 거듭된다. 이곳에서의 이력은 최신 원단과 같아서, 대량으로 구매되어 미리 짜놓은 서술의 틀에 맞추어 재단되며, 대중이 흥미를 잃으면 바로 버려진다. 참신성, 단명성, 일회성, 대량 생산 — 이것이 할리우드의 고유하고 지속적인 가치다. 그날 아침에 마이크가 내게 해준 조언은, 할리우드 사람들은 겉으로야 무슨 말을 하건 오직 내가 이슬람이라는 사실에만 주목할 것이니 영화사들이 나에게 보내는 관심을 그런 관점에서 해석하라는 것이었다. 그리고 나는 최신 원단이라고 할 수 있으며, 할리우드에서는 나를 이용하여 대중이 한 번쯤 몸에 걸쳐 보고 싶어 할 만한 옷을 뽑아내서 불티나게 팔리도록 만들 궁리를 하고 있으리라는 것이었다. 「만일 자네가 할리우드 사람들에게 그들이 원하는 걸 줄 수 있다면, 자넨 여기서 **그런 인물**이 되는 거지. 여기선 모두가 그런 인물을 찾고 있어. 하지만 그 장단에 맞추고 싶지 않다면 — 내가 보기에 자넨 그러고 싶어 하지 않아 — 시간 낭비만 하기 십상이지.」 그가 내게 해준 조언의 결론이었다.

그날 아침 그가 해준 말이 하나 더 있었는데, 그곳이 유대인들의 도시라는 것이었다. 심지어 유대인이 아닌 사람들도 유대인이 시작했고 여전히 남아 있는, 다른 민족의 것보다 더 똑똑하고 노련한 영화 사업의 관행에 따르게 되었다고 했다. 마이크는 할리우드의 그런 점이 좋다며 이렇게 말했다. 「그들은 WASP와는 달라. 여기선 자신이 사람들 사이에서 어떤 위치에 있는지 알 수 있지. 그들이 말해 주거든.」 그러면서 나의 경우 무슬림이라 적으로 간주될 수도 있다는 걸 명심하라고 경고했다. 「적극적으로 나서는 게 좋을 거야.」 그가 제안했다.「처음부터 그들을 해치러 온 게 아니라는 걸 알릴 방법을 찾아봐.」

「그들을 해친다고?」

「알잖아 ── 그들이 옹호하는 것에 반대하지 않는다고.」

「그러니까…….」

「이스라엘, 나머지 세상.」

「마이크 ──」

「방어적인 태도 보이지 마, 친구. 자네 생각해서 해주는 말이니까.」

「난 유대인들이 옹호하는 것에 반대하지 않아. 내가 좋아하는 작가들은 전부 유대인이야. 난 10대 때부터 필립 로스와 아서 밀러에게 심취했어.」

「다 좋아.」 그가 심드렁한 미소를 보이며 말했다. 「그들에게 그걸 꼭 알려 줘. 그럼 괜찮을 거야.」

선의가 담긴 신랄하고 노골적인 태도, 판단이나 사과를 동반하지 않는 격앙된 인종적 견해, 마이크 제이컵스다운 모습이었다. 그는 가끔 스스로 〈쾌활한 비관주의〉라고 부르는 걸 아버지에게 물려받았다고 했다. 역시 법조인이었던 그의 아버지 제리는 아들의 인생에 커다란 그림자를 드리우고 있었다. 제리 제이컵스는 워싱턴 D. C.에서의 경력을 포기하고 제이컵스 일가가 한 세기 넘게 대대로 살아 온 앨라배마 오펠리카로 가족들을 데리고 돌아갔다. 그의 첫 경력을 고려하면 그건 놀라운 선택이었다. 그는 법대를 졸업한 즉시 그 지역 최고 항소 법원인 컬럼비아 특별구 연방 항소 법원의 스파츠우드 로빈슨 판사 시보로 들어갔다. 중후하고 온화한 〈스파츠〉 로빈슨은 전설적인 인물로, 브라운 대(對) 교육 위원회의 재판을 맡은 첫 변호사였고, 이후 컬럼비아 특별구 연방 항소법원에 임명된 최초의 흑인 판사이기도 했다. 당시 — 1980년대 — 로빈슨 밑에서 일하는 건 마이크의 아버지 같은 젊은 흑인 변호사에겐 더할 수 없이 좋은 출세의 디딤돌이었다. 하지만 직업적 전망이 제아무리 밝다 해도 제리가 그때 워싱턴 D. C.에서 형체를 갖추어 가고 있던 현상 — 미국 흑인에게 그 누구도 예상치 못했던 상처를 입힐 이념적 틀의 부상 — 을 보지 못하도록 그의 눈을 가리진 못했다. 그리하여 제리는 국가의 수도를 버리고 오펠리카로 가서 그 지역 법률사무소에 들어갔다가, 시의회에서 일하다가, 결국 앨라배마 하원 의원으로 선출되었다. 나는 1990년대 후반에 그가 아내와 함께 뉴욕에 사는 아들 마이크를 만나러 왔을 때 그를 본적이 있었는데, 카랑카랑한 목소리와 눈에 띄는 콧수염을 가진, 머리가 벗어져 가는 남자였다. 나는 마이크가 그를 얼마나 닮았는지 한눈에 알 수 있었다. 그 선제적 열정, 경쾌한 신체적 리듬. 마이크가 정신이 다른 데 팔려 있거나 심드렁한 미소를 지을 때 잠깐씩 엿볼 수 있었던, 마음 깊은 곳 염세적 피로의 희미한 흔적마저 똑같았다. 몇 년 후 마이크가 지나가는 말로 아버지가 가장 좋아하는 영화배우가 지미 스튜어트이고 제일 좋아하는 영화는 「멋진 인생」이라고 했다. 나는 그제야 그들 부자의 타고난 예민하고 원기 왕성한 매력, 마음 깊은 곳에서 벌어지는 환멸과의 싸움을 부분적으로만 가려

주는 그 특이하고 고집스러운 소년 같은 면모의 근원을 발견한 기분이 들었다. 그건 지미 스튜어트가 연기한 인물들을 아는 이들에겐 익숙한 감정들의 혼합으로, 미국의 어두운 진실과 불행히 대면하게 된 그들은 어떤 식으로든 정신적 장애를 안게 되었다.

쾌활한 비관주의. 혹은 지친 이상주의. 둘 중 아무거나 골라잡아도 된다.

***

내가 이 글을 쓰고 있는 때는 2018년 여름이니 2년여 전의 시각으로 트럼프의 부상이 얼마나 믿기 힘든 일이었는지에 대해 이야기하는 건 쉽지 않은 일이다. 2016년 7월 트럼프가 대통령 후보로 지명되기 전에는 심지어 그해 3월까지도, 그의 색다름, 기존의 교전 수칙에 대한 노골적인 무시, 주요 이슈에 대한 무지, 의도적인 허세와 천박함, 끊이지 않는 모욕적 공격 등 모든 것이 그가 궁극적인 기회를 잡는 데 불길한 징조가 될 것으로 보였다. 트럼프가 한 번의 불가피한 실수로 패배할 거라는 말이 사람들 사이에서 진부한 상투어처럼 반복되었다. 하지만 4월쯤엔 트럼프가 저지르는 작은 사고들이 그의 지지자들을 더 늘리고 있다는 사실이 확인되었다. 향후 몇 주 동안 트럼프가 처음엔 뉴욕에서, 그다음엔 펜실베이니아에서 적들을 물리치게 되면 그의 대선 진출은 거의 확실해질 터이고 그는 힐러리 클린턴에게 무참하게 패배할 터였다.

마이크는 펜실베이니아 결과 발표 일주일 후인 2016년 5월 초에 뉴욕으로 출장을 왔다. 우리는 할렘에 있는 레드 루스터에서 만났다. 레녹스 애비뉴에 위치한 고급 솔 푸드로 유명한 그 식당은 에티오피아 출신 스웨덴 요리사 마커스 새뮤얼슨이 소유하고 경영하는 곳이었다. 전날 저녁에 빌 클린턴이 헤지 펀드 매니저 모임에 초청을 받아 그곳을 다녀간 모양이었는데, 직원들이 아직도 그것 때문에 들떠 있었다. 바텐더가 우리에게 마티니를 따라 주며 클린턴이 주방으로 들어가 웨이터 조수와 코스 요리사 들까지 만났다면서 그의 정치술에 감탄을 보내고 힐러리의 매력 없음을 한탄했다. 바텐더가 우리 곁에서 멀어지자 마이크가 내게 선언하기를, 트럼프가 차기 대통령이 될 거라고 했다.

나는 웃음을 터뜨렸다. 「농담이지, 응?」

「전혀.」

「정말로 그가 이길 거라고 생각한다고?」

「그래.」

「왜?」

그는 잠시 생각에 잠겼다. 그에겐 가벼운 잡담이 아닌 게 분명했다. 「테이블에 가서 앉지.」 그가 말했다. 「배고파. 그리고 이야기가 길어질 거야.」

***

나는 레드 루스터에서의 그 밤 이전에 로버트 보크에 대해 아는 게 거의 없었다는 사실이 부끄럽다. 마이크의 아버지가 스파츠 로빈슨 판사 밑에서 시보 노릇을 하고 있을 때 보크도 컬럼비아 특별구 연방 항소 법원 판사였다. 마이크의 이야기는 1987년에 레이건 대통령이 보크를 대법관으로 임명하기 3년 전으로 거슬러 올라간다. 1987년은 보크의 대법관 임명을 좌절시킨 악명 높은 상원 청문회가 열린 해이기도 하며, 그 원한에 찬 청문회의 여파로 〈누군가를 낙마시키기 위해 일제히 정치적으로 공격하는 것〉을 뜻하는 〈보크〉라는 유명한 속어가 탄생했다. 나도 당시의 소란에 대해서 어렴풋이 기억하고 있지만 그 사건의 의미에 대해선 전혀 몰랐었다(그땐 열다섯 살이었으니까). 대학에 들어가서는 보크의 미국이 이런 곳이라고 배웠다.

여자들이 불법 낙태 시술을 받을 수밖에 없고, 흑인은 식당에서 따로 앉고, 깡패 같은 경찰이 한밤중에 시민의 집 문을 부수고, 학생은 진화에 대해 배우지 못하고, 작가와 예술가는 정부의 변덕에 따라 검열당하고, 수백만 시민에게 연방 법원 문이 닫혀 있는 곳.

1987년 청문회에서 테드 케네디가 보크를 공격하면서 한 말을 인용한 것이다. 이 연설은 장차 보크가 갖게 될 이미지를 만들어 낸다. 딕시랜드 음악과 탐정 소설에서 데카당스의 냄새를 맡고, 건강한 사회에 대한 비전은 수구적 열병을 닮았으며, 인사 청문회에서 패배함으로써 미국 진보 이념의 결정적 승리를 상징하게 될 보수 이념의 신봉자.

하지만 그건 유감스럽게도 왜곡된 단순화였다.

보크가 미국인의 삶에 미친 진짜 영향은 정치와 문화에 대한 그의 수구적 견해와는 거의 관련이 없었다. 보크는 이 나라를 근본적으로 개조하는 역할을 하게 되는데, 그건 그가 독점 금지법의 신봉자로서 기업 권력에 대한 유의미한 억제는 오직 다른 기업의 경쟁적 위협을 통해서만 이루어져야 하며, 정부의 개입 여부를 결정하는 기준은 오로지 소비자의 이익이어야만 한다고 믿었기 때문이었다. 공공의 선은 오직 소비자의 이익에 의해서만 결정된다는 그의 믿음은 지구를 집어삼킨 자유 시장 자본주의로의 세계사적 전환에 꼭 필요한 윤활유 역할을 했다. 그를 보수주의자라고 부르는 건 핵심에서 벗어나는 일이다. 그의 독점 금지론에는 보수적 요소 — 적어도 전통적 의미에서는 — 가 전혀 없었다. 보크는 F. A. 하이에크, 밀턴 프리드먼, 제임스 뷰캐넌 — 나는 할렘에서의 그 밤 이전에는 그들에 대해 공부하거나 그들의 책을 읽어 본 적도 없었지만 — 같은 경제학자들과 함께 전통적 구조의 보존이 아닌 폐지를 주장했다. 그들은 사기업에 대한 모든 규제를 없애기를 원했다. 그들은 모든 상식뿐 아니라 괴델의 정리에도 반하는, 시장이 스스로 일탈과 특이성을 규제할 수 있다는 믿음을 가졌다. 다시 말해, 보크와 그 경제학자들은 공공 영역에서의 개인적 자유에 대해선 맹렬한 비난을 퍼부으면서도 민간 부문에서의 가장 자유분방한 형태인 개인주의에 대해서는 열정적 지지를 보냈다. 나는 우리 시대의 중요한 정치적 패러독스는, 지난 반세기 동안 이른바 보수주의자들이 선조들로부터 물려받은 사회를 보존하는 게 아니라 그들이 경멸하는 좌파 혁명가들을 강력하게 연상시키는 사회 개조에 힘써 왔다는 것이라고 생각하게 되었다.

마이크는 〈핫허니야드버드〉와 〈오바마숏립〉[16]을 먹으며 자신의 아버지 이야기를 들려주었다. 레이건 집권 전성기에 컬럼비아 특별구 연방 항소 법원 판사 시보로 일하던 그의 아버지는 보크와 가깝게 지내면서 미국에 대해 이해하게 되었다고 했다. 1980년대 중반에도 그 도시의 정치 문화는 여전히 신사적인 교류에 바탕을 두고 있어서, 그곳 사람들은 법정이나 상원에서는 당파적 논쟁을 벌이다가도 〈옥시덴탈〉이나 〈올드 에빗 그릴〉에서 마티니와 굴을 먹을 때는 대립을 잠시 접어 두었다. 조지타운에서 그런 친근한 분위기가 감돌던 저녁에 보크는 로빈슨 판사 팀에서 본 젊은 흑인 시보 옆자리에 앉게 되었다. 두 사람은 활발한 대화를 시작했다. 마이크는 자신의 아버지가 그날 밤 보크에게서 평소 법정에서의 거만한 태도를 보고 예상했던 것보다 훨씬 매력적인 면모를 발견했다고 했다. 보크 역시 그에게 좋은 인상을 받아서 그날 밤부터 둘 사이에 친밀감이 생겼고, 그 후 날이 가고 달이 가면서 친분이 두터워지자 제리의 상사 스파츠 로빈슨이 불편한 기색을 보이기 시작했다.

스파츠와 보크는 〈드로넨버그 대 제크〉 사건에서 서로 다른 의견을 내면서부터 앙숙이 되었다. 1981년 봄, 27세의 해

16 레드 루스터의 대표 메뉴.

군 하사관 제임스 드로넨버그가 해군 병영에서 〈동성애 행위〉를 하다가 적발되어 명예 제대 처리되었다. 그는 헌법에 규정된 권리를 침해당했다며 소송을 제기했다. 그 사건은 연방 항소 법원까지 올라왔고, 보크는 그 동성애자 청년을 처벌한 해군을 지지하는 다수 의견에 표를 던졌다. 로빈슨은 분노에 찬 반대 의견서를 냈고, 보크는 다수의 의견에 따른 거만한 개인적 답변서를 썼다. 그러잖아도 사이가 좋지 않았던 두 판사는 그 사건 이후로 서로 거의 말도 안 하고 지내게 되었다. 스파츠는 보크가 자신의 시보에게 관심을 보이는 것에 화가 나서 제리에게 조심하라고 충고했다. 그는 보크가 흑인 항소인과 변호사 들에게 보이는 고압적인 태도는 그가 인종 차별주의자라는 확실한 증거이며 분명 꿍꿍이가 있어서 제리에게 접근한 거라고 했다.

한편, 보크는 제리를 백악관에서 일하는 사람에게 소개했고, 제리는 그와 두 번 점심을 먹은 후 기퍼[17]를 직접 짧게 알현하기에 이르렀다. 그들은 그런 의사를 분명히 밝힌 적이 없었지만, 제리는 정부의 규제 철폐 계획을 지지할 검은 얼굴들이 필요한 것 같다고 짐작했다. 특히 전국의 흑인 사업체들이 레이건의 새 독점 금지 정책에 반대하는 세력을 규합하기 시작한 것이다. 돈이 많이 풀린 시대라 합병과 인수가 대유행이었다. 몸집이 커져 가는 기업들이 시장 점유율을 잠식하고 작은 사업체들을 몰아내면서 미국의 중심가들을 혼란에 빠트린 것에 대한 보상으로 가격을 낮출 것을 약속했다. 앞선 시

17 레이건 대통령의 별칭.

대의 연방 정부였다면, 그러한 기업의 노골적인 약탈을 절대 허용하지 않았을 터였다. 심지어 1960년대 후반에는 8퍼센트의 잠재적 시장 점유도 법원이 로스앤젤레스에서 두 식료품점 체인의 합병을 막는 이유가 되었다. 판사들은 그때 일자리와 사업체를 잃을 위험에 처할 사람들 편에 섰다. 식료품점의 합병이 소비자들에겐 가격 인하를 의미한다고 하더라도 말이다. 1978년에 보크는 『반독점 패러독스The Antitrust Paradox』를 출간하는데, 기업의 경쟁과 소비자의 이익에 대한 우리의 생각을 완전히 바꿔 놓은 이 책은 미국 역사에서 이 주제와 관련하여 가장 널리 인용되기에 이른다. 보크는 연방 항소 법원 판사로 재직하기 전에 예일 법대에서 학생들을 가르치고 닉슨 행정부 법무부에서 일하면서 장차 법정에서, 신문 경제면에서, 미국의 이사회실에서 목소리를 낼 추종자들을 교육시키고 양성해 냈다. 그리하여 점차 소비자의 이익이 공공선의 지배적 기준이 되었으며, 소비자의 이익은 오직 최저가로 규정되기에 이르렀다. 이제 기업의 규모는 잠재적 권력 남용이 아닌 기회를 의미하게 되었다. 기업의 몸집이 커질수록 공급자와 종업원에 대한 지배력이 강해지고, 아무런 처벌도 받지 않고 비용을 삭감할 자유가 확대되면 그 혜택이 소비자에게 돌아간다고 여겨졌다. 식료품점들의 합병이 시작되었고,[18] 다른 소매업체들이 그 뒤를 이었으며,

18 이 새 시스템하에서만 가능했던 월마트 같은 기업은 1960년대 후반까지만 해도 겨우 8퍼센트의 시장 점유도 법정에서 반경쟁적이라는 판결을 받았던 데 반해, 2015년에는 40개 이상의 대도시권에서 50퍼센트 이상의 식료품 매출에 대한 지배권을 갖게 된다. 아마존의 경우, 제조 원가에도 못 미치는 가격으로

은행과 보험사, 철도 회사, 화물 운송 회사, 항공사도 합병의 바람을 탔다(물론, 수십 년 후 이 현상이 절정에 도달하면서 거의 신의 경지에 이른 기업들이 부상하며, 디지털 기술과 알고리즘을 이용하여 우리의 인식 행위까지 지배하게 될, 인간의 관심과 데이터를 거래하는 상인들이 탄생한다).

충격적인 규모와 시장 점유율, 공동체와 노동자에 대한 책임회피 — 이 모든 것이 이른바 소비자 이익을 빌미로 허용, 아니 **조장되었다**. 하지만 마이크의 이야기를 들으니, 1980년대 중반 흑인 지식인과 사업가 들은 이미 국가가 오직 구매를 통해서만 번영할 수 있을지에 대해 의심을 품기 시작했다. 우리 미국인은 모두 소비자일 뿐인가? 아니, 우리는 노동자이면서 소유주이기도 하고 심지어 **시민**이라고 할 수도 있었다. 우리가 사회적 존재로서 가진 그런 측면은 정말로 보호받을 필요가 없는 것일까? 진실로 국가의 복지가 계산대에서 돈을 아끼게 해주는 행위에 지나지 않을까?

마이크는 1980년대의 흑인이라면 새 법의 진짜 의미를 무시할 수 없었을 거라고 말했다. 백인 소유의 지주 회사들이 흑인의 은행과 보험 회사 들을 사들인 후 그들의 새 흑인 고객에게 등을 돌렸다. 이 커가는 거대 기업들은 지역의 소유가 아니었고 지역에서 지분을 갖고 있지도 않았기에 그들이 살고 있지 않고 이해하지도 못하며 솔직히 좋아하지도 않는 공

도서를 판매하여 출판계에 철퇴를 내리더니 나중엔 동일한 초토화 사업 모델을 이용하여 오프라인 거래 자체를 대대적으로 무너뜨리려는 시도까지 하게 된다 — 원주.

동체의 요구에 귀 기울일 이유가 없었다. 그리고 이 아주 얇지는 않은 베일을 쓴 상업적 인종 차별주의와 관련하여 스파츠우드 로빈슨 판사 같은 사람들이 잊을 수 없는 것이 있었으니, 그들의 시민권 투쟁에 흑인 소유 사업체들이 기여한 공로가 대부분의 사람이 알고 있는 것보다 더 크다는 점이었다. 완전한 시민권을 위한 투쟁에서 경제적 독립은 필수적인 것이었고 투쟁을 지속할 돈이 어딘가에서 나와야만 했는데 지역 흑인 사업체들이 가장 적극적으로 나선 것이다. 흑인 식료품점 주인들은 버스 보이콧 비용을 대고, 흑인 약국 주인들은 백인 전용 해변에 〈걸어 들어가기〉를 지원했으며, 흑인 장례업자들은 음수대와 화장실에서 **백인 전용** 표지판이 사라질 때까지 백인 은행들에서 돈을 뺐다.

제리 제이컵스는 다양한 연방 기관과 로비 회사 소속 인물들과 접촉하면서 그들이 왜 자신을 원하는지 파악하게 되었다. 시민권의 시대에 패배의 상처를 안게 된 레이건 공화주의자들은 흑인들의 조직적인 저항이 지닌 변화의 힘을 의심하지 않았기에 모험을 걸 생각이 없었던 것이다. 그들은 이미 흑인들 사이에 널리 퍼진 비판 이론에 대해 우려하고 있었는데 효율성과 소비자의 이익에 대한 그들의 주장이 거짓임을 밝히는 이 이론은 벌써 대공황 이전에 다름 아닌 W. E. B. 듀보이스가 내놓은 것이었다.

유색인 개인이 식료품점 사업에 진출하거나 포목점을 열거나 정육, 신발, 캔디, 책, 담배, 옷, 과일을 팔면서 체인

점과 경쟁하는 건 느리지만 거의 피할 수 없는 경제적 자살을 기도하는 것이다.

마이크의 이야기에 따르면, 규제 완화를 위해 일할 흑인 법조인을 뽑는 게 최우선 과제가 되었고 보크는 마이크의 아버지를 그 적임자로 점찍은 것이다. 1986년에 연방 거래 위원회에서 제리 제이컵스에게 일자리를 제안해 왔지만 그때쯤 레이건주의자들과 1년 넘게 교류한 그는 그들이 무슨 일을 벌이려고 하는지 파악하고 있었다. 제리가 보기에 그들은 미래에 대한 환상이 없었다. 그들은 인종 다양성과 그 경제적, 정치적 결과의 물결이 밀려드는 걸 보았고 그에 대한 방안으로 백인의 재산권을 재언명하고 백인이 지배권을 잃지 않도록 기업들의 손에 권력을 모아 주려 하고 있었다.

스파츠 로빈슨은 자신의 젊은 시보가 이 링컨 정당의 현대적 계승자에 대한 환상에서 서서히 깨어나는 걸 지켜보았다. 스파츠는 미국 흑인을 노예 신세에서 해방시키기 위해 너무도 큰 위험을 감수했던 정직한 에이브[19]가 베이커, 보크, 애트워터 같은 자들이 자신의 정당의 위대한 이름을 이용하여 흑인들에게 다시 족쇄(비록 경제적인 것이더라도)를 채우려 하는 걸 보면 무덤에서 벌떡 일어날 거라고 했다. 내가 마이크를 처음 만났을 때 그는 시나리오를 쓰고 있었는데, 나는 그가 어디서 그 시나리오의 영감을 얻었는지 할렘에서의 그 밤에 비로소 알게 되었다. 시나리오의 줄거리는 한 젊은 흑인

19 에이브리엄 링컨의 애칭.

법조인이 부와 권력을 약속하는 자들의 꾐에 넘어가 개인의 영달을 위해 아버지 같은 멘토 — 스파츠우드 로빈슨을 모델로 한 올드 사우스[20] 출신의 마르고 위엄 넘치며 겸양의 미덕을 지닌 판사 — 를 배신하는 내용이다. 이 시나리오는 플롯 — 내 생각에는 존 그리섬의 스릴러 냄새가 짙게 풍기는 — 보다 윤리(관점은 항상 욕망에 의해 형성되고 만일 당신에게 자신의 욕망을 믿지 않는 마음이 있다면 그 욕망이 제시하는 세상의 그림도 믿지 않는 편이 낫다는)가 더 복잡했으며, 이 윤리는 마이크의 아버지가 워싱턴에서 자신에 대해 배운 것, 그리고 어쩌면 마이크가 느끼기에 그의 아버지가 완전히 배우지 못한 것에서도 영향을 많이 받은 듯했다.

결국 마이크는 국가의 수도를 떠나 앨라배마의 고향으로 돌아가기로 한 아버지의 결심을 감상주의에 물든 것으로 보았다. 사랑하는 사람들에게 의리를 지키고 싶은 건 좋았다. 하지만 마이크는 아버지가 그런 결심을 하면서 실제로 어떤 결과가 수반될지 생각했더라면 좋았으리라 여겼다. 마이크는 아버지가 그때 미국에서 무슨 일이 벌어지기 시작했는지 간파한 건 사실이지만, 자신이 오펠리카의 중심가에 있는 법률 사무소나 몽고메리 의사당에서 그것과 관련하여 할 수 있는 일이 얼마나 적은지 알고 있었는지에 대해선 확신이 없었다. 그 새 정치 질서는 상업에 뿌리를 두고 있었고, 몸집을 키워 가는 사업체들의 돈궤에 쌓인 현금을 자양분 삼아 성장하고 있었다. 그리고 그 영향은 흑인 사업체만이 아니라 모두에

20 남북 전쟁 전의 옛 미국 남부.

게 미치고 있었다. 체인점과 거대 기업 들은 백인 소유의 사업체보다 흑인 소유의 것을 특별히 더 많이 폐쇄하진 않았다. 마이크는 아버지의 실수가 그 모든 걸 인종의 렌즈를 통해서만 본 데서 비롯되었음을 깨달았다. 달러가 미국 내륙에서 빠져나가 번성한 해안 도시들로 몰리면서 지역성 자체가 쇠퇴하고 있었다. 남부에서는 농업을 통해 그 최악의 사례를 볼 수 있었다. 사람들은 — 피부가 검건, 희건, 갈색이건 — 더 이상 땅을 일구면서 먹고살 수가 없었다. 기업 합병은 경작지 면적을 넓혔고 관개와 수확은 점점 더 자동화에 의존하게 되었다. 제품의 가격이 떨어진 건 맞지만, 과세 표준도 함께 떨어졌다. 그렇게 저임금 일자리가 많았던 적이 없었고, 그 대부분은 푼돈을 받고 일하는 것에 만족하는 이주 노동자에게 돌아갔다. 도시들은 더 가난해졌고, 그건 학교들도 더 가난해졌다는 의미였다. 공교육이 무너지기 시작했다. 도로와 다리도 무너졌다. 줄어 가는 교회와 자선 기관에 기부하는 사람도, 기부 금액도 줄어 갔다. 가는 곳마다, 물건을 살 돈이 줄어든 사람들은 어떻게든 물건값을 적게 쓰려고 거대한 상자 모양 상점으로 몰려들었다. 오펠리카, 위치토, 그랜드래피즈, 스크랜턴 같은 지역들에서 — 그리고 중미 전역의 거의 모든 지역에서 — 20년에 걸쳐 기회는 사라져 가고 사기는 떨어져 점점 더 브레이크 없는 내리막길을 걷게 되었다. 자살이 증가했고 마약과 우울증, 분노 역시 마찬가지였다.

그리고 그 모든 것이 금융 위기 **전**의 일이었다.

트럼프 당선 6개월 전의 그 밤 할렘에서 마이크는 그런 일이 흑인 공동체뿐 아니라 미국 공동체라는 개념 자체에서도 일어나고 있는 게 보이기 시작했다고 말했다. 마이크는 아버지가 가졌던 생각, 그리고 오펠리카에서의 자신의 삶을 통해 〈법인세 이론〉이나 〈미국 재산법론〉 같은 강의에서 자신이 배운 것에 함축된 의미를 이해할 준비를 갖추었다. 리아즈처럼 마이크도 1980년대에 시작된 물결을 되돌릴 방법은 없다는 걸 깨달아 갔다. 우리의 생각이 바뀐 것이다. 물론 돈은 항상 미국이 지닌 활력의 중심에 있었지만 이제 최고의 결정적 가치로 군림하게 되었다. 이제 우리에게 돈은 단순히 노동의 목적이 아니라 스포츠와 여가의 목적이기도 했다. 우리는 영화의 줄거리에 앞서 주말 박스 오피스 순위를, 외야수의 타율에 앞서 그가 받는 특별 보너스를 논했다. 시장이 우리의 언어에 스며들어, 우리는 **상방 upside**을 추구하고, **노출 exposure**을 최소화하고, 우리의 **땀의 지분 sweat equity**에 대한 최고의 **투자 investment**가 이루어졌는지를 우려했다. 심지어 투표권조차 상품화되어 진정한 정치력은 투표함이 아닌 수표 쓰는 능력에 있었다. 이제 우리는 시민이기 전에 그 무엇보다도 소비자였으며, **구매**가 우리의 특권적 행위였다. 이제 더 이상 제우스나 여호와 같은 의인화된 추상적 관념의 지배를 받지 않고 경제라는 물질적 존재를 섬기게 되었다. 우리는 그 존재의 변덕을 두려워하고, 그 존재가 베푸는 시혜에 감사하고, 의식과도 같은 구매 행위로 그 존재의 가상의 안녕에 이바지했다. 경제가 좋으면 우리는 행복한 사람이었고, 경제가 흔들리면 종말이 머지않게 느껴졌다.

마이크는 아버지와는 달리 앨라배마를 영원히 떠났다. 먼저 뉴욕으로 갔고, 그곳에서 나를 만났으며, 그다음엔 서부로 갔다. 그는 미시간 출신의 여자를 만나 결혼했는데, 아내를 통해 자신이 고향에서 목격했던 미국인의 삶에 대한 약탈을 양키[21]의 시각으로 보게 되었다. 그의 아내 모건은 플린트에서 자랐던 것이다.[22] 그날 밤 레드 루스터에서 마이크가 한 이야기는 내가 거의 사반세기 전 메리 모로니 교수의 강연에서 들은 말을 상기시키는 미국의 자기 약탈과 노략질에 관한 것이었으며, 그는 메리 모로니보다 더 절망에 찬 목소리를 냈다.

이제 더 이상 아무도 미국을 하나의 국가로 보는 것 같지도 않아. 과거엔 그들이 미국을 국가로 보았는지 모르겠지만 지금 그렇지 않은 건 확실해. 아버진 그들이 우리를 그들의 세계로 받아들일 수밖에 없었기 때문에 그렇게 된 거라고 말했지. 우리가 그들의 세계를 망쳐 놓은 거지. 우리가 그들을 위해 목화를 딸 때는 모든 게 아무 문제도 없었지만 이제 그들이 우리를 위해 목화를 따야 할 수도 있다? 그들 입에서 이런 말이 나올 만도 하지. 〈알게 뭐야. 여

21 미국 북부 지역 사람들을 일컫는 말.
22 이 책을 아직 읽고 있는 독자라면 2012년 플린트시 정부에서 벌인 경악할 만한 헛짓거리로 도시의 상수관이 부식되어 플린트의 어린이들이 이른바 납 코팅 빨대로 물을 마신 꼴이 된 사건에 대해 이미 알고 있으리라 생각한다. 그 이야기는 실화가 아니었다면 고골의 소설에 등장하는 러시아나 나이폴이 지어낸, 제3세계 바나나 공화국에서나 벌어질 법한 비극적인 촌극쯤으로 간주되었을 것이다 — 원주.

긴 더 이상 내 세상이 아냐. 그러니까 규칙을 바꾸고 내가
취할 수 있는 걸 취할 거야. 그리고 문 뒤에 숨을 거야. 나
머지 세상은 어떻게 되든 신경 안 써.〉

마이크는 정치적 해결책을 찾지 못했다. 그에게 민주당은
흑인뿐 아니라 나라 자체까지 배신한 자들이었다. 오늘날 자
유주의는 그 반대의 이념 못지않게 자기 영달에 이르는 길이
되었다. 대통령직 퇴임 후 클린턴 부부의 나날이 증가하는 순
자산 — 블록버스터급 책 계약, 75만 달러에 이르는 강연료
— 만 보아도 더 이상 미국에 공화주의와 경쟁하는 이념이
없음을 알 수 있었다. 모든 게 부를 지향하고 있었다. 적어도
공화주의자들은 그것에 대해 솔직했다. 마이크는 국민들이
더 가난해지고, 기만당하고, 삶을 더 초라하게 느끼고, 그걸
바꿀 방법을 알지 못하는 국가를 보았다. 그들은 피부색이 검
은 지식인을 최고위 직에 앉히는 전례 없는 발걸음을 내딛었
지만 변화를 약속했던 그는 거의 내놓은 게 없었고, 분명 진
실한 것이었을 그의 염려는 오만함에 훼손되었다. 그는 국가
를 이끄는 데 방해만 되는 정치적 역기능을 지닌 시스템에 한
탄하며 자신의 대중문화적 명성을 즐겼다. 결국 오바마의 승
리는 상징적인 것에 지나지 않았고 우리 나라가 기업의 독재
에 굴복해 가는 긴 과정을 가속화시켰을 뿐이었다. 그의 실패
는 엄청난 위기를 고조시켰다. 대부분의 미국인은 비상시 일
주일 생활비도 마련할 수 없었다. 그들이 공포에 질리고 분노
한 건 당연한 일이었다. 그들은 배신감을 느꼈고 무언가를 파

괴하고 싶어 했다. 나라의 분위기는 홉스적이었다. 야비하고, 야만적이고, 허무주의적이었다. 그리고 이 모든 것을 그 누구보다 잘 구현한 인물이 도널드 트럼프였다. 마이크가 보기에 트럼프는 일탈이나 이상 현상이 아니라 우리 모두가 스스로에게 허용한 것을 보여 주는 인간 거울이었다. 물론 우리는 그를 여러 상징으로 해석할 수도 있었다. 백인의 재산권 상승을 구현하는 노골적인 인종 차별주의자이자 부동산 거물, 우리 모두를 나날이 더 멍청하게 만드는 걷잡을 수 없는 사회적 자기 집착과 나르시시즘의 전형인 자기도취적 바보, 너무 적나라하고 만연하여 우리 자신의 가장 깊은 욕망이 과장되어 표현된 사람이라고밖에 이해될 수 없는 탐욕과 부패의 상징 — 그렇다, 우리는 그를 해독해야 할 상징으로 여길 수도 있었다. 하지만 마이크 생각엔 그보다 훨씬 단순했다. 트럼프는 그런 나라의 분위기를 느꼈고, 사람들의 관심을 끌고 싶은 비굴하고 수그러들 줄 모르는 욕구가 워낙 강한 인물이다 보니 결과야 어떻게 되든 상관없이 우리 시대의 모든 색조의 추악함을 기꺼이 몸에 걸칠 수 있었던 것이다.

***

나는 레드 루스터에서 저녁을 먹고 집을 향해 걸었다. 레녹스 애비뉴를 따라 올라가 141번 스트리트를 건너 서쪽으로 가는 동안 밤공기는 상쾌했고 거리는 평소답지 않게 조용했다. 임대 주택 단지 주변의 빈 농구 코트들을 지났다. 보도를 따라 나무 타는 냄새와 마리화나 연기 냄새가 섞여서 풍겨 왔다. 프레더릭더글러스 불러바드에 가까워지자 길 한가운데에 오렌지색 소파가 놓여 있고, 양쪽 길모퉁이에 흑인 청년들이 모여 있는 것이 보였는데 내가 지나가도 신경조차 쓰지 않았다. 그중 한 무리는 상자를 둘러싸고 옹기종기 모여 손으로 케이크를 먹고 있었다.

내가 사는 건물은 코벤트 애비뉴에서 조금 떨어진 언덕 꼭대기에 있었다. 나는 4층을 걸어 올라가 집으로 들어가서 곧장 공책을 향해 갔다. 그리고 한 시간 동안 주방의 접이식 테이블에 앉아 그날 저녁의 일을 기록했다. 앞뒤로 스무 페이지쯤 채웠는데 세부 내용보다는 내 혼란스러움에 대해 더 많이 썼다. 나는 마이크에게 애정을 갖고 있었고 세세한 부분까지 파악하는 그의 특별한 지적 능력을 존중했지만, 그가 허풍쟁이라는 생각을 떨칠 수가 없었다. 오바마에 대한 그의 비판은 옹졸하게 들렸다. 그가 오바마를 질투하는 것 같다는 의심이 들었다. 그리고 트럼프가 승리할 거라는 예언도 틀린 것 같았다. 나의 아버지도 트럼프에 대한 나름의 〈생각〉을 갖고 있었지만 그 생각은 어리석었다. 나는 그 모든 터무니없는 일들을 코앞에서 지켜보았고 그 결과 마이크의 광범위한 추상적 관념에 뒤지지 않는, 아마도 그보다 나은 시각을 갖게 되었다고 결론지었다. 트럼프에 대한 아버지의 어리석은 집착에는 나약하고 비이성적인 인간적 요소가 작용했기에 마이크가 국민정신을 이야기하며 그려 낸 분명한 형체에 깔끔하게 들어맞지 않았다. 하지만 예술가인 나는 혼란의 가치를 믿었다.

마이크와의 저녁 식사가 끝나 가던 무렵, 그가 세금 내는 게 얼마나 싫은지에 대한 이야기를 꺼내면서 우리의 대화는 격렬해졌다. 그가 고구마파이를 먹으며, 근본적으로 백인들이 세운 정부는 흑인들에게 해를 끼칠 수밖에 없다고 말했다. 나 역시 볼드윈을 알고 타네히시 코츠를 읽었기에[23] 그의 말이 옳다는 걸 의심하지 않았으나, 그래도 귀로 직접 들으니 충격적이었다. 나는 혹시 다른 손님들이 들었을지도 몰라서 어깨 너머로 뒤쪽 테이블을 흘끗 보았다. 그런 다음에야 우리가 어디 있는지 상기했다.

마이크가 정부의 악행에 대해, 그리고 억지로 세금을 내야 하는 것에 대해 통렬한 비판을 퍼붓는 동안 나는 이미 GOP[24]를 통해 익숙해진 주장들을 그가 재구성해서 들려주고 있다고 생각했다. 그의 격렬한 눈빛도 그의 정치적 주장의 핵심에 자리한 엄청난 패러독스로 인해 의미를 잃어 갔다. 그는 미국 정부는 자신이 세금으로 낸 돈을 받을 자격이 없다고, 그건 정부가 그 돈을 흑인이기에 미국의 영원한 적인 자신의 이익에 반하는 일에 쓸 것이기 때문이라고 했다. 그래서 자신은 세금을 줄이겠다고 약속하는 후보들에게 표를 주고 있으며, 그런 이유로 공화당이 미국 흑인의 삶을 파괴하려는 의도를 점점 더 노골적으로 드러내고 있음을 잘 알면서도 공화당에 투표하는 거라고 했다.

---

23 제임스 볼드윈과 타네히시 코츠는 미국 흑인의 삶을 다룬 대표적인 작가들이다.
24 Grand Old Party. 공화당의 약칭.

나는 그의 말이 왜 이해가 안 되었을까?

「나무만 보고 숲은 보지 못하고 있으니까.」

「마이크. 무슨 소린지 ―」

「그들이 세운 건, 그들 자신을 위해 세운 거야. 그들의 시스템, 우린 그건 바꿀 수가 없어.」

「하지만 자넨 시도조차 안 하고 있어.」

「그렇지 않아. 난 하고 있어.」

「어떻게? 세금을 내지 않는 걸로? 정말로?」

「더 많이 가질수록 더 많은 걸 할 수 있어. 여기서 무언가를 바꾸려면 그 방법밖에 없어. 돈.」 그는 잠시 말을 끊었다. 「금 더미에 대고 기도한 타이노족 토착민에 대한 이야기 들어 봤어?」

「아니.」

「완전히 미친 이야기지, 형제. 하지만 모든 걸 말해 주는 이야기라고 할 수 있어. 타이노가 누군지는 알지, 응? 스페인인이 나타나기 전에 카리브해의 많은 섬에 살던 선주민이지. 그들 ― 스페인인 말야 ― 이 금을 찾으러 왔고, 타이노족들은 기꺼이 그들을 금이 있는 곳으로 안내했어. 그들에겐 금이 아무 가치도 없었으니까. 그런데 스페인인은 그들을 금 캐는 일에 동원했어. 그들을 노예로 만든 거지. 그 소문이 다른 섬들로 퍼졌어. 그래서 스페인인이 다른 섬에 나타나자 선주민들은 도망쳐 버렸어. 배를 타고 다른 섬으로 갔지. 그들은 카리브해를 떠돌며 섬에서 섬으로 쫓겨 다니다가 마침내 최후의 수단을 쓰기로 했지. 싸움은 아니었어. 그들은 금이란 금은

다 모아서 높이 쌓았어. 그리곤 금 더미에 대고 백인들이 쫓아오지 못하게 해달라고 기도했지. 이 마지막 섬에서 살게 해달라고. 그들에겐 그들의 신이 따로 있었지만 그들은 금에게 기도했어. 금이 백인들의 신이라고 생각했거든.」

「요지는?」

「금은 자비가 없다는 거지. 타이노족들이 옳았어. 백인들에겐 돈이 전부야. 늘 그래 왔지. 그리고 우린 **그들이** 만든 세상에 살고 있어. 봐, 만일 우리가 그들의 규칙에 따라 **우리의** 게임을 한다면 우린 기회를 잡을 수도 있어. 하지만 그렇게 된다면 우리의 돈을 지켜야 해. 그들에게 돈을 넘겨줄 순 없어. 우린 그 돈을 써야 해. 결국 다 돈을 쓰는 문제로 귀결되니까. 세상에서 원하는 일을 이루기 위해 얼마를 쓸 의향이 있느냐에 따라⋯⋯.」

그날 밤 나는 접이식 테이블에서 마이크와의 대화를 기억나는 대로 옮겨 적은 후 다시 읽어 보았지만 오히려 더 혼란스럽기만 했다. 마이크는 그 두 시간의 대부분을 백인 기업의 재산 장악을 성토하는 데 썼지만 결국 흑인 기업의 재산 장악으로 귀결될 조건을 옹호하고 있었다. 그는 인종으로 분열되지 않은 국가 전체를 바라보는 더 큰 시각에서 주장을 펼치지 않았던가? 그것이 그가 트럼프에 대해 한 말의 요점이 아니었던가? 국가 **전체가** 고통받고 있다고 하지 않았던가? **그런** 시각으로 보는 것이 결국 우리의 마땅한 도리라고 하지 않았던가? 나는 그가 공화당 — 그의 분석에 따르면 처음부터 미국 공동체의 토대에 그토록 많은 해악을 끼쳤던 — 을 지지

하면서 쇠퇴해 가는 공동체를 우려하는 것의 타당성에 의심이 들기 시작했다. 그도 다른 사람처럼 위선자에 지나지 않는게 아닐까? 그리고 도대체 **타이노**가 그것과 무슨 관련이 있단 말인가!

나는 쓰고 또 썼지만 좌절감이 누그러지지 않았다. 내가이해할 수 없는 무언가가 존재하리라는 느낌은 들었지만 그걸 이해한다고 해서 달라질 게 있을 것 같진 않았다. 나는 얼마 후 공책을 덮고 침대에 누웠으나 좀처럼 울분이 가시지 않아 컴퓨터 앞으로 가서 한 시간 가까이 반독점법 관련 웹사이트들과 트럼프가 최근에 벌인 우스꽝스러운 짓을 올려놓은페이스북을 찾아다녔다. 그리고 다시 잠을 청했지만 잠이 오지 않았다. 새벽 3시쯤 다시 침대에서 나와 TV를 켰다. 편성표 화면 아래쪽에 위치한 거의 알려지지 않은 케이블 방송에서 영화「멋진 인생」이 방영되고 있었다.

그 영화의 어두운 색조는 내가 기억하는 것보다 더 활기차면서도 음울한 게 미국 카라바조[25]의 명암법 같았다. 조지 베일리 역을 맡은 지미 스튜어트가 자살을 결심했다가 수호천사의 손에 이끌려 만일 자신이 태어나지 않았더라면 자신이사랑하는 도시 베드퍼드폴스가 어떤 모습이 되었을지 보는장면이 나오고 있었다. 이제 그 도시는 탐욕스러운 은행가 헨리 포터 손에 넘어가고 그의 이름을 따서 포터스빌이라고 불리게 된다. 베일리의 건축 대부 조합이 없는 그곳에선 더 이상 그 지역 노동자 계급에게 적정 금리로 돈을 빌려줄 은행이

25 이탈리아 바로크 시대의 대표적 화가로 빛과 그림자의 대비를 잘 표현함.

존재하지 않는다. 포터가 그 지역의 부동산을 모조리 사들인 후 주민들이 감당할 수 없는 임대료를 요구하는 독점 체제를 만든 것이다. 한때 아취 있고 사랑스럽고 목가적인 도시였던 그곳은 이제 빚에 허덕이는 흉흉한 빈민가가 되었다. 캐프라 감독이 포터스빌을 배경으로 그려 낸 지자체의 악몽은 어린 나에게 공포로 다가왔다. 인간적 매력이라곤 찾아볼 수 없는 네온등이 밝혀진 지저분한 유혹 — 도박, 음주, 매춘 — 의 장소들, 우리가 그 영화 속에서 사랑하게 된 모든 관계가 죽음이나 절망, 혹은 암울한 포터의 탐욕에 굴복한 불길한 경찰국가. 어린 시절의 나는 베드퍼드폴스와 다르지 않은 밀워키 서쪽의 부유한 교외 지역에서 자랐기에 실제로 포터스빌 같은 곳이 존재할 수 있다는 걸 상상조차 할 수 없었다. 하지만 20년이 흘러 마이크의 미국에 대한 시각 때문에 혼란스러운 상태에서 다시 그 영화를 보니 캐프라 감독이 제시한 미국의 어두운 면은 대단한 선견지명의 산물인 듯했다.

나는 「멋진 인생」이라는 영화에 돈에 대한 이야기가 얼마나 많은지 미처 깨닫지 못하고 있었다. 조지 베일리는 은행가다. 이 영화의 줄거리는 고객의 예금을 분실한 사건에서 시작된다. 이 영화의 악역은 은행가이자 악덕 고리대금업자로, 조지에게 분실한 예금을 메꿀 돈을 빌려주지 않는다. 회계 감사일이 다가오면서 조지는 자살을 기도하기에 이른다. 자신의 생명 보험금으로 부족액을 채워 대부금을 상환하면 고객들이 보금자리에서 쫓겨나는 걸 막을 수 있기 때문이다. 베일리는 수호천사와 함께 자신이 부재하는 도시를 돌아보면서 자신이 세상에 태어나서 산 덕에 동료 시민들이 집을 지니고 살면서 포터의 약탈적 임대를 면할 수 있게 되었음을 깨닫는다. 그날 밤 또다시 나를 울린 몹시도 감동적인 결말에서는 베드퍼드폴스 주민들이 사랑하는 대부업자 조지 베일리를 위해 분실한 예금을 메꿀 기부금을 들고 찾아오고, 그 결과 조지의 은행을 구하는 데 필요한 액수보다도 많은 돈이 모이면서 다 같이 재정 흑자를 축하하게 된다.

나는 여기서 너무 강한 결론을 맺는 모험을 걸고 있지만, 그건 오로지 내가 장차 이해하게 될 것과 아직 깨닫지 못한 것 사이에서 균형을 맞추기 위함이다. 가장 오랜 인기를 누린 미국의 크리스마스 이야기이자 예술 작품 중 하나인 이 영화는 장차 우리가 맞이하게 될 국가의 모습을 담고 있다. 가난하고 빚에 허덕이는 곳, 우리의 마음 착한 관리자들이 이익만을 추구하는 무자비한 자들에게 굴복한 곳, 우리의 운명이 자산가의 손아귀에 들어간 곳, 아메리칸드림이 문자 그대로 압류된 곳, 심지어 우리의 가장 감정적인 딜레마조차도 현금 축적을 통해서만 진정한 해결책을 찾을 수 있는 곳. 이러한 국가의 모습을 보지 않는 건 진실을 외면하는 것이다. 그로부터 1년 안에 티무르 캐피털 주가가 급등하면서 나는 그날 밤 도저히 이해할 수 없었던 마이크의 입장을 납득하기에 충분한 부를 이루게 된다. 돈은 그 자체의 관점을 동반하고 찾아온다. 당신이 가진 부는, 당신이 충분한 부를 이루게 되면 당신이 **그것의** 관점에서 세상을 보도록 만든다.

그날 밤 레드 루스터에서 나는 다른 이야기를 듣고 싶었다.

마이크가 비록 냉소적 세계관의 소유자이긴 해도 역사의 흐름이 느리게나마 정의를 향해 나아가고 있음을 믿는다고 말해 주기를 바랐다. 하지만 그는 그런 믿음을 갖고 있지 않다고 말했다. 부는 그 자체의 이익을 도모하며 언제나 그 이익은 다른 모든 것에 우선한다고 말했다. 정의는 약자가 짊어진 강자의 의지이며, **가진 자**가 강자라고 말했다. 그는 자유주의적 인본주의의 환상을 포기하면서 이 환상이 제공하는 희망을 보존하기 위해 자신이 할 수 있다고 느낀 유일한 정직한 주장을 하고 있었다. 당시에 나는 그런 뉘앙스를 포착하지 못했는데 그때는 아직 — 이 장의 시작 부분에 있는 인용문에서 조지 베일리가 말한 대로 — **민중**의 삶과 죽음이 임대업자의 회계 장부에 기록되는 돈의 액수보다 더 중요하고, **반드시** 그래야만 한다고 믿고 있었기 때문이었다. 그때는 아직 역사가 결국 온순하고 정의로운 사람들 편에 서리라는 희망을 품고 있었고, 내가 받아들이기를 거부하는 어두운 진실을 설명해 줄 퍼즐 조각이 맞추어지지 않았기 때문이었다.

영화는 동이 트기 직전에 끝났다. 내 안에서 무언가 꿈틀거렸다. 나는 소파에서 일어나 창가로 갔다. 이스트할렘의 구름 아래로 새벽빛이 비치고 있었다. 홑창 너머로 멀리서 작업 중인 쓰레기차의 끼익거리며 회전하는 소리가 희미하게 들려왔다. 나는 창가에 서서 마음속에서 어떤 새로운 것의 부상을 느꼈는데, 그 단단하고 생생하며 냉랭한 걸 뭐라고 불러야 할지 적당한 말이 떠오르지 않았다. 내가 선호하는 음악은 너무 부드러웠고, 사적인 열망과 강박적인 필요에 물들어 있었다. 새 말들을 찾아야 했다. 새 언어. 보다 차가운 음조와 의미들. 더 날카로운 노래(소수의 사람들에게만 들리는 소음, 쇠망, 달러, 우리의 병든 나라와 건국 신화에 대한 찬가들)를 위한 거슬리는 화음. 하지만 그 모든 것은 ─ 대통령에 당선된 트럼프처럼 ─ 아직 오지 않은 상태였다. 그날 아침 내가 할렘에 있는 나의 창가에서 느낀 건 나의 희망찬 마음 너머의 진실에 귀 기울이기 시작할 때가 왔다는 것뿐이었다.

VIII
랭퍼드 대 릴라이언트,
혹은 아버지의 미국 이야기가 종말을 맞은 사연

1

2012년 10월, 아버지는 크리스틴 랭퍼드라는 이름을 가진 환자를 보게 되었다. 26세 금발 여성인 크리스틴은 임신 초기였고, 긴 QT 증후군이라고 알려진 장기 심장 질환을 갖고 있었다. 그녀는 어렸을 때 이 질환을 진단받았으며, 운동이나 감정적 흥분, 수면에 의해 심각한 부정맥으로 진행될 수도 있었다. 〈긴 QT〉는 심장이 수축한 후 다음 수축을 위해 혈액이 재충전되는 데 걸리는 시간이 비정상적으로 긴 경우를 의미하는데, 이 시간이 길어지면 혼란스러운 심장 떨림이 유발될 수 있고 돌연사로 이어지는 경우도 빈번하다.

크리스틴의 가족에겐 긴 QT 증후군이 유전되는 듯했다. 그녀의 어머니 코린에게도 이 질환이 있었고, 그녀의 자매 케일리는 아홉 살 때 이 질환으로 사망했다. 어느 일요일 오후에 위스콘신주 서쪽 끄트머리의 작은 지역 켄들에 있는 가족 농장에서 할아버지를 도와 소를 돌본 후 낮잠을 자던 중 심장이 멈춘 것이다. 케일리의 사망 후 그녀와 나머지 가족들은 광범위한 검사를 받았고, 케일리와 크리스틴, 그리고 어머니 코린이 긴 QT 증후군 유전자를 보유한 것으로 밝혀졌다.

크리스틴과 어머니는 수년 동안 심장 박동을 늦추면서 조절해 주는 베타 차단제를 복용했고, 그 후로 둘 다 별다른 문제를 겪지 않았다. 그러다 크리스틴이 임신했다. 어느 날 밤, 그녀는 인터넷 검색을 하다가 베타 차단제가 태아에게 위험할 수도 있다는 경고가 담긴 기사를 발견했다. 그녀가 어렸을 때부터 복용해 온 약이 그 목록 맨 위에 있었다. 다음 날 아침, 그녀는 주치의에게 전화를 걸었다. 그리고 그 의사는 당시 희귀성 심장 박동에 관한 한 위스콘신주 최고의 전문의로 인정받고 있던 나의 아버지를 그녀에게 소개했다.

2012년쯤 아버지의 의사 경력은 막바지에 이르러 있었다. 아버지는 두 번 반의 호황과 불황 주기를 거쳤는데, 심장 의사로서 처음 연 병원은 — 앞에서 말했다시피 — 1990년대 초에 완전히 접었고, 두 번째 병원은 세계 무역 센터 테러 공격의 여파로 겨우 도산을 면한 정도였다. 911 이후 미국 전역에서 갈색 피부의 의사들은 환자 수 감소를 겪었고, 아버지의 심장 클리닉 — 거의 남아시아 출신 내과 의사들로 구성된 — 역시 예외는 아니었다. 석 달 만에 매출이 40퍼센트나 줄었으며, 대부분의 환자들이 다시는 돌아오지 않았다.

아버지는 손실분을 메우기 위해 직관에 반하는 전략을 짜냈다. 위스콘신주의 더 깊은 시골로 들어간 것이다. 거기 사는 사람들도 물론 심장 문제가 있었고 진료를 받으려면 몇 시간씩 차를 타고 가야 했다. 검사라도 받게 되면 대도시의 호텔에서 하룻밤 묵어야 할 때도 많았다. 아버지는 차를 타고 멀리 갈 필요도 없고 시술 전날 집에서 잘 수 있는 편리함이 인종에 대한 의식적 혹은 무의식적 편견에 우선할 거라고 믿었다 — 그리고 병원 의사들에게도 그렇게 확신시켰다.

아버지의 말에 따르면 그런 노력이 결실을 맺는 데는 5년이나 걸렸다. 하지만 2007년에 이르자 그들은 위스콘신주 안의 그 어떤 심장 클리닉보다 환자를 많이 보게 되었다. 그들의 놀라운 성장이 내가 여기서 릴라이언트 헬스라고 부르게 될 기업형 의료 네트워크의 관심을 끄는 데는 오랜 시간이 걸리지 않았다. 2010년, 아버지의 심장 클리닉은 릴라이언트에 인수되었고, 의사들과 MBA 출신들의 행정 문화 차이에서 빚어진 충돌이 내가 여기서 하게 될 이야기의 중요한 배경이 된다.

크리스틴은 라크로스에 있는 클리닉으로 나의 아버지를 찾아왔다. 위스콘신 서부 미네소타와의 경계에 위치한 작은 도시 라크로스는 미국에서 가장 인기 있는 가향 탄산수 브랜드가 그곳의 고대 프랑스어 버전 이름 라 크로이에서 이름을 따오면서 대부분의 미국인에게 알려졌다. 1980년대 초에 라크로스에서 만들어진 이 음료는 결국 소유주의 세금 문제로 플로리다주 포트로더데일에 본사를 둔 상장 지주 회사에 매각되었다. 크리스틴은 라크로스에서 남동쪽으로 한 시간 거리에 있는 웨스트비라는 작은 마을에 살면서 초등학교 음악 교사로 일하고 있었고, 토요일에는 학생들에게 피아노 개인지도를 했다. 아버지는 특히 그녀의 피아노 레슨에 대해 상세히 기억하고 있었는데, 검사 중에 그녀가 피아노를 가르친다는 이야기가 나오자 아버지도 아들, 그러니까 내가 피아노를 배우던 때 이야기를 했기 때문이었다. 아버지가 그 검사와 관련하여 또 한 가지 기억하고 있었던 건, 릴라이언트에서 나온 관리자 톰 파월과 벌인 입씨름이었다. 늘 수익을 늘릴 새로운 방법을 모색하는 파월은 최근에 의사들에게 왕진을 줄이고 간호사에게 더 많은 업무를 위임하도록 지시했다. 그게 더 싸게 먹히고 의사들이 수익성 높고 의료 보험 청구가 가능한 진료를 볼 시간도 더 확보할 수 있기 때문이었다. 파월은 주말 보고서에서 아버지가 크리스틴에게 42분을 할애한 걸 보고 —평균 시간은 환자당 10분이었다— 노발대발했다.

하지만 크리스틴의 검사 시간이 평소보다 길어진 건 아버지가 그녀의 차트에 기록된 일련의 심전도 결과에 늘 이상이 있었던 점에 대해 우려했기 때문이었다. 그 결과들에선 예상대로 긴 QT 간격이 나타났지만 문제는 그것만이 아니었다. 아버지는 더 심각한 불규칙성을 보았다고 생각했고 그 불규칙성은 다른 질환을 암시할 수도 있었다. 1990년대 중반에 아버지가 트럼프를 만날 수 있게 해준 브루가다 증후군 말이다. 아버지가 크리스틴의 심전도에서 보이는 브루가다 의심 증상에 대해 특히 걱정했던 건, 그녀가 복용하고 있는 프로프라놀롤이 산전 위험과는 별도로 브루가다 환자들에게도 위험했기 때문이었다. 아버지는 진료 시간을 초과하면서까지 크리스틴의 병력을 철저히 검토한 후 그녀가 한 이야기에서 브루가다가 **아님을** 확신할 만한 내용이 전혀 없으며 유전자 검사를 해봐야 확실한 걸 알 수 있는데 결과를 받아 보기까지는 아무리 빨라도 6주는 걸린다고 말했다. 그리고 프로프라놀롤이 태아에게 해로울 수도 있다는 점을 감안하여 필요한 검사를 실시할 때까지, 어쩌면 검사 결과에 관계없이 임신 기간 내내 복용 중단을 진지하게 고려해 볼 것을 권했다. 그 권고는 늘 그렇듯 불안을 유발하는 의학적 모호함을 동반했다. 아버지는 환자의 병력을 자세히 들여다본 전문의로서 그런 정보를 제공한 것이며 결정은 그녀의 담당 심장 의사와 함께 내려야 한다고 말한 것이다. 아버지의 기억에 따르면 크리스틴은 그에게 더 분명한 대답을 요구했다. 「혹시 실례가 안 된다면, 선생님, 딸이 있으신가요?」 그녀가 물었다.

「없습니다.」 아버지가 잠시 망설인 후 대답했다.

「만일 선생님에게 딸이 있다면, 그리고 그 딸에게 저 같은 병력이 있다면 ─ 어떻게 하라고 말씀하시겠어요?」

그 순간을 상상해 보면, 크리스틴은 검사대에 앉아 어깨 너머로 아버지를 보고 있고, 아버지는 이미 문고리를 잡고 있다. 아버지는 자신의 발목을 잡는 충동을 인지한다. 그래선 안 된다는 걸 알면서도 사고 실험을 시작한다. 그런 다음 마침내 이렇게 말한다. 「내 딸이라면 프로프라놀롤 복용을 중단하라고 말할 겁니다.」

크리스틴은 그 권고를 받아들였다.

2주 후, 그녀는 태아와 함께 사망했다.

2

내가 이 사건에 대해 처음 들은 건 시카고에서 밤에 차를 몰고 가서 아버지를 유치장에서 빼낸 다음 날 아침이었다. 2017년 10월 말이었고, 나의 최신작 개막을 코앞에 둔 리허설 마지막 주였다. 나는 그날 저녁 늦게까지 연습실에서 휴대전화를 무음으로 해놓고 있었기에 아버지가 경찰서에서 건 전화를 받지 못했다. 아버지가 남긴 음성 메시지는 평소와 전혀 다른 자갈을 굴리는 듯한 굵직한 목소리였고, 발음도 불분명한 데다 꺼리는 기색이 역력했다. 「**베타**. 나 엘름브룩 유치장에 있다. 벤지한테 연락해라. 벤지가 네가 와서 데려가면 된다고 했다.」

벤지는 아버지의 변호사가 아니라 내가 자란 곳이자 2017년 당시 아버지가 살고 있던, 주로 부유층이 사는 작은 교외 마을 엘름브룩의 보안관보였다. 벤지와 나는 3학년 때부터 같은 학교에 다녔고, 여름에 수영도 같이 배우고 던전 앤드 드래곤 게임도 함께 했으며, 둘 다 JV 축구팀 후위 수비수로 뛰었고, 고등학교 3학년 때 학생회 활동도 함께했다. 나는 그의 부모님을 알았고, 그도 나의 부모님을 알았다. 어머니 부고 기사가 지역 신문에 실렸을 때 나의 고등학교 친구 중 개인적으로 조의를 표한 사람은 벤지뿐이었다. 그의 어머니 역시 오랜 불치병에 시달렸으며, 어머니 때문에 위스콘신주 북부의 칼리지를 졸업하고 고향으로 돌아온 그는 어머니가 세상을 떠난 후에도 그대로 엘름브룩에 남아 고등학교 동창 제스와 결혼하고 지역 경찰서에 들어갔다.

극장 밖에는 구름 낀 쌀쌀한 밤이 펼쳐져 있었다. 요란한 자동차 소리, 고가 전철 소리가 지나가는 루프 지구 곳곳에 높이 솟은, 벽돌과 유리로 이루어진 건물들에 부딪혀 메아리 쳤다. 근처 주방에서 새어 나온 고기 굽는 냄새가 내가 걸어 가는 보도를 따라 떠돌았다. 나는 휴대 전화를 귀에 대고 엘름브룩 경찰서에서 전화를 받기를 기다렸다.

「경찰서입니다.」이윽고 여자 목소리가 응답했다. 「무엇을 도와드릴까요?」

「피츠시먼스 보안관보 부탁합니다.」

「무슨 일이시죠?」

「저희 아버지 전화를 받았어요, 거기 잡혀 계신 것 같은데…….」

「맞습니다.」그녀도 알고 있는 듯했다.

「아버지께서 벤지에게 전화하라고 메시지를 남기셨어요.」

「잠깐만 기다리세요.」그녀가 전화를 돌리자 비엔나 왈츠 가 중간부터 흘러나왔다. 길 건너편 상점 창문에 내 머리 위 의 극장 차양이 비쳤다. 내 새 연극 제목이 올라간 지 얼마 안 된 상태였다. **빛의 상인**. 핏빛 블록체로 그렇게 적혀 있었다. 그 밑에 악의 없는 실수가 보였는데 나에겐 짜증스럽고 굴욕 적인 일이었다. 내 이름 철자가 틀린 것이다. 성에 들어가야 할 글자가 이름에 들어 있었다. 교환원의 목소리가 음악을 끊 었다. 「잠깐만 기다려 주십시오.」그녀가 말했다. 긴 정적이 흐른 후 그의 목소리가 들려왔다. 벤지 특유의 으르렁거리는 듯한 비음 섞인 목소리는 고등학교 때 이후로 거의 그대로였 다 — 그 주근깨 많은 넓적한 얼굴, 딸기색 곱슬머리, 참을성 있고 겸손하며 견실한 성품과 함께.

「어이, 친구.」

「벤지, 어떻게 지내?」

「그럭저럭, 그럭저럭 지내지. 대체로. 너 지금 시카고에 있지, 그렇지? 내가 제대로 알고 있는 거지? 작품 무대에 올려?」

「응. 월요일 개막이야.」

「그래. 페이스북에서 봤어. 네 소식을 계속 확인하거든.」

「고마운 말이네.」

「고맙긴. 아주 멋져.」

나는 벤지의 열의에 감동했지만 뭐라고 대꾸해야 할지 몰랐다. 「벤지, 우리 아버지 어떻게 된 거야?」

「맞다.」 그가 밝은 목소리를 바꾸지 않고 말했다. 「너도 알 거야, 중학교 있던 자리에 새로 생긴 카지노…….」

「그럼.」

「제스가 거기서 딜러로 일하고 있어. 지난 몇 달 동안 우리 둘이 교대 시간이 맞았어. 그래서 근무 끝나고 제스를 태우러 갔지. 너도 알고 있는지 모르겠는데, 너희 아버지가 거기서 시간을 많이 보내셔 ─」

「짐작은 하고 있었어.」

「오늘 밤에 너희 아버지가 많이 취해서 소동을 피웠어. 경비원이 나타났고, 아버진 씩씩거리며 걸어 나가셨어. 내가 주차장까지 따라 나갔는데, 차에 타시는 거야. 발이 걸려 넘어지는 걸 보면 앞도 똑바로 못 보시는 것 같은데 운전을 하신다고? 그래서 차를 몰고 도로로 나가기 전에 내가 세웠어.

실랑이가 좀 있었지만, 아버지에게 수갑을 채워서 이리로 모셔 왔어.」

「잠깐, 그러니까 네가 아버지를 체포했다고?」

「난 그때 비번이었어. 그러니까 그냥 모셔 온 거라고 할 수 있지. 장부에 기록은 안 했어. 지금 주무셔.」

「감방에서?」

「응. 난 그냥, 모르겠다──경고를 좀 해드려야겠다고 생각했어. 카지노에서 너희 아버지의 그런 모습을 본 게 처음이 아니었거든. 제스 말로는 점점 더 심각해지고 있대. 너희 아버진 좋은 분이셔. 우리 아버지가 아프셨을 때 그분이 해주신 일은 평생 못 잊을 거야. 그래서 약간의 충격 요법이 나쁘진 않을 거라고 생각했어. 솔직히 말하면, 네가 시카고에 있다는 거 알고 있었어. 좀 성가시겠지만 네가 와서 직접 모셔 가면──글쎄, 그러면 일이 한결 쉬워질 것 같긴 한데…….」

「당연하지. 당장 갈게. 11시 반까지 도착할 수 있겠지?」

「좋아. 난 집에 가서 아이들 재우고 있을게. 내 휴대 전화 번호 문자로 알려 줄게. 근처에 오면 불러. 경찰서로 나갈게.」

「고맙다, 벤지. 이렇게 마음 써줘서.」

「친구, 아까도 말했다시피, 너희 아버진 좋은 분이셔.」

***

집으로 가는 길은 주간 고속 도로를 곧장 달려가면 되고, 내 아이폰에 따르면 도로 정체 없이 94분이 소요되었다. 나는 운전하면서 줄곧 제작사의 담당 팀과 전화 회의를 했다. 초연이 사흘밖에 남지 않았는데 주연 배우가 아직 대본을 숙지하지 못한 상태였다. 그날 저녁 리허설은 재앙에 가까웠고, 감독은 그게 심리적 문제라고 확신했다. 그녀는 문제의 배우가 처음부터 자신의 역할에 대한 의구심을 갖고 있었는데 아직 그걸 극복하지 못했다고 생각했다. 주연 배우는 그 인물 ― 리아즈에게서 적지 않은 영감을 받은 ― 의 역할을 맡기 전에 매우 중요한 요소인 도덕성이 너무 모호하게 그려졌다는 우려를 표했다. 그는 자신이 연기하는 인물이 영웅인지 악당인지 모르겠다고 불평했다. 「둘 다 아니라면요?」 각자의 에이전트들이 주선한 뉴욕 식사 자리에서 내가 응답했다.

「둘 다는 어떨까요?」 그가 막대 모양 빵을 베어 물며 수줍게 응수했다. 나는 전에도 그곳에서 스타를 만나 술을 마시거나 식사를 하면서 서로의 허영 냄새를 맡으며 찬사를 주고받았었다. 전에도 해봤지만 잘한 적은 없었다. **이번엔 장단을 맞춰 주는 것도 나쁘진 않겠지?** 나는 속으로 그렇게 생각했다. 그래서 쓸데없이 그의 지성을 띄워 주며 그 주장을 받아들였고, 그 일은 후회로 이어졌다. 그는 나의 격려에 힘입어 인물의 성격을 멋대로 바꿔 버렸고, 전체적으로 지나치게 쾌활하고 일차원적이며 작품의 극적인 역경을 표현하는 데 필수적인 음울한 색조와 거리가 먼 인물을 창조해 냈다. 그의 지나치게 감상적인 연기는 연습실에서도 효과를 내지 못했고 무대로 옮겨서는 더 심각했다. 연습 초기에 그가 멋대로 집어넣은 장면이 있었는데, 나는 그게 처음부터 못마땅했지만 감독이 나에게 그의 주장을 들어 주자고 했다. 시작 부분에서 그가 쓸데없이 자기 밑에서 일하는 사람에게 돈을 주는 장면이었다. 나는 그런 제스처가 불필요하고 극의 맥락에도 맞지 않는다고 생각했지만 그는 그걸 신체적 행동으로 구성하기 위해 엄청난 노력을 기울였다. 내가 그에게 왜 그러는지 묻자 그는 이른바 고양이 구하기의 중요성에 대해 설교했는데, 그가 고양이 구하기라는 이름을 붙인 그 전략은 이야기 시작 부분에서 주인공이 관객의 호감을 살 행동을 하는 것이었다(영화 「에일리언」의 첫 장면에서 시고니 위버가 고양이 존지를 구한 것처럼). 「작가님의 희곡에는 고양이 구하기가 없어요. 내가 작가님에게 호의를 베푸는 거예요.」 그가 말했다. 나는 대답 대신 웃음을 터뜨렸다. 그 후로 우리 사이는 갈수록 나빠지기만 했다. 나는 그가 고양이 구하기를 할 때마다 중단을 요청했다. 그는 중단하지 않았다. 그러더니 감독에게 작가가 자신에게 더 이상 이래라저래라 하지 않기를 바란다고 말했다. 전날에도 무대 연습 때 그가 또 그걸 했고, 나는 밖으로 뛰쳐나갔다. 연습은 교착 상태에 빠졌고, 감독은 주연 배우가 대사를 외우지 못하는 진짜 이유가 나와의 갈등이라고 믿었다. 그녀가 전화로 내게 굴복해 달라고 부탁했다. 「그냥 하게 해줘요. 작품을 해치는 건 아니니까. 작가님이 이 문제에 대해 한발 물러서면 그는 이긴 기분을 느낄 거예요. 그럼 사기가 높아질 거고요. 내일 대사를 완벽하게 외운 상태로 나타난다고 해도 놀랍지 않을걸요.」

나는 그녀의 말에 대해 회의적이었지만 노력해 보겠다고

대답했다.

엘름브룩으로 빠지는 고속 도로 출구에 가까워졌을 무렵 통화가 끝났다. 주 경계선을 넘어 위스콘신으로 들어설 때부터 내리기 시작한 가랑비에 얼룩덜룩한 베이지색과 회색 콘크리트 출구 차선과 엘름브룩으로 들어가는 도로 표면이 젖어 가로등 불빛 아래 반짝거렸다. 경사진 도로를 3킬로미터쯤 달리자 중심가가 나왔고, 경찰서는 철둑 바로 건너편의 지역 도서관이 있는 건물에 자리하고 있었다. 나는 건물 앞쪽에 홀로 주차된 순찰차 옆 빈 공간에 차를 대고 마침 화물 열차가 기적을 울리며 달려올 때 차에서 내렸다.

건물 안으로 들어가자 기차 바퀴가 철도 이음매를 지나면서 내는 덜컹거리는 소리가 놀랍도록 가깝게 들려왔다. 그 소리는 아버지가 그린베이 패커스 팀 담요를 덮고 모로 누워 코를 골고 있는 유치장의 쇠창살 쳐진 열린 창문으로 흘러들었다. 유치장은 넓고 깨끗했으며, 니스 칠한 검은 나무 벤치 하나가 놓여 있었는데 그 위에서 아버지가 자고 있었다. 벤지가 유치장 문 자물쇠를 푼 후 문을 열고 안으로 들어갔다. 그는 무릎을 꿇고 앉아 조심스럽게 손가락으로 아버지의 몸을 찔러 잠을 깨웠다. 아버지가 투덜거리며 깨서 고개를 돌렸다가 번쩍 들었다. 잠에 취한 눈이 벤지를 알아보고 의심스러운지 가늘어지더니 쇠창살 너머에 서 있는 나를 발견하고는 깜짝 놀라 휘둥그레졌다. 아버지는 마치 겁에 질린 아이처럼, 절망한 도망자처럼 보였다. 「아버지, 저예요.」 나는 아버지를 위로하고 싶어서 부드럽게 말했다. 하지만 아버지는 벤치에 고개를 떨구며 한숨만 쉬었다.

「이제 가도 돼?」 아버지가 심통 난 목소리로 물었다. 벤지는 대답하지 않았다. 아버지가 그를 노려보며 일어나 앉았다. 「응? 가도 돼?」

「가셔도 돼요. 언제든 가셔도 됐어요. 집까지 태워다 줄 사람만 있으면요.」

「내 차 어디 있지?」

「카지노에요.」

「네가 나를 **차에서** 떼어 놓았다고?」 나는 아버지의 격노한 목소리만 아니었더라면 그 질문에 웃음을 터뜨렸을 것이다. 아버지는 아직 술이 깨지 않은 혼란스러운 상태임이 분명했다.

「선생님이 자신이나 다른 사람에게 해를 입히는 일이 없도록 조처한 겁니다.」

「선한 사마리아인 나셨군. 그래, 그래.」 아버지가 투덜댔다.

「아버지. 벤지한테 도와줘서 고맙다고 인사하는 게 좋을 것 같네요. 하마터면 큰일날 뻔했는데 ―」

「네가 뭘 알아? 응? 네가 거기 있었어? 난 너 못 봤는데. 집에 오지도 않으면서.」

「선생님 ―」 벤지가 조심스럽게 끼어들었다.

「좋아, 그래. 이보게, 벤지, 고맙네. 아들 앞에서 이런 망신스러운 꼴을 보이게 해줘서 고마워. 이제 **유명해졌다고** 제가 제일 잘난 줄 아는 앤데. 그렇지만 알다시피 나도 아무것도 아닌 사람은 아니었어.」

「아버지.」

벤지가 내게 그러지 말라는 눈짓을 보냈다.

「나도 유명인들을 치료했어. 왕들의 의사였다고! 벤지, 너
도 알고 있니?」

「지금 말씀하셨잖아요.」

「왕들!」

「저는 선생님 소지품 챙겨 오겠습니다.」 벤지가 말했다.
「그다음에 보내드리죠.」

「내 차는?」 아버지가 혼란스러워하며 다시 물었다.

「아버지, 제가 알아서 할게요. 걱정 마세요.」

벤지가 계단을 올라갔고, 아버지는 비틀거리며 유치장 문
을 향해 걸어갔다. 내가 팔을 잡아 주려고 하자 아버지는 격
하게 뿌리치다가 쇠창살에 손을 쾅 하고 부딪쳤다. 아버지는
비명을 지르면서 펀자브어로 〈**벤초드**〉[26]라고 욕한 후 터덜터
덜 계단을 올라가 앞문으로 향했다.

접수계에서 벤지가 나에게 아버지의 지갑과 열쇠를 넘겨
주었다. 「미안하게 됐어.」 내가 말했다. 「분명 아버지가 당황
해서 —」

「제발. 아무 일 아냐. 내가 그동안 여기서 본 것들에 비하
면? 너희 아버진 새끼 고양이 같은 분이셔.」

「아주 덩치 큰 새끼 고양이지.」

「우리 모두 그렇지 않아?」 벤지가 미소 지으며 말했다. 「트

26 누이와 성관계하는 자라는 의미의 심한 욕.

390

럼프 주치의였다는 게 사실이야?」

「아버지가 너한테 그 이야기도 했어?」

「몇 년 전에 트럼프의 심장을 치료해 줬다고. 둘이 친구로 지냈다던데.」

「친구였는지는 나도 모르지만, 맞아, 한동안 트럼프 주치의였어.」

「와아. 먼 길 왔는데…… 내일 아버지랑 진지한 대화를 좀 해야겠네…….」

「그래야지. 고마워, 벤지. 네가 정말 신경을 많이 써줬어.」

「다음 주에 행운을 빈다. 연극 개막.」

「고맙다.」 나는 그렇게 말하고 출구로 향했다. 문간에서 걸음을 멈추고 물었다. 「올래?」

「어디? 첫 공연?」

「초대하고 싶어. 월요일. 너와 제스.」

「정말이야?」

「백 퍼센트.」

「나야 좋지. 스케줄 확인해 보고 연락할게.」

주차장으로 나가 보니 아버지는 벌써 조수석에 앉아 있었다. 나는 침묵 속에서 차를 몰았고, 집 앞 진입로에 이르러서야 아버지가 잠이 들어 유리창에 침을 흘리고 있다는 걸 알게 되었다. 나는 아버지를 깨워 거실까지 부축해서 소파에 눕는 걸 도왔다. 어머니가 그 소파에서 세상을 떠난 후 아버지는 매일 밤 거기서 잤다. 내가 신발 끈을 풀어 드리는 동안 아버지는 다시 잠에 빠져들면서 내 이름과 무슨 소린지 알아들을 수 없는 말을 웅얼거렸다.

「뭐라고요, 아버지?」

「내 마아알은…… 그 여자가 내 따아아알이었어도 나는 또 오옥같이 해애앴을 거다.」

나는 그 말이 무슨 뜻인지 알 수가 없었다. 「**누가** 아버지 딸 이었어도요?」

「크리스티이인.」 아버지가 소리쳤다. 내가 신발을 벗기는 동안 아버지는 다시 내게서 시선을 돌렸다. 그리고 쿠션에 대 고 계속 웅얼거렸다. 곧이어 코고는 소리가 들렸다.

**

나는 다음 날 아침 아버지에게 사건의 자초지종을 들을 때 까지 크리스틴이 누구고 그녀가 아버지 딸이었으면 어쨌을 거라는 건지 도통 알 수 없었다. 아버지의 딸에 대한 언급에 내가 혼란스러웠던 건 실제로 아버지에게 딸이, 내 이복 여동 생이 있다는 걸 알고 있었기 때문이었다. 나는 그때로부터 2년 전 우스꽝스럽고 도무지 믿기지 않는 우연을 통해 그 사 실을 알게 되었으며 그 이야기 역시 자세히 다루어져야 할 가 치가 있다. 하지만 나는 이 책이 출간되면 사랑하는 사람들이 ─ 그리고 나 자신이 ─ 조롱의 대상이 될 수 있다는 걸 알면 서도 부끄러움이나 거리낌 없이 그들과 나를 노출시켰지만 이복 여동생 멜리사(진짜 이름은 아니다) 이야기는 거의 하 지 않았다. 그녀는 어렸다. 게다가 아버지 없이 자랐다고 할 수 있었다(그녀는 아버지와 수년째 연락을 끊고 살았다). 그녀는 아직도 자신을 찾기 위해, 그리고 앞길을 찾기 위해 노력하는 중이었고 그녀가 이런 골칫거리까지 떠안을 필요는 없었다. 오, 그리고 이 일에 대한 나의 일방적인 설명을 간략하게나마 내놓기 전에 한 가지 분명히 해둘 게 있다.

우리는 그건 하지 않았다. 둘이 자진 않았다.

2016년 2월, 나는 맨해튼의 한 스트립 클럽 1층에 있는, 주홍색 술 장식이 달린 말발굽 모양 칸막이 좌석 깊숙한 곳에 앉아 있었다. 트럼프가 뉴햄프셔 경선에서 승리한 직후였다. 나의 작품 두 편에 출연한 배우이자 코미디언 아슈라프의 결혼을 앞두고 젊은 유부남과 독신자로 구성된 그의 친구들이 그곳에서 축하 자리를 갖고 있었다. 아슈라프와 다른 친구들은 샴페인을 마시며 스트립 댄스를 보러(그리고 아마도 다른 것도 하러) 개인실로 갔다. 노출이 심한 옷을 입은 날씬한 젊은 여자가 혼자 술을 마시고 있는 나를 발견했다. 그녀의 피부는 나만큼 검지는 않았다. 코 피어싱을 했고, 먹으로 얇은 아이라인을 그린 모습이었다. 이름은 누어로 통했다. 나는 그녀의 스트립 댄스를 사지 않았지만 그래도 그녀는 내 옆에 앉았다. 그녀는 활발하고 신랄했으며 나이에 비해 성숙했다 (스물네 살이라고 했다). 내가 그녀의 아랍식 예명에 관심을 보이자 그녀가 성적 페티시즘 이야기를 꺼냈다. 그녀처럼 무슬림의 피가 섞인 친구가 니캅[27] 쓴 얼굴을 성 관련 웹사이트

27 이슬람교도 여성들이 착용하는 복장 중 하나로, 눈을 제외한 얼굴 전체를 덮는 일종의 얼굴 가리개.

에 광고하여 매춘을 한다는 것이었다. 나는 미군 참전 용사들 사이에서 여성 무슬림에 대한 성적 환상을 실행에 옮기고 싶어 하는 수요가 있다는 이야기를 듣고 몹시 놀랐다. 누어의 말로는 그들 대부분이 베일 쓴 그녀의 친구와 성관계를 맺고 싶어 한다는 것이었다. 나는 이야기 소재를 얻을 수 있을 것 같은 직감이 들어서 그녀에게 명함을 줬다. 사흘 후 그녀에게 전화가 왔고, 우리는 미드타운의 한식당에서 만났다. 나는 그녀와 마주 앉아 한 시간 동안 그녀가 소고기가 안 들어간 비빔밥을 먹으며 들려준 성매매 관련 이야기를 메모했다. 나는 그녀를 두 번 더 만난 후 마침내 어느 날 저녁 우드사이드에 있는 그녀의 집 거실에 들어가게 되었고, 화장실 밖에 놓인 책장에서 아버지 사진을 발견했다.

나머지는 독자의 상상에 맡기겠다.

나는 그날 밤 아버지에게 전화를 걸어 그 이야기를 했고, 충격에 빠진 아버지는 일방적으로 전화를 끊었다. 다음 날 아버지의 전화를 받았는데, 내가 아버지에게서 들어 본 적이 없는 회한에 찬 목소리를 내며 잔뜩 기가 죽어 코를 훌쩍였다. 아버지는 늘 나에게 진실을 털어놓고 싶었다며 마침내 내가 알게 되어 기쁘다고 말했다. 아버지는 주어진 상황에서 최선을 다하려고 애썼다고 설명했다. 그는 아내를 사랑했고, 내 연녀를 사랑했으며, 자식 둘을 다 사랑했다. 분명한 선택을 내리기엔 마음이 너무 약했고, 멜리사의 어머니는 그의 선택을 강요하지 않았다. 참 착하기도 하지! 나의 어머니도 뭔가 짚이는 게 있는 것 같았지만 아무것도 묻지 않았다. 참 착하기도 하지! 나는 아버지가 내 동정을 사려고 변명하는 걸 듣고 있자니 분노가 치밀었지만 잠자코 화를 참았다. 나는 멜리사가 스트립 댄스를 한다고 전했고 아버지는 무척 놀랐다. 멜리사가 학교로 돌아가려면 돈이 필요하다는 사실도 전했다. 아버지는 멜리사에게 형편껏 돈을 보내겠다고 약속했지만 결국 내가 더 많은 돈을 보내게 되었다. 그해 여름, 멜리사는 속기사 공부를 위해 커뮤니티 칼리지로 돌아갔다. 그녀는 이제 학업은 거의 다 마쳤는데 아직도 일주일에 며칠씩 스트립 클럽에서 일한다. 예전처럼 돈이 절실해서가 아니라 그녀가 〈뜨거운 주목〉이라고 부르는 것에 너무 익숙해져서 포기하고 싶지 않은데 다른 데서는 그런 주목을 받을 수 없기 때문이다.

***

아버지가 유치장 신세를 진 다음 날 아침, 나는 아래층 식탁에서 금 간 독서 안경을 코끝에 걸치고 스포츠면을 읽고 있는 아버지를 발견했다. 「차 한잔 만들어 주랴?」 아버지가 차를 마시며 지하에서 울리는 듯한 바리톤으로 물었다. 「미리 경고하는데, 설탕은 없다.」

「괜찮아요. 전 커피 만들어 마실게요.」

「그것도 떨어졌어.」

나는 찬장으로 가서 유리잔을 꺼내 싱크대에서 물을 받은 후 아버지 맞은편에 앉았다. 「어젯밤엔 어떻게 된 거예요?」

내가 물었다.

아버지는 신문에서 시선도 들지 않고 어깨를 으쓱했다. 「나쁜 소식을 들었어. 그래서 스트레스 좀 풀려고 마셨지. 뭐 — 좀 과하긴 했지만.」

「그런 일이 점점 더 —」

「— 난 성인이다.」 아버지가 쏘아붙였다. 「내가 마시고 싶으면 마시는 거지.」 내가 지켜보는 가운데 아버지는 신문을 한 장 넘기고 읽는 척했다.

「나쁜 소식이란 게 뭔데요?」

아버지는 시선을 들었지만 그 시선이 나를 향하진 않았다. 부엌 미닫이문 너머로 뒷마당 가장자리에 늘어선 나무들 사이를 돌아다니는 사슴 한 쌍이 보였다. 둘 다 걸음을 멈췄는데, 한 마리는 풀을 향해 검은 코를 내렸고 다른 한 마리는 숲속에 있는 무언가에 주의가 쏠린 듯했다. 바로 그때 사슴 한 마리가 더 나타났다. 가지 진 뿔이 인상적인 수사슴이었다. 「쥐새끼들 같아.」 아버지가 멍하니 말했다. 「도무지 쫓아낼 수가 없어. 올해 정원으로 들어와서 뿌리까지 다 뜯어먹었어. 정원에 못 들어오게 하려고 대황까지 심었는데 소용이 없어. 저 대황을 다 어디다 쓰지?」

「파이 만들면 돼요.」

「뭐?」

「대황파이요.」

아버지가 완전히 어안이 벙벙한 표정으로 물었다. 「**그게 뭔데?**」

「못 들은 걸로 하세요, 아버지……. 나쁜 소식이란 게 뭐예요?」

「소송당했어. 의료 과실로.」

「누구한테요?」

아버지는 독서 안경을 벗으며 내 염려를 거부했다. 「새로울 것도 없어. 2014년부터 시작된 일이니까. 그동안 변호사들은 합의가 될 거라고 계속 말해 왔어. 어제가 기한이었어. 합의가 안 돼서 다음 주부터 재판 받아야 해.」

「누가 소송을 걸었는데요?」

「환자 가족. 환자가 젊은 여자였는데 그 집 가장이었지. 남편이 장애인이라. 아프가니스탄에서 부상을 당했대.」 아버지가 잠시 말을 끊었다가 이었다. 「과학은 내 편이야. 나도 이미 알고 있고, 다들 나한테 그렇게 말하고 있어.」

「그런데 왜 변호사들이 합의를 원했죠?」

「소송비. 언론. 골칫거리.」 아버지는 다시 말을 끊었다가 이었다. 「그 회사는 지난 2년 동안 의료 과실 재판에서 두 번이나 졌어. 그래서 이제 세 번째로 질까 봐 걱정하고 있지.」

「하지만 과학은 아버지 편이라고요?」 내가 물었다. 아버지는 고개를 끄덕인 뒤 크리스틴 이야기를 들려주었다. 크리스틴에 대해 말할 때 아버지 눈에 강렬하고 애절한 표정이 어렸다. 그녀에 대한 아버지의 설명은 간단했지만 ─ 유쾌한 젊은 여성으로, 첫 임신 2개월 차였고, 아버지 말로는 나와 함께 자란 여자아이 몇 명을 연상시켰다고 했다 ─ 그 이야기를 할 때 아버지 목소리에 들어 있던 감정이 마음에 남았다.

그래서 나는 그날 온라인에서 크리스틴의 이미지를 검색해 보았다. 그녀가 음악 수업에서 제자들과 함께 서 있는 사진을 발견했다. 얼굴은 동그란 편이었고, 가르마를 탄 고불거리는 머리가 어깨까지 내려왔으며, 코는 큼직한 매부리코였고, 약간 둥근 콧대 양쪽으로 유난히 사이가 먼 두 눈이 자리하고 있었다. 그녀의 묘비 사진도 찾아냈는데, 화강암 묘비에 그녀의 이름과 날짜들뿐 아니라 그림도 새겨져 있었다. 편안히 쉬고 있는 암사슴 위로 가지 뿔 달린 수사슴이 우뚝 솟은 그림이었다.

3

〈랭퍼드 대 릴라이언트〉재판은 다음 월요일에 라크로스 카운티 법원에서 엘리스 데리어스 판사 주재로 열렸다. 나는 시카고에서 공연이 있어서 배심원 선정과 모두 진술을 놓쳤다. 초연은 순조로웠다. 벤지가 아내와 함께 왔다. 「아주 굉장한 작품이야.」 그가 나가는 길에 말했다. 「주인공에 대해 어떻게 생각해야 하는 건지 잘 모르겠긴 하지만.」 이튿날 나온 평론들도 그와 유사한 양가감정을 보였다. 강렬한 작품이지만 고정 관념에 의존한 점이 아쉽다는 게 대체적인 의견이었다. 하지만 그들이 말하는 고정 관념이 무엇을 의미하는지에 대해선 아무도 분명하게 밝히지 않았다. 한 평론가의 말에 따르면, 관객들은 그날 저녁 무대의 중심에서 너무도 큰 비중을 차지한 고통에 차서 복수심을 불태우는, 주인공답지 않은 주인공이 아닌, 나무랄 데 없는 동기에 의해 용감한 결말을 향해 나아가는 무슬림 캐릭터를 열망한다고 했다. 정치에서 뉘앙스가 점차 사라져 가는 이 시대에, 무슬림은 우리 미국에서 억압받는 사람들의 격앙된 사회적 삼단 논법 — 너는 희생자편이 아니면 그 반대편이다 — 의 소전제에 불과했다. 무슬림은 희생자였다. 따라서 무슬림 편이 되거나 그 반대편에 설 수밖에 없었다. 무슬림이어도 마찬가지였다. 예술 역시 다른 모든 것과 마찬가지로 이 사회에 만연한 분노의 물결에 휩쓸리고 있었다. 진정성이 데시벨로 측정되었다. 모든 발언, 모든 표현적 몸짓이 특정한 신조에 대한 충성 서약으로 해석되었다. 재현의 정치가 부상하고 있었고, 점점 서술적 기교의 시학으로 오해되었다. 한 평론가는 내가 〈고래고래 소리 지르며 미국의 약속을 거부하는 엽기적 무슬림 캐리커처들의 끊임없는 행렬〉에서 벗어날 수도 있으리란 실낱같은 희망을 품고 있었는데 이제 그만 그 희망을 놓아 버려야겠다고 말했다. 그녀는 자신의 무슬림 친구들은 이 나라를 자신만큼 **사랑한다고** 했다. 나는 작가라는 내 직무에 맹목적 애국주의 — 아무리 미묘한 형태라도 — 가 포함되어 있다는 생각은 해본 적이 없었다.

나는 화요일에 시카고에서 출발하여 라크로스로 가는 통근 비행기가 연착하는 바람에 밤 11시가 넘어서야 도착할 수 있었다. 호텔 프런트 데스크에서 체크인을 하는데 바 쪽에서 아버지 목소리가 들렸다. 객실로 올라가기 전에 바에 가보니 아버지가 카운터 너머로 몸을 내밀고 바텐더가 물을 타지 않은 더블 부시밀스 위스키를 따르는 걸 지켜보고 있었다. 고개를 돌린 아버지가 문간에 선 나를 보고 얼굴이 환해졌다. 「내 **아들**이 왔네.」 아버지는 비틀거리며 의자에서 일어나 나를 안았다. 위스키 냄새가 풍겼다. 「멋지고 멋진 내 아들.」 아버지가 몹시도 감상적으로 그렇게 말하면서 바텐더에게 나를 소개했다. 바텐더는 턱수염이 텁수룩한 남자로 서른 가까이 되어 보였다. 「이제 유명인이 됐지. 이 아버지보다 더 유명해졌어.」

「아버지 ──」

「아버지를 밟고 올라선 거지. 그렇게들 말하지 않나? 네가 그런 거다, **베타**. 나를 밟고 올라섰어.」

나는 못 들은 척하고 바텐더에게 말했다. 「미안합니다. 아버지가 스트레스가 많아서 ──」

바텐더는 아무 문제 없다는 듯 고개를 저었다. 「아버님께 아드님의 성공담을 아주 재미있게 듣고 있었는걸요. 할리우드 스타들과 함께 일하신다고요. 정말 대단합니다.」

「사실 전 할리우드에서 일하고 있진 않지만…….」

아버지 얼굴이 돌연 분노로 일그러지며 광대처럼 변했다. 「아니, 맞아!」 아버지가 소리쳤다. 「넌 할리우드에서 일하고 **있어**! TV 드라마를 쓰면서. 왜 거짓말을 하는 거니?」

아버지에게 찬물을 끼얹을 필요가 있었다.

「아버지. 거기서 일한 적은 **있죠**. 그러다 잘렸고요. 그 부분은 잊으셨어요?」[28]

---

28 나는 할리우드에서 오는 제안들을 3년 동안 거절하다가 결국 굴복했다.

아버지의 뺨이 축 늘어지고 미소가 사라졌다. 그러면서 갑자기 의기소침한 표정이 되었고 나는 아버지가 겉으로는 아무렇지 않은 척해도 속으로는 부글부글 끓고 있으리라는 걸 알았다.

아버지는 낙담해서 자신의 자리로 돌아갔다.

나는 계산서에 서명한 후 아버지를 구슬려 복도로 모시고 나가서 엘리베이터로 향했다. 아버지와 함께 내 방으로 올라가서 물 한 잔을 따라 아버지에게 건넨 후 화장실로 들어갔다. 화장실에서 나와 보니 아버지는 CNN을 보고 있었다. 마침 그 전날이 보크의 대법관 임명 거부 30주년 기념일이라 보크의 업적에 대한 프로그램이 방영되고 있었다. 「이 따위 헛소리 관심 없어.」 아버지가 채널을 돌리려고 리모컨을 들이대며 말했다.

「아뇨, 아버지. 그냥 두세요. 보고 싶어요.」

「까마득한 옛날 일이야.」 아버지가 말했다. 나는 침대에 앉아 TV를 보면서 놀라움을 금할 수 없었다. 이제 나는 보크가 미국에 미친 진짜 영향력은 소비자 중심 반독점 운동에서 로베스피에르[29] 역할을 한 것임을 잘 알고 있었는데 TV에서는 그에 대한 언급이 전혀 없었던 것이다. 아버지가 미니바에서 위스키를 한 잔 따라서 침대로 들고 갔다. 보크에 대한 프로

프랑스 탐정 소설을 각색한 작품으로 주인공 가운데 하나가 무슬림이었다. 나를 영입한 제작자는 나처럼 파키스탄 이민자의 자녀였다. 그녀는 그 일을 6개월 이상 하지 못했다. 그녀가 해고된 후, 영화사에서 나에게 테러리스트 이야기를 추가하라고 종용하기 시작했다. 나는 거부했다. 그리고 해고당했다 — 원주.

29 프랑스 혁명을 주도한 정치가.

그램이 끝나고 광고가 나오자 아버지는 TV 소리를 죽이고 그날 당한 굴욕에 대한 불평을 늘어놓았다. 모두 진술에서 원고가 뻔뻔한 거짓말을 한 것, 동료 의사들이 전화를 걸어 주지 않은 것, 아버지가 퀘이커 오츠라고 부르는 사람이 음성 사서함에 모욕적인 메시지를 남긴 것. 아버지는 자신은 그저 그 여자를 도와주려고 애썼을 뿐인데 범죄자 취급을 당하고 있다고 투덜거렸다. 「그 여자가 내 딸이었어도 난 똑같이 했을 거야.」 아버지는 그 말을 후렴구처럼 반복하며 잠에 빠져들었다.

이튿날 아침 — 물, 룸서비스로 나온 기름진 달걀, 애드빌. 나는 아버지와 함께 같은 층에 있는 아버지 방으로 가서 아버지가 샤워하는 동안 기다렸다. 내가 푸른색 셔츠와 검은 정장을 입혀 주는 동안 아버지는 퉁명스럽게 굴며 투덜댔다. 아버지의 대표 변호사 해나가 골라 준 복장이었다. 아버지 말로는, 그녀는 자신이 변호하는 의사 피고인들에게 일반적인 법정 상식에 반하는 검은 옷을 입힌다고 했다. 검은색은 지위와 권위를 나타내서 배심원들에게 거리감을 주지만 의료 과실 사건의 경우 원고 측에서 의사의 권위를 손상시키려 하는 경향이 있기 때문에 검은색 옷이 최선이라는 것이었다. 재판은 공연과도 같아서 의상이 중요하다는 게 그녀의 주장이었다. 아버지가 내게 그녀가 가져다준 넥타이를 건넸는데 단순한 암청색 패턴이 그려져 있었다. 「해나는 훌륭한 변호사야. 좋은 사람이고. 해나에게 네가 올 거라고 말했다. 오늘 밤 우리와 저녁 식사를 하고 싶대. 너만 괜찮다면.」

「물론이죠.」

아버지는 무심하게 고개를 끄덕였다. 나는 아버지의 마음이 약해진 걸 느낄 수 있었다. 「너무 꽉 죄지 마.」 내가 아버지의 볼록한 목젖 가까이 넥타이 매듭을 밀자 아버지가 조용히 말했다. 아버지의 아랫입술이 떨리기 시작했다.

「아버지.」 나는 아버지를 안으려고 했지만 아버지는 거부했다.

법원은 도보로 10분 거리에 있었다. 법원에 도착했을 때 아버지는 자신의 취약한 상태를 거의 감출 수 있었지만 3층 법정 밖에서 우리를 발견한 해나는 속지 않았다. 그녀는 지적인 눈을 가진 열정적인 여자였는데 그 눈이 아버지를 무자비하게 훑었다. 아버지가 우리를 소개했고, 그녀는 따뜻한 태도로 나와 악수했다. 아버지가 발을 질질 끌며 화장실로 향했다. 아버지가 자리를 뜨자 해나는 사교적인 가면을 벗었다.

「아버님 몰골이 말이 아니네요.」 그녀가 노골적으로 말했다. 「어젯밤에 술 드셨나요?」

나는 고개를 끄덕였다. 「호텔에 들어갔더니 바에 계시더라고요. 자정이 다 된 시각에. 거기 한참 계셨던 것 같았어요.」

「이런 제기랄.」 그녀가 아랫입술을 깨물며 말했다.

나는 아버지를 위해 변명을 해야만 할 것 같았다. 「어머니가 돌아가신 후부터 그렇게 되신 거예요.」

「이 일을 25년이나 해온 사람으로서 분명히 말하는데, 술을 끊으셔야 해요. 재판이 끝나면 다시 마셔도 돼요. 하지만 그때까진, 한 방울도 안 돼요. 아버님께 이미 말했지만, 그렇

게 술을 마시는 걸 보험 회사가 알게 되면 ── 그리고 재판에
지면? 후폭풍이 따를 거고, 후회하게 될 거예요.」

「아버지께 말씀드리죠.」

「절제가 필요해요.」 그녀는 다시 강조한 후 콧구멍을 벌름
거리며 법정으로 당당히 입장했다.

***

법정에선 고상함이라곤 찾아볼 수가 없었다. 아치형 천장
도, 민주주의의 탄생을 연상시키는 그리스식 기둥도 없었다.
마호가니 마감도, 구경꾼을 위한 난간 달린 발코니도 보이지
않았다. 메이콤[30]의 메아리도, 드라마 「로 앤드 오더Law &
Order」를 통해 30년 동안 정의가 구현된 뉴욕 법정의 방음
스튜디오 세트 느낌도 없었다. 벽의 나무는 진짜처럼 보이지
않았지만 진짜였다. 넓은 단풍나무 널빤지에 역겨운 노란 니
스를 칠해 놓은 것이었다. 똑바로 앉은 사람은 아무도 없었
다. 배심원도, 원고 측도, 아버지를 비롯한 피고 측도, 나를
포함한 방청객도 마찬가지였다. 모두들 엉덩이 부분이 둥글
게 파인 좌석에 구부정한 자세로 깊숙이 앉아 있었고, 머리
위 환풍기에서 끊임없이 속살거리며 내려오는 찬 공기에 등
이 시렸다. 나는 어느 순간부터 냉장고 싱싱 칸에 갇힌 기분
이 이런 걸까 하는 생각이 들었다. 어느 모로 보나 명성을 지
키기 위한 싸움을 벌이기에 적합한 장소는 아니었다.

30 하퍼 리의 소설 『앵무새 죽이기』의 배경이 된 허구의 마을.

아버지는 원고 측과 피고 측 양쪽에서 유일한 유색인이었고, 나 역시 방청석에서 유일한 유색인이었다. 배심원석에는 유색인이 둘이었는데 한 사람은 흑인, 나머지 한 사람은 아시아인이었다. 세어 보니 총 서른여섯 명의 백인들이 우리를 둘러싸고 있었다. 크리스틴의 가족이 와 있었다. 그녀의 어머니는 증언을 할 예정이었고, 아내를 잃은 남편 닉은 공식적으로 원고로 기재되어 있었다. 닉 랭퍼드는 창백하고 고갈된 모습이었다. 면도도 안 한 뚱한 얼굴이었고, 감지 않은 모래색 머리칼이 무성했다. 그날 아침 그는 밝은 오렌지색 헌팅캡과 위장복 조끼 차림으로 법정에 들어왔다. 이제 조끼 앞주머니에 넣은 그 오렌지색 모자챙이 살짝 보였고, 조끼는 배심원석에서 훤히 보이는 그의 좌석 팔걸이에 걸쳐져 있었다. 나는 그에겐 검은 정장이 유리한 복장이 아닌 모양이라고 생각했다. 그는 5년이나 지속된 슬픔으로 무너진 남편 역할에 완벽하게 어울렸다. 그의 옆에 앉은 변호사는 인상적인 갈색 머리 남자로 고객의 복장과 — 적어도 정신적으로는 — 조화를 이루는, 눈에 띄게 낡은 옷을 입고 있었다. 격자무늬 모직 재킷에는 군데군데 보풀이 있었고 칼라 가장자리가 집에서 풀을 먹인 셔츠에 수년째 쓸려서 너덜너덜했다. 그리고 무성한 염소수염이 입술을 에워싸고 있었다. 그는 마닐라 서류철보다는 팹스트 블루 리본[31] — 혹은 45구경 권총 — 을 만지는 데 더 익숙한 사람처럼 무관심하게 서류들을 뒤섞었다. 심지어 이름까지도 그 역할에 어울리는 듯했다. 칩 슬로터Chip Slaughter.

31 미국의 맥주 브랜드명.

집행관이 데리어스 판사의 도착을 알렸다. 모두 기립했고, 판사가 입장했고, 모두 다시 앉았다. 키가 작고 누렇게 뜬 얼굴에 알이 두꺼운 안경을 낀 판사가 양쪽 변호사들을 앞으로 불러내어 신중한 목소리로 말했다. 기대감으로 쥐 죽은 듯 고요한 법정 분위기가 공연 시작 전 배우들이 각자의 자리에 배치되고 무대 감독이 만반의 준비가 갖추어졌는지 마지막으로 둘러볼 때의 무대 뒤 풍경과 흡사했다.

정적이 객석을 에워싼다.
조명이 어두워진다.
막이 오른다.

(양측 변호사들이 자리로 돌아가고, 판사가 집행관에게 시선을 보낸다. 집행관이 일어선다.)

집행관 원고 측 첫 번째 증인 코린 홀랜더는 앞으로 나와 주십시오.

(방청석 통로 반대편에서 통통하고 굼뜬 여자가 일어나 천천히 통로를 따라 내려간다. 몹시도 지친 모습이다. 머리는 백발이 되어 가고, 얼굴에 분필처럼 새하얀 분을 발랐다. 이 흰 가면 같은 얼굴에서 얇은 입술은 진홍색으로 그려져 있다. 그래서 마치 유령처럼 보인다 ── 이 또한 의도된 것이리라고 나는 생각한다. 그녀가 자리에 앉을 때 천장 환풍기 소리가 멈춘

다. 집행관이 앞으로 나선다.)

집행관　오른손을 들어 주십시오. 진실을, 있는 그대로의 진실을, 오직 진실만을 말할 것을 맹세합니까?

코린　맹세합니다.

(집행관이 자리로 돌아가고 슬로터가 원고석에서 일어나 지팡이를 잡는다. 나는 원고석 끄트머리에 지팡이가 매달려 있었던 걸 그제야 알게 된다.)

슬로터　안녕하세요, 코린. 오늘은 좀 어떠신가요?

코린　전…… 괜찮아요. 좋아요.

슬로터　(다리를 절면서도 당당한 걸음걸이로 다가가며) 좀 긴장되시죠? 그럴 만도 합니다, 그렇죠?

(이제 그는 코린 앞에 서서 지팡이를 잡지 않은 손으로 증인 석 모서리를 잡는다. 코린이 고개를 끄덕인다.)

슬로터　우리 어젯밤에 이 사건에 대한 이야기를 나눴죠. 지난주에도요. 예상 질문들을 검토하면서요. 질문에 성심껏 답변해 주시기만 하면 됩니다.

(슬로터의 목소리는 필요 이상으로 크고 분명하다. 그 힘찬 테너는 코린이 아닌 법정 전체를 향하고 있다. 코린이 다시 고개를 끄덕인다. 그녀가 배심원단을 흘끗 본다. 나는 그녀가 아버지 쪽을 걱정스러운 시선으로 슬쩍 훔쳐보는 걸 놓치지 않는다.)

슬로터　저나 다른 사람의 질문이 혹시 이해가 되지 않는다면 다시 말하거나 설명해 달라고 요청하시면 됩니다. 부끄러워하지 마시고요.

판사　(끼어들며) 변호인.

슬로터　예, 판사님.

판사　만일 증인에게 지도가 필요하다면 그건 내가 합니다.

슬로터　물론입니다. 죄송합니다.

판사　(퉁명스럽게) 그럼 시작하세요.

(슬로터는 존경의 표시로 판사에게 고개를 끄덕인 후 배심원단을 향해 겸연쩍은 시선을 보내며 멋진 미소를 날린다. 그는 부인할 수 없는 매력을 지녔다.)

슬로터 모두가 확실히 알 수 있도록 질문하겠습니다. 코린, 당신은 크리스틴 랭퍼드의 어머니셨죠?

코린 〈지금도 그렇습니다.〉 저는 크리스틴의 엄마입니다. 지금도 저는 그렇게 생각합니다.

슬로터 물론이지요. 죄송합니다. 크리스틴은 맏이였죠, 맞습니까? 세 자녀 중에서요?

코린 맞습니다.

슬로터 증인과 남편께서는 크리스틴의 심장에 문제가 있다는 걸 언제 아셨습니까?

코린 다른 딸이 죽은 후에요.

슬로터 케일리요?

(코린은 고개를 끄덕인다. 이때부터 우리는 그녀의 비음 섞인 높고 날카로운 목소리를 제대로 듣기 시작한다.)

코린 그 아이가 죽고 나서 저와 크리스틴에게도 문제가 생기기 시작했어요. 그래서 검사를 받았어요.

슬로터 심장에 문제가 생겼다는 말씀이시죠.

코린 예. 심장 박동에 문제가 있습니다.

슬로터 케일리가 몇 살에 사망했는지 질문해도 되겠습니까?

코린 아홉 살에요.

슬로터 잠자다가 사망했죠 — 그렇지 않습니까?

(코린은 무슨 말을 할 듯하다가 하지 않는다. 그녀의 침묵이 대답이 된다. 슬로터는 잠시 기다렸다가 다른 질문으로 넘어간다. 이번엔 더 부드럽게 묻지만, 모두에게 들릴 정도의 목소리는 유지한다.)

슬로터 그때 일을 말씀해 주실 수 있을까요?

코린 그날 농장에서 할아버지와 함께 시간을 보냈어요.

슬로터 켄들 낙농장, 맞습니까?

코린 예, 맞아요.

슬로터 그 낙농장에선 버터밀크를 만들고 있죠, 그렇죠?

(무슨 말인지 알겠다는 킥킥거림이 배심원석에 번져 간다.)

코린 그렇습니다. 사람들이 그 버터밀크를 좋아하죠. 특별한 방식으로 만들거든요. 효소를 사용해서요. 저도 자세한 건 잘 모릅니다.

슬로터 이 근방에서 최고의 버터밀크라고 저는 생각합니다.

해나 (피고석에서) 재판장님, 이의 있습니다. 사건과 무관한 내용 아닌가요?

판사 인정합니다. 칩, 경치 좋은 길로 돌아가지 마세요.

(슬로터는 판사의 지적에 전혀 개의치 않는 표정이다. 그는 지팡이에 몸을 기대며 배심원석에서 증인 쪽으로 시선을 돌린다.)

슬로터 그러니까 따님 케일리가 그날 농장에서……

코린 할머니를 도와 잔일을 했어요. 그 아이는 밖에서 동물들과 함께 있는 걸 좋아했죠. 제 아버지께선 그 아이가 자라면 농장을 이어받을 거라고 말씀하시곤 했어요. 아무튼, 케일리는 그날 집에 돌아와서 낮잠을 자고 싶다고 말했어요.

슬로터 케일리는 평소에도 오후에 낮잠을 잤나요?

코린 우리 가족은 주말 오후에 낮잠을 잘 때가 많아요. 아이들이 어렸을 때는 대개 우리가 아이들을 재웠어요. 아이들이 자고 싶어 한 게 아니라.

슬로터 그런데 그날 오후엔 케일리가 낮잠을 자고 싶어 했죠.

코린 그 아이에게 무슨 문제가 있는 것 같진 않았어요. 힘든 오후를 보냈을 뿐이었죠. 아이는 거실 소파에서 자고, 저는 주방에 있었어요. 비가 내리기 시작한 참이었는데, 평생 처음 들어 보는 아주 이상한 소리가 들렸어요. 꾸르륵 소리 같은. 전 거실 창문이 열려 있나 보다 생각했어요. 홈통에 빗물이 흐르는 소리인 줄 알았어요. 무슨 일인지 확인하러 가보니 아이 입에서 침이 흘러나오고 있었어요. 아이는…… 축 늘어져 있었어요. 이미 떠난 것처럼. (긴 침묵 후) 그리고 영영 돌아오지 않았어요.

(배심원단은 넋을 잃었다. 코린의 얼굴에 어린 — 그리고 법정에 가득한 — 감정은 부인할 수 없는 것이다. 나는 이 시

412

점에서 미장센의 효과를 깨닫는다. 코린의 생기 없는 화장, 낮잠이나 버터밀크 같은 자잘한 요소들의 우연한 축적, 심지어 판사의 질책까지, 이 모든 것이 경이로운 순도를 지닌 감정으로 이어진 것이다. 우리 앞에서 한 어머니가 아이의 죽음을 기억한다. 배심원석에서 훌쩍거리는 소리가 들린다. 나 역시 연민과 슬픔으로 목이 메어 온다.)

슬로터 얼마나 힘드실지 압니다.

코린 괜찮습니다. 좋은 일을 위한 거니까요.

해나 이의 있습니다. 유도적입니다.

판사 인정합니다. (부드럽게) 홀랜더 부인, 질문에만 대답해 주시기 바랍니다.

슬로터 케일리가 사망하고 얼마 후부터 다른 가족들의 심장 문제가 시작되었나요?

코린 어떤 것 때문에 어떤 게 시작되었는지는 잘 모르겠습니다. 전 어릴 때부터 늘 정상적인 사람들보다 좀 숨이 가쁜 편이었어요. 병원에 가봐도 이유를 찾지 못했고요.

슬로터 심장 질환 검사도 받으셨나요?

코린 케일리 부검 후에, 그리고 크리스틴에게 문제가 생긴 뒤에 받았습니다.

슬로터 크리스틴에게 무슨 문제가 생겼는지 말씀해 주시겠습니까?

코린 케일리가 죽고 몇 주가 지났을 때였어요. 우리는 앞마당에 나가 있었어요. 크리스틴과 제 아들, 사촌들, 그리고 저. 우리는 친척들을 기다리고 있었죠. 그들의 차가 진입로로 들어왔는데 전면 그릴이 피와 털로 뒤덮여 있었어요. 오는 길에 사슴을 쳤다고 하더군요. 그 이야기를 들은 크리스틴은 차에 묻은 게 죽은 사슴의 피와 털이라는 걸 깨닫고 쓰러졌어요.

슬로터 쓰러졌다고요?

코린 감자 자루처럼요. 크리스틴은 맥박이 뛰지 않았어요. 케일리처럼 축 늘어져 있었어요. 전 충격에 빠졌어요. 자식 하나를 잃은 지 얼마 안 되어 또 하나가 쓰러졌으니까요. 전 비명을 지르기 시작했고, 모르는 일이긴 하지만 — 크리스틴이 그 소리를 들은 것 같았어요. 의식을 되찾았어요.

슬로터 그래서 모두 검사를 받은 겁니까?

코린 케일리의 심장 조직까지요. 저와 크리스틴이 그 유전자를 갖고 있다는 결과가 나왔어요. 긴 QT 증후군. 전 이미 30대 중반이었지만 아무 일도 없었어요. 하지만 그걸 갖고 있었던 거죠.

(그녀는 말을 멈추고 다시 아버지 쪽을 흘끗 본다.)

코린 그날 진입로에서 크리스틴에게 일어난 일이 우리 모두가 갖고 있는 긴 QT 증후군의 일반적인 증상이 아니라는 건 저도 알아요. 그 증상은 잘 때 일어나는 것으로 알고 있어요. 적어도 도시에서 온 의사의 생각은 그렇다는 건 알아요.

슬로터 닥터 악타르 말씀인가요? 저기 앉아 있는.

코린 의사는 계속해서 그 브루가다에 대해 말했어요. 그쪽 전문가인 것 같아요.

슬로터 언제 닥터 악타르를 만났습니까?

코린 크리스틴이 만난 후에요. 크리스틴은 임신을 해서 베타 차단제에 대해 걱정하고 있었어요. 그래서 의견을 구하러 간 거죠. 그는 크리스틴에게 약을 끊으라고 했어요. 크리스틴이 병원에 다녀온 날 밤에 저에게 와서 저도 그래야 한다고 말했어요.

슬로터 베타 차단제를 끊어야 한다고요?

코린 예.

슬로터 크리스틴은 왜 증인도 그 약을 끊어야 한다고 생각했을까요?

코린 사실 저도 그게 이해가 안 됐어요. 하지만 새로 만난 의사가 우리처럼 긴 QT 증후군을 갖고 있으면 그 약이 해롭다고 말했어요. 그 브루가다라는 걸 갖고 있으면 훨씬 더 해롭고요. 전 처음 들어 본 말이었어요. 아무튼 우린 베타 차단제를 복용하는 동안 아무 문제도 없었어요. 수년 동안요. 크리스틴도, 저도요. 전 의사에게 그렇게 말했어요.

슬로터 의사에게 또 무슨 말을 했는지 기억하십니까?

코린 의사가 저에게 베타 차단제를 끊어야 한다고 말해서 전에 다른 의사가 그 약을 끊게 했을 때 무슨 일이 있었는지 이야기해 줬어요. 정말 무서웠어요. 심장이 막 뛰고 그래서. 결국 응급실까지 갔었죠. 전 다시는 그런 일을 겪고 싶지 않았어요.

슬로터   의사가 그것에 대해 뭐라고 말했나요?

코린   솔직히, 별말은······.

(그녀의 적나라한 대답에 배심원석에서 웃음소리가 들린다. 나는 해나가 피고석에서 아버지를 슬쩍 곁눈질하는 걸 본다.)

코린   아무튼, 진료 시간도 짧았어요. 의사는 제 차트를 들여다봤어요. 그 브루가다라는 걸 수도 있다는 진단을 내렸고요. 저에게 베타 차단제를 끊어야 한다고 말했어요. 그래서 약을 끊으려고 했다가 벌어진 일에 대해 이야기했죠. 그다음에 의사가 밖으로 나갔어요. 기억나는 건 그것뿐이에요.

슬로터   증인은 따님처럼 약을 끊지 않았나요?

코린   그럼요. 아무튼 전 임신도 안 했고, 그런 일도 있었으니까요.

슬로터   따님에게 약을 끊지 말라고 조언하셨나요?

코린   제 딸은 성인이었어요. 제가 이래라저래라 할 입장이 아니었죠. 저흰 그런 부모가 아니었어요.

슬로터 닥터 악타르와 만난 건 그때가 마지막이었습니까?

코린 크리스틴이 죽고 일주일쯤 지나서 다시 만났어요. 크리스틴의 남편 닉, 제 남편 헬, 그리고 가족 주치의도 함께요.

슬로터 그 두 번째 방문의 목적은 무엇이었나요?

코린 저는 어떻게 해야 할지 알아보려고요. 심장 문제로 자식을 둘이나 잃었으니까요. 제가 다음 차례가 되지 않도록 방법을 찾고 싶었던 거죠. 그때 심정은 제가 다음 차례가 된다고 해도 대수로울 것도 없었지만요.

(사이. 코린이 그동안 억눌러 온 감정이 처음으로 폭발한다. 슬로터가 손수건을 꺼내 그녀에게 건넨다. 코린은 네모난 천을 잠시 바라보다가 고개를 젓는다. 울음을 참기로 결심한 것이다. 그녀는 주먹 쥔 손으로 눈가를 꼭꼭 찍어 눈물을 닦는다. 슬로터는 손수건을 접어 재킷 안주머니에 넣는다. 그가 배심원석을 흘긋 보고, 나는 그가 증인과 함께 해야 할 일이 끝났음을 깨닫는다. 증인의 초상화가 완성된 것이다. 그녀의 다양한 이미지들이 배심원단 앞에 앉은 생생한 인물로 풍성하게 녹아들었다. 여전히 고통에서 헤어나지 못하고 있는 헌신적인 어머니, 극기심이 강하고 겸손한 사람, 지역에서 사랑받는 낙농가의 후손, 호소력 강한 증인이자 자신의 고역을 진실하게 전

하는 신뢰할 만한 서술자 ─ 그리고 앞서 말한 모든 것 덕분에 살아 있는 사람들 사이에서 죽은 딸의 이익을 계속해서 지켜 줄 수 있는 믿음직한 보호자.)

슬로터　그 진료에 대해 무엇을 기억하십니까?

코린　제 남편이 의사에게 왜 그렇게 갑자기 딸의 약을 끊게 했는지 단도직입적으로 물었어요. 〈왜 테이퍼링을 하지 않았습니까?〉 제 남편 헬이 그 단어를 사용한 기억이 나요. 〈테이퍼링〉.[32] 우린 인터넷에서 그 단어를 봤거든요. 베타 차단제는 갑자기 복용을 중단하면 안 된다고요.

슬로터　의사에게 그런 말을 했습니까?

코린　제가 의사에게 무슨 말을 했는지 기억이 안 나요. 자식을 두 번째로 땅에 묻은 지 얼마 안 된 때였으니까요. 그럴 상태가 아니었어요.

슬로터　의사가 증인 남편분께 뭐라고 했습니까?

코린　아무 대답도 안 했어요. 의사가 몹시 불안해 보였던 기억이 나요.

---

32 약물 중단을 목표로 복용량을 점진적으로 줄여 가는 것을 뜻하는 용어.

슬로터 더 자세히 말씀해 주실 수 있나요?

코린 의사가 들어오면서 미안하다고 말한 기억이 나요. 밀워키에서 온 지 얼마 안 됐다고 했어요. 그러더니 줄곧 제 눈을 피하더군요. 우리 모두의 눈을 피했어요. 벽이나 바닥을 보면서 말했어요. 저에게 죄책감이 있는 것 같았어요.

해나 이의 있습니다, 재판장님. 선동입니다.

판사 인정합니다. 홀랜더 부인, 그런 발언은 삼가 주시기를······.

코린 전 그냥 의사가 죄책감을 느끼는 것처럼 보였다는 뜻으로 한 말이었습니다.

해나 재판장님, 부탁드립니다.

판사 홀랜더 부인. 다른 말로 바꿔 주시기 바랍니다.

코린 좋습니다. 다른 뜻은 없었습니다. 의사가 그 일에 대해 불편한 감정을 느꼈다는 것, 그래서 우리 눈을 똑바로 보지 못했다는 것밖에요.

(슬로터의 시선이 배심원석을 따라 춤추다가 잠시 증인에

게 머문다. 그러더니 엷은 미소를 머금고 판사를 향해……)

슬로터 이상입니다, 재판장님.

(……그리고 자신의 자리로 향한다.)

***

아버지의 변호사 해나는 반대 신문에서 두 가지 중요한 사
실을 입증한다. (1) 홀랜더 가족이 긴 QT 증후군 치료제로 베
타 차단제를 복용하는 것에 대해 우려한 의사가 아버지가 처
음은 아니었다. 코린이 직접 그 사실을 증언했다. (2) 아버지
는 절대 **무관심한** 의료인이 아니었다. 해나는 이 주장을 입증
하기 위해 아버지가 몇 년 전 보험에 가입된 환자에게만 진료
비를 청구한 건으로 주 정부와 갈등을 겪은 일화를 슬쩍 흘렸
다. 아버지는 1990년대에 환자들이 보험이 없어서 진료비를
낼 형편이 안 되면 그들에게 진료비 청구서를 보내지도 않았
다. 주 정부에서 그걸 알아내고 문책했다. 칩 슬로터가 그건
분명한 의도를 지닌 여담이라며 소리 높여 이의를 제기했다.
판사가 그의 이의 제기를 받아들인 뒤 배심원들에게 방금 들
은 이야기는 무시하라고 말했다. 하지만 그건 별로 중요하지
않았다. 이미 소기의 목적을 달성했으니까. 아버지는 올바른
목적을 위해 일하는 의사였다. **분명히** 환자에게 신경을 많이
쓰는 의사였다.

딸을 위한 코린의 강력한 증언에 이은 해나의 주장들은 꼭 필요한 반박이었으며 그녀는 효과적으로, 아주 강력하게 그 역할을 수행했다. 하지만 나는 그녀가 검은 메피스토 통굽 구두와 긴 진청색 재킷 차림으로 서성이며 희끗희끗한 A라인 단발머리의 흰 하이라이트뿐 아니라 진주 목걸이와도 잘 어울리는 밝고 투명한 안경테 너머로 증인과 배심원을 바라보면서, 메릴랜드 출신이지만 거의 그쪽 말씨처럼 들리지 않는 특징적인 말씨로 능숙하게 주장을 펼치는 모습에 불안감을 느끼지 않을 수 없었다. 배심원석에서는 잔물결처럼 퍼져 나가는 웃음도, 공감의 소리도 들리지 않았다. 침묵뿐이었다. 나는 법정에 가보긴 그때가 처음이었는데 연극을 보는 관객 사이에 앉아 있는 것과 놀라우리만큼 비슷했다. 나는 여러 해 동안 관객 앞에 작품을 올리면서 그들의 집단적 기분 변화에 대해 잘 알게 되었다. 시시각각으로 변하는 관객의 반응을 거의 대부분 파악할 수 있었다. 그들이 열성적으로 주목하고 있는지 아니면 집중력이 흐트러진 상태인지도 간파했고, 공감에 변화가 생기거나 줄거리를 놓쳤을 때의 반응도 알아챘다. 배심원단의 분위기도 그만큼 명확했다. 해나에 대한 배심원단의 반응은 의구심이었다. 이제 그들은 증인 코린이 자신들과 같은 소속이라고 여기게 되었는데 해나는 그런 증인을 공격하고 있었다. 해나는 그들에게 소속되지 않은 또 한 명의 아웃사이더였다.

해나도 그걸 어느 정도는 인지하고 있다고 그날 밤 저녁 식사 자리에게 내게 말했다. 아버지가 외출하기 싫다고 해서 둘

이서만 만났다. 그녀가 추천한 레스토랑은 폐업한 제지 공장을 개조해서 만든 고급 레스토랑으로 지역 내에서 생산된 식자재를 사용하고 있었다. 종이는 20세기 초까지 이 지역의 주요 생산품이었지만, 이 지역 나무를 베어 컨테이너에 실어 중국으로 보내 **거기서** 종이를 만들어 포장한 다음 **도로** 대서양을 건너 미국의 트럭에 실어 전국으로 배송하는 방식이 더 싸게 먹히면서 상황이 바뀌었다. 종이만 그런 게 아니었다. 이것이 오랜 역사를 지닌 지역 산업의 전형적인 모습이었다. 가구, 스탬핑, 공구, 금형. 목재 산업조차 위스콘신의 천연 숲보다 더 강하고 부드러운 목재를 더 많이 생산하는 유전자 조작 나무가 있는 지구 반대편 숲과의 경쟁에서 밀리고 있었다. 그리하여 과거에 이 지역 도시들의 존재 이유가 되었던 공장과 창고 대부분이 골동품을 팔거나, 양초를 만들거나, 필라테스 강습을 하거나, 향을 피우거나, 사슴고기라구카바텔리 파스타를 파는 곳으로 바뀌었다. 사슴고기라구카바텔리는 메뉴판에 주방장이 자신의 아버지에 대한 소박한 경의의 표시로 만든 요리라고 적혀 있었다. 사냥꾼인 그의 아버지가 갓 잡은 사슴 고기를 무척이나 좋아한다는 것이었다. 나는 구미가 당기지 않았다. 그래서 먼로산(産) 그뤼에르치즈가 들어간 햄버거를 주문했다. 해나는 그 지역 돼지로 만든 삼겹살이 들어간 프리세코브샐러드를 선택했다. 그녀는 메를로 포도주도 주문했지만 그녀의 스마트폰 옆에 놓인 굽 없는 잔에 손도 대지 않았다. 보란 듯이 술을 마시지 않는 듯했다.

　「아버님께도 말씀드렸지만, 중요한 건 법적 다툼에서 이기

는 게 아니에요.」서로 이력을 소개하는 시간을 가진 후 그녀
가 말했다. 그녀는 예일 대학을 나와 이리호에서 대형 범선
선장으로 3년간 일한 후 뉴올리언스로 가서 요리사로 5년 일
한 다음 매디슨에 있는 법학 전문 대학원에 들어갔으며, 그곳
에서 결혼하여 가정을 꾸렸다고 했다. 「중요한 건 여론 싸움
에서 지지 않는 거예요. 이곳 사람들에게 아버님은 아웃사이
더, 도시에서 온 의사, 이민자 ―」

「맞아요. 증인이 계속해서 그렇게 말하는 걸 듣고 놀랐어
요. 도시에서 온 의사. 밀워키에서 온 의사. 아버지 이름은 말
한 적도 없는 것 같아요.」

「그래요. 의도적으로 그런 거예요. 여기선 도시에서 온 사
람들에 대한 적개심이 강해요. 밀워키. 매디슨. 미니애폴리
스. 진짜 분노죠. 이런 데보다 외진 카운티들이 더 심각해요.
우린 잭슨이나 트렘필로에서 재판이 있으면 자기 차를 안 갖
고 가요. 렌트하죠. 콤팩트나 이코노미 등급으로. 내 동료들
중에 렉서스나 아우디를 몰고 갔다가 법원 주차장에서 타이
어가 찢긴 사람들이 있죠.」

「**법원** 주차장에서요?」

「사람들이 진짜로 분노에 차 있어요.」해나의 휴대 전화에
문자가 들어오면서 화면이 밝아졌다. 그녀는 짜증스러운 표
정으로 메시지를 읽은 후 전화기를 홱 엎어 놓았다. 「있잖아
요, 차를 몰고 이 주의 시골 도로를 다녀 보면 ― 내가 고객들
을 만나러 소도시 병원을 많이 돌아다녀 봤으니 내 말 믿어도
돼요 ― 가난을 실감할 수 있죠. 집들이 무너져 가고 있어요.

도로와 마을도. 사람들이 집도 마당도 돌보지를 않아요. 그들 자신도 돌보지 않고. 아무것도 돌보지 않는 거죠. 단순히 돈이 없어서가 아니에요. 가난해진 건 벌써 30년이나 됐고, 이제 의욕 자체를 잃은 거죠. **그걸** 잃게 되면? 깊은 절망의 구렁텅이에 빠지는 거죠. 차를 몰고 여섯 시간이나 여덟 시간 동안 다 쓰러진 농장과 들, 빈 마을, 죽어 가는 중심가를 지나서 매디슨이나 밀워키로 들어가면 어떤지 알아요? 무슨 SF 영화의 한 장면 같죠. 부가 넘쳐흐르는. 사람들이 밖에 나와서 돌아다니고 갈 곳이 있다는 사실마저도 그렇게 보이는 거죠. 상점이 실제로 영업을 하고 있는 것, 사람들이 물건을 사는 것도요. 시골 사람들은 1년에 한두 번 도시에 나가요. 가서 그런 풍경을 보는 거죠. 자신들이 사는 곳과는 다른. 그래서 반감이 드는 거고.」

「그들을 비난하기도 어렵겠군요.」

「난 그 모든 것에 대한 나름의 생각을 갖게 됐어요. 가끔은 그들이 그런 처지를 핑계 삼아 아무런 노력도 안 하는 것 같기도 해요. 하지만 내가 무슨 자격으로 그들을 심판하겠어요? 중요한 건, 이 주의 도시와 시골의 격차가 아버님이 직면한 문제에서 큰 비중을 차지한다는 점이에요. 특히 이제 그 분노의 대상에 도시 사람뿐 아니라 이민자도 포함되고요.」

「상상이 되네요.」

「아버님은 갈색 피부를 가졌어요. 그들은 아버님의 이름을 발음하기 어려워하고요. 아버님이 무슬림이라는 사실이 밝혀지는 건 시간문제고…….」

「그게 어떻게 밝혀지죠?」

「칩 슬로터는 그걸 쟁점화할 기회가 생기면 절대 놓치지 않을 거예요. 내가 장담해요. 3년 전쯤 재판에서 그와 맞붙은 적이 있어요. 피고가 인도인 의사였죠. 소아 종양 의사였어요. 아이의 생명을 구하지 못한 거죠. 아무튼, 아버님과 똑같았어요. 어려운 상황이긴 했지만, 과학이 그의 편이었죠. 법적 다툼은 문제가 없었어요. 법정에선 모든 게 순조로웠죠. 그런데 최종 변론 전날 샌버너디노 사건이 터진 거예요.」

「테러요?」

그녀는 고개를 끄덕였다. 「그 재판은 배심원단을 격리시키고 어쩌고 하는 중요한 재판이 아니었어요. 그래서 배심원들이 아침에 뉴스를 보고 온 거죠. 피고를 보는 그들의 시선에서 그걸 알 수 있었어요. 그 피고는 무슬림도 아니었죠. 힌두교인이었어요. 아마 그들보다도 더 무슬림을 싫어하는 사람이었을걸요.」

「그래서 결국 어떻게 됐죠?」

「칩은 배심원들이 그걸 잊지 않도록 만들었어요. 지팡이를 짚고 절룩거리며 돌아다니면서 최종 변론을 했는데, 일부러 그 의사 이름을 틀리게 발음했어요. 그러고 나서 사과했고요. 하지만 또 틀리게 발음했어요. 사건과 무관한 이야기도 꺼냈어요. 피고가 외국에서 의학 학위를 받았고 두바이에서 일했다는 이야기. 암시가 아주 걸작이었죠.」

「그러잖아도 묻고 싶었는데, 그는 어쩌다 다리가 그렇게 된 거죠?」

「젊었을 때 교통사고를 당했대요. 고등학교 땐가 대학교 때. 심하게 다쳤던 모양이에요……. 아무튼, 그의 암시는 효력을 발휘했죠. 그 재판은 배심원단 의견 불일치로 인한 무효로 끝났어요. 배심원 두 명이 편견을 극복하지 못한 거죠. 노부인 둘이.」

「백인이었겠군요.」

「그거 알아요? 그중 한 사람은 몽족이었어요. 테러리즘 같은 문제가 끼어들면 배심원의 인종은 크게 중요하지 않아요. 테러리즘이라면 **다들** 질겁하니까요. 피부색에 관계없이.」이 윽고 그녀가 포도주 잔을 들어 조금 마셨다. 「뉴스 터지는 거야 우리의 통제 밖이죠. 하지만 아버님이 법정에서 어떻게 처신하느냐는 우리의 통제 범위 **안에** 있어요. 오늘은? 만족스럽지 못했어요. 본인에게나 우리의 목적을 위해서나 좋은 모습이 아니었어요. 아버님께서 **스스로** 노력하지 않는다면 우리가 할 수 있는 일에도 한계가 있어요.」

「아버지께 말씀드리죠.」

「내가 아드님께 이래라저래라 할 순 없지만, 만일 우리 아버지였다면 말만 하진 않을 거예요. 내 시야에서 벗어나지 않게 할 거예요. 재판이 끝날 때까지.」

4

저녁 식사가 끝난 후 우리는 호텔까지 함께 걸어갔다. 나는 엘리베이터 앞에서 그녀와 헤어져 바에 아버지가 있는지 확인하러 갔다. 카운터 자리는 비어 있었다. 바 안에 손님이라곤 벽난로 앞 2인용 소파에 정답게 붙어 앉은 젊은 커플뿐이었다. 위층으로 올라가 내 방으로 가는 길에 아버지 방을 지나며 문에 귀를 대고 엿들었다. 아무 소리도 들리지 않았다. 가볍게 노크했지만 응답이 없었다. 아버지 방 열쇠를 찾기 위해 주머니를 뒤지다가 해나를 만나러 나가기 전에 내 방화장대 위에 놓고 온 기억이 났다.

방으로 돌아와 책상 앞에 앉아 내 컴퓨터를 꺼냈다. 습관적으로 트위터와 페이스북에 들어가 20분쯤 보낸 후 두 시간 동안 그날의 일을 기록했다. 내가 이런 회상에 사용하는 기술은 수년간 꿈을 기록하면서 터득한 것이었다. 시간 순서는 무시하고 세부에 매달렸다. 세부 내용, 소리, 이미지가 생생할수록, 그리고 언어를 통해 더 철저하게 다듬어질수록, 그것이 불러일으키는 연관된 회고 내용은 더 풍부해진다. 그 과정은 직관에 반하는 것으로, 추출된 광석 덩어리의 우발적 퇴적층을 복원하는 작업과 유사했다. 정신은 본질적인 것을 회상하고 찌꺼기는 버렸지만 사실 생성적 생명력이 들끓는 건 찌꺼기다. 그날 밤 글을 쓸 때 나의 회상은 번번이 증인석의 코린 홀랜더라는 비옥한 땅으로 이어졌다.

내가 글쓰기를 멈춘 건 자정이 다 되어서였다. 나는 TV를 켰다. 스티븐 콜베어[33]가 트럼프에 대해 얘기하고 있었다. 지미 펠런[34]도 마찬가지였다. 「나이트라인」에서도, 폭스, CNN,

---

33 CBS 토크 쇼 「더 레이트 쇼」의 진행자.
34 NBC 토크 쇼 「더 투나잇 쇼」의 진행자.

CNBC에서도 트럼프 얘기였다. 우리의 나라는 어리석음의 덫에 걸려 있었다. 이제 정치는 극작술에 불과했다. 갈등의 씨앗을 뿌리고 결과를 약속한다. 어쩌면 이야기꾼으로 넘쳐 나는 도시에 대해 경고한 플라톤이 틀리지 않았는지도 모르겠다.

나는 다른 사람들이 하는 대로 했다. 지켜봤다. 계속 지켜 봤다.

그러다 어느 시점에, 아버지가 뭘 하고 있는지 확인하기로 했다. 화장대 위에 아버지 방 열쇠가 있었다. 복도를 따라 내려가 아버지 방 문 자물쇠에 열쇠를 꽂았다. 문을 살짝 열자 불이 켜져 있는 게 보였다. 침대 두 개가 다 비어 있었다. 화장실 문이 조금 열려 있었지만, 거기도 비어 있었다. 나는 아버지에게 전화를 걸었다.

바로 음성 사서함으로 넘어갔다.

아래로 내려가 보았지만 호텔 바에서는 여전히 아버지를 찾을 수 없었다. 백금색 머리를 두 갈래로 땋고 목과 팔에 청록색 문신을 한 여자 바텐더에게 아버지의 인상착의를 설명했다. 「모르겠는데요.」 그녀가 엉겨 붙은 각 얼음 덩어리를 깨며 말했다. 프런트 데스크에서도 아무도 아버지를 못 봤다고 했다.

나는 복도를 따라 내려가 회의실들을 살펴봤다. 화장실들도 확인했다. 다시 바에 가본 후 로비에서 어슬렁거리며 앞창문 너머 주차장을 내다보았다. 강가에 줄지어 선 공장 다락 창고 위로 카드 패처럼 분장한 우스꽝스러운 인물들이 늘어선 광고판이 보였다.

나는 낙심해서 맥이 빠졌다.

프런트 데스크로 급히 걸어가서 직원에게 바깥 광고판에 실린 카지노까지 얼마나 먼지 물었다. 「주간 고속 도로로 25분만 가면 됩니다.」 그녀가 기쁘게 제안했다. 「저희 호텔에 셔틀이 있긴 한데…… 브린?」 그녀가 동료에게 고개를 돌렸고 그 동료는 벌써 키보드를 두드리고 있었다.

「셔틀은 호텔로 돌아오려면 한 시간쯤 걸릴 것 같은데요.」 그 직원이 말했다.

「카지노는 몇 시까지 여나요?」 내가 물었다.

「24시예요.」

「젠장.」 내가 그렇게 웅얼거리자 브린이라는 직원이 화난 표정을 지었다. 「미안합니다.」 내가 사과했다. 그녀는 동료에게 나를 맡기고 고개를 돌려 버렸다. 「택시 좀 불러 줄 수 있어요?」 내가 물었다.

「그럼요. 3분이면 옵니다.」 처음 응대했던 직원이 전화기를 향해 손을 뻗으며 말했다. 「밖에서 기다리시면 돼요.」 그녀가 무표정하게 덧붙였다.

택시는 3분이 더 넘어 나타났다(그리고 카지노까지 가는 데도 25분이 넘게 걸렸다). 머리가 희끗희끗하고 무뚝뚝한 기사가 모는 진흙 튄 오렌지색 미니밴이었다. 내가 차에 타자 그는 나를 향해 고개를 돌리고 내가 목적지를 말해 주기를 기다렸다. 「카지노요.」 내가 말했다. 백미러에 비친 그의 얼굴은 거의 알아보기 힘들었다. 챙 달린 검은 모자를 깊이 눌러 쓴 데다 누르스름하고 무성한 팔자수염이 그의 얼굴 아래쪽을 거의 다 덮고 있었다. 미시시피강을 따라 난 고속 도로 — 구불구불 이어진 넓은 검은색 노면이 달빛을 받아 잔잔한 유리알처럼 빛나는 — 로 접어들었을 때 마침내 그가 말을 걸었다. 「무슨 게임 좋아하세요? 슬롯? 카드? 다이스?」

「저는 사실 도박 안 합니다.」 내가 대답했다.

그 후로 그는 아무 말도 하지 않았다.

새벽 1시 15분, 택시가 사냥용 목조 오두막처럼 생긴 창고 크기의 조립식 건물 주차장에 멈춰 섰다. 조립식 건물 너머에 4층짜리 타워형 콘크리트 호텔이 서 있었다. 번쩍거리는 차양에 쓰인 〈헤드워터스 리조트 앤드 게임스〉라는 이름이 보였다. 이 지역 카지노치고는 어마어마한 규모라는 생각이 들었다. 나는 기사에게 택시비를 지불한 후 20달러를 더 줄 테니 대기해 달라고 말했다. 「그럴 필요 없어요. 여긴 차들이 널려 있으니까.」 기사가 말했다.

나는 그에게 20달러를 그냥 가지라고 말했다.

「행운을 빕니다!」 그가 차를 몰고 떠나며 열린 차창 너머로 외쳤다. 실내로 들어가자 슬롯머신이 깜빡거리며 부드럽고 경쾌한 소리로 유혹했다. 슬롯머신은 입구에 줄지어 서서 중앙 홀의 통로를 만들었으며, 게임장을 울타리처럼 둘러싸고 있었다. 이렇듯 슬롯머신이 도처에 널려 있었지만 늦은 시각이라 머신 앞에 놓인 의자들은 거의 빈 상태였다. 나는 노부부 옆을 지났는데 그들 사이에 지팡이 두 개와 동전 통 하나가 놓여 있었다. 그들은 푸른 네온 불빛에 물든 무기력한 얼굴로 동전을 집어넣고, 버튼을 누르고, 기계가 돌아가는 걸 지켜보았다. 저쪽에서는 사냥용 재킷 차림의 남자가 슬롯머신 앞에 웅크리고 앉아 레버를 잡고 코를 골고 있었다.

룰렛과 바카라 게임은 마감된 상태였지만 두 테이블에서 몇 사람이 블랙잭을 하고 있었다. 아버지는 거기 없었다. 그 너머 낡은 벨벳 로프 뒤쪽에 백인 남자 넷과 갈색 피부의 여자 하나가 포커 테이블에 둘러앉아 앞에 깔린 카드를 평가하고 있었다. 아버지는 거기에도 없었다. 나는 화장실을 확인했고, 게임장을 하나 더 발견했는데 크기는 더 작았고 슬롯머신이 가득했다. 거기에도 아버지는 없었다. 나는 다시 아버지에게 전화를 걸었다. 바로 음성 사서함으로 연결되었다.

다시 중앙 홀로 갔다. 피부가 햇볕에 탄 인상적인 생김새의 늙수그레한 남자가 통로에 서서 나를 쳐다보았다. 그는 긴 검은 머리를 뒤로 모아 묶었고, 투명한 비닐장갑을 낀 손으로 바퀴 달린 쓰레기통 손잡이를 잡고 있었다. 「누구 찾아요?」 그가 물었다.

「사실, 그렇습니다.」

「나이 든 남자? 갈색 피부? 당신처럼?」

「예.」

「벽화 아래 소파에 있어요.」 그가 포커 테이블 맞은편 공간을 가리키며 말했다. 「나한테 몇 푼 쥐여 주면서 거기 있는 거 아무한테도 말하지 말라고 했지.」 그가 말했다. 「하지만 아무래도 당신이 집으로 데려가야 할 것 같아서.」

「감사합니다. 정말 감사합니다.」 내가 그에게 돈을 주려고 지갑을 꺼냈지만, 그는 손을 내저었다.「안 받아요. 아무튼 고마워요.」

그는 쓰레기통을 뒤에 끌고 천천히 걸어갔다.

문제의 벽화는 찬란한 석양을 배경으로 노스우즈 풍경의 실루엣을 담고 있었다. 물론 거기, 사라져 가는 태양을 향해 높이 날아오른 독수리의 실루엣 아래 가죽 소파에 아버지가 누워 있었다.

「아버지.」내가 아버지를 흔들어 깨우기 위해 손을 뻗으며 말했다.「아버지. 일어나셔야 해요. 아버지. 아버지…….」

「나 안 잔다.」아버지가 으르렁거렸다. 내가 찾아온 것에 특별히 놀란 것 같지도 않았다.

「그럼 뭐 하시는 거예요?」

아버지의 눈꺼풀이 천천히 올라가면서 심술궂고 의심에 찬 눈빛이 드러났다.「**생각?**」아버지는 분명 취해 있었다.

「그건 호텔에 돌아가서 해도 돼요.」

「나한테, 이래라저래라 하지 마.」

「내일 재판에 나가야 하잖아요.」

「내가 말했지. **나한테** 이래라저래라 하지 말라고! 네가 내 부모냐?」저쪽에서 포커를 하고 있던 여자가 카드에서 시선을 들어 우리를 보았다. 나는 소파 팔걸이에 앉아 소리를 낮췄다.

「아버지. 지금 뭘 하고 계시는 건지는 모르겠지만, 내일 아침 8시 반에 법정에 가셔야 해요. 지금 라크로스로 돌아가면 안 될까요?」

「그러지 않는다면?」

「**않는다면?** 아버진 오늘 법정에서 숙취에 시달렸어요. 보기 좋은 모습이 아니었죠. 계속 그런 식이면 재판에서 질 거예요.」

「알 게 뭐야?」

「마음에 없는 소리 마세요.」

「그 퀘이커 새끼, 당해도 싸지.」

「누구요?」

「**퀘에이커 오츠**…….」 아버지가 소리쳤다. 그러더니 화가 치미는지 일어나 앉았다.

「아버지. 전 그게 누군지 모르겠어요.」

「그때 내가 왜 불안했는지 알아?」 아버지가 뜬금없이 물었다. 나는 아버지가 무슨 말을 하고 있는 건지 도통 알 수가 없어서 무슨 소린지 모르겠다고 말했다. 「크리스틴의 어머니. 이름이 뭐였지?」

「코린요.」

「맞아. 코린. 그 여자가 그랬잖아, 그 사람들이 나를 찾아왔을 때 내가 불안해 보였다고. 그 말이 맞아. **난 불안했어**. 파월 개자식이 그 사람들을 만나기 전에 변호사랑 상담하라고 했거든. 변호사가 나한테 아무 말도 하지 말라고 경고했어. 법적 책임 때문에.」

「파월이 누군데요?」

「톰 파월. **제일 윗대가리.**」 아버지가 조롱하듯 말했다. 「우린 그 자식을 퀘이커 오츠라고 부른다. 그 상자[35]에 있는 사람

---

35 퀘이커 오츠 시리얼 상자에 있는 전통적인 퀘이커교도의 모습을 한 모델을 가리킨다.

처럼 생겼거든. 사악한 쌍둥이 같지.」나는 웃음을 터뜨렸다. 아버지도 씩 웃었다. 잠시 후 아버지가 조용히 말했다. 「나를 평가하지 마라.」

「무엇에 대해서요?」

이번엔 그리 조용하지 않게 말했다. 「내가 말했다. 나를. 평가하지. 말라고. **무엇에 대해서든.**」

「안 해요.」

「하고 있어.」

「전 그저 아버지를 도와드리려는 것뿐이에요. 아버지를 사랑하고, 걱정하고 있어요. 그게 다예요. 사랑.」나는 그 말을 하면서 아버지의 눈에서 무언가 사라지는 걸 보았다. 이제 아버지는 순수하고 무력한, 그리고 희망 어린 눈빛으로 나를 보고 있었다.

「알았다.」아버지가 말했다. 「커피 좀 갖다 다오. 그다음에 가자.」

나는 몸을 숙여 아버지 얼굴을 만지며 이마에 키스했다. 「금방 올게요.」내가 말했다.

**

그날 밤, 나는 아버지 방에서 잤다. 아침 7시 전에 아버지가 일어나서 화장실에서 커피 내리는 소리가 들렸다. 나는 커피 머신 소리에 잠이 완전히 깼다. 블라인드가 걷혀서 방에 아침 햇살이 가득했다. 아버지가 화장실에서 머그잔 두 개를 들고 나왔다. 나는 아버지의 상쾌한 모습을 보고 놀라지 않을 수 없었다. 「커피 맛이 썩 좋진 않아.」아버지가 내게 잔 하나를 내밀며 말했다. 「어젯밤 일은 미안하구나.」아버지가 잠시 후 덧붙였다.

「아버지, 우리 끝까지 노력해요. 포기하지 말고.」아버지가 고개를 끄덕였다. 「술탄에게 전화해서 다음 주에 여기 와서 지낼 수 있는지 물어볼까 생각 중이에요.」술탄은 아버지의 가장 오래된 친구 중 하나로, 라티프 아완처럼 1960년대 후반에 미국으로 온 의대 동창생이었다. 그는 2010년에 아내가 세상을 떠나자 의사 일을 접고 아내와 함께 정착해서 살던 오마하에 식당을 차렸다. 그는 아버지와 거의 매일 통화했다.

「술탄 필요 없다.」아버지가 퉁명스럽게 말했다.

「전 월요일에 뉴욕에 가야 해요. 목요일에 돌아올 건데 술탄이 그때까지 여기 있어 줄 수 있다면 아버지에게 의지가 될 거예요.」

「난 괜찮을 거야.」

「아버진 도움이 필요해요. 제가 아버지 처지라면 저도 그랬을 거예요. 그게 이치에 맞아요.」

아버지가 얼굴을 찌푸리며 입에서 커피잔을 뗐다. 「넌 왜 항상 그런 식으로 말하는 거니?」

「어떤 식으로요?」

「이치에 맞아요.」

「그건 그냥 ─ 아버지에게 도움이 필요하다는 게 말이 된다는 뜻이었어요. 누구라도 그럴 테니까. 그게 정상이니까.」

「그럼 그냥 **그렇게** 말하면 되지.」

「그렇게 말했잖아요.」

「쉬운 게 좋은 거다. 너도 언젠가 깨닫게 될 거야.」

아버지는 시선을 돌리고 커피를 마셨다. 「넌 내가 좋은 아버지였다고 생각하니?」

「뭐라고요?」

「내가 좋은 아버지였다고 생각하느냐고 물었다.」

「갑자기 그건 왜요?」

「그냥 묻는 거야. 알고 싶어서.」

「그야…… 그렇죠.」

「네 친구들한테 그렇게 말하니? 나에 대해 이야기할 때? 내가 좋은 아버지였다고?」

「제 친구요?」

「네 친구―아니면 나에 대한 글을 쓸 때.」

「전 아버지에 대한 글을 쓴 적이 없어요.」

「아직은. 그래, 어떠니? 나에 대해 좋게 말하니?」

「그야, 물론이죠.」

「물론이라고?」

「대개는요. 무엇에 대해서든 항상 좋은 말만 할 수는 없잖아요. 뭘 걱정하시는 거예요?」

「걱정은 무슨. 그냥 네 생각을 알고 싶어서. 나에 대한. 아버지로서의.」 아버지의 솔직함은 내 마음을 누그러뜨렸다. 「적어도 **괜찮기는** 했니?」

「그 이상이었죠. 전 아버지가 달랐으면 좋겠다는 생각 같은 거 없어요.」

「**그래도**…….」

「가끔 아버지가 더 행복하게 살 수도 있었다는 생각은 해요.」

「난 괜찮아.」

「아버지와 어머니요.」

「우리가 뭐? 우린 괜찮았어. 넌 우리에 대해 다 알진 못해.」

「그냥 그렇다는 거예요.」

「뭐? 뭐가 그렇다는 거야?」

「아버지. 아버지가 물었잖아요. 그래서 말한 건데 —」

「무슨 말? 내가 행복하지 않았다고? 누구는 **행복해**?」

「왜 화를 내세요?」

「화 안 내.」

「화나신 것 같은데요.」

「아니라니까.」

「제 말은 아버지가 스스로 더 행복해질 수도 있지 않았을까 하는 거예요. 그럼 어머니와도…… 더 사이좋게 지낼 수 있었을 거고. 그럼 좋지 않았을까, 뭐 그런 말이에요.」

「정신과 의사 납셨네.」 아버지가 일어서면서 비꼬아 말했다. 아버지는 화장실로 들어가서 샤워기 물을 틀었다. 그러더니 다시 문간에 나타났다. 아버지가 뭐라고 말했지만 물소리 때문에 무슨 소린지 알아들을 수가 없었다.

「안 들려요, 아버지.」

아버지가 등 뒤 화장실 문을 닫고 다시 말했다. 「너도 아는지 모르겠다만, 파키스탄에 네 땅이 있어.」

「네…….」

「너도 알고 있었으면 해서 말해 주는 거다. 인도와 분리된 후에, 나라에서 우리 할아버지에게 1백 에이커[36]를 줬어.」

「젤룸에 있는 거요. 예, 저도 알아요.」

「아니, 그건 집이지. 2에이커[37]쯤 되는.」 아버지가 무시하듯 말했다. 「내가 말하는 건 바하왈푸르에 있는 〈1백〉 에이커야. 아름다운 땅이지. 망고나무 숲이 있는.」

「알겠어요.」

「할아버지가 돌아가시면서 그 땅을 세 아들에게 나눠 주셨지. 그 세 아들 중 하나가 네 할아버지시고. **그분이** 돌아가실 때 내가 16에이커, 누이들이 16에이커를 받았지.」

「왜 그런 말을 해주시는 거죠?」

「넌 파키스탄에 있는 네 땅에 관심이 없다는 거니?」

「제 땅이 아니잖아요.」

「아직은 아니지.」

「아버지가 그러시니까 겁나잖아요.」

「왜?」

「고향에 땅이 있다느니. 좋은 아버지였냐느니. 저한테 말씀 안 하고 숨기는 거 있어요?」

「바하왈푸르에 네 땅이 있다고 말해 주고 있잖아.」

「16에이커. 망고 숲. 알아요.」

아버지는 대답 대신 끙 소리를 내고 문손잡이를 잡은 채 잠

36 약 40만 제곱미터.
37 약 8천 제곱미터.

439

시 더 그 자리에 머물러 있었다.

「더 해줄 말 있어요?」 내가 물었다. 아버지는 고개를 젓고
안으로 사라졌다.

5

아버지는 그 주의 남은 기간에 나무랄 데 없는 모습을 보였
고, 재판도 전례에 따라 진행되었다. 목요일에 전문가 세 명
이 증언대에 섰는데, 둘은 크리스틴과 코린에게 약을 끊도록
유도한 아버지의 의학적 타당성을 입증했고, 나머지 하나는
그 반대편에 섰지만 설득력 있는 주장을 내놓진 못했다. 재판
이 진행되면서 나는 배심원단의 실망을 감지할 수 있었다. 그
들은 이미 아버지에 대해 편견을 갖게 된 상태에서 그 편견에
분명하게 대립하는 증언을 들었던 것이다. 금요일 오전, 해
나의 예언대로 칩 슬로터가 오늘은 증인을 한 명만 부를 계획
이라고 선언하면서, 12시 직후에 그 지역 모스크에서 금요일
오후 기도가 예정되어 있는데 자기 때문에 피고가 〈이슬람
예배〉에 빠지는 건 원하지 않기 때문이라고 설명했다. 그 발
언에 이의 제기와 우려가 잇따랐고 결국 양측 변호인이 판사
실에 모여 따로 회의를 가졌다. 하지만 그들이 돌아왔을 때
판사는 피고의 종교관이 본 사건과 무관하다는 짤막한 연설
로 사태를 무마했고, 그 조정은 오히려 슬로터의 목적에 부합
한 듯했다.

목요일과 금요일 모두, 크고 붉은 얼굴과 철회색 머리카락

이 턱까지 오는 남자가 법정을 들락거렸다. 톰 파월이었다. 나에겐 퀘이커 오츠 모델보다는 헌법 제정 회의의 불량한 마스코트를 연상시켰으나, 아버지가 〈사악한 쌍둥이〉를 들먹거린 건 확실히 일리가 있었다. 법정의 약한 조명 아래서 그의 넓적하고 앙상한 얼굴의 자줏빛 반점들이 곰보 자국처럼 보였다. 아버지가 나중에 내게 설명해 주기를, 파월은 코린 홀랜더의 증언 내용에 대해 알게 된 후부터 초(超)경계 태세에 들어갔다고 했다. 그는 또다시 의료 과실로 패소할 위험을 감수하느니 그 시점에서라도 — 비용이 엄청나겠지만 — 포기하고 합의를 보는 게 나은 건 아닌지 판단하기 위해 매디슨에서 차를 몰고 달려온 것이었다. 하지만 그의 태도와 재판 내내 해나와 주고받는 긍정적이고 격려 어린 눈빛으로 보아 그는 계속 싸우고 싶어 하는 게 분명했다.

금요일 휴정 후, 아버지도 나도 슬로터가 제공해 준 무슬림으로서 기도를 올릴 기회를 활용하지 않았다. 점심을 먹은 후 프런트 데스크에서 체크아웃을 할 때 아버지가 내게 자신의 호텔 비용까지 계산해 줄 수 있는지 물었다. 브린이 컴퓨터 앞을 비운 틈을 타서 아버지가 설명하기를, 아멕스 카드가 한 달 연체되었다고 했다. 카드 결제 승인이 거절당하는 위험을 무릅쓰고 싶지 않다는 것이었다. 나는 걱정할 일이라는 생각이 들지 않았고, 아버지의 것까지 지불해 주겠다고 말했다.

엘름브룩으로 돌아가는 길에는 내가 들르고 싶은 도서관들이 있는 원워과 스프링그린이라는 마을에 들렀다. 매디슨에 자리한 주지사 관저와 의회를 장악한 공화당은 위스콘신주의 지적 인프라를 10년 넘게 지속적으로 파괴해 오고 있었다. 학교에 대한 재정 지원은 축소되고, 역사학, 철학, 문학, 음악, 사회학 관련 학과는 사라져 가고 있었다. 도서관들은 해마다 새 책을 들여오고 프로그램을 진행할 예산이 줄어드는 걸 지켜보아야 했다. 나는 특히 도서관들의 딱한 사정에 마음이 쓰여서 미력이나마 도움을 주어야겠다고 결심했다. 내가 지방을 돌아다닐 때 지자체에서 운영하는 도서관을 찾아가 기부를 하겠다는 생각을 하게 된 정확한 경위에 대해서는 굳이 여기서 이야기할 필요가 있을지 모르겠다. 리아즈 덕에 부자가 되고 몇 개월이 지나서 그 일이 시작되었다는 사실만 밝혀도 충분할 것 같다. 도서관에서는 5백 달러면 7월 이후에 출간되는 최고의 소설들을 구입하는 걸 포기하지 않아도 되고, 1천 달러만 있으면 독서 모임을 한 해 더 운영할 수 있었다. 내가 다른 지역을 찾아가는 건 주로 대학에서 강연을 하거나 내 작품이 작은 무대에 오르는 걸 도와주기 위해서였는데, 대개의 경우 그 지역에 대해 거의 알지 못했다. 하지만 원웍과 스프링그린은 달랐다. 원웍은 내 개인적인 의견으로는 셔우드 앤더슨 이후 미국의 시골 생활에 대한 가장 훌륭한 소설들을 써낸 작가 데이비드 로즈의 고향이며, 스프링그린은 전에도 대여섯 번 가본 적이 있었다. 스프링그린은 뜻밖에도 미국 최고의 야외 고전 극단 가운데 하나를 보유하고 있었다. 이 마을들은 인구가 각각 816명, 1,637명밖에 안 되었지만 나의 고향 위스콘신주의 문화생활에 지대한 공헌을 하고 있었다.

원웍까지는 한 시간 이상이 걸렸고, 주간 고속 도로를 달리다가 드리프틀리스 에어리어[38] 심장부를 관통하는 시골길로 들어섰다. 마지막 빙하기에 땅을 휩쓸어 평평하게 만든 빙하를 피한 덕에 드리프틀리스 에어리어라는 이름을 갖게 된 이 지역은 기복이 심하고 하천이 많았다. 아버지가 내게 운전을 맡기고 길 안내를 자청했다. 우리는 아버지의 휴대 전화가 안내하는 대로 구불구불 이어진 좁은 도로를 따라 콩, 알팔파, 옥수숫대, 진흙이 있는 들판을 지났다. 물이 가득한 개울이 흐르고 배배 꼬인 외로운 나무 한 그루가 수 에이커에 이르는 텅 빈 구릉지의 파수꾼처럼 서 있는 — 초기 네덜란드 풍경화를 방불케 하는 — 경사진 초원에서 소들이 비틀거리며 걸어갔다. 지대가 모종의 효과를 노리고 형성된 듯 절벽과 산등성이에서는 하늘이 더 높고 푸르게 보였고 생생한 물결 모양 구름이 가득했다. 이곳에는 장엄함이 깃들어 있었고, 해나가 저녁 식사 자리에서 이야기한 쓰러져 가는 헛간과 방치된 집의 끝없는 행렬조차 자연스러운 위엄을 지니고 있었다.

아버지는 풍경에 별 관심을 기울이지 않았다. 차를 타고 가는 동안 주로 릴라이언트와 톰 파월 이야기만 하다가 아버지 손에 든 내비게이션이 도착 시간을 10분 앞당길 수 있다고 약속한 비탈진 흙길로 접어들자 아버지는 파월과 관련된 나로선 선뜻 믿기 어려운 폭로를 시작했다. 수년간 아버지에게 과다 청구, 허위 약물 실험, 공격적 진단, 불필요한 처치

38 Driftless Area. 빙하기에 빙하에 둘러싸였으나 빙하에 뒤덮인 적은 없는 지역.

같은 비윤리적 의료 행위 사례를 많이 들어 온 나였지만 그 이야기는 몹시 충격적이었다.

파월은 릴라이언트에 들어오기 전에 주 경계선 바로 너머에 있는 유사한 의료 기업 카이로 헬스에서 일했다. 1990년대 초, 카이로는 아버지의 병원과 다르지 않은 심장 클리닉을 인수했는데, 렉스 두마차스라는 의사가 경영하는 병원이었다. 키 큰 금발 멋쟁이 두마차스는 빅 텐[39]에 속하는 대학에서 야구 선수로 활약했고, 의대에 진학하여 중재 심장학 전문의가 되었다. 두마차스는 일에 임할 때도 운동선수처럼 경쟁심에 이끌리고 신체적 욕구에 열중했으며, 그런 태도가 수술 성과에도 반영되었다. 어떤 때는 한 주에 80명이 넘는 환자들이 그의 수술실에서 동맥을 넓히고 스텐트를 삽입하는 수술을 받았는데, 아버지는 전례 없는 숫자라고 설명했다.

두마차스는 그런 엄청난 속도로 20년 동안 일했고, 그의 병원이 카이로에 매각될 때쯤 그의 손 기술은 그 지역의 전설이 되어 있었다. 하지만 어두운 비밀에 대한 수군거림도 있었다. 아버지는 여러 해 전부터 두마차스가 환자의 몸을 열고 청구서를 보내는 일에 지나치게 열성적이라는 소문을 들어 왔다고 했다. 어떤 이들은 두마차스를 탐욕스럽다고 했다. 닥터 두마차스가 제안하는 수술이 진짜로 필요한지 미심쩍어서 찾아온 환자들에게 다른 의견을 낸 적이 많은 아버지 역시 그렇게 생각했다.

사실 그건 탐욕만으론 설명할 수 없는 일이었다.

39 미국 중부의 10개 명문 주립 대학.

두마차스는 15년 동안 환자들에게 불필요한 수술만 한 게 아니라 그 불필요한 수술을 이용해 손상까지 입혔다. 그는 환자들의 관상 동맥에 들어가서 카테터로 건강한 동맥 내벽에 고의로 찰과상을 입혔다. 상처 난 부위에는 지속적으로 혈액 찌꺼기가 쌓여 결국 심장 질환으로 발전하게 되고, 향후 10년간 청구 가능한 후속 처치로 환자당 최소 50만 달러를 벌어들일 수 있었다. 물론 그건 범죄 행위였지만 그의 병원이 카이로에 인수될 때까지 수면 위로 드러나지 않았다. 사실 카이로는 그런 범죄 행위로 발생한 막대한 현금 흐름을 보고 그의 병원을 사들인 것이었지만 그 내막은 전혀 모르고 있었는데, 두마차스와 내연 관계였던 수술실 간호사가 그와 헤어지면서 진실을 폭로했다. 그의 공범 노릇을 하다가 결국 버림받은 내연녀가 복수심에 불타서 카이로 회사 관리자들에게 알린 것이다. 환자 기록에 대한 내부 조사가 이루어졌고 2천 5백 명이 넘는 환자의 동일한 관상 동맥의 동일한 부위에서 심장 질환이 재발한 것으로 밝혀졌다. 통계적으로 도저히 불가능한 일이었다.

이제부터 톰 파월이 등장한다. 두마차스의 환자들은 이제 카이로의 고객이었기에 카이로의 문제가 되었다. 카이로는 상장 회사였기에 그런 변명의 여지조차 없는 희대의 사기극이 만천하에 드러나면 주가가 박살 날 것이고 설령 용케 그 위기를 넘긴다 해도 천문학적인 합의금을 부담해야 할 터였다. 그래서 카이로에겐 두마차스의 범죄 행위가 밖으로 새어나가지 못하도록 막는 게 그 무엇보다 중요한 일이었다.

파월은 세무 변호사로 일하다가 소송 분야로 진출한 다음 MBA를 거쳐 경영계에 입성한 기업 제너럴리스트[40]였다. 그는 카이로에서 위기관리 업무를 맡기 전에 테네시에 위치한 케이블 회사의 운영과 물류를 관리했고, 미국 내 여러 주에 사업장을 둔 식품 업체가 파산 위기를 헤쳐 나가는 데 도움을 주기도 했다. 카이로에서 파월은 위기관리 전략에 따라 의사들을 포함한 조직 내 모든 직급을 대상으로 하나 혹은 두 명을 찍어서 갑작스러운 해고 통보를 보냈다. 그건 공포의 씨앗을 뿌리고 순종을 유도하기 위한 위협사격이었다. 한편, 렉스 두마차스에게는 영원히 업계를 떠난다는 조건하에 두둑한 퇴직금을 챙겨 주겠다고 조용히 제안했다(카이로에서는 두마차스가 다른 데 가서 똑같은 사기극을 벌이다가 결국 발각되고 자신들까지 꼬리가 잡히는 건 절대 원하지 않았던 것이다). 또 한 가지 조건이 있었는데, 두마차스에게 그의 범죄 행위에 대해 알고 있을 만한 사람들 명단을 제출하게 한 것이었다. 그 명단에 있는 사람들은 해고당하지 **않았을** 뿐만 아니라 모두 계약이 연장되면서 특별 보너스를 받았다. 물론 그 전에 철통같은 기밀 유지 합의서에 서명해야 했지만 말이다. 간단히 말해 두마차스는 애리조나에서 일찌감치 은퇴했고, 그가 환자들에게 저지른 짓에 대해 아는 사람들은 침묵의 대가를 챙겼다. 그렇게 위기는 관리되었고, 주가는 계속해서 올라갔으며, 파월은 승진했다. 이 모든 일이 있고 얼마 안 되어 릴라이언트 헬스에서 파월을 영입했고, 파월의 활약 덕에

40 다양한 분야의 지식과 경험을 가진 인재로 스페셜리스트의 반대 개념.

릴라이언트는 거대한 조직으로 성장하여 아버지의 병원을 사들이고 결국 상장까지 했다.

아버지에게 두마차스 사건에 대해 귀띔해 준 사람은 릴라이언트에 몸담고 있는 파월의 적이었다. 그는 파월의 동료 관리자로 자신의 자리가 위태로워질까 봐 걱정하고 있었다. 달리 무슨 이유로 그랬겠는가! 당시만 해도 아버지와 파월 사이엔 적대감이 없었고, 그 관리자는 의사들 사이에서 자신의 입지를 다지기 위한 노력의 일환으로 그런 고자질을 한 것이었다. 아버지는 그의 이야기에 귀 기울이며 공감해 주었는데, 처음엔 병원이 릴라이언트에 인수되는 걸 앞장서서 옹호했던 아버지는 얼마 지나지 않아 마음이 바뀌었던 것이다. 파월은 카이로에서 위기를 다루던 방식으로 회사를 이끌어 갔다. 주가 상승과 책임 제한이라는 두 가지 기업 가치에만 무자비하게 초점을 맞췄다. 의료는 차후 문제에 가까웠다. 물론 아버지는 의사로서 평생 기업과 비의료인 교육을 받은 관리자들을 상대해 왔지만 파월 일당은 달랐다. 아버지는 새로운 유형의 사람들이 업계에 들어오는 걸 목격했다. 의사 결정자의 자리에 오른 사내 변호사, MBA로 품격을 높인 회계 담당자, 회의에 들어와서 직원들에게 회사가 고정 자산에 대한 감가상각비를 통해 과도한 세금을 피하도록 도와줄 방법에 대해 조언하는 상주 재무 담당자들. 이들은 기업 광신자 — 아버지가 만들어 낸 말로는 〈데이터 광신도〉 — 였다. 아버지는 스프레드시트에 집착하는 그들이 의사에겐 환자가 그런 헌신의 대상임을 이해할 법도 한데 마치 환자를 사무용품 비용처럼 스프레드시트의 한 항목으로 여긴다고 생각했다. 〈양질의 의료 서비스〉는, 회사 이름과 마찬가지로, 햇살 가득한 식탁에서 미소 짓는 다문화, 다세대 가족이 등장하는 빌보드와 브로슈어 광고에 박힌 문구에 지나지 않았다.

아버지가 파월과 기업형 의료에 대해 불평하는 걸 수년간 들어 온 나는 이미 오래전에 아버지의 문제들이 대부분 자존심 탓이리란 불손한 결론을 내린 상태였다. 어쨌든 아버지는 기업에 인수되기 전에는 병원의 대표였는데 이제 그저 일개 종업원으로 전락한 것이다. 그 대신 돈을 벌지 않았는가? 도대체 뭘 기대하는 건가? 하지만 원윅으로 가는 길에 파월에 대한 이야기를 듣자 다른 그림이, 더 큰 그림이 보이기 시작했다. 그 그림은 아버지에게 더 관대한 조명을 비추었고 아버지가 라크로스 법정에서 겪고 있는 역경에 새로운 의미를 부여하기 시작했다. 도처에서 환자들의 불만이 높아져만 가는 건, 아버지 생각으로는, 자신 같은 의사들이 파월 같은 관리자 — 회사가 소송에 휘말리지만 않는다면 환자들이야 살든 죽든 신경도 안 쓰는 — 에게 자율권을 양보했기 때문이었다.

우리 차가 흙길에서 벗어나 마을로 들어가는 좁은 아스팔트 샛길로 접어들었을 때 나는 아버지에게 왜 두마차스의 비리와 파월의 은폐를 공개하지 않았는지 물었다. 「그건 협상 카드였으니까.」 아버지의 대답에는 방어적인 기색이 역력했다. 「난 우리 의사들에게 더 유리한 상황을 만들고 싶었어. 우리의 일을 할 수 있도록.」

「하지만 그 환자들은요?」

「끔찍한 일이지.」

「그 사람들은 아직까지 자기가 무슨 일을 당했는지 알지도 못할 거 아녜요.」

「어떻게 알겠어?」

「환자들이 그걸 알 자격이 있다는 생각은 안 해보셨어요?」

「넌 **내가** 그들에게 말했어야 했다고 생각하니? 어떻게?」

「모르겠어요. 언론에 알리는 거죠. 당국이나. 누구에게든.」

「무슨 증거로? 환자 기록은 개인 정보야. 모두가 기밀 유지에 서명했고.」

「그런 걸 우회하는 방법도 있잖아요. 소환이나 소송 같은. 내부 고발도 있고.」

「소환? 누가?」

「그야 저도 모르죠. 대배심이 될 수도 있고.」

아버지가 노골적인 혐오감을 드러내며 나를 노려봤다. 「내가 **그런** 문제를 일으키기 시작하면? 파월은 나를 **매장시킬 거**다. 매장. 그런다고 누구한테 이득이 되겠어?」

「그건 그렇지만 그래도 ——」

「**그래도** 뭐?」

「다들 입을 다물어 버리면 그들이 계속 그런 짓을 할 수 있을 거 아녜요.」

「너 어린애냐?」

「무슨 뜻으로 그런 말씀을 ——」

「넌 내가 그런 고민 안 해본 줄 알아?」

449

「그런 말이 아니에요.」

「나도 고민**했어**. 다 **생각해 봤다고**. 그런 다음에 최선이라고 생각한 일을 한 거야.」

「그게 뭔데요?」

「말했잖아. 협상 카드였다고. 우리에게 필요한 것을 얻어 내기 위한. 일을 더 잘하기 위한.」

「그렇게 했어요?」

「뭘?」

「협상 카드로 썼어요?」

아버지는 휴대 전화를 내려다보았다. 「다음에 좌회전. 거기가 중심가야. 도서관은 더 위쪽에 있고.」 주위의 활엽수 숲과 질펀한 땅이 야구장에 자리를 내주었고, 그 너머로는 공원의 나머지 부분이 펼쳐져 있었다. 이제 줄지어 늘어선 벽돌 건물들이 보였는데 마을 중심지임이 분명했다. 나는 교차로를 향해 서행하다가 코트와 파자마 차림으로 유아차를 밀고 보행로를 건너는 두 젊은 엄마를 위해 차를 세웠다. 「톰도 알고 있었어.」 이윽고 아버지가 대답했다. 「내가 안다는 걸 그도 알고 있었어. 그게 협상 카드가 된 거지. 그래서 난 의사와 간호사 들을 위해 다른 방법으론 얻어 낼 수 없는 것들을 얻어 냈어. 환자들을 위해 얻어 낸 것도 있고.」

「여기서 좌회전, 맞죠?」

「응.」 아버지가 대답했다. 그러고는 이야기를 이어 갔다. 「그런 이유로 그는 나와 절대 친해질 수 없게 된 거지. 뭐, 나도 친해지고 싶은 생각은 없었고. 과거에도 그랬고 지금도 마

찬가지야. 하지만 그것과 해고되는 건 종이 한 장 차이지.」아
버지는 생각에 잠겨 말을 끊었다.

「왜요?」내가 물었다.

「아니, 아니다 — 아무것도 아냐.」

「뭔데요?」

「네가 노상 **끄적거리는 거** 안다.」

「예? 아버지, 전 작가잖아요.」

「흠, 다음부터는 화장실 갈 때도 공책을 갖고 들어가는 게
좋겠구나.」

「제가 언제 점심 먹을 때 공책을 꺼내 놓았나요?」

「넌 전부 다 기록하지, 안 그래?」

「제 공책 보셨어요?」

「— 전부 다. 자세한 내용까지. 질리지도 않니?」

「그게 제 일이니까요. 나중에 필요할 수도 있으니 자세한
것까지 기록해 둬야 해요. 많은 노동이 필요하죠.」

「아무튼 난 그저 네가 공정하기를 바랄 뿐이다. 나를 **똥멍
청이**로 보이게 만들진 말았으면 좋겠다.」

내 기억으론 아버진 내가 자신에 대해 어떻게 쓸지에 대한
우려를 나타낸 적이 없었는데 이틀 동안 두 번이나 그런 말을
하고 있었다.

「만일 제가 이 재판에 대해 쓴다면⋯⋯.」

「넌 쓸 거야.」

「⋯⋯**만일** 쓴다면, **아버지**에 대해 쓰진 않을 거예요. 아버
지 **같은** 의사에 대해 쓸 거예요.」

451

「그래도 다들 그게 **나라고** 생각하겠지.」

「……그리고 그 의사는 절대 똥멍청이가 **아닐** 거고요.」

나는 웃음을 터뜨렸지만 아버진 웃지 않았다. 「그래, 저기, 왼쪽. 노란 건물.」 아버지가 휴대 전화를 위로 들어 올리며 말했다. 아버지는 땅딸막하고 네모진 겨자색 건물을 가리켰는데, 앞문 위에 붙은 간판이 그 건물의 용도를 나타냈다. **공공 도서관**.

「주차장이 안 보이네요.」 내가 말했다.

「아마 뒤쪽에 있을 거다. 저 퀵마트 주차장을 이용하자.」 아버지가 도서관에 인접한 주유소 편의점을 가리키며 말했다. 「저기 가서 몇 가지 사 올 테니.」 나는 속도를 줄인 후 신호를 넣고 주차장으로 들어갔다. 내가 주차 각도에 특별히 신경 쓰지 않은 건 그럴 필요가 없었기 때문이었다.

아버지가 차 문을 열며 물었다. 「뭐 필요한 거 있어?」

「저도 같이 갈게요. 화장실 좀 써야 해서.」

편의점 계산대 뒤에 또 다른 뚱뚱한 젊은 여자가 있었는데, 휴대 전화를 들여다보고 있었다. 그곳의 냄새는 독하고 불쾌했다. 탄 커피 냄새, 세정용 표백제 냄새, 롤러 그릴에서 천천히 돌아가는 건조된 비엔나소시지 냄새. 아버지는 맥주가 진열된 냉장 코너로 향했다. 나는 통로들을 이리저리 누비며 뒤쪽 구석에 있는 화장실로 갔다. 화장실에서 나와 보니 아버지는 여섯 개들이 맥주 묶음을 옆구리에 끼고 감자칩 진열대를 들여다보고 있었다. 가게 안에 호리호리하고 말쑥한 남자가 들어와 있었는데, 마흔 살쯤 되어 보였고, 흰 금발을 짧게 깎아서 머리가 부드러운 털로 뒤덮인 느낌을 주었다. 그는 계산대 옆 신문 판매대에 서서 잡지를 손에 들고 있었지만 그걸 읽진 않고 아버지와 나를 쳐다보고 있었다. 나는 그가 말하는 걸 들었으나 누구에게 하는 말인지 알 수 없었다. 「법치주의는 개뿔. 법에는 다 이유가 있는 건데.」 내가 듣기엔 그렇게 말한 것 같았다.

「감자칩이나 뭐 살래?」 아버지가 내게 다정하게 물었다.

「괜찮아요. 차에 아직 물 있어요.」

아버지는 고개를 끄덕이고 계산대로 향했다.

우리가 다가가는 동안 그 금발 남자는 그 자리에 버티고 서 있었고, 아버지가 계산원 앞에 물건들을 내려놓는 동안 우리를 노려보았다.

「이게 다예요?」 계산원이 무관심하게 물었다.

「그래요.」 아버지가 대답했다.

「— 법에는 다 이유가 있는 거라고.」 금발 남자가 불쑥 내뱉었는데 우리에게 하는 말이 분명했다.

아버지가 어리둥절해하며 그를 건너다보았다. 「미안합니다. 줄 선 건가요?」

「미안합니다. 줄 선 건가요?」 그 남자가 조롱하듯 아버지 말을 흉내 냈다.

나는 아버지가 발끈하는 걸 보았다. 「선생님, 무슨 문제 있어요?」

「— 아버지.」

「난 모르겠네요, **선생님 — 문제가 있나?**」 남자가 히죽거리

453

며 쏘아붙였다. 그는 조그만 치아로 껌을 잘근잘근 씹고 있었다. 그의 입술 위 가느다란 선을 콧수염이라고 부르는 건 이치에 맞지 않을 듯했다.

「우린 문제를 일으키고 싶지 않아요.」 내가 앞으로 나서서 돈을 지불하며 말했다. 나는 20달러짜리 지폐 한 장을 계산대에 놓고 잔돈은 필요 없다는 의사 표시를 했다.

금발 남자가 요란하게 낄낄거렸다. 「문제를 일으키고 싶지 않다? 그럼 한 가지 묻겠는데, 저 밖에 있는 게 당신 차요?」

계산원이 지친 목소리로 끼어들었다. 「척, 이분들은 그냥 물건을 사러 온 거예요. 가만히 좀 있어 줄래요?」

「저 사람들이 이 나라에서 똑바로 운전하는 법을 배우면 가만히 있지.」

「무슨 나라? 응 ─?」 아버지가 쏘아붙였다. 「그게 무슨 나란데?」

「아버지. 그냥 가요 ─」 나는 한 손으로는 계산대 위 맥주를 집어 들고 다른 손으로는 아버지의 팔꿈치를 잡으며 말했다.

「씨발 이 나라 말이다, **원숭아**. 여긴 **동물원**이 아냐. 우린 규칙을 갖고 있어. 씨발, 법 말이야. 미합중국에서 차를 똑바로 주차하는 법을 배워.」

「원숭이? 원숭이?」 나는 그렇게 소리치는 아버지를 끌고 문으로 갔다.

밖에 나오니 내 잘못이 보였다. 솔직히 인정하건대, 함부로 주차를 해놔서 우리 차 앞부분이 옆 칸을 침범한 상태였다. 두 칸 너머에 포드 픽업트럭이 털털거리며 서 있었는데 앞좌석에 아무도 타고 있지 않았다. 전면 그릴에 금이 간 수사슴 두개골이 붙어 있었고 거기서 불규칙하게 가지 진 뿔이 뻗어 있었다. 우리 뒤에서 척이 밖으로 나오다가 내가 아버지에게 차에 타라고 채근하는 소리를 들었다.

「그래, 맞아, **아버지**. 차에 타세요. 원숭이는 하라는 대로 해요.」

아버지가 그를 향해 고개를 돌리고 소리쳤다. 「그 입 닥쳐!」

「아버지. 그만하세요. 얼른 타세요.」 나는 피가 거꾸로 솟았지만 아버지를 조수석으로 밀어 넣었다.

「빨리 벽을 세워서 저 씨발 유인원들을 차단해야지.」

「**씨발 유인원은 바로 너다!**」 아버지가 소리 질렀다. 언제나 그랬듯, 미국인의 가장 자연스러운 욕이 그의 입에서는 아주 부자연스럽게 발음되었다. 「**씨발** 무식쟁이! 일하기 싫어하고 다른 사람이 일하는 것도 싫어하지!」

「씨이……바……아……알 영어 조옴 제대로 배우지 ─」

「─ 우리 영어 잘해요.」 내가 그에게 쏘아붙였다.

「오, 좋아. 원숭이 아들도 입이 있군.」

「꺼져 버려.」 내가 운전석 문손잡이를 잡아당기며 말했다. 나는 그의 반응을 확인하려고 반사적으로 그를 흘끗 보았고 그제야 그의 몸통 한쪽을 따라 내려간 끈이 옆구리의 불룩한 가죽 총집에 연결되어 있는 걸 발견했다.

내가 총을 발견한 걸 본 그가 미소를 흘렸다. 「빨리 벽을 세워서 저 짐승들을 차단해야지.」 그때 내가 느낀 감정은 순간적인 것이었지만 도무지 잊을 수가 없다. 눈에 보이는 총, 본능적인 위협과 그로 인한 원초적 공포, 자신을 보호하고 싶은 근본적 충동, 그와 나 사이의 힘의 불균형 — 이 모든 것이 합쳐져 내가 일찍이 체험해 본 적이 없는 감정으로 불타올랐다. 나는 그를 죽이고 싶었다. 하지만 내가 무력하다는 즉각적인 인식에 따른 좌절감은 그로부터 2년 가까이 지난 지금까지도 나를 갉아먹고 있다.

아버지가 내 주의를 끌기 위해 이름을 부르고 있었다. 나는 마침내 아버지와 눈을 맞췄다. 「가자.」 아버지의 신중한 목소리에 불안이 가득했다.

척이 다시 벽 이야기를 시작했으나 나는 거의 듣지 않았다. 내가 시동을 걸자 그가 앞으로 나섰다. 내가 후진하는 동안 그의 손이 총으로 갔다. 그의 뒤 유리문 안쪽에서 계산원이 감자칩을 씹어 먹으며 지켜보고 있었다. 나는 기어를 주행으로 바꾸고 중심가로 달려가서 도서관을 그냥 지나쳐 마을을 빠져나갔다.

6

트럼프 재임 첫 해 대부분의 기간 동안 아버지와 나는 되도록 대통령과 관련된 화제를 피했다. 나는 그를 입에 올리지 않았고, 아버지도 우리가 그에게 성공할 기회를 주지 않는다고 불평하면서도 큰 확신은 없는 듯했다. 아버지가 트럼프 이야기를 하면 나는 반박하지 않았다. 2016년의 선거가 가져온 우리 사이의 불화를 쉽게 잊지 못했기 때문이었다. 나는 다시는 그런 일을 겪고 싶지 않았다.

내가 침묵을 지킨 데는 다른 이유도 있었다. 아버지의 마음이 바뀌는 게 느껴졌던 것이다.

5월 초에 『타임』지에 대통령이 백악관 만찬에서 손님들에겐 아이스크림을 한 덩어리씩만 주고 자신은 두 덩어리를 먹었다는 기사가 실렸다. 아버지는 그 기사를 읽은 날 트럼프가 FBI 국장 제임스 코미를 해고했다는 소식까지 접했고, 이 뜻밖의 두 사건은 아버지가 옛 지인이자 이제 자유세계 지도자가 된 인물에 대해 평소답지 않게 퉁명스럽고 짜증스러운 발언을 하도록 유발했다.

「왜 그렇게 옹졸하게 구는 거지?」 그날 밤 아버지는 나와 통화하면서 트럼프에 대해 그렇게 물었다.

8월 중순, 샬러츠빌에서 횃불을 든 백인 우월주의자들의 집회가 열리고 그들이 공격받은 지 사흘 후에 대통령이 그들에 대한 비난을 거부한 일이 아버지의 충성심에 영향을 미친 듯했다. 날마다 폭포수처럼 쏟아지는 대통령의 모욕과 거짓말, 어리석은 악감정, 끝없는 관심 끌기 ─ 이 모든 것이 더 이상 재미나지 않았다. 아버지는 전에는 이런 기능 장애를 존경할 만한 반항, 전사의 용기로 해석했었다. 하지만 트럼프가 샬러츠빌의 〈양측의 선량한 사람들〉을 옹호한 후로 아버지는 불신을 숨기지 못했다. 일주일 후 스티브 배넌[41]이 그 문제로 경질되자 아버지는 이렇게 말했다. 「잘한 일이야. 마침

41 트럼프 행정부의 백악관 수석 전략가.

내 이제부터 도널드가 일을 시작할 수 있겠군.」

하지만 9월, 주말을 맞이하여 본가에 간 나는 그날 앨라배마에서 대통령이 한 연설을 요약한 뉴스를 보게 되었는데, 트럼프가 흥분하여 날뛰며 환호하는 군중에게 〈크고 아름다운 벽〉을 세우겠다고 약속하고 있었다. 뉴스가 들리는 부엌에서 스테이크를 양념에 재우고 있던 아버지가 광고 시간에 이렇게 말했다.

「대통령이 벽 얘기는 그만했으면 좋겠다.」 나는 고개를 끄덕였지만, 아무 말도 하지 않았다. 아버지가 계속해서 말했다. 「아니, 벽이 무슨 소용이 있어? 벽은 사람들을 막을 수가 없어. 그 밑으로 땅굴을 파면 되거든. 우리가 어렸을 때 그렇게 했지.」

「아버지가 어렸을 때 벽 밑으로 땅굴을 팠다고요?」

「마을에서. 어머니가 나와 누이들을 방에 가두고 우리가 기도할 때까지 못 나오게 했거든. 내가 굴을 파서 우린 거기로 드나들었지. 어머닌 전혀 몰랐고…….」

「아버지, 제 생각엔 사람들이 못 들어오게 막으려고 그러는 게 아닌 것 같아요.」

「그럼 왜 그러는 건데?」

「집착할 걸 만들어 주는 거죠. 전형적 스토리텔링 방식이에요. 눈에 보이고 손에 잡히는 목표. 그게 바로 관객이 주인공을 응원하게 만들어 주는 것이죠.」

「손에 잡히는?」

「훌륭한 이야기는 모두 똑같은 형태를 갖고 있어요. 시작

부분에서 목표를 설정하죠. 목표는 손에 잡히는 것, 확실하고 구체적인 것일수록 좋아요. 중간 부분에서는 목표를 향한 투쟁이 펼쳐지죠. 마지막에서는 목표가 이루어지거나 결국 이루어지지 않고요. 저는 학생들을 가르칠 때 늘 이렇게 말해요. 중간 부분이 길수록 더 훌륭한 이야기가 나온다. 중간 부분에서는 아직 결과를 알지 못하죠. 그래서 사건의 추이에 가장 관심이 집중되고요. 아직 결과가 나오지 않은 상태에서 관객을 최대한 오래 목표 추구 과정에 참여시키는 것 — 그게 진정한 거장의 솜씨죠.」

「그럼 그가 벽을 원하지 않을 수도 있겠구나.」

「그렇다고 해도 놀라운 일은 아니죠. 아직 벽이 **없는** 상태에서는 적을 가질 수 있으니까요. 그가 벽을 세우는 걸 막는 사람들.」

「게임 같구나.」 아버지가 말했다.

「게임이라고요?」

「그러니까, 시합. 누가 이길지 모르는 시합이 제일 흥미진진하잖아.」

「그런 거죠.」

「어이가 없구나.」 아버지가 양념에 재운 스테이크를 향해 돌아가며 말했다.

하지만 마침내 아버지가 트럼프에 대한 마음이 바뀌었음을 인정한 건 원웍에서 집으로 돌아온 그 밤이었다. 아버지는 트럼프가 사반세기 전에 자신이 알던 그 사람이 아니라고 고백했다. 누구든 대통령 자리에 오르면 압박과 비난을 감수할 수밖에 없는데 트럼프는 그것에 대한 준비가 안 되어 있어서 마음이 비뚤어진 모양이라고 했다. 어쩌면 결국 그는 그 자리에 맞는 인물이 아니고 그로 인해 나라 전체가 고통받고 있는 것 같다고도 했다. 아버지는 퀵마트에서 사 온 마지막 남은 맥주병을 따서 조금 마신 후 침묵을 지켰다. 그러다 마침내 솔직하게 인정했다. 「트럼프를 뽑은 건 커다란 실수였어.」

***

나는 5년 동안, 어쩌면 그보다 오래 술탄을 만나지 못했다. 그동안 술탄은 신앙심이 깊어졌고 그것 때문에 아버지에게 꽤나 놀림을 당했다 — 아버지가 그와 통화하는 걸 들을 때마다 내가 짐작하기론 그랬다. 그들은 자주, 규칙적으로 통화를 했고, 나는 아버지의 끊임없는 조롱이 술탄에게 얼마나 짜증스러웠을지 그저 상상만 할 수 있었다. 술탄 역시 아버지에게 받은 만큼 돌려주는 것 같긴 했지만, 그래도 나는 술탄이 그걸 참고 견디는 이유가 궁금했다.

이튿날 — 토요일이었고, 내 생일이기도 했다 — 아버지와 나는 공항으로 차를 몰고 가서 술탄이 탄 비행기가 도착할 때까지 푸드 코트에서 기다렸다. 어느 시점에서 아버지가 전화할 데가 있다고 말하며 자리를 떴는데 내게 그런 격식을 갖추는 건 평소의 아버지답지도 않았고 굳이 그럴 필요도 없었다. 10분 후 아버지가 선물을 사 가지고 돌아오면서 모든 게 납득이 되었다. 선물은 그린베이 패커스 팀 티셔츠와 초콜릿크

460

루아상이었다. 「책도 한 권 사다 주려고 했는데 이제 네가 무슨 책을 읽는지 알 수가 있어야지.」

「티셔츠 아주 좋아요, 아버지.」

「이 티셔츠 없지, 그렇지?」

「없어요.」

「네가 초콜릿크루아상 좋아하는 건 내가 알지.」

「뭐, 아침 식사용으로 좋아하죠.」

「내일 먹으면 되지.」

「아침에 뭘 먹을지 하루 전에 알게 된 것도 좋은데요.」

아버지는 어깨를 으쓱했다. 「저기 나오네.」 아버지가 우리 위쪽에 길게 늘어선 텔레비전들을 올려다보며 말했다.

「비행기가 도착했어요?」

「난 **데이브**를 말한 거야 — 하지만 비행기가 방금 도착한 것 같구나.」 비행기의 도착과 출발을 알리는 파란 전광판 옆 텔레비전에서는 버뱅크 지역 낮 프로그램에서 게스트로 나온 데이비드 레터먼이 열심히 떠들어 대고 있었다. 「턱수염은 왜 기른 건지 정말 모르겠구나. 네 엄마가 저걸 못 봐서 다행이다.」

「맞아요. 저도 어머니가 저 턱수염에 찬성하지 않았을 거라고 확신해요.」

「네 엄만 저걸 **싫어했을** 거야.」 아버지는 쿡쿡 웃다가 의미심장한 침묵에 빠져들었다. 나는 아버지가 어머니를 떠올리고 있다는 걸 알 수 있었고 아버지의 눈에 어린 어머니의 모습이 보이는 것만 같았다. 아버지가 미소 지으며 말했다. 「네

461

엄마가 그의 의사에게 전화했을 때…….」

「누구 의사에게 전화했는데요?」

「레터먼. 네 엄마가 얘기 안 해줬어? 그가 5중 심장 혈관 우
회술 받았을 때? 모르긴 해도 아마 20년은 됐을 거다.」

「그가 우회술을 받은 건 기억이 나는 것 같은데 어머니가
거기 전화한 건 전혀…….」

「뉴욕 장로교 병원 중환자실에 무턱대고 전화를 걸었지.
그의 담당 내과 의사인 척하고. 나한테 만일 내가 타 지역에
있는 의사에게 환자의 최근 상태를 묻는 전화를 하게 된다면
어떻게 말할 건지 묻더구나.」

「지금 농담하시는 거죠?」

「**〈저는 닥터 악타르인데 레터먼 씨의 최근 상태에 대해 알아
보려고 전화했습니다.〉**」 아버지가 어머니 목소리를 흉내 내
어 말했다. 「네 엄마는 마음만 먹으면 아주 매력적인 여자가
될 수 있었지. 네 엄마는 신문에 난 레터먼을 수술한 의사 중
한 사람을 선택한 다음 그의 이름을 대면서 그와 직접 통화하
고 싶다고 했지.」

「그래서요?」

「**〈네, 물론이죠, 닥터 악타르. 그분께 즉시 전달하겠습니다.〉**
그쪽에서 아주 공손하게 대답했단다. 그리고 15분 후에 전화
벨이 울려. 그가 전화한 거지. 레터먼의 수술을 담당한 전문
의 중 하나. 그는 네 엄마에게 수술실에서 이루어진 처치에
대해 5분 동안 설명하지. 어디서 시작하고 어디서 끝났는지.
현재 그의 상태는 어떤지. 난 부엌 전화기로 엿듣고 있지. 웃

음을 참으려고 애쓰면서.」 아버지가 이제는 웃으면서 말했다.「정말로 엄마가 그 얘기 안 해줬어?」

나는 고개를 저었다.「데이비드 레터먼.」

「그리고 폴카 음악. 삶의 끝에서 네 엄마를 버틸 수 있게 해준 것들이지.」 아버지는 잠시 침묵했다. 아버지의 오른손이 심장으로 갔다. 아버지는 얼굴을 찡그리고 무심코 가슴을 문질렀다. 그러다 별안간 벌떡 일어났다.「수하물 찾는 곳으로 가야겠다. 그래야 술탄을 안 놓치지.」

아래층으로 내려가자 얼마 후 술탄이 연갈색 **살와르 카미즈**를 펄럭이며 게이트를 통과해서 나타났다. 어깨에는 숄을 두르고 머리에는 납작한 황백색 스컬캡을 쓰고 있었다.

아버지가 득달같이 펀자브어로 비웃었다.「저기 오네. 토르티야 쓰고.」

술탄은 이를 악물고 씩 웃었다.「아이고 재밌다, 아이고 재밌어.」 그는 내가 자라면서 만난 아버지 세대의 남아시아 출신 이민자만큼 악센트가 강하지는 않았다.

「나도 타코를 좋아한다네, **야르**[42]. 하지만 누가 그걸 머리에 쓰고 다녀?」

「아버지 ─」

「**뭐?**」

「그건 모욕이에요.」

술탄이 나를 말렸다.「이건 아무것도 아니다, **베타**. 난 이보다 더한 것에도 이미 익숙해.」 그가 아버지를 포옹했다.「나

42 펀자브어로 친구를 부르는 말.

도 만나서 무척 반갑네, 시칸데르.」 그다음엔 나를 끌어당겨 껴안았다. 「오늘이 네 생일이라며.」

「생일이야 누구나 있는 건데요, 뭐.」

「네게 줄 걸 가져왔어. 가방에 있으니 이따가 집에 가서…….」

술탄은 내가 마지막으로 보았을 때보다 체중이 36킬로그램 가까이 줄어 있었다. 나중에 들으니 위 축소술의 결과라고 했다. 턱 아래 목 살가죽이 늘어져 있었다. 나는 술탄을 볼 때마다 바다사자를 좀 닮았다는 생각이 들었다. 눈의 위치가 낮은 편이었고, 들창코와 납작한 윗입술이 돼지 주둥이처럼 돌출되어 있었다. 뺨이 홀쭉해져서 조붓해진 얼굴은 예전처럼 인자한 인상을 풍기지 않았다.

「아저씨, 아무것도 안 주셔도 되는데.」

「주고 싶었어.」

우리 뒤에서 컨베이어 벨트가 움직이고 활송 장치에서 가방들이 떨어졌다. 「자네 가방 어떤 거야?」 아버지가 물었다.

「갈색 더플백.」 술탄이 대답했다.

「그 유치한 루이비통은 아니겠지.」

「아니, 시칸데르. 그 유치한 루이비통 맞아.」 술탄이 나를 돌아보며 눈을 찡긋했다. 「난 그게 좋아.」 술탄이 아버지와 함께 수하물 컨베이어 벨트로 다가가며 아버지 등을 툭 쳤다. 나는 양옆에서 백인들의 놀라워하는 시선을 느꼈다. 내 왼쪽에서는 늙은 부부가, 오른쪽에서는 젊은 4인 가족이 검은 피부를 가진 우리가 즐거워하는 모습을 모욕적일 뿐만 아니라 도저히 있을 수 없는 일이라는 듯이 쳐다보고 있었다. 이게 어떻게 가능하지? 그들의 얼굴이 그렇게 말하는 듯했다. 우리처럼 생긴 사람들이 그들의 끊임없는 의심에 영원히 주눅 들지 않는 게 어떻게 가능한지 도무지 납득이 되지 않는 모양이었다.

아이들만 빼고 모두 시선을 돌릴 때까지 나도 그들 모두를 노려보았다.

술탄의 루이비통 더플백이 나오자 아버지가 집어 들었고, 우리는 차를 세워 둔 곳으로 나갔다. 집으로 가는 길에 술탄이 비행기에서 겪은 일화를 들려주었다. 처음에 그의 옆자리에 앉은 승객은 테리어종의 반려견을 동반한 늙은 여자였는데, 그녀가 그에게 혹시 〈무슬림〉인지 물어서 그가 그렇다고 대답하자 그에게 아무래도 개 때문에 좌석을 바꾸고 싶어 하실 것 같다고, 자리를 옮기게 만들어서 미안하다고 말했다. 술탄이 개 옆에 앉아도 괜찮으니 자신은 자리를 옮길 필요가 없다고 대답하자 그 여자는 깜짝 놀라면서 결국 **자신이** 자리를 옮겼다. 그 여자와 자리를 바꾼 남자 역시 백인에 나이가 많았는데, 그가 여자의 행동에 대해 술탄에게 대신 사과하며 우리의 〈우두머리 오랑우탄〉[43] 통치하에 나라가 불행한 방향으로 가고 있다고 한탄했다는 이야기를, 술탄은 재미있다는 듯 전했다. 그는 〈우두머리 오랑우탄〉이라는 말을 하면서 아버지의 반응을 살폈다. 아버지는 그 말을 어떻게 받아들였는지 몰라도 겉으로는 아무 내색도 하지 않았다.

우리가 집에 도착했을 때, 늦은 오후의 기도 시간이 되어 있었다. 술탄이 우리에게 기도용 깔개가 있는지 물었다. 없

43 트럼프의 별명.

465

으면 깨끗한 수건도 괜찮다고 했다. 나는 기도용 깔개를 찾기 위해 집을 뒤졌다. 부모님 방에 어머니의 빨간색과 검정색이 섞인 깔개 — 어머니가 신세계로 떠나기 전날 밤 자신의 부모님께 받은 — 가 아직 펼쳐져 있었다. 상단 왼쪽 귀퉁이가 접힌 것으로 보아 마지막으로 기도를 올리다가 중단되었고 다시 돌아가서 기도를 마칠 작정이었지만 뜻을 이루지 못한 듯했다. 아버지는 어머니가 세상을 떠난 후에도 그 깔개를 그대로 두었다. 우리 둘 다 2년 6개월이 지나도록 어머니의 물건을 정리하는 걸 피하고 있어서 어머니의 옷장에는 여전히 옷이 가득했다. 안방 욕실 화장대도 그대로였고, 심지어 어머니가 쓰던 유리잔까지 침대 옆 탁자에 그대로 놓여 있었다. 나는 상상 속 어머니의 혼령에게 사과의 말을 웅얼거린 후 기도용 깔개를 접어 아래층의 술탄에게 가져다주고 메카 방향을 알려 주었다. 나는 문간 복도에서 얼쩡거리며 술탄이 고개를 숙여 절한 후 엎드린 자세로 조용히 입술을 움직여 기도문을 외는 모습을 지켜보았다. 무시하기 어려운 평온함이 찾아왔다. 나는 무슬림 방식으로 기도를 올린 지 20년이나 되었다. 어쩌면 다시 기도를 시작할 때가 왔는지도 모른다는 생각이 들었다.

　부엌에 가보니 아버지가 칵테일 세트를 만지고 있었다. 아버지는 지거에 베르무트를 계량해서 따른 후 셰이커에 넣었다. 「뭐 하고 계세요?」 내가 물었다.

　「마티니 만든다.」 아버지가 장난스럽게 씩 웃으며 말했다.

　「언제부터 마티니를 드셨어요?」

「난 안 마셔. **술탄이** 좋아하지.」

「술탄 아저씨가요?」

「내가 처음 마티니를 마셔 본 건 — 술탄과 함께였지.」아버지가 셰이커 뚜껑을 잠그며 말했다.「그때 술탄은 마티니 **중독자**였어. 갑자기 신앙심이 깊어진 것처럼 구는데 진짜 그런 건지 확인해 보자꾸나.」그러면서 셰이커를 흔들기 시작했다.

놀랍게도, 기도를 마치고 부엌으로 들어온 술탄은 아버지가 내민 잔을 거절하지 않았다. 그저 맛만 보기 위해서였지만 말이다. 술탄은 넓은 술잔을 입술에 대고 조금 마셨다.「베르무트가 너무 많이 들어갔어.」그가 이마를 찡그리며 말했다.

「레시피대로 했는데.」아버지가 말했다.

「베르무트에 문제가 있는지도 모르겠군.」

아버지가 잔을 들고 마셨다.「난 좋은데.」아버지가 말했다.「하지만 자네가 원한다면 다시 만들어 줄 수도…….」

「자네나 마시게, 시칸데르. 그럴 리는 없지만 자네가 제대로 만들 수 **있다고** 해도 난 관심 없으니까.」술탄은 나에게 고개를 돌리며 말했다.「가자, **베타**. 네 선물 줘야지.」

술탄은 위층 손님방의 루이비통 더플백에서 포장지에 싼 책을 꺼내 나에게 건넸다.

「꽤 크네요.」내가 손에 들고 무게를 가늠하며 말했다.

「네가 이미 갖고 있지 않으면 좋겠구나.」

나는 포장지를 뜯었다. 루미의『마스나비』였는데 오래된 판본이었다.

「안 갖고 있어요. 그렇잖아도 읽어 봐야겠다는 생각은 늘 하고 있었어요.」

「나도 네 연극을 보면서 그 생각을 했다. 오마하에서 한 연극 말이야.」

「제가『마스나비』를 읽어야 한다고 생각하셨다고요?」

「그 연극에서 네가 그 인물을 조롱하는 걸 보고 이렇게 생각했지. 〈루미를 모르는구나. 루미를 안다면 그런 조롱을 하고 싶은 생각이 들지 않았을 텐데…….〉」

「전 루미를 조롱한 게 아녜요. 자기가 루미의 작품을 읽고 있다고 해서 이슬람에 대해 뭔가를 안다고 생각하는 인물을 조롱한 거죠.」

「하지만 루미를 읽는 사람은 이슬람에 대해 **정말로** 뭔가 아는 거다, **베타**. 훌륭하고 중요한 걸 말이야. 나에겐 **그** 책이 쿠란이야.」 술탄은 가방에서 양말과 속옷, 면도기를 꺼내기 시작했다. 「오해는 마라. 나는 네 연극이 좋았으니까. 멋진 작품이었어. 재밌고, 예리하고. 하지만 여기저기서 좀 신랄했어. 내 말 무슨 뜻인지 알아?」

「신랄하다고요?」

「누구에게나 결점은 있고 — 우리도 예외는 아냐. 하지만 우린 지금 이 나라에서 공격의 대상이 되고 있어. 서로 뭉쳐야 해. 내가 보기에 네브래스카 관객들은 네가 무슨 이야기를 하고 있는지 전혀 모르고 있었어. 그들은 이렇게 생각하고 있었지. 〈그는 무슬림이야. 그는 이슬람이 나쁘다고 말하고 있어. 그는 잘 알 거야. 내부인이니까.〉」

「─저는 그런 이야기를 한 게 아니에요.」

「**나야** 알지. 하지만 **그들은** 그걸 몰라. 이런 시기에는 신중해야 한다. 내 말 오해는 마. 그 연극은 훌륭했으니까. 넌 멋진 작가야. 아주 멋져.」

「감사해요, 아저씨.」

술탄은 서랍장으로 가서 자신의 물건들을 넣기 위해 서랍을 열었다.

물론, 술탄이 내 작품에 대해 그런 식으로 말하는 걸 들으니 마음이 좋지 않았다. 나는 그가 옳다고 생각하진 않았지만 그의 비판이 애정에서 우러난 것임을 ─ 그리고 그건 그가 내 작품을 보고 마음에 상처를 받았다는 증거임을 ─ 알고 있었기에 논쟁을 벌일 필요를 느끼지 않았다. 「아저씨, 와주셔서 감사합니다. 아버지에겐 기댈 곳이 필요해요. 복잡한 상황이라…….」

「나도 안다, **베타**. 우린 대화를 하니까.」 그가 물건을 더 꺼내기 위해 가방 쪽으로 몸을 돌렸다. 「네 아버지가 자초한 이 혼란을 떠안아 주다니 넌 효자야. 네 아버지가 그 돈을 다 잃은 것 말이다. 그래도 너 같은 아들이 있으니 복이 많은 거야. 내 자식들에겐 기대도 못 할 일이지. 걔들은 너랑 다르니까.」

「무슨 돈 말씀이세요, 아저씨?」

술탄이 시선을 들어 나를 보았다. 「네 아버지가 말 안 했어?」

「무슨 말요?」

「흐음. 알겠다……. 너한테 말한 줄 알았는데. 나한테 그러겠다고 했거든.」

「무슨 말인데요, 아저씨?」

「내가 나설 일은 아닌 것 같구나.」

「굉장히 심각한 일 같네요. 아저씨 말 들으니 걱정돼요.」

「내가 네 아버지와 이야기해 보마. 이제 너한테 말하라고 할게.」

「아저씨 —」

「그래도 안 하면, 그때 내가 말해 주마. 약속한다.」

***

아버지가 저녁 식사로 탄두리를 먹자고 제안했는데, 술탄을 약 올리기 위해 그런 거였다. 술탄은 의업을 떠나 오마하에 연 레스토랑 트렁크 로드를 닫을 생각을 하고 있었다. 아버지처럼 술탄도 라호르식 북인도 요리에 열광했고, 그의 말에 따르면 트렁크 로드는 네브래스카에서(이웃 캔자스를 포함해서도) 진짜 라호르식 음식을 먹을 수 있는 유일한 레스토랑이었다. 최근에 정부에서 이민 비자를 엄격하게 단속하면서 라호르식 요리를 제대로 만들 줄 아는 요리사를 구하기가 점점 더 어려워져 갔다. 술탄이 그 레스토랑을 운영한 데는 자신이 좋아하는 라호르식 파야와 양갈비를 먹을 곳을 갖겠다는 목적도 있었다! 그런 요리사 중에 합법적인 이민자는 소수에 불과했고 그들은 더 큰 도시에서 일하고 싶어 해서 트렁크 로드는 벌써 1년 가까이 맛 문제로 골머리를 앓고 있었다. 비단 요리사의 취업 비자만이 문제가 아니었다. 손님들이 사소하기 짝이 없는 일에도 걸핏하면 화를 내는 바람에 그들을 응대하기도 갈수록 힘들어졌다. 설상가상으로 이제 외식 — 적어도 트렁크 로드 같은, 특별히 싸지도 비싸지도 않은 식당에서 — 을 즐길 돈이나 시간이 있는 사람이 없는 듯했다. 술탄은 미국에서 중산층을 위한 장소가 줄어 가고 있다고 말했다.

아니나 다를까, 우리가 저녁 식사로 시크케밥과 사브지마살라를 먹는 동안 술탄은 트럼프에 대한 불평을 늘어놓았다. 그는 정부의 반(反)이민 논리가 얼마나 불합리하고 자멸적인지 성토했고, 아버지와 나는 말없이 경청했다. 「정부는 지금 아무도 이 나라에 못 오도록 **막기만** 하는 게 아냐. 아예 아무도 **오고 싶어 하지 않도록** 만들고 있어. 우리 같은 대학 졸업자? 우리가 의과 대학을 나온 젊은이라면 골치 아프게 이 나라로 오고 싶겠어? 다른 데로 알아보겠지. 정부는 그게 이 나라를 위해 좋은 일이라고 생각하는 거야? 미국 최고의 의사들 가운데 적어도 50퍼센트는 미국에서 태어나지 않은 사람들이야. 50퍼센트. 그게 현실이야. 시칸데르, 내 말이 틀렸으면 바로잡아 주게.」

「조사에서 그렇게 나왔지. 아마 그보다 높을 거야.」

「맞아. 그보다 중요한 게 어디 있어? 새로운 치료법, 새 백신 — 그런 게 이민자 아니면 어디서 나오고 있겠어? 트럼프는 멕시코인도 싫어하고, 무슬림도 싫어하고, 아프리카인도 싫어하지. 그의 정책은 훌륭한 의사, 훌륭한 과학자가 이 나라로 들어오는 걸 점점 더 어렵게 만들고 있어. 그들이 어디서 오든 관계없이. 그 결과로 누가 피해를 입게 될까? 미국 환자들이지. 그들에게 피해가 돌아가는 거지.」

「그런데요, 아저씨…… 이 나라가 언제 환자들에게 신경 쓰긴 했나요?」

「그래, **베타**. 하지만 난 북오마하 사람들에 대해서만 이야기하고 있는 게 아냐. 돈 있는 사람도 마찬가지야. 최고의 의료 서비스를 받을 **능력이** 있는 사람들. 그들도 다른 모든 사람처럼 피해를 입을 거야. 백악관에 있는 개자식도 말이야, 심장병에 걸렸을 때 누구를 불렀지? 네 아버지였다. 킹 에드워드 의과 대학 수석. 바로 네 아버지. 그런데 그 파이프라인을 없애면 누가 이득을 보지? 아무도.」

「그럼 애스펀에 스키 타러 가서 하루 더 놀다 오려고 수술을 미루는 이 나라 의사에게 목숨을 맡기게 되겠지.」 아버지가 신랄하게 말했다.

「제 말은, 환자를 치료하는 일이 우선시되었던 적이 없었다는 거예요.」

「난 그게 사실인지 모르겠구나, **베타**. 민주당에서는 노력했어. 그랬지. 오바마케어 ──」

「그건 재앙이었어.」 아버지가 끼어들었다.

「좋아, 시칸데르. 무슨 말인지 알아. 그래도 그는 적어도 노력은 했지. 그렇지? 적어도 노력은 했어.」

「자넨 그 끔찍한 실패가 시작되기 전에 의료계를 떠났어. 그렇지? 자넨 그것에 대해 아무것도 몰라. 그러니까 나한테 설교할 생각 말고 ──」

472

「난 자네 봉급에 대해 이야기하는 게 아냐, 시칸데르. **시스템**에 대해 이야기하는 거야. 미국은 달에 사람은 보내도 국가 의료 서비스 문제는 해결을 못 하지?」아버지는 그런 이야기에 관심 없다는 듯 웨이터를 향해 손을 흔들어 맥주 한 병을 더 시켰다. 술탄이 말을 이었다. 「이보게, 이 나라는 우리에겐 좋은 곳이었어. 난 여기서 아이들을 낳아 키웠어. 걔들은 한심하지만 — 이건 비밀도 아니지 — 고국에서 컸어도 다른 방식으로 불행했을 거야.」

「무슨 말이 하고 싶은 건데?」아버지가 짜증을 냈다.

「그건 자네도 알잖아.」

「우리의 삶은 **여기** 있어. 알겠어? 우리 애들이 **여기** 있잖아.」

「누가 아니래?」

「정치 돌아가는 꼴이 마음에 안 든다고 여기를 뜬다? 그 말이야? 이 나라에서 그렇게 많은 걸 받고도?」

두 사람의 대화는 내가 따라갈 수 없는 방향으로 급선회했는데, 둘 사이에 오랫동안 이어져 온 논쟁이 다시 시작된 듯했다.

「우린 세금을 냈어, 시칸데르.」술탄이 말했다. 「적어도 난 냈어. 난 국가 돈을 받은 적이 없어. 난 이곳 사람들을, 그들의 아이들을 보살폈지. 난 내가 받기만 하고 돌려주지 않았다고 생각하지 않아. 어쩌면 내가 — 자네도 마찬가지고 — 하지 **않은** 건 우리를 정말로 필요로 한 나라에 보답하지 않은 건지도 모르지.」아버지는 어깨를 으쓱했다. 술탄이 내게 고개를 돌렸다. 「내가 여기서 끝까지 적응이 안 되는 건 사람들이 무슨 생각을 하는지 도통 알 수가 없다는 거야. 다들 출신지도 제각각, 경험도 제각각이라 같은 일도 저마다 다른 눈으로 보니까. 오랜 세월 사람들은 나에게 이렇게 말하고 있지. 〈당신은 웃질 않아요. 당신은 더 많이 웃어야 해요.〉 그 말을 하도 많이 들어서 화장실 거울에 아예 쪽지를 붙여 놨지. 〈집에서 나갈 때는 얼굴에 미소를 달아라.〉 파키스탄에서 그런 식으로 노상 웃고 다닌다면? 사람들이 바보라고 생각하겠지. 하지만 여기선 그렇게 웃지 않으면 태도에 문제가 있는 거지.」

「자넨 진짜로 태도에 문제가 있어.」 아버지가 놀렸다.

술탄은 그 말을 무시했다. 「미국은 용광로라고 불리지만 실상은 그렇지 않아. 화학에 **완충액**이라는 게 있는데, 물질들이 함께 있으면서도 분리되게 만들지. 이 나라가 바로 그래. 완충액.」

「너 메모하고 있니?」 맥주가 도착했을 때 아버지가 나를 돌아보며 물었다.

「메모할 필요 없어.」 술탄이 내 대신 대답했는데, 내 생각엔 지나칠 정도로 준엄한 어조였다. 「시칸데르, 자네 아들은 이미 알고 있어. 그것에 대해 쓰고 있지. 그걸 몰랐던 건 우리야.」

아버지는 맥주를 한 모금 마시고 또 한 모금 마신 후 앞에 있는 냅킨 위에 조심스럽게 내려놓았다. 그리곤 경직된 시선으로 술탄을 바라보았다. 하지만 아무 말도 하지 않았다.

이윽고 내가 빤한 질문을 했다. 「아저씨, 파키스탄으로 돌아갈 생각을 하고 계신 거예요?」 술탄의 대답은 신중하고 은밀했으며, 나중에 깨닫게 되었지만 숨은 의미를 품고 있었다. 돌이켜보면 술탄이 나에게 무슨 말을 하려고 했었는지 알아채지 못했다는 게 어처구니가 없지만 그땐 전혀 알지 못했다. 「우리 대다수가 그런 생각을 하고 있단다, **베타**. 다들 저마다의 방식으로 고국으로 돌아갈 방법을 찾고 있지.」

7

그해 10월은 가장 잔인한 달이었다. 나라에 폭력이 넘쳐났다. 그달 첫날 라스베이거스에서 한 남자가 호텔 32층 스위트룸에 임시 포탑을 만들어 놓고 야외 컨트리 음악 페스티벌에 모인 군중을 향해 발포했다. 10분 동안 무방비 상태의 군중에게 총알이 빗발쳐 441명이 다치고 59명이 목숨을 잃었다. 뒤이은 28일 동안 15개 주에서 24건의 총기 난사 사건이 발생, 한 달 동안 총 82명이 죽고 532명이 부상을 당했다.

핼러윈인 10월의 마지막 날 오후 3시가 지난 시각, 아버지는 점심을 먹은 후 2주째로 접어든 오후 재판을 위해 법정으로 돌아가고 있었을 것이고, 나는 웨스트빌리지에 있는 커피숍에서 라테가 나오기를 기다리고 있었다. 그때 밖에서 요란한 경찰 사이렌이 울렸다. 나는 무슨 일인가 보려고 창가로 갔다. 뒤에서 한 손님이 웨스트사이드하이웨이에서 사건이 터졌다고 알렸다. 카운터 뒤 바리스타가 자신의 휴대 전화를 들여다보며 페이스북에 실린 목격자의 증언을 읽어 주었다. 픽업트럭 한 대가 허드슨강 자전거 도로를 따라 걸어가던 행인들을 덮쳤다. 몇 분 내로 목격자들의 트위터가 리트윗되고 벌써 〈테러리스트의 공격〉이라는 말이 나왔다. 일부 목격자 주장에 따르면 트럭에서 빠져나온 가해자 — 검은 피부에 긴 턱수염을 기른 — 가 복부에 시 경찰이 쏜 총을 맞기 직전에 〈알라 후 악바르(알라는 위대하다)〉라고 외쳤다고 했다. 그 커피숍에서 즉석 모임이 결성되었지만 나는 그곳의 동료 고객들과 함께 사건을 세세하게 캐고 싶지 않아서 뒤로 물러났다. 16년 전 호기심에 이끌려 다운타운으로 내려갔다가 미국인으로서의 자아에 평생 아물지 않을 상처를 입는 경험을 하면서 교훈을 얻었던 것이다. 나는 거리로 나가서 제일 먼저 눈에 띈 택시를 잡아타고 집으로 돌아갔다.

그다음 몇 시간 동안, 나는 할렘에 있는 집에서 이야기의 전개를 지켜보았다. 아니나 다를까, 공격자는 무슬림이었다. 우즈베키스탄 출신 이민자로 토성의 귀환 시기[44] 막바지에 접어들고 있었다. 그는 한 시간 전에 뉴저지 퍼세이익에서 트럭을 렌트하여 맨해튼으로 들어가서 여덟 명을 죽이고 열한 명에게 부상을 입혔다. 전문가들의 설명에 따르면 그는 다양성 이민 비자 추첨이라는 프로그램을 통해 이 나라에 들어온 두 번째 무슬림 집단 살인범으로, 첫 번째 사례는 2002년 로스앤젤레스 국제공항에서 엘 알 이스라엘 항공사 카운터에 총을 쏜 이집트인이었다. 그날 밤 우리가 사랑하는 핼러윈 퍼

44 점성술에서 약 30년 주기로 찾아오는 인생의 대전환기.

레이드는 예정대로 진행된다는 소식이 전해졌다. 다만 그 전에 주지사가 잠시 시간을 내어 뉴욕시를 찬양하면서 우리가 진실로 얼마나 특별한지 상기시켜 주었고 바로 그것이 우리가 공격받아 온 이유라고 말했다. 시장도 이에 공감하며 공격의 비겁한 성격에 대한 정형화된 문구에 〈특히〉를 덧붙여 비겁함을 강조했다. 수전 손태그가 2001년에 비행기로 쌍둥이 빌딩을 들이받은 사람들에게 **비겁자**라는 표현은 맞지 않는다는 의견을 내서 조롱거리가 된 후로, 나는 그 상황과 동떨어진 **의미**를 지닌 말이 그런 식으로 습관적으로 사용되는 것에 신경 쓰지 않는 편이 낫다는 걸 알게 되었다. 사람들은 고통스러울 때 의미에 맞지 않는 말을 사용하기도 한다.

나는 그날 오후 집에 도착한 직후에 아버지에게 전화해서 메시지를 남겼는데 아버지에게 전화가 걸려 온 건 한참 뒤인 밤이 되어서였다. 정확히 말하면 아버지 번호로 전화가 걸려 왔다. 전화를 받자 술탄의 목소리가 들려왔다. 주위에 사람들이 많은지 소음 때문에 그의 말을 알아듣기가 쉽지 않았다.

「네 메시지 봤다, **베타**. 고맙구나. 뉴스 듣고 걱정했는데.」

「예, 전 무사해요. 사실 아까 오후에 사건 장소에서 그리 멀지 않은 곳에 있었거든요.」

「비극이야, 비극.」

「맞아요. 오늘 재판은 어땠어요?」

「사실은 그것 때문에 전화했다.」 그의 목소리에 근심이 어려 있었다.

「무슨 일이에요? 재판이 잘 안 됐어요?」

「아니, 아냐. 재판은 잘 됐어. 그런데, 무슨 일이 있었느냐 하면, 재판이 끝난 후에, 너와 가까운 데서 일어난 그 사건에 대한 뉴스를 그들이 들은 거지. 네 아버지 변호사들, 그리고 그 머리 긴 남자, 그 회사…….」

「톰 파월…….」

「난 이름은 모른다. 네 아버지는 퀘이커 오츠라고 부르던데 —」

「같은 사람이에요.」

「그들이 환자 가족에게 합의 조건을 새로 제시했어. 그 가족이 그걸 받아들였고.」

「농담이시겠죠.」

「아니다. 네 아버지 변호사가 나한테 설명하기로는 전에도 비슷한 상황이 있었대. 재판 중에 테러 사건이 터지는.」

「예. 샌버너디노 사건이에요. 저도 해나한테 그 얘기 들었어요.」

「그래, 그들은 또다시 모험을 걸고 싶지 않았던 거지.」내 TV 화면에 다시 지역 뉴스가 떴고, 테러 공격 후 스마트폰으로 찍은 사진들을 짜깁기한 영상이 보였다. 초록 길을 따라 자전거 파편과 다른 잔해들이 시체처럼 널려 있었다.

「아버지 거기 계세요?」내가 물었다. 「아버지랑 통화할 수 있어요?」

「기분이 안 좋아. 그럴 만도 하지. 이제 그게 기록에 남아 사람들이 다 볼 수 있게 되었으니까. 그나마 다행인 건 — 피해는 없을 거야. 어차피 은퇴할 때가 다 됐으니까. 어쩌면 그걸 계기로 완전히 일을 그만두게 될 수도 있지.」

「지금 아버지와 같이 계세요? 아버지랑 통화할 수 있어요?」

「그래, 같이 있어. 지금은 좀 곤란한데.」

「어디 계시는 거예요?」

술탄은 주저하며 말했다. 「호텔에서 멀지 않은 카지노……」

「거기 어딘지 알아요.」 나는 아버지가 다시 도박의 유혹에 빠졌음을 확신하고 낙담해서 말했다. 「좋아요, 그럼, 대기하고 있을게요. 언제든 아버지가 원할 때 통화할 수 있도록.」

「걱정 마라. 내가 지켜볼 테니까. 그리고 아버지가 내일 너한테 꼭 전화하게 하마.」

***

아버지에게 나머지 일들이 빠르게 들이닥쳤다. 의료 과실 합의 후 일주일도 안 되어 술탄의 아흔두 살 된 노모가 라호르에 있는 집 화장실에서 넘어져 엉덩이뼈가 부러졌다. 술탄은 노모를 돌보러 파키스탄으로 가게 되었고, 아버지는 자신이 힘들 때 찾아와 준 술탄에게 마음의 빚도 있는 데다 라크로스 사건에서 벗어나 건강에 유익한 시간을 갖고 싶기도 하여 술탄과 동행하기로 결심했다고 내게 말했다. 하지만 그러기 위해선 릴라이언트를 즉시 그만두어야 했다. 아직 계약 기간이 남아 있는 상태에서 퇴직하면 퇴직 보너스를 못 받겠지만 그래도 상관없었다. 아버지는 일흔 살이라 이미 1년 전부터 사회 보장 연금 수령액이 최고치가 되었으며 액수가 대략

월 3천6백 달러쯤 되었다. 인생의 새 장을 열 시기가 된 것이다. 아버지는 수화기 너머에서 기쁨에 차 있으면서도 방어적인 어조로 이 모든 걸 설명했다. 나의 격려를 희망하면서도 책망을 예상하는 듯했다. 이윽고 아버지가 전화를 건 진짜 용건을 꺼냈을 때 비로소 나는 아버지의 어조와 복잡하게 뒤엉킨 경솔한 선택들이 납득이 되기 시작했다.

「술탄이 모레 비행기를 타고 떠난다. 나도 그 비행기를 타고 싶다. 다만…….」

「왜요?」

「신용 카드 때문에.」

「신용 카드가 왜요?」

「한도 초과야.」

「예? 아버지, 재정 상황이 어떤 거예요? 무슨 문제라도 생겼어요?」

「왜?」

「아버지가 저한테 비행기표 사달라고 전화했잖아요.」

「여러 소리 말고, 도와주기 싫으면 그렇다고 말해라.」

「그런 말이 아니잖아요.」

「그럼, 표를 예매해야 해. 시일이 촉박해서 표가 비싸.」

「얼마나 비싼데요?」

「음, 그게, 5천?」

나를 당혹스럽게 만든 건 액수가 아니라 아버지의 심드렁한 태도였다. 「그런데 아버지, 〈한도 초과〉라는 게 무슨 뜻이에요? 아버지 카드는 아멕스 플래티넘이잖아요. 그 카드는 한도가 없잖아요, 그렇죠?」

「이제 그 카드 없어.」아버지가 가볍게 대꾸했다.

「어떻게 된 거예요?」

「내가 돈을 안 냈어. 그래서 카드가 취소됐어.」

「왜 돈을 안 내셨어요? 무슨 일이에요?」

「얘기하자면 길어.」

「술탄이 말해 줬어요. 아버지한테 돈 문제가 있다고. 무슨 문제인지 얘긴 안 해줬어요. 아버지가 직접 말해 줄 거라고.」 나는 잠시 기다렸지만 아버지는 수화기 저편에서 침묵했다. 「어떻게 된 건지 말해 주시겠어요?」

아버지가 약하게 대답했다. 「아니.」

「저한테 말해야 하는 거 아닌가요?」

「다음에.」

「아버지 ―」

「난 너한테 많은 걸 해줬다. 그동안 내가 너한테 준 돈이 얼마나 많은데. 아무것도 묻지 않고 ―」

「아버지 ―」

「이제 내가 부탁을 하는데 넌 내가 **너한테** 빚이라도 진 것처럼 구는 거니? 됐다! 그만둬!」

「좋아요. 사드릴게요.」

「아무것도 묻지 말고!」

「알았어요.」

「난 네 아버지다.」

「알았다고 했잖아요.」

「좋아. 고맙다. 어떻게 할래? 네 신용 카드 정보만 보내 주면 내가 예매할 수 있는데.」

「이메일로 자세한 내용 보내 주세요. 제가 처리할게요.」

아버지는 망설이다가, 〈좋아〉라고 대답하고 전화를 끊었다.

20분 후 아버지에게 이메일이 왔다. 아버지가 출발일에 대해 거짓말을 했던 게, 날짜가 사흘 후였다. 더 싼 표를 구할 수 없다는 말도 사실이 아니었다. 온라인으로 찾아 보니 그 날짜에 예매 가능한 표가 최소 대여섯 개 항공사에 수두룩했고 대부분 1천5백 달러 이하였다. 그래서 아버지에게 전화해서 물어보니 술탄이 에미레이트 항공편으로 라호르에 갈 거라며 그와 같은 비행기를 타야 한다고 설명했다. 나는 아버지와 입씨름하고 싶지 않았다. 나는 아버지에게 내 신용 카드 정보를 알려 줬고 아버지가 직접 표를 샀다. 세금까지 합해서 5천7백 달러였다.

이튿날 아버지가 전화로 더 당황스러운 소식을 알렸다. 뉴욕으로 오는 비행기 날짜를 바꿨다는 것이었다. 뉴욕에 내일 오후에 오겠다고 했다. 내 카드로 변경 수수료 250달러를 지불했다며 내가 싫어하지 않기를 바란다고 했다. 그리고, 같이 저녁을 먹을 수 있는지 물었다. 나는 그렇다고 대답했다. 나는 아버지에게 밤에 내 집에서 주무실 거냐고 물었다. 아버지는 아니라고 쾌활하게 대답했다. 플라자 호텔에 방을 예약했다는 것이었다. 마침 특별 할인을 해서 그 기회를 놓칠 수 없었다고 했다. 「그것도 제 카드로 하셨어요?」 내가 화가 나서 물었다.

「네가 싫어하지 않기를 바란다.」

***

아버지가 어떻게 목요일 저녁 7시에 일레븐 매디슨 파크에 자리를 예약할 수 있었는지 모르겠다. 나는 거기 점심때만 가보았는데 — 그야 물론 리아즈와 — 겨우 몇 피트 떨어진 테이블에 제임스 머독과 그의 아내, 그리고 구글의 에릭 슈미트가 앉아 있었다. 그 시간에 그곳엔 빈 테이블이 없었고, 리아즈가 저녁때는 예약하기가 더 어려울 수도 있다고 말한 기억이 났다. 그런데 아버지가 테이블을 잡은 것이다. 아버지가 그곳을 선택한 건 놀라운 일도 아니었다. 신분을 과시하고픈 열망이 펀자브어 악센트만큼 뿌리 박혀 있으니까. 나는 두 사람 식사비가 족히 3백 달러는 나오는 일레븐 매디슨 파크에서 만나는 것 자체에는 반대하지 않았다. 하지만 왜 하필 지금? 이제 아버진 더 이상 과소비할 돈이 없는 형편인데 왜 불필요한 사치를 한단 말인가? 나는 지난 수년간 친구들의 부모님이 늙어 가면서 겪는 기이한 기분, 밤의 공포, 걱정스러운 기억력 장애, 새롭게 나타난 특이한 성향, 성격에 생긴 얼룩에 대해 들어 왔다. 그래서 아버지가 돈에 대해 보이는 행동 중 적어도 일부는 연로함과 관련이 있으리라 여겼다. 나는 지하철에서 내려 매디슨스퀘어파크를 가로지르며 오늘밤엔 아버지와 그 이야기를 꼭 하리라 다짐했다. 아버지에게 무슨 일이 일어나고 있는 건지 알아야만 했다.

하지만 아버지는 혼자가 아니었다.

아버지는 4인용 테이블 구석 자리에 앉아 있었는데, 옆에 빨강 옷을 입은 여자가 있었다. 나는 레스토랑 저편의 그 여자 머리가 백금색인지 백회색인지 구분할 수 없었지만 먼발치에서도 얼굴은 눈에 띄었다 ─ 동그란 눈과 긴 얼굴, 나는 딸과 닮은 그 얼굴을 즉시 알아보았다. 멜리사의 어머니 캐럴라인이었다.

귓속에서 심장 뛰는 소리가 들렸다.

아버지가 나를 보고 일어섰다. 구석 자리에서 빠져나오는 아버지의 모습에는 활기가 있었고, 나를 포옹할 때도 정체 모를 확고함이 느껴졌다. 나는 아버지의 숨결에서 알코올 냄새를 맡았지만 아버지는 술에 취한 것 같진 않았다. 「아야드, 너한테 소개하고 싶은 사람이 있다.」 아버지가 내 팔을 잡고 말했다. 나는 아버지의 떨리는 목소리에서 초조함을 읽을 수 있었다.

「예, 제 생각엔 이미……」

아버지가 여전히 내 팔을 잡고서 테이블을 향해 돌아섰다. 「캐럴라인,」 아버지가 나를 소개했다. 「내 아들이야.」 그녀가 일어섰다. 그녀는 정맥이 드러난 작은 손으로 냅킨을 꼭 쥐었고 아름다운 얼굴에 탐색적인 엷은 미소가 어렸다. 그녀가 비어 있는 손을 내게 내밀었다. 그녀의 손은 따뜻하고 축축했다.

「만나서 정말 반가워요.」 그녀가 조용히 말했다. 내가 의자에 앉는 동안 아버지는 멍한 얼굴로 내 옆에서 얼쩡거렸다.

「시칸데르,」그녀가 다시 조용히 말했다. 「이제 앉아도 돼요.」그녀가 아버지 이름을 발음하는 방식이 — 올바르게 두 번째 음절에 강세를 두고 d는 약하게 발음했으며, 모든 모음을 정확하게 배분했고, 그게 미국인 악센트라 더욱 두드러졌다 — 내가 부정할 수 없는 둘 사이의 친밀감을 나타냈다. 그녀가 아버지에게 다시 앉으라고 했지만 아버지는 움직이지 않았다.

「무슨 일이에요?」내가 물었다.

「금방 올게.」아버지가 말했다.

레스토랑 안에 나무처럼 키가 큰 꽃다발이 줄지어 놓여 있었는데 아버지가 그 너머로 사라지자 나는 얼마나 화가 나는지 깨달았다.

「미안해요.」그녀가 조용히 말했다.

「뭐가요?」내가 물었다. 내 목소리가 등신처럼 들렸다.

「난 아드님에게 미리 꼭 알리라고 부탁했어요. 아무것도 모르고 왔다가 느닷없이 당하지 않게. 난 아드님이 미리 알고 오기를 바랐어요. 선택권을 가질 수 있도록.」

「선택권요?」

「나를 만날지 안 만날지.」그녀가 잠시 말을 멈췄다가 이었다. 「아드님은 오랜 세월 내 삶의 일부였어요. 난 마치…… 아드님을 아는 것 같은 기분이에요. 그이가 아드님을 얼마나 사랑하는지 알아요. 아드님도 아버님을 많이 사랑하고. 난 그저…….」그녀가 말을 끊었다. 나에게 공감하는 자신의 마음을 내가 원하지 않을지도 모른다는 생각에 그걸 입안에 담아

두는 듯했다.

「괜찮아요.」내가 말했다.「당신 때문이 아니니까. 아버지 때문이지. 아버진 최근 들어 아주 예측 불가예요.」

「나도 알아요.」그녀가 단호하게 말했다.

우리 사이에 오간 말은 그게 다였다. 나는 침묵 속에서 테이블만 내려다보고 있었다. 여전히 귓속에서 심장이 뛰고 있었다. 나는 거기 머물 수 없다는 걸 깨달았지만 아버지가 돌아올 때까지는 자리를 뜰 수도 없었다. 얼마 후에 갑자기 나타난 아버지가 그녀 옆 구석 자리로 슬며시 들어가서 앉았다. 아버지는 여전히 초조한 기색이었지만 나는 내 눈이 본 걸 부정할 수 없었다. 아버지는 그 어느 때보다 그다워 보였다 ─ 그러니까, 내가 평생 보아 온 아버지 얼굴이 더 분명하게, 내가 알고 있었던 본연의 모습으로 보였다. 그동안 아버지의 겉모습을 지배했으며 내가 결코 이해할 수 없었던, 본모습을 가리고 왜곡시키던 필터가 사라진 상태에서 처음으로 아버지를 보는 듯했다. 아버지가 밝게 말했다.「화장실이 끝내줘. 다녀오는 걸 강력히 추천해.」우리 둘 다 대꾸하지 않았다. 아버지가 가슴 주머니에서 독서용 안경을 꺼내며 메뉴판을 집어 들었고 마침 그때 웨이터가 나타나 내게 뭘 마시겠느냐고 물었다.

「아직 안 정했어요.」

웨이터가 고개를 끄덕이고 아버지에게 시선을 돌리며 아버지의 거의 빈 잔을 가리켰다.「보드카 칵테일 한 잔 더 드시겠습니까, 손님?」

「그래요.」아버지가 정중하게 대답하고 남은 술을 입에 털어 넣은 후 웨이터에게 잔을 건넸다.

「가서 병째로 가져와요.」내가 웨이터에게 불쑥 말했고, 웨이터는 당연히 놀란 기색이었다.

「뭐라고 하셨습니까, 손님?」

「병째로 가져오라고 했어요. 식사가 끝날 때까지 적어도 그 정도는 마실 테니까.」

「아얘드.」

「왜요, 아버지? 예?」

아버지가 웨이터를 올려다보며 말했다. 「칵테일 한 잔이면 돼요. 고마워요.」

캐럴라인이 긴 의자 끝 쪽으로 움직였다. 「화장실 좀 다녀와야겠어요. 금방 올게요.」그녀가 테이블을 떠나며 얌전하게 말했다.

「예의 좀 지켜 줄 수 없겠니? 어린애 짓 그만둘 수 없어?」아버지가 나를 노려보더니 다시 메뉴판으로 시선을 돌렸다.

「예의요?」내가 소리쳤다. **내가** 어린애 짓을 하고 있다고요? **내가요?**」

「그만하라고 했지 ―」

「재판 내내 **베이비시터 노릇을** 한 게 나예요! 카지노에서 술에 취해 있을 때, 구치소에 있을 때! 그런데 나한테 예의를 지키라고요?」그때 내가 주위에 신경을 썼더라면 근처 테이블들이 조용해져 가는 걸 알아챘을 것이다.

「그만해라.」

「맞아요. 그만 좀 하세요. 아버지한테 무슨 일이 일어나고 있는 건지 말해 주시겠어요?」

「무슨 일?」

「돈은 다 어떻게 하신 거예요?」

「네가 상관할 일 아니다.」

「이제 상관할 일이 된 거 아닌가요? 내 돈으로 이 모든 우스꽝스러운 걸 —」

「우스꽝스러워? 내가 너한테 돈 대준 건 생각 안 나? 몇 년씩이나?」

「말 돌리지 마세요.」

「〈한 달만 더요, 아버지이이. 다음 달에는 월세를 마련할 수 있을 거예요, 아버지이이.〉」 나의 미국식 악센트를 노골적으로 조롱하는 그 높고 날카로운 목소리가 주위 테이블의 주목을 끌었다.

「아버진 벌써 10년째 그걸 우려먹고 있어요. 그땐 제가 자립할 형편이 안 됐어요. 그래서 아버지 도움이 필요했어요. 저도 알아요. 죄송하게 됐어요! 자립하는 데 너무 오래 걸려서 죄송하다고요! 도대체 고마웠다는 말을 얼마나 많이 해야 그 얘기 안 꺼낼 거예요? 전 아버지가 없었다면 아무것도 못 했을 거예요! 전부 다 아버지 덕이에요! 됐어요? **이제** 만족하세요?」 내가 소리를 질러 댔고 우리 주위가 고요해져 갔다. 나를 때리고 싶어 하는 아버지의 충동이 느껴지는 듯했다 — 아니 어쩌면 그건 나의 마음속 깊은 곳에 묻힌, 아버지를 때리고 싶은 갈망이 의식적으로 용인되는 형태로 나타난 것뿐인지도 모른다. 아버지의 목이 붉은 꽃이 피어나듯 시뻘게졌다. 내 심장이 요동치면서 그 가차 없는 고동 소리가 귀를 가득 채웠다. 「망신스럽구나.」 아버지는 심술궂게 말하고 다시 메뉴판을 들어 얼굴을 가렸다. 웨이터가 지배인을 뒤에 달고 우리 테이블을 향해 다가오는 게 보였다. 나는 더 이상 공개적인 질책을 받고 싶지 않았다.

「젠장.」 나는 그렇게 말하고 일어나서 나가 버렸다.

밤공기가 생각했던 것보다 쌀쌀했다. 길모퉁이에서 내 혈관을 타고 흐르는 무언가가 나를 찻길로 떠밀었다. 차들이 요란한 경적을 울려 대는 가운데, 나는 도전적으로 매디슨 애비뉴를 가로질러 다시 공원으로 들어갔다. 분노를 발산하지 않으면 그 열기가 나를 태워 버릴 것만 같았다. 하지만 어디서? 어떻게? 누구에게? 무엇에 대해? 젊은 남녀가 팔짱을 끼고 지나갔다. 문득 주먹을 써서 분노를 떨쳐 버릴 수 있을까 하는 의문이 들었다. 그런 걸 묻는 것 자체가 이미 그 행동을 피하는 것임을 나도 알았다. 비명을 내지르고 싶었지만, 그것 또한 하지 않을 것임을 알고 있었다.

나는 비틀거리며 공원 안쪽으로 조금 더 들어가서 빈 벤치에 털썩 앉았다. 눈이 따가웠다. 손바닥으로 눈을 감싸고 비볐다. 계속 비벼 댔다. 그러자 눈꺼풀 안쪽에서 아버지가 보였다. 아버지는 컸고, 나는 작았다. 우리가 처음에 살았던 집 문간에서 아버지를 바라보던 기억이 떠올랐다. 창가에 서서 편지를 뜯어 읽는 아버지는 햇빛 속에서 믿기지 않을 정도로 커 보였다. 그때 난 아버지가 나를 그 빛 속에서 번쩍 안아 올

489

리기를 갈망했다. 그건 내가 평생 느껴 온 갈망이었다. 아버지는 그렇게 해주지 않았던가? 아버지와 어머니는 내게 그분들이 줄 수 있는 모든 걸 주지 않았던가? 어째서 난 만족하지 못했을까? 부모님이 평생 내게 준 모든 것, 나를 위해 해준 모든 것에도 불구하고 왜 ─ 왜 나는 만족감을 느껴 본 적이 없었을까?

가슴속 아픔에서, 항상 갈망으로 찢어져 있던 가슴속 상처에서 눈물이 솟구쳤다.

주머니 속 전화기가 진동했다. 꺼내서 확인하니 부재중 전화가 두 통 와 있었다. 레스토랑으로 돌아가야 했다. 나는 그러고 싶지 않은 척할 수가 없었다. 아버지가 필요하지 않은 척할 수가 없었다.

나는 다시 레스토랑으로 향했다.

공원에서 나가자 매디슨 애비뉴 건너편에 있는 아버지가 보였다. 아버지는 택시 옆에 서서 그녀가 뒷자리에 타는 걸 도와주고 있었다. 아버지도 그녀를 따라 택시에 탈 것 같았다. 「아버지!」 내가 소리쳐 불렀다. 또 불렀다. 「아버지!」 아버지가 그 소리를 듣고 올려다봤다. 그녀의 근심스러운 긴 얼굴이 차창에 나타났다. 아버지가 차 안으로 몸을 기울여 그녀에게 무슨 말인가 한 다음 차 문을 닫고 뒤로 물러서서 차가 출발하여 거리로 사라지는 걸 지켜보았다.

나는 길을 건넜고, 잔뜩 풀이 죽고 위축된 아버지를 보았다.

「죄송해요.」 나는 다시 울기 시작하며 말했다. 무엇에 대해 사과하고 있는지는 몰랐지만 사과해야만 한다는 건 알고 있었다.

「아니, 아니다.」 아버지가 천천히 고개를 저으며 말했다. 「아냐.」 아버지가 다시 말했다.

「아버지, 죄송해요. 정말 죄송해요.」 나는 거듭해서 말하며 아버지의 코트를 잡고 나에게로 끌어당겼다. 아버지는 나의 포옹을 거부했다.

「아니다, **베타**, 아냐.」

하지만 나는 한사코 아버지를 가까이 끌어당겨 아버지에게 몸을 밀착시키고 최대한 가까이에서 아버지를 느꼈다. 아버지가 저항을 멈출 때까지 그렇게 꽉 껴안고 있었다. 아버지가 말을 꺼낼 때까지 나는 아버지도 울고 있었다는 걸 깨닫지 못했다.

「다 잃었어.」 아버지가 내 어깨에 대고 흐느끼며 말했다. 「전부 다. 다 잃었어.」

나는 설명을 요구하지 않았다. 듣고 싶지 않았다. 설명이 필요하지도 않았다. 조만간 모든 걸 알게 되리라 확신했다. 지금 중요한 건 우리의 포옹뿐이었다. 나는 아버지를 더 가까이, 더 오래 안을 수만 있다면, 어쩌면 우리 두 사람의 가슴속 상처가 마침내 아물 수 있을지도 모른다고 생각했다.

나는 아버지가 다음 날 아침 파키스탄행 비행기에 오를 때 자신이 다시 돌아오지 않으리라는 걸 알았는지 모르겠다. 아마도 알았으리라는 생각도 든다. 아버지는 고르디아스의 매듭과도 같은 부채와 미납금, 대출금을 남겼고 ― 또한, 집을 담보로 2순위 저당을 설정하여 받은 대출금도 석 달 연체되어 이미 예비 단계의 압류 절차가 진행 중이었다 — 은행 계좌는 비어 있었으며, IRA 계좌도 마찬가지였다. 도박 습관을 버리지 못하여 우리 지역 카지노에 2백만 달러 가까운 돈을 갖다 바친 것이다. 지나고 나서 보니 아버지의 삶은 어느 정도 기간을 두고 망가져 갔던 게 너무도 분명했고, 나는 손쓸 기회가 있을 때 문제의 심각성을 알아채지 못한 자신에게 화가 났다.

아버지의 법적, 재정적 문제가 결국 어떻게 해결되었는지에 대한 자세한 설명으로 독자들을 지루하게 만들 생각은 없지만, 아버지가 미국에 있는 변호사들에게 전권을 위임하고 떠났다는 사실은 — 본인은 그 반대의 주장을 펼쳤지만 — 오래전부터 도피를 궁리했음을 나타냈다. 아버지와 어머니의 물건은 — 아버지가 가족사진 외엔 아무것도 남기고 싶어 하지 않았기에 — 2018년 만우절 주말에 모두 폐기 처분했다. 5월 두 번째 주에 내가 자란 집이 팔리고 밝은 회색 페인트로 새 단장되었다. 아버지의 상황으로 말할 것 같으면, 사회 보장 연금 덕에 바하왈푸르에 있는 16에이커 크기의 망고 숲에서 소박하나마 안정된 삶을 누릴 수 있었다. 물론, 나는 아버지가 그리웠다. 아버지도 내가 그립다고 했다. 하지만 나는 아버지와의 스카이프 영상 통화와 전화 통화를 통해 아버지가 미국에서보다 잘 살고 있다는 걸 알 수 있었다. 술은, 아버지가 행복하게 전한 말에 따르면, 걱정했던 것만큼 구하기 어렵지는 않았지만 예전만큼 많이 마시지도 않았다. 아버지는 얼마 남지 않은 돈을 도박으로 날릴 일이 없는 것에 안도하고 있었다. 이슬람교가 적어도 그 정도는 도움이 되었다. 「도박을 끊는 12단계 프로그램보다 낫다.」 마을 모스크에서 울려 퍼지는 기도 시간 알림 소리를 배경으로 아버지가 농담처럼 말했다. 그래, 아버지가 미국에서 사는 내내 그토록 혐오했던 — 적어도 우리가 보기엔 — 파키스탄이 다시 그의 조국이 된 것이다. 그리고 아버지는 그걸 조금도 싫어하지 않는 듯했다.

아버지가 파키스탄에서 산 지 1년쯤 되었을 때 나는 아버지와 어머니, 그리고 나의 미국 여정을 담은 책이 거의 완성되었다고 아버지에게 고백했다. 놀랍게도 아버지는 그 소식을 무덤덤하게 받아들였다. 자신을 공정하게 다뤄 달라는 간청도, 나의 조국 미국에 대해 올바른 균형을 지켜야 한다는 경고도 없었다. 대신 자신의 미국 체험에 덧붙여 이 내용을 빼놓지 말고 꼭 써주기를 바란다고 했다 — 지금 미국이라는 곳에 대해 생각해 보면, 그 오랜 세월을 미국에서 산 것이 도무지 믿기지 않는다고. 늘 자신을 미국인으로 생각하고 싶어 했었지만 사실 그 상태를 열망했던 것일 뿐이었다고. 되돌아보니 자신은 그 대부분의 시간 동안 하나의 역할을 연기하고 있었던 것이었는데 그 역할이 진짜인 줄 알고 있었다고. 나쁠 건 없었고 그저 그 역할을 하는 것에 지쳤을 뿐이라고. 「난 거기서 잘 살았어. 좋은 시절이 참 많았지. 난 미국에 감사해. 미국이 너를 줬으니까! 하지만 파키스탄으로 돌아와서 좋구나, 베타. 고향에 돌아와서 좋아.」

코다: 언론의 자유

삶의 연극성과 오락적 가치, 마케팅이 완성되면
우리는 국가가 아닌 산업들의 컨소시엄에서 살게 될 것이며,
우리 자신에 대해 전혀 모르는 채로 그저 스크린을 통해
암울하게 바라보기만 할 것이다.
—토니 모리슨

캠퍼스에서 발생한 문제는 내가 그곳에 가기 전에 시작되었다. 나와 〈충돌〉했다고 말하는 사람은 그 대학 무슬림 학생회 소속 학생과 사촌지간이었다. 나는 그 에피소드를 잘 기억하고 있었다. 어느 날 오후 남캘리포니아의 한 커뮤니티 칼리지에서 열린 내 작품 세미나의 휴식 시간에 한 파키스탄계 미국인 청년이 나에게 최근에 온라인 행동주의 활동에 참여한 이야기를 들려주었다. 그가 소속된 집단이 레딧에서 크라우드 펀딩으로 포르노 비디오를 제작했는데, 큰 성기를 가진 파키스탄계 미국인 남성 — 그 역할에 꼭 맞는 신체 조건을 갖

춘 학생이 연기한 — 이 백인 금발 미녀와 사실적인 섹스를
하는 영상이었다(그들은 전문 포르노 스타를 섭외할 수 있을
정도의 기금을 마련했다). 그 비디오는 포챈 사이트 익명 이
미지 게시판에 남아시아인의 성기 크기를 조롱하는 게시물
을 올리는 것으로 유명한 사이버 폭력 집단을 겨냥한 반격이
었다. 그 시도는 결과적으로 큰 성공을 거두었다. 입소문을
타서 포챈에 격분한 스레드가 쇄도했던 것이다. 그 청년은 진
짜로 〈인생을 바꿀 만한〉 경험이었노라고 내게 설명했는데,
비꼬는 기색 없이 진심으로 그렇게 말했고 내가 그 일에 대해
감탄할 거라고 잔뜩 기대하는 듯했다. 그건 즉, 그 청년이 내
반응을 기분 좋게 받아들이지 않으리라는 걸 나도 충분히 짐
작했다는 의미였다. 나는 그 청년에게 남들이 그의 성기 크기
에 대해 어떻게 생각하든 왜 신경 쓰는지 물었던 것이다.

　그 청년은 휴식 시간이 끝난 후 다시 세미나에 들어오지 않
았다. 며칠 후, 나는 포챈에서 그의 비디오 관련 스레드를 훑
어보다가 나와의 만남에 대해 쓴 그의 스레드를 발견했는데,
그는 나를 〈무슬림이 백인 여자에게 멋진 섹스를 제공하는
이야기 대신 백인 여자를 때리는 이야기를 쓰는 게 독창적이
라고 생각하는 오만한 병신〉이라고 불렀다. 그러면서 내가
다음에 파키스탄에 가면 응분의 대가를 치르기를, 즉 〈머리
에 총알이 박히기를〉 바란다고 했다. 그 스레드는 기쁨의 눈
물을 흘리는 얼굴 이모티콘 세 개와 감탄 부호 대여섯 개로
마무리되었다. 나는 그걸 읽으며 심장이 달음박질쳤는데, 걱
정되어서가 아니었다. 온라인에서 나에 대한 이런 정서를 접

한 게 처음이 아니었다. 그리고 마지막일 것 같지도 않았다.

그 포르노물 제작자 지망생의 사촌이 메리 모로니가 재직 중인 아이오와의 리버럴 아츠 칼리지 학생이었다. 메리는 내가 모교를 졸업한 몇 년 후 그곳을 떠나 그녀와 파트너 둘 다에게 종신 교수직을 준 대학으로 자리를 옮겼다. 나는 옥수수 밭에 둘러싸여 사는 그녀를 만나러 두 번 가봤는데, 한 번은 차를 몰고 지나는 길에 들러 저녁을 먹었고 나머지 한 번은 그녀에게 낭독회 요청을 받았다. 또다시 그녀가 나를 캠퍼스로 초청했고, 이번엔 자신이 맡고 있는 봄 학기 세미나 수업 학생들과 하루를 보내 달라고 했다. 내가 초청을 수락하자 메리는 종교학과와 연극 동아리, 무슬림 학생회에 연락을 취했다. 이틀 후, 무슬림 학생회 대표가 메리에게 이메일을 보내왔는데, 그 대학 무슬림 학생들은 내 작품을 불쾌하고 모욕적으로 받아들였으며 그들의 입장에서는 내가 캠퍼스에 〈안전하지 못한〉 존재로 여겨질 거라는 내용이었다. 초청을 철회하라는 요구를 담은 그 이메일은 메리가 그 요구에 따르지 않을 경우 나와 관련된 모든 행사에 항의하겠다는 위협으로 끝을 맺고 있었다.

메리는 4년 전 나와 마지막으로 만난 이후로 학생들을 가르치는 일에 대한 생각이 바뀌어 있었다. 4년 전 그녀는 자신의 학생들에 대해 이야기하며 놀라울 정도로 절망적인 태도를 보였었다. 그녀는 얼마 전에 힘든 학기를 끝마쳤다면서, 19세기 미국 소설 속 사회 문제를 다룬 강의였는데 강단에 선 이래 처음으로 학생들이 단체로 과제를 거부하는 사태를 겪었다고 했다. 학생들이 강의 계획서에 『허클베리 핀의 모험』의 저자 마크 트웨인이 들어 있는 것에 반발하여 그의 저서 『도금 시대The Gilded Age』를 읽지 않겠다고 나선 것이다. 그건 메리가 얼마 전부터 겪어 온 학생들의 독선적인 행동 중 가장 분통 터지는 한 가지 사례에 불과했다. 그녀는 삼인칭 대명사의 사용에 성 중립적 가치를 적용하는 문제로 학생들과 갈등을 겪었지만 — 어쨌거나 그녀는 영문학을 가르치는 선생이기에 그럴 수밖에 없었노라고 설명했다 — 결국 받아들이게 되었다. 그다음엔, 에머슨과 휘트먼을 가르친다는 이유로 공격의 대상이 되었다. 학생 두 명이 그 작가들의 잘 알려지지 않은 글에서 인종 차별적 발언을 찾아내어 그들의 인종 차별주의를 비판하는 발표를 했다. 그리고 몇 명의 학생이 메리에게 다음 독서 목록에서 그 두 작가를 빼고 문제의 소지가 적은 다른 작가들을 넣어 달라고 요청했다. 메리는 그렇게까지 하고 싶지는 않아서 자신도 휘트먼이 인종 차별적 견해를 갖고 있었다는 걸 안다고, 에이브러햄 링컨도 마찬가지였다고 설명했다. 현대의 기준을 과거에 적용할 때는 신중을 기해야 한다고, 당시 가장 진보적이었던 백인 노예 폐지론자들도 현대인에겐 인종 차별적이라고 여겨질 만한 의견을 갖고 있었다고 말했다. 메리가 강의 계획서에서 그 작가들을 빼는 걸 거부하자 네 명의 학생이 그 결정에 반발하여 수강을 취소했다.

나는 마크 트웨인 관련 소동이 일어난 직후 메리의 연구실에서 그녀의 한탄을 들은 기억이 나는데, 갈수록 학생들이 어려운 사상에 대해 편협한 태도를 보인다는 것이었다. 「난 학생들이 자신들의 게으름을 덮기 위해 그러는 것 같다는 느낌이 점점 더 강하게 들어.」 그녀가 말했다. 그녀는 흰머리도 늘고 체중도 몇 파운드 불었지만 근심스러운 상태에서도 여전히 르네상스 프레스코화의 천사처럼 보였다. 「작가가 되고 싶어서 내 수업을 듣는 학생들인데도 책을 읽고 싶어 하질 않아. 하지만 그걸 인정하기는커녕, 자신들이 원하지 않는 걸하라고 시키는 부당함에 대한 도덕적 수사를 동원해서 교수를 공격하지. 성적은, 말도 마. 본인이 받은 성적이 억울하다고 생각하는 학생들이 교수를 신고한다니까.」 그녀는 잠시 말을 끊었다가 이었다. 「그중에서도 최악은 뭔지 알아? 학생들에게 내가 가진 최고의 것을 줄 수 없다는 사실이야. 그들은 자신에 대해 알고 싶은 의지 자체가 없기 때문에 배움에 흥미가 있는지 어떤지 스스로도 몰라. 우리가 함께했던 일들이 생각난다. 네 꿈을 기록했던 것 같은. 요즘 학생에게 **그런 일을** 제안하는 건 직업적 자살행위지. 난 아예 새로운 시도를 하지 말아야 하는 건 아닐까 생각될 정도로 낙담이 커.」

하지만 4년이 지난 후, 메리의 좌절은 연민으로 바뀌어 있었다. 자신의 학생 대부분이 진짜 심각한 불안이나 우울증—혹은 둘 다—에 시달리고 있음을 알게 된 것이다. 그들은 아무도 믿지 않았고 세상 모두가, 모든 것이 자신을 이용하고 있다고 여겼다. 메리가 보기에 그럴 만도 했다. 대학이 그 이유에 관한 좋은 예였다. 전년도에 등록금이 또 4퍼센트 인상되었던 것이다. 물가 상승률은 2퍼센트 이하였다. 등록금 상

499

승률이 그렇게 컸던 이유는? 대학이 새 체육관 건립과 교수 클럽 개조 공사를 위해 더 많은 빚을 낸 것이다. 더 나은 시설은 더 나은 교수와 학생을 유인하면서 더 높은 등록금을 정당화했다. 더 큰 액수의 현금 흐름은 대학이 더 많은 빚을 낼 구실이 되었다. 그 악순환의 부담이 학생에게 전가되어 대학에 다니는 비용이 7만 달러를 넘어섰다. 메리는 자신의 학생 상당수가 끝내 갚지 못할 과도한 빚을 짊어지고 있다고 생각했다. 그들이 더 이상 힘들게 공부하고 싶어 하지 않는 것도 이해가 되었다. 대부분의 미국인이 받는 연봉보다 많은 등록금을 내고 있는데 더해 노력까지 바칠 필요가 있을까? 이제 대학에 다니는 건 고객으로서의 체험이지 교육적 체험이 아니며, 대학의 고객이 원하는 건 그들을 유인하기 위해 광고된 신체적 안락, 도덕적 안심, 끝없는 칭찬뿐이었다. 메리는 그들이 마음 깊은 곳에서는 그게 속임수이고 자신들은 표적이라는 걸, 이제 하나의 시장에 불과한 세상을 신뢰해선 안 된다는 걸 안다고 믿었다. 하지만 세상에 대한 신뢰가 없다는 건 스스로를 신뢰할 기반이 없다는 의미이기도 했다. 그녀의 학생들은 강의실에 앉아 — 휴대 전화를 들여다보고 있지 않을 때는 — 무엇이 진짜인지 의심하면서 보내는 시간이 너무 많았기에 실질적인 토론에 도달하기가 어려웠다. 진부한 이야기와 포르노가 그들의 하루하루를 지배했다. 그걸 간파한 메리는 이제 학생들에게 인지의 기초, 즉 주목할 가치가 있는 것이 무엇인지 알아보는 법과 지루함을 견디는 법, 수사와 사실, 불편함과 방어를 구분하는 법을 가르치는 데 주력하고 있었다.

이 모든 이야기는 캠퍼스에서 20분 거리에 위치한 메리의 6에이커 크기 농장에서 이루어진 우리의 대화에서 나왔다. 2019년 3월, 계절에 맞지 않게 포근한 아침에 그곳에 도착한 나는 채소밭에서 흙을 돌보고 있는 그녀를 발견했다. 그녀는 나와 함께 집으로 가면서 자신에게 밭일은 명상과도 같다고, 날마다 그 일에 더 많은 시간을 할애하고 있다고 말했다. 「그리고 마침내 스마트폰을 없앴지. 이제 플립형 휴대폰만 쓰고 있어.」

「그럼 문자 보내기 어렵지 않아요?」

「내 뇌를 위한 작은 대가지.」 그녀가 원예 도구가 가득한 머드룸 문을 연 채로 잡고서 말했다. 부엌에서 그녀가 찻주전자에 물을 채우며 무슬림 학생회에서 온 최근 소식들을 전했다. 나는 그녀가 이미 그 학생 몇 명을 찾아가 만났고, 그들 모두 젊은 포르노 제작자 지망생의 사촌에게 전해 들은 것 말고는 나나 내 작품에 대해 잘 모른다는 걸 확인했음을 알고 있었다. 메리가 그들에게 내 글들을 읽어 보고 그래도 문제가 있으면 편지를 쓰라고, 그러면 그녀가 내게 그 편지를 전할 것이고 내가 공개적인 답변을 하는 데 이미 동의했다고 설득한 사실도 알고 있었다. 새 소식은 사건이 하나 더 터지는 바람에 편지가 오지 않았다는 것이었다. 밤사이, 불타는 쌍둥이 빌딩을 배경으로 그 아래 내 사진을 넣은 포스터들이 캠퍼스에 나붙었다. 메리는 학생들이 몇 주 전 웨스트버지니아에 나붙었던, 이와 비슷하게 묘사된 일을 당한 오마 하원 의원 포스터에서 영감을 얻은 거라고 믿었다. 그녀가 서랍을 열더니 구겨진 가로 20센티미터, 세로 25센티미터 크기의 컬러 인쇄물을 그녀와 나 사이의 식탁에 올려놓았다. 메리의 말이 옳았다. 일한 오마 의원 포스터처럼, 불타는 쌍둥이 빌딩 이미지 아래 어색하게 합성된 내 사진이 들어가 있었다. 그리고 사진 아래에 〈자랑스러운 911〉이라는 표어가 있었다.

나는 충격을 감출 수 없었다. 「이 포스터가 캠퍼스에 얼마나 많이 붙었죠?」 내가 물었다.

「우리도 정확히는 모르지만, 무슬림 학생회 아이들이 돌아다니면서 여남은 장을 발견해서 다 뗐어. 이 일로 무슬림 학생회는 네 편이 되었어.」

「맙소사.」

「오늘 아침에 학과장에게 얘기했어. 오늘과 내일 오전 강의에 안전 요원이 배치될 거야.」

「그럴 필요가 있는 건지 모르겠네요.」

「필요 없을 수도 있지만 그래도 모험을 걸고 싶진 않아.」

        ***

그날 오후, 내가 메리의 4학년 세미나 수업에 들어가 있는 동안 안전 요원 두 명이 강의실 문밖에 서 있었다. 강의실 안에서는 메리의 학생 10여 명이 그 주의 독서 과제물인 휘트먼의 『민주주의 전망*Democratic Vistas*』에 대해 토론하고 있었다. 학생 모두가 시인 휘트먼이 150년 전에 그려 놓은 국가의 초상이 현재 그들이 보는 모습 그대로라는 사실에 놀라움을 금치 못했다. 자연에 있어서나 인간에 있어서나 무한한 에너지와 진취성, 크기를 지녔으나 물질주의의 덫에 걸려 빠져나오지 못하는 나라. 당시 휘트먼은 미국이 돈 버는 일에만 골몰하여 역사적 정치적 사명을 이루는 데 실패할까 봐 걱정했다. 학생들은 그가 제시한 해결책에 그다지 동의하지 않았다. 미래의 미국 시인과 작가 들이 국가에 돈보다 고귀한 사상 — 우리 모두가 물질적 풍요를 보다 관대하게 사용하도록 영감을 주는 — 을 고취시킬 수 있다는 휘트먼의 믿음에 대해 대부분의 학생은 순진한 생각이라고 여겼다. 일부 학생은 해결책이 있다고 믿지 않았다. 그들은 주사위는 이미 던져졌다고, 보상을 추구하는 개인주의가 우리의 국가적 특성이라고, 우리는 그걸 극복할 수 없을 거라고 생각했다. 어떤 학생들은 다가오는 기후 위기가 불가피하게 더 큰 사상을 가져다줄 거라고 말했다. 시스템의 변화가 도래하고 있으며 그럴 수밖에 없기 때문이라고 했다. 메리만 예술이 핵심적 역할을 하게 될 거란 믿음을 견지하고 있었다. 나는 그 수업에 매료되었고, 고무된 기분을 느꼈다. 수업이 끝난 후 나는 메리에게 그녀가 그토록 걱정하던 학생들의 모습을 발견할 수 없었다고 말했다. 메리가 쑥스러운 미소를 머금고 말했다. 「공치사할 생각은 없는데, 저 학생들은 전부 두 학기 이상 나와 함께 공부하고 이 세미나 수업을 듣는 거야. 우린 **생각하는** 연습을 할 시간을 가졌지.」

그날 밤에 그 지역 파스타 집에서 저녁 식사를 하면서 메리가 나의 아버지 안부를 물었다. 그녀는 아버지가 미국을 떠난 사실을 알고 있었다. 내가 편지로 그 소식을 알렸던 것이다. 나는 아버지가 건강이 좋지 않아서 나를 보러 오기가 어려울 것 같다고 그녀에게 말했다.

「네가 아버지 계신 데로 가면 되잖아, 응?」

「비자를 안 줘요.」

「누가?」

「파키스탄 영사관이죠. 작년에 이스라엘에 다녀왔거든요. 여권에 스탬프도 안 찍혔는데 용케 그 기록을 갖고 있더라고요. 그래서 비자를 안 준대요. 〈친유대인이에요?〉 영사관 사람이 그렇게 묻더라고요.」

「그래서 뭐라고 대답했는데?」

「그 질문에 늘 하는 대답이죠. 마호메트는 유대인을 사랑했는데 왜 나는 그러면 안 되죠?」 메리가 웃었다. 「아버지가 보고 싶긴 하지만 그게 최선일지도 몰라요. 제 여자 친구의 삼촌이 파키스탄 정보부 고위직에 있어요. 그 삼촌이 나는 파키스탄에 가면 안 된다고 말해 줬대요. 정보부에 나에 대한 파일이 있는데, 내 작품이 국가의 신성 모독법을 위반했다는 판단이 내려졌대요. 그건 그들이 마음만 먹으면 내 삶을 아주 힘들게 만들 수 있다는 의미죠.」

「유배는 힘들지.」

「유배요?」

「어떤 식으로든. 맞지?」

나는 잠시 생각한 뒤에야 그녀의 말뜻을 깨달았다. 나는 잔을 들고 미소 지으며 말했다. 「유배를 위하여.」

「유배를 위하여.」 그녀도 말했다. 우리는 술을 마셨다.

***

그날 밤, 나는 잠이 안 와서 컴퓨터 앞에 앉아 자정이 한참 지난 시간까지 포챈을 돌아다녔다. 그 포르노 제작자 지망생이 새로 올린 비디오를 찾아내는 데는 오랜 시간이 걸리지 않았다. 제목은 「긴 톰」이었고, 성기가 큰 그 남아시아 출신 남자가 또 나왔는데 알몸의 백인 여자는 다른 사람이었다. 여자가 박물관 로비처럼 보이는 곳에서 — 토머스 제퍼슨 동상 앞에서 — 남자에게 오럴 섹스를 해주고 있었다. 비스듬한 각도로 촬영된 박물관 오럴 섹스 장면이 헌법의 이미지들과 교차 편집되었고, 모든 것이 그 비디오의 배경 음악으로 사용된 고적대 행진곡 박자에 맞추어 이루어졌다. 그 영상에 어느 정도의 아이러니를 담았는지 파악하기가 어려웠고 어쩌면 그래서 웃음을 참기가 힘들었는지도 모른다. 그 비디오를 재미있게 본 사람은 나 혼자만이 아니었다. 그 게시물에 달린 댓글이 2만 5천 개가 넘었던 것이다.

다음 날 아침 메리와 나의 토론을 들으러 강당에 모인 사람은 스물다섯 명도 안 되었을 것이다. 메리의 세미나 수업 수강생이 거의 다 왔고, 무슬림 학생회에서 대여섯 명쯤 왔으며, 캠퍼스에 이런 행사가 있으면 어김없이 나타난다는 나이든 〈주민들〉도 몇 명 보였다. 전날과 똑같은 두 안전 요원이 문간에서 모든 참석자의 코트와 가방을 수색한 다음 메리와 내가 대화를 나누는 한 시간 동안 뒤쪽에서 스마트폰을 들여 다봤다. 우리는 주로 자본주의, 국가 정치의 붕괴, 예술가가 세상을 새롭게 바꾸는 데 기여할 수 있다면 어떤 역할을 할 것인지에 대해 이야기했다. 늘 그랬듯, 나는 그 주제에 대해 우울한 견해를 보였다. 미국은 늘 뿌리 깊은 반지성적 특성을 보여 왔으며, 이곳에서 신념을 지닌 사상가나 예술가의 삶은 결코 쉬웠던 적이 없었다. 나는 1830년대에 에머슨이 한 말 을 인용했는데, 이 나라에서는 조용히 앉아서 생각에 잠겨 있 으면 혹시 두통이 있느냐는 질문을 받기 십상이라는 한탄이 었다. 킥킥거리는 소리가 들렸다. 메리도 그 말을 알고 있었 다. 사반세기 전에 내게 그걸 가르쳐 준 사람이 바로 그녀였 으니까. 그녀는 어려움을 인정하면서도 희망을 가질 이유도 있다고 믿는다고 말했다. 아직 우리가 여기서 에머슨의 말을 인용하고 있지 않은가. 그러면서 그녀는 그 강당에 모인 사람 상당수에게 영감을 주는 상상력과 그 활용에 대한 웅변적인 변호를 이어 갔다.

그다음에 진행된 질의응답 시간에 뒷줄의 나이 든 백인 남 자가 일어나서 라디오에서 나에 대한 이야기를 듣고 이 행사 에 오게 되었다고 설명했다. 그는 무슬림 세계의 끊이지 않는 문제를 이해하는 데 도움이 될 만한 이야기를 듣고 싶었다고 했다. 그런데 자신이 여기 와서 들은 건 온통 미국에 대한 비 판뿐이었다고 했다. 「그래서 말인데, 여기가 그렇게 마음에 안 들면 왜 떠나지 않는 건지 모르겠네요……」 그가 말했다.

앞줄에 앉은 학생들이 곧바로 야유를 보냈다. 나는 그들의 야유를 중단시켰다. 「저 신사분에겐 질문할 자유가 있습니다. 저는 대답할 자유가 있고요.」 나는 다시 그에게 시선을 돌리고 말했다. 「선생님, 그럼 제가 여기 말고 어디로 가야 한다고 생각하십니까?」

「그거야 내 알 바 아니지요. 난 그저, 여기서 사는 게 그렇게 힘들다면 왜 여기서 사는지 이해를 못 하겠다는 말을 하고 있는 거예요.」

그는 자리에 앉아서 내 대답을 기다렸다.

나는 대답하기까지 조금 시간이 걸렸다. 뜻하지 않게 감정의 소용돌이에 휘말린 것이다. 메리가 애정 어린 눈으로 나를 바라보고 있었다. 이윽고 나는 입을 열었고, 목소리가 떨렸다. 「내가 여기 있는 건 여기서 태어나 여기서 자랐기 때문입니다. 나는 여기서 평생을 살아왔습니다. 좋든 싫든 — 늘 조금씩 좋기도 하고 싫기도 하죠 — 나는 여기 말고 다른 데서 살고 싶진 않습니다. 그런 생각은 해본 적도 없어요. 미국은 내 고향입니다.」

감사의 말

이 모든 사람들에게 감사의 마음을 전하고 싶다. 주디 클레인, 세이브리나 캘러핸, 리틀 브라운 출판사 식구들, 줄리 배러, 마이클 태컨스, 마크 워런, 메리 카펠로, 샤지아 시칸데르, 마크 글리크, 크리스 틸, 마사 해럴, 마이크 폴러드, 맷 데커, 리사 티멜, 오렌 무버먼, 존 랜드그래프, 다니엘 켈만, 제니퍼 이건, 존 번햄 슈워츠, 리아쿠아트 아흐메드, 니밋 만카드, 샤자드 악타르, 앤드리 비숍, 짐 니콜라, 오스카 유스티스, 인두 루바싱엄, 크리스 애슐리, 도나 바그다사리안, 돈 쇼, 멜리스 아커, 크리스 캠벨 오룩, 존 옥센도르프, 마크 로빈스, 그리고 로마에 있는 미국 아카데미. 그리고 애니카 보라스에게 늘, 모든 것에 감사한다.

토론을 위한 질문 및 주제

1. 『홈랜드 엘레지』의 화자는 작가와 같은 이름을 가진 극작가 아야드 악타르다. 이러한 설정이 소설을 읽는 데 어떤 영향을 주었는가?

2. 악타르가 선택한 소제목(서곡overture, 코다coda 등)은 이야기에 어떤 추가적인 의미를 부여하는가? 음악 작품과 관련된 이 용어들에 익숙한가?

3. 서곡에서 화자의 교수는 미국을 〈여전히 약탈이라는 단어로 정의되며, 부가 우선이고 시민의 질서는 뒷전인 곳〉이라고 묘사한다. 이 비판에 동의하는가? 소설 속 인물들은 부자가 되는 데 집중할 때, 그런 노력을 기울이며 행복을 느낄까?

4. 아야드의 부모는 미국에서의 삶에 대한 견해가 서로 어떻게 다른가? 화자의 관점은 이 두 생각을 종합한 것이라고

볼 수 있을까?

5. 많은 미국인들이 2001년 9월 11일의 사건을 처음 알게 된 순간 자신이 어디 있었는지 선명히 기억하고 있다. 당신도 그런가? 그날이 하나의 시대가 끝나고 새로운 시대가 시작된 날로 기억되는가?

6. 아야드는 911 이후 뉴욕에서 동화되기 위해 십자가 목걸이를 착용하게 된 이야기를 한다. 이에 대해 아샤는 강한 반응을 보인다. 이 이야기에 대한 당신의 반응은 어땠는가?

7. 화자는 그의 아버지가 트럼프 대통령에게서 본 것이 〈불가능하리만큼 강해지고 믿을 수 없을 정도로 커진 자신, 부채나 진실, 역사의 영향력에서 벗어난 자신〉이 아닐까 생각한다. 이 평가가 2016년에 많은 미국인들이 의외의 후보 트럼프를 지지한 이유를 정확히 설명한다고 생각하는가?

8. 악타르는 대학 캠퍼스라는 동일한 장소에서 소설을 시작하고 끝낸다. 그 이유는 무엇이라고 생각하는가?

9. 소설에서 아야드의 아버지는 파키스탄으로 돌아가고, 아야드는 〈미국은 내 고향입니다〉라고 말한다. 〈엘레지〉는 죽은 자를 위한 노래나 시다. 소설 속 등장인물들이 애도하는 고향, 혹은 조국은 어디라고 생각하는가?

옮긴이의 말
인종의 용광로 혹은 샐러드 볼 혹은 완충액

아메리카 선주민들의 땅에 유럽 이주민들이 건너와 식민지를 건설하면서 만들어진 미국은 태생부터가 이민자들의 나라이다. 2020년 기준 미국의 인종별 인구 구성을 보면 백인이 약 61.6퍼센트로 가장 많고, 히스패닉(18.9퍼센트)과 흑인(약 12.4퍼센트), 아시아인(약 6퍼센트)이 그 뒤를 잇고 있다. 혼혈, 즉 다인종 인구는 10.2퍼센트에 이르러, 3억 5천만 인구를 태운 미국이라는 거대한 배는 다양한 인종과 문화가 융합되어 하나의 동질적이고 통합된 사회를 이루는 인종의 용광로 이론, 혹은 각자의 고유한 특성을 유지하면서 조화롭게 공존하는 샐러드 볼salad bowl 이론에 입각한 이상을 향해 순항하는 듯하다. 하지만 현실을 조금만 깊이 들여다보면 바다 속 암초처럼 위협적으로 도사리고 있는 인종 차별과 불평등, 그로 인한 인종 갈등을 목격할 수 있으며, 이러한 이상과 현실의 괴리는 이민자들의 나라 미국의 숙명이라고도 할 수 있다.

아야드 악타르의 자전적 소설 『홈랜드 엘레지』는 파키스탄 출신 이민자 가족의 삶을 통해 911 이후 미국에서 공공의 적으로 낙인찍힌 무슬림 사회의 현실을 날카롭게 조명한다. 미국이 의료 인력 부족 사태를 해결하기 위해 개발 도상국 출신 의사들을 파격적인 조건으로 대거 영입했던 1960년대 후반에 파키스탄에서 의대를 졸업하고 미국으로 이민 온 시칸데르 악타르(아야드 악타르의 아버지)는 위대한 기회의 땅 미국을 뜨겁게 사랑한다. 그는 부정부패가 만연한 고국 파키스탄과는 달리 미국은 정직하게 노력하면 누구든 성공할 수 있는 나라임을 믿어 의심치 않는다. 끝내 미국에 동화되지 못하고 고국을 그리워한 아내와는 달리, 그는 아들 아야드가 미국에서 태어나 미국인으로 자라게 해준 걸 아버지로서 가장 잘한 일로 여긴다. 결국 시칸데르는 희귀성 심장 질환인 브루가다 증후군 관련 미국 최고의 전문의로 인정받으면서 1993년에 트럼프의 심장 질환 진단을 맡게 되고, 몇 년 간 트럼프와 개인적 친분까지 쌓는다. 트럼프의 강한 자아와 화려한 성공을 보며 그와 자신을 동일시한 시칸데르는 2016년에 트럼프가 대선에 출마하자 남몰래 그를 지지하고 그에게 표를 준다. 그러나 미국인으로서 미국을 사랑하고 자랑스러워하며 산 50년 세월이 무상하게도 시칸데르의 아메리칸드림은 산산조각 나고, 인종적 편견으로 인해 의사로서의 자부심마저 무너진 채 고국 파키스탄으로 돌아간다. 한편, 시칸데르의 아들 아야드는 1972년 스태튼아일랜드에서 태어나 위스콘신에서 자라며 자신이 미국인임을 의심한 적이 없다. 그러나 911 이후 무슬림이라는 이유로(사실 그는 이슬람교 신자도 아닌데) 노골적인 공포와 혐오의 대상이 되면서 미국인으로서의 소속감은 약해져 가고 점점 아웃사이더가 되어 간다. 극작가인 아야드는 기독교의 땅에서 사는 무슬림의 미국적 딜레마와 고통을 글에 담아내어 퓰리처상을 받고 미국의 대표적 무슬림 출신 작가로 부상한다. 하지만, 그는 무슬림의 배타성과 폭력성, 미국의 약탈적 자본주의를 동시에 비판하며 양쪽에서 배척당한다. 파키스탄에서는 그의 글이 신성모독법을 위반했다며 입국을 금지하고, 미국에서는 911 공범 취급을 하며 의심의 눈초리를 거두지 않는다. 하지만 아버지와는 달리 미국에서 태어난 그에게 진정한 조국은 미국이다. 미국의 망국적 인종 차별과 배금주의를 비판하는 그에게 진짜 미국인임을 자부하는 한 백인이 이 나라에 그렇게 불만이 많으면 떠나라고 하자 아야드는 이렇게 대답한다. 〈미국은 내 고향입니다.〉

트럼프가 처음 대통령에 당선되었을 때, 이 소설의 화자 아야드는 그를 인종 차별주의와 탐욕의 상징으로 여기며 트럼프가 세우려 한 〈크고 아름다운 벽〉에 대해 개탄했다. 4년 후, 연임에 실패한 트럼프가 숱한 논란과 파문을 뒤로 하고 초라하게 퇴장했을 때 많은 미국인들이 그걸 당연한 결과로 받아들였을 것이다. 하지만 2024년에 MAGA(Make America Great Again, 미국을 다시 위대하게)라는 슬로건을 들고 다시 도전에 나선 트럼프는 싱거우리만큼 쉽게 백악관에 재입성하고, 취임 일성으로 불법 이민자를 추방하고 국경 장벽을 더욱 강화하겠다고 선언한다. 『홈랜드 엘레지』에서 시칸데르와 함께 파키스탄에서 이민 온 의사 술탄은, 미국이 인종의 용광로가 아니라 물질들이 함께 있으면서도 분리된 상태로 유지되도록 만드는 완충액에 불과하다고 지적한다. 돌아온 트럼프가 만들 다시 위대해진 미국은 다양한 인종들의 통합과 조화로운 공존의 장이 될지 아니면 분리의 완충액이 될지, 그저 지켜볼 일이다.

2025년 2월
민승남

옮긴이 **민승남** 서울대학교 영어영문학과를 졸업하고 현재 전문 번역가로 활동 중이다. 제15회 유영번역상을 수상했다. 옮긴 책으로 E. M. 포스터의 『인도로 가는 길』, 카렌 블릭센의 『아웃 오브 아프리카』, 유진 오닐의 『밤으로의 긴 여로』, 앤드루 솔로몬의 『한낮의 우울』, 애니 프루의 『시핑 뉴스』, 앤 카슨의 『빨강의 자서전』, 메리 올리버의 『기러기』, 클라리시 리스펙토르의 『별의 시간』, 윌리엄 트레버의 『마지막 이야기들』, 폴 오스터의 『낯선 사람에게 말 걸기』(공역), 시그리드 누네즈의 『그해 봄의 불확실성』 등이 있다.

홈랜드 엘레지

발행일 2025년 2월 25일 초판 1쇄

지은이 아야드 악타르
옮긴이 민승남
발행인 홍예빈
발행처 주식회사 열린책들

경기도 파주시 문발로 253 파주출판도시
전화 031-955-4000 팩스 031-955-4004
홈페이지 www.openbooks.co.kr 이메일 literature@openbooks.co.kr